Mrs. Medina

••

Ann Wadsworth

Mrs. Medina

Roman

Aus dem amerikanischen Englisch
von Andrea Krug

Krug & Schadenberg

Die Übersetzerin dankt dem Deutschen Übersetzerfonds vielmals für die Gewährung eines Arbeitsstipendiums, das die Übersetzung dieses Romans außerordentlich beförderte.

Für Alice Robinson
1948-1999

Erster Teil

In der Klinik

In der Klinik saß ich anfangs immer am Fenster und sah hinaus. Manchmal den ganzen Tag lang, oder fast den ganzen Tag. Da mein Zimmer zur Straße lag, gab es einiges für mich zu sehen, und ich entdeckte, dass sich nach einer Stunde oder so eine gewisse Regelmäßigkeit der Ereignisse einzustellen schien, eine Art Balance.

Ein Auto biegt um die Ecke, hält, setzt zurück, parkt. Eine Tür knallt zu. Eine Frau geht davon (sie ist groß, dünn, ihre Haut hat die sahnige Farbe von Cappuccino), und ihre Bahn wird von einem Mann ausgeglichen, der quer über die Straße geht, um sie einzuholen. Er winkt mit einem kleinen Päckchen, das in rotes Papier eingeschlagen ist. Sie treffen sich; sie reden miteinander. Sie küsst ihn auf die Wange. Dann setzen die beiden ihren Weg gemeinsam fort.

Während dieses Abenteuers hält ein Bus auf der Hauptverkehrsstraße, einen halben Block entfernt. Zwei Jungen, Mützen in der Hand, steigen in einem Wirbel von Beinen und fernen Rufen aus.

Eine Brise weht die Straße hinunter, hebt die Gardinen eines Zimmers in dem Backsteingebäude direkt gegenüber. Ein Stück alte Zeitung flattert und segelt über den Gehsteig. Ein Auto fährt vorbei, sein Auspuff undicht und knatternd. Ich höre ein kurzes Hämmern von Musik.

Zwei Frauen kommen die Straße herunter, beladen mit Einkaufstaschen; sie begegnen einer dritten. Sie bleiben stehen und reden miteinander. Setzen die Taschen ab. Sie lachen. Auf der anderen Straßenseite tritt eine weitere Frau aus einem Gebäude, sieht die Straße hinauf und hinunter und stemmt die Hände in die Hüften. Sie sieht in meine Richtung, setzt ihre Brille ab. (Sieht sie mich?) Graue Strähnen entwischen dem pinkfarbenen

Schal, den sie sich um den Kopf geschlungen hat. Denkt sie an die Verrückten hier hinter den vergitterten Fenstern?

Ich verfolge diese Geschehnisse mit gleichgültiger Neugier und denke an Räder, Uhren, die Ordnung von Zifferblättern und Zahlen. Bin ich verrückt? War ich es?

Zu jener Zeit stand mein eigenes Leben in einer düsteren Ecke, still, doch mit einer gewissen Bedrohlichkeit, und wartete darauf, dass ich mich seinem Blick stellte. Ich versuchte, diesen Augenblick so lange wie möglich hinauszuzögern. Ich behielt die Augen auf der Straße und meine Hand auf der Uhr. (Die Straße war die Eule Avenue, in einem der eher bescheidenen Randbezirke von Boston.) Es heißt, dass unser Kosmos sich ins Chaos ausdehnt, aber in jener Straße erblickte ich die Bestätigung von Ordnung, solange ich nicht zu aufmerksam hinsah. Genau wie früher die unüberdachten Tribünen im Baseball-Stadion Fenway Park an einem heißen Juli-Nachmittag auf wundersame Weise farblich ausgewogen schienen – die roten Hemden, die weißen Hemden, das grüne Kleid, der nackte Oberkörper. Solange man nicht zu genau hinsah. Und ich musste mich hüten; wenn ich zu genau auf die Straße hinausblickte, dann sah ich vielleicht die hässlichen Tabakflecken auf den Zähnen der Frau mit dem pinkfarbenen Schal oder wie der Mann mit dem roten Päckchen sich um Mitternacht auf Zehenspitzen in das Zimmer seiner Tochter stahl und in ihr Bett glitt, in dem sie wartete, Schlaf vortäuschend, und sich wünschte, sie wäre tot.

Aus dem stillen Zentrum des Chaos beobachtete ich und versuchte geduldig zu lernen, wieder ein Leben zu leben.

Oberflächlich betrachtet war ein Großteil meines Lebens – von den letzten vier oder fünf Monaten abgesehen – so ausgewogen gewesen wie diese Straße. Ich vermute, das war die Krankheit, von der ich genesen sollte, aber ich stehe allzu offenkundigen

Parallelen misstrauisch gegenüber. Ich war nicht dumm. Meine Erfahrungen gehörten jedenfalls zu der geregelten und überschaubaren Art wie, sagen wir, eine Reise durch die griechische Inselwelt, die nur fünfzehn Minuten je Insel veranschlagt, und alle sind angewiesen, spätestens um halb sechs wieder an Bord zu sein, bereit zum Ablegen. Ich glaube gern, dass einer der Gründe, aus denen ich mich zu Patrick hingezogen fühlte, darin lag, dass er so klare Vorstellungen davon hatte, was er wollte, was er mochte. Er hätte sich für eine der griechischen Inseln entschieden und die Reisegruppe gebeten, ihn dort zurückzulassen. Mit ihm zusammen musste ich nicht länger eigene Entschlüsse fassen. Nach seinem Tod jedoch musste ich natürlich sofort eine ganze Lebzeit an Entscheidungen treffen. Und zu der Zeit waren die meisten meiner Wahlmöglichkeiten bereits verstrichen. Oder die wichtigste, vielleicht.

In jener Klinik zu sein war eine verstörende Erfahrung, obwohl die anderen das glücklicherweise nicht zu bemerken schienen. Als Hauptgrund dafür, mich freiwillig in die Klinik begeben zu haben, führte ich an, dass ich jemanden brauchte, der mich eine Weile bekochte. Ich glaubte nicht, ernsthaft gestört zu sein. Doch der Körper kann – ganz auf sich gestellt – verrückt spielen, während der Kopf noch klar denkt. Ich glaube nicht, dass ich gegessen hätte, wenn nicht jemand anders gekocht hätte. Taylor Bond, mein Therapeut, hatte einiges dazu zu sagen. Wir sind nicht immer einer Meinung, aber wir kommen miteinander klar. Es spielt im Grunde keine Rolle, wer von uns recht hat.

Anfangs gab es in meinem Klinikzimmer nur das Bett, einen schlichten Holztisch, eine Metallampe mit einem biegsamen Schwanenhals. Einen schweren Polstersessel, in dem ich lesen konnte. Ein gerahmtes Blumenbild an der Wand, ich weiß nicht, was für Blumen – ich konnte Blumen damals nicht lange genug ansehen, um sie zu bestimmen. Rote und gelbe. Auf meinem Tisch lag ein einziges Buch, ein Wörterbuch. Anfangs wunderte ich mich nicht darüber. Später, als ich länger wachblieb, blätterte ich in dem Wörterbuch, um mir die Zeit zu vertreiben. Ich entdeckte, dass eine Seite schrecklich zerknüllt und dann wieder glattgestrichen worden war, nicht übermäßig erfolgreich. Auf dieser Seite war das Wort *dumpf* mit schwarzem Filzstift dick umkringelt worden:

> dumpf (Adj.) (~er, ~[e]ste) [verkürzt aus -> dumpfig]: 1. *hohl od. dunkel u. gedämpft [klingend]*. 2. *feucht, von Feuchtigkeit verdorben o. ä., im Geruch u./od. Geschmack davon zeugend, so dass es beim Atmen unangenehm ist, den Atem beklemmt; muffig, modrig*. 3. *untätig, geistig niedergedrückt od. unbeweglich u. ohne Anteilnahme am äußeren Geschehen; stumpf[sinnig; abgespannt; erstarrt]*. 4. *nicht klar ausgeprägt, undeutlich [hervortretend], unbestimmt, ohne klare Besinnung, unklar, unbewusst*. 5. (veraltend) *benommen (auch taub, gefühllos)*.

Ich erkannte mich sofort in all diesen Begriffserklärungen, und ich wusste, dass ich diejenige gewesen war, die das Wort eingekringelt und dann die Seite malträtiert hatte. Wann das gewesen war, wusste ich allerdings nicht mehr.

Wenn ich nicht die Straße beobachtete, lag ich in meinem Bett und betrachtete den Baum und den Himmel (eine banale Sache für Menschen im Gefängnis oder in einer Klinik, aber ich »betrachtete« gar nicht wirklich; nach einer Weile »sah« ich kaum mehr). Ich bat sie schließlich, das Blumenbild fortzunehmen, und bald darauf brachte Bond mir etwas anderes, eine kleine Reproduktion von einem der Bilder Canalettos von der Piazzetta in Venedig.

»Hier«, sagte er. »Die Blumen haben mir auch nicht besonders gefallen. Ich möchte, dass Sie sich das hier jeden Tag einfach bloß anschauen.«

»Ich werde versuchen, daran zu denken.«

»Betrachten Sie es. Es gibt eine Menge zu sehen. Versuchen Sie, jeden Tag etwas Neues zu entdecken.«

»Ich kenne dieses Bild sehr gut. Ich habe es schon oft betrachtet.« Ich lächelte. »Ich glaube nicht, dass ich noch etwas Neues entdecken werde.«

»Versuchen Sie es einfach.«

»Ist das eine Vorübung für irgendwas?«

Ich gewann den – niemals erhärteten – Eindruck, dass dieses Bild von einem anderen Patienten zurückgelassen worden war. Also betrachtete ich es; die Einzelheiten in Canalettos Bildern können wundervoll sein. Doch ich besitze eine Radierung von Whistler, die viel besser ist, viel stimmungsvoller, wie die Stadt selbst.

Als ich das Gemälde sah, erinnerte ich mich, wie mich eine Aussicht, ein Sonnenuntergang, ein geselliges Mahl einst hatten bewegen können; einst hatte ich gespielt, sogar gelacht und nicht darüber nachgedacht, ob ich glücklich war. Bond hat vielleicht geglaubt, dass diese frühere Person einfach durch eine kleine Erinnerung daran wiedererschaffen werden könnte, genau so, wie ein Hologramm sein Gesamtbild aus einem kleinen Stück seiner selbst rekonstruieren kann, auch wenn der Rest zerstört worden ist. Aber mit diesem Plan wollte ich nichts zu tun haben. Ich muss den Rest meines Lebens leben, und obwohl ich nicht weiß, wie ich das bewerkstelligen werde, möchte ich doch nicht, dass diese frühere Person daran beteiligt ist.

Eines Nachts wachte ich auf, hörte den Märzwind in den Bäumen und meinte den stechenden Duft eines Herbstfeuers zu riechen, wie Patrick und ich es gerochen hatten, als wir Jahre zuvor über die Felder bei Assisi gingen. Ich glaubte deutlich die Stimme eines jungen Mannes zu vernehmen, der bei der Olivenernte war und uns eine Warnung zurief wegen einiger Sicheln, die er am Weg entlang hatte liegenlassen. Wir hatten angehalten, überrascht, mochten keinen Schritt mehr tun – Patrick dachte aus irgendeinem Grund, dass er uns erschießen wollte –, aber der junge Mann hatte gelacht und dorthin gewiesen, wo die Sicheln lagen, und uns weitergewinkt. Es war dumm, ein unvermitteltes kleines Missverständnis, aber Patrick und ich hatten uns voller Erleichterung aneinandergeklammert und waren geblieben und hatten einen Becher Wein mit diesem Mann getrunken, für den wir augenblicklich unsterbliche Freundschaft empfanden. Es war ein prächtiger Nachmittag, verhangen mit süßem Herbstrauch.

Wir empfinden immer Heimweh nach Orten, an denen wir nicht sein können. Wonach sehnen wir uns? Nach einem Gefühl von Ganzheit oder Frieden, etwas, das niemals dort möglich ist, wo wir gerade sind? Manche haben das Gefühl, bei ihrer Geburt losgelöst und durch die Zeit geschleudert zu werden, ohne Ahnung, wohin sie gehören oder zu wem, und sie sind ihr Leben lang davon besessen, irgendwo anzulanden, diesen fehlenden Menschen oder Ort oder Geist zu finden. »Diese idiotische Leidenschaft des Teils für das Ganze«, wie Sartre geschrieben hatte. Ja. Eine Vergeudung, nicht wahr, diese Art der Suche? Damit kannst du dein gesamtes Leben vergeuden.

Ich habe diese idiotische Aufwallung des Wiedererkennens nur ein einziges weiteres Mal in meinem Leben gehabt. Das ist vermutlich meine Zuteilung.

In der Klinik ließen sie mich die meiste Zeit über in Ruhe, so dass ich tun konnte, was ich tun musste. Ich bin sicher, sie hatten keine Ahnung, warum ich da war. Eines Tages besuchte mich Bond, und schließlich begannen wir miteinander zu reden.

»Ich weiß, dass ich Sie enttäuscht habe«, sagte ich zu ihm, aber mit dem tatsächlichen Problem hatte das nicht das geringste zu tun. »Und Sie werden mir wahrscheinlich nie wieder Schlaftabletten verschreiben.«

Er sah mich ausdruckslos an. »Ist das das erste, was Ihnen in den Sinn kommt?«

Ja.

Und das war merkwürdig, weil ich gar keine Tabletten genommen hatte. Tabletten hatten nichts damit zu tun.

Santino Cassieri vom Trio Riviera, Patricks ehemaligem Kammermusiktrio, besuchte mich, als ich in der Klinik war. Er kam und spielte eine Weile Geige. Dann ging er wieder. Wir haben nicht viel geredet; ich spüre, dass er Patrick sogar noch schmerzlicher vermisst als ich und dass mein Anblick ihn zutiefst quält. Und wer könnte es ihm verdenken? Er hat allerdings erwähnt, dass Barbara Wu, die Pianistin des Trios, beschlossen habe, ihre Konzertlaufbahn wegen ihrer zunehmenden Arthrose endgültig zu beenden. Ihre Entscheidung kam nicht unerwartet. Wir schwiegen beide und dachten daran, was das für sie bedeuten würde. Patrick hatte sie sehr geliebt.

Santino trug Jeans und ein weißes Hemd, dessen Ärmel bis zum Ellenbogen hochgekrempelt waren, und seine Kleidung roch wie frisch aus der Reinigung. Mit seinen fünfzig Jahren sieht er immer noch aus wie ein Student.

Patrick war einer der schönsten Männer, die mir je begegnet sind. Sein (in jüngeren Jahren) schwarzes Haar war streng aus der hohen Stirn zurückgekämmt – eine Stirn wie das Antlitz eines Berges. Im Gegensatz dazu erschienen seine Züge weich; er hatte verträumte grüne Augen und volle, aber keineswegs schlaffe Lippen. An manchen Abenden saß er am Fenster, die Wange an die obere Wölbung seines Cellos geschmiegt, die Arme locker um dessen Taille geschlungen. Ich unterbrach diese erotischen Momente mit seinem Instrument nur selten. Er spielte mit dem Schmerz und der Virilität eines Besessenen. Den Gesang, den er diesem Kasten aus Holz und Darm entlockte!

Patrick war die Musik unmittelbar vertraut. Er durchdrang sie. Ich habe selbst miterlebt, was beispielsweise das Spielen des Andante von Schuberts Trio für Klavier, Violine und Violoncello in B-Dur bei ihm bewirkte. Was mich anbelangt, ich glaube schon, dass diese Musik bewegend sein kann, aber ich habe für romantische Schwelgerei nicht viel übrig. Ich bevorzuge den ersten Satz, das Allegro, das »mit funkelndem, leidenschaftlichem Esprit« voranschreitet. Das sind meine eigenen Worte, die ich Patrick gegenüber verwendet habe, als wir eines Abends im Bett lagen und Champagner tranken und Formulierungen für mögliche Besprechungen ersannen. (Schön formuliert, fand ich.)

Wenn ich mir diese Zeit ins Gedächtnis zurückrufe (*zurückrufen* ist ein angemessenes Wort), neige ich dazu, vom Eigentlichen abzuschweifen, mich in nebensächlichen Erwägungen zu ergehen (das Schubert-Trio beispielsweise). Um ein Leben in Ordnung zu bringen, wie ich es versuchen sollte, sollte ich mich einzig an Fakten halten, die dem Wesen nach leicht verständlich sind, ohne von hintergründigen Feinheiten verfärbt zu werden.

Obwohl es, wie man mir sagt, gerade die Feinheiten sind, die das Gewebe des Lebens ausmachen.

In Gegenwart von Menschen mit psychischen Problemen fühlen sich die meisten Leute unbehaglich. Sie finden sie faszinierend und gleichzeitig abstoßend. Das ist ein keineswegs ungewöhnlicher menschlicher Konflikt. Wir empfinden ähnlich, wenn es um exotische Speisen wie Aalleber und gefüllten Schafsmagen geht oder um gewisse Gewaltverbrechen. Meine eigene Krankheit war aus dem Stoff, der geschaffen ist, sie zu verbergen; deshalb mussten sich die anderen lange Zeit nicht damit befassen und ich selbst auch nicht. Aber das Drama wurde größer und umfassender. Ich spielte mehr als eine Rolle, vor allem nachdem Lennie in mein Leben getreten war. (Da – ich habe zum ersten Mal ihren Namen geschrieben.) Ich hatte verschiedene Drehbücher für verschiedene Situationen, verschiedene Menschen. Ich hätte wissen müssen, dass dies nicht ewig so weitergehen konnte.

Was mir den Rest gab, war, dass ich Patrick belog, oder vielleicht wäre *hintergehen* das bessere Wort, ein Handeln, das verschlagener, unehrlicher ist. Nach diesem Punkt verlor alles in meinem Leben vollkommen an Substanz, war bereit zum Betrug. Ich glaube, im Leben eines jeden Menschen muss es einen anderen Menschen geben, den man nie belügt, der einen annimmt. Für mich war Patrick dieser Mensch. Bis auf die letzten drei oder vier Jahre seines Lebens, als ihm alles zu entgleiten begann, war Patrick stets ganz und gar da, wenn wir zusammen waren; er war stets bei mir. Er nahm mich an, immer. Ihn zu hintergehen machte mich krank, aber ich rechtfertigte mein Tun, indem ich mir sagte, dass es ihm nicht gutginge, dass ich ihn vor Kummer bewahrte, mit dem er vielleicht nicht hätte umgehen können. Doch Patrick zu hintergehen brach mir nicht nur das Herz, es brach auch meinen Willen. Verrücktheit tritt dann ein, wenn niemand mehr bleibt, dem man die Wahrheit erzählen kann. Wenn man ganz allein damit ist.

Nach ein paar Tagen in der Klinik wollten sie, dass ich mit den anderen Patienten Umgang pflegte, auch wenn ich nur für kurze Zeit da sein würde. Mir war es egal. Eine der Frauen auf unserer kreisförmigen Station sagte zu mir: »Meine Tochter ist die Königin von Miami.« Ein vorbeikommender Mann hörte das. »Unmöglich«, wandte er ein und schüttelte ernst den Kopf. »Castro ist die Königin von Miami.« (Das könnte stimmen.) Mir war es egal. Ich mochte diese Geschichten. Niemand log. Dies waren Geschichten aus einem Leben, das ich den Großteil meiner Jahre ignoriert hatte. Sie waren authentisch.

Nach zehn Minuten oder einer Stunde konnte ich in mein Zimmer zurückkehren und die Tür schließen; ich konnte zu meinem Stuhl am Fenster zurückkehren oder zu meinem Bett. Um halb zwölf brachte man mir mein Mittagessen, holte es wieder ab; um halb sechs Abendessen. Nach dem Abendessen konnte ich hinausgehen und mit den anderen Fernsehen gucken, wenn ich wollte (ich wollte nicht), und um zehn konnte ich Milch oder Saft haben.

»Hätten Sie gern ein Radio?« fragte Bond mich. Ich verneinte. Er öffnete die Hände. »Bücher?« »Noch nicht.« Kurz darauf meinte er: »Wir müssen bald miteinander reden.« Ich lächelte und sah weg. Das wusste ich.

Mein Zimmer war in zwei unterschiedlichen Schattierungen eines Grüntons gestrichen, der nicht dazu geschaffen war, die Phantasie anzuregen. Mein Fenster ging nach Südosten.

»Können wir jetzt vielleicht einfach ...«, sagte Bond. Die Rollen von Patientin und Arzt sind uns beiden nicht wirklich angenehm. Ich fing an, mit ihm zu reden, als Patricks Verstand sich zu verabschieden begann, und sehr lange Zeit bestärkte ich mich in dem Glauben, dass meine Besuche in seiner Praxis mir halfen, mit Patricks sich verschlechterndem Zustand umzugehen. Bond jedoch hatte sich nie täuschen lassen, wie im nachhinein klar wurde. Ich kenne ihn schon eine Weile, und ich mag ihn. Er hat gewartet, bis ich dieses Spiel leid war. Jetzt glaubt er bestimmt, er habe zu lange gewartet.

»Es ist an der Zeit, dass wir miteinander reden – dass wir anfangen, darüber zu reden, was mit Ihnen passiert ist«, sagte er. »Sie haben nicht an Selbstmord gedacht.«

Es war keine Frage, aber ich sagte: »Nein.« Er beobachtete mich und wartete. »Sie finden, dass ich Sie betrogen habe, weil ich nicht mehr zu Ihnen gekommen bin. Weil ich keine Termine mehr wahrgenommen habe.« Das war alles, was mir dazu einfiel. *Betrogen* war natürlich ein unangemessenes Wort.

»Im Gegenteil, ich finde, ich hätte Ihre Reaktion vorhersehen müssen.«

»Sind solche Dinge vorhersehbar?«

Er lächelte. »Jedenfalls war ich nicht überrascht.«

Vielleicht hatten auch andere Menschen schon empfunden wie ich, die Tage ein langer grauer Nachmittag nach dem anderen, Appetitverlust, die Abneigung zu essen, die ungewaschenen Kleider, der ungepflegte Körper. Die Faszination, die von der Gin-Flasche ausging. In die Dunkelheit zu starren.

»Es war nicht bloß Patrick, wissen Sie.«

Er nickte.

»Auf ihn bin ich im Augenblick sogar ziemlich wütend.«

»Und das Mädchen ...«

»Lennie. Und sie ist kein Mädchen, wie ich Ihnen schon oft genug gesagt habe.«

»Sie ist auch in das alles hier verstrickt.«

»Ich fühle mich betrogen.«

»Von ...«

»Nicht von ihr.«

»Haben Sie von ihr gehört?«

»Ich weiß nicht, wo sie ist. Und sie hat auf jeden Fall nicht die geringste Ahnung, wo ich bin.«

Bond beobachtete mich einen Moment. Er sieht zuviel mit diesen Augen, dachte ich. Patrick hat oft Bemerkungen über Bonds Haut gemacht, ein sattes Braun, mit einem goldenen Schimmer. Ich fühlte mich mehr von seinen Augen angesprochen.

»Hegen Sie Hoffnung?« fragte er schließlich.

»Ich mache mir keine besonderen Gedanken darüber.«

»Dann allgemein gesprochen: Hegen Sie Hoffnung?«

Ich dachte über die Frage nach. »Nein, allgemein gesprochen hege ich keine Hoffnung. Weder im allgemeinen noch im besonderen. Ich dachte, ich hegte Hoffnung, was Lennie anging, aber das hat sich als schwelgerische Phantasie entpuppt.«

»Vermutlich hegen Sie doch noch Hoffnung, was Lennie anbelangt. Die Dinge zwischen Ihnen sind nie wirklich geklärt worden. Das lässt Raum für Hoffnung.«

»Nun, vielleicht irren Sie sich ja.«

Nach einem Moment sagte er: »Haben Sie sich schon überlegt, wo Sie neu beginnen möchten?«

»Meinen Sie wo oder an welchem Punkt?«

»Beides. Sowohl als auch.«

»Nein, das habe ich mir noch nicht überlegt. Mit bestimmten Dingen tue ich mich schwer.«

Er nickte. »Eines nach dem anderen.«

»Es ist schwer, wissen Sie ...«

»Ja ...«

»Wenn die beiden Menschen ...«

»Ja ...«

»Lassen Sie mich ausreden!« Ich sah ihn an, erschrocken über meinen Ton. »Bitte.«

»Entschuldigung.«

»Schon gut. Ich würde gern irgendwo auf einer Insel neu beginnen, wenn Sie es genau wissen wollen. Ein kleines Zimmer. Keine Besitztümer. Keine großen Ambitionen.«

»Keine Menschen.«

»Genau. Keine Menschen aus meiner Vergangenheit. Niemand, um den ich mich kümmern muss, den ich bekochen muss, den ich großziehen muss. Keine ewigwährenden Versprechungen, keine Pietàs, kein Kämpfen Seite an Seite auf den Barrikaden, kein Champagner um Mitternacht, kein atemloses Abwärts im Fahrstuhl.«

Er sah überrascht drein, unterbrach mich aber nicht.

»Machen Sie sich keine Sorgen, Bond«, fuhr ich fort. »Es wird sich alles finden. Es geht mir gut.« Ich sah auf die Uhr.

»Das haben Sie bei unserem ersten Treffen andauernd gemacht. Auf die Uhr geschaut.«

»Ja, ich war in Sorge, dass mir nichts mehr einfallen würde, was ich Ihnen noch erzählen könnte.«

»Und nach einer Weile ...«

»Konnten Sie mich gar nicht mehr zum Schweigen bringen.«

»Wer hat Sie betrogen?« fragte er. »Wie hat man Sie betrogen?«

Ich brachte meine Augen ganz nah an den Canaletto. Bond hatte mir gesagt, ich solle ihn mir ansehen, und ich war kooperativ. Winzige Menschen schrumpften vor der Architektur zu Zwerggengröße – das Rosa und Weiß des Ducalpalazzo, Sansovinos prächtige Bibliothek. Die Weite der Piazzetta an sich. All diese Dinge hatten eine ganz bestimmte Funktion zu erfüllen, aber ihre Umgebung ließ sie nahezu bedeutungslos erscheinen. Sinnlos.

So sah ich es am ersten Tag. Aber ich sah es nicht zum ersten Mal.

Ich erinnere mich, wie ich Patrick das erste Mal belog. Ich zwinge mich manchmal, an diesen Abend zu denken, weil es mir hilft, meinen Geist in dem, was dann folgte, zu verankern. Es war ein Abend Ende Oktober, aber noch warm. Den Nachmittag hatte ich mit Lennie verbracht, und ich konnte mich einfach nicht von ihr trennen, bis es schon sehr spät war, fast sechs. Ich wusste, dass einige Freunde zum Abendessen kommen würden und dass Patrick und Santino und Barbara – das alte Trio Riviera – für sie spielen würden, was zu der Zeit schon selten genug vorkam. Das Essen war mehr oder weniger vorbereitet, aber ich hätte spätestens um vier zurücksein sollen. Ich kehrte in die Wohnung zurück und fand Patrick im Wohnzimmer vor, die zitternden Arme um das Cello geschlungen. An diesem Abend trug er einen dunkelblauen Leinenblazer und ein etwas helleres blaues Hemd mit dünnen weißen Streifen und eine seiner Paisley-Krawatten. Es hatte ihn offensichtlich sehr viel Zeit gekostet, sich anzukleiden.

Er roch schwach nach seinem vertrauten Eau de Cologne. Seine breite Stirn war von einem feinen Schweißfilm bedeckt, und in seinen Augenwinkeln hingen zwei kleine Tränen. Als ich mich im Zimmer umsah, stellte ich fest, dass er versucht hatte, alles herzurichten; eine Spur von Eissplittern führte in die Küche zurück, und auf dem Couchtisch stand ein Teller mit zerbröselten Crackern und einem Stück alten Käse, den ich hatte fortwerfen wollen. Meine späte Rückkehr wurde plötzlich zu ungeheuerlich, um Worte dafür zu finden, und so zog ich, ohne seinen Blick zu erwidern, das Taschentuch aus seiner Brusttasche – das große hellblaue Taschentuch, das zu seinem Hemd passte – und tupfte ihm auf eine vertraute und intime Weise, die ich aus der jüngsten Erinnerung aufrief, die Stirn trocken. Es war keine Geste der Zuneigung oder gar der Reue, obwohl ich mich schrecklich schuldig fühlte. Ich kam direkt aus Lennies Bett zu ihm, und er wusste, wo ich gewesen war. Das war nicht die Lüge. Die Lüge bestand darin, dass die Geste nicht für ihn bestimmt war. Die Geste kam, weil mein Körper sich noch immer nach ihr sehnte und ich Hautkontakt brauchte. Die Haut, die ich berührte, war seine, aber mein Geist erinnerte sich an ihre Haut. Und das war der erste Betrug.

Doch er war erleichtert, das ich zurück war, und der weitere Abend verlief gut. Ich glaube nicht, dass er sehr lange bei diesem Betrug verweilte. Aber kurz nach diesem Abend fing er wieder an, zu Hause Cello zu spielen, und weil er inzwischen so hinfällig geworden war, war er nicht in der Lage, mit seinem früheren Elan zu spielen, auch wenn die Süße immer noch vorhanden war. Anstelle des Elans war immer wieder ein kurzes Aufflammen von Zorn zu vernehmen, was schmerzlich anzuhören war, weil er sich viel zu sehr mühte. Ich begann mich fern und ferner zu halten – erst im Wohnzimmer, dann in der Küche, schließlich in meinem Zimmer und in meinem Bad. Ich wurde so wütend auf ihn wie selten in all unseren gemeinsamen Jahren zuvor. Doch als er mich eines Abends aufspürte, trat ich lächelnd aus meinem Bad, wo ich Edith Wharton gelesen hatte – mein trockenes Haar in einem Handtuch –, um mich seinem festen Blick zu stellen, Cello in der Hand.

»Natürlich stört es mich nicht, wenn du spielst«, sagte ich leichthin. Lüge folgte auf Lüge. Ich schlüpfte an ihm vorbei ins Schlafzimmer.

In der Klinik träumte ich anfangs nicht. Ich hatte das Gefühl, dass ich alles verloren hatte, was mich in Träumen verankerte, so wie wenn man beim Computer auf eine Taste drückt und alles endgültig löscht. Ich war zufrieden. Was meine Träume gefüttert hatte, war nun blutlos, eine blinde Made. Ich litt nicht länger um die Katze, die ich mir in einer bitterkalten Januarnacht draußen vorstellte. Ich ging nicht länger wieder und wieder die letzten Stunden vor dem Tod meiner Mutter durch, die mit hohler Stimme sagte: »Ich habe Angst.« Ich versuchte nicht länger, die Gedanken eines jeden Passagiers zu lesen, der in einem abstürzenden Flugzeug gefangen war. (Was dachten sie? Was sahen sie?) Kurzum, ich legte die Rolle des leidenden Gottes ab. Ich empfand nichts.

»Würden Sie gern nach Hause zurückkehren?« fragte Bond mich. »Es gibt eigentlich keinen Grund für Sie hierzubleiben.«

Ich versuchte mir rasch einen auszudenken.

»Ich bin noch nicht soweit.«

»Worauf genau warten Sie?«

»Sind Sie so erpicht darauf, mich hier rauszuholen?«

»Die Menschen hier sind nicht in der Lage, sich um sich selbst zu kümmern. Sie hingegen können die Verantwortung für sich tragen, Sie können sich selbst versorgen, Sie sind sich Ihrer Lage bewusst.«

»Meine Lage ist es doch gerade, die mir angst macht.«

»Wir können unsere Sitzungen in meiner Praxis fortsetzen. Angst zu haben ist kein Grund hierzubleiben.«

»Geben Sie mir noch eine Woche.«

»Fünf Tage können wir Ihnen geben.«

Ich nickte.

Töpfe und Pfannen. Patricks Sachen, seine Partituren, seine Kleidung, sein Eau de Cologne. Die Wohnzimmergardinen mit dem Zigarettenbrandloch. Mein Bett. Meine Laken, das eine von einer Nacht mit Lennie, das ich in der untersten Schublade aufbewahrt habe. Eine leere Flasche San Gimignano unter der Spüle. Die leere Luft. Die Staubkörnchen, die durch den späten Nachmittag schweben. Die vollkommene Stille.

Der Rest meines Lebens.

Es war eigentlich keine Klinik, in der ich mich befand. Nun ja, im Grunde schon, aber es gab eine Abteilung für Menschen, die sich nicht in einer akuten Krisensituation befanden – eine Art »Verwahrabteilung«, so würde man es vermutlich nennen. Ich war freiwillig dort, und sie konnten mich nicht dort festhalten. Im Gegenteil, inzwischen schienen sie erpicht, mich loszuwerden. Bond hatte meine Aufnahme befürwortet. Er wollte mich wohl im Auge behalten. Er hatte mir ein paar Schlaftabletten verschrieben, und dann hatte ich einen Termin bei ihm versäumt, und daraufhin tauchte er bei mir zu Hause auf. Tina Bird hatte ihn angerufen, glaube ich; sie hatte sehr genau wahrgenommen, wie sich mein Geisteszustand verschlechterte. Ich selbst hätte Bond niemals anrufen können; unser Beziehung war ziemlich förmlich. Ich hatte ihn mir in meinem Zuhause nicht vorstellen können, bis er plötzlich da war. In seiner Gegenwart hatte ich noch nie geweint. Ich sah ihm so oft wie möglich in die Augen, aber gewöhnlich sprach ich von der Interpretation von Träumen und darüber, wie ich mit Patricks zunehmender Senilität umgehen konnte.

Patrick hatte Bond für einen Scharlatan gehalten, aber Patrick hielt alle Ärzte für Scharlatane.

Ich hatte mit Bond zwar über Lennie gesprochen, hatte meinen Fall jedoch so distanziert geschildert, als stünde er zur Begutachtung: eine neunundfünfzigjähre Frau, glücklich verheiratet, verliebt sich in eine Frau, die halb so alt ist wie sie. So war es, kurz gesagt. Ich erinnere mich, wie ich beiläufig über die Situation gelacht hatte, als ich mit ihm sprach, während ich am ganzen Leib zitterte wie in einem Tiefkühlschrank.

»Worin lag die Faszination?« fragte er mich an einem Punkt, eine Frage, die viel zu weit vom klinischen Kontext entfernt war, um mir zu behagen. »Gab es eine Vorwarnung?«

»Was für eine Vorwarnung? Meinen Sie, ob es Liebe auf den ersten Blick war? Nein, daran glaube ich nicht. Sie –« ich hob die geöffneten Hände »– stand zur Verfügung, schätze ich. Ich fand es ein wenig exotisch, fing an, ein bisschen zuviel darüber nachzusinnen. Ich glaube, es wurde unausweichlich, etwas, das ich schließlich ausprobieren musste.«

»Das klingt ziemlich kaltherzig, Mercedes – in Anbetracht Ihrer Reaktion, als sie aus Ihrem Leben verschwand.«

»Nun, es wurde in der Tat ein wenig komplizierter, Bond. Das leugne ich nicht. Ich komme nicht dahinter. Sie war da. An einem bestimmten Tag, als ich zu etwas derartigem bereit war, war sie da und jemand anders nicht. Ist Ihnen das nicht spektakulär genug?«

Er schien an dieser Situation gar nichts spektakulär zu finden, was nicht sonderlich zu meiner Beruhigung beitrug. Über meine sexuelle Verwirrtheit sprach ich nicht mit ihm, obwohl er mir an dem Punkt vermutlich hätte helfen können. Das Phänomen, zum ersten Mal in meinem Leben sexuell vollkommen erregt zu sein, war nichts, woran ich ihn hätte »teilhaben« lassen können. Ich ergötzte mich insgeheim daran, verbarg es aber nach außen hin oder versuchte es zu verbergen, sogar vor Lennie. Patrick verstand vermutlich am besten, was ich da gerade erlebte, aber am Ende entglitt er mir immer schneller, und es gab eine Menge wichtiger Dinge, über die ich nicht mit ihm gesprochen hatte.

Ich bin es müde zu sagen: »Patrick wusste es.« Natürlich wusste er es. Ich habe mit ihm über Lennie gesprochen. Doch ich muss wiederum ehrlich sein; er kannte die Fakten, nicht aber das Ausmaß meiner Gefühle. Oder er kannte das Ausmaß, aber sein schwindender Geist registrierte nur Angst. Für Patrick war Sex etwas vollkommen Natürliches – er hieß ihn stets willkommen –, aber im Grunde war er ein konservativer Mann. Die Extreme in seinem Leben spielten sich in der Musik ab. Sex war für ihn wie Rinderbraten mit Kartoffeln; *crème brûlée* und Dom Perignon kannte er nicht. Na ja, vielleicht bin ich unfair. Sex mit Patrick hat mir Spaß gemacht, aber innerlich war ich nie wirklich beteiligt. Mir gefiel das Tröstliche, das darin lag, mit ihm zusammenzusein, mit ihm einzuschlafen, aufzuwachen, zu frühstücken. Mit ihm Arm in Arm durch die Straßen zu gehen. Unsere Gespräche. Uns verband eine außergewöhnliche Freundschaft. Ich habe mich nie als eine Frau wahrgenommen, die wegen eines anderen Menschen in einen Zustand fortwährender sexueller Erregung gerät, und schon gar nicht wegen einer anderen Frau. Bevor ich Lennie begegnet bin, hätte ich einen solchen Zustand mit Befremden betrachtet, vielleicht sogar mit einer gewissen Abscheu.

Wie wenig Worte doch taugen, um ein außerordentliches Ausmaß an Leidenschaft zu vermitteln; ihre Aufgabe liegt in der Kontrolle.

»Wo fangen wir an?« fragte Bond.

»Der Reihe nach, wenn ich hier schon bald fort muss.«

»Gut. Fangen Sie an, wo Sie möchten.«

»Vieles davon kennen Sie schon.«

Er nickte. »Stören Sie sich nicht daran. Das macht nichts.«

Einen Moment überlegte ich, was ich sagen wollte. Was ich sagen musste. Was war das Problem?

»Ich habe meinen Mann geliebt«, sagte ich.

Wir versuchten es erneut.

»Vielleicht gibt es da gar kein Problem«, sagte ich. »Vielleicht ist alles gut. Ich vermisse Patrick, das ist ganz natürlich. Ich vermisse Lennie, das ist ganz natürlich. Das sind Dinge, an die ich mich gewöhnen muss. Sie stellen kein Problem dar.«

»Gut. Wie stellen Sie sich den weiteren Verlauf Ihres Lebens vor?«

Eine Kluft tat sich auf. Schloss sich rasch wieder.

»Antworten Sie spontan, Mercedes. Denken Sie nicht darüber nach.«

»Den weiteren Verlauf meines Lebens stelle ich mir eher behutsam vor.«

»Behutsam?«

»Ich weiß nicht, warum ich dieses Wort benutzt habe. Ich muss es langsam angehen lassen, das ist alles, muss mich vorsehen. Ich weiß nicht, wohin ich gehe.«

»Das könnte ermüdend werden.«

»Sei's drum.«

»Sind Sie jetzt zornig?«

Ich stand auf und verließ den Raum. Ohne ein Wort. Ich bin kein unhöflicher Mensch; so hatte ich mich noch nie zuvor jemandem gegenüber verhalten. Im Aufenthaltsraum trat ich hinter das Klavier und beobachtete von dort die Tür. Bond folgte mir nicht. Vielleicht war unsere Zeit als Arzt und Patientin vorüber.

Am nächsten Tag entschuldigte ich mich für mein wortloses Verschwinden. Wir saßen uns in der hinteren Ecke des Aufenthaltsraums gegenüber. Es war eine ruhige Zeit, nach dem Mittagessen.

Er lächelte. »Das haben Sie noch nie zuvor gemacht.«

»Nein, das habe ich nicht. Sind Sie froh darüber? Ist es ein Zeichen für irgendwas?«

»Ein Zeichen wäre hilfreich, nicht wahr?«

Tränen schossen mir in die Augen, unerklärlicherweise. »Ja, das wäre es.«

Er wartete einen Moment, sehr geduldig. Vermutlich war er froh, dass ich endlich Tränen vergoss. Aber zum Vergießen waren es nicht genug, wie sich herausstellte. »Können Sie mir einen Hinweis geben, wo ich anfangen soll?«

»Sie haben Ihren Mann verloren, der Ihnen sehr viel bedeutet hat.«

»Ja.«

»Und Ihre Geliebte ist ebenfalls fort. Verschwunden – wohin auch immer. Wir wissen es nicht.«

»*Wir* wissen es nicht, und ich weiß es nicht.«

»Ihre Geliebte, die Sie mit ziemlich überraschenden Aspekten Ihrer selbst bekannt gemacht hat, Aspekten, die Ihnen beträchtliche Probleme bereitet haben.«

»Das, was ich empfunden habe, hat mir keine Probleme bereitet.«

»Und Sie sagen, Sie haben sich in diese Klinik begeben, weil Sie wollten, dass jemand Sie eine Weile bekocht.«

Ich konnte mein Lachen nicht unterdrücken.

»Warum lachen Sie?«

»Ich dachte an Jean Harris.«

»Jean Harris?«

»Die Rektorin, die ihren Geliebten, einen Diät-Arzt, erschossen hat. Als sie ins Gefängnis gesteckt wurde, soll sie gesagt haben: ›Wenigstens kocht jetzt eine Zeitlang jemand anders.‹«

»Haben Sie vor, nach Lennie zu suchen?«

»Natürlich nicht. Sie kann nach mir suchen, wenn sie mich will.«

»Sehen Sie, einige Dinge klären wir. Weiß sie, dass Patrick tot ist?«

»Woher sollte sie das wissen?«

»Sie könnte es erfahren haben.«

»Möglich. Doch ich wüsste nicht, wie, es sei denn, sie liest die Todesanzeigen, und das ist eher unwahrscheinlich.«

»Stellen Sie sich Ihr Leben jetzt mit ihr oder ohne sie vor?«

»Ich habe mir noch nie ein Leben mit ihr vorgestellt.«

»Ist das wahr?«

Natürlich nicht. »Wir haben nie darüber gesprochen. Ich habe das nie erwartet.«

»Nein, gesprochen haben Sie nie –«

»Sprechen wir über jetzt. Ich stelle mir mein Leben jetzt nicht mit ihr vor.«

»Aber –«

»Sie fehlt mir.«

»Ja.«

»Sie fehlt mir.«

Er nickte.

»Die Möglichkeit fehlt mir.« Meine Verwundbarkeit war nun offenkundig.

»Werden Sie nicht wütend, Mercedes. Versuchen Sie einfach, das hier zu Ende zu bringen.«

»Ich kann es nicht zu Ende bringen. Ich vermisse sie, aber ich bin auch wütend auf sie. Sie hat mich erweckt – diese Worte klingen unmöglich – sie hat mich da herausgeholt und dann ist sie ... einfach auf und davon und hat mich zurückgelassen.«

»Verstehen Sie, warum sie fortgegangen ist?«

»Patrick hat sie mit seinem Konföderiertenschwert davongejagt.«

Bond lächelte.

»Nein, ich weiß nicht, warum sie fortgegangen ist.«

»Sie wusste, dass Patricks Leben zu Ende ging. Sie wusste,

dass ihre Anwesenheit in Ihrem Leben ihm Sorge bereitet hat.«

»Sie ist gegangen, weil sie genug von mir hatte. Es lag an mir, nicht an ihm.«

Er sah mich ruhig an.

»Patricks Kräfte schwanden, aber gestorben ist er, weil er es sich gestattet hat«, sagte ich. »Er war fünfundachtzig, erinnern Sie sich?«

»Glauben Sie, Ihre Beziehung zu Lennie hat ihn zu der Entscheidung genötigt?«

»Mit was für Melodramen Sie tagtäglich zu tun haben«, erwiderte ich. »Wie schaffen Sie es, nicht zu lachen?«

»Es geht um das Jetzt – jetzt müssen Sie fortfahren. Sie müssen einen Weg finden fortzufahren, und Verleugnung hat da keinen Platz.«

»Ist das so?«

»Das ist natürlich Ihre Entscheidung.«

»Ich bin nicht dumm genug zu leugnen, dass Patrick und Lennie nicht länger zu meinem Leben gehören.«

»Zu Ihrem physischen Leben. Nein, mit dem Teil werden Sie keine Probleme haben.«

»Was könnte ich sonst noch leugnen?«

»Nun, was glauben Sie? Patrick nimmt in Ihrem emotionalen Gedächtnis noch immer einen großen Raum ein. Haben Sie damit ein Problem?«

»Nein.«

»Und Lennie? Wollen Sie ihren Platz leugnen?«

»Es ist schwer zu sagen, wo sie hingehören könnte.« Ich stand auf. »Und das ist alles, was ich heute sagen werde. Ich will mich hinlegen.«

Wie viele Tage blieben noch?

Zurück in meinem Zimmer legte ich meine Kleider ab und baute mich vor dem hohen Spiegel hinter der Tür auf. Ich erinnerte mich an die Zeit, als ich imstande gewesen war, über ein Tennisnetz zu setzen. Warum mir ausgerechnet dieses Kunststück einfiel, weiß ich nicht. Früher habe ich das oft gemacht. Meine Schenkel waren fest; selbst heute wabbelt da kaum etwas. Meine Sorge galt stets meinen Knochen. Ich betrachtete mich im Spiegel. Ich war mit hohen Wangenknochen gesegnet, aber meine Schulterknochen sind wie zusammengelötete Rohre. Meine Hüften sind breiter geworden – das ist nicht zu leugnen –, aber meine Taille ist noch immer unverkennbar. Meine Brüste? Ich begutachtete sie unerschrocken, wog sie in den Händen. Lennie hatte gern ihren Kopf dazwischen gelegt. Patrick ebenfalls. Sie hingen mittlerweile ein bisschen. Durchschnittlich, vermutlich. Mein Haar ergraute auf schöne Weise, war inzwischen fast weiß, aber es ging, wenn ich es kurz hielt. Und mein Gesicht – es hat noch immer den sanften Ausdruck eines Schulmädchens, als sei alles, was in den vergangenen sechs Monaten geschehen war, spurlos daran vorübergegangen.

Es war verblüffend. Ich hatte nie viel über meinen Körper nachgedacht, außer wenn ich Schmerzen oder Beschwerden hatte. Ich hatte gewiss nie darüber nachgedacht, was andere Frauen sexuell attraktiv finden könnten. Die Möglichkeit war mir nie in den Sinn gekommen. Lennies Körper jedoch war so selbstverständlich sexuell und so eindeutig weiblich gewesen, dass ich manchmal über die Unausweichlichkeit meiner Gefühle bestürzt war. Doch jetzt über ihren Körper nachzusinnen ist ein Luxus, den ich mir nicht erlauben sollte.

Lennie hat einmal zu mir gesagt: »Ich bin Menschen leid, die nicht wissen, was sie wollen, die *überredet* werden müssen. Ich will jemand, die ein Licht in meinen Augen sieht und zu mir kommt.« Ich dachte, dass ich dieser Mensch wäre. Ich bin zu ihr gekommen.

Ich glaube nicht, dass ich jemals wieder einen anderen Menschen lieben werde, männlich oder weiblich. Und das ist traurig.

Man kann sich daran gewöhnen, nicht geliebt zu werden, aber nicht zu lieben ist ein grundlegender Mangel.

Später an jenem Abend ging ich in den Aufenthaltsraum, um zu sehen, ob die Schwestern mir eine Tasse Tee besorgen könnten. Im Stationszimmer war niemand, also trat ich in die Dunkelheit des größeren Raumes und stellte mich ans Fenster. Ich hoffte auf ein bisschen frische Luft; meine Haut fühlte sich klamm und alt an, unangenehm. Es sah nach einer schönen Nacht aus – das helle Funkeln der Sterne verriet, dass es kalt war. Ich fragte mich, einfach so, voller Neugier, wo Patrick sein mochte.

»Mögen Sie die Sterne?« Eine Stimme erklang von einem der Stühle.

»Wer ist da?«

»Fumio.« Er trat in das Licht, das vom Stationszimmer hereinfiel.

»Oh, ja.« Ich kannte ihn vom Sehen. »Ich dachte, Sie wären Arzt.«

»War ich auch.«

Er war Mitte Vierzig, schätzte ich, auf dem weitläufigen Spielplatz, auf dem der Tod dir hin und wieder auf die Schultern tippt, während du selbst noch deiner Jugend zulächelst. Sein kurzes Stachelhaar erhob sich wie eine Riesenüberraschung über seiner Stirn und war grau gesprenkelt. Er trug eine Brille mit kleinen runden Gläsern.

»Mir ist nicht nach reden zumute«, sagte ich. »Ich wollte mir nur eine Tasse Tee besorgen. Ich will nicht unhöflich sein.«

»Ich verstehe«, erwiderte er. »Die Schwestern sind weg, wissen Sie. Ich glaube, woanders gibt es Probleme. Hier werden sie nicht wirklich gebraucht. Sie nennen dies die Haushaltsstation.«

»Ach, ja?« Ich lächelte. »Nun, so ist es ja eigentlich auch. Aber vielleicht benötigt doch mal jemand Hilfe. Irgend jemand sollte schon hier sein.«

»Ja. Ich benötige Hilfe, und ich kann niemanden finden.«

»Was fehlt Ihnen?«

»Ich brauche jemanden zum Reden. Ich habe verstanden, dass Sie es nicht sind, und das ist schon in Ordnung. Ich werde hier im Dunkeln warten, bis wieder jemand auftaucht.«

»Und ich werde zusehen, dass ich eine Tasse Tee auftreibe.« Die Katze in der Kälte, die Passagiere in dem abstürzenden Flugzeug. »Ich werde die Schwestern suchen.«

Ich hörte, wie er sich auf das Vinylsofa sinken ließ, das seufzend protestierte. Er erwiderte nichts. Als ich mit zwei Pappbechern lauwarmen Tees zurückkehrte, saß er noch genau so da wie zuvor.

»Kennen Sie *Star Trek?*« fragte er. »Die Fernsehserie?«

»Ja, ich habe davon gehört.«

»Sie sagen, das Weltall ist die ultimative Grenze.«

»Sie können reden, Fumio, aber ich möchte nicht reden. Ich heiße Mercedes Medina, und Sie können ruhig fortfahren, ohne etwas von mir zu hören.«

»Das Weltall ist nicht die ultimative Grenze. Der Geist ist die ultimative Grenze. Und zwar weil er endlos ist.«

Ich hörte eine der Schwestern auf die Station zurückkehren und ans Telefon gehen. Ich fragte mich, ob er es vorziehen würde, mit einer Schwester zu sprechen.

Er trank seinen Tee in kleinen Schlucken. »Haben Sie schon mal von der Tarantelwespe gehört?« fragte er. »Wenn die Tarantelwespe bereit ist, ein Ei zu legen, sticht sie eine Tarantelspinne, tötet sie aber nicht, sondern lähmt sie nur. Dann legt sie das Ei oben auf die Spinne und schafft alles in ein Erdloch. Wenn die Larve schlüpft, kann sie sich an lebendiger Nahrung gütlich tun.«

Lieber Gott, dachte ich.

Er hob einen Finger. »Das ist das Mysterium: Erstens, woher weiß die Wespe, wo genau sie die Tarantel stechen muss, damit sie nicht stirbt? Damit sie am Leben bleibt, um als Nahrung zu dienen? Und zweitens, woher weiß die Larve, wie sie die Spinne essen muss, damit diese am Leben bleibt und ihr so lange als Futter dienen kann, bis die Larve reif zur Verpuppung ist?« Seine Zähne blitzten in der nahezu völligen Dunkelheit. »Wenn die Nahrung stirbt, stirbt auch die Larve.«

»Und drittens«, sagte ich, »wie ist es für die Spinne, wenn sie langsam bei lebendigem Leib verspeist wird?«

Er schaukelte geräuschvoll auf der Couch vor und zurück. »So wie wir Geschichte wahrnehmen, verläuft sie sehr langsam. Wir betrachten die Wespe und sagen: ‚Das ist ein effektiver Weg, die Spezies am Leben zu halten. Die Natur hat sich so entwickelt, und deshalb muss sich die Spinne opfern.' Und wir glauben, das sei immer so gewesen. Stimmt nicht. Irgendwann hat die erste Wespe in genau die richtige Stelle stechen müssen.«

»Ich mag die Natur nicht«, sagte ich. »Ich gerate weder bei Blumen in Verzückung noch bei Waldspaziergängen oder Häuschen inmitten der Wildnis. Ich mag Menschen nicht, die ewig von der Natur schwärmen.«

»Schwärmen?«

»Entschuldigung. Worauf wollen Sie hinaus?«

»Ich will darauf hinaus, dass etwas im Busch ist.«

»Ja.« Ich warf einen Blick zum Stationszimmer hinüber und sah, dass beide Schwestern zurückgekommen waren. Plötzlich stieg eine große Traurigkeit in mir auf – ich trauerte um all jene Spinnen, die gestochen wurden, rein zufällig, um lebendigen Leibes verspeist zu werden, ohne zu wissen, warum oder welchem Zweck sie dienten. Beim Gedanken daran füllten sich meine Augen. Ich konnte sie nicht retten, ich konnte nichts erklären, es gab keine Möglichkeit, ihnen in ihrer endlosen, qualvollen Opferung Trost zu spenden.

War der leidende Gott erwacht?

In der Dunkelheit brannten Fumios Augen hinter seinen kleinen Brillengläsern. »Denken Sie an eine frühere Weggabelung in

Ihrem Leben«, sagte er zu mir. »Denken Sie an den Weg, den Sie eingeschlagen haben.« Er schwieg, um mir diesmal die Wahl zu lassen; ich machte bloß eine Handbewegung. Ich hatte in den letzten Jahren zu viele Weggabelungen hinter mir gelassen, um eine davon zu wählen. »Nun haben Sie einen Weg gewählt. Irgendwo in einem Paralleluniversum entfaltet sich der Weg, den Sie nicht gewählt haben.«

Plötzlich dachte ich an die Frau im Fahrstuhl im Mark Hopkins Hotel in San Francisco. Meine Flitterwochen mit Patrick. Die Frau in dem grauen Kostüm im Fahrstuhl. Ihre Perlen. Ihr Duft. In welcher verschlossenen Kammer meines Herzens atmete diese Erinnerung noch, beobachtete sie mich noch, weigerte sie sich noch immer, mich zu verlassen?

»Und wer hat diesen Weg eingeschlagen?« fragte ich ihn, weil ich etwas sagen musste.

»Sie. Sie haben ihn eingeschlagen.« Seine Zähne blitzten wieder. »Und manchmal begegnen Sie diesem anderen Leben möglicherweise, im Traum vielleicht, oder bei einem mentalen Sprung.«

»Ich glaube nicht, dass das eine gute Idee wäre«, entgegnete ich und stand auf. »Geben Sie mir Ihren Becher. Ich nehme ihn mit.«

Er stand ebenfalls auf. »Vielleicht sehen wir uns mal wieder. Danke, dass Sie sich zu mir gesetzt haben. Ich mache mir Sorgen wegen der Spinnen. Aber sie haben sich entwickelt, also muss es seine Richtigkeit damit haben.«

»Ja. Und wir müssen daran glauben, dass es in einem Parallelleben Spinnen gibt, die davongekommen sind.«

Er lächelte und verneigte sich leicht. Ich fragte mich, ob er ständig über derlei Fragen nachsann. Es musste kräftezehrend sein.

Die Frau im grauen Kostüm!

Patrick und ich waren in den Flitterwochen gewesen, was an

sich nicht viel zu bedeuten hatte, da wir bereits seit etlichen Jahren zusammenlebten. Aber ich genoss Patrick zutiefst. Sein Trio sollte Ende April in Los Angeles spielen, und wir waren bereits zehn Tage zuvor nach San Francisco gereist.

Am Tag nach unserer Ankunft teilte ich mir mit dieser Frau den Fahrstuhl im Hotel, eine lange, gemächliche Fahrt nach unten, nur wir beide und der Fahrstuhlführer. Unsere Augen trafen sich, als ich einstieg, dann drehte ich mich um, um nach vorn zu blicken, wie man es im Fahrstuhl eben macht. Da war ein schwacher, vielschichtiger Duft, wenn ich mich recht entsinne, nichts Blumiges. Berauschend. Sie trug ein graues Kostüm, das sich eng an ihre hochaufragende Gestalt schmiegte, so wie es damals Mode war, darunter ein weißes hüftlanges Top. Kleine schimmernde Perlen. Ich war mir ihrer überaus bewusst. Anfangs dachte ich, es läge daran, dass ich überlegte, ob ich ein paar höfliche Worte mit ihr wechseln sollte; zwei Menschen allein in einem Fahrstuhl – das ist schließlich nicht so, als wäre man in einer Menschenmenge. Ich nehme an, das wäre ein Grund gewesen, sich angespannt zu fühlen, doch ich erinnere mich an nichts dergleichen. Ich erinnere mich an eine Art Aura, die sich um uns herabsenkte. Ich spürte, dass etwas im Begriff war, mit uns zu geschehen, etwas – ich hätte es damals nicht sexuell genannt – Körperliches, glaube ich. Ich hatte keine Erfahrung mit derlei Gefühlen. Mir ihres Körpers neben meinem bewusst zu sein beschleunigte meinen Atem ein wenig. Wie dumm von mir, nicht zu merken, was da geschah. Ich war mir ihres Atmens bewusst, des Gleitens ihrer Kleider auf ihrem Körper, des leichten Hebens und Senkens ihrer Brüste, wobei ich mich nicht entsinne, ob ich das tatsächlich sah oder vielmehr spürte. Ich spürte beinahe, wie ich mich zu ihr neigte (vielleicht tat ich es!), während der Fahrstuhl langsam abwärts glitt und durch den leeren Raum summte. Unsere beiden Leiber miteinander in der Schwebe gehalten.

Ich spürte, wie die Frau mir den Kopf zuwandte, und ich (das war das Mutigste, was ich je getan hatte) wandte mich ihr ebenfalls zu und erwiderte ihren Blick. Wir lächelten, als ob wir einander insgeheim erkannt hätten. Und ich erinnere mich an ein Gefühl, ein sanftes Ziehen nach unten, das nichts mit dem abwärtsgleitenden Fahrstuhl zu tun hatte.

Wir erreichten die Lobby, die Türen glitten auf, und da stand Patrick, der vor Freude strahlte. Einen Augenblick lang konnte ich mich nicht rühren, dann streckte ich ihm die Hand hin, und die Frau in dem grauen Kostüm ging dicht hinter meinem Rücken vorbei und verschwand. Ich wollte ihr mit den Augen folgen, schmiegte aber statt dessen meine Wange an Patricks Schulter und schlang die Arme um ihn und fragte mich, was für ein Sturm so nah an mir vorübergezogen war und mich, an ein Stück Treibholz geklammert, zurückgelassen hatte.

Die Frau war gewöhnlich allein, ich sah sie anschließend mehrmals im Speisesaal, wo sie darin vertieft war, winzige Berechnungen in einem ledernen Notizbuch anzustellen. Einmal entdeckte ich sie allerdings auch in der Bar, in Gesellschaft eines großen Mannes mit rotblondem Schnauzbart, der ihr mit seiner großen Hand immer wieder das kurzgehaltene blonde Haar aus der Stirn strich. Ich hatte das Gefühl, dass sie sich nicht erst kürzlich begegnet waren.

»Kennst du sie, Merce?« fragte Patrick mich beim Abendessen. Er sah, dass ich ihren Tisch im Auge behielt.

Ich erzählte ihm, dass wir zusammen im Fahrstuhl nach unten gefahren waren. »Kennst *du* sie?«

Patrick musterte sie. »Nicht mein Typ.«

Der Gedanke an diese Frau machte mir zu schaffen, erinnere ich mich, und die Möglichkeit, ihr noch einmal im Fahrstuhl zu begegnen, versetzte mich in bange Erwartung. Als Patrick und ich uns in dieser Nacht liebten, sah ich ihr Gesicht ein-, zweimal vor mir, und ohne zu zögern stöhnte ich und umschlang ihn fester. Hinterher war ich in Hochstimmung, sexuell, und dann bestürzt, weil ich das Gefühl hatte, etwas Falsches getan zu haben. Ich glaube nicht, dass ich es damals noch auf andere Weise interpretiert habe.

Dann war es Zeit, nach Los Angeles aufzubrechen. Am Abend vor unserer Abreise saß die Frau mit dem schnauzbärtigen Mann im Speisesaal. Als ich zu ihrem Tisch hinüberblickte, sah ich, wie sie einander die Köpfe zuneigten, so innig waren sie ins Gespräch vertieft.

Als Patrick aufstand, um sich in der Hotelhalle eine Zigarre zu kaufen, verspürte ich den überwältigenden Drang, etwas zu tun – ich hatte keine Ahnung, was –, aber die Situation war mir vollkommen unvertraut; ich wusste nicht, was möglich war. Ich hätte die ganze Nacht lang dort sitzen und sie einfach nur betrachten mögen, ihre Gesten verfolgen, ihr Lächeln. Darüber hinaus hatte ich keine Vorstellung.

Also stand sie schließlich auf, sagte etwas zu dem Mann und wandte sich in Richtung unseres Tisches. Sie hatte etwas in der Hand. Plötzlich verspürte ich Angst, als hätte ich mich zu nah an ein Schlachtfeld gewagt und befände mich mitten im Granatfeuer. Aber sie hatte nicht die Absicht, mich auf irgendeine Weise zu konfrontieren. Als sie an meinem Tisch vorbeikam, hielt sie nicht inne – sie legte nur eine einzelne Gardenie neben meine Hand. Sie und Patrick gingen an der Tür aneinander vorbei.

Ich machte keine Anstalten, die Blume zu verbergen, und aus irgendeinem Grund verlor Patrick kein Wort darüber – was seltsam war, denn Patrick entging kaum je etwas. Ich nahm sie mit zurück nach New York, zwischen die Seiten des Programmheftes gepresst, in dem das Konzert des Trios vorgestellt wurde. Und irgendwo in den Kisten in meiner Abstellkammer musste sie noch sein.

Die Erinnerung an sie verlor in den darauffolgenden Monaten an Intensität, verblasste jedoch nie völlig. Bestimmte Sinneseindrücke konnte sie mir unvermittelt ins Gedächtnis rufen:

der Duft einer Gardenie (natürlich), ein graues Kostüm von bestimmtem Schnitt, der Abwärtssog eines Fahrstuhls. Ich fand jedoch niemals heraus, welche Rolle ich bei diesem Erlebnis gespielt hatte. Oder hätte spielen können.

Ich war damals keineswegs naiv. Ich wusste, dass Frauen andere Frauen liebten und fand, das sei allein ihre Sache und kein moralisches Problem. Auf meinen Reisen mit Patrick hatte ich einige Lesben kennengelernt. Heute sehe ich das Erlebnis in San Francisco als einen unmissverständlichen Hinweis auf eine entscheidende Weggabelung. Eine Weggabelung, die ich beinahe versäumt hätte.

Andere Menschen haben viele Geliebte in ihrem Leben; ich bin nicht der Typ dafür. Manchmal frage ich mich allerdings, was ich vielleicht versäumt habe. Aber Lennie kam, als ich bereit für sie war, oder für die Erfahrung, die ich ihr verdanke – das ist vielleicht zutreffender. Sie kam, als ich bereit für sie war, und sie ging, bevor wir am Ende angelangt waren. Dann ging Patrick natürlich, für immer. Das sind die beiden Menschen in meinem Leben, die ich bedingungslos geliebt habe. Ich bin nicht dumm genug, mir einzubilden, dass die Frau in dem grauen Kostüm mir etwas bedeutet haben könnte. Doch es ist bedrückend, über mein Leben von diesem Augenblick an nachzusinnen, ohne Freundinnen, die meine Sehnsüchte nachempfinden könnten, die sich den Sechzig nähern und sich mit den Problemen, die die Liebe mit sich bringt, beschäftigen. Gibt es noch andere wie mich? Das muss es. Aber keine Möglichkeit, an sie heranzukommen. Und würde ich das wirklich und wahrhaftig wollen? Ich würde mich nicht wohlfühlen in einer Gruppe von Menschen, die einzig zusammenkommen, weil sie dieselbe sexuelle Vorliebe teilen. Oder irgendeine andere Vorliebe. Ich sehe mich nicht als irgendeiner Gruppe zugehörig.

Ich bin immer stark gewesen, und darauf muss ich jetzt bauen. Ich bin stark, ich habe Interessen, habe verschiedene Projekte im

Sinn, und ich kann mich auf einige Freundinnen und Freunde verlassen, um die Stunden zu füllen. Patricks Nachlass, seine Unterlagen, seine Musik erfordern noch immer einiges an Aufmerksamkeit.

Und meine eigene Arbeit natürlich auch.

»Wie viele Tage habe ich noch?« habe ich Bond gefragt.

»Heute ist Mittwoch. Sie sollten sich darauf einstellen, Freitag hier rauszusein, wenn nicht früher.«

»Freitag.«

»Ist das ein Problem?«

»Nein. Nein.«

Die Zeit verstrich.

»Sie sind still heute«, sagte er.

»Warum stellen Sie mir nicht ein paar Fragen. Irgendwas, was Sie noch nicht wissen.«

»Na gut.« Er sah einen Moment zum Fenster hinaus. »Was werden Sie zu Hause mit Ihrer Zeit anfangen?«

»Das werde ich wohl herausfinden, wenn ich dort bin.«

»Sie haben mir einmal erzählt, dass Sie an der Übersetzung eines italienischen Romans arbeiten. Ein bedeutendes Werk, wenn ich mich recht entsinne.«

»Ich wüsste nicht, warum ich Ihnen davon erzählt haben sollte.«

»Es schien Ihnen wichtig zu sein.«

»Es war mir einmal wichtig, es zu Ende zu bringen. Die erste Fassung ist mittlerweile fast fertig, aber ich habe inzwischen kein echtes Interesse mehr daran.«

»Vielleicht können Sie es zurückgewinnen.«

»Ich sehe nicht ein, warum ich nach einer Tagesordnung leben sollte.«

»Verstehen Sie, warum ich mir Sorgen mache?«

»Wahrscheinlich meinen Sie, ein Auge auf mich haben zu müssen. Sie wollen sicher sein, dass ich beschäftigt bin. Ich versichere Ihnen, dass ich nicht an Selbstmord denke.«

»Nein, deswegen mache ich mir keine Sorgen. Es gibt andere Möglichkeiten, sein Leben zu beenden, als sich umzubringen.«

Ich sah ihn an und sagte nichts. Das würde er mir erklären müssen.

»Sehen Sie.« Er beugte sich vor und stützte die Arme auf die Oberschenkel. »Sie haben Ihren Mann verloren, der Ihnen sehr viel bedeutet hat, und eine weitere Beziehung, die Sie gerade zu erkunden begannen. Sie gehen viel zu rational damit um.«

»Mein Mangel an Gefühl? Ist es das, was Sie stört?«

»Ich denke, die Gefühle sind schon da. Ich glaube nicht, dass Sie hier aufgenommen werden wollten, weil da keine Gefühle sind.«

»Es ist nichts damit gewonnen, jetzt Gefühle ins Spiel zu bringen.«

»In welches Spiel?«

»Das Leben.«

Er nickte. »Sie haben also vor, ein Leben zu führen.«

»Behandeln Sie mich nicht so herablassend.«

»Ich bitte Sie, sich mit der Frage zu befassen.«

»Na schön.«

»Sich mit der Frage zu befassen, bevor sie Sie sabotiert.«

»Na schön.« Ich stand auf. »Wer ist dieser Asiate, dem ich hier begegnet bin? Ich glaube, er ist ein Patient. Fumio heißt er.«

Er sah mich lange an, bevor er mir antwortete. »Fragen Sie ihn, wer er ist. Er wird es Ihnen sagen.«

»Ich glaube einfach nicht, dass irgend etwas, was Sie sagen könnten, auch nur den geringsten Einfluss darauf hat, wie mein sogenanntes Leben sich entfalten wird.«

»Ich interessiere mich nicht für das, was ich sage. Ich interessiere mich für das, was Sie sagen.«

»Das hier ist eine sehr persönliche, sehr private Angelegenheit.«

»Das ist mir klar.«

Ich schritt zum Fenster hinüber. »Ich sage nur so viel: Wenn Sie versuchen, mir auf irgendeine Weise vorzuwerfen, dass ich mich nicht kasteie und über Patricks Tod weine, dann haben Sie mir das ganze letzte Jahr nicht zugehört. Ich habe um ihn getrauert, lange bevor er starb. Patrick war ein alter Mann, er war fünfundachtzig, sein Verstand ließ ihn im Stich und sein Körper auch, aber er hat ein gutes Leben gehabt. Er hat alles getan, was er je hatte tun wollen, er hat seine Musik gehabt, er hat ausgiebig geliebt – er hatte andere neben mir, das weiß ich. Aber wir gehörten zusammen. Und wir waren zusammen. Ich bin bei ihm geblieben, bis zum Ende. Und ich werde ihn schrecklich vermissen. Aber das kann ich, ohne meine Trauer in Gefühlsausbrüchen kundzutun.«

»Um Vorwürfe geht es hier nicht.«

Ich lehnte mich mit dem Rücken an die Wand neben dem Fenster. »Sie haben immer geglaubt, dass meine Beziehung zu Lennie nicht weiter von Bedeutung ist, nicht wahr?«

»Warum sagen Sie das?«

»Weil sich Ihr Ton verändert, wenn Sie mit mir darüber sprechen. So als wäre ich ein Kind.«

»Ich habe es ganz gewiss ernst genommen, weil Sie es offenkundig ernst genommen haben. Und so viel haben wir nicht darüber gesprochen. Sie haben mir erst vor knapp einem Monat davon erzählt.«

»Vermutlich haben Sie sich vom pathologischen Standpunkt aus dafür interessiert – Ihre Patientin, die in die Pubertät zurückkehrt.«

»Haben Sie so darüber gedacht?«

»Ich spreche davon, wie Sie darüber gedacht haben.«

»Meine Gedanken sind hier nicht Thema.«

»Natürlich sind sie das. Ich bin darauf angewiesen, dass Sie diese Jungmädchenerfahrung gutheißen, verstehen Sie nicht? Sie in gewisser Weise absegnen.«

»Warum?«

Damit ich es kann, hätte ich beinahe gesagt. »Ich habe im Leben immer zu Ende gebracht, was ich angefangen habe. Ich habe immer gern alles erledigt, und ich glaube nicht, dass das eine schlechte Eigenschaft ist. Lennie ist ein geheimnisvolles Erlebnis, das anfing und dann einfach aufhörte, ohne dass es wirklich ein Ende fand. Ich habe das Bedürfnis, es zu beenden, und dabei brauche ich ihre Mitwirkung. Die werde ich wohl kaum bekommen. Also muss ich einen Weg finden, es von mir aus zu beenden. Ich weiß noch nicht genau wie, aber vielleicht wird es sich Tag für Tag herauskristallisieren.« Ich sah ihn direkt an. »So. Das ist eine erwachsene Art, die Dinge zu handhaben, nicht wahr?«

»Es scheint mir ein bewundernswertes Ziel zu sein.«

»Keine Lösung, auf die eine Vierzehnjährige kommen würde.«

Er lächelte.

Meine Fingerknöchel auf den Mund gepresst, lächelte ich ihn aus meiner Wiege heraus an.

In jener Nacht sah ich zu, wie der kalte Vollmond durch den schneeschweren Nebel in einen schwarzen bitterkalten Himmel aufstieg. Lennie hasste die Kälte. Warum zwang Bond mich dazu, zu überlegen, wo sie sein mochte?

Mein Liebling, dachte ich. *Wo bist du?*

Unaufgeräumte Worte, wie ein ungemachtes Bett. Ich wollte die Tür zu diesem unordentlichen Zimmer schließen.

Mein Leben war ein Stilleben gewesen. Sehr still. Dann kam Lennie, und ein Bankett auf der Leinwand wurde zum Leben erweckt; sie war das Bankett, und ich nahm voller Freude an diesem Tisch Platz. Nun ist der Tisch verlassen, wie in einem Gemälde von Vermeer; das Brot liegt zerkrümelt da, das Messer mit einer schmalen Käsekruste auf der Schneide. Das Tischtuch ist zerknittert, die Teller stumm mit abgenagten Knochen. Eine Orangenschale kringelt sich neben dem hellen grünen Weinglas mit dem gewundenen zierlichen Stiel. Die Servietten haben fettige Münder abgewischt und liegen nun zusammengeknüllt neben den Tellern, die Stühle sind zurückgeschoben, der blaue Wasserkrug ist leer, die Bediensteten sind fort. Dieses Bankett, von dem ich törichterweise geglaubt hatte, es würde weitergehen – eine Weile zumindest –, ist zu Ende. Ich bin nicht töricht. Ich glaube nicht an ein Leben nach dem Tod. Ich erwarte keine Freundlichkeit von Fremden. Die Dinge sind, wie sie sind.

Aber Lennie ist fort. Sie hat mich aus dem Schlaf zum Leben erweckt, und nun stelle ich fest, dass ich keinen Grund habe, wachzubleiben.

Am Freitag saß ich im Aufenthaltsraum und wartete darauf, dass Bond mir meine Papiere zum Unterschreiben brachte. Fumio stand an dem großen Fenster, das auf den Hof hinausging, und ich überlegte kurz, mit ihm zu sprechen; dann beschloss ich, dass unser Gespräch zu jenen Begegnungen gehörte, die man manchmal des Nachts hat und die schlicht und einfach Teil der nächtlichen Dunkelheit bleiben sollten.

Bond kam mit den Papieren, und ich unterzeichnete sie, ohne sie zu lesen. Ich nahm ein paar Rezepte entgegen und bereitete mich zum Gehen.

»Wir haben nächsten Dienstag einen Termin vereinbart«, sagte er.

»Ja.«

»Ich möchte, dass Sie ihn wahrnehmen.«

Ich nickte.

»Wie kommen Sie nach Hause?«

»Valentina Bird. Sie haben sie an der Tür zu meiner Wohnung getroffen, als Sie beide kamen, um mich zu retten.«

Er lächelte. »Ah, ja.«

»Sie ist meine liebste Freundin, Bond. Sie wird nicht zulassen, dass ich mich Ihnen entziehe.«

»Deswegen mache ich mir keine Sorgen.« Er sah mich an. »Sind Sie bereit?«

Ich war nicht bereit. Ich stellte mir die Fahrt zurück in die Stadt vor, am farblosen, spätwinterlichen Fluss entlang, die schmuddeligen Schneereste am Straßenrand, schwarze, lederartige Flecken, die Zimmer meiner Wohnung, staubig und stickig, es sei denn natürlich, dass Tina in ihrer großen Güte dort gewesen war und alles hergerichtet hatte. Das sähe ihr ähnlich, und ich sollte mich vermutlich wappnen und auf Blumen einstellen, auf blitzblanke Tische und Zimtduft. Und frische Bettwäsche.

»Ich vermute«, sagte ich, »es gibt keinen Ort, wo ich sonst hin könnte?«

Bond hatte meinen Ellenbogen ergriffen und führte mich zu den Fahrstühlen. »Was haben Sie gesagt? Wo würden Sie denn gern hinwollen?«

»Zu Hause ist nichts«, erwiderte ich. »Nichts.«

Er drehte mich zu sich um. »Ich weiß, das ist ein Klischee«, sagte er, »aber versuchen Sie einfach, eine Stunde nach der anderen zu nehmen. Blicken Sie nicht nach vorn. Stellen Sie sich nichts vor. Ich rufe Sie heute abend an.«

Draußen war ein fahler Tag. Fahl, März, kalt noch. Ich ging hinein.

Zweiter Teil

Verliebt

1

Patrick entdeckte die Beschädigung des Whistlers zuerst.

»Hier«, sagte er eines Morgens. »Das Ding sieht ein bisschen angeknackst aus.«

Mrs. Medina trat hinter ihn und nahm ihre Lesebrille ab. »Nanu, wieso hat das Glas einen Sprung?« fragte sie.

»Die Maler.«

»Die Maler waren letztes Frühjahr hier.«

»Daran brauchst du mich nicht zu erinnern, Merce. Sie haben mich jeden Morgen um halb sieben geweckt, und dieser Ungar hat mir eine Flasche Black Jack geklaut.« Er schnaubte laut in sein rotkariertes Taschentuch. »Du hättest das Gemälde in Sicherheit bringen sollen, wo dir doch soviel daran liegt.«

»Es ist kein Gemälde, Patrick. Sieh mal, das Glas hat einen Sprung, und das Papier ist eingerissen. Und sie haben keinen Ton gesagt.«

»Dein kleiner Venedig-Trödel. Nun sieh ihn dir an.«

»Patrick, geh und zieh dir Schuhe an oder Schlappen oder was auch immer.«

»Was gibt's zum Mittagessen?«

»Mittagessen.« Sie seufzte. »Sieh mal, dieser Schmutz, der durch den Sprung im Glas eingedrungen ist.« Sie setzte ihre Brille wieder auf. »Tja, ich muss es wohl ausbessern lassen.«

»Ist die Post schon da, was meinst du? Wie spät ist es?«

»Gleich elf.« Sie stand da und betrachtete die Radierung. Dann nahm sie sie vorsichtig von der Wand. »Ich weiß nicht, ob man den Riss im Papier beheben kann.«

»Ach, vergiss es, Merce. Flick's mit Klebestreifen oder so. Komm her und sieh dir die Bank drüben auf der anderen Straßenseite an. Jemand streicht sie rot.«

»Wenn ich es nicht ausbessern lasse, wird es nur noch schlimmer.«

»Gutes Geld schlechtem Geld nachgeworfen.«

»Schlechtes Geld? Ein Whistler?« Sie trug das Bild zum Fenster, um es in besserem Licht zu betrachten. »Sieh mal, das Papier hat sich bereits verfärbt.«

»Dieser Plunder erinnert mich an einen sehr üblen Moment in meinem Leben. Ich dachte, du hättest mich verlassen, als du dich über die Kanäle davongemacht hattest, um dieses Ding da zu kaufen. Wegen dieser bestürzenden Episode begegne ich allem, was Whistler je geschaffen hat, mit Abneigung.«

Sie sah ihn erstaunt an. »Dafür kann Whistler nun wirklich nichts«, sagte sie. »Und ich war nicht im Begriff, dich zu verlassen.«

»Darüber wollen wir nicht streiten.«

»Nein. Das wollen wir nicht.« Sie ging ins Esszimmer hinüber. »Ich werde Bonnie Friedman im Fogg anrufen. Wenn du Mittagessen haben willst, sieh zu, dass du dir was an die Füße ziehst.« Sie stand einen Augenblick in der Küchentür. *Aber ich habe überlegt fortzugehen,* erinnerte sie sich. *Ich habe mit dem Gedanken gespielt.*

»Warum streichen sie die Bank?« fragte er und folgte ihr.

Bonnie willigte ein, die Radierung einer ihrer Mitarbeiterinnen im Kunstmuseum zur Begutachtung des Schadens zu geben. »Pack den ollen Whistler ein und bring ihn her«, sagte sie. »In zwei Wochen hast du den Befund. Wenn du morgen kommst, lade ich dich zum Lunch im Faculty Club ein. Wie geht's deinem schnuckeligen Gatten?«

»Sehr gut.«

»Hat immer noch viel Pfeffer, was?«

»Kann man so sagen.«

»Spielt aber jetzt nicht mehr viel, oder?«

»Manchmal spielt er mit Freunden, Bonnie, aber er tritt nicht mehr auf.«

»Das ist ein Verlust für uns alle.«

Es war auch ihr Verlust.

Im Alter von neunundfünfzig Jahren – in ihren Augen noch keineswegs alt –, keimte in Mercedes Medina der Verdacht, dass die meisten wichtigen Ereignisse in ihrem Leben gekommen und gegangen waren. Patricks nachlassende Gesundheit hatte eine Menge mit diesem Gefühl zu tun, aber im Grunde war sie erleichtert gewesen, als Patrick sich entschlossen hatte, in den Ruhestand zu gehen. Sie hatte ihr gemeinsames Reisen geliebt, seine Musik, die Konzerte in exotischen Städten, aber nun wollte sie endgültig auspacken und die Koffer wegstellen.

Patrick hatte sie, wie sie glaubte, von einem Leben in selbstverschuldeter Einsamkeit errettet. Ihre beruflichen Wege waren getrennt, aber unter gegenseitiger Anteilnahme verlaufen, obwohl sein Werdegang gewiss mehr Großzügigkeit verlangt hatte. In den Monaten, in denen sie unterrichtete, hatte er zwar Interesse bekundet, aber seine Neugier richtete sich in erster Linie auf ihre Studenten, insbesondere auf die jungen Student*innen*. So war er eben. Bis auf die letzten Jahre war sein Trio stets mehr als die Hälfte des Jahres auf Tournee gewesen, und sie hatte ihn begleitet, wann immer sie es hatte einrichten können. Nun war dieses Leben vorbei.

Lennie Visitor war an einem Tag in ihr Leben getreten, als sie sich nicht hatte entscheiden können, was sie Patrick mittags zu essen machen sollte, Seezunge oder Maccaroni mit Käsesauce.

Sie hatte nicht erwartet, an jenem Donnerstag in einem Blumengeschäft zu landen; sie hatte gar nichts groß im Sinn gehabt, außer einer gewissen Besorgnis wegen der Radierung. In späteren romantischen Momenten stellte sie sich vor, wie der gesamte Morgen langsam und unausweichlich auf eine Tür zugesteuert war, die einen Spalt breit offen stand. Das heißt, hinterher hatte sie so gedacht. Hinterher war der Whistler unwichtig geworden.

Zum ersten Mal in diesem Herbst trug sie ihren Blazer aus Harris-Tweed und das rot-goldene Hermès-Tuch, das Patrick ihr in Zürich gekauft hatte.

»Nun, Mercedes«, sagte Bonnie beim Lunch. »Da wären wir wieder.« Sie widmeten sich einer Pilzcremesuppe, die ihre Löffel erhitzt hatte. »Und glaub nicht, dass du dem Thema ausweichen kannst.«

Mrs. Medina lächelte.

»Wann wirst du den Fluss überqueren und hier unterrichten? Der Fachbereich Romanistik ist im Augenblick voller Lücken. Sie würden dich mit Kusshand einstellen.«

»Ohne Doktortitel würden sie mir Italienisch für Anfänger anbieten. Ich bin verwöhnt. Im Moment kann ich unterrichten, was ich will. Ganz nach meinen Vorstellungen.« Sie wischte sich über den Mund. »Davon abgesehen bin ich mit der Dekanin meines Fachbereichs befreundet. Sie zählt auf mich.«

»Tja, irgendwann ...«

»Ja, irgendwann werde ich vielleicht darüber nachdenken.« Sie dachte daran, dass ihr außer ihrem Unterricht nichts bliebe, wenn Patrick nicht mehr wäre. Und so würde der Lauf der Dinge sein, zweifellos. Doch dieser Teil ihres Lebens lag noch vor ihr im Dunkeln.

»So«, meinte Bonnie später, als sie ihren Weg zurück über den Harvard Yard in Richtung Harvard Square machten. »Ich begleite dich noch bis ans Tor.« Bonnie war schmal und fast einsachtzig groß, und Mrs. Medina musste sich beeilen, um mit ihren langbeinigen Schritten mitzuhalten. Als sie sich verabschiedeten, sagte Bonnie: »Guck dir die groteske Auslage bei Pittino's an. Ich glaube, Guido übt schon für die Blumenschau im nächsten Jahr.«

Der Tag war mild, dunstig und winddurchzogen. Sie bummelte die Church Street entlang und betrachtete die Schaufenster, obwohl ihre Gedanken um Patrick kreisten. Sie fühlte sich seltsam distanziert, als ob es der Nachmittag vor einer Abreise wäre und ein langer Nachtflug vor ihr läge. Die Schaufensterdekoration bei Pittino's verwirrte sie noch mehr. Es schien ein englisches Wohnzimmer aus dem neunzehnten Jahrhundert darzustellen, in dem sich eine gewaltige Explosion von Chrysanthemen und Zinnien ereignet hatte. Es faszinierte sie.

Sie musste sich durch ein Arrangement von Farnen und Steinen und Wasserfällen schlängeln, um in den eigentlichen Raum des Blumenladens zu gelangen. Der Geruch von frischer Erde war überwältigend, als wäre sie auf einer üppigen, feuchten Insel gelandet, auf der jeden Moment das Wispern von Fiederpalmen oder das Säuseln von Bambus erklingen mochte.

Und dann der berauschende Duft von Gardenien.

Hinter dem Tresen winkte Guido Pittino sie heran. Er war am Telefonieren. »He, Len, kümmere du dich um die Dame«, sagte er. »Ich hab immer noch Waterman's am Apparat.«

Eine junge Frau richtete sich hinter dem Tresen auf. Sie war groß, mit klaren Augen und hatte etwas Ungekünsteltes. Das heißt, ihr Gesicht war ziemlich hübsch, ohne besondere Eigenschaften oder Maskerade. Sie besaß einen breiten Mund, der lächelte, als hätte sie echten Grund zur Freude, als wären sie und Mrs. Medina alte Freundinnen, die sich eine Weile nicht gesehen hätten. Sie trug eine flache Schachtel Gardenien in den Armen und hielt sie Mrs. Medina hin, um sie daran riechen zu lassen.

Mrs. Medina erschrak ein wenig, schnupperte jedoch höflich.

»Zu süß, nicht wahr?« sagte die junge Frau. »Zu viele. Schon eine Gardenie ist fast mehr, als ich verkrafte.« Sie legte den Kopf schief. »Oder vielleicht mögen Sie sie.«

»Ich weiß nicht«, sagte Guido am Telefon. »Ich weiß nicht, ob ich bis heute abend drei Dutzend gelbe Rosen besorgen kann.«

Die junge Frau sah sich nach einer freien Stelle um, wo sie die Gardenien ablegen konnte und bückte sich schließlich, um sie zurück auf den Boden zu legen. »Was darf's sein?« fragte sie, als sie sich aufrichtete. »Die Gardenien kann ich Ihnen leider nicht geben.« Sie wischte sich die Hände ab. »Ich habe gesehen, wie Sie sie angesehen haben. Das werden Ansteckbuketts für ein großes Fest im Faculty Club.« Sie stemmte die Hände in die Hüften und lächelte, als ob sie beide einen privaten Scherz miteinander teilten.

Was ist das denn? dachte Mrs. Medina und erwiderte das Lächeln zögernd. *Bin ich ihr irgendwo schon mal begegnet?*

Ihr Haar wies mehrere Schattierungen von Blond auf, mit einigen dunkleren Stellen unten drunter, und war über die Ohren in den Nacken gestrichen, wo es in einen dicken Schopf Locken mündete. Es sah irgendwie nach Wet Look aus. In ihrem linken Ohrläppchen trug sie einen Goldring. Ihr Teint ließ vermuten, dass sie tatsächlich blond war, und Mrs. Medina nahm einen schwachen würzigen Duft wahr, der entweder von der Frau oder von einem Blumenarrangement in der Nähe rührte, sie war sich nicht sicher. Sie schwankte ein wenig und legte die Hand auf den Tresen, um sich zu stützen. Die junge Frau trug ein weißes T-Shirt unter einem grauen Baumwollpullover.

»Also, möchten Sie etwas liefern lassen, oder wollen Sie etwas mitnehmen?« Sie erwiderte Mrs. Medinas Blick, und ihre Augen wirkten amüsiert.

Mrs. Medina nickte und räusperte sich. »Ja«, sagte sie.

»Ja ...?« Sie öffnete die Hände. »Ja?« Sie lachte ein wenig.

Eine kleine Karte lag auf dem Tresen und wartete darauf, in eines der kitschigen Arrangements gesteckt zu werden, die in Fußbällen oder roten Glasherzen überreicht wurden. Jemand hatte geschrieben: *Warum bist Du gegangen, ohne mich zu wecken? Danke für eine unvergessliche Nacht!*

»Nun, vielleicht sind Sie bloß gekommen, um hallo zu sagen«, sagte die junge Frau munter.

»Lennie! Geh ans andere Telefon, ja? Ich kümmere mich um die Dame.«

»Nehmen Sie die Fresien. Sind gerade reingekommen«, flüsterte Lennie.

Guido tauchte hinter Lennie auf und schob sie in Richtung des anderen Telefons. »Telefon«, sagte er. »Entschuldigung, Madam. Was kann ich für Sie tun?«

»Die junge ...« setzte Mrs. Medina an. »Die junge Frau sagte ... die Fresien ...«

»Die weißen Rosen sind außergewöhnlich«, sagte Guido und strich mit Daumen und Zeigefinger glättend über seinen dunklen Schnurrbart. »Oder vielleicht ein Herbstarrangement? Kamelien? Nerinen?« Er wies auf den großen Kühlraum hinter sich.

Die junge Frau namens Lennie stand an dem großen hinteren Tresen rechts von der Kühlraumtür. Sie hatte das Gewicht auf einen Fuß verlagert, eine Hand in die Hüften gestemmt und redete – eine recht anmutige Pose, in der Tat –, und Mrs. Medina erblickte eine Art kleinen Zopf unter dem Lockenschopf in ihrem Nacken. Jetzt beugte sie sich vor, um etwas aufzuschreiben. Sie lachte. Sie sah über die Schulter und warf Mrs. Medina einen sehr kurzen Blick zu.

»Madam?« wiederholte Guido.

»Fresien, bunt gemischt«, sagte Mrs. Medina rasch.

»Fresien, bunt gemischt, gewiss.«

»Dreimal.«

»Drei Sträuße Fresien, bunt gemischt. Bar oder Karte?«

»Ich stelle Ihnen einen Scheck aus«, erwiderte Mrs. Medina. »Aber –« Sie lächelte. »Aus reiner Neugier – für die Zukunft, natürlich, was genau sind Nerinen?« Sie sah, wie Lennie den Telefonhörer auflegte und durch die Tür in den großen Kühlraum ging.

»Nerinen, Madam, gewiss. Nerinen sind das hier. Diese wundervollen Rosafarbenen hier. Ähnlich wie Lilien.«

»Wunderschön, wunderschön«, sagte Mrs. Medina. Die Nerinen hatten lange Stengel und zarte, zungenartige Blütenblätter.

Sie berührte eine mit der Fingerspitze. »Sie sind sehr schön, nicht wahr?«

»Plus Umsatzsteuer.« Guido attackierte schwungvoll die Registrierkasse.

Hinter ihm erklang ein Krachen.

»Ah, Dio!« Er warf die Hände hoch und eilte zu Lennie hinüber, die mit Glasscherben in den Händen aus dem Kühlraum trat. »Unachtsames Mädchen!« Er verschwand im Kühlraum, inmitten der Iris. »Geh!« rief er von drinnen. »Bedien die Dame zu Ende. Ich werde die Fresien holen.« Zornig warf er die Tür zu.

Lennie wischte sich die Hände an einem Papiertuch ab. »Kalt da drinnen«, sagte sie. »Meine Hände sind abgerutscht.«

Mrs. Medina sah auf ihre eigenen Hände hinab und spielte mit dem Verschluss ihrer ledernen Brieftasche. »Bluten Sie?« fragte sie. »Vielleicht sollten Sie sich ein Pflaster holen.«

»Nee, das passiert dauernd. Billiges Glas, geht leicht zu Bruch. Wie weit ist er mit Ihnen gekommen? Oh, ja, hier ist Ihr Scheck. Ich muss einen Blick auf Ihren Führerschein werfen.« Sie summte leise vor sich hin, als sie die Zahlen notierte. »Wenn ich es nicht besser wüsste, wenn ich es nicht besser ...« Sie zog die volle Unterlippe zwischen die Zähne und sah auf. »Portugiesin?« fragte sie.

Mrs. Medina schüttelte den Kopf.

»Ihr Name.« Sie gab den Führerschein zurück. »Medina.«

»Oh, nein. Die Familie meines Mannes ist spanischer Herkunft, aber das ist lange her.«

Lennie hob die Hand, um sich das Haar hinter die Ohren zu streichen. Auf ihrem Zeigefinger war ein kleiner Schnitt zu sehen, und der winzige Blutfleck wirkte plötzlich unangenehm vertraulich.

»Eigentlich stammt er aus Virginia«, sagte Mrs. Medina entschlossen.

»Der sonnige Süden.« Der Geruch der Gardenien stieg auf wie Äther. »Haben Sie sonst noch was entdeckt, das Ihnen gefällt?«

fragte Lennie. Sie stützte die Hände auf den Tresen und neigte den Kopf.

Mrs. Medina sah sie an, unsicher, irritiert, und etwas begann sich auf seltsame Weise zu entwirren. Dann fegte Guido vorbei und deponierte die eingepackten Fresien auf dem Tresen.

»Schon mal eine blaue Rose gesehen? Sehen Sie mal.« Lennie hielt eine rosenartige Blume hoch, die tatsächlich ein dunkles Blauviolett aufwies, die Farbe eines heftigen Blutergusses vielleicht oder der Wolken, die sich manchmal gleich nach Sonnenuntergang tief unten am Horizont sammelten.

»Eine blaue Rose«, sagte Mrs. Medina. Sie überlegte verzweifelt, was sie sonst noch sagen könnte.

»Lisianthus«, sagte Lennie fachkundig. »Ist eigentlich keine richtige Rose, sieht nur so aus. Ein Typ in einem meiner Kurse hat mir erzählt, dass er sie in einigen seiner Gärten verwendet hat. Deshalb hab ich Guido gebeten, ein paar zu bestellen. Warten Sie mal.« Sie langte unter den Tresen und holte ein eselsohriges Notizbuch hervor, das offenkundig Mitschriften enthielt. »In der Vase: zwei Wochen«, sagte sie einen Moment später. Sie klemmte sich das Notizbuch unter den Arm. »Hier, nehmen Sie.« Sie wickelte ein wenig Tissue und ein Stück Papier um den Stengel und hielt ihr die Blume hin.

»Oh«, sagte Mrs. Medina verwirrt. »Dankeschön. Aber ...«

»Bitte, nehmen Sie. Wir haben zwei große Schachteln voll davon. Es ging hier heute ein bisschen drunter und drüber. Wir wollen ja schließlich, dass die Kundschaft wiederkommt, wissen Sie.« Sie verlagerte ihr Gewicht von einer Seite zur anderen. »Nicht wahr?«

»Oh, ja«, erwiderte Mrs. Medina. Sie hielt die Rose fest umklammert. »Na schön.«

»Na schön ...?«

»Ich komme wieder.«

»Ooo-kay. Cool.« Das Telefon klingelte. Sie wandte sich um,

um ranzugehen, und Mrs. Medina wusste, dass sie auf der Stelle vergessen war. »Oh, hallo«, sagte Lennie mit leiser Stimme. »Hallo, hallo. Wie sieht's aus?«

Mrs. Medina schritt ruhig durch die Farne und hinaus in die Trägheit des Altweibersommernachmittags.

Sie ließ den Laden rasch hinter sich, als verfolge sie eine unmittelbare Absicht, schritt zügig aus, ohne jedoch zu wissen, wohin sie wollte. Sie hielt kurz inne und überlegte zurückzugehen, um zu erklären, warum sie am Ende diese leere Floskel bemüht hatte – »Ich komme wieder« –, als ob das eine Rolle spielte. Noch immer hielt sie die außergewöhnliche blaue Blume fest umklammert. Halb vier, sagte die Uhr auf dem Square.

Sie ging in Richtung Mount Auburn Street, betrat schließlich das Café Paradiso und nahm Platz. »Was nehme ich?« sagte sie zu dem Kellner, und er reagierte mit einem Lächeln. »Sie nehmen einen Milchkaffee mit Bourbon Vanille.« Und das bekam sie. Es war Schicksal. Sie bestellte nie aromatisierten Kaffee.

Sie legte die Blume vor sich auf den Tisch. Die Fresien waren ihr nun eine Last. *Lennie,* dachte sie. *Was ist denn das für ein Name? Warum hat sie so vertraulich mit mir gesprochen? Also, ob sie mich kennen würde?* Sie überlegte einen Moment. Nun, vielleicht kannte sie sie. Was kam ihr so vertraut an ihr vor? Irgend jemandes Tochter, die Tochter einer Freundin? Sie ließ einige Namen Revue passieren. *Ich würde mich doch an sie erinnern,* dachte sie. *Ganz bestimmt.*

Neben der Kasse stand eine sich langsam drehende Vitrine mit italienischem Feingebäck – Cannoli, Cremetörtchen und eine köstlich aussehende olivfarbene Birnentarte. »Was kostet ein Stück von der Birnentarte?« fragte sie die Frau hinter dem Tresen, als sie bezahlen ging. »Ach, egal, geben Sie mir einfach die ganze Tarte, ja?« Sie lächelte. »Es ist so ein wunderschöner Tag.«

Sie wanderte eine Zeitlang um den Square, ohne recht zu wissen warum, und nach einer halben Stunde ging sie schließlich ins Au Bon Pain und bestellte sich eine Tasse Tee. Sie nahm sie mit hinaus auf die Terrasse. Der Nachmittag wurde kühler, als die Sonne unterging, und sie beugte sich über ihren schwarzen chinesischen Tee und atmete den Dampf ein. Als die junge Frau erschien, begriff Mrs. Medina, dass sie mit ihr gerechnet hatte, und sie wartete ruhig, bis sie vorübergegangen war. Sie trug die flache Schachtel mit den Gardenien unter dem Arm, nun verschlossen, und überquerte den Square trotz der roten Ampel und wich dem Verkehr geschickt aus. Sie hatte lange Beine und schritt lang und gleichmäßig aus. Sie trug eine schwarze Lederjacke, nicht neu, mit einem verblassten aufgestickten roten Schriftzug auf dem Rücken, den Mrs. Medina nicht entziffern konnte. In der herabsinkenden Dunkelheit war ihr Gesicht glatt und entschlossen, und das letzte Sonnenlicht ließ ihre Locken orangefarben glühen.

Sie überquerte die Massachusetts Avenue, als der Verkehr nachließ, und verschwand aus dem Blickfeld.

Patrick war erstaunlich ruhig angesichts ihrer späten Rückkehr.

»Ich hab mich nur gewundert«, sagte er. Er schien ganz darin vertieft, auf einer seiner Bürgerkriegskarten etwas auszubaldowern. Er sah auf. »Was hast du da? Blumen für mich? Was sind das – Friesen? Oder wie nennt man die?«

»Fresien, Patrick.«

»Eine zarte Blüte für zarte Jungfrauen aus alten Zeiten. Sehen ein bisschen vertrocknet aus, Merce. Hast du sie im Müll gefunden? Oh, pluster dich nicht gleich auf – ich sehe ja das Einwickelpapier.«

»Sieh mal, was ich für uns zum Abendessen gekauft habe.« Sie zeigte ihm die Birnentarte.

Patrick liebte Süßes. »Delizioso«, meinte er. »Und der Anlass?«

»Kein besonderer Anlass.«

»Du bist auf einmal so schmissig. Wen hast du in petto?«

Sie legte sich die Hand aufs Herz. »Niemanden. Tut mir leid.«

»Na komm, beruhig dich. Deine Schwingungen stören meine Überlegungen in Sachen General Beau.«

»In Ordnung«, sagte sie.

»Ist ohnehin Zeit für mein Gläschen.«

In der Küche stellte sie die Tarte auf den Tresen und holte eine kristallene Stielvase für ihre Blume. Sie stellte sie auf ihren Nachttisch.

»So«, sagte sie.

Dann mixte sie sich einen Gin and Bitters und trug ihn zusammen mit Patricks allabendlichem Black Jack in sein Zimmer.

»Schönen Nachmittag gehabt?« fragte er sie. »Den Whistler beim Onkel Doktor abgeliefert?«

»Ja. Die Prognose ist gut.« Das war die Art Konversation, die sie brauchte. Und die Art, in der sie und Patrick geübt waren.

»Wieviel?« fragte er.

»Wieviel –«

»Moos. Wieviel werden sie dir dafür abknöpfen?«

»Ich muss abwarten, bis Bonnie sich meldet. Heute konnte sie mir noch nichts sagen.«

»Es gibt bestimmt Besuchszeiten.« Er trank seinen Whiskey beinahe geziert.

Daran hatte sie noch nicht gedacht. »Ich könnte zurückgehen und fragen, wie es um ihn bestellt ist.«

»Hast dir wieder eine Mission auferlegt. Guck mal.« Er wies mit dem Glas auf den Fernseher. »In Montana liegt bereits Schnee. Schlechtes Zeichen.«

»Ich sehe es als gutes Zeichen an«, meinte sie. »Die Jahreszeiten wechseln. So ist die Natur, das ist der natürliche Lauf. Wir können von Glück sagen, dass die Dinge im Wandel sind.«

Er warf ihr einen skeptischen Blick zu. »Du bist verrückt«, meinte er.

2

Das war Donnerstag. In der Nacht zu Freitag wurde sie Opfer einer plötzlichen Grippeattacke, die sie aus dem Schlaf riss. Ihr Hals war so entzündet, dass sie sich an beiden Bettkanten festhalten musste, um zu schlucken. Sie stand auf und schlug mit Patricks silbernem Eishammer ein paar Eiswürfel klein und nahm sie mit ins Bett. Der Schmerz war köstlich, und das Eis glitt mit seidiger Geschmeidigkeit ihre geschwollene Kehle hinunter, wie gefrorene betäubende Edelsteine. Sie hatte schon einmal eine solche Erfahrung mit Halsschmerzen gemacht, als ihr die Mandeln herausgenommen wurden, zu jener Zeit eine blutige und qualvolle Prozedur. Sobald sie essen konnte, hatte sie zur Verwunderung ihrer Mutter um gebutterten Toast gebeten, und die salzig-krossen Krumen in ihrer wunden Kehle hatten halb Schmerz, halb Ekstase erzeugt.

In der Morgendämmerung war ihre Temperatur auf 38,9° C gestiegen, und die blaue Lisianthus neben ihrem Bett hatte eine Aura düsterer, beinahe hörbarer Intensität angenommen, als wäre sie eine winzige Wolke in der Vorhut eines finsteren Sturmes, und Mrs. Medina lag auf der Seite und betrachtete die Blume voller Neugier. Patrick war besorgt. Er ging vor ihrem Zimmer auf und ab wie ein Wolf – so stellte sie es sich in ihrer Benommenheit vor –, der darauf wartete, dass sie starb, um ihr das Fleisch von den Knochen zu reißen.

»Komm rein, Patrick«, krächzte sie.

Er legte ihr die Hand auf die Stirn und sah auf die Uhr. Sie fand diese Geste außerordentlich komisch, und ihr Lachen war hell und heiter, wie ein Stroboskoplicht in ihrem Kopf.

Bedächtig gab sie Patrick Anweisungen für sein Frühstück.

»Ich werde Harry Max anrufen«, meinte er. »Zeit für den Arzt.«

Sie hob beide Hände und schüttelte den Kopf. Ihr Nachthemd war schweißgetränkt. Wenn Harry käme, würde sie sich umziehen müssen. *Selbst ein Arzt verdient ein frisches Nachthemd,* dachte sie. In einem kleinen Winkel ihres Kopfes war sie sich des Problems bewusst, dass Patrick allein in der Wohnung umherwanderte und sich vielleicht am Herd verbrannte oder ausglitt.

»Stell nicht den Herd an«, flüsterte sie ihm zu, als er den Hörer auflegte.

»Ich habe ihm erzählt, dass du 38,9 Fieber hast«, sagte er. »Das stimmt doch so ungefähr, nicht? Er wird in der Apotheke anrufen und ihnen ein Rezept durchgeben und sie bitten, es uns vorbeizubringen.« Er beugte sich zu ihrem Gesicht hinab und blickte ihr in die Augen. »Du bist irgendwo da drinnen, nicht wahr, Merce?«

Sie nickte.

»Entfern dich nicht zu weit.« Er sah die Lisianthus an und roch an ihr. »So«, sagte er. »Ich muss was essen.«

Er brachte seine Müsli-Schüssel mit in ihr Zimmer und setzte sich und aß und sah ihr zu, wie sie zwischen Schlafen und Wachen wechselte. Dann holte er seine Karten und breitete sie auf ihrem Teppich aus. Er holte neues zerstoßenes Eis – sie hörte, wie er darauf einhämmerte –, und alle Viertelstunde etwa trat er zu ihr und starrte ihr in die Augen, egal ob sie auf oder zu waren. Sie spürte seine trockene Hand auf ihrer Stirn. Ihre Träume waren von Rot- und Blautönen und strahlendem Licht erfüllt. In einem von ihnen stattete die Frau in dem grauen Kostüm ihr einen ihrer regelmäßig wiederkehrenden Besuche ab; sie lächelte, von einer goldenen Aura umgeben, und hielt ihr stumm ein großes Buch hin, das kunstvoll verziert war mit Seiten voller Blumen, die beinahe lebendig schienen.

Sie warf und wälzte sich von einer Seite auf die andere. Anfangs schwitzte sie, so heiß war ihr, dann zitterte sie vor innerer Kälte.

Als das verschriebene Medikament geliefert wurde, brachte Patrick ihr eine Tasse lauwarmer Hühnerbrühe und ein Glas Ginger Ale. »Ich hab sie in der Mikrowelle warm gemacht, aber sie ist nicht richtig heiß geworden. Du musst das hier nehmen, Merce, und Harry sagt, du musst vorher was in den Magen kriegen.« Er gab ihr eine große orangefarbene Pille.

Gerührt von seinen Handreichungen stützte sie sich auf den Ellenbogen und zwang sich, die Brühe zu trinken und die Pille zu schlucken; das Salz tat ihrem Hals sogar wohl. Sie trank sie Patrick zuliebe. *Das ist wohl auch eine Art von Liebe,* dachte sie. Sie ließ sich zurück ins Kissen sinken.

Sie war sich vage des Geruchs von Thunfisch in ihrem Zimmer bewusst und dem Geruch von Patricks Whiskey. Aber sie hatte nicht die leiseste Ahnung, welche Uhrzeit es war. Als Patrick sein Cello hereintrug, bemerkte sie, dass es wieder dunkel war; er spielte fünf oder zehn Minuten lang anrührend eine Cello-Suite von Bach, und sie fühlte sich getröstet und zufrieden und erschöpft. Sie öffnete die Augen und sah ihn zum ersten Mal an diesem Tag klar vor sich. Er hielt inne.

»Weiter«, sagte sie schwach.

»Ich mache weiter, und du nimmst deine Pille.«

»Spiel einfach weiter.«

»Störrisches Frauenzimmer.« Aber er spielte weiter; er schloss die Augen, sein Arm war zittrig, die Finger jedoch ruhig.

Als sie die Augen wieder öffnete, saß er mit einer frischen Schüssel Müsli auf dem Stuhl. Er stellte die Schüssel ab. »Die nächste Pille«, sagte er und trat ans Bett.

Als das erledigt war, sagte sie: »Patrick, du kannst nicht immer nur Müsli essen. Es steht noch ein Rest Maccaroni mit Käsesauce im Kühlschrank.«

Er schüttelte den Kopf. »Zuviel Umstand.«

Sie machte Anstalten aufzustehen. »Bleib liegen«, sagte er. »Mir geht's gut.« Dennoch machte sie sich Sorgen, allerdings nicht genug, um aufzustehen und zu kochen. Ihre Beine trugen sie kaum bis ins Bad. *Beine,* dachte sie und erinnerte sich ohne zu zögern an die Beine der jungen Frau in ihren Jeans, ihre langen Beine. *Was ist das bloß?* überlegte sie. *Hat sie mich krank gemacht?* Der Gedanke machte ihr angst.

In dieser Nacht schlief sie unruhig; sie ließ eine abgedunkelte Lampe brennen. Schlucken konnte sie jetzt, und gegen vier Uhr erwachte sie mit einem Riesenhunger. Sie wankte den Korridor hinunter in die Küche und aß die Käse-Maccaroni kalt direkt aus der Kasserole und trank ein großes Glas Ginger Ale. Anschließend putzte sie sich die Zähne und wechselte das Nachthemd.

»Merce«, erklang Patricks Stimme aus seinem Zimmer.

Sie ging den Korridor entlang zu ihm.

»Geht es dir jetzt wieder gut?«

»Viel besser. Die Pillen scheinen zu wirken.«

»Du hast mir einen Schrecken eingejagt.«

»Danke, dass du dich um mich gekümmert hast.«

»Ich habe eine Schweinerei in deinem Zimmer angerichtet. Ich hab dort mehrere Picknicks veranstaltet.«

Sie lächelte. »Hab ich gar nicht bemerkt.«

»Ich geh morgen mit dem Staubsauger drüber.«

»Mach dir keine Gedanken, Patrick. Ich hoffe, du kriegst das nicht auch. Schlaf jetzt.« Sie berührte seine Wange.

»Welch eine Erleichterung«, sagte er. »Dass es vorbei ist.«

»Ja, ich glaube, das ist es.«

Sie kehrte in ihr Zimmer zurück, suchte sich ihren Weg zwischen Karten und Krümeln und Tellern hindurch und ließ sich ins Bett fallen. Sie spürte, wie sich die Krankheit in ihrer Brust niederließ. *Ich schätze, heute ist Sonntag,* dachte sie.

Am Morgen erwachte sie und lag eine Weile ruhig da, erschöpft, vollkommen in Frieden. Sie war nie zuvor derart unvermittelt krank gewesen, nicht seit sie ein Kind gewesen war und Krankheiten als natürlicher Vorgang des Lebens kamen und gingen und ihr jene wundervollen langen Tage im Bett eingekuschelt gewährten, lesend, während alle anderen in der Schule waren und ihre Mutter ihr heiße Limonade brachte. Sie griff sich an die Kehle, an die Brust, die jetzt eng war, ihre Schenkel, die schmerzten.

Neben ihrem Bett war die Blume so frisch und prächtig, als sei sie eben erst gemalt worden.

Sie setzte sich auf, schwang die Beine aus dem Bett und sammelte einen Moment lang ihre Kräfte. Die Überreste von Patricks Picknicks waren am anderen Ende des Zimmers verstreut. Es war noch früh, ungefähr halb acht. Langsam suchte sie sich ihren Weg durch das Chaos, sammelte Teller und Gläser und Servietten ein und ein kleines Häufchen Olivenkerne, die er sorgsam auf dem Tisch angesammelt hatte.

Er trat in die Küche, als sie im Begriff war, Kaffee zu kochen.

»So«, sagte er und beugte sich vor, um ihr ins Gesicht zu sehen.

»Ich bin wieder da.« Sie lächelte, aber ihre Stimme versagte, und sie begann zu husten.

»Kaffee ist meine Sache«, sagte er. »Ich mache das.«

»Wie wär's damit«, sagte sie und spürte wieder die Schwäche in ihren Beinen, »ich mache uns Frühstück, und du bringst es mir ans Bett.«

»Gut«, meinte er. »Gut. Ich muss mich nicht anziehen, oder?«

Schlaf zog sie sanft hinab, doch sie schob sich ein Kissen in den Rücken und richtete sich darauf ein, wie eine Königin zu erscheinen. *Wie muffig es hier drinnen ist,* fiel ihr auf. Sie rümpfte die Nase, stand wieder auf und öffnete das Fenster, und die Luft war mild und sonnengetränkt und bauschte die Gardinen.

»Merce!« sagte Patrick, der nichts von frischer Luft hielt. Er stellte das altersschwache Tablett ab und marschierte entschlossen zum Fenster.

»Rühr es nicht an, Patrick«, sagte sie und kehrte ins Bett zurück. »Ich brauche frische Luft.«

»Nicht klug, Signora.«

»Komm, lass uns essen.«

»Du holst dir eine Lungenentzündung«, murrte er, begann aber Butter auf seinen Toast zu streichen. »Es ist dein Zimmer«, fügte er hinzu. »Dein Terrain.«

»Ja.«

»Dein Körper, wie ich immer schon gesagt habe.«

»Hat Al die Zeitungen raufgebracht?«

»Ich hab nicht nachgesehen. Willst du, dass ich dir Neues aus aller Welt vorlese?« Seine Miene hellte sich auf. Das war etwas, um das er sie manchmal bat.

»Ich fürchte, ich werde gleich wieder einschlafen.« Sie begann ein wenig zu husten und musste ihre Kaffeetasse absetzen. »Es ist lieb von dir, mir das Frühstück ans Bett zu bringen. Ich weiß nicht, wie mir geschieht. Ich bin seit Jahren nicht so krank gewesen.«

»Irgendwas hat dich angegriffen. Du hast es aus Cambridge mitgebracht. Vermutlich etwas, das du gegessen hast.« Er hob den Kopf. »Garnelen, vermutlich. Hast du Garnelen gegessen?« Irgendwann in seinem Leben hatte er ein massives Misstrauen gegen Garnelen entwickelt.

Sie lächelte in sich hinein. »Nein. Keine Garnelen.« Dann sagte sie: »Was hast du heute vor?« Sie stellte den leeren Teller auf ihren Nachttisch, neben die Blume.

»Diese Woche bin ich dran mit dem Kreuzworträtsel in der *Times*.«

»Stimmt.«

»Und Santino hat gemeint, er käme vielleicht vorbei.« Er kratzte den Rest seines Eis geräuschvoll zusammen. »Er sieht sich nach einem neuen Pianisten um. Er braucht meinen Rat.«

Mrs. Medina hatte das Gefühl, dass irgend jemand irgendwo

ein Puzzle zusammenlegte. Die Teile fügten sich mit einer unvermeidlichen, doch erschreckenden Richtigkeit zusammen, und es schien nicht mehr so viele Stimmen in ihrem Kopf zu geben, die alle gleichzeitig ihre Aufmerksamkeit verlangten.

»Also habe ich Santino erzählt, dass du eines Abends mit ihr aneinandergerasselt bist und ihm all die widerwärtigen Einzelheiten berichten würdest.«

Sie öffnete die Augen. »Aneinandergerasselt – mit wem?«

»Mags Krivatsy.«

»Du liebe Güte, Patrick, das ist doch schon eine Ewigkeit her. Warum musstest du Santino davon erzählen?«

»Hör mir doch zu, Merce, ich hab's dir eben erzählt! Santino zieht sie als seine neue Begleitung in Erwägung.«

»Nun, sie ist sehr gut. Findest du nicht?«

»Merce, du warst drauf und dran, ihr in der Bar vom Ritz ein Pfund zu verpassen! Santino wird das wissen wollen.«

»Ich war noch nie drauf und dran, jemandem ein Pfund zu verpassen. Wir hatten eine kleine Meinungsverschiedenheit. Und sie ist eine ausgezeichnete Pianistin, egal wie sehr sie mich auf die Palme bringt.«

»Ich habe jede einzelne Minute dieses Abends genossen.«

Mrs. Medina lachte matt. »Ja, das kann ich mir vorstellen.«

»Du hast sie eine verrückte Ungarin genannt.«

»Das war sie doch auch. Und das ist sie immer noch. Wir hatten an jenem Abend beide ein bisschen zuviel getrunken, wenn ich mich recht entsinne. Patrick, Patrick, ich muss jetzt schlafen. Du und Santino – ihr macht das schon. Ihr braucht mich nicht dazu.«

Er sah gekränkt drein, nahm aber seinen Teller und seine Tasse und ging langsam in Richtung Tür.

»Nimm mein Geschirr bitte auch mit, Patrick. Und weich alles ein.«

»Weibersache.«

»Danke für deine Gesellschaft. Wenn du hungrig bist, iss ein Stück Birnentarte.«

»Ich werde Santino davon anbieten. Das Fenster sollte zu sein, Merce.«

»Ich möchte es offen haben, danke, Patrick.« Ihr Husten war nun rauh und gelöst und beunruhigte sie nicht mehr. Ihr Bett war warm und verhieß Träume.

Sie schlief tief. Irgendwann steckte Patrick den Kopf zur Tür herein und meinte: »Sag Santino guten Tag, Merce.« Sie lächelte und winkte matt. »Bleib nur liegen, Mercedes«, sagte Santino. Später brachte er ihr einen Teller Penne mit seiner selbstgemachten Tomatensauce – Santino war ein guter Koch – und ein großes Glas Ginger Ale mit Eis. »Ich stelle es dir einfach hin«, sagte er ruhig. »Iss, wenn dir danach ist.« Er legte eine Stoffserviette über den Teller.

Irgendwann am späten Nachmittag erwachte sie wieder, diesmal ganz klar; der Wind hatte sich gelegt, und das Licht besaß eine Stille, die sie an den Frühsommer denken ließ.

Am nächsten Morgen war ihr nach einfachen Dingen zumute. Sie war wieder hungrig; sie wollte frischen Orangensaft, bei dem das Fruchtfleisch am Glas klebte, zwei Scheiben warmen Toast mit geschmolzener Butter und Tee mit Honig. Sie wollte ausgiebig duschen, mit duftender Seife, und sich das Fieber aus dem Haar waschen und ihre mauvefarbene Seidenbluse anziehen und die dünnen schwarzen Baumwollhosen mit den tiefen Taschen.

Sie richtete sich auf und stützte sich auf den Ellenbogen. *Ich werde Michael anrufen und mir die Haare schneiden lassen,* dachte sie. Sie hatte die ganze Nacht bei weit offenem Fenster geschlafen. Sie lächelte, und dann hörte sie Patrick in der Küche.

Mrs. Medina glitt unsicher in die Küche. Patrick stand fluchend neben dem Kaffeebereiter. Sie küsste ihn auf die Wange.

»Das gottverdammte Ding ist verreckt«, sagte er. Er klopfte auf den Deckel und musterte es.

Sie langte an ihm vorbei und steckte den Stecker rein. »So geht's besser«, meinte sie.

Er drehte sich um und sah sie mit gerunzelter Stirn an. »Wieso bist du auf? Solltest du nicht nach dem Zimmerservice klingeln? Sieh dich einer an – vollständig angekleidet und wohlriechend wie ein Empfang in der französischen Botschaft.«

Sie warf einen Blick in den Kühlschrank, während der Kaffee durchzulaufen begann. »Ich hätte gern einen Pfirsich«, sagte sie. »Irgendwas Saftiges.«

»Vielleicht sollte ich gehen und mich rasieren.« Er rieb sich das Kinn. »Glaubst du, du könntest Frühstück machen?«

»Was möchtest du?«

Er gab sich nachdenklich und meinte dann: »Eier, würde ich sagen«, wie er es immer tat.

»Nicht nötig, dass du dich vorm Frühstück rasierst. Hier ist dein Saft.«

»Keine Pfirsiche?«

»Kein gar nichts. Du hast alles weggeputzt. Ich gehe nachher los und kaufe ein bisschen ein.« Doch da war noch die Birnentarte. Patrick hatte ein großes Stück herausgeschnitten, und das ließ sie echt erscheinen, nicht mehr wie ein Kunstwerk. Das war gut so.

Er spielte mit der Kordel seiner Schlafanzughose. »Ich kapier's nicht«, meinte er. »Gestern dachte ich noch, ich würde dich vielleicht an die Nebel der Ewigkeit verlieren.«

»Tja.« Sie tätschelte ihm die Wange. Sie legte zwei gewebte Platzdeckchen auf den Küchentisch. »Keine Picknicks mehr in meinem Zimmer«, sagte sie. »Was für eine Lotterwirtschaft, Patrick.«

»Ich hab Santino gesagt, dass ich dich gesundpflegen würde.« Er klang enttäuscht.

»Und das hast du getan. Du hast dich sehr gut um mich gekümmert. Ich bin immer noch schwach, Patrick. Nachher wirst du dich vermutlich wieder um mich kümmern müssen.«

»Ich mache dir eine Tasse Tee.«

»Weil ich in die Newbury Street gehen werde, um mir die Haare schneiden zu lassen.«

»Was?« Er trat näher und baute sich zwischen ihr und dem Tisch auf. Sie hatte Messer und Gabeln in der Hand. »Das lasse ich nicht zu. Das kannst du nicht. Du hast dich eben erst von einem Pestanfall erholt.«

»Es ist nur ein kurzer Fußweg. Ich gehe zu Michael und komme anschließend gleich wieder heim.« Sie nahm die Eier aus dem Kühlschrank. »Ein Ei oder zwei?«

Er stemmte die Hände in die Hüften. »Irgendwas stimmt nicht mir dir, Merce. Nimmst du immer noch diese orangefarbenen Pillen, die Harry geschickt hat? Du musst sie nehmen, bis sie alle sind.«

»Ja, ich nehme sie. Der Kaffee ist fertig. Deckst du bitte den Tisch, Patrick.«

3

Die junge Frau, Lennie, schlich sich immer wieder in Mrs. Medinas Gedanken. Vor allem ihre Stimme, der Blick, den sie Mrs. Medina über die Schulter zugeworfen hatte. Immer wieder war sie da, und Mrs. Medina schob sie fort und erlaubte sich weder Neugier noch Spekulation, eine Verleugnung, die an sich unerklärlich war.

Dieses Bemühen erschöpfte sie nach einer Weile, aber sie schaffte es, eine Woche verstreichen zu lassen, bevor sie wieder hinging und den Laden betrat, im Vertrauen darauf, dass ihr ein Grund einfallen würde. Sie hatte keine Ahnung, was sie da tat oder warum. Zunächst schien es, als wäre niemand zugegen, doch dann trat Guido aus dem Kühlraum, beladen mit Chrysanthemen.

»Ja.« Er kam lächelnd auf sie zu. »Ja?«

Von Lennie war nichts zu sehen.

Guido legte die Blumen auf dem Tresen ab, warf ihr einen fragenden Blick zu und wartete. Neben den Blumen lag ein kleiner Stapel grüner Zettel mit der Überschrift: »Pflegeanleitung für Gesnerien«.

»Madam wünschen?« erkundigte Guido sich.

»Ja«, sagte Mrs. Medina. »Ich war letzte Woche hier und ich habe mich gefragt, ob ich meinen Schirm hier vergessen habe. Blau, mit grünen Streifen.«

Guido schüttelte den Kopf. »Nein, tut mir leid.«

»Dann hab ich ihn dummerweise woanders stehenlassen.«

Er warf einen flüchtigen Blick unter den Tresen. Dann lächelte er wieder und zuckte die Achseln.

»Na schön. Danke.«

Sie ließ den Laden so schnell wie möglich hinter sich. Und dann geschah das Unwahrscheinliche: Lennie tauchte aus dem Durchgang neben dem Coop auf und rannte sie beinahe um.

»Sie sind's!« sagte sie mit freudigem Gesicht. Sie rasselte mit einem Schlüsselbund in den Händen.

»Oh, ja, hallo«, sagte Mrs. Medina. »Hallo.«

Sie sahen einander an. Mrs. Medina spürte, wie ihre Beine ein wenig nachgaben, ein sanfter Sog nach unten. Als ob ... und dann wusste sie es – sie wusste, dass es nicht die junge Frau war, die ihr vertraut vorkam, sondern das Gefühl.

»Ich dachte mir, dass Sie vielleicht wiederkommen würden«, sagte Lennie.

»Warum?« erwiderte Mrs. Medina beinahe abwehrend. »Warum dachten Sie, ich könnte wiederkommen?«

»Nur so ein Gefühl.«

»Nun, ich war auf der Suche nach Informationen über Gesnerien – wie man sie richtig pflegt.« *Was waren Gesnerien?* »Nicht für mich, für eine Freundin. Ich dachte, Sie hätten vielleicht etwas ... ein einfaches Infoblatt, das leicht zu verstehen ist.«

»Wir haben einen ganzen Stapel davon. Kommen Sie mit.«

»Ähm, ich bin in Eile, ich kann nicht mit zurückgehen. Ich komme vorbei, wenn ich nicht soviel zu tun habe.«

»Klar. Ich bin meistens da.« Sie lächelte. »Manchmal habe ich Unterricht. Dann bin ich nicht da.«

Mrs. Medina nickte. »Tja, war nett, Sie zu sehen.«

»Die Lisianthus blüht und gedeiht?«

»O ja. Sie ist immer noch schön.«

»Bis bald.« Sie hob die Hand.

Geh weiter! befahl Mrs. Medina sich. *Geh weiter.* Ehe sie sich's versah, war sie mitten auf der Brattle Street und hätte den ganzen Weg nach Concord zu Fuß zurücklegen können.

Meine geblümte Bluse, die mit den winzigen Röschen, und den blauen Rock? überlegte Mrs. Medina. *Nein, sieht zu streng und klassisch aus. Inzwischen auch nicht mehr saisongemäß. Schauen wir mal. Ich schätze, der Tweed wird herhalten müssen.*

Sie trat zurück und überflog den Inhalt ihres Kleiderschranks.

»Sieh sich einer das Zeug an«, sagte sie laut. »Ich bin eine alte Frau.«

Sie vernahm eine Bewegung, drehte sich um und sah Patrick in der Tür lehnen. Ein winziges Stück rosafarbenen Hummers klebte ihm im Mundwinkel.

»Gehst du zum Abschlussball?«

Sie betrachtete ihn mit leichter Gereiztheit, die Hände in die Hüften gestemmt. Trotz des Hummers war er kein Kind, er sah nicht aus wie ein Kind; trotz seines fortschreitenden Verfalls besaß er noch immer ein wundervolles Stilgefühl. Heute trug er schneidige Khaki-Hosen und einen kanariengelben Cashmere-

Pullover mit V-Ausschnitt über seinem in mehreren Farben gestreiften Freizeithemd von L.L. Bean.

»Du hast Hummer im Mundwinkel«, sagte sie und ließ sich aufs Bett sinken. Von Zeit zu Zeit fielen die letzten Ausläufer ihrer Grippe hinterhältig über sie her.

»Tatsächlich.« Er tupfte sich mit dem Taschentuch den Mund. »Sehr guter Hummersalat, aber diese Geschöpfe rattern über den Grund und fressen Gott weiß was, deshalb halte ich mich einzig an die Scheren. Ich will nur das Scherenfleisch. Das weißt du. Heute hast du mir auch was vom Kopf gegeben, glaube ich.«

»Der Hummerkopf wird nicht gegessen. Sie haben keine Köpfe.«

»Ich habe ihre Köpfe gesehen. Sie haben Köpfe mit zwei großen Glupschaugen. Davon will ich nichts und auch nicht von dem Zeug in der Mitte. Zur Not esse ich den Schwanz.«

»Ich weiß, dass du die Scheren bevorzugst, und für gewöhnlich ist es genau das, was du bekommst.«

Er steckte sein Taschentuch wieder ein. »Macht es so viele Umstände, mir was zu essen zuzubreiten?« fragte er. »Darf ich reinkommen und Platz nehmen?«

»Natürlich. Setz dich. Ich bemühe mich, erfindungsreich zu sein, was deine Mahlzeiten anbelangt, Patrick. Es wird schwerer. Früher hast du fast alles gegessen.«

»Stimmt. Einmal habe ich sogar Hund gegessen.«

»Bitte komm mir jetzt nicht mit der Geschichte.«

»Zum Abendessen möchte ich Hund auf Florentiner Art.«

»Wolltest du aus einem bestimmten Grund zu mir?«

Er nickte und lehnte sich mit einem Seufzen in ihrem Lesesessel zurück. »Es ist fast halb zwei«, sagte er.

»Ja.«

»Willst du irgendwohin?«

»Ja, ich will nach Cambridge.«

»Ich dachte, wir wollten lesen, Merce. Wir werden mit dem

Trollope nie fertig, wenn wir nicht dranbleiben.« Er hob die Hand. »Was gibt's so gottverdammt Wichtiges in Cambridge? Eine Horde Hippie-Studenten und versnobte Professorengattinnen, die Kraut und Rüben studieren. Andenkenläden. Was in drei Teufels Namen hast du dort zu suchen?«

Tausend Jahre zuvor hatte ihr Vater ihr eine ähnliche Frage gestellt, fiel ihr auf einmal ein; an einem regnerischen Sonntagnachmittag hatte Graham Kilmer vor dem Haus auf sie gewartet, am Fuße der weiten sommerlichen Rasenfläche, in dem überlangen '53er Oldsmobile Convertible mit den blassgrünen Kunstledersitzen und dem Lenkrad mit dem großen Drehknopf in der Mitte. *Ich bin ein Kind,* dachte sie zornig. *Ich lebe mein Leben rückwärts. Ich wurde uralt geboren, und nun möchte ich mich einfach in Nichts auflösen.*

»Was gibt's in Cambridge?« wiederholte Patrick. »Du bist diese Woche schon mal dort gewesen.«

Sie überlegte. Vielleicht sollte sie nicht gehen. Sie hatte ja nur gesagt, dass sie vielleicht vorbeikäme, um sich das Informationsblatt über Gesnerien zu holen. Irgendwann einmal.

Patrick beugte sich vor. »Was ist los mit dir, Merce? Hast du dir einen Liebhaber mit Tagesfreizeit angelacht?«

»Sprich nicht so mit mir«, sagte sie und stand auf. »Sprich nicht mit mir wie mit einem ungezogenen Kind.«

»Kinder haben keine Liebhaber.« Er grinste. »Komm, setz dich, nimm den schneidenden Unterton aus deiner Stimme und erzähl mir alles. Ich lasse dich von meiner langjährigen Erfahrung profitieren.«

»Ich bin deine Erfahrungen leid, Patrick.«

Hatte sie das wirklich gesagt? Ja, sie sah es ihm an, sie hatte es gesagt.

»Ich komme bald zurück«, sagte sie. »Ich komme zurück.« Sie trat rückwärts aus dem Zimmer, dachte im letzten Moment noch an ihre Handtasche, schnappte sich einen Pullover von dem Stuhl im Korridor und floh zum Fahrstuhl. In der Eingangshalle warf Al ihr einen merkwürdigen Blick zu, als sie vorübereilte und sich den Pullover über den Kopf zog, aber erst auf der Berkeley Street, auf dem Weg zur U-Bahn, merkte sie, was sie da eigentlich anhatte.

Unter ihrem alten Brooks-Brothers-Pullover, der ausgeleiert und schlabberig war, trug sie eines von Patricks alten Hemden, die Ärmel aufgekrempelt. Und ihre ältesten grünen Cordhosen, am Knie leicht eingerissen und über und über mit verblichenen weißen Farbklecksen gesprenkelt. Alte flache Schuhe, in die sie geschlüpft war, um das Mittagessen zuzubereiten. Und unter dem Pullover hatte sie immer noch ihre dunkelblaue Boston-Symphony-Schürze umgebunden.

Sie saß auf der Außenterrasse von Au Bon Pain. Harvard Square. Es hätte überall sein können. Der Nachmittag war kühl, und Wolken sammelten sich aus Richtung Westen über den Dächern der Brattle Street. Ein großer Earl Grey vor ihr verlor rasch seine Hitze. Sie rührte ein weiteres Tütchen Zucker hinein, zerknüllte das Papier zu einem kleinen Ball und ließ ihn in den Aschenbecher fallen. Studentinnen und Studenten zogen in einem fortwährenden Strom vorüber, einige von ihnen noch immer in kurzen Hosen und ärmellosen T-Shirts, obwohl die Tagundnachtgleiche schon vorbei war. Scherzkekse waren das; sie taten, als ob sie den Rest ihres Lebens Zeit hätten, die Massachusetts Avenue hinunterzugehen und sich anzurempeln und das Blut in ihren Adern pulsieren zu spüren. An einem der massiven steinernen Schachtische wartete der Schachmeister auf ein Spiel.

Ihre Handtasche wölbte sich von der Schürze, die sie zusammengefaltet und hineingestopft hatte. Sie sah aus wie ein Lebewesen, anomal angeschwollen von etwas, das es mit einem Happs verschlungen hatte. Sie trank in kleinen Schlucken ihren Tee und strich sich glättend über das Haar. Das Warten wurde allmählich aufregend. Sie hatte keine Ahnung, was sie tun würde – den Laden betreten, draußen herumlungern wie ein besessener Heranwachsender und dann so tun, als sei es eine rein zufällige Begegnung, was man ihr nicht glauben würde, oder einfach weiter warten. Auf irgend etwas.

Sie überlegte, ob sie an diesem Tag überhaupt wirklich gesehen werden wollte, so gekleidet, wie sie war – ihr fiel ein, dass das Hemd, das sie trug, zwei kleine Mayonnaise-Flecken hatte –, und sie zog sich in ihren Pullover zurück. Doch als sie sich umsah, stellte sie fest, dass sie genauso gekleidet war wie alle anderen, besser als die meisten, wenn das Wort *besser* überhaupt angemessen war. In gewisser Weise trug sie Tarnkleidung.

Am Nebentisch versuchte ein Professor mittleren Alters vor einer offenkundig uninteressierten Studentin mit seinen Französischkenntnissen zu protzen.

»Sag nicht immer ›Postkarten‹. Wenn du nach Frankreich fahren willst, musst du *cartes postales* vor Augen haben. *Cartes postales.«*

Die Studentin drehte ihren Strohhalm und schlang die Füße um die Stuhlbeine. *»Cartes postales«,* wiederholte sie.

»Jedesmal, wenn du etwas tust, musst du an das Verb denken – denk an all seine Formen. So habe ich das gemacht, und ich hatte überhaupt kein Problem, als ich dort war. Nicht das geringste.« Er zupfte an seinem Bart. »Eine Tür aufschieben: *Je pousse.* Ich schiebe. Dein Freund macht das – wenn du einen Freund hast – *tu pousses,* sagst du. Jemand Vertrautes. Ein Fremder – *il pousse*. Und so weiter. Du fährst in zwei Wochen. Kannst du dir etwas zu essen bestellen?«

Mrs. Medina warf ihm einen raschen Blick zu. Er war verzweifelt. Er bedrängte die junge Frau, und er lächelte nur mit den Zähnen.

Die junge Frau knabberte an ihrer Nagelhaut.

»Einmal, im Zug nach Paris –« setzte er an und betonte den Namen der Stadt wichtigtuerisch – »*Pah-rieh*«.

»*Coq au vin*«, sagte die junge Frau. »*Café au lait. Vin rouge. Merci.*« Ein schmaler Streifen Sonnenlicht brach durch die niedrige Wolkendecke. Sie setzte eine dunkle Brille auf.

»Ich fange gleich an zu weinen«, sagte der Mann. »Ich möchte mit dir gehen. Ich möchte dir die Trüffel zeigen, *les truffes,* aus der Provence. Man richtet Schweine ab, um sie aufzustöbern. Sie sind das Leckerste der Welt.«

Die Studentin stützte das Kinn in die Hände. »*Pah-rieh*«, sagte sie betont.

»Ich habe dort gelebt«, sagte er.

Mrs. Medina war neugierig, wo seine Erzählung als nächstes hinführen würde. Als Lennie auf den Stuhl ihr gegenüber glitt, dauerte es einen Moment, bevor sie reagierte. Und zu ihrer eigenen Überraschung reagierte sie auch dann nicht; sie war noch immer in Tarnkleidung, und deshalb lächelte sie einfach.

»Ich habe Sie hier sitzen sehen«, sagte Lennie. »Und so habe ich mich einfach dazugesetzt. Vermutlich um zu sagen, dass ich das Informationsblatt über Gesnerien nicht dabei habe. Ich war anfangs nicht sicher, ob Sie es wirklich sind.«

»Ohne Tweed-Blazer.«

Lennie hob die Augenbrauen.

»Napoleons Frau«, sagte Lennie. »Als sie die Gartenanlage bei einem ihrer großen Häuser in Frankreich plante, hat sie alle möglichen empfindlichen Pflanzen von ihrer Heimatinsel herbeigeholt – ich hab vergessen, wie sie heißt.«

»Josephine. Sie stammte von Martinique«, erwiderte Mrs. Medina, doch dann hielt sie sich zurück. *Pah-rieh,* dachte sie. Der Professor und seine blutjunge Studentin waren gegangen.

»Ja. Sie mussten warmgehalten werden, deshalb hat sie ein Gewächshaus gebaut und zwölf große Kohleöfen im Keller installiert, um die Temperatur gleichmäßig zu halten und die Luftfeuchtigkeit.«

»Ah«, sagte Mrs. Medina. »Sie sind also Studentin.«

»Ja und nein. Ich habe einen Kurs an der Akademie für Gestaltung belegt, aber das wissen die dort im Grunde nicht.« Sie lächelte. »Ich bin ein bisschen zu alt für eine Studentin.«

»Dann müssen Sie dort jemanden kennen.«

»Stimmt.«

»Was für ein Kurs ist das?«

»Er nennt sich ›Gestalten mit Pflanzen‹. Nächstes Semester mache ich vielleicht einen Kurs über die Umwelt.« Sie schaute sich um. »Oder vielleicht auch nicht. Ich weiß auch nicht, was ich zu beweisen versuche.« Sie wandte sich wieder Mrs. Medina zu. »Sind Sie Malerin?«

»Nein. Warum?«

»Wegen Ihrer Hose.«

Sie senkte den Blick. »Das ist vom Anstreichen eines Möbelstücks, glaube ich.«

»Das Informationsblatt über Gesnerien liegt im Laden.«

»Ich brauche es heute nicht.«

»Ich kann Ihnen auch alles über Gesnerien erzählen. Wenn Sie wollen.«

Sie schwiegen und sahen einander an. Lennies Gesicht schien weicher zu werden, und sie hob die Hände und fuhr sich durchs Haar. Mrs. Medina achtete auf ihre Augen. Sie hielt sie auf Lennies Nase gerichtet, eine hübsche, kräftige, griechisch anmutende Nase, eine Nase, die Aphrodite hätte tragen können.

Dämmerung senkte sich herab.

»Wenn Sie Ihre Ruhe haben wollen, kann ich mich verziehen«, sagte Lennie.

»Meine Ruhe? Hier?« Mrs. Medina lachte.

Lennie lächelte verhalten. »Egal, ich glaube, ich werde jetzt besser ...«

»Möchten Sie einen Kaffee?« fragte Mrs. Medina.

»Ja, ich hole ihn.« Und schon war sie fort.

Zu spät öffnete Mrs. Medina ihre Tasche, um nach Kleingeld zu suchen, und die Schürze sprang aufs Pflaster.

»Was ich sonst noch mache«, sagte Lennie, »ich habe mein eigenes kleines Projekt: Ich arbeite mit den Leuten im Zen-Zentrum in Watertown.« Sie saugte an ihrem Plastiklöffel. »Sie haben ein Stück Land hinter ihrem Haus, das sie roden, um dort einen Garten anzulegen. Richtig gestaltet. Kräuter vor allem.«

»Sie sind auch Landschaftsgärtnerin?«

»Nur so nebenbei.« Sie wand sich den kleinen Zopf um den Finger. »Ich hab ein paar kleine Jobs gemacht. Guido hat mir das meiste beigebracht. Meinen eigenen Garten hab ich auch selbst angelegt, das schon. Aber dieses Zen-Ding, weniger ist mehr, Sie wissen schon, darauf läuft's bei denen hinaus. Sie wollen Wege zum Gehen, Pfade, Plätze zum Ruhen und Denken oder so, glaube ich, und vor allem bloß nicht zuviel. Viel Grün. Raum, Raum, Raum.« Sie hielt inne. »Ich weiß nicht. Etwas einfach zu gestalten kann sehr schwierig sein, man kann nicht mal eben hier und da ein paar Blumenbeete anlegen und Spaliere. Ich musste mit ihnen sitzen, wissen Sie – *sitzen* – so nennen sie es, wenn sie alle zusammen meditieren. Ich hab das mitgemacht, um ein Gespür dafür zu kriegen, was passen könnte. Es ist schwer – das Sitzen. Ich kann es noch nicht richtig. Mein Geist springt hierhin und dorthin.« Lennie hatte sich einen großen Milchkaffee bestellt und sich einen Chocolate Chip Cookie mitgebracht. Sie betrachtete ihn lächelnd. »Das Zeug ist nicht gut für mich«, meinte sie.

Mrs. Medina schluckte. Ihr Hals war trocken. Sie drehte ihre leere Tasse zwischen den Fingern.

»Sie nennen es den Wasserfall der Worte«, sagte Lennie.

»Wieviel Platz haben sie?« fragte sie.

»Für den Garten? Beinahe zweitausend Quadratmeter – es ist

fast schon ein kleines Feld. Mit einem leichten Gefälle bis zu einem Teich.«

»Also eine ganz schöne Herausforderung.«

Lennie nickte. »Mir gefällt's. Ich mache das lieber als die Gestecke und Gebinde für Guido, immer dieselben, eines nach dem anderen.« Sie spreizte die Hände und legte sie auf den Tisch. Lange, geschäftsmäßige Finger, kurze, gepflegte Fingernägel. »Sehen Sie sich das an«, sagte sie. »Da ist noch ein bisschen Erde drunter.« Aber sie unternahm nichts, um sie zu entfernen, und Mrs. Medina war erleichtert.

»Erde gehört zu Ihrem Job.« Mrs. Medina lächelte. Sie wunderte sich über ihre Ruhe; sie fragte sich, wann sie in Stücke zerbrechen würde. Und sie konnte es nicht erklären.

»Ja.« Lennie streckte die Beine aus. Sie trug schwarze Jeans und hatte ihre Lederjacke über die Rückenlehne des Stuhles gehängt. Darunter trug sie ein rotes Hemd aus Baumwolljersey mit drei Knöpfen am Hals, die geöffnet waren. Ein kleiner Anhänger an einer Goldkette ruhte in der Vertiefung ihrer Kehle. Die langen Ärmel hatte sie bis zum Ellenbogen hochgeschoben. »Schöner Abend«, sagte sie.

Die Straßenlaternen gingen an. Hinter ihnen war der Schachmeister in eine rasante, geräuschvolle Herausforderung verwickelt. Hände schlugen auf den Zeitnehmer.

Patrick.

Mrs. Medina stand auf. »Ich muss gehen«, sagte sie.

Lennie sah zu ihr hoch. »Schade.«

Mrs. Medinas Kleider schützten sie nicht vor dem Erröten, das unterhalb ihrer Brüste begann und aufzusteigen drohte, um ihr Haar in Brand zu setzen. Sie atmete tief ein. »Ich würde gern mehr über diesen Zen-Garten hören. Irgendwann einmal, natürlich.«

»Klar. Sie könnten rauskommen und ihn sich ansehen, wenn er je fertig werden sollte.«

»Das wäre schön.«

»Das wäre sehr schön.« Lennie stand auf. »Also. Wenn ich nicht dasein sollte, wenn Sie in den Laden kommen, dann fragen Sie einfach Guido nach dem Informationsblatt. Er weiß, wo es liegt.«

»Danke.«

Lennie schlüpfte in ihre Jacke, und sie standen da, den Tisch zwischen sich, und schauten einander an. Mrs. Medina ließ ihre Finger spielen. Sie stellte sich vor, wie Patrick am Fenster stand und nach ihr Ausschau hielt. Und dennoch schien die junge Frau sie näher zu sich zu ziehen. Keine Zeit mehr, die U-Bahn zu nehmen. Sie blickte zum Taxi-Stand hinüber und sah, wie das letzte in einer Wolke schwarzer Abgase davonfuhr.

»Ich weiß nicht, was ich hier tue.« Sie dachte, sie hätte mit sich selbst gesprochen, doch zu ihrem Entsetzen stellte sie fest, dass sie die Worte tatsächlich laut gesagt hatte.

Lennie lächelte. »Warten Sie«, sagte sie. Dann trat sie rasch an den Bordstein, hob den Arm, und ein vorbeikommendes gelbes Brattle Cab kam aus dem Strom der Scheinwerfer hervorgeschossen und hielt schwungvoll neben ihnen an.

»Wusstest du«, sagte sie später zu Patrick, als sie die kleinen Steaks aßen, die sie gegrillt hatte, »dass Josephine, vermutlich in Malmaison, ein Gewächshaus mit zwölf Öfen im Kellergeschoss hatte, um ihre seltenen Pflanzen warmzuhalten?«

»Sie hätte es nicht Kellergeschoss genannt«, sagte er und kaute angestrengt. Sie hätte ihm sein Fleisch in noch kleinere Stücke schneiden sollen. Er legte die Gabel hin. »Lauf mir nicht noch mal so davon – verschwinde nicht vor meinen Augen wie ein Huhn vom Hackblock. Wenn du sauer bist, dann bleib und kämpfe!«

Sie nickte. »Du hast recht, Patrick. Ich war verärgert.«

Er blinzelte sie über die Kerzen hinweg an. »Die Wechseljahre hast du doch hinter dir, oder?«

»Schon längst«, antwortete sie. »Damit hat das nichts zu tun.«

Während sie auf den Schlaf wartete, dachte sie, *ich will nicht so dahintrotten, einen Tag nach dem anderen, gezeichnet durch Sonnenaufgang, Sonnenuntergang, Winter, Sommer. Ich will einen wundervollen Augenblick, der andauert, bis ich sterbe, in dem Tag ununterscheidbar ist von Nacht, Wasser von Luft, Singen von Schweigen. Berührung von Atem.*

Mitten in der Nacht hörte sie ihn ihr Zimmer betreten, und sie spürte sein Gewicht auf der Bettkante.

»Ich bin wach«, sagte sie. »Ist alles in Ordnung mit dir?«

»Ja.«

»Soll ich Licht anmachen?«

Nach einem Augenblick sagte er: »Ich wollte nie als Solist arbeiten, weißt du. Ich war immer glücklicher mit dem Trio.«

»Ja, ich weiß.«

»Aber ich habe es gemacht. Ich musste. Sie nehmen dich nicht ernst, wenn du es nicht tust.«

»Du hast wundervolle Arbeit geleistet als Solist. Ich erinnere mich sogar noch an den Abend, an dem du beinahe beschlossen hättest, das Trio zu verlassen.«

»Das war, nachdem Tomàs gestorben war, und ich dachte, auf der ganzen Welt gäbe es keinen Geiger, der seinen Platz einnehmen könnte.«

Sie tätschelte seinen Schenkel und ließ die Hand dort liegen. Das Fenster war offen, aber die Luft war vollkommen still und ruhig. Vielleicht hatte es geregnet.

»Hätte ich es als Solist schaffen können?«

»Hast du wieder den Traum gehabt?«

»Ich denke nicht nur einmal im Jahr darüber nach, Merce.«

Sie spürte, wie er zitterte, und schlug die Bettdecke zurück. »Willst du reinkommen?«

»Nein, ich werde nicht lange bleiben.« Er schnaubte sich die Nase. »Ich verabscheue das Dvořák-Konzert. Es ist grauenhaft servil.«

Sie lachte.

»Aber in meinem Traum spiele ich es mit einem spitzenmäßigen Orchester hinter mir, und ich mache etwas daraus, was es nicht ist – ich mache es zu etwas Wundervollem. Und ich wache auf und bin glücklich.«

»Besser als ein Alptraum, Patrick.«

»Nein. Das ist es nicht. Warum sollte ich dieses unausgegorene Stück spielen? Und warum sollte ich so glücklich darüber sein?«

»Ja, ich verstehe«, antwortete sie. »Du hast recht.«

»Cellisten haben es schwer als Solisten.«

»Ja. Erinnere dich an Moira Bernstein.«

»Gab keinen Grund, so zu enden«, meinte er. »Dumme Frau.«

»Und sie war gut.«

»Ich bin auch gut, Toots. Ich bin immer noch gut.«

Die Zeit verstrich, und sie spürte, wie er über sein Leben nachsann, inwiefern es anders hätte verlaufen können. Sie streckte die Beine aus und veränderte ihre Lage ein wenig.

»Willst du ein Glas Milch?« fragte sie ihn schließlich.

»Ist das alles, was für mich übriggeblieben ist?«

Bei diesen Worten sah sie mit einem raschen Aufblitzen von Glück, wie sich ihr eigenes Leben vor ihr entfaltete: ein langer, festlicher Korridor, die Lampen entzündet, Zeit, kein Grund zur Eile.

Sie schwang sich aus dem Bett. »Natürlich nicht«, sagte sie. *Schuldig*, dachte sie. *Schuldig, weil mir mehr Zeit bleibt als ihm. Schuldig, weil diese junge Frau in mein Leben getreten ist.*

4

Nach und nach begannen sie sich ein, zwei Mal in der Woche zu einem Kaffee oder Tee zu treffen. Mrs. Medina ärgerte es schließlich, so zu tun, als seien ihre Begegnungen allein dem Zufall zu verdanken – warum sollte sie etwas vortäuschen? –, und so hatte sie eines Tages den Laden betreten und Lennie einfach gefragt, ob sie eine Pause machen wolle. Es war ein spontanes Unterfangen gewesen, und ihr war fast das Herz stehengeblieben, und wenn Lennie nein gesagt hätte, dann wäre diese komische kleine Farce vielleicht für immer beendet gewesen. Aber Lennie schien das alles keineswegs ungewöhnlich zu finden, und so wurde die Farce ein bisschen weniger komisch, zumindest für Mrs. Medina.

Doch ihre Routine entstand vollkommen beiläufig, und zu Mrs. Medinas Erleichterung war kein großes Planen vonnöten gewesen. In ihrer Beiläufigkeit lag ihre Zerbrechlichkeit, und sie fürchtete jeden Moment, dass von ihr erwartet würde, irgend etwas zu erklären, oder aber als Närrin entlarvt zu werden. Begann sie sich nicht tatsächlich ein wenig närrisch zu fühlen? Benahm sie sich (zum Beispiel) ihrem Alter entsprechend? Sollte sie sich mit anderen Freundinnen zum Tee treffen, mit Frauen ihres Alters, und über Wertpapiere und Bücher und das Museum of Fine Arts reden?

»Sie wollen Kräuter«, sagte Lennie eines Tages. »Auch andere Sachen, aber vor allem eine Menge Kräuter.«

»Nun, auch Kräuter können blühen«, erwiderte Mrs. Medina. Sie überlegte rasch. »Lavendel«, sagte sie dann. Sie saßen draußen vor dem Paradiso.

»Ja, klar. Ich hab nichts gegen Kräuter. Transzendental, sozusagen. Ich hab mit diesem Typ gesprochen – er lebt dort als Mönch, glaube ich. Sie verwenden diese Kräuter, wissen Sie, sie kochen damit, und sie stellen Dinge her, die sie verkaufen, wie Duftsäckchen ...«

»Kissen.«

»Ja. Zum Verkaufen. Sie sind großteils Selbstversorger. Aber ich muss rausfinden –« Sie hielt inne und sah nachdenklich zum Himmel hinauf, die volle Unterlippe zwischen die Zähne gezogen.

Mrs. Medina setzte ihre Sonnenbrille ab.

Lennie schüttelte den Kopf und zuckte die Achseln. Ein Kellner trat nach draußen und schlang fröstelnd die Arme um sich.

»Einen Cappuccino, bitte«, sagte Mrs. Medina zu ihm.

»Für mich auch«, meinte Lennie. »Aber nicht soviel Milch.«

Sie saßen schweigend da. Mrs. Medina wartete auf den richtigen Moment zum Reden. Es war früh am Nachmittag. Sie trug nun wieder ihren Tweed-Blazer.

»Ich denke an geometrische Flächen«, sagte Lennie. »Aber ich muss noch mehr über die Gehmeditation herausfinden ... ob sie Kieswege wollen oder Muschelsplitt oder ob sie auf Gras gehen wollen.« Sie sah Mrs. Medina an. »Sie machen Gehmeditation. Schon mal davon gehört?«

»Sie gehen und meditieren gleichzeitig?«

»Genau. Sie gehen hintereinander her, im Gleichschritt. Ich sehe sie alle hintereinander, wie sie einen Weg entlanggehen, der mit ... sagen wir Silberraute oder Schafgarbe gesäumt ist. Und wenn sie sich hinsetzen wollen, sollte es eine Art Sitzfläche um den Teich herum geben. Salbei, Rosmarin. Aber ...« Sie hielt einen Moment inne. »Ich brauche einen Fokus, und ich glaube nicht, dass der Teich das sein kann.«

Der Kellner erschien mit dem dampfenden Kaffee. Er schob die Rechnung unter Mrs. Medinas Tasse. Sie gab ein wenig Zucker hinein, und ihre Hand zitterte leicht.

Lennie sah sie an. »Tragen Sie Hüte?« fragte sie. »Ich sehe Sie mit Hut vor mir. Ich meine einen großen Hut, der Ihr Gesicht ein Stück weit verbirgt.«

»Heutzutage trage ich kaum noch Hüte. Früher schon, als ich noch jünger war.«

»Sie würden toll aussehen mit Hut.«

»Ich –«

Doch Lennie fuhr fort. »Stille Pfade oder etwas, auf dem die Füße wirklich Haftung haben. Das ist die Frage. Ich werde mich erkundigen müssen.« Sie legte die Finger um die Kaffeetasse. »Ich habe schon einige Gärten angelegt, aber die meisten Leute wollen sowieso nur Rosen, stimmt's? *Öde.* Dieser wird anders werden. Ich will, dass dieser Garten riecht –« Sie zeigte ihre Zähne. »Ich weiß nicht. Ich will die Erde riechen können.«

»Ich bin sicher, er wird wundervoll werden. Ich wüsste überhaupt nicht, wo ich anfangen sollte.«

»Einiges kann ich jetzt schon setzen. Aber erst muss ich all das Gestrüpp roden und so. Die Neigung zum Teich hin könnte ein Problem werden.« Sie trank nachdenklich einige Schlucke Kaffee. »Formelle Gestaltung.« Sie nickte. »Ich bin Formelles nicht gewohnt. Eher das Unvorhersehbare.« Sie lächelte. »Ich muss zur Ruhe kommen.«

»Gutes Übungsfeld«, meinte Mrs. Medina.

»In einem französischen Buch von Guido hab ich ein tolles Bild von einem Küchengarten gesehen, lauter geometrische Flächen mit schmalen Pfaden dazwischen. Das hat mir gefallen.«

»Ein *potager«*, sagte Mrs. Medina. »Gemüse und Kräuter.«

»Genau.«

»Ja, es muss wunderbar sein, einfach vor die Tür zu treten und ein bisschen Basilikum zu pflücken oder Dill. Minze.«

»Minze«, sagte Lennie. *»Mentha.«* Sie begann ein wenig anzugeben. *»Anethum graveolens.* Dill.«

Mrs. Medina lachte.

»Mir gefallen die lateinischen Namen. *Salvia* gefällt mir, das ist Salbei, *Galium odo*-soundso – Waldmeister, duftet wie frischgemähtes Gras, das zum Trocknen ausliegt.« Sie sah Mrs. Medina ins Gesicht. *»Eruca vesicaria sativa«*, meinte sie vielsagend.

»Was ist das?« fragte Mrs. Medina vorsichtig.

»Rauke. Gut als Salat. Dann *Nepeta cataria* –«

»Katzenminze, glaube ich«, sagte Mrs. Medina.

»Katzenminze, richtig. Katzenminze, Katzenminze – komischer Name.«

Lennies Lippen waren sinnlich, ohne zu voll zu sein; sie glitten über und um die Wörter, als ob sie sie ertasteten, kosteten.

Dann sagte Lennie mit einem Grinsen: »Und *Cannabis sativa* – das beste von allen.«

»Und das ist?«

»Na, das Teufelskraut natürlich. Gras. Hasch. Marihuana«, sagte sie mit gesenkter Stimme.

»In einem Zen-Zentrum?«

»Gibt es einen besseren Anbauort?«

Mrs. Medina kam sich töricht vor.

»Kleiner Scherz«, sagte Lennie. Sie schwieg. »Na, kommen Sie.« Ihre Blicke begegneten sich und ließen einander einen Moment lang nicht los. »Kommen Sie schon, ja?«

Jetzt glitt Mrs. Medina mit den duftenden Namen im Kopf durch die Tage: Rosmarin, Kamille, Koriander, Thymian. Lavendel, Minze. Sie ging auf den Markt und kaufte große Bündel Basilikum, Dill und Rosmarin, band sie mit Schleifenband zusammen und hängte sie in der Küche auf. Die Küche wurde zum *potager*.

»Willst du mich umbringen?« fragte Patrick misstrauisch. »Braust du einen geheimnisvollen Trank, um mich zu meucheln?«

Letztlich war es bloß eine Freundschaft.

Und der Altersunterschied – nun, Freundinnen werden konnte man in jedem Alter.

Eines Tages sagte Lennie: »Ich kann jetzt keine Pause machen, wir haben zuviel zu tun. Aber warten Sie doch im Paradiso auf mich. Ich treffe Sie dort. In einer halben Stunde habe ich frei.«

Mrs. Medina hätte den halben Tag gewartet. Ein halbes Jahr. Sie hatte bereits mehr als ihr halbes Leben gewartet.

5

An dem Tag, als sie den Whistler aus dem Fogg zurückbekam, wunderschön restauriert, seine Lebenskraft wiederhergestellt, brachte sie ihn beinahe verstohlen in die Wohnung zurück und hängte ihn still wieder an seinen Platz. Sie benutzte ihn schon lange nicht mehr als Ausrede für ihre Abwesenheit von zu Hause, aber falls Patrick ihn sah, würde er sich aufregen.

Natürlich entdeckte er ihn, war doch sein Sonar auf alles in seiner Reichweite ausgerichtet, das sich veränderte und ihm bedrohlich werden könnte.

»Wann ist der denn zurückgekehrt?« fragte er, unmittelbar vor dem Mittagessen.

»Ach, vor ein paar Tagen.« Sie suchte in ihren Bücherregalen nach einem alten Kräuterbuch. Sie wandte sich nicht um. »Sie haben gute Arbeit geleistet, findest du nicht?«

»Hast du es mir erzählt?«

Sie zuckte die Achseln. »Ich weiß nicht mehr.«

»Du hast es mir nicht erzählt.«

»Kann sein, dass ich es vergessen habe.«

Er trat neben sie. »Irgendwas geht hier vor«, sagte er.

Sie sah ihn an und setzte ihre Lesebrille ab. »Was meinst du damit?«

»Du weichst mir aus.«

»Ich weiche dir aus, Patrick? Ich lebe mit dir zusammen, wir nehmen jede Mahlzeit zusammen ein.«

Er nahm sie beim Ellenbogen und führte sie zur Couch. »Du bist nervös wie ein Frettchen«, sagte er. »An manchem Nachmittag kannst du es kaum erwarten, aus dem Haus zu kommen. Ich bleibe zurück, um das Feuer zu hüten. Ich könnte jeden Moment den Löffel abgeben. Du bist nicht von Natur aus verschlagen, und du machst deine Sache nicht sonderlich gut.«

Er ließ die Schultern sinken und zog ein verdrießliches Gesicht.

»Patrick, ich habe das Bild irgendwann letzte Woche abgeholt, und es muss einen Grund geben, warum ich es dir gegenüber nicht erwähnt habe, aber ich kann mich im Moment nicht daran erinnern.«

»Ich werde eine Zigarre rauchen«, sagte er.

»Diesen Monat hast du deine Zigarre schon gehabt.«

»Verdammt noch mal, wen schert's?« Er stand auf. »Wenn du versuchst, mich umzubringen, wird mir eine Zigarre nicht schaden.«

»Patrick!«

Er stand da und sah auf sie herab.

»Setz dich«, sagte sie.

Sie überlegte, wie sie anfangen sollte. Ihr Geist war wie ein umgestülpter Koffer, dessen scheinbar unzusammenhängender Inhalt verstreut herumlag. Patrick zwang sie, endlich, alles einzusammeln und zu ordnen.

»Ich glaube«, sagte sie einige Augenblicke später, »dass ich mir die Freiheit genommen habe, leichtsinnig zu sein. Nun, mich zu verlieben.« Das also war es.

Er schnaubte. »Ha, das ist mir nicht neu. Das hab ich lange vor dir kapiert. Wer ist es? Ich hoffe, nicht etwa Santino.«

Sie lachte leise. »Nein, nicht Santino. Es ist eine Person, der du noch nie begegnet bist, Patrick.«

»Sollte ich loslaufen und das Schwert meines Großpapas holen? Meine Burg verteidigen? Lässt du mich sitzen?«

»Ich glaube nicht, dass es soweit kommen wird.«

»Das sagen Frauen immer. Und dann, eines Winternachts, raffen sie ihre Pelze und Juwelen zusammen, schnappen sich die Brieftasche ihres Mannes und rennen raus in den Sturm mit irgendeinem Beachboy, der keine Haare auf der Brust hat. Welche Rolle spiele ich dabei?« Er strich sich mit der Hand über seine dünnen Haarbüschel. »Vielleicht brauche ich vor dem Mittagessen einen kleinen Drink.«

»Nein, bleib noch eine Minute sitzen. Ich verlasse dich nicht. Ich werde dich nie verlassen. Ich hoffe, du lässt mich das einfach zu Ende bringen.«

Er kratzte sich am Ohr. »Aber wenn du dich mit jemandem triffst«, sagte er, »dann sollte ich schon wissen, wer es ist. Das ist mein Recht. Er stiehlt dich mir an meinen Nachmittagen.«

»Ich treffe mich nicht im herkömmlichen Sinne mit jemandem, Patrick.«

»Verschon mich mit diesem psychiatrischen Bockmist! Willst du, dass ich mich die ganze Nacht im Bett rumwälze und mir dich und Ronald Colman vorstelle?«

Nein, dachte sie, *das will ich nicht.* Sie rückte näher an ihn heran. Weil die beste Erklärung für die ganze Sache in einer Vergangenheit lag, an die er sich erinnern konnte.

»Erinnerst du dich an unsere Flitterwochen?« fragte sie ihn. »An das Hotel in San Francisco?«

Er sah sie verständnislos an. »Jemand, dem du *dort* begegnet bist?« fragte er. »Du hast all die Jahre gewartet?« Sie schüttelte den Kopf. »Natürlich erinnere ich mich an unsere Flitterwochen«, sagte er verschnupft.

»Erinnerst du dich an eine große blonde Frau in einem grauen Kostüm? Kurzes blondes Haar? Wir haben sie im Hotel gesehen, im Restaurant.«

Er runzelte die Stirn.

»Wir haben einmal beim Abendessen über sie gesprochen.«

Er hob das Kinn. »Ah, ja. Die Gardenie.«

Es war ihm also nicht entgangen. »Ja«, sagte sie.

»Ja, ich erinnere mich. Red weiter.«

»Ich fand sie sehr attraktiv.« Mrs. Medina merkte, wie ihre Handflächen zu schwitzen begannen. *Wie machen die Leute so was?* fragte sie sich.

»Du weichst vom Thema ab.«

»Nein, das tue ich nicht. Es ist schwierig, Patrick. Hilf mir ein bisschen. Du hast doch Lebenserfahrung.«

»Du redest wirres Zeug und bringst obendrein unsere Flitterwochen ins Spiel. Wie soll ich dir da helfen?«

Sie holte Luft. »Ich fühlte mich zu ihr hingezogen, Patrick. Vielleicht auf körperliche Weise, ich weiß es nicht. Und jetzt ist es wieder passiert.« Sie lehnte sich zurück. »Glaube ich.« Den Rest würde er sich selbst zusammenreimen müssen.

Und das tat er. Aber es dauerte einen Moment. »Ein weibliches Wesen?« fragte er schließlich. »Der gilt deine Vernarrtheit?«

Sie nickte. Zu ihrer Bestürzung begann sie zu zittern. Auch ihr war das neu.

Sie sah zu, wie er die Information verdaute. »Ha!« sagte er nach einer kleinen Weile und stand auf. »Nun, ist das alles? Dachtest du, das würde mich auf die Palme bringen?« Er versuchte ihr ein Grinsen zu schenken. »Wird auch Zeit, dass du ein bisschen Pep in dein Leben bringst. Das hab ich dir schon öfter gesagt.« Er zog sein Taschentuch hervor und schnaubte sich erneut die Nase. Er rieb sie heftig. Er holte bebend Luft. »So. So. Zeit für einen Black Jack, finde ich. Vielleicht einen doppelten. Ich bringe dir auch einen Drink.« Seine Stimme verklang hinter ihm, als er hinaus in die Küche schlurfte. »Eine Frau!« hörte sie ihn ausrufen. »Benimm dich, Freundchen.«

Mrs. Medina ließ den Kopf gegen die Couchpolster zurücksinken und hörte zu, wie er das Eis mit seinem silbernen Eishammer traktierte. *Er will wissen, worum es eigentlich geht,* dachte sie. *Es weckt seine sexuelle Neugierde.* Sie überlegte, ob es besser wäre, wenn sie selbst es in demselben Licht betrachten würde, statt es für gefährlich, für schlicht und einfach schrecklich beängstigend zu halten.

Als er zurückkam, hatte er einen Whiskey in einem großen Glas mit einem Brocken Eis in der Hand. Ihr brachte er einen Sherry.

Was feiern wir? fragte sie sich. Und dann fragte sie ihn.

Er trank einen kleinen Schluck Whiskey und legte den Kopf in den Nacken. »Sag du's mir«, antwortete er, ohne sie anzusehen.

Sie schob ihr Armband nach oben; wieder nach unten. Ihr klopfte das Herz. Es war dumm gewesen, es Patrick zu erzählen. Jetzt war es ein Thema – ein Thema, das er mit der Leidenschaft eines Jagdhundes verfolgen würde. Und sie musste ihn gewähren lassen, sie als Kind zu sehen, ihr Fragen zu stellen, auf die sie keine Antworten hatte. So hatten sie Situationen wie diese immer gehandhabt. Nur war diese hier neu.

Patrick hatte den *New Yorker* zur Hand genommen und studierte die Titelseite. »Diese Titel werden immer schlimmer«, sagte er. »Sie sind nicht mehr komisch.«

»Es scheint dir nichts auszumachen«, sagte sie und drehte das Sherryglas in den Händen. »Was ich dir erzählt habe. Du wirkst erleichtert.«

Er sah zu ihr hinüber. »Nun, Merce, ich dachte, du würdest den Abflug machen. Klar bin ich verflixt noch mal erleichtert. Tu, was immer du tun willst. Bring's hinter dich. Und dann kehren wir zu unserem normalen Leben zurück.« Er legte das Magazin hin. »Also«, sagte er und beugte sich vor. »Gehen wir ein wenig mehr ins Detail. Willst du mir sagen, dass du jeden Moment unserer Flitterwochen, Zimmer 821 im Mark Hopkins Hotel, ein sehr romantischer Ort, und ich erinnere mich an jeden Schritt im Foyer, lüsternen Gedanken nachgehangen hast, die um diese blonde Dame kreisten?«

»Nein, natürlich nicht. Sie ist mir aufgefallen. Es war verwirrend.«

»Bist du heimlich über den Teppich davongeschlichen, während ich vor mich hin geschnarcht habe? Ein heimliches Rendezvous?«

»Wir haben nie miteinander gesprochen.«

»Merce, das war nichts. Eine Jungmädchen-Schwärmerei.«

»Ich war damals kein Mädchen mehr, Patrick.«

»Dein Alter hat seine besten Jahre hinter sich, und du wirst ein wenig übermütig. Das war zu erwarten. Das war zu erwarten, Merce! Und du bist auch noch so reizend, dir jemanden auszusuchen, wegen der ich mir keine Sorgen machen muss.«

»Es bereitet dir also keine Sorgen.«

Er trank behutsam einen Schluck Whiskey, der eine Spur auf seiner Oberlippe hinterließ. Er wischte sie mit dem Zeigefinger fort. »Kein Stück«, antwortete er. »Unter einer Bedingung.«

»Fang nicht an, Bedingungen zu stellen. Bedingungen sind hier nicht angemessen.«

»Komm mir nicht so! Ich muss schließlich den ganzen Nachmittag hier sitzen, während du am Harvard Square herumpoussierst oder wo immer du hingehst. Hüte dich, Merce. Ich habe viele Freunde in der Gegend. Schleichst du um Ecken, verbirgst du dich in Durchgängen, während du auf diese – wer immer es ist – wartest?«

»Ich schleiche nicht herum. Ich bin entsetzt, dass du so was sagst.«

»Ja, Diskretion war schon immer dein zweiter Name.«

Sie lachte ein wenig. »Ja. Das könnte man sagen.« Sie stand auf und trat ans Fenster.

»Na schön, erzähl mir von meiner Feindin. Eine feministische Professorin?« Er schaute in sein Glas und schwenkte das Eis herum. »Zeit, nachzuschenken.«

»Zeit fürs Mittagessen«, sagte sie.

Sie servierte ihm Currysuppe, die er liebte, und ein halbes Sandwich – Thunfisch auf Vollkornbrot.

»Du versuchst, mich milde zu stimmen«, murmelte er über seinem Löffel. »Ich rieche das aus einem Kilometer Entfernung.«

»Es gibt keinen Grund, dich milde stimmen zu wollen«, erwiderte sie. Sie hatte kaum von dem Sherry getrunken und erlaubte sich deshalb ein Glas Orvieto. Er passte nicht zu dem Curry.

Sie saß da und stützte das Kinn in die Hand.

»Rede mit mir«, sagte er. »Beantworte meine Frage. Dann kommen wir zu meiner Bedingung.«

Sie wischte sich über den Mund. »Versteh mich doch, Patrick, wir reden hier nicht von einer Beziehung. Es ist eine schlichte, seltsame Schwärmerei. Das Gefühl, sich zu einer Frau hingezogen zu fühlen, die mich an eine Fremde erinnert, die ich nie kennengelernt habe. Und ich warne dich – mach keine große Sache daraus. Wenn du das tust, dann sehe ich mich gezwungen, die unselige Affäre mit Beatriz Cortázar aufs Tapet zu bringen.«

Er knallte seinen Löffel hin. Einen Augenblick funkelte er sie an. Dann lächelte er charmant. »Es herrscht also Krieg«, sagte er.

»Nein, gewiss nicht. Du solltest dich bloß nicht so aufspielen, als hätte es deine eigenen Ausflüge nie gegeben.«

»Nun«, sagte er. »Nun ...«

»Ja. Mehr sage ich nicht dazu.«

»Ich habe dennoch ein paar Antworten verdient.«

»Das hast du. Und du wirst sie auch bekommen, aber nicht so detailliert, wie du es dir vermutlich wünschst. Wie wäre es mit einer Portion Vanilleeis mit Schokoladenstreuseln?« Ihre Hände waren eiskalt. Vielleicht herrschte doch Krieg.

»Nein.«

»Wie du willst. Also, diese Person, mit der ich *keine* Affäre habe, ist eine junge Frau, die ich in Pittino's Blumenladen in der Brattle Street kennengelernt habe.«

»Wie jung?«

»Jung. Ich weiß nicht, ungefähr siebenundzwanzig, achtundzwanzig. Vielleicht dreißig.«

»Minderjährig! Ein minderjähriges Mädchen, Merce, du Närrin!«

»Patrick, achtundzwanzig ist nicht minderjährig.«

»Mercedes, du bist fast sechzig!«

»Dieser Tatsache bin ich mir durchaus bewusst.«

»Weiß sie, wie alt du bist?«

»Darüber haben wir nie gesprochen. Das ist kein Thema. Wir treffen uns zum Kaffee und reden. Das ist alles.«

»Aber du willst mehr.«

Sie seufzte. »Ich weiß es nicht. Wirklich, Patrick, ich weiß es nicht. Ich kann dem nicht einmal einen Namen geben.«

»Ich schon. Lesbierin.«

»Das ist nicht das Wort, das ich dafür benutzen würde.«

»Die meisten Lesbierinnen sind fett und tragen Motorradjacken und haben kurzgeschorene Haare. Mir sind auf der Straße schon einige begegnet. Das bist du nicht.«

»Das bin ich nicht, und das sind vermutlich auch eine Menge anderer nicht. Jean Natini war es ganz gewiss nicht.«

»Jean Natini! *Die?*« Er sann über diese Enthüllung nach. »Wow. Sie war ein Klasseweib.«

»Ja. Und ihre Geliebte ebenfalls.«

»Also bist du eine Lesbierin? Ist es das, was du mir sagen willst?«

»Ich mag keine Schubladen. Ich bin dir gegenüber so ehrlich, wie es mir möglich ist.«

»Nicht gerade viel Stoff zum Nachdenken.«

Sie aßen in der Küche, und dann stellte sie die Teller und Schüsseln zusammen und trug sie zur Spüle hinüber. »Vielleicht wird es nie viel mehr Stoff liefern. Enttäuscht?«

»Nun, dann erzähl mir von ihr. Ist sie blond, wie die andere damals? Hochgetürmt wie Rita Hayworth? Hat sie dich mit irgendeiner Droge in die Falle gelockt? Was hast du mit einem achtundzwanzigjährigen Flittchen zu reden?«

»Sie möchte Gärten gestalten, glaube ich. Sie hat einen Kurs an der Akademie für Gestaltung belegt. Gartengestaltung, Landschaftsgestaltung, wie auch immer man das nennt. Sie hat Informatik an der Universität von Massachusetts studiert, möchte aber Gärten gestalten.«

»Mag sie Musik?«

»Ich weiß nicht.«

»Hat sie Verstand? Kann sie denken?«

»Ich koche uns einen Tee. Wie wär's?«

»Vor drei trinke ich nie Tee.«

Während das Teewasser heiß wurde, hörte sie, wie er sich den Korridor hinunter auf den Weg in sein Bad machte. *Es war eine dumme Idee,* dachte sie, *ihm von dieser törichten Sache zu erzählen. Und seine Bedingung hat er mir nicht genannt.*

Sie beschloss, das Minton-Service zu benutzen, und nahm die Teekanne ihrer Mutter herunter, die Teekanne mit den farbenfrohen Blumengirlanden, die sich um ihre bauchige Mitte wanden, und die Untertasse, dünn wie ein Hauch, und die zerbrechliche Tasse. Sie studierte die Blumen gründlich, als hätte sie sie nie zuvor gesehen, und lächelte, als sie daran dachte, dass Lennie deren Farbenpracht gefallen würde. Sie ließ ein wenig heißes Wasser laufen und füllte dann vorsichtig die Teekanne, um sie vorzuwärmen; dann nahm sie die Dose mit dem losen Hu-Kwa zur Hand. Sie überlegte, was sie mit einer ganzen Kanne Lapsang Souchong anfangen sollte. Patrick trank ausschließlich Red Rose, aus Teebeuteln zubereitet. Aber es war egal, oder nicht? Ein Übermaß an Tee? Spielte ein Übermaß an Tee letztlich eine Rolle?

Sie stand mit geschlossenen Augen da und atmete den beißenden Dampf des chinesischen Tees ein. Und plötzlich schlug die Uhr im Wohnzimmer zwei.

Sie wandte sich um. »Patrick!« rief sie und eilte bereits den langen Korridor zu seinem Schlafzimmer entlang. Sie fand ihn am Fenster stehend; auf kuriose Weise gegen die Fensterbank gelehnt, starrte er auf die Straße hinunter. Der Herbstsonnenschein fiel auf sein Haupt und ließ es leuchten.

»Patrick«, sagte sie, nun ein wenig leiser. »Kommst du wieder?«

Als er ihr nicht antwortete, trat sie zu ihm und drehte ihn zu sich um. Seine Augen blickten verwirrt drein, er blinzelte in rascher Folge und schüttelte leicht den Kopf, wie um ihn klar zu bekommen. Eine Hand hielt seine Hose in der Taille zusammen, und durch seinen offenen Hosenlatz waren seine grünen Boxer-Shorts mit den winzigen goldenen Ankern zu sehen.

»Was ist passiert?« fragte sie. »Komm und setz dich.« Sie geleitete ihn zu seinem Ruhesessel. »Lass uns zuerst deine Hose zumachen.«

»Ich war pissen«, sagte er und griff nach der Armlehne des Sessels. »Ich hab in die Toilettenschüssel geguckt und wusste nicht mehr, wer ich war. Irgendwas hat mein Gehirn leergesaugt. Ich bin zum Spiegel gegangen, um zu sehen, wer ich bin, aber da war niemand. Ich hab auf den Boden gepinkelt.«

Sie nahm seine Hand. »Weißt du jetzt, wer du bist? Weißt du, wer ich bin?«

»Ja.« Er lehnte sich im Sessel zurück. »Ich dachte, das würde nicht noch mal passieren, Merce.«

»Es ist lange nicht passiert.«

Er seufzte. »Ich bin müde.«

Sie holte seine leichte braune Decke vom Bett. »Ohnehin Zeit für den Mittagsschlaf.« Sie deckte ihn warm zu und richtete sich auf. »Mit Armen und Beinen alles in Ordnung?« Er bewegte Hände und Füße. Seine Augen waren geschlossen. »Und was gab's zum Mittagessen?«

»Ich hab ein bisschen Curry-Suppe gegessen«, sagte er. »Ich weiß, was noch, aber ich verrat's dir nicht.«

Sie lächelte. »Ich bin gleich wieder da. Ich werde dein Bad saubermachen.«

Als sie an der Tür war, sagte er: »Merce.« Sie wandte sich um und sah ihn an. Seine Augen waren immer noch geschlossen. »Dein kleines Geständnis ist nicht schuld daran.«

Vom Telefon in ihrem Zimmer rief sie Harry Max an.

»Vermutlich ein kleiner Anfall«, meinte er, als er schließlich zurückrief. »Soll ich vorbeikommen?«

»Hältst du das für nötig?« Patrick sah seinen Arzt gern, um mit ihm zu plaudern, aber ein beruflicher Besuch machte ihn gereizt.

»Sonst noch irgendwelche Symptome in letzter Zeit? Aufmerksamkeitsstörungen, Schwindel, irgendwas in der Art?«

»Seine Aufmerksamkeit scheint ungewöhnlich geschärft zu sein.«

»Na schön, ich werde auf jeden Fall vorbeikommen. Er sollte besser im Bett bleiben, wenn du ihn dazu bewegen kannst. Sorg dafür, dass er sich nicht aufregt.«

»Keine Aufregung«, erwiderte sie.

Viertel nach vier. Das verblassende goldene Licht war noch in den obersten Zweigen der Bäume gefangen, die die Straße säumten. Sie öffnete das Fenster noch weiter, um die süße Luft hereinzulassen. Vielleicht lag es an der Jahreszeit; im Herbst war sie immer glücklicher. Sommer und Winter waren ermüdend in ihrer Eintönigkeit, ihrer Unbarmherzigkeit. Für derlei Extreme hatte sie noch nie etwas übrig gehabt.

Ihre Gedanken schweiften ab; mit einem halben Ohr lauschte sie auf Patrick.

Lennie würde um diese Zeit vielleicht Ausschau nach ihr halten. Um Kaffee zu trinken. Vermutlich nicht. Nun, vielleicht doch. Was hatte sie denn nun wirklich mit einem achtundzwanzigjährigen Flittchen zu reden? Hatte Patrick sie nicht so genannt? Sie lächelte. Wenn sie arbeitete, traf sie sich andauernd mit Freundinnen auf einen Kaffee, und sie sprachen über alles mögliche, nichts Ernstes. Genau so waren ihre Treffen mit Lennie. Oder?

Doch sie erinnerte sich an Lennies halb geschlossene Augen, als ihre Blicke sich trafen, und verspürte ein alarmierendes Ziehen im Bauch. In jenem Moment hatten sie nicht miteinander geredet.

6

Einige Tage lang blieb sie bei Patrick zu Hause, und ihr Gespräch fand keine Erwähnung mehr. Mrs. Medina fragte sich, ob der kleine »Anfall« es aus seinem Gedächtnis getilgt hatte. Sie bezweifelte es.

»Vielleicht sollte ich mir eines dieser Armbänder besorgen, mit meinem Namen darauf«, sagte er eines Abends beim Essen.

»Glaubst du wirklich, dass du das brauchst?«

»Ich brauche es für mich selbst, verdammt noch mal. Hast du je in eine Kloschüssel geguckt und nicht gewusst, wer du bist?«

»Nein, das kann ich nicht behaupten.«

»Na also.«

Tagelang wanderte er durch die Wohnung; sie beobachtete, wie er Gegenstände berührte, hörte, wie er sie für sich benannte. »Das ist das Zigarettenetui, das ich Merce irgendwann zum Geburtstag gekauft habe, bei Shreve's.« Er schüttelte den Kopf. »Das ist ein Foto des Trios –« er beugte sich hinunter und betrachtete es von nahem – »in Aix.« Er richtete sich auf. »Aix, genau. Barbara hatte eine Erkältung.« Er nickte entschieden.

Doch eines Abends, als sie die Elf-Uhr-Nachrichten guckten, wandte er sich an sie und fragte: »Wo ist Mama?«

»Sie ist schon lange tot, Patrick.«

Stumm wandte er sich wieder dem Fernseher zu. Nach den Nachrichten brachte sie ihn zu Bett und hielt lange Zeit seine Hand, während sie auf der Bettkante saß.

Als sie in ihr Zimmer zurückkehrte, lag das Telefonbuch aufgeschlagen da, wie sie es zurückgelassen hatte, beim Buchstaben V. Eine Lennie Visitor stand nicht drin. Und wenn es doch einen Eintrag gegeben hätte, hätte sie nicht angerufen. Es gab einen Punkt, an dem man die Sinnlosigkeit gewisser Wege hinnehmen musste. Vielleicht hatte sie diesen Punkt erreicht.

Am nächsten Morgen bereitete sie sich gerade auf einen kurzen Ausflug zu DeLuca's vor, um Lebensmittel einzukaufen, als sie ihre Antwort bekam. Sie war beim zweiten Klingeln am Apparat, obwohl sie wusste, dass Patrick nach dem Frühstück nicht wieder zu Bett gegangen war.

»Mrs. M.? Ich bin's, Nikki. Ich bin wieder da.«

Mrs. Medina ließ sich auf einen Stuhl sinken und legte die Hand über die Augen. *Ein vom Himmel gesandter Engel,* dachte sie. *Danke. Danke.*

Laut sagte sie: »Nikki! Wie schön! Wie war dein Sommer?«

»Super! Echt cool. Bis Ende Juli hab ich in Deutschland einen Ferienkurs besucht, aber dort hab ich echt nette Leute kennengelernt, und anschließend sind wir alle nach Griechenland gefahren. Und in der Türkei hat jemand auf mich geschossen!«

»Was für eine abenteuerliche Geschichte!«

»Und jetzt bin ich natürlich voll pleite.«

Ja, dachte Mrs. Medina. *Du bist pleite. Du brauchst Geld. Gott sei Dank habe ich Geld.* »Wie sieht's mit deinem Stundenplan aus?«

»Super. Ich habe dienstags und freitags nachmittags frei. Ich hab mich gefragt, ob Patrick ein bisschen Gesellschaft gebrauchen könnte, so wie im Frühjahr? Ich würde gern kommen und ihm was vorlesen und mit ihm reden und spazieren gehen und so. Dann können Sie mal 'ne Pause einlegen.«

Nicola Rasmussen war eine lebhafte junge Frau, die an der Boston University Theaterwissenschaften studierte. Mrs. Medina hatte sie im vergangenen Frühjahr angeheuert, um Patrick an mehreren Nachmittagen in der Woche Gesellschaft zu leisten, während sie ihren Unterricht gab. Sie war drall, pragmatisch und besaß eine unerhörte Menge Haar, das ihr wild um den Kopf stand. Sie war kein bisschen überheblich, selten bei einer Zwanzigjährigen, und Mrs. Medina mochte sie, weil sie echte Zuneigung für Patrick zu empfinden schien. Er spreizte sein Gefieder, wenn er wusste, dass Nikki kam. Mrs. Medina hätte sie »robust« nennen mögen, Patrick nannte sie »gut beieinander«. Er schwärmte für sie.

»Nikki, dich schickt der Himmel. Ich nehme dich, wann immer du Zeit hast.«

»Super! Wann soll ich kommen?«

»Morgen. Kannst du morgen kommen? Morgen ist Freitag.«

»Klar. Aber nicht vor zwei.«

»Das genügt völlig. Also, Nikki, Patrick hat dich sehr gern, wie ich weiß, und er gerät manchmal ein bisschen aus dem Häuschen, wenn du da bist. Das ist mir nicht neu. Aber in letzter Zeit hat er ein paar kleine Anfälle gehabt, und sein Arzt will, dass er so ruhig bleibt wie möglich.« Sie schwieg einen Moment. »Verstehst du?« Mrs. Medina wusste, dass es manchmal etwas ausgelassen zuging, wenn Nikki Patrick vorlas (»außerirdisch«, wie Patrick es nannte, ohne Entschuldigung), und dem wollte sie vorbeugen. Patricks sexuelle Eskapaden fanden dieser Tage hauptsächlich in seinem Kopf statt, doch sein Kopf beherbergte manch wilde Phantasie.

»Ich würde nie etwas tun, das ihm schaden könnte, Mrs. M.«

»Ja, das weiß ich. Ich wollte es nur sagen. Also, dann sehen wir dich morgen gegen zwei. Willkommen daheim.« Sie legte auf.

Ein kleiner Augenblick reinen Glücks. Dann dachte sie, *Lennie wird wahrscheinlich nicht da sein. Oder sie ist da und kann nicht fort. Oder sie will keinen Kaffee trinken.* Sie hielt inne. *Oder sie wird sich nicht an mich erinnern. Es ist schließlich schon fast eine Woche her.*

Morgen! dachte sie. *Ich gehe jedenfalls hin.*

Patrick tüftelte an seinem Kreuzworträtsel. Er blickte nicht auf.

»Tja«, sagte sie, »es scheint, als habe jemand auf Nikki geschossen, als sie in der Türkei war.«

Jetzt hob er den Kopf. »Nikki!« sagte er, mit wachen Augen. »Ist sie noch am Leben?«

»Und wie.«

»Diese kleine Sirene. Wer hat auf sie geschossen – die Polizei oder ein abservierter Romeo?«

»Das wird sie dir sicher alles ganz genau erzählen. Sie kommt morgen.«

»Mein segensreicher Engel kehrt zu mir zurück. Wird aber auch Zeit.« Er warf sich ein wenig in die Brust und strich sich über das Haupt. »Zeit für einen Haarschnitt, Merce. Hol die Schere.«

Mrs. Medina zählte die Stufen von der U-Bahn bis zu Guido's. Sie kam bis siebenundneunzig, dann blieb sie vor dem kleinen Kommissionswarengeschäft neben dem Floristen stehen. Sie schaute sich ohne Interesse einige langweilig gemusterte afghanische Teppiche im Schaufenster an und überlegte ernsthaft, kehrtzumachen und heimzugehen.

»Ah, hallo«, murmelte sie leise. »Ich bin bloß vorbeigekommen, um hallo zu sagen.« Sie schüttelte den Kopf. Nein. »Zeit für eine Tasse Kaffee?« Besser. Ach, tu's einfach.

Lennie legte gerade den Telefonhörer auf. »Hi!« sagte sie. »Wo haben Sie gesteckt? Zeit für eine Tasse Kaffee?«

»Tut mir leid, dass Ihr Mann krank ist«, sagte Lennie. Sie überquerten die Straße zur Verkehrsinsel vor dem Coop, und Mrs. Medina eilte Lennie flink hinterher, die geschickt den Autos auswich. »Ich muss für Guido Geld bei der Bank einzahlen. Macht es Ihnen was aus?«

»Nein, natürlich nicht.«

Mrs. Medina kaufte sich eine *Corriere della sera* im »Out of Town«-Zeitschriftenladen und wartete draußen vor der Bank auf Lennie. Sie zupfte den Kragen ihres Tweed-Blazers zurecht. Der

Tag versprach Regen. Es war kalt. Sie sah zum Himmel hinauf.

»Gehen wir woanders hin«, sagte Lennie, als sie aus der Bank trat. »Gehen wir zu Ernie's. Dort geht's schnell.«

Mrs. Medina stand auf dem Gehweg und sah sie an. Sie hatte plötzlich Zweifel. Ihre Gefühle schienen so zart und zerbrechlich. Ihre Aufregung war verklungen, das ganze Abenteuer kam ihr sinnlos vor.

»Hören Sie«, sagte sie. »Wenn Sie keine Zeit zum Kaffeetrinken haben ...«

Lennie lächelte. »Kommen Sie.« Sie drängte sich in die Menschenmenge, die sich die Massachusetts Avenue entlangschob. Sie trug einen Baumwollpullover in einem dunklen Türkis, das Mrs. Medina an tiefe tropische Gewässer erinnerte. Und sie bewegte sich wie ein exotischer Fisch unter den Menschen.

Ernie's war auf der Mount Auburn Street, nah am Fuße des Holyoke, kurz vor dem vietnamesischen Restaurant. Der intensive Geruch heißen Bratöls lag in der Luft.

Drinnen sagte Lennie: »Kein Cappuccino hier. Kaffee, Tee, Saft. Dicke, fette Doughnuts. Ich komme manchmal hierher, um zu frühstücken.« Sie nahmen in einer klebrigen Sitznische mit rissigen Holzbänken Platz.

»Irgendwas«, sagte Mrs. Medina. »Tee. Mit Milch.« Sie wühlte in ihrer Handtasche nach ihrem Geldbeutel.

»Ich zahle«, sagte Lennie.

Als Mrs. Medina ihren Geldbeutel zurücksteckte, brach sie sich am Verschluss der Tasche einen Fingernagel ab. Sie hatte nicht genug Zeit, um ihn zu feilen, bevor Lennie mit zwei dampfenden Tassen Tee und zwei Chocolate Chip Cookies zurückkam.

»Was hat Ihr Mann – die Grippe?« fragte Lennie. Sie schob die Ärmel ihres Pullovers hoch.

Mrs. Medina seufzte und betrachtete Lennies Arme. »Nein. Er ist schon älter. Manchmal ist er krank.«

»Ist er im Ruhestand?«

»Mehr oder weniger.« Mrs. Medina lächelte. »Es behagt ihm nicht.« Sie schwieg kurz. »Er ist Musiker.«

»Hat er in einer Band gespielt?«

»Er ist klassischer Cellist. Er hat in einem Trio gespielt.«

Lennie hob die Augenbrauen. »Cool. Müsste ich ihn kennen? Ich kenne diesen Typ mit den Krücken, wie heißt der noch gleich, er hat mit den Boston Pops gespielt.«

»Itzhak Perlman. Er spielt Geige.«

»Genau.«

»Patrick Medina.«

»Wie bitte?«

»Mein Mann. Patrick Medina.«

Lennie schüttelte den Kopf. »Nein, ich glaube nicht, dass ich von dem schon mal gehört habe.« Sie trank einen Schluck Tee. »Schon lange verheiratet?«

»Über zwanzig Jahre.«

Lennie nickte. »Das ist ziemlich lange. Ich kenne eigentlich niemand, dessen Ehe schon so lange hält. Meine Eltern habe sich getrennt, als ich zehn war. Wir mussten alle umziehen.«

»Wo sind Sie hingezogen?«

»Ich bin mit Mom zum Inman Square gezogen. Kennen Sie die Gegend?«

»Eigentlich nicht.«

»Ich hab mich viel auf der Straße rumgetrieben. Die Wohnung war ein Schuhkarton.«

Bevor Mrs. Medina sich bremsen konnte, sagte sie: »Und wo leben Sie jetzt?«

»Hinterm Porter Square. Keine Nachbarschaft, die Sie aufsuchen, wette ich.« Sie lächelte.

»Ich kenne mich in Boston besser aus als in Cambridge.«

Es war mitten am Nachmittag, und Ernie's war abwechselnd mal lärmig, mal ruhig. Die meisten Leute holten sich an dem langen Tresen im hinteren Teil ein Stück Pizza und was zu trinken zum Mitnehmen.

»Aber …« Lennie hob den Zeigefinger, »die schönsten Gärten der ganzen Gegend. Etwa so groß wie ein kleiner Tanzboden. Der Stolz der Nachbarschaft.« Sie sah auf die Uhr.

Mrs. Medina trank ihren Tee mit der linken Hand, um ihren abgebrochenen Fingernagel zu verbergen. Sie war ungeschickt, der Tee schwappte auf den Tisch. *Sie muss in den Laden zurück,* dachte sie. *Beeil dich, beeil dich.* Sie war es leid, nach Cambridge zu fahren. Konnte sie Lennie fragen – konnte sie Lennie womöglich fragen, ob sie mit ihr zu Abend essen wollte? Oder – sie überlegte rasch – was sonst?

»Ich muss zurück«, sagte Lennie. »Ich muss was ausliefern.« Sie klappte die kleine grüne Geldbörse – jetzt leer – zusammen und warf ihren Zopf über die Schulter zurück.

Bei dieser Geste machte Mrs. Medinas Herz einen Satz, und sie lachte. »Warum haben Sie sich einen Zopf wachsen lassen?« fragte sie.

»Gefällt er Ihnen?« sagte Lennie. »Kenny hat mich dazu herausgefordert. Er hat auch einen.«

»Kenny –«

»Kenny Barrett. Nur ist seiner rot. Er ist ein Rotschopf. Oder besser: ein Karottenkopf. Er ist mein Mitbewohner.«

»Oh«, sagte Mrs. Medina. Sie hatte Rothaarige noch nie gemocht.

Lennie musterte sie. »Meine Freundin Connie und ich haben ihn aufgenommen, als wir zusammen in Jamaica Plain gewohnt haben. Wir brauchten das Geld. Als sie und ich uns dann getrennt haben«, sie zuckte die Achseln, »haben Kenny und ich uns was Billigeres gesucht. Wissen Sie.« Ihre Augen ließen Mrs. Medinas nicht los. »Wir sind nicht liiert oder so.«

Mrs. Medina errötete leicht. »Das geht mich nichts an«, sagte sie. Sie richtete sich auf und lächelte.

»Ich bin nicht reich. Kenny ist manchmal ein echter Blödmann, aber ich brauche seine Kohle.«

Mrs. Medina stand auf. »Sehen wir zu, dass Sie zu Guido's zurückkommen.«

Als sie das Restaurant verließen, legte Mrs. Medina ihre Hand leicht auf Lennies Rücken, gerade unterhalb der Taille, einen Moment nur, um Lennie vor sich durch die Tür zu geleiten. *Eine reine Höflichkeitsgeste,* sagte sie sich, als sie die Holyoke Street entlanggingen. *Mehr nicht.* Doch ihre Hand erinnerte sich bereits an die Festigkeit von Lennies Rücken, den Beginn der Wölbung ihrer Pobacken, die Beschaffenheit ihres Pullovers.

Lennie ihrerseits grübelte laut darüber nach, ob sie Guidos Lieferwagen wohl würde betanken müssen, bevor sie damit zum Zen-Zentrum fuhr.

7

Der Fernseher plärrte auf sie ein, aber sie versuchte, es auszublenden und sah die Post durch, während sie Patrick bei seinem ersten Black Jack an diesem Abend Gesellschaft leistete. Eigentlich war es erst später Nachmittag. Und nicht zu vergessen: Es war nicht nur sein erster Whiskey, es musste auch sein einziger bleiben. Sie hatte ihn ein bisschen verdünnt, aber anscheinend hatte er es noch nicht bemerkt.

Aus den Augenwinkeln sah sie zu Patrick hinüber, der eine seiner Bürgerkriegskarten auf Millimeterpapier übertrug.

»Willst du, dass ich ihn ausschalte?« fragte sie hoffnungsvoll.

»Nö«, sagte er spitz, ohne aufzublicken. »Leistet mir dieser Tage Gesellschaft.«

»Es gibt kein Heilmittel für ein negatives Selbstbild, außer von innen«, sagte eine mollige Frau in Pink zum Talkshow-Moderator. »Trauen Sie sich, sich selbst zu lieben! Egal, was Sie in Ihrem Leben getan haben.« Sie blickte in die Kamera. »Trauen

Sie sich, mit den feinen inneren Anteilen Ihres Geistes in Berührung zu kommen. Sie *können* geliebt werden! Der Trick besteht darin, sich als erstes selbst zu lieben.«

Der Talkmaster wandte sich an die junge dunkelhaarige Frau zu seiner Linken. »Erzählen Sie uns Ihre Geschichte, Gloria«, sagte er salbungsvoll.

»Ich habe meinen eigenen Vater geheiratet«, sagte sie, beinahe flüsternd. Dem Publikum verschlug es den Atem.

»Ha!« sagte Patrick, wiederum ohne aufzublicken. »Ich liebe solches Zeug.«

Die Frau in Pink beugte sich vor. »Ach, Liebes«, sagte sie zu der jungen Frau.

Der Talkmaster stand auf. »Und hier ist er! Applaus für Waldo Tex DeVane!«

Das Publikum buhte. Waldo lüftete seinen Stetson und lächelte. Er war mindestens fünfundzwanzig Jahre älter als die junge Frau. Sein graumelierter Bürstenschnitt ließ an vielen Stellen die Kopfhaut sehen, und er besaß einen Mund voll winziger Zähne, die in eine Menge Zahnfleisch gebettet waren. Er nahm neben der jungen Frau Platz und ergriff ihre Hand. Sie blickte mit ausdruckslosen Augen vor sich hin.

»Also«, sagte der Talkmaster, »erzählen Sie uns Ihre Geschichte. Von Anfang an.«

Die Geschichte war lang und beinhaltete eine Trennung in früher Kindheit und eine dramatische Liebesgeschichte, die bei einem Line-Dance-Wettbewerb begann. Zwischendurch gab es mehrere Werbeeinblendungen. Mrs. Medina holte sich ein Glas Wein. Sie war angewidert, kehrte jedoch zurück.

»Und wer hat es Ihnen erzählt?« fragte der Talkmaster an Gloria gewandt. »Wer hat Ihnen erzählt, dass Sie Ihren Vater geheiratet haben?«

»Meine Mama«, sagte sie.

»Hat mich mit der Flinte davongejagt«, sagte Waldo stolz.

Das Publikum spendete Beifall.

»Aber sie war eine miserable Schützin«, sagte Patrick. Er ließ seine Zeichnung sinken und blinzelte zum Bildschirm hinüber.

»Mein kleines Mädchen hier hat ihr gesagt, sie soll die Biege machen«, sagte Waldo, beugte sich zu ihr und küsste sie auf die Wange.

»Man kann sich nicht aussuchen, wen man liebt«, sagte sie mit monotoner Stimme.

Die Frau in Pink erhob sich zornsprühend. »Sehen Sie denn nicht, was er angerichtet hat? Gloria, wie fühlen Sie sich? Wie ist Ihnen in Ihrer Haut zumute?«

»Ich fühle mich wie ein Stück Scheiße«, antwortete sie, und der Sender blendete das Fäkalwort aus. »Aber jetzt nimmt mich doch niemand anders mehr.«

»Na los, zeig's ihm«, sagte Patrick und trank einen Schluck Whiskey. Er sah auf das Glas. »Du hast meinen Drink verwässert«, meinte er, an Mrs. Medina gewandt.

»Schätzchen«, fuhr die Frau in Pink fort, »gibt es Abkömmlinge aus dieser Verbindung?«

Die junge Frau schien verwirrt. »Abkömmlinge?«

»Kinder«, übersetzte der Talkmaster.

»Ich war schwanger, hab's aber verloren«, antwortete sie.

»Ein ungeborenes Kind – mit pervertierten Genen dem Verderben geweiht«, zischte die Frau in Pink in die Kamera.

»Moment mal!« Waldo ließ Glorias Hand los.

Das Publikum feuerte ihn an.

»Ich werde diese junge Frau auf den rechten Weg zurückführen«, sagte die Frau in Pink. »Sie muss lernen, sich selbst zu lieben.«

»*Ich* liebe sie, verdammt noch mal«, sagte Waldo. »Und das reicht.«

»Du hast meinen Drink verwässert!« sagte Patrick mit lauter Stimme.

Mrs. Medinas leerer Magen protestierte gegen den Wein. »Ja, das habe ich. Und mach mir ja keine Vorhaltungen deswegen.«

»Sie werden Ihr Leben neu beginnen. Dieser Mann ist Ihr Vater. Sie haben ihn in aller Unschuld geheiratet, aber nun ist der Augenblick gekommen, diese Tür zu schließen. Öffnen Sie eine andere und riechen Sie die frische, reine Luft.«

»Die einzige Luft hier kommt aus deinem Hintern! Und die ist heiß!« schrie Waldo und sprang auf.

»Sie halten diese Kleine wie eine Gefangene«, sagte die Frau in Pink Waldo ins Gesicht. »Entlassen Sie sie in ihr wahres Selbst. Erlauben Sie ihr, sich selbst zu lieben. Sie muss ihr Leben leben.«

»Lass sie gehen, Waldo!« rief ein Mann aus dem Publikum.

Patrick mühte sich, seinen Ruhesessel nach vorn zu kippen, vermutlich um sich noch einen Drink zu holen.

»Bleib ja sitzen!« sagte Mrs. Medina. »Rühr dich nicht! Du bist ein starrköpfiger alter Mann. Ich versuche, dich am Leben zu halten!«

»Ich verabschiede mich zu meinen Bedingungen. Hilf mir aus diesem Sessel.« Anscheinend hatte sich die braune Decke im Sessel verheddert.

Keine Aufregung, keine Aufregung, dachte Mrs. Medina. *Was kann ich tun? Aufregung umgibt uns überall.*

Auf dem Bildschirm kreischte Gloria: »Lass mich gehen! Daddy, lass mich gehen!« und sank schluchzend in die Arme der Frau in Pink.

»Wir lieben dich, Gloria«, sagte die Frau in Pink und strich ihr über das Haar.

»Wir lieben dich, Gloria!« rief das Publikum.

Die Frau in Pink sah über Glorias Kopf hinweg zu Waldo hinüber und sagte: »Verschwinde, Scheißkerl!« Die Zensur schlief.

Patricks Sessel kippte mit einem Knall nach vorn. »Ich bin kein Kind«, sagte er und kämpfte sich auf die Beine.

»Patrick, bitte!« Mrs. Medina erhob sich. »Gott im Himmel,

du raubst mir den letzten Nerv. Ich bin es leid, dich zu überwachen. Ich bin diese widerwärtigen Fernsehprogramme leid. Sollen wir so den Rest unseres Lebens verbringen?« Dann brach sie zu ihrem eigenen Entsetzen in Tränen aus und ließ sich auf sein Bett sinken, das Gesicht in den Händen geborgen.

Aus dem Fernseher erklang tosender Beifall.

Patrick hielt schockiert inne. Einen Moment später schaltete er den Fernseher aus und stellte sein Glas auf den Tisch zurück. Er griff nach der Schachtel mit den blauen Papiertaschentüchern, die an seinem Bett stand, und setzte sich behutsam neben sie. Sie machte keine Anstalten, mit dem Weinen aufzuhören, also reichte er ihr hin und wieder ein neues Taschentuch und tätschelte ihr dann und wann den Kopf. Sein Blick war unverwandt in die zunehmende Dunkelheit gerichtet.

Jedesmal wenn sie meinte, es wäre vorbei, kam ein neuer Schwall Tränen. Sie hatte keine Ahnung, warum sie weinte. Ihre Gedanken kreisten um Lennie, um den karottenköpfigen Kenny, der Lennies Leben auf eine Weise teilte, wie es ihr nicht möglich war, um die sterbende Pflanze, die sie an diesem Morgen hatte wegwerfen müssen, deren eines glänzendes Blatt noch um sein Leben gerungen hatte, um ihr eigenes hoffnungsloses Leben, um Patricks nahe bevorstehenden Abschied, um ihre Arbeit, ihre Aufzeichnungen, vernachlässigt und ungeordnet. Den Betrug. Und die Frau im grauen Kostüm, die an ihr vorbeigegangen war, aus dem Speisesaal hinaus, für immer.

Sie spürte, wie Patricks Hand zitterte, als er ihren Hinterkopf tätschelte und ihr ab und zu unbeholfen die Stirn tupfte, und sie spürte die Wärme seines Beines an ihrem Schenkel. Noch war er quicklebendig, und dieser Gedanke beruhigte sie. Als ihre Tränen schließlich versiegten, tickte ihr Schädel wie eine Bombe, ihr schmerzte die Brust, und sie fühlte sich vollkommen erschöpft. Sie nahm Patricks Hand und führte sie an ihr Herz.

Mit seiner freien Hand putzte er sich die Nase.

»Was sind wir doch für zwei Idioten«, sagte sie schließlich mit krächzender Stimme.

»Für mich gilt das nicht«, sagte Patrick. »Ich bin kein Idiot. Du steckst in der Klemme.« Er stand auf und holte sein Glas vom Tisch. »Hier, trink einen Schluck. Kopf hoch, Merce, sonst verstopfen deinen Nebenhöhlen. Schneuz es raus.«

Sie schnaubte sich noch einmal die Nase und trank einen Schluck von Patricks Whiskey. Seite an Seite saßen sie auf dem Bett. Ihre Knie berührten sich.

Sie lächelte zaghaft. »Ich sehe scheußlich aus, stimmt's? Meine Augen fühlen sich an wie geschmirgelt.«

»Du siehst gut aus. Wen kümmert's, wie du aussiehst? Guck dir das an.« Er zeigte ihr seine linke Hand. »Ich habe einen neuen Leberfleck. Das macht siebzehn.«

Sie war erschöpft, und schließlich ließ sie ihren Kopf an seine Schulter sinken. Sein Schulterknochen war scharf wie ein Propellerblatt. *Er hat noch mehr an Gewicht verloren,* dachte sie, und ihre Augen füllten sich erneut mit Tränen. *Was werde ich ohne ihn anfangen?*

»Was hat diese Göre mit dir gemacht?« fragte er nach einer Weile. »Oder geht es bloß um mich? Erzähl's mir lieber. Geht's um Erpressung?«

Sie brach in Lachen aus, trotz allem. »Sie hat gar nichts gemacht, Patrick. Ich hab nichts gemacht. Das ist das Problem.« Sie wandte ihm das Gesicht zu. »Ich stecke in der Klemme, da hast du recht.«

»Ich verstehe das nicht«, sagte er und schüttelte den Kopf.

»Hier.« Sie gab ihm das Glas zurück. Sie ging in sein Bad hinüber und spritzte sich ein bisschen Wasser ins Gesicht; dann betrachtete sie sich in dem Spiegel, in den er geblickt und niemanden gesehen hatte, wie ihr einfiel. Sie wäre in diesem Moment vielleicht froh gewesen, niemanden zu erblicken, aber sie sah ihre fleckige Haut, ihre verquollenen Lider, ihren starren Blick.

Er saß noch immer auf der Bettkante. Im Zimmer war es kühl geworden, und sie ging zum Thermostat und stellte es höher. »Willst du dein Flanellhemd haben?« fragte sie ihn.

»Ist die Sonne untergegangen?« fragte er.

»Ja, so ziemlich.«

»Dann zieh ich's wohl besser an.«

In den vergangenen Wochen hatte die Dunkelheit ihn zunehmend verwirrt. Er liebte sein rot-grün kariertes Flanellhemd; es war wie ein Anker für ihn. Wenn er es trug, wusste er, wer er war. Sie hatte nichts dergleichen in ihrem Kleiderschrank.

Sie half ihm in seinen Ruhesessel zurück und holte ihm noch einen kleinen Drink, unverwässert, mit neuem Eis.

»Hier«, sagte sie. »Ich leg's nicht darauf an, dich zu verärgern. Harry ist der Ansicht, dass ein bisschen Whiskey – *ein bisschen* – dich entspannt, aber zu viel könnte dir schaden. Ich bin ganz seiner Meinung.« Sie setzte sich in seinen alten Ohrensessel, den er inzwischen kaum noch benutzte. »Nur um es mal festzuhalten – ich bin auch der Meinung, dass es dir, wenn du dich umbringen willst, freisteht, das zu tun. Aber erwarte von mir nicht, dass ich dabei zusehe. Oder dir helfe. Ich werde dich auf jede mir nur mögliche Weise davon abhalten.«

Er trank seinen Whiskey. Nach einer Weile sagte er: »Ich bin ziemlich zäh.« Sie wartete darauf, dass er fortfuhr, denn sie spürte, dass er noch etwas hinzuzufügen hatte, aber er tat es nicht.

»Entschuldige bitte meinen kleinen Ausbruch«, sagte sie schließlich.

»Keine Ursache.«

»Ich habe nicht ausschließlich ihretwegen geweint, Patrick. Aber sie war der Auslöser.«

Er schob das Kinn vor.

»Kann ich mit dir darüber sprechen?« fragte sie ihn.

»Nur zu. Wenn du in Verzückung gerätst, werde ich dich bremsen.«

Sie ging zum Fenster hinüber und öffnete es ein Stück weiter. Nachdem der Berufsverkehr vorüber war, war es auf der Straße ruhiger geworden. »Geht das so? Nicht zu kalt?«

Er zog seine Decke ein Stück höher.

Auf dem Spielplatz an der Ecke erblickte sie John Patel, der unten im zweiten Stock wohnte, wie er seinem kleinen Sohn noch um diese Zeit auf der Schaukel Schwung gab, im Licht der Straßenlaternen. Es lag ein großes Maß an Liebe und Fürsorge in der Art und Weise, wie John seine Hände auf die Hüften seines Sohnes legte und ihn nach vorn fliegen ließ, nicht zu hoch, aber hoch genug, um den Jungen vor Entzücken juchzen zu lassen, in dem Wissen, stets wieder sicher in den Armen seines Vater zu landen. Noch während sie zusah, hob John ihn von der Schaukel, und sie verließen Hand in Hand den Spielplatz.

Sie kehrte zurück und setzte sich. Einen Augenblick später sagte sie: »Wäre es besser gewesen, wir hätten Kinder gehabt?«

Er schrak auf. »Besser? Für wen?«

»Da unten auf dem Spielplatz habe ich gerade John Patel mit seinem Sohn gesehen.«

»Tim.«

»So heißt der Sohn?«

»Tim. Wir sind Kumpel.«

Sie nickte. »Hätten wir Kinder haben sollen, Patrick?«

»Es ist ein bisschen spät, um das Thema anzuschneiden.«

»Ja, das weiß ich.«

Er seufzte. »Für ein Kind wäre das kein gutes Leben gewesen. Wir waren viel zu beschäftigt. Immer auf Achse. Du hättest daheim bleiben müssen.«

»Ja.« Hatte sie je ein Kind gewollt? Sie hatten Freude an den Kindern anderer gehabt. Aber sie waren zu zweit glücklich miteinander gewesen, mit ihrer Freiheit.

»Meine Spermien wären wahrscheinlich sowieso schon zu schlecht gewesen, als wir zusammenkamen.«

Sie lachte ein bisschen. »Nicht unbedingt. Erinnere dich an Strom Thurmond – er war achtundsechzig.«

»Die alte Blindschleiche.« Er schwieg. »Egal, mit mir hattest du schon mehr als genug um die Ohren.«

Das stimmte.

»Warum schleichst du um den heißen Brei herum?« fragte er. »Erzähl mir was von deinem Liebchen, statt Tränen über Ungeschehenes zu vergießen.«

»Bitte bezeichne sie nicht als mein Liebchen. Sie ist nicht mein Liebchen.«

Er trank seinen Whiskey und schwieg.

»Wenn du nichts dagegen hast«, sagte sie schnell, schnell, bevor sie es sich anders überlegen konnte, »dann werde ich Nikki bitten, nächste Woche einen Abend hier zu verbringen. Ich würde gern mit Lennie essen gehen.«

»So heißt sie?«

»Ja. Ich leiste dir nachmittags Gesellschaft und Nikki am Abend. Was meinst du dazu?«

Er sah stumm vor sich hin.

»Ich würde gern ein wenig Zeit mit ihr verbringen, mit ihr reden. Um sie kennenzulernen.« Sie räusperte sich. »Um sie besser kennenzulernen.«

Er streckte die Hand aus und stellte sein Whiskeyglas auf den Tisch. »Sie hat einen Jungennamen«, sagte er.

»Nun, das hat Nikki auch, wenn man so will.«

»Nikkis Name ist Nicola.«

»Patrick, ich versuche nicht, Nikki mit Lennie zu vergleichen, überhaupt nicht.«

»Ich dachte, du würdest die Sache mit diesem Mädchen im Nu hinter dich bringen! Hättest du nicht eine ganz gewöhnliche Affäre mit einem Mann haben können? Wenn du Sex brauchst. In ein schäbiges Motel gehen und dort den Nachmittag verbringen? Hätte das nicht genügt?«

»Es geht nicht um Sex.«

Sie holte Luft und wollte ihm erklären, was sie empfand – denn jetzt wollte sie mit ihm darüber sprechen –, aber er wandte ihr den Kopf zu, und sie sah, dass seine Augen sich mit einer Verschwommenheit trübten, die ihr vertraut war. »Würde Nikki mir Abendessen machen?« fragte er.

»Ja. Erinnere dich, im Frühjahr hat sie das auch schon ein paarmal gemacht.«

»Kann sie kochen? Ich erinnere mich nicht.«

»Du hast dich nicht beschwert. Kalbsschnitzel in Marsala, weißt du noch?«

»Wirst du die ganze Nacht fortbleiben?«

»Natürlich nicht. Ich spreche von essen gehen, Patrick. Mehr nicht.«

Er legte den Kopf zurück und schloss die Augen. »Ich frage mich«, sagte er kurz darauf, »was aus dem alten Grosvenor Hotel in Manhattan geworden ist. Ecke Fifth Avenue und –? Haben sie es abgerissen?«

»Ich glaube, es ist geschlossen. Ich weiß nicht, seit wann.«

»Wir hatten guten Zeiten dort, Merce. Schöne große Zimmer.«

»Ja, das hatten wir.«

Er seufzte. Dann meinte er: »Ich denke, Kalbsschnitzel in Marsala wäre in Ordnung.«

8

Sie ging in den Morgen hinaus, um Patrick neue Unterwäsche zu kaufen. Blau-grüne Boxer-Shorts mit Goldmuster waren seine augenblicklichen Favoriten, und so lenkte sie ihre Schritte zu Neiman's. Die Luft war süß und warm, der Wind brachte einen milden Beigeschmack von Salz mit sich, der dem Morgen Rückgrat verlieh, und die Sonne tauchte eben über den dunstverhangenen Dächern auf. Die Ungetüme der Straßenreinigung – es war

Donnerstag, Müllabfuhrtag – nahmen schwerfällig ihren Weg entlang der Stichstraßen, und oben auf dem Copley Plaza Hotel wanden sich die Flaggen in trägen Wellen.

Nachdem sie Neiman's verlassen hatte, flanierte sie durch das Einkaufszentrum Copley Place, wo ihr Blick im Schaufenster eines Juweliergeschäfts gleich neben Louis Vuitton von einem Armband angezogen wurde, dessen Glieder aus kleinen goldenen Rechtecken – nicht zu dünn, nicht zu dick – bestand, und sie stellte es sich an Lennies Handgelenk vor. Bestimmt würde es elegant aussehen, vermutlich nicht wie etwas, das Lennie sich selbst aussuchen würde. Sie überlegte, ging weiter, kehrte um und kaufte es. Der Verkäufer überreichte ihr eine glänzende graue Schatulle, die mit lavendelfarbenem Seidenpapier ausgelegt war. Dieses Geschenk schien eine wundervolle Möglichkeit zu symbolisieren, eine Art Versicherung, dass *irgend etwas* geschehen würde.

Sie ging quer durch das Marriott, nahm den Übergang zum Prudential Center und ging dann weiter die Boylston Street hinauf zu Tower Records, um Patrick einige Trios von Brahms zu kaufen, die das Trio Riviera zehn Jahre zuvor in London aufgenommen hatte und die kürzlich auf CD erschienen waren. Auf ihrem Weg hinaus sah sie etwas, das sie seltsam erschütterte: ein dünner junger Mann mit orangefarbenem Haar und einem dünnen Zopf, der zu einer festen Schnecke oben auf seinem Kopf zusammengesteckt war, stand auf der Straße und redete auf eine junge Frau in Schwarz ein, die an fünf verschiedenen Stellen in ihrem Gesicht Goldring-Piercings trug, und auf einen blassen Mann, in dessen Brusttasche Kugelschreiber steckten und der eindeutig nervös aussah.

Konnte das Kenny sein? Mrs. Medina musterte ihn gründlich. Wie viele Rotschöpfe mit Zöpfen konnte es hier geben? Sie fand die Chance ziemlich groß. Und empfand auf der Stelle Abneigung für ihn.

Die junge Frau bohrte ihm den Finger in die Brust.

»Ey, Mann, fass mich nicht an!« sagte er und stieß sie grob an der Schulter. Mrs. Medina eilte rasch vorbei. Er sah auf, als sie an ihm vorüberging, und seine Augen unter dem Kürbisschopf waren so ausdruckslos wie Patricks am Tag zuvor. Mrs. Medina drückte ihre Päckchen an sich und eilte schweißgebadet in Richtung Commonwealth Avenue, die mehr Sicherheit versprach. Auf halbem Weg nach Hause ließ sie sich auf einer Bank nieder.

Es war vollkommen ausgeschlossen, dass er gewusst hatte, wer sie war – oder dass sie überhaupt existierte –, aber sie hatte dennoch über die Schulter zurückgeblickt, teils aus Neugier, dachte sie. Und *das* war Lennies Mitbewohner? Sie konnte es sich nicht vorstellen. Aber – und an dieser Stelle wischte sie sich einen nicht existierenden Fussel vom Ärmel ihres Blazers – die beiden waren miteinander befreundet. Oder nicht? Oder vielmehr – welcher Art war ihre Freundschaft? Sie lebten miteinander – sie stellte es sich vor –, sie aßen zusammen, sie redeten miteinander, sie stritten über Geld, sie schliefen unter einem Dach. Das war eine Art Intimität. Und manches geschah einfach. Sie tranken, sie rauchten etwas. Sie waren jung. Vielleicht gaben sie eine Party. Alle gingen heim. Sie waren müde, ein bisschen high. Plötzlich waren sie miteinander im Bett. Sie schloss die Augen. *Mir ist das passiert. Es kann passieren.*

Aber mit diesem schmuddeligen Typ in schwarzen Turnschuhen und ausgebeulten Jeans? Und diesem scheußlichen roten Haar?

»Ich glaube, Tina hat angerufen«, sagte Patrick aufgeregt, als sie ihre Jacke auszog. Er war ihr an die Tür entgegengekommen.

»Glaubst du, es war Tina, oder glaubst du, jemand hat angerufen?«

»Es hat jemand angerufen. Ich habe eine Stimme gehört.« Er schüttelte den Kopf.

»Keine Nachricht?«

Er wusste es nicht genau.

Plötzlich fiel ihr ein, dass sie Tina nichts zum Geburtstag geschenkt hatte; nicht einmal eine Karte hatte sie ihr geschickt. Sie ging kopfschüttelnd in die Küche und traf auf eine Hitzemauer. Alle vier Platten des Elektroherdes glühten wie Raketentriebwerke. »Patrick, warum sind all diese Platten an?« rief sie.

Er trat in die Küche. »Ich wollte mir eine Tasse Tee kochen. Dann hat das Telefon geklingelt.«

»Hast du alle vier Platten gebraucht?«

»Ich hab keine Ahnung, wie der Herd funktioniert«, knurrte er.

Sie stellte die Platten ab und wandte sich um. Doch als sie die Furcht in seinen Augen sah, biss sie sich auf die Zunge. Sie ging in den Flur zurück und holte ihre Einkaufstüten.

»Irgendwas für mich?« Er folgte ihr in ihr Schlafzimmer.

»Ein paar neue Shorts. Schau mal, ob sie dir gefallen.« Sie reichte ihm seine Tüte und warf den Rest auf ihr Bett. »Willst du immer noch eine Tasse Tee?«

Er ging den Korridor hinunter in sein Zimmer, und diesmal folgte sie ihm. »Patrick?«

Er ließ sich in seinem Sessel nieder, und sie sah, dass er sich statt dessen einen Whiskey eingeschenkt hatte. Sie stand da und sah zu, wie er einen Schluck trank. »Es schmeckt mir ganz und gar nicht«, sagte er schließlich.

Sie wusste, dass er nicht den Jack Daniels meinte. »Was schmeckt dir nicht?« fragte sie. Sie setzte sich nicht hin, denn sie war hungrig. Sie dachte an ein Käseomelette. In den letzten Wochen hatte ihr Körper in allerlei Hinsicht Appetit entwickelt. Ihr war nach heißen, duftenden Bädern zumute, nach Musik von Skriabin, nach Liedern von Gershwin.

»Was schmeckt dir nicht, Patrick?« wiederholte sie. »Und dann muss ich mich ums Mittagessen kümmern.«

»Du kannst sie zum Abendessen mit hierherbringen«, sagte er unvermittelt.

»Mit hierherbringen ...?«

»Ja. Ist doch Unsinn, irgendwo rumzugondeln und eine Unsumme Geld auszugeben. Und Nikki zu bezahlen.«

Sie seufzte. »Lass uns später darüber sprechen«, sagte sie. »Bist du nicht hungrig?«

»Wieviel genau zahlst du Nikki, um mir die Windeln zu wechseln?«

»Nikki ist gern mit dir zusammen«, antwortete sie leise. »Es macht ihr Spaß.«

»Geld kann keine Liebe kaufen, Merce.« Er runzelte die Stirn und trank einen Schluck Whiskey. »Tina hat etwas gesagt, an das ich mich nicht erinnere.«

»Ich rufe sie an. Das ist kein Problem.«

»Mir schmeckt das nicht.«

»Patrick.«

»Mir schmeckt das alles überhaupt nicht.«

Konnte er nicht konkreter werden? Eigentlich wusste sie genau, was er meinte; wollte sie es ihn wirklich sagen hören? Und es gab eine Möglichkeit, es ihm leichter zu machen, aber sie wollte nicht, dass er sie darum bat.

»Komm«, sagte sie. »Hilf mir, Mittagessen zu machen.«

Während des Mittagessens sah er auf und fragte: »Kann ich mich aus der Zwickmühle loskaufen?«

Später, als Patrick seinen Mittagsschlaf machte, rief sie bei Taylor Bond an, einem Psychiater, mit dem sie mehrere Male über Patricks wechselhafte geistige Verfassung gesprochen hatte, und hinterließ eine Nachricht. Eine Stunde später rief er sie zurück.

»Möchten Sie am Telefon darüber reden?« fragte er sie. »Ich habe fünf oder zehn Minuten Zeit.«

»Nein, ich würde lieber zu Ihnen kommen, wenn es Ihnen recht ist.«

»Okay.« Sie hörte, wie er in seinem Kalender blätterte. »Tja, ich bin bis Ende nächster Woche ausgebucht, es sei denn, Sie möchten morgen am späten Nachmittag für eine halbe Stunde kommen.«

»Das möchte ich.«

»Um Viertel nach fünf dann.«

Und da sie schon am Telefon war, schlug sie Lennies Telefonnummer im Blumenladen nach und wählte sie rasch, ohne sich zu erlauben, groß darüber nachzudenken.

Lennie ging ans Telefon.

»Hallo. Hier spricht Mercedes Medina.«

Schweigen am anderen Ende. *Sie weiß nicht, wer ich bin,* dachte Mrs. Medina einen schrecklichen Moment lang. Dann hörte sie Lennie sagen: »Dankeschön. Kommen Sie bald wieder.«

Mrs. Medina wechselte den Hörer von einem Ohr zum anderen.

»Hi«, sagte Lennie. »Ich hab heute keine Zeit zum Kaffeetrinken. Guido muss eine Trauerfeier ausrichten.«

»Darum geht's mir nicht. Ich habe überlegt, ob Sie Lust hätten, nächste Woche mit mir zu Abend zu essen. Dienstag vielleicht?«

»Dienstag? Klar. Wo?«

Wo?

»Sind Sie Cambridge leid?«

»Hm, ja, eine Abwechslung täte gut.« Aber wohin? Mrs. Medina hatte es sich nicht überlegt.

»Okay, ich treffe Sie an der U-Bahnstation Park Street, unten bei den Drehkreuzen, Grüne Linie Richtung stadteinwärts. Dann sehen wir weiter. Ich schaffe es aber nicht vor halb sieben.«

»Halb sieben ist – halb sieben ist gut, ja.«

»Okay. Dann bis Dienstag. Hab Kundschaft.«

»Natürlich.«

»Überlegen Sie es sich bloß nicht anders.« Lennie legte auf.

Mrs. Medina saß da mit dem Telefonhörer in der Hand. Der gesamte Wortwechsel hatte keine Minute gedauert.

»Haben Sie das Buch gelesen, das ich Ihnen gegeben habe, Mercedes?« fragte Taylor Bond sie am nächsten Nachmittag. »Das von Maria Filer? Es enthält einen guten Abschnitt, der sich mit dem alternden Geist befasst.«

»Ich hab's mir angesehen. Aber ich frage mich immer noch, Bond – sind Sie absolut sicher, dass es nicht vielleicht doch Alzheimer ist?«

»Harry Max und ich haben alle Tests durchgeführt. Oder zumindest alle, mit denen Patrick einverstanden war. Es hat keine Hinweise darauf gegeben. Wir können sie wiederholen, wenn Sie ihn dazu bewegen können, mitzumachen.«

»Er hat mir erzählt, er hätte herausgefunden, wie er diese Tests austricksen kann, was immer das heißen mag.« Sie hob die Hand und machte eine kleine unbestimmte Geste. »Gestern hatte er alle Herdplatten angestellt, als ich heimkam.«

»Er hat versucht –«

»Er hat gesagt, er wollte sich eine Tasse Tee kochen.«

»Aber er hat begriffen, was er getan hat?«

Sie nickte. »Aber es schien ihn nicht zu stören. Sein Geist wandert einfach fort. Und dann hat er jetzt wieder diese Anfälle.«

»Was sagt Harry dazu?«

»Patrick hat zweifelsohne Arteriosklerose. Vielleicht sind es kleine Schlaganfälle?«

»Kein Sprachausfall, keine Lähmungserscheinungen?«

»Nein.«

»Diese dissoziativen Störungen klingen wie das, was er letzten Winter gezeigt hat. Wie lange dauern sie an?«

»Das ist schwer zu sagen, weil er manchmal einfach dasitzt, wissen Sie, und ich es nur merke, wenn er etwas sagt oder mich ansieht. Ich vermute, es gibt Zeiten, wo er diese Störungen hat, aber keinen Ton sagt.«

»Nun, das klingt wirklich nicht nach Alzheimer. Aber um zu bestimmen, ob es eine kognitive Beeinträchtigung gibt, müssen wir einige Tests machen. Und es gibt durchaus Testverfahren, die er nicht austricksen kann.«

»Ich lasse nicht zu, dass er sich weiteren Tests unterzieht.«

Bond musterte sie einen Moment. »Warum sind Sie dann gekommen, Mercedes? Was kann ich für Sie tun?«

»Nicht für mich, für Patrick. Es scheint ihm schlechter zu gehen, Bond.«

»Was kann ich also für ihn tun?« Sie sah ihn an. »Er nähert sich seinem Lebensende – das wissen Sie.«

»Aber ich glaube, dass er so nah dran noch nicht ist.«

»Ja, er steckt voller Überraschungen.« Bond stand auf und öffnete ein kleines Fenster hinter sich. Sie beobachtete seinen Gang. Er war Football-Spieler gewesen – Wide-Receiver an der Eliteuniversität Brown – und immer noch leichtfüßig. »Aber Sie werden ihn im Auge behalten müssen.«

»Ich behalte ihn ja im Auge.« Sie schwieg einen Moment. »Aber ich kann ihn nicht *immer* im Auge haben.«

»Sie klingen wütend.«

»Kommen Sie mir nicht so, Bond.«

Er lächelte. »Was ist in letzter Zeit geschehen?«

Sie warf ihm einen raschen Blick zu. »Was meinen Sie?«

»War er ungewöhnlich erregt?«

»Ja, manchmal schon.«

»Und was genau ist passiert?«

»Er regt sich über die Maßen auf – über dieses oder jenes –, und dann fällt er in diese Dämmerzustände, wie schon gesagt. Er sagt, er vergisst dann, wer er ist. Er redet von seiner Mutter, die schon lange tot ist, und von Orten aus seiner Vergangenheit.«

»Erinnert er sich noch an seine Pläne von den Schlachten des Bürgerkriegs?«

»Natürlich. Das wird das letzte sein, was er vergisst.«

Er lachte.

»Ich weiß nicht, was ich tun soll«, sagte sie.

»Seien Sie bei ihm. Lesen Sie ihm vor, gehen Sie mit ihm spazieren. Alles, was ihn glücklich macht. Und behalten Sie ihn im Auge.«

Sie sah ihn an.

»Das hat Harry Ihnen vermutlich alles schon erzählt, Mercedes. Ich kann Ihnen auch nichts anderes sagen.«

»Ich soll dafür sorgen, dass er ruhig bleibt.«

»Das wäre besser für ihn, ja.«

Sie rieb sich mit dem Zeigefinger das Auge. »In den vergangenen Wochen scheine ich ihn ab und an provoziert zu haben. Unabsichtlich, natürlich. Manchmal liegt eine Spannung in der Luft. Ich glaube nicht, dass das gut für ihn ist.« Sie wiegte sich einen Moment auf ihrem Stuhl und zog ihre Jacke enger um sich. Sie bemerkte eine kleine Laufmasche in ihrem Strumpf, die sich eben aus der Ferse gelöst hatte.

»Was provoziert ihn? Was glauben Sie, was Sie tun?«

Sie räusperte sich. »Ich nehme die Schuld auf mich.«

»Um Schuld geht es hier nicht.«

»Also, ich habe das Bedürfnis, mehr rauszukommen. Mehr Zeit außer Haus zu verbringen.« Sie wich seinem Blick aus.

»Vollkommen verständlich. Warum sprechen Sie von Schuld?«

Sie spreizte die Hände. »Ich fühle mich schuldig.«

»Sie haben Ihr eigenes Leben.«

Sie dachte darüber nach.

»Sie haben Ihr eigenes Leben, aber Sie haben auch Patrick. Das Problem besteht darin, beides in Einklang zu bringen.«

»Ich glaube, er will nicht, dass ich überhaupt aus dem Haus gehe.«

»Nun, wovon reden wir hier? Den ganzen Tag, jeden Tag, jeden Abend, die ganze Nacht?«

»Nein. Bloß –« Sie verstummte, sah auf die Uhr. »Ich sollte besser gehen. Eine halbe Stunde, haben Sie gesagt.«

»Ich habe noch eine Weile Zeit, wenn Sie reden wollen.«

Sie seufzte. »Ich weiß nicht, ob ich es will.«

»Ich glaube, was Patrick anbelangt, sehen Sie vollkommen klar. Ich denke nicht, dass dort das Problem liegt.«

»Was wollen Sie damit sagen?«

Er betrachtete sie gedankenvoll und wartete.

Einige Minuten überlegte sie, was sie sagen sollte. Draußen vor dem Fenster ließ ein stadtauswärts fahrender Oberleitungsbus seine Glocke ertönen und ratterte entlang der Fahrleitung auf der Beacon Street vorüber.

Auf dem Heimweg steige ich an der Kent Street ein, beschloss sie. *Nicht bei St. Paul. Das spart mir einen Häuserblock.*

»Mercedes?«

»Ich habe nichts zu sagen, Bond. Es ist mein Problem. Ich muss einfach mehr zu Hause bleiben, ihn die ganze Zeit über im Auge behalten, alles vermeiden, was ihn aufregt, nichts tun, das ihn veranlassen könnte, sich Gedanken über mich zu machen.«

»Keine Walzerabende mehr im Plaza?«

»Ja. Im übertragenen Sinne. Und es ist nicht lustig.«

»Nein.« Er schüttelte den Kopf. »Das ist nicht lustig. Ich möchte an dieser Stelle jedoch eine Frage stellen. Ist in letzter Zeit etwas eingetreten, das Sie aufgeben müssten, wenn Sie all das tun wollen, was Sie fraglos jahrelang getan haben? Etwas, das Sie nicht aufgeben möchten?«

»Ja.«

»Das ist das Problem.«

»Ja.«

»Verstehe.« Er lehnte sich zurück und sah sie über seine Halbbrille hinweg an. »Vielleicht sollten Sie mit jemandem darüber sprechen, nur kurzzeitig. Das muss nicht mit mir sein.«

»Ich glaube nicht, dass das nötig ist.«

»Überlegen Sie es sich zumindest einmal. Warum kommen Sie nicht wieder und wir reden weiter? Heute ist Freitag. Wie wäre es irgendwann nächste Woche?«

»Sie haben gesagt, dass Sie ausgebucht sind.«

»Manchmal habe ich um diese Tageszeit ein wenig Luft.«

»Nicht Dienstag.«

»Okay.«

»Mittwoch wäre mir recht, wenn Sie es wirklich für nötig halten.« Sie erhob sich und beschäftigte sich mit einigen Fusseln auf ihrem Rock.

Er ging zu seinem Schreibtisch hinüber und schaute in seinen Kalender. »Mittwoch, aber nicht vor sechs.«

»Sechs geht. Aber nicht später. Patrick isst gern spätestens um halb acht.«

Bond nickte und begleitete sie zur Tür. »Grüßen Sie ihn von mir.«

»Ich habe nicht vor, ihm zu erzählen, dass ich hier war.«

9

»Sie schwenkten die Becher in fröhlichem Lärm in dem Malamute Saloon …«, begann Mrs. Medina.

»Die Ermordung des Dan McGrew«, unterbrach Patrick sie. »Von Robert W. Service.«

»Ja«, sagte sie. »Von Robert W. Service.«

»Wenn du vorliest, musst du alles vorlesen, einschließlich Autor und Titel.«

Sie saß mit mehreren Kissen im Rücken auf ihrem Bett, und er hatte es sich in seinem blau-grün gestreiften Baumwollbademantel auf ihrer Chaiselongue bequem gemacht, die Knöchel sittsam gekreuzt. Er trug seine grünen Socken. Sie sah zum Telefon hinüber und dachte: *Vermutlich wird sie anrufen und absagen.*

»Also?« sagte Patrick.

»Also …«

»Lass hören.«

»Na schön.« Sie blätterte langsam durch den Band; sein Gewicht bequem in ihrem Schoß, seine vergilbten Seiten brüchig und voller Stockflecken, vielfach gelesen. »Für dieses erbauliche Gedicht muss man in der richtigen Stimmung sein.« Während sie die Seiten umblätterte, hob sich ihre Hand und betastete die Haut um ihren Mund, wo sie die ersten Spuren der trockenen Stellen fand, die sich jeden Winter einstellten, wenn die Heizung angestellt wurde. *Da ist die Räude wieder,* dachte sie.

»Na los, Merce. Der Junge an der Musikbox ...«

»Ja, da ist es. *Der Junge an der Music-Box ließ die Jagtime-Scheibe nicht ruhn ...*«

Er lehnte sich zurück und hob einen Finger. »Du wolltest Jagtime doch mal für mich recherchieren. Was zum Teufel bedeutet es?«

»Ich habe immer gedacht, dass es dasselbe ist wie Ragtime, Patrick.«

»Vielleicht aber nicht. Und für das Gedicht ist es entscheidend. Wenn der Junge am Klavier Ragtime spielt, hätte Service das doch gesagt, oder meinst du nicht?«

Sie blickte ihn über ihre Brille hinweg an.

»Wenn Jagtime auf eine bestimmte Musik der Ureinwohner Alaskas verweist, dann würde das das Wesen des Gedichts völlig verändern«, sagte er. »War der Junge ein Eskimo?«

»Ich vermute, dass Ragtime – oder Jagtime, was immer das auch ist – nicht Bestandteil der Musik Alaskas ist.«

»Und warum heißt es dann so?«

»Es geht um die Goldsucher, die in der Bar sind, Patrick, nicht um die Ureinwohner Alaskas.«

»Jagtime, Jagtime«, sinnierte er. »Es lässt mir keine Ruhe.«

»Soll ich fortfahren?«

Er nickte.

Sie las weiter und hoffte, er würde bald müde werden. »Die Ermordung des Dan McGrew« brachte ihn zum Lachen, und sie las es ihm ein-, zweimal im Monat vor. *»Und am Ende der Bar saß beim Kartenspiel der gefährliche Dan McGrew, neben der*

Frau seines Herzens, mit der sein Glück stand und fiel, der schönen Lady mit Namen Lou.«

»Halt!« sagte er. Sie sah auf und setzte ihre Lesebrille ab. »Mir ist gerade etwas eingefallen.«

»Und?«

»Erinnerst du dich an ein Mädchen namens Lola Winter, in New York? Eine große, verrucht aussehende Cha-Cha. Hing immer mit diesem Wie-heißt-er-noch-gleich rum, der immer unsere Kritiken für die *Times* schrieb.«

»Ich sehe sie nicht vor mir.«

»Dieser Kritiker, Merce – der, der am Ende die Programmhefte für die Los Angeles Philharmoniker verfasste.«

»An den erinnere ich mich.«

»Nun, Lola war viele Jahre lang seine Bettgefährtin.«

Sie wartete einen Moment. »Und?«

»Sie entsprach meiner Vorstellung von der Lady mit Namen Lou.« Er sah verträumt an die Decke.

»Freut mich, dass du ein Bild von ihr vor Augen hast. Das macht das Gedicht lebendiger.«

»Wie sieht dein Bild von Lou aus, Merce?«

»Ich habe eher ein Bild des Fremden vor Augen, glaube ich.«

Seine Augen leuchteten auf. »*Ein solcher war er, und sein Blick schien so schwer, als hätte er in der Hölle gelebt.* Ha! Das hast du mir nie erzählt. Wie sieht der Fremde in deinen Augen aus?«

»Also, er hat rotes Haar.«

»Was? Ein Karottenkopf?«

»Er ist groß, mit Bartstoppeln und schmalen Schlitzen als Augen. Eine schlechte Haltung – er hält sich krumm –, und eine selbstgedrehte Zigarette hängt zwischen seinen schlechten Zähnen.« Sie erfand dies beim Erzählen und war entzückt, dass Kenny die Rolle des Bösewichts so mühelos ausfüllte.

»Ein rothaariger Eskimo.« Er grinste. »Kein Wunder, dass Lou in Versuchung war.«

»Doch sie ließ sich nicht täuschen. Sie hat ihm am Ende sein Säckchen stibitzt.«

»Lou ist ein Mädel nach meinem Herzen. Doch an der Stelle sind wir noch nicht.« Er lehnte sich wieder zurück. »Du musst dem natürlichen Verlauf folgen. *Er ließ die Hände gleich Krallen auf die Tasten fallen …«*

»An der Stelle sind wir auch noch nicht.« Sie setzte ihre Brille wieder auf. »Also. Weiter.« Sie fuhr fort und wurde an den Stellen, die er wie sie wusste liebte, langsamer. *»Derweil über ihm, flammend gelb, rot und grün, das Nordlicht erstrahlte in glühender Pracht – der ahnt, was in der Musik verborgen lag – Hunger und Sterne und Nacht.«* Sie versuchte ihren Vortrag so dramatisch wie möglich zu gestalten, um seiner wachsenden Erregung Rechnung zu tragen. Als sie las, *»dann zog rasch ich den Kopf ein, und das Licht ging aus, und zwei Schüsse durchpeitschten die Bar«,* stieß er einen kleinen Schrei aus, wie er es immer tat, und sagte: »Peng! Peng!«

Als sie schließlich mit leiser Stimme endete, *»und die Frau, die ihn küsste – und ihm sein Säckchen stahl – war die Lady, die Lady mit Namen Lou.«*

Er schloss die Augen und lächelte. »Wir hatten mal überlegt, was für ein Säckchen das war, oder?«

»Ja, bestimmt der kleine Lederbeutel, in dem er seinen Goldstaub bei sich trug.« Sie nahm ihre Brille ab. Für einen Moment war der Raum verschwommen. Ihre Sehkraft ließ immer mehr nach, aber sie wollte keine Bifokalbrille, noch nicht. Sie nahm den kleinen Spiegel von ihrem Nachttisch und betrachtete ihre Augen. Blutunterlaufen. Sie hatte ihre Augen nie für ihr attraktivstes Merkmal gehalten. Sie zog an dem einen Lid.

»Wir müssen also diese Jagtime-Sache klären.«

»Ich werde mein Bestes tun.«

»Hör mal, Merce, ich habe dir etwas zu sagen. Dies ist das Gedicht, das bei meiner Gedenkfeier vorgetragen werden soll, wenn ich gegangen bin. Vergiss alles, was ich dir je zuvor gesagt habe. Das hier ist es. Es wird alle glücklich machen.«

»Geht in Ordnung.« Sie untersuchte noch immer ihre Augen im Spiegel.

»Lass mich nicht im Stich, Merce. Es steht nicht in meinem Testament. Ich baue auf dich.«

»Ich sagte, geht in Ordnung, Patrick.« Sie warf einen Blick zum Fenster hinüber. Schmale Rinnsale begannen sich ihren Weg die Scheibe hinunter zu suchen. *Es regnet,* dachte sie. Wieder betastete sie ihren Mund. *Vielleicht sollte ich den Kosmetiksalon wegen einer Gesichtsbehandlung anrufen. Das ist eigentlich nicht extravagant. Die letzte ist schon mindestens sechs Monate her.*

»Die Sache ist die«, sagte Patrick. »Ich möchte, dass meine Gedenkfeier voller Musik und lachender Menschen ist.« Der Regen klopfte nun mit größerem Nachdruck ans Fenster. »Es ist bloß traurig, dass ich selbst sie verpasse, das ist alles.« Er neigte den Kopf zur Seite. »Du wirst traurig sein, nicht wahr? Dass ich nicht dabei bin?«

Sie versuchte sich an den Namen der netten Frau zu erinnern, die sie das letzte Mal behandelt hatte.

»Merce!«

Sie schrak zusammen, und das Buch klappte zu und fiel ihr vom Schoß. Das Lesezeichen segelte heraus und glitt unter das Bett.

»Lass das, Patrick«, sagte sie. »Natürlich werde ich traurig sein. Es gibt keinen Grund, mich anzuschreien.«

»Doch, gibt es«, sagte er. »Es gibt einen Grund.« Er kam mühsam auf die Füße, zog seinen Bademantel fest um sich und marschierte in sein Zimmer.

Am Samstagmorgen war es still und warm. Gegen elf war es heiß, es fühlte sich an wie Ende Juni. Es war nicht das, was man Altweibersommer hätte nennen können – es war mehr wie vorübergehendes Fieber. Bis zum Abend würde es feucht und muffig und klamm werden.

»Sprichst du heute morgen mit mir?« fragte sie Patrick beim Frühstück.

»Warum nicht?«

»Es tut mir leid, dass ich gestern abend so abwesend war.«

»Du warst nicht abwesend. Du warst desinteressiert.«

Sie stützte das Kinn in die Hände und sah ihn an. Er rührte mit großer Konzentration Rosinen in sein Müsli.

»Bitte verzeih mir.«

»Die Milch ist sauer«, sagte er und schnupperte daran. »Hier. Riech mal.« Ihr war verziehen worden. Er verzieh ihr immer. Ihr ganzes gemeinsames Leben lang hatte er ihr stets verziehen – wenn sie darum gebeten hatte, wenn sie nicht darum gebeten hatte, wenn sie nichts getan hatte, was ihr verziehen werden musste.

»Sauer«, sagte sie zu Patrick. »Ich hol die frische.«

In der Küche zeigte ihr italienischer Kalender für Oktober ein farbenfrohes Bild der Weinlese in der Nähe von San Gimignano. Es war Samstag. Sie sah auf die Uhr. *Einundachtzig Stunden,* rechnete sie aus, *und dreißig Minuten.* Das Wochenende erstreckte sich vor ihr, erfüllt von Stunden, von Minuten so klein wie Granatapfelkerne. Dabei war es nur ein Abendessen. Das durfte sie nicht vergessen.

»Merce!« rief Patrick. »Wo bleibt die Milch!«

Mrs. Medina erreichte Valentina Bird schließlich am Sonntagabend. Tina war Dekanin des Fachbereichs der Boston University, an dem sie unterrichtete, und Mrs. Medina hatte seit Wochen nicht mit ihr gesprochen. Sie waren alte Freundinnen. Mrs. Medina war auf der Hut.

»Was um alles in der Welt war neulich mit Patrick los?« fragte Tina sie.

»Er hat mir erzählt, dass du angerufen hast.«

»Ich wusste, dass er da war, er hat hallo gesagt, aber danach kein Wort mehr. Also hab ich einfach weitergeredet, wie immer.«

»Ich glaube, er hatte einen seiner Ausfälle, Tina.«

»Ausfälle? Bezeichne es als das, was es ist, Mercedes. Ich hasse dieses Wort – *Ausfälle*. Meinst du eine Art epileptischen Anfall? Oder hat er einen Schlaganfall gehabt? Er ist einer meiner liebsten Menschen auf der Welt. Wie geht's ihm?«

Mrs. Medina seufzte. »An manchen Tagen gut, an anderen Tagen ist er eigentlich gar nicht da. Sie wissen nicht genau, was er hat. Er ist einfach nicht mehr jung. Ich kann nichts dafür.«

»Wer sagt das? Gib ihm einen Kuss von mir, ja? Es tut mir leid, dass es ihm nicht gut geht. Und jetzt erzähl von dir.«

»Da gibt's nicht viel zu erzählen«, sagte Mrs. Medina. »Tut mir leid, dass wir – nun, wir haben uns telefonisch immer verpasst.«

»Ja, so ist es. Ich habe hier einige Papiere liegen, die auf deine Unterschrift warten. Und ich möchte mit dir über deinen Winterkurs sprechen. Wie wär's mit Mittagessen?«

»Mittagessen?«

»Mittagessen. Du weißt doch noch, was das ist, oder? Als wir das letzte Mal zusammen gegessen haben, hatte das Semester noch nicht mal angefangen. Ich möchte dich gern sehen!«

»Mittagessen wäre schön.«

»Okay, wie wäre es am Dienstag?«

»Dienstag geht nicht.«

»Das war prompt. Mittwoch?«

Mittwoch. Sie dachte an Bond. »Nein, Mittwoch auch nicht.«

»Nun, dann sag du mir, wann.«

»Kann ich dich anrufen, Tina? Ich kann Patrick dieser Tage kaum noch aus den Augen lassen. Ich muss jeden Tag von neuem sehen, in welcher Verfassung er ist.«

Tina schwieg. »Ja, sicher. Ruf mich an, wenn du dich freimachen kannst. Aber bald. Du fehlst mir.«

»Du fehlst mir auch.«

»Stimmt was nicht, Mercedes? Ich will meine Nase ja nicht in deine Angelegenheiten stecken ...«

»Nein, mir geht's gut. Ich rufe dich bald an.«

»Na schön. Bis bald, also.«

Am Dienstagmorgen stand sie bei Tagesanbruch auf, ganz aufgeregt über den Nebel, der still und wachsam wie ein Atemzug zwischen den teils kahlen Bäumen hing. Die Stadt war wie ein Lebewesen einer unbestimmten Spezies, das auf dem Höhepunkt des Einatmens verharrte, während ein Lächeln in seinen Augen erschien.

Und der Tag schien millimeterweise voranzurücken, Augenblick für Augenblick, und sie genoss jeden einzelnen wie Strophen eines freudigen Liedes, das langsam dem Abend entgegenging.

10

Das Restaurant Djuna lag im South End, über die Tremont Street hinweg, einen halben Block von Hamersley's entfernt, wo Mrs. Medina und Tina im Winter zuvor zu Abend gegessen und pro Person nahezu fünfundsechzig Dollar ausgegeben hatten. Djuna lag fünf Stufen tief hinter einem Fenster, das von einem aufgeschlagenen Buch in grünem und blauem Neon erleuchtet war. Für fünfundsechzig Dollar würde man hier wahrscheinlich zu dritt zu Abend essen können, inklusive Wein. Das Restaurant war Lennies Vorschlag gewesen. Sie begrüßte die Frau, die die Gäste plazierte, und während sie auf einen freien Tisch warteten, verschwand sie auf der Toilette und ließ Mrs. Medina auf einem schwarzen Plastikstuhl mit grün gepolstertem Sitz zurück, die Hände im Schoß fest ineinander verschränkt. Sie versuchte, nicht zuzusehen, wie die anderen Gäste redeten und über ihren Kopf hinweg gestikulierten. Sie hasste es, so warten zu müssen. Patrick hatte sie immer voller Elan in alle möglichen Restaurants geführt, und stets war ein Tisch bereit gewesen; er steckte dem Oberkellner diskret gefaltete Zwanziger zu, und es hatte nie irgendein Problem gegeben.

Doch an diesem Abend hatten sie und Lennie von der Park Street aus einen vollbesetzten 43er Bus genommen, der mit alarmierendem Ungestüm durch den Feierabendverkehr röhrte und ratterte. Sie hatten den ganzen Weg über stehen müssen und des Lärmes wegen nicht miteinander reden können, was Mrs. Medina Zeit gab, sich zu beruhigen.

Den ganzen Tag lang hatte sie sich den Kopf zerbrochen, was sie anziehen sollte. Sie wollte nicht zu konservativ aussehen. Andererseits hatte sie keine Ahnung, wohin sie essen gehen würden, und sie verabscheute es, unangemessen gekleidet zu sein. Schließlich hatte sie dunkelgrüne Gabardine-Hosen angezogen und eine weiße Seidenbluse, die im Nacken geknöpft wurde. Auf ihrem Weg zur Tür hatte sie bemerkt, dass sie keinerlei Schmuck trug, und so war sie zurückgeeilt und hatte die silbernen Korallenohrringe angelegt, die Tina ihr aus Antigua mitgebracht hatte.

Der Bus kam an einer Ampel in der Berkeley Street abrupt zum Stehen und ließ sie zusammenprallen, und Lennie blickte auf und lachte. Mrs. Medinas Hände waren schweißig, die Haltegriffe waren klebrig, die Hinterlassenschaft anderer Hände, und sie dachte, dass die Ohrringe vermutlich unpassend waren. Sie *waren* unpassend. Der übelkeiterregende Geruch nach Mottenkugeln kam zweifellos aus ihrer kurzen Wildlederjacke mit den abgestoßenen Ellenbogen, die sie seit dem vergangenen Frühjahr nicht mehr getragen hatte.

Ich war zu verbissen, dachte sie.

»Hör auf zu flennen!« sagte die Stimme einer Frau direkt an ihrem Ohr.

Irritiert drehte Mrs. Medina sich um und erblickte eine gewichtige Frau, die ihr Kind am Arm rüttelte.

Na schön. Na schön. Sie würde aufhören zu flennen.

»Das ist ein nettes Lokal«, sagte Lennie, als sie Platz nahmen. »Aber das Ritz dürfen Sie nicht erwarten.«

»Oh, das Ritz erwarte ich auch gar nicht«, sagte Mrs. Medina rasch. »Ich bin froh, dass es nicht das Ritz ist. Ich mag das Ritz nämlich nicht besonders. Ohne Krawatte lassen sie Patrick nicht in die Bar.«

Lennie warf ihr einen amüsierten Blick zu. Mrs. Medinas lederne Handtasche, einer kleinen Satteltasche nachempfunden, glitt von der Rückenlehne ihres Stuhls zu Boden.

Das Restaurant war lang und schmal, mit einer Tür am hinteren Ende, die auf eine kleine Terrasse führte. An den Wänden hingen Bleistiftzeichnungen von verschiedenen Autorinnen – Colette, Toni Morrison und Djuna Barnes selbst –, und in der Nähe ihres Tisches das Foto einer großäugigen knabenhaften Frau auf einem Sack Getreide, unterschrieben mit »Liebe Grüße an Madeleine aus dem Herzen des Souk. Jane Bowles.«

Auf ihrem Tisch befand sich eine Kerze, die in einem kleinen Kristallschälchen schwamm. Ihr tanzendes Licht berührte flüchtig Lennies Finger, die mit einer Gabel auf dem blauen Tischtuch spielten. Mrs. Medinas Hände waren wieder in ihrem Schoß verschränkt.

»Geht es Ihrem Mann besser?« fragte Lennie höflich.

»Was?«

»Sie haben gesagt, es ginge ihm nicht gut.«

»Er geht seinem Ende entgegen«, sagte Mrs. Medina.

Lennie trug eine schwarze Twill-Jacke und darunter ein schlichtes weißes T-Shirt. Sie war nicht im mindesten maskulin oder auch nur besonders jungenhaft, aber selbst wenn sie einfach nur dasaß, wirkte sie gleichzeitig attraktiv und kämpferisch. Mrs. Medina begriff, dass sie einfach nur den Blick heben musste, um sie ansehen zu können, den ganzen Abend lang.

»Ein Beefeater Martini, ohne Eis«, sagte Mrs. Medina zu der Kellnerin.

»Ein Rolling Rock.« Lennie bestellte sich ein Bier. Und fügte hinzu: »Ohne Eis.«

Mrs. Medina räusperte sich. »Kommen Sie oft hierher?« fragte sie.

Lennie brach in Lachen aus.

Mrs. Medina sah sie fragend an.

»Das ist der älteste Anbaggerspruch der Welt«, antwortete Lennie. Sie beugte sich vor, die Stirn in gespieltem Ernst gerunzelt. »Nie gehört?«

Mrs. Medina errötete. »Doch, vermutlich schon ...«

»Ich weiß, ich weiß. Tut mir leid, dass ich gelacht habe.«

Mrs. Medina lächelte.

»Wie auch immer, ja, ich bin früher oft hiergewesen«, fuhr Lennie fort, »aber von Nord-Cambridge aus ist es ein ganz schönes Stück.«

Der Martini wurde serviert, und Mrs. Medina umklammerte ihr Glas wie einen Abendmahlskelch. Ein Kellner ging mit einem Teller Scampi vorbei; berauschender Knoblauchduft wehte hinter ihm her. Mrs. Medinas Magen zog sich vor Hunger zusammen, aber sie bezweifelte, dass ihr Verlangen durch Essen gestillt werden konnte. Sie schloss die Augen.

»Also«, sagte Lennie. »Was sieht gut aus?«

»Wie ist die Seezunge?« fragte Mrs. Medina und blickte stirnrunzelnd auf die Speisekarte.

»Die Seezunge? Ich weiß nicht. Im allgemeinen ist hier alles gut, aber nehmen Sie nicht das Huhn Sowieso – hier ist es – Huhn Kiew. Die Köchin rafft es einfach nicht. Sie macht es tatsächlich mit Erbsen.«

»Gut. Ich werde also nicht Huhn Kiew bestellen.«

»Es ist immer laut hier«, meinte Lennie.

Mrs. Medina hütete sich, sich umzusehen. Sie hatte das Gefühl, als sei der ganze Raum voller Augen, die darauf lauerten, ihrem Blick zu begegnen. Sie richtete den Kragen ihrer Bluse.

»Was darf's sein, die Damen?« fragte die Bedienung.

»Hallo, Sylvia«, begrüßte Lennie sie.

»Ach, hallo, Lennie. Ich hab gar nicht gesehen, dass du es bist. Wie geht's dir?«

»Ganz gut.«

»Connie ist hier«, fuhr die Bedienung fort. »Weiter vorne.«

»Hab sie gesehen«, meinte Lennie. »Ich nehme die Linguini mit Venusmuscheln und einen Salat.«

Die Bedienung lächelte Mrs. Medina an. »Noch einen?« fragte sie. »Oder möchten Sie bestellen?«

»Die Seezunge«, sagte Mrs. Medina rasch und klappte die Speisekarte zu.

Die Seezunge war sehr gut, saftig und wurde mit gegrillten Tomaten und Spinat serviert. Mrs. Medina war sich sehr wohl bewusst, dass sie schon bei ihrem dritten Martini war; Lennie war von Rolling Rock zu Weißwein übergegangen. Der Martini vertrug sich ganz und gar nicht mit dem Spinat. Ihr Kopf begann zu schmerzen. Über das laute Stimmengewirr hinweg sang Kathleen Battle etwas aus *Cosi fan tutte*. Sie legte die Gabel hin und verspürte einen Anflug von Verzweiflung.

Lennie wischte sich den Mund ab. Sie sah Mrs. Medina einen langen Augenblick an. »Sie fühlen sich hier nicht wohl, stimmt's?«

»Wohlfühlen«, wiederholte Mrs. Medina und zuckte die Schultern.

»Was ist los? Hab ich die falsche Gabel benutzt?« Sie hielt inne. »Entschuldigung. Manchmal bin ich ein Idiot. Trete immer ins Fettnäpfchen.«

Mrs. Medina hätte sich am liebsten vorgestellt, sie beide wären alte Freundinnen, die einfach zusammen zu Abend aßen. Aber sie wären niemals Freundinnen geworden. Nicht nach dem natürlichen Lauf der Dinge. Sie wären nicht hier, wenn da nicht noch etwas anderes wäre ... unterschwellig. Erahnt.

Dieses Abendessen zehrte an ihr.

»Connie«, sagte Mrs. Medina plötzlich zu ihrer eigenen Überraschung. »War das die Frau, mit der Sie zusammengelebt haben?« Es hatte keinen Sinn, um den heißen Brei zu reden.

»Ja, eine Zeitlang. Nachdem ich mit der Uni fertig war. Wir haben immer noch miteinander zu tun.«

»Ich wollte nicht neugierig sein ...«

»Kein Problem. Sie können mich fragen, was Sie wollen.«

»Im allgemeinen bin ich nicht neugierig«, sagte Mrs. Medina. Sie holte tief Luft. »Ich versuche bloß, Konversation zu machen, ob Sie's glauben oder nicht.«

»Warum?« Lennie nahm einen kleinen Schluck Wein, dann trank sie ihr Glas aus. »Es läuft doch ganz gut.«

Mrs. Medina trank anmutig einen Schluck Martini, aber ihr Glas war leer, schon eine ganze Weile. Sie setzte das Glas wieder ab, erneut verunsichert.

»Noch einen?« fragte Lennie.

»Nein.«

Lennie drehte ihren Hals, als ob er steif wäre. *Oder vielleicht ist sie gelangweilt,* dachte Mrs. Medina. Lennie fuhr sich mit beiden Händen über das Haar und überprüfte ihren kleinen Zopf. An diesem Abend hatte sie drei orangefarbene Perlen hineingeflochten. »Schneiden Sie den jemals?« fragte Mrs. Medina rasch. »Ihren Zopf?«

»Den hier?« Lennie griff mit einer Hand nach hinten und schnippte ihn ein paarmal. »Doreen kümmert sich darum. Sie schneidet mir die Haare. Ich überlege allerdings, mir eine neue Frisur zuzulegen.« Sie fuhr sich mit der Hand über den zerzausten Schopf. »Das hier ist jetzt schon alt. Ich bin es leid.«

Mrs. Medina lächelte.

Sie sahen einander an, und Lennie legte den Kopf schräg, als wolle sie eine Frage stellen. Mrs. Medinas Hände waren vor ihr auf dem Tisch verschränkt, und die kleine Kerze war heruntergebrannt. Sie hörte Lennie atmen. Oder war es ihr eigener Atem? Lennie schien sich ihren nächsten Schritt zu überlegen, und schließlich streckte sie die Hände aus und legte sie auf Mrs. Medinas. Sie sagte nichts. Ihre Augen waren klar und ruhig. Jeder noch so kleine Muskel in Mrs. Medinas Leib war fluchtbereit, doch mitten in dieser Anspannung wurde ihr Geist ruhig, und sie hielt Lennies Blick mit einem Mut stand, der sie selbst überraschte. Sie nahm an, dass Lennie die Angst in ihrem Gesicht lesen konnte, aber ihr blieb nichts anderes übrig, als ihr zu vertrauen.

Da saßen sie. Lennies Hände drückten fest auf Patricks Ring, und Mrs. Medina nahm diesen Druck mit einem merkwürdigen Vergnügen wahr, als läge sein Arm um sie und dränge sie, fortzufahren. Dann zog Lennie ihre Hände zurück, und etwas Neues begann.

Mrs. Medina umklammerte die Sitzfläche ihres Stuhls. *Ich bin alt genug, um einen Herzinfarkt zu bekommen,* dachte sie. *Oder einen Schlaganfall.* Sie hoffte, dass es nicht hier passieren würde. »Also«, sagte sie. »Ist das hier ein Restaurant für Frauen?«

»Meinen Sie für Lesben?«

»Ja, vermutlich.«

»Nein, nicht ausschließlich. Es kommen viele Lesben her, aber auch schwule Männer und Leute aus der Nachbarschaft. Sehen Sie sich um.«

Mrs. Medina riskierte einen Blick. Sie fragte sich, welche der Frauen Connie war.

»Fühlen Sie sich jetzt besser?« fragte Lennie. »Möchten Sie Kaffee?«

»Besser wär's. Espresso, wenn es den gibt.«

»Gibt es.«

»Nachtisch?«

Mrs. Medina glaubte nicht, dass sie je wieder etwas essen würde. Ein Kellner brachte den Kaffee und verschwand wieder.

»Ich glaube, wir möchten keinen Nachtisch«, meinte Lennie.

Mrs. Medina lächelte. »Ich glaube auch.«

»Was ist das für Musik? Kennen Sie sie?«

Mrs. Medina lauschte. »Klingt nach Mozart.«

»Mögen Sie sie?«

Mrs. Medina nickte. Sie rührte ihren Kaffee um. »Was für Musik mögen Sie?«

»Ich? Ach, ich weiß nicht. Alles mögliche.«

»Rockmusik?«

»Ja, zum Teil – Aretha, Chrissie Hynde. Und ich mag Kenny G.« Sie trank einen kleinen Schluck Kaffee. »Sie hören wohl hauptsächlich klassische Musik, oder?«

»Hauptsächlich. Aber ich mag auch Jazz. Kenny G kenne ich nicht so gut, aber vor Jahren habe ich Stan Getz mal gehört, in Paris.«

»Cool. In einem düsteren kleinen Club? Drei Stufen runter, völlig verqualmt? So stelle ich mir Paris vor.«

»Nein, ganz und gar nicht – es war ein sehr angesehenes kleines Theater, kein bisschen verqualmt.« Sie lachte. »Nicht der beste Ort für Jazz, schätze ich, aber ich fand es großartig.«

»Ich wette, es war toll.« Sie trank ihren Kaffee aus.

»Ich glaube, ich muss mal kurz –« setzte Mrs. Medina an und wandte sich nach ihrer Tasche um.

»Hallo, Len.«

Als erstes roch Mrs. Medina das Parfum. Dann drehte sie sich um und erblickte einen dunklen Hinterkopf, der sich über Lennies Gesicht beugte. Die Vorderseite dieses Kopfes schien Lennie einen raschen Kuss zu geben.

Lennie schob die Besucherin von sich. »Du könntest vorher anklopfen«, sagte sie und blickte zu ihr auf.

»Hab ich. Du warst beschäftigt.« Mit einem hinreißenden Lächeln und Zähnen, die von lebenslangem höchst gesunden Essen und kostspieligster Zahnpflege zeugten, wandte sie sich Mrs.

Medina zu. »Hallo«, sagte sie und streckte die Hand aus. »Ich bin Connie Downs.«

Mrs. Medina lächelte. »Mercedes Medina.« Mrs. Medina ergriff Connies Hand mit einer Entschlossenheit, die auf jahrelanger Übung basierte.

»Das ist ein verheißungsvoller Name«, sagte Connie. »Müsste ich ihn kennen?« Sie führte ihre Hand zu ihrem Haar, das zu einem lässigen Knoten im Nacken zusammengefasst war. Sie trug einen modischen schwarzen Rock, der knapp unterhalb der Tischkante endete, und der tiefe Ausschnitt ihrer dazu passenden Jacke zeigte ein gutgebräuntes Décolleté. Perlen. Wohlgeformte Beine kamen in den Sinn. Sie besaß einen exquisiten Geschmack, und ihre Augen leuchteten vor Neugier. Sie stemmte die Hände in die Hüften. Eine Kellner schlängelte sich mit einem Tablett voller Desserts an ihr vorbei.

»Du stehst im Weg«, sagte Lennie.

Connie sah sich nach einem Stuhl um, aber alle in der Nähe waren besetzt. Sie blickte zu Mrs. Medina herab und schenkte ihr ein echtes Lächeln. »Lennie und ich sind alte Freundinnen«, sagte sie. »Sind Sie auch eine alte Freundin? Oder eine Verwandte, die in der Versenkung verschwunden war? Schöne Ohrringe, übrigens.« Mrs. Medina verstand die Bemerkung auf Anhieb. Die Ohrringe waren falsch.

»Die hat mir eine Freundin aus Antigua mitgebracht.«

»Ich fahre im Februar in die Karibik«, sagte Connie. Sie wandte sich an Lennie. »Dad hat das Boot diesen Winter in St. Martin. Willst du eine Woche kommen?«

Lennie seufzte, als hätten sie dieses Thema öfter.

»Vielleicht sind Sie eine Kundin«, sagte Connie zu Mrs. Medina. »Macht Lennie Ihren Garten?«

»Hältst du jemals den Mund?« fragte Lennie sie.

»Ich schätze, ich bin eine neue Freundin«, sagte Mrs. Medina.

»Aha.« Connie legte den Kopf schräg und warf Mrs. Medina

einen langen, nachdenklichen Blick zu. Sie war ungewöhnlich hübsch. Das ließ sich nicht leugnen.

»Con, du störst ernsthaft«, sagte Lennie. »Ich ruf dich morgen an, okay?«

»Morgen fahre ich nach L.A. Ärger im Paradies.«

»Connie arbeitet bei Fidelity Investments«, erklärte Lennie. »Sie ist ein Genie, wenn es darum geht, anderer Leute Geld wachsen und gedeihen zu lassen.«

»Ich hätte dich reich machen können«, sagte Connie. »Aber du hast mich ja nicht gelassen.«

»Mich macht es wohl glücklicher, von der Hand in den Mund zu leben.«

»Das ist so ein dummer Standpunkt. Du traust nur den Dingen, die du anfassen kannst.«

»Das trifft es ziemlich gut.«

»Kennen Sie Harvey Bass?« fragte Mrs. Medina.

»Harvey, klar. Wir waren zusammen auf der Business School. Netter Typ. Woher kennen Sie ihn?«

»Er ist der Großneffe meines Mannes.«

»Ihres Mannes?« Sie sah Lennie an.

»Tja«, sagte Lennie und lachte. »Du gehst jetzt besser an deinen Tisch zurück, Ms. Wichtig. Ruf mich an, wenn du zurück bist. Und hol dir am Strand keinen Sonnenbrand.«

»Wohnst du immer noch mit Kenny, dem Kriechtier, zusammen?«

»Er zahlt die halbe Miete.«

»Wenn er dran denkt. Ich wünschte, du würdest ihn rauswerfen. Eines Tages wird er so richtig tief in die Scheiße geraten, und dann geht er ganz bestimmt nicht allein unter.«

»Du witterst überall Dramen, nicht? Sag auf Wiedersehen, Connie.«

»Na schön. Auf Wiedersehen, Connie.« Sie schüttelte Mrs. Medina wieder die Hand. »Wenn ich Harvey sehe, erzähle ich ihm, dass wir uns kennengelernt haben«, sagte sie. »Behalten Sie dieses Mädchen hier im Auge.«

»Das werde ich«, sagte Mrs. Medina.

Connie tätschelte Lennie kurz den Kopf, dann entschwand ihre wohlgeformte Gestalt wieder in den vorderen Teil des Restaurants.

»Sie scheint sehr nett zu sein«, sagte Mrs. Medina.

»Sie ist eine Zeitlang in der Schweiz zur Schule gegangen.«

»Ach, ja.«

»Ja. Sie hatte es sich zur Aufgabe gemacht, meine rauhen Ecken und Kanten zu glätten.«

»Ecken und Kanten können sehr reizvoll sein.«

»Nun, sie war nicht hundertprozentig erfolgreich.« Lennie räkelte sich. »Wenn ich nicht aufgehört hätte zu rauchen, dann würde ich mir jetzt eine anstecken.«

Mrs. Medina sah auf die Uhr. Es war fast halb elf.

»Müssen Sie gehen?« fragte Lennie.

»Ich sollte. Jemand ist bei Patrick. Sie muss heim.« Sie winkte ihrer Bedienung und sagte: »Die Rechnung, bitte.« Zumindest das klappte.

Lennie griff nach ihrer Brieftasche.

»Ich zahle«, sagte Mrs. Medina.

»Nicht nötig«, sagte Lennie. »Wir können halbe-halbe machen.«

»Nein«, sagte Mrs. Medina. »Ich hasse es, über die Rechnung zu debattieren.«

»Dann debattiere ich nicht länger«, sagte Lennie. »Danke.«

Das Restaurant hatte sich ein wenig geleert, und als sie hinaustraten, sahen sie, dass es geregnet hatte. Connie war fort.

»Wie kommen Sie nach Hause?« fragte Mrs. Medina. Sie dachte an ihr Bett, sie dachte daran, sich einfach hineinsinken zu lassen und einen ganzen Tag lang zu schlafen, ohne aufzustehen. Sie wollte jetzt einfach nur fort von Lennie, fort von der Spannung, nach Hause. Sie wollte bei Patrick sitzen, während er seinen Schlummertrunk nahm, sich die Nachrichten anschauen und dann ins Bett fallen.

Lennie blickte die Straße hinauf und hinunter. »Ich sehe keinen Bus. Ich denke, ich werde zur U-Bahn gehen und die Orange Linie stadteinwärts nehmen.«

»Erlauben Sie mir, Sie in ein Taxi zu setzen.« Sie öffnete ihre Brieftasche und zog einen Zwanzig-Dollar-Schein heraus, klein zusammengefaltet, griffbereit.

»Es sind nur vier oder fünf Straßen. Kein Problem. Wollen Sie ein Taxi nehmen?« Ihre Augen glitten über den Verkehr. Es war kein Taxi in Sicht. Regnerischer Abend. »Wie weit ist es zu Ihnen?«

»Clarendon, Ecke Commonwealth. Ich gehe hinein und lass mir ein Taxi rufen.«

»Warum gehen wir nicht zu Fuß?«

»Um diese Uhrzeit?«

»Klar. Wir können direkt über die Dartmouth Street gehen.«

»Nein. Sehen Sie, da ist ein Taxi.«

Lennie stieß einen lauten Pfiff aus, und – o Wunder – das Taxi schwenkte zum Bordstein herüber. Lennie hatte offensichtlich den Dreh raus.

»Kommen Sie«, sagte Mrs. Medina. »Ich setze Sie an der U-Bahn ab.«

Die Fahrt würde nicht lange dauern.

»Stimmt was nicht?« fragte Lennie im Taxi.

»Wieso glauben Sie, dass etwas nicht stimmt?«

»Sie sind sauer.«

»Wenn ich sauer wäre, wüssten Sie das.«

»Das sagen alle immer.«

Mrs. Medina schüttelte den Kopf. »Ich bin müde. Ich habe zuviel getrunken.«

»Aber irgendwas stimmt nicht.«

Mrs. Medina fasste nach dem Türgriff. Zu viele Jahre unverblümte Konversation mit Patrick. Sie wusste nicht, wie man eine ausweichende Antwort gab.

»Ich kenne mich vielleicht mit Mozart nicht so aus, aber Sie haben mich nicht mal nach meinem Zen-Garten gefragt.«

»Wie – soll das jetzt heißen, dass *Sie* sauer sind?« sagte Mrs. Medina lachend. »Es tut mir leid. Ihr Garten interessiert mich sehr.«

»Tja, jetzt können wir nicht mehr darüber reden.«

Mrs. Medina spürte, wie ihre Gefühle mit ihr Achterbahn fuhren.

Nichts war geklärt, das war klar.

»Back Bay Station«, sagte der Fahrer.

»Ich fahre weiter«, sagte Mrs. Medina durch das Trenngitter zu ihm. Dann wandte sie sich Lennie zu. »Es macht mir nichts aus, Sie mit dem Taxi nach Cambridge bringen zu lassen.«

»Taxis sind nicht so mein Ding«, meinte Lennie. Es war sehr dunkel auf der Rückbank. Der orangefarbene Neonkreis über dem Portal des U-Bahnhofs warf wässrige Schatten durch das Fenster. »Noch mal vielen Dank für das Essen.«

»Gern geschehen.«

Sie saßen schweigend da.

»Bay Back Station, meine Damen«, wiederholte der Taxifahrer. Das Innere des Taxis roch nach Vanille. Ein kleiner Vanille-Tannenbaum baumelte an der Heckscheibe.

Lennie legte die Hand auf den Türgriff. Mrs. Medina kam es vor, als schicke sie sie an Bord eines Truppentransporters fort, in den Krieg, als würde sie Lennie niemals wiedersehen. »Bis bald«, sagte sie mit stockender Stimme.

Lennie wandte sich ihr zu und legte Mrs. Medina die Hand an die Wange, und ihre Hand zog Mrs. Medinas Gesicht näher an ihres, bis Mrs. Medina einen Hauch von Lennies Duft erhaschte und in ungestümer Erkenntnis die Hitze von Lennies Körper wahrnahm. Lennie küsste sie kurz; kurz, aber mit einer zarten Dringlichkeit, während sie immer noch mit einer Hand Mrs. Medinas Gesicht umfangen hielt. Sie spürte die harten Kanten von Lennies Zähnen, ihre volle Unterlippe.

Der Taxifahrer ließ den Motor aufheulen. Das Taxameter klickte weiter. Und ein Schwall Regentropfen schlug gegen das Fenster.

Lennie legte ihre Wange einen Moment an Mrs. Medinas Wange, dann öffnete sie die Tür. »Ich muss schnell durch den Regen«, sagte sie, und fort war sie.

Mrs. Medina traute sich nicht, sich zu rühren. Einen Moment lang konnte sie nicht die Augen öffnen. Die Spannung, die sie den ganzen Abend aufrechterhalten hatte, löste sich, als sie spürte, wie Lennie sich weiter und weiter von ihr entfernte, in den Neonregen hinaus. Sie legte die Hand an die Stirn.

»Wo soll's denn jetzt hingehen?« fragte der Taxifahrer. *»Wohin?«*

11

»Hast du das Wohnzimmerfenster zugemacht?« fragte Patrick sie. »Es wird die ganze Nacht regnen.«

»Es ist zu.«

Hier hatte sie noch eine Stunde zuvor sein wollen. Patrick in seinem Sessel, einen Drink in der Hand, im Fernsehen ein spätes Basketball-Spiel der Boston Celtics in Los Angeles. Sie starrte auf den Bildschirm.

»Nun setz dich doch, Merce. Du bist mir beinahe im Weg. Was trinkst du da?«

Sie ließ sich in seinen Armsessel sinken. »Wasser.« Sie sah auf ihre Uhr. Lennie würde mittlerweile zu Hause sein.

»Bist du betrunken?« fragte Patrick.

Sie lächelte. »Nein.«

»Nun, du kannst mir ruhig erzählen, was du gegessen hast. Wo wart ihr?«

»In einem kleinen Restaurant im South End.« Als sie das Restaurant verließen, hatte sie sich ein Heftchen Streichhölzer mitgenommen, und jetzt griff sie in ihrer Tasche danach und umschloss es behutsam mit den Fingern. »Ich hatte Seezunge, mit einer gegrillten Tomate und Spinat.«

»Sehr gesund.«

»Und drei große Martinis.«

Er stieß einen leisen Pfiff aus und trank einen kleinen Schluck von seinem Whiskey. Er runzelte die Stirn, als er einen Moment den Celtics im Fernsehen zusah. »Kein Wunder, dass du so spät hier reingeschlichen kommst. Hast du von mir erzählt? Kennt sie jetzt all meine Gewohnheiten, all meine Höhen und Tiefpunkte?«

»Ich rede manchmal von dir, ja.«

»Was ich meine, Merce, ist folgendes: Wirst du jetzt Tag und Nacht losziehen, um dich mit ihr zu treffen?«

»Patrick, wir haben nur zusammen zu Abend gegessen.«

Er sah zu ihr hinüber. Die Hand, in der er seinen Drink hielt, zitterte ein wenig. Er setzte das Glas auf den Tisch.

Ohne seinen Blick zu erwidern, sagte sie: »Erinnerst du dich, vor Jahren in Paris, wie uns jemand mitgenommen hat, um Stan Getz zu hören?«

»Wen?«

»Stan Getz, er spielt Tenorsaxophon. Es war nicht in einer Bar, es war irgendwo in einer Halle oder einem kleinen Theater, vermutlich auf der Rive Gauche.«

»Das ist mir vollkommen entfallen. Ich mag nur Louis Armstrong.«

»Ja, ich weiß. Aber ich habe mich gefragt, ob du dich daran erinnerst.« Sie stellte ihr Wasserglas auf den Boden und lehnte den Kopf an. Erschöpfung löste ihre Glieder. Sie erinnerte sich an Lennies Hand auf ihrer Wange, die Konturen ihres Mundes, das Rauschen des Regens, als sie aus dem Taxi gestiegen war. Sie schloss die Augen.

Sie wusste, dass Patrick sie beobachtete, und es war in Ordnung. Schließlich löschte er die Tischlampe. Der Kommentar im Fernsehen ließ vermuten, dass die Celtics anfingen, Punkte zu machen; sie hörte das über das nun stetige Prasseln des Regens hinweg. Patrick zog die braune Decke mit den winzigen Goldfäden hoch. Sein Drink bestand nun hauptsächlich aus geschmolzenem Eis. Schließlich schaltete er das Spiel mit der Fernbedienung aus, und Dunkelheit herrschte im Zimmer, und es war nichts mehr zu vernehmen außer Mrs. Medinas tiefem, regelmäßigem Atem.

In ihrem Traum erschien ihr seltsamerweise Connie, elegant und geschmeidig in schwarze Seide gekleidet. Mrs. Medina saß an einem Tisch und versuchte, ein Gespräch mit Lennie zu führen, die nur als mürrische Energie anwesend war, unsichtbar. Sie sah sich selbst reden; Angst sammelte sich in ihrem Bauch, was sollte sie als nächstes sagen? Welche schlagfertige Erwiderung auf Connies brillante Bonmots, ihre anmutigen Gesten, ihre offenkundige sexuelle Vertrautheit mit Lennie? In ihrem Traum stellte sich Mrs. Medina Connie als die perfekte Liebhaberin vor; sie erinnerte Lennie an bestimmte Freuden, die sie ihr bereitet hatte; Mrs. Medina hingegen stolperte und taumelte in dem Traum von einer absolut dummen Bemerkung zur nächsten.

Der Traum setzte sich unerbittlich fort. Mrs. Medina wurde von dem bitteren Gefühl überwältigt, betrogen zu werden, und sie stand auf, um zu gehen.

Sie wachte so plötzlich auf, als hätte sie jemand an der Schulter berührt.

Sie war von Dunkelheit umgeben, sie war nicht in ihrem Bett, und als sie sich rührte, protestierten ihre Schultern und ihr

Nacken und ihr Kreuz schmerzvoll. Patrick war immer noch in seinem Ruhesessel, er schniefte und schnaufte im Schlaf, und seine Tischuhr zeigte zwanzig nach vier. Sie fragte sich, warum er sie nicht geweckt hatte, wie er es sonst immer tat, wenn sie in seinem Zimmer einschlief.

Sie ging mit knarzenden Schritten in sein Bad hinüber und machte das Licht an. Im Spiegel sah sie so alt aus, wie sie war; sie sah aus, als hätte sie einen Kater, und so war es auch. *Sehe ich noch aus wie vorher?* Mit einem Finger berührte sie ihren Mund. *Lennie hat mich geküsst,* dachte sie. Sie setzte sich auf Patricks Wäschekorb und barg das Gesicht in den Händen. *Ich sollte außer mir sein,* dachte sie. Ihre Augen waren schlafverkrustet. Sie fühlte sich beinahe schwerelos, als triebe sie auf dem Rücken, unfähig, sich zu rühren: ans Ufer getragen, dann auf das offene Meer hinaus.

Sie spritzte sich ein bisschen Wasser ins Gesicht und verließ das Bad.

»Du bist einfach eingeschlafen«, kam seine Stimme aus dem Dunkeln.

Sie seufzte. »Tut mir leid, Patrick. Ich hab ein bisschen zuviel getrunken.«

»Es ist jetzt neunzehn Minuten vor fünf.«

»Ich wollte dich nicht wecken. Ich gehe jetzt hinüber in mein Bett.«

»Willst du eine Tasse Kakao?«

»Ich mache dir eine Tasse, wenn du willst.«

»Nein, nicht für mich. Ich mag das Zeug nicht. Ich wollte dir einen kochen.«

»Nicht nötig.«

Sie hörte, wie er sich aus seinem Ruhesessel hochhievte. »Okay, ich mache dir meine Spezialsuppe«, sagte er. »Verzeih mir, wenn ich mich vorher nicht rasiere.«

Die Suppe war insofern »speziell«, als Patrick sie selbst erfunden und mit mystischen Heilkräften versehen hatte. Es war einfach eine Dose Hühnerbrühe mit einem Esslöffel Sherry, Sternchennudeln, Schnittlauch, Sellerie, einer Tomate – wenn eine zur Hand war – und einigen Spritzern Tabasco. Mit Parmesan bestreut. Sie saß am Küchentisch und beobachtete ihn am Herd, bloß um sicherzugehen, aber er benutzte den Zangendosenöffner anstelle des Hebeldosenöffners für die Brühe und achtete darauf, die Herdplatte nur auf die mittlere Stufe zu stellen. Sie schien ihn von einem erhöhten Platz in einer Ecke der Küche aus zu beobachten.

Er sah sie über die Schulter hinweg an. »Zu dieser Tageszeit bin ich in Höchstform.«

»Ja«, sagte sie verträumt. Sie goss sich ein weiteres Glas Tomatensaft ein. Das Salz war wundervoll; es trieb ihr Tränen in die Augen.

»Dann geht alles zum Teufel.« Er brachte die alte blaue Teetasse mit dem Sprung, die er gern benutzte, herüber und einen weißen Becher mit dem grünen Tanglewood Baum-Logo. »Ich hab auch Tee gemacht«, sagte er. Er wies auf ihr Saftglas. »Du machst dir was vor mit dem Zeug. Es ist nicht gesund. Und es steckt voller Salz.« Er stellte die dampfende Brühe mit einem kleinen Knall vor sie hin. »Deine Venen werden verschrumpeln.«

Sie legte behutsam die Hände um die Suppentasse und starrte ihn an, ohne ihren Blick auf ihn zu konzentrieren. Schließlich sagte er: »Fertig«, und schenkte den Tee ein. Er gab einen kleinen Schuss Milch in seine Tasse. Er kniff die Augen zusammen, als er den Tee durch den Dampf schlürfte. Er trank seinen Tee am liebsten sehr, sehr heiß.

Die Suppe war wunderbar, genau das, was sie brauchte. »Das tut gut«, sagte sie. »Danke.«

Licht erschien im Küchenfenster. Es war Mittwochmorgen.

»Hast du mich betrogen?« fragte er sie.

Sie langte über den Tisch, um seine Hand zu berühren und ihn in Sicherheit zu wiegen, das war ihr spontaner Impuls, doch dann hielt sie inne. In gewisser Weise hatte sie ihn betrogen. In diesem Augenblick kannte sie ihre Pflicht Patrick gegenüber; sie wusste, dass sie ihn auf eine Weise liebte, die fortdauern würde, aber in diesem Moment war niemand in ihrem Herzen, niemand in ihren Gedanken als Lennie. Wenn Lennie sie rufen würde, würde sie auf der Stelle zu ihr gehen.

»Aha«, sagte er.

»Ich habe nicht mit ihr geschlafen, Patrick, falls du das meinst. Aber ich habe weiß Gott daran gedacht. Das mag deiner Auffassung nach Betrug sein.« Jetzt legte sie ihre Hand doch auf seine.

Er hob das Kinn. »Nun, meiner Auffassung nach ist das grenzwertig.«

Sie fuhr fort zu essen.

»Aber –« Er hob einen Finger.

»Warte«, sagte sie. Sie schob die Suppentasse zur Seite. Sie war es müde, in der Defensive zu sein, und in diesem Augenblick wollte sie noch nicht mit ihm reden. Es war ihr ganz persönlicher fragwürdiger Himmel, und sie wollte eine Weile allein darin sein.

»Warte«, sagte sie noch einmal.

Er legte beide Hände auf den Tisch. »Das wird ein Affenzirkus zu dritt«, meinte er. »Und mich wird man erst rausschaffen, wenn's ins Leichenschauhaus geht.«

»Du wirst mir einen großen Gefallen tun und aufhören, so zu reden.«

»Nun«, sagte er und sah zur Decke hoch, »eigentlich komme ich sowieso nicht ins Leichenschauhaus, ich komme in den Ofen.«

»Ja, kommst du. Und ich ebenso.«

»Wir hatten ein Leben, verdammt noch mal«, sagte er. »Warum kannst du dem gegenüber nicht loyal sein?«

Sie dachte eine Weile darüber nach. »Ich bin dem gegenüber

loyal«, sagte sie schließlich, nachdem sie beschlossen hatte, dass dies der Wahrheit entsprach. »Es ist mir sehr kostbar.«

Er sah niedergeschlagen in seine leere Teetasse. »Du schaffst mich«, sagte er einen Moment später. »Ich hätte es besser wissen sollen, statt mir dich zu angeln, wo du so jung warst.«

Sie lächelte. »Sieh mal, die Sonne geht auf.«

»Die Sonne hat damit nichts zu tun.«

»Da hast du recht.« Sie räumte das Geschirr zusammen und stellte es in die Spüle. Die wundervolle Erschöpfung schlich in ihre Glieder zurück. Und nun war sie von Freude begleitet.

Er spähte ihr ins Gesicht. »Dein Gesicht sieht aus wie die rauschenden Tagesanbrüche, wenn wir die ganze Nacht getrunken hatten und dann mitten über die Fifth Avenue liefen und den Taxis auswichen, um schließlich im Grosvenor zwischen die Laken zu gleiten, wenn die Hähne krähten.«

»So schlimm?«

»Du hast immer so gut ausgesehen wie die Dietrich.«

Sie lächelte. »Im Moment bin ich reif, zwischen die Laken zu gleiten. Ich mache den Abwasch später.«

»Ja. Ich mag zwar eine begabte Köchin sein, aber den Abwasch mache ich nicht.«

Sie kam um den Tisch herum und küsste ihn auf das Haupt.

»Nicht jetzt«, sagte er.

»Gut.« An der Küchentür sagte sie: »Ich schlafe jetzt zwei, drei Stunden. Wenn ich bis zehn nicht auf bin, weck mich, ja?«

»Merce.«

»Ja?«

»Du solltest sie mit hierherbringen. Wenn sie meine Rivalin ist, muss sie mich kennenlernen.«

»Patrick, ich schlafe gleich im Stehen ein.«

»In deinem Alter solltest du keinen Martini trinken. Du bist nicht mehr fit genug für Alkohol. Geh ins Bett.«

Das tat sie.

Aber sie schlief nicht. Trotz der Suppe, des Tees und der Stunden unruhigen Dahindämmerns in Patricks Sessel fühlte sie sich immer noch betrunken. Sie legte den Kopf aufs Kissen, ihr Körper sank schwer zwischen die Laken, aber das Zimmer drehte sich um sie. Sie öffnete die Augen. *Habe ich ihren Kuss erwidert?* überlegte sie. *Ich entsinne mich nicht. Es war solch ein Schock.*

Sie stöhnte und drehte sich um. Sie legte die Hand auf den Mund, und das trunkene Gefühl stellte sich wieder ein. Ihre Lippen waren trocken und nicht im mindesten sinnlich. Wie hatten sie sich für Lennie angefühlt? Sie musste entsetzlich nach abgestandenem Gin geschmeckt haben. Abscheulich. Sie wusste, dass sie jetzt schlafen musste. Aber: *Wird es weitergehen mit uns, werden wir darüber sprechen?* Sie öffnete rasch die Augen. *Und da waren die Hände, vorher im Restaurant, ich hatte es vergessen. Sie hat meine Hände in ihren gehalten und gesagt – oh, was? Nichts! Nichts war gesprochen worden. Aber ihre Augen.*

Und dann war da noch Connie. Mrs. Medina sann über jedes Bruchstück des Gespräches nach, an das sie sich erinnern konnte. »Wir haben immer noch miteinander zu tun«, hatte Lennie gesagt. Ja, und? Schliefen sie immer noch miteinander? Wie schön Connie war. Wer würde nicht mit ihr schlafen wollen. Und jung. Und jung.

Sie wusste nur noch eines: dass sie Lennie wiedersehen und sie wieder küssen wollte, und sie glaubte nicht, dass sie irgend etwas anderes würde tun können, bis dieser Moment eintrat.

Patrick öffnete ihre Tür, und sie spürte, dass er dort stand, öffnete jedoch nicht die Augen.

Schließlich sagte er: »Merce. Telefon.«

Sie setzte sich mit einem Ruck auf.

»Ich hätte dich ja nicht geweckt, Merce, aber es ist halb elf. Du musst aufstehen und dich tummeln. Es ist fast Mittag.«

Sie schüttelte groggy den Kopf. »Ich hab's nicht gehört.« Sie überprüfte ihr Telefon. »Ach, der Ton ist ausgestellt. Wer ist es?« Rasch keimte Hoffnung auf. Es musste Lennie sein. Dummerweise war sie dankbar, dass Lennie sie zuerst anrief. »Patrick, bitte mach die Tür zu, ja? Ich bin jetzt wach. Ich komme in einer Minute.«

»Guten Morgen, Mercedes.«

Sie sank in ihr Kissen zurück, für einen Moment von Schwärze umfangen.

»Bond.«

»Patrick hat mir gesagt, dass Sie im Bett liegen. Sie sind doch nicht etwa krank?«

»Nein. Ich bin bloß –« Sie setzte sich wieder auf. *Sie hat mich geküsst,* dachte sie. Der Tag öffnete seine Schwingen.

»Mercedes, können wir unseren Termin auf halb sechs vorverlegen? Bei mir hat jemand abgesagt.«

Sie versuchte, einen klaren Kopf zu bekommen. Heute? Ein Termin mit Bond?

»Wenn Ihnen das nicht recht ist, können wir gern bei sechs Uhr bleiben.«

»Vielleicht ist der Termin doch nicht nötig, Bond.«

»Wie Sie wollen. Geht's Patrick besser?«

Sie fuhr sich mit den Fingern durchs Haar. »Ja. Ja, ich würde sagen, Patrick geht's besser.«

»Und Ihnen?«

Ohne zu zögern, erwiderte sie: »Heute bin ich außerordentlich glücklich.«

Bond lachte. »Ach, wie gut. Ich wünschte, mehr Leute, die zu mir kommen, hätten darunter zu leiden.«

»Ich würde dennoch gern mit Ihnen über Patrick sprechen. Nur lieber nicht heute, wenn's Ihnen recht ist.«

»Schön. Sie klingen heute vollkommen anders. Ich habe mir neulich abends Sorgen um Sie gemacht.«

»Ich hatte Zeit zum Nachdenken«, sagte sie rasch.

»Gut. Gut.« Er schwieg kurz. »Dann rufen Sie mich doch einfach an, wenn Sie mit mir reden wollen.«

»Das werde ich. Danke.«

Sie saß mit dem Telefon im Schoß auf der Bettkante. Die Frage war, würde Lennie anrufen? Sollte sie anrufen?

Mrs. Medina setzte den Kaffeebereiter auf den Herd. Dann ging sie ins Wohnzimmer hinüber und trat an das Fenster, das auf die Straße hinausging. Die Sonne segelte über einige hohe Wolken hinweg, und auf dem Grünstreifen jenseits der Straße bildete das Laub, noch klamm vom Regen der vergangenen Nacht, einen löchrigen Teppich. In stiller Aufregung schlang sie die Arme um sich.

»Merce!« Patrick rief aus der Küche nach ihr.

Sie eilte hinüber. Der Kaffee blubberte über und verteilte kleine Spritzer über den Herd. »Ich hab vergessen, den Deckel draufzutun!« sagte sie glücklich und wischte alles weg.

»Komm du mir noch mal«, sagte Patrick düster von der Türschwelle aus. An diesem Tag trug er – eine seltene Geschmacksverirrung – eine grün-orange karierte Krawatte zu einem rosafarbenen Hemd.

»Wir brauchen eben einen neuen Kaffeekocher, eine von diesen automatischen Filterkaffeemaschinen.«

»Schmeckt nicht«, wandte er ein. »Außerdem ist Mittagszeit – warum kochst du Kaffee?«

»Mir ist danach«, erwiderte sie. »Mal sehen, ob der hier noch zu retten ist.«

»Es ist Mittagszeit.«

Sie sah ihn mit großen Augen an. »Nein, noch nicht«, sagte sie langsam, ein Lächeln in der Stimme. »Wir essen um eins.«

»Du hast den Tag vollkommen durcheinandergebracht mit deiner Langschläferei. Außerdem trägst du einen Rock.«

Sie setzte sich an den Tisch und trank den bitteren Kaffee in kleinen Schlucken. »Ja, das tue ich.«

»Warum?«

Aus ihrem Schlafzimmer erklang ein gewaltiges Crescendo mit Zimbeln.

»Was ist das?« Er lauschte aufmerksam. »Ist das Mahler, der warme Bruder?«

»Ja, es ist fast zu Ende. Und warmer Bruder ist ein diskriminierender Ausdruck. Warum benutzt du solche Worte?«

»Jetzt reicht's mir.« Er marschierte den Korridor hinunter. Dann machte er kehrt und kam zurück. »Ich hab dem Doc gesagt, dass du mit ihm reden solltest.«

»Du hast Bond gesagt, ich müsste mit ihm reden?«

»Nun, ich hab ihn mit seinen kleinen Stiften und Apparaten an mir rumprobieren lassen. Und sie allesamt ausgetrickst. Jetzt deuten die Zeichen auf dich. Wir können nicht zusehen, wie du hier so herumschluffst, vollkommen durcheinander und den Kaffee überkochen lässt.«

Sie brachte es nicht fertig, wütend zu sein. »Du bist mir ja durchtrieben. Ich rede lieber mit dir.«

Er kam in seinen Hausschuhen zum Tisch herübergeschlappt und setzte sich. »Lass mich einen Schluck probieren«, sagte er. »Ich habe höllischen Hunger.« Er verzog das Gesicht und stellte die Tasse ab. »Können wir den Tag wieder ins Lot bringen? Ich werde allmählich sauer. Muss ich mir mein Mittagessen auch selbst machen?«

»Willst du wirklich so früh essen?«

»Ich könnte einen ganzen Laster verspeisen.«

»Okay. Also Mittagessen.«

Sie träumte beim Abwaschen vor sich hin, ließ das Palmolive sachte über ihre gelbbehandschuhten Finger gleiten wie grünes Gold und dachte: *Ich schicke ihr Blumen.* Sie drehte das Wasser ab, stand im Dampf da und sah auf die gemusterten Kacheln hinter der Spüle. »Ach, du Dummerchen«, sagte sie laut. »Sie ist doch von Blumen umgeben.« Dann lachte sie, streckte die tropfenden Hände von sich und stieß einen stillen kleinen Juchzer aus.

Sie nahm eine Tasse Hu-Kwa mit in ihr Zimmer, wo der Mahler längst verklungen war. Irgendwie hing der *Rosenkavalier* in der Luft, und so legte sie die alte Aufnahme mit Elisabeth Schwarzkopf auf und machte es sich auf der Chaiselongue bequem.

Einige Minuten verstrichen. Sie döste.

Ihre Tür öffnete sich knarrend. Sie hob leicht die Lider.

»Stell diese verdammten Hunnen aus«, sagte Patrick, »und lass mich schlafen.«

Sie erhob sich und stellte die Musik aus. »Geh ins Bett zurück, Patrick. Die Oper ist aus.«

»Warum hörst du dir diese Nazis an?« fragte er. »Die Musik ist unerträglich.«

Sie wandte sich um und sah ihn an. »Ich habe verstanden, dass dir die Musik zu laut war«, sagte sie, »und das ist in Ordnung. Aber ich brauche keine kritischen Kommentare über die Musik, die ich höre. Geh ins Bett zurück.«

»Traumtänzerin.« Er schnalzte mit der Zunge.

Sie machte einen Schritt auf ihn zu und sah, wie er zurückfuhr, und dann schämte sie sich, ihre Wut verrauchte, und sie lächelte. »Ich muss mich auch hinlegen. Also geh ins Bett zurück.«

Einen Augenblick später ging er still den Korridor hinunter.

Sie sah auf die Uhr. Um vier würde sie Lennie anrufen.

»Lennie ist nicht da«, sagte Guido entschieden. »Heute nicht.«

Sie hatte sich alle möglichen Szenarien ausgemalt, nur dieses nicht. »Nicht da – ist sie krank? Hier spricht Mercedes Medina, Guido.«

»Ja, Madam, ich weiß. Nein, nicht krank. Sie ist draußen bei den buddhistischen Brüdern. Mit meiner Erlaubnis. Sie setzen heute Zwiebeln.«

»Ich verstehe.«

Guido gab keine weiteren Informationen preis.

»Erwarten Sie sie denn heute noch im Laden?« fragte Mrs. Medina, und die Enttäuschung begann über den Teppich auf sie zuzukriechen.

»Wer weiß? Sie hat einen Schlüssel. Sie kommt vielleicht, wenn ich zugemacht habe. Lasse ich ihr eine Nachricht von Ihnen da?«

»Ja, gut. Sagen Sie einfach, dass ich angerufen habe.«

»Gewiss.«

Sie legte den Hörer auf und saß reglos da, bis das Licht den Raum verlassen hatte und es vollkommen dunkel war.

12

Patrick wollte ein Feuer haben, also setzten sie sich für ihren Abendtrunk in sein Zimmer.

»Das erste Feuer in diesem Herbst«, sagte Patrick zufrieden. »Also, setz dich hier her und genieße es.«

Mrs. Medina hatte die Auskunft angerufen und sich Lennies Telefonnummer augenblicklich eingeprägt. Sie sah ins Feuer und dachte an die magischen Zahlen – zwei Dreien, eine Eins, zwei Sechsen, zwei Siebenen –, die Lennies Stimme binnen zehn Sekunden in ihrem Ohr erklingen lassen konnten.

»Du sitzt auf der Telefonschnur«, bemerkte Patrick.

Sie lächelte und entwirrte sie.

»Was ist das für ein Lächeln?« fragte er. »Es gilt nicht mir, richtig?«

Sie sah ihn an und wusste nicht, was sie sagen sollte. »Ich bin doch hier. Bloß ein bisschen verwirrt heute, das ist alles.«

Einen Moment später erwiderte er: »Du solltest lieber mit mir reden, Merce. Ich bin es leid, darauf zu warten, dass du mein Schiff versenkst.«

Mrs. Medina stand auf und schloss die Vorhänge, als ob die

größere Privatheit ihr die Sache leichter machen würde. Patrick schlürfte seinen Whiskey, und das Eis klackte an seine Zähne. Sie fragte sich, wieviel Angst er hatte, ob er soviel Angst hatte wie sie. Das Feuer knackte und spie Funken, fraß das trockene Holz des vergangenen Winters.

»Laut«, sagte sie und lehnte sich in ihrem Stuhl zurück.

Patrick sah zu ihr hinüber. »Nicht zu ändern. Das Eis kommt plötzlich angeschlittert und knallt mir an die Zähne.«

Sie lächelte. »Das Feuer«, sagte sie.

»Feuer sind laut. Liegt in ihrer Natur.«

Sie holte tief Luft. »Erstens«, sagte sie, »besteht kein Grund, meinetwegen nervös zu werden. Was dich anbelangt, dich und mich.«

»Nervosität hat damit nichts zu tun.«

»Patrick, lass mich sagen, was ich zu sagen habe, und dann kannst du loswerden, was immer du willst.«

Er trank noch einen Schluck Whiskey und klammerte sich unwillkürlich an seine Decke.

Ihr Kopf schien sich plötzlich mit einem Chaos an Sinneswahrnehmungen zu füllen: Sie hörte die Mahler-Symphonie, dann die Stimme des Taxifahrers: »Wohin? *Wohin?*« Sie spürte, wie Lennies Hand ihre ergriff, dann sah sie Lennies Hände tief in der Erde, wie sie Blumenzwiebeln setzte, dann wie Lennie sich aufrichtete, sich die Hände an den Schenkeln abwischte, und sie stellte sich diese Schenkel vor, und dann Lennies Mund.

Patrick setzte sein Glas auf dem Tisch ab und sah zu ihr hinüber.

»Gestern abend«, begann sie, »gestern abend ist etwas passiert, ein kleiner Kuss, Patrick, mehr nicht, aber ich fürchte, seitdem bin ich vollkommen durchgedreht.«

Er sah sie unverwandt an, schweigend, wie verlangt.

»So was muss mir doch sicher schon früher mal passiert sein ...« Sie schüttelte den Kopf. Sie wusste, es war nicht so. Sie drehte sich ein wenig auf ihrem Stuhl, um ihn besser ansehen zu können. »Es tut mir leid, wenn das für dich schmerzlich zu hören ist, aber ich muss mit dir sprechen. Ich kann so nicht weitermachen.« Sein Gesicht war ruhig und gefasst, und er wandte sich dem Feuer zu. »Hab ich dir erzählt, wie alt sie ist? Das sollte mir auf der Stelle Einhalt gebieten, nicht? Und wir haben nicht das geringste gemeinsam. Ach, zum Teufel!« Sie ließ den Kopf gegen die Rückenlehne sinken.

Er hob das Kinn, legte den Kopf schräg und beobachtete sie aus den Augenwinkeln. Doch er erbot sich nicht, ihr durch das Labyrinth zu helfen, durch das sie ihren Weg suchte.

»Ich weiß nicht, welche Möglichkeiten ich habe«, sagte sie, ohne die Augen zu öffnen. »Das sagt einiges, vermute ich. In meinem Alter sollte ich mich vermutlich damit zufrieden geben, an sie zu denken. Aber ... vielleicht ist es dafür zu spät.« Sie öffnete die Augen und sah zu Patrick hinüber. Einige Momente verstrichen. Ein Scheit fiel funkenstiebend nach unten. Das gedämpfte Hupen des Feierabendverkehrs klang von der Straße herauf. »Das ist alles«, fuhr sie schließlich fort. »Ich habe nicht die Absicht, dich zu verlassen, und das, was ich für sie empfinde, schmälert meine Liebe zu dir nicht im geringsten. Das ist alles, was ich zu sagen habe.«

Sie sah zu, wie er an einem losen Faden an seiner Hemdmanschette herumzupfte. Warum er sich an diesem Tag für dieses alte rosafarbene Hemd entschieden hatte, war ihr immer noch ein Rätsel. Er hatte eindeutig nicht darüber nachgedacht, was er anzog.

»Ich nehme an, jetzt darf ich was sagen«, meinte er nach einigen Minuten.

»Ich hoffe, dass du das tust.«

Er trank sein Glas aus und wischte sich mit dem Zeigefinger über die Oberlippe. »Frauen verkomplizieren die Dinge, diese Närrinnen, und machen alle um sie herum verrückt. Genau diesen Weg hast du eingeschlagen, Merce, diesen ausgelatschten

Weg, und das Netz zieht sich bereits um dich zu. Du wirst dich in eine Grube stürzen und mich mit dir ziehen. Das werde ich nicht zulassen.«

Ja, sie könnte sich selbst in eine Grube stürzen.

»Mein Problem ist einfach. Du bist meine Frau. Ich zähle auf dich als meine Gefährtin, und in den vergangenen Wochen bist du mir keine Gefährtin gewesen. Das macht mich sauer. Mir ist egal, ob du dich in ein Mädchen verliebst, in eine Schlange oder in einen Ford V8. Macht keinen Unterschied. Ich brauche dich an meiner Seite, und wenn du nicht da bist, bin ich da draußen verloren. Du bist in dieses junge Ding verknallt – ja, und? Tolles Gefühl. Genieß es. Schlaf mit ihr, wenn du dich darauf einlassen kannst. Ich habe mich auf diesen Fall vorbereitet, auch wenn du mich hiermit ein wenig aus dem Gleis gebracht hast. Ich habe schon seit geraumer Zeit erwartet, dass ein Mann den Pfad heraufkommen würde, aber keine Frau. Aber zieh dich nicht von mir zurück. So dass ich dich nicht mehr erreiche. Gibt mir das Gefühl, als würdest du unser Leben in den Dreck treten. Und das ist alles, was ich dazu zu sagen habe.«

Sie saßen zusammen da, und sie hörte, wie er ein wenig zu schnaufen begann. Der Whiskey wirkte sich manchmal auf seine Nebenhöhlen aus.

»Patrick ...«

»Ich bin auch kein Heiliger gewesen, Merce.«

»Nein.«

»Aber tu das nicht, bloß weil du es mir heimzahlen willst.«

»Patrick!«

»Schon gut, schon gut. Wenn du es willst und sie es will, dann zerbrich dir über die Sache mit dem Alter nicht den Kopf. Ich selbst hatte nie ein Problem mit jüngeren Puppen.« Das stimmte, weiß Gott. »Und hör auf, nach Gemeinsamkeiten zu suchen, weil das keine Rolle spielt. Aber bleib realistisch, Merce. Ihre Knochen sind jünger, ihr Kopf ist jünger, und sie wird dir nicht treu bleiben. Erwarte nicht zu viel. Das fällt Frauen immer schwer.«

»Manchen Männern auch, glaube ich.«

»Nun, ich wollte nie mehr als etwas für den Augenblick. Außer bei dir. Bei dir wusste ich, dass ich dich auf Dauer wollte.«

»Ja.«

»Du bist verschossen. Analysiere es nicht zu Tode.« Er tätschelte sich abwesend den Kopf. »Ich war in dich verschossen. Ich erinnere mich, was für ein Gefühl das war, so klar wie ein Morgen im Mai. Ich dachte, wenn ich dich nicht sofort ins Bett kriege, würdest du mir entgleiten.«

»Jenes erste Wochenende in Balbano – wir hatten Sex rund um die Uhr, nicht?«

»Sei nicht albern, Merce. Ich war damals schon fast sechzig. Nein, ich wollte, dass du nah bei mir warst, so schnell es ging. Wollte dich einwickeln und nie wieder loslassen. Du warst jung. Sex war nur Mittel zum Zweck.«

Sie erinnerte sich an das erste Wochenende, zu dem Patrick sie eingeladen hatte – wie sie hinter der Bühne im Teatro Comunale in Florenz auf ihn gewartet hatte, zwei Wochen, nachdem sie einander vorgestellt worden waren, warme, berauschende Tage, in denen sie sich beinahe täglich gesehen hatten. Es war Mai gewesen, und er und Santino und Barbara hatten im Rahmen von Maggio Musicale, den klassischen Musikwochen, ein brillantes Konzert gegeben, den Tschaikowsky, einen Beethoven und einen neuen Liederzyklus für Mezzosopran und Klaviertrio von Gina Bagni. In dem dunklen Theater hatte sie zugesehen, wie sein Arm mit kraftvoller Sinnlichkeit über sein Cello strich; er hatte das Instrument gehalten wie ein Liebhaber, und sie hatte über Patrick Medina nachgesonnen, dort im Dunkeln, und an die Tasche gedacht, die ihr Nachthemd enthielt, einen Rock, Unterwäsche, und in seiner Garderobe auf sie wartete. Sie war an diesem überaus warmen Maiabend im Theater, weil Patrick sie in der Schule angerufen hatte – die Maestra hatte sie aus dem Unterricht fortgeholt, mit missbilligendem Blick –, um ihr zu sagen: »Pack eine Tasche und warte nach dem Konzert auf mich. Du wirst nicht vor Montag zurücksein.«

Und so war er mit ihr – nachdem der Backstage-Trubel vorüber war – in einem gemieteten oder geborgten Alfa davongefahren, mit offenem Verdeck hatte er sicher und souverän die Autostrada nach Lucca und fünf Kilometer darüber hinaus zurückgelegt, durch die dunklen Hügel bis zum Dorf Balbano und der Villa Casanova, einem riesigen steinernen alten Gehöft, das unterdessen ein Gasthof geworden war, dessen Besitzer ihn kannten und ihn küssten und wo es keine Rolle spielte, dass es schon halb zwei Uhr morgens war. Sie gaben Patrick die Zimmerschlüssel und eine Flasche Prosecco, und Patrick nahm ihre Hand und zog sie mit sich über den kiesbestreuten Hof zu einer Steinmauer. Zu ihren Füßen erstreckte sich die unermessliche Hügellandschaft der nächtlichen Toskana unter dem Sternenzelt, und ein süßer Wind brachte den Duft von wildem Salbei und Pinien mit sich. In der Dunkelheit erzählten sie sich von dem kleinen zerfallenen Schloss, an dem sie vorbeigefahren waren, und zählten drei Sternschnuppen; sie beobachteten, wie ein Nachtzug eilig durch das Tal zog, einer Perlenkette gleich. Sie sah Patrick von der Seite an und dachte, dass sie wohl zu ihm gehörte, und es war leicht, und sie hatte keine Angst. Und sie war bereit für ihn. Aber dann tranken sie den Prosecco aus, und er nahm sie beim Ellenbogen und führte sie zu ihrem Zimmer – zu einem Zimmer für sich allein! – und wünschte ihr eine gute Nacht.

Als sie am nächsten Morgen erwachte und die Fenster aufstieß, erblickte sie als allererstes ein goldenes Pferd, das in gestrecktem Galopp über das sonnenbeschienene Feld zu ihren Füßen stob, gefolgt von einem Fohlen, das glücklich mitzuhalten versuchte, und sie hätte fast vor Entzücken aufgeschrien. Als sie die Augen hob, sah sie die sanften Kuppen der Hügel, noch in Nebel gehüllt, und dann hatte Patrick an ihre Tür geklopft, begleitet von einem Kellner, der ein Tablett mit goldbraunen knusprigen Hörnchen, frisch gepresstem Orangensaft und schaumgekröntem Cappuccino trug.

Beim Frühstück hatte Patrick gesagt: »Ich entführe dich zu einer glanzvollen Villa, etwa eine Stunde von hier entfernt. Sie möchten, dass das Trio dort im Herbst ein Konzert gibt, und ich würde mir gern ein Bild davon machen. Wir werden nicht von Mücken umschwärmt spielen. Was verstehst du von Akustik? Ich brauche deine Meinung.« Er schien sie in sein Leben einzuschließen, ohne zu fragen, aber auch ohne Anmaßung, und in jenem Augenblick erkannte sie, dass ihr gemeinsames Leben von diesem Tag an begann. Von diesem Tag an. Und jene Nacht, in der er sie mit in sein Zimmer nahm, war wie die natürliche Fortsetzung des Tages, an dem dieses Wissen ihnen beiden bewusst geworden war, dem Tag, an dem kleine Einzelteile sich zusammenfügten: die mühelose Übereinstimmung ihres Denkens, ihre Verständigung, die heiße Mittagssonne, das Fiasko des lokalen Chianti und die Tomaten und das Brot, das sie auf einem Markt in Poggio a Caiano kauften und in der Nähe der blumenumgebenen bezaubernden Villa aßen, ihr gemeinsamer Mittagsschlaf, auf dem Rücken im Gras unter den Zypressen liegend, eingelullt von dem betäubenden Gezirpe der Zikaden. Im Bett war sie ob seines Überschwangs erstaunt, und sie war froh, dass er mit ihr so zufrieden schien und wollte ihm das gleiche Glück bescheren, das er so freigebig in ihr geweckt hatte. Dass er so schrecklich nach ihr verlangte, war faszinierend und erotisch, und als er hinterher schlief, erblickte sie wieder die erstaunlichen Sterne hinter den fließenden Bewegungen der Vorhänge, und die Nacht war von Rosen erfüllt, und es war Mai, und sie war vollkommen zufrieden. Der Altersunterschied zwischen ihnen schien ihr überhaupt keine Rolle zu spielen.

Er nieste, und sie zuckte zusammen.

»Wo liegt das Problem, Merce? Wo bist du mit deinen Gedanken?«

»Ich musste an die Pferde denken«, antwortete sie.

»Ah, ja.« Er tippte sich mit dem Finger an die Lippen. »Im Casanova. Du fandest die Pferde toll, nicht wahr? Ich habe dich kaum ins Haus zerren können.«

»Damit hattest du nie die geringsten Probleme«, erwiderte sie mit einem kleinen Lächeln.

»Vergiss die Vergangenheit«, sagte Patrick. »Das macht dich bloß vollkommen konfus.«

»Ich bin schon konfus.«

»Liebe oder Sex? Ich gebe dir grünes Licht.«

Sie schüttelte den Kopf.

»Nun, wenn es Liebe ist, dann entzieht es sich deiner Kontrolle. Sie ist entweder da oder sie ist nicht da. Sex hingegen ist etwas anderes.«

»Diese Art von Gespräch behagt mir nicht, Patrick.«

»Das ist das eigentliche Problem, Toots.«

»Es geht nicht bloß um Sex.«

»Entscheide dich.«

»Es macht mich glücklich, in sie verliebt zu sein. Ich wäre auch glücklich, wenn ich sie nie wiedersehen würde«, fuhr sie fort und dachte dann: *Was für eine haarsträubende Unwahrheit.*

Er lehnte sich in seinem Stuhl zurück. »Die ganze Sache macht mich müde«, sagte er. »Ich habe nicht mal Lust, noch einen Black Jack zu trinken – so müde macht dieses Gespräch mich. Ich wünschte, ich hätte deine Probleme. Du hast das große Los gezogen, denke ich. Nun hol dir deinen Preis ab.«

»Ja«, sagte sie. »Vielleicht.« Sie saß da, die Hand immer noch auf dem Telefon, als hätte es einen Puls, als könnte sie seinen dahineilenden Meilen roter und blauer Adern zu Lennies Tür folgen, zu ihrem Zimmer. Zu ihrem Ohr. Zu ihrem Herzen.

»Nun mach schon, Merce!« sagte er. »Verdammt noch mal.«

Um halb elf lag sie mit einem Buch im Bett. Sie hatte kaum hingeguckt, was sie aus dem Regal genommen hatte; sie hoffte bloß, es würde sie einschlafen lassen. Sie hatte sich vergewissert, dass Patricks Telefonapparat ausgeschaltet war, doch sie wusste, dass Lennie jetzt nicht mehr anrufen würde.

Es sei denn, sie war vielleicht zum Abendessen im Zen-Zentrum geblieben und nicht in Guidos Laden zurückgekehrt. Es sei denn – was? Es sei denn, sie war mit Connie irgendwo im Bett. Mrs. Medina schloss die Augen, dann öffnete sie sie rasch wieder. Nein, Connie war in Los Angeles. Wegen Connie brauchte sie sich an diesem Abend keine Sorgen zu machen.

Sie lauschte auf das ferne Pochen ihres Herzens, das nahezu stille Pulsieren ihres Blutes durch ihre Adern. Ihr Körper ging seiner Arbeit nach, auch wenn ihr Verstand am Ruder schlief. Sie glitt unter die Bettdecke und erschauderte. Sollte sie ihr seidenes Nachthemd gegen ein Flanellnachthemd eintauschen? Doch sie malte sich aus, wie Lennie gegen drei Uhr morgens an ihrer Tür klingelte und sie im Flanellnachthemd vorfand. Nicht sehr sexy. Sie öffnete das Buch und betrachtete die Buchstaben, die über die Seiten marschierten, wie Ameisen auf einer geheimnisvollen Reise, die nichts mit ihr zu tun hatte. Sie schlug das Buch zu und legte es auf ihren Nachttisch. *Bücher sind unnütz,* dachte sie. *Worte sind nicht das, was ich will.*

13

Mrs. Medina erwachte spät, zu ihrem eigenen Erstaunen. Es war schon fast neun Uhr. Sie fühlte sich unbehaglich, verschwitzt, und die Laken waren ineinander verknäult. Sie lag auf der rechten Seite, strich sich das Haar aus dem Gesicht und richtete den Blick auf einen langen Sonnenfinger, der über den Teppich vorankroch. Sie verspürte nicht den Wunsch aufzustehen.

Sie fragte sich, was Patrick tun mochte, so still, und dann stand sie doch rasch auf und warf sich ihren Morgenmantel über. An der Tür zu Patricks Zimmer begegnete sie Santino, dessen halbe Brille ihm tief auf der Nase saß.

Bevor sie etwas sagen konnte, redete er: »Ich wollte dich gerade holen. Ich kriege ihn nicht wach.«

Sie ging schnell um ihn herum zu Patricks Bett und setzte sich. Er lag auf dem Rücken und atmete flach. Seine Augen waren geschlossen, seine Lider flatterten. Er schien nicht wirklich wach zu sein. Seine Hände waren eiskalt.

Sie wandte sich an Santino.

»Er hat mich gegen acht angerufen«, erklärte er. »Ich konnte ihn kaum verstehen, Mercedes. Er war – nun, ich wusste nicht, ob er weinte oder um Luft rang. Ich hab ihn mehrmals gefragt, wo du wärst, und ich hab nicht mehr verstanden, als dass du auf und davon wärst. Also bin ich sofort hergekommen. Hab meinen Schlüssel benutzt.«

»Santino, ich habe am anderen Ende des Korridors geschlafen.«

»Ja, ich weiß, ich hab vorhin bei dir reingeschaut.«

»Warum hast du mich nicht geweckt?«

»Das wollte ich gerade, Mercedes.« Er runzelte die Stirn und schob die Ärmel seines blauen V-Pullovers bis über die Ellenbogen zurück. »Er klang einfach so verängstigt.«

»Patrick«, sagte sie und rüttelte ihn bei den Schultern. »Patrick, wach auf! Zeit, aufzuwachen.«

»Er hat gesagt, er brauche jemanden.«

»Ich war hier. Patrick! Sprich mit mir, du sturer alter Kerl!« Sie schüttelte ihn kräftig.

Er öffnete die Augen und richtete den Blick auf sie, aber sie merkte, dass er sie nicht erkannte.

»Patrick, drück meine Hand, wenn du mich hörst. Drück sie.« Seine Hand lag schlaff in ihrer. Sie spürte, wie Santino sich über sie beugte und Patrick über ihren Kopf hinweg ansah. Seufzend richtete sie sich auf.

»Wie oft passiert das inzwischen?« fragte Santino.

»Zu oft.«

»Was ist das? Er hat Hände und Beine bewegt. Ich denke nicht, dass es ein Schlaganfall ist.«

»Nein, es ist kein Schlaganfall. Sie wissen nicht genau, was es ist.« Sie rieb sich das Kinn. »Wenn ich ihn in den nächsten Minuten nicht wachbekomme, rufe ich Harry Max an.« Bei diesen Worten drückte Patrick ihr so fest die Hand, dass sie vor Schreck vom Bett rutschte und mit einem harten Aufprall auf dem Boden landete.

»Hey!« meinte Santino. »Hey, Kumpel, lass nach! Komm, steh auf – Morgenstund hat Gold im Mund!«

Mrs. Medina blieb auf dem Boden sitzen und hielt weiterhin Patricks Hand.

»Das ist besser«, meinte Santino über sie hinweg. »Erkennst du mich jetzt?«

»Ja, tue ich«, erwiderte Patrick mit schwacher, aber zorniger Stimme. »Was tust du hier? Hast du die Nacht mit meiner Frau verbracht?«

»Ja«, antwortete Santino lächelnd. »Und sie ist eine echt heiße Nummer, das sage ich dir.«

»Verzieh dich«, sagte Patrick. »Lass mich weiterschlafen.«

»Nein«, widersprach Mrs. Medina. Sie rappelte sich auf und setzte sich wieder aufs Bett. »Nein, Patrick, es ist besser, wenn du wachbleibst. Bleib wach und rede mit mir.«

»Ich hab nichts zu sagen«, meinte er mit geschlossenen Augen.

Sie hörte, wie das Telefon in ihrem Zimmer klingelte, und ohne an etwas anderes als an Patrick zu denken, bat sie: »Santino, würdest du bitte für mich rangehen?« Er verließ das Zimmer und ging den Korridor hinunter. »Hier ist auch ein Apparat!« rief sie ihm nach, aber er war schon fort.

»Also, Patrick, ich möchte, dass du dich aufsetzt, bitte, und bitte mach es mir nicht so schwer. Setz dich einfach langsam auf und lehn dich gegen die Kissen hier.«

»Ich will meine Ruhe haben«, sagte er.

Sie beobachtete ihn.

»Na schön.« Er setzte sich auf und zog die Bettdecke hoch bis an die Schultern.

»Kannst du deine Glieder bewegen? Beweg deine Hände und Füße, jetzt die Beine. Gut so. Nun sieh mich an.« Sie sah ihm aufmerksam in die hellen blauen Augen, wusste jedoch nicht, was sie sehen sollte. »Du Fuchs«, meinte sie. Aber sie wusste, dass etwas im Busch war.

»Was hat dieser Fiedler im Morgengrauen in meinem Haus zu suchen?«

»Es ist fast halb zehn, und du hast ihn selbst angerufen.«

»Die Geschichte kaufe ich dir nicht ab, Merce.«

Sie beobachtete ihn einen Moment. »Warum erzählst du mir nicht, was passiert ist?«

»Ich weiß es nicht«, erwiderte er. Sie hörte, wie Santino zurückkehrte. »Ich bin aufgewacht und befand mich in der Wildnis. Ich wusste nicht, wie ich zurückfinden sollte.«

»Deine Klingel ist gleich hier am Bett. Ich wäre gekommen.«

»Klingeln reichen nicht so weit.«

»Dann hättest du rufen können.«

»Merce, ich war nicht in diesem Zimmer! Kapier das doch! Ich war nicht hier. Ich war auf dem Weg woanders hin, und dann änderten sich die Pläne. Ich habe den Weg zurück nicht gefunden. Du warst nicht im Bild, und unsere Wohnung auch nicht.«

»Aber das Telefon war hier. Es ist dir gelungen, Santino anzurufen.«

»Ich erinnere mich nicht, diesen Trottel angerufen zu haben.«

»Hast du aber, Kumpel«, sagte Santino. »Du wirst meine Ehe ruinieren.«

»Santino hat mich zurückgeholt«, sagte Patrick.

»Während ich geschlafen habe«, sagte Mrs. Medina und stand auf.

»Während du den Schlaf der Gerechten geschlafen hast«, meinte Patrick. »Santino, wie wär's, wenn du mir hilfst, auf den Lokus zu gehen? Mein Fahrgestell ist ganz zittrig.«

Santino half ihm aus dem Bett und legte ihm den Arm um den Rücken. Als sie die beiden so zusammen sah, bemerkte Mrs. Medina, dass Patrick noch mehr an Gewicht verloren hatte. Santino hätte ihn vermutlich ins Bad tragen können. Sie sah ihnen nach. Dann zog sie ihren Morgenmantel enger um sich.

»Ach, Mercedes«, meinte Santino über die Schulter zurück. »Eine Nachricht von einer Frau namens Lennie. Sie sagt, sie sei auf der Arbeit, wenn du sie anrufen willst.«

»Leck mich!« sagte Patrick.

»Siehst du?« meinte Santino. »Es geht ihm gut.«

Mrs. Medina ging Kaffee kochen.

Sie saß mit ihrer zweiten Tasse Kaffee im Wohnzimmer. Es war neutraler Boden, und dort gab es kein Telefon. In ihrem eigenen Zimmer hing der üble Geruch des Versagens. Sie kam sich vor wie ein Kind, wenn sie sich darin aufhielt, und ihr Bett mit den zerwühlten Laken schien ein Symptom ihrer klösterlichen Nervenschwäche – ein Zustand, den niemand anziehend finden würde. Sie trank einige kleine Schlucke Kaffee. *Also, das ist nun ein bisschen übertrieben,* dachte sie mit einem Lächeln.

Santino war eine Weile geblieben, um mit Patrick über einige alte Noten zu sprechen, die er auf dem Flügel entdeckt hatte. Sie wünschte, er würde den ganzen Morgen bleiben, aber dann hörte sie ihn an Patricks Tür, seine Stimme eine behutsame Abschiedsmelodie. Er besaß ein richtiges Leben, draußen in der Welt. Er konnte nicht in dieser Verworrenheit verharren.

Patrick in der Wildnis! Sie hatte sich mit Harry Max verbinden lassen, aber sie hatte das Gefühl, dass er dieser Anrufe müde war. So wie sie es müde war, sie zu machen. *Ich befinde mich auch in der Wildnis,* dachte sie.

Sie erhob sich, als Santino in der Tür erschien.

»Ich mache mich auf den Weg, Mercedes«, sagte er und küsste sie auf die Wange. »Es geht ihm ganz gut, glaube ich.«

Sie rieb sich den Nacken. »Ich habe trotzdem Harry Max angerufen. Ich möchte nicht, dass du denkst, ich sei nachlässig.«

Er richtete sich auf. »Das würde ich nie denken.« Er zog seine blaue Cordjacke an. »Ich glaube, er möchte sich rasieren. Ich habe ihm gesagt, er soll sich ausruhen.«

Sie lächelte. »Ich werde ihm helfen, sich zu rasieren. Das wird ihn aufmuntern.«

»Schön. Ich rufe dich später noch mal an.«

»Grüß Daria.«

Nun war nichts mehr übrig außer Lennie.

Sie schickte Patrick ins Bett zurück. Er duftete angenehm nach englischer Rasierseife mit Lavendelnote. Dann kehrte sie in ihr Zimmer zurück, öffnete sämtliche Fenster und zog das Bett ab. Das Bettzeug, ihr Nachthemd und all ihre Handtücher wanderten in die Waschmaschine, und auf dem Weg zurück schleppte sie den Staubsauger herbei und streifte ihre gelben Gummihandschuhe über. Sie schrubbte gerade die Badewanne, als Patrick in ihrer Tür erschien. Er trug die Hose seines grünen Baumwollschlafanzugs und ein blau-weiß gestreiftes Hemd. Es sah aus, als hätte er angefangen sich anzuziehen, es sich dann aber anders überlegt.

»Was ist hier los?« fragte er.

»Putzen.« Sie sah zu ihm auf. »Solltest du nicht im Bett sein?«

»Wenn ich mich rasiere, bleibe ich auf. So ist das nun mal.«

Sie erhob sich mit einem leisen Stöhnen, ließ sich auf dem Rand der Badewanne nieder und zog sich die Handschuhe aus. Sie trug eine alte Khakihose, und nun war ihr viel zu heiß.

»Patrick, ich glaube, du solltest dich doch lieber wieder hinlegen, bis Harry kommt.«

»Was ist da in der Waschmaschine?«

»Bettwäsche. Wenn du nichts dagegen hast.«

»Das klingt verdächtig. Darf ich heute mit Nikki rechnen?«

Sie hatte den Überblick verloren und musste kurz überlegen. Dann sagte sie: »Nein, ich glaube nicht, dass Nikki heute dran ist.«

»Sie bringt mir ein paar CDs mit. Die Jungs von Beaux Arts haben eine Geigerin aufgenommen.«

»Wie schön.«

»Du tobst hier rum wie eine wildgewordene Putzfee. Du machst mich völlig nervös, verdammt noch mal.« Er ging zur Tür. »Ich werde mir den Mittagsfilm ansehen. Heute kommt *Dreißig Sekunden über Tokio.*«

»Ich bringe dir bald dein Mittagessen.«

»Überbackenes Käse-Sandwich?«

»Okay – überbackenes Käse-Sandwich.«

Der Nachmittag zog sich dahin, und später saß sie auf der Chaiselongue und machte sich in Ruhe die Nägel. Sie hatte Lennie nicht zurückgerufen, und sie hatte keine Ahnung, worauf sie wartete. Sie fühlte sich beinahe entleert, als hätte sie jemand aus einem riesigen Generator ausgestöpselt. Ihr Bett war noch immer unbezogen, der Staubsauger lag auf dem Teppich, und der blaue, stechende Geruch des Toilettenreinigers drang aus dem Badezimmer herüber. *Mein durcheinandergeratenes Zimmer*, dachte sie. *Patrick hat recht: Ich bin ein kollabierender Stern.*

Am Ende war es ihr Sinn für Benimm, der sie dazu bewog, zum Telefon zu greifen. Sie blieb nicht gern einen Rückruf schuldig.

Doch als sie Lennies Stimme vernahm, wurde ihr Mund trocken. »Ist das ein schlechter Zeitpunkt zum Telefonieren?« fragte sie, und sie musste schlucken.

»Nein. Hier ist gerade niemand. Nicht mal Guido.«

Mrs. Medina holte Luft und setzte an zu sprechen, aber Lennie fuhr fort. »Guido hat mir gesagt, dass Sie angerufen haben.«

»Ja. Sie haben Zwiebeln gesetzt, hat er mir erzählt.«

»Genau. Ich habe Erde unter den Fingernägeln, die ich nie wieder loswerde.«

Mrs. Medina dachte an Lennies Hände. »Und – sind alle drin?« fragte sie.

»Klar. Ich hatte jede Menge Hilfe. Zwei Nonnen und ein Priester.«

»Nun, ich habe angerufen«, sie räusperte sich, »ich habe angerufen, um mich zu vergewissern, dass Sie gut heimgekommen sind.«

»Sicher. In einer halben Stunde war ich zu Hause.«

»Gut. Außerdem wollte ich sagen, dass ich es schön fand. Sehr schön. Die Seezunge war köstlich.«

»Ja, das Essen ist gut dort.«

»Ja, es hat mir wirklich geschmeckt.« Die Hoffnungslosigkeit begann wieder an ihr zu nagen, und es blieb ihr nichts weiter übrig, als sich zu verabschieden; es gab keinen Grund, das Gespräch fortzusetzen. Sie ergriff das Telefon mit beiden Händen. »Ich vermisse dich«, sagte sie und trat blind über die Schwelle in einen anderen Raum. Wo dies nun geschehen war, zog sie ihr gesamtes Leben hinterher. Es kümmerte sie nicht länger, wie sie aufgenommen werden würde.

»Ich könnte vorbeikommen«, sagte Lennie. »Wenn du willst.«

»Ja. Komm vorbei.«

»Ich komme heute abend. Ich weiß nicht genau, wann. Ich muss erst noch nach Hause, dann könnte ich kommen.«

»Schön. Es ist egal, wann.«

»Also gut.«

»Weißt du noch, wo ich wohne?«

»Clarendon Ecke Comm. Avenue.«

»Der Portier wird mich anrufen. Musst du ihm nur sagen.

Komm, wann du willst.«

»Das werde ich.« Im Hintergrund war das Klingeln eines weiteren Telefons zu vernehmen. »Ich muss rangehen«, sagte Lennie.

»In Ordnung. Wir sehen uns also später.«

»Bis dann.«

Sie legten auf.

Mrs. Medina saß mit dem Telefon im Schoß reglos da. Aus dem fernen Teil der Wohnung hörte sie die Spülung von Patricks Toilette. Dann, einen Augenblick später, erklang das Gemurmel seines spätnachmittäglichen Fernsehprogramms. Sie hörte ihn husten. Das Geräusch seines Ruhesessels, der nach hinten glitt.

Sie unternahm gleichförmige Atemzüge und stellte fest, dass sie atmen konnte. Es war halb fünf. Ihr blieben vermutlich drei oder vier Stunden. Im Zwielicht kam ihr Zimmer ihr verträumt vor. Hatte sie staubgesaugt? Sie konnte sich nicht erinnern. *Mach das Bett,* dachte sie. *Versuch dich zu erinnern, ob du gesaugt hast. Schau dir den Teppich an.* Sie stand auf. *Ich kann nicht sagen,* dachte sie, *ob ich gesaugt habe oder nicht. Na schön, mach Patrick was zu essen.* Es war keine Frage, ob sie essen würde. *Zu allererst: Sag es Patrick!* Sie hob die Faust und schlug sich leicht an die Stirn. *Sag es Patrick. Nimm ein Bad ... Bügele. Blumen. Blumen?* Sie sah sich um. *Es sollten Blumen dastehen. Was zu essen? Wird Lennie erwarten, dass es etwas zu essen gibt? Wein? Bier? Was habe ich da?* Sie schaltete die Nachttischlampe an.

Sie zog sich den Mantel über, um Blumen zu kaufen; dann stellte sie den Staubsauger an und dachte, *ich habe keine Zeit, nach Fusseln oder Flusen zu gucken, ich sauge einfach noch mal.* Also saugte sie hektisch im Mantel, dann zog sie ihn aus und warf ihn auf die Chaiselongue. *Saubere Bettwäsche,* dachte sie und stellte den Staubsauger aus, um im Wäscheschrank im Flur nach der buntgestreiften Bettwäsche zu suchen. Sie roch daran. Ein wenig muffig. Egal, soweit würde es nicht kommen. Nimm sie trotzdem.

»Merce!« rief Patrick. »Zeit für einen Drink!«

Es würde vielleicht nicht schaden, wenn er trotz allem einen kleinen Whiskey trank. Harry hatte nicht einmal angeboten vorbeizukommen, als er anrief. Er hatte bloß gemeint: »Wenn es innerhalb der nächsten sechsunddreißig Stunden noch mal passiert, dann kommt er ins Krankenhaus, und ich werde keinerlei Sperenzchen von ihm dulden.«

Sie brachte Patrick seinen Drink und fragte kurz: »Wie fühlst du dich? Weil meine Freundin Lennie heute abend vorbeikommt, wenn nichts dagegen spricht. Ich gehe jetzt in die Küche und sehe zu, was ich dir zum Abendessen machen kann. Wie wäre es mit einem dieser kleinen Steaks?«

»Maultierkadaver«, erwiderte er. »Wo ist dein Drink?«

»Mir ist der Wein ausgegangen. Ich werde rasch in die Boylston Street gehen.«

»Dann bring auch eine Flasche Black Jack mit. Er geht zur Neige.«

»Gut. Sonst noch was?«

Er hatte zum Wetterkanal umgeschaltet. »Nichts als Schlamm in Kalifornien«, meinte er. »Warum leben Menschen dort?«

Vielleicht sollte sie Lennie ins Wohnzimmer führen. Aber es war zu groß, sie würden sich darin verlieren. Also ins Schlafzimmer. Ihr Schlafzimmer war genausogut ein Wohnzimmer wie ein Ort zum Schlafen.

»Um wieviel Uhr kommt deine Freundin?« fragte Patrick.

Sie steckte den Kopf noch einmal zur Tür herein. »So um halb acht, acht.«

»Ich werde nicht verfügbar sein«, sagte er.

Gegen Viertel nach sieben kehrte Mrs. Medina mit dem Wein zurück. Sie hatte den Staubsauger wieder in die Kammer gestellt und ihr Bett bezogen und ein Bad mit einigen Spritzern Madame Rochas genommen und Patricks Steak anbrennen lassen. Sie saß bei ihm, während er stumm kaute, und nahm sich ein paar Erbsen mit Reis, um ihm Gesellschaft zu leisten. Sie strich sich mit der Hand über den Nacken. Ihr Haar war noch feucht. Sie drehte ein Glas Merlot zwischen den Fingern und überlegte, ob sie sich noch einmal umziehen sollte. Sie trug einen beigefarbenen Cashmere-Pullover über einer weißen Bluse mit einem schmalen Kragen und ihre Brooks Brothers Denim-Hose.

»Ich rieche dich«, sagte Patrick und blickte auf.

»Schlimm?« fragte sie besorgt.

»Über dem Geruch dieses verbrannten Fleisches höre ich, wie dein Parfum mich anschreit.«

»Tatsächlich?«

»Du hast ein Tête-à-tête. Ich versuche mich daran zu gewöhnen.«

»Sie kommt auf ein Glas Wein vorbei, Patrick, das ist alles. Ich wünschte, du wärst bereit, sie kennenzulernen. Du hast gesagt, das würdest du gern.« Sie lächelte ihn an.

»Ich bin nicht in der Stimmung für unbeschwertes Geplauder.« Er wischte sich über den Mund. »Ich bin ein erwachsener Mann und in gewissen Kreisen gut bekannt. Ich schere mich keinen Deut um Rockmusik und Drogen und was immer ihr beiden sonst noch für Themen haben mögt.«

Mrs. Medina warf einen raschen Blick auf die Uhr. »Wie wär's mit noch etwas Reis?«

»Das ist wohl das scheußlichste Essen, das du je gekocht hast, und ich bin satt.« Er stand auf und stützte sich mit der rechten Hand auf den Tisch. »Ich gehe in mein Zimmer.«

»Gut. Ich komme und sehe nach dir, wenn sie fort ist.« Sie räumte den Tisch ab.

»Ich finde, um halb elf sollte sie spätestens weg sein.«

Erst wartete sie in ihrem Schlafzimmer, dann im Wohnzimmer und dann wieder in ihrem Schlafzimmer. Sie schaltete zwei Lampen im Wohnzimmer ein und musterte dann sorgsam ihr Schlafzimmer, bis sie schließlich fand, dass ihre Nachttischlampe und ihre Leselampe genügten. Aber irgendwas fehlte. Sie sah sich um. Blumen. Sie hatte sie vergessen. Sie schlug die Hand vor den Mund. »Du dummes Ding, du dummes Ding«, schalt sie sich laut und rannte schon zu ihrem Mantel. Wenn Lennie kam, während sie fort war, sollte sie unten bei Constantin warten.

Und als sie atemlos zurückkehrte, die gelben Tulpen im Arm, die sie gerade noch bei Winston's ergattert hatte, bevor sie die Türen schlossen, sah Constantin auf und sagte: »Für Sie, Mrs. Medina«, als ob er ihr ein Telegramm präsentierte, und dann wies er auf Lennie, die mit den Händen in den Taschen ihres langen schwarzen Mantels dastand, ein wenig lächelte und die Spiegel in der Eingangshalle, Constantin und überhaupt alles registrierte.

»Hier bin ich«, sagte sie.

Denn es war tatsächlich Lennie.

14

»Was ist das für ein Cowboy-Mantel?« fragte Mrs. Medina ein wenig verstört. »Lass mich ihn dir abnehmen. Du siehst aus, als wärst du gerade vom Pferd gestiegen.«

»Man nennt das einen Staubmantel. Gefällt er dir?« Sie zog ihn aus. »Eigentlich noch nicht kalt genug dafür.«

Mrs. Medina entschied sich für ihr Zimmer. »Hier entlang«, sagte sie.

»Schöne Wohnung.« Sie hörte den amüsierten Unterton in Lennies Stimme.

»Setz dich, setz dich«, sagte Mrs. Medina und wies auf ihren Lesesessel, ihre Chaiselongue. Lennie nahm den Sessel. »Was möchtest du trinken, ein Glas Wein, Bier? Hast du schon gegessen?« Einige Minuten herrschte eine gewisse Unruhe, während Mrs. Medina rasch ins Bad eilte, um sich zu vergewissern, dass sie die Toilettenspülung betätigt hatte, und Stifte und Papier auf ihrem Schreibtisch geraderückte. Dann fiel ihr ein, dass sie die Blumen nicht ins Wasser gestellt hatte. Lennie beugte sich vor, die Hände auf den Knien, und wartete mit freundlichem Gesicht darauf, dass Mrs. Medina zur Ruhe kam. Was Mrs. Medina irgendwann natürlich gelang. Es gelang ihr, die Flasche San Gimignano zu öffnen, die Lennie mitgebracht hatte, und dann ließ sie sich Lennie gegenüber auf die Chaiselongue sinken.

»Danke für den Wein«, sagte Mrs. Medina.

»Der Typ in dem Laden hat gesagt, er wäre gut. Italienischer Wein.«

»Ja. Er schmeckt mir.«

»Möchtest du, dass ich die Stiefel ausziehe? Das ist ein schöner Teppich.«

Sie lehnte sich zurück. »Ach, der ist schon alt.«

Sie lächelten einander an. Lennies Haut hatte noch immer einen sandigen Sommerfarbton, und ihre Wangen waren leicht gerötet von ihrem Pflanztag im Zen-Garten.

Lennie stellte ihr Glas ab. »Ich glaube, ich ziehe sie doch lieber aus, wenn das okay ist. Die Zen-Leute haben mich einer Gehirnwäsche unterzogen. Sie tragen keine Schuhe im Haus.«

»Wie du möchtest.« Sie stellte sich vor, wie Patrick das Ohr an die Tür presste, als die Stiefel mit leisem Gepolter zu Boden fielen.

»So«, sagte Lennie und streckte die langen Beine aus. Sie trug rote Socken.

In jener ersten Stunde, die sie miteinander verbrachten, erfuhr Mrs. Medina alles, was sie je über Begehren wissen würde und über das unausweichliche Gefühl des Verlusts, das leidenschaftliche Begegnungen begleitet, im Gegensatz zum Stadium des Ausmalens, in dem alles perfekt und alles möglich ist. Anfangs befand sie sich im Zwischenreich dessen, was ihre Phantasie sich ausgemalt hatte, und der realen Situation, Lennie gegenüberzusitzen. Dennoch gelang es ihr zu sprechen. Sie griff auf ihre Intelligenz zurück, und diese enttäuschte sie nicht; sie brachte sogar ein wenig Humor auf, machte einen kleinen Scherz oder auch zwei. Doch dann wiederum gab es Momente, in denen sie beide nur dasaßen und einander lange Minuten ansahen, ohne zu sprechen. Was hatten sie zu bedeuten, diese Phasen des Schweigens? *Sie denkt an mein Alter,* dachte Mrs. Medina. Daraufhin gab sie vor, in die Küche gehen zu wollen, einzig um ihre Hand auf Lennies Knie legen zu können und sie zu fragen: »Was möchtest du gern? Was kann ich dir bringen?«

Sie stand vor dem Kühlschrank, die Hand auf der eiskalten Weinflasche, und zitterte. Ihr Gehirn wiederholte still: »*Was? Was soll ich bloß tun?*«

Als sie in ihr Schlafzimmer zurückkam, stand Lennie vor dem Whistler-Bild, das Mrs. Medina nach der Restaurierung aus dem Wohnzimmer genommen hatte. Sie hatte sich den kleinen Zopf um den Finger gewickelt.

»Gefällt's dir?« Mrs. Medina stellte die Weingläser auf einen Tisch und trat neben sie. Sie waren fast gleich groß.

»Wo ist das?«

»In Venedig.«

»Ich glaube, ich kann dort drüben einen Kanal erkennen.« Sie betrachtete die Radierung angestrengt. »Dieser Baum da – ich hab mich gerade gefragt, was das ist. Vielleicht –«

»Bäume sind kostbar in Venedig. Ich weiß nicht, was das für einer ist. Das ist ein Whistler.«

»Der Whistler mit der Mutter?«

Mrs. Medina lächelte. »Genau der. Es hat mir gefallen, ich habe es dort gekauft.«

»Es ist schön.«

Sie war sich der vielfältigen Mischung von Lennies Duftnoten bewusst, ein würziger Duft auf der Oberfläche und dann, an diesem Abend, ein schwacher Nachklang von Zwiebel, keineswegs unangenehm, und das alles vermischt mit der ungewöhnlichen Körperhitze, die Lennie zu erzeugen schien. Sie spürte, wie diese sie umfing, und schwankte leicht.

Sie standen beide da und betrachteten die Radierung einen Augenblick lang schweigend.

Lennie ergriff ihre Hand. »Du hast mich also vermisst.«

Das war ein Schachzug, den Mrs. Medina nicht erwartet hatte. Ihre Hand lag reglos in Lennies warmer Handfläche. Lennies Hand war größer, stellte sie fest.

»Ja, ich habe dich vermisst«, setzte sie an und hielt dann inne. Über Lennies Schulter hinweg sah sie die offene Tür und stellte sich Patrick im Korridor vor. *Ich muss weitermachen,* sagte sie stumm zu ihm.

Mit beiden Händen ergriff sie Lennies Hand und umschloss sie fest. »Lennie, ich weiß nicht, was ich hier tue, weißt du. Ich weiß nicht, wie mir geschieht, und ich bin älter als du – um einiges älter. Vielleicht gehe ich von falschen Voraussetzungen aus. Was dich anbelangt. Ganz gewiss was mich anbelangt. Außer –« Sie merkte, dass sie mit geschlossenen Augen geredet hatte, und als sie sie öffnete, war Lennies Gesicht ganz dicht vor ihrem, mit leicht geöffneten Lippen. Ihre ineinandergelegten Hände waren zwischen ihnen, als sängen sie eines dieser zuckergussverzierten wienerischen Liebesduette.

»Außer –« wiederholte Lennie.

Mrs. Medina schüttelte den Kopf.

»Es ist einfach«, sagte Lennie.

»Mach dich nicht über mich lustig.«

»Lass einfach meine Hand los – so – und dann siehst du, wie einfach es ist.«

Als sie ungefähr zehn war, war Mercedes de Soares eines Abends vorzeitig vom Spielen bei einer Freundin heimgekommen und hatte ihr Zuhause dunkel vorgefunden, was ganz und gar ungewöhnlich war. Die große eicherne Eingangstür war fest verschlossen gewesen. Verwirrt war sie um das Haus herumgegangen, aber sämtliche Türen, sämtliche Fenster waren verschlossen. Der große schwarze DeSoto stand nicht in der Einfahrt, doch der kleine Ford ihrer Mutter war in der Garage geparkt, als wäre er dort auf Dauer zurückgelassen worden.

Sie rief nach den Hunden. »Teo! Vita!« Nichts rührte sich. Es war fast dunkel, halb sechs an einem Oktoberabend. In der Nachbarschaft hatte jemand Laub verbrannt. Es wurde kühl.

Als sie durch das große vordere Fenster lugte, schien der Raum vollkommen leer zu sein. Und in diesem Moment war sie überzeugt, dass ihre Familie sie im Stich gelassen hatte. Sie hatte den einen oder die andere von ihnen gekränkt, und zur Strafe hatten sie ihre Sachen gepackt und waren fortgegangen, vermutlich nach Kalifornien, und hatten sie allein zurückgelassen. Sie setzte sich auf die Treppenstufen. Das alte vertraute Haus, in dem sie von Geburt an gelebt hatte, schien ihr ebenfalls seine Liebe entzogen zu haben. Sie fragte sich, was sie verbrochen haben mochte und ob ihre Familie es sich vielleicht doch noch anders überlegen und zurückkommen und sie holen würde. Sie sah, wie ihr Vater den Wagen zurücksetzte (zweifellos schon kurz vor der Brücke über den Hudson) und ihre Mutter neben ihm den großen Pelzkragen ihres besten Mantels im Nacken hochschlug und sagte: »Wir fahren zurück, Hugo. Sie ist nun genug gestraft.« Und als ihr Vater kehrtmachte, erfassten die Scheinwerfer des Wagens plötzlich einen riesigen Truck, der auf sie zuschoss. Auf dem Rücksitz schrien ihr Bruder und ihre Schwestern auf vor Angst, und dann verschwanden sie alle in einer gigantischen Explosion, segelten vom Highway, zogen einen Feuerschweif nach sich wie ein Komet, tauchten in das dunkle Wasser des Flusses und sanken auf der Stelle.

Sie sah sich schon als Waise und begann zu weinen. Als sie hinter sich im Haus ein Geräusch vernahm, sprang sie voller Furcht auf und rannte über die weite Rasenfläche. An den Stufen, die zur Straße hinunterführten, blieb sie zitternd stehen. Verlassen, eine Waise, von der Familie ungeliebt, selbst von den Hunden.

Dann erschienen langsam zwei Scheinwerfer am Ende der Straße und kamen den Hügel hinunter auf ihr Haus zu. Und in plötzlicher süßer Gewissheit wusste sie, dass es ihre Familie war, die zurückkehrte – wohlbehalten, unversehrt kehrten sie alle zurück, und bald würde Wärme einkehren, Licht, der Duft des Abendessens auf dem Herd, das Toben der Hunde und ihre Schwestern und ihr Bruder würden herumwuseln mit ihren üblichen Abendverrichtungen. Binnen eines Augenblicks wusste sie all dies, obwohl das Auto noch immer ein ganzes Stück entfernt war und es keinen logischen Grund für die Annahme gab, dass sie recht hatte.

Doch sie hatte recht, und ihre Mutter schloss sie fest in die Arme und entschuldigte sich im Namen aller. Sie alle waren losgefahren, um ihren Vater vom Zug abzuholen, und er hatte Verspätung gehabt. Ihre Mutter roch nach Je Reviens, und die junge Mercedes dachte, dass sie nie zuvor etwas so Wunderbares erlebt hatte wie den Duft ihrer Mutter und wie sich deren Schulter an ihrer Wange anfühlte und das Wissen, dass sie – zumindest für eine Weile – ganz und gar glücklich war und genau dort, wo sie hingehörte.

Und als Lennie in ihre Arme kam, kehrten diese Empfindungen zurück, zum ersten Mal seit jenem Abend vor langer Zeit in ihrer Auffahrt, bevor das Leben sie auf so viele andere dunkle Wege geführt hatte.

Es war Licht, das zurückkehrte.

Anfangs hatte Mrs. Medina Angst, sich zu bewegen; sie hatte sogar Angst, zurückzuweichen, Lennie in die Augen zu sehen.

Angst, Angst, sie war es leid, Angst zu haben. Sie erlaubte sich, die Hände über Lennies Rücken gleiten zu lassen, dahin, wo ihre Taille sich so köstlich verjüngte, und sie betete, dass Lennie nicht spürte, wie ihr Herz gegen ihre Rippen pochte und ihre Arme erzitterten wie bei einem Erdbeben. Aber Lennie begann sie zu küssen und achtete überhaupt nicht darauf. Ihre Lippen waren erfahren und geschmeidig und vollführten wellenförmige Bewegungen, die zu dem passten, wie ihre um Mrs. Medinas Leib gelegten Arme drückten und sich lösten, drückten und sich lösten. Mrs. Medina spürte Lennies Atem mehr, als dass sie ihn vernahm, aber sie vernahm ihn gleichwohl und mehr nicht.

Als sie wieder denken konnte, dachte Mrs. Medina: *Ich möchte nicht, dass sie mehr als einen Schritt von mir entfernt ist, und zwar für den Rest meines Lebens.*

Lennie wich ein wenig zurück, sah Mrs. Medina mit halb geschlossenen Augen an und lächelte. »Okay?«

Mrs. Medina hob die Augenbrauen und nickte. Ihrer Stimme traute sie nicht.

»Wie ich sehe, denkst du zuviel«, sagte Lennie, und dann zog sie sie zur Chaiselongue hinüber. Und eine lange Weile später gingen sie zum Bett hinüber und legten sich eng beieinander auf die Bettdecke. Mrs. Medinas Herz galoppierte zügellos davon. Wie sollte sie ihr Genuss bereiten? Sie wusste es nicht, und sie ärgerte sich, dass sie in ihrem Alter so unerfahren war, was ihr Geschlecht anging.

Und so gelangten sie an einen ungewissen Ort und hielten inne.

Mrs. Medina richtete sich schließlich auf und stützte sich auf den Ellenbogen. Lennies Haar stand ihr wild vom Kopf, und an ihrem Haaransatz zeigte sich ein feiner Schweißfilm. Ihr Gesicht war ruhig, vollkommen entspannt, und ihre Augen waren geschlossen. Ihr Hemd war aus ihrer schwarzen Hose gerutscht und gab einen kleinen Ausschnitt ihres Bauches frei. Mrs. Medina wagte es, ihre Hand unter Lennies Hemd gleiten zu lassen und sie auf ihren Bauch zu legen, und dieses Gefühl bereitete ihr eine so unmittelbare Freude, dass sie sich schüttelte und sich aufrichtete und auf der Bettkante zu sitzen kam. Ihre Schuhe hatte sie auf dem Teppich abgestreift, und als sie an sich herabsah, war ihr Pullover nach hinten verdreht und ihre Bluse hochgerutscht. Der Pullover war unerträglich warm, und so zog sie ihn aus.

Und dann hörte sie ganz leise durch die Wand hindurch Patrick rufen: »Setz ihn auf die Bank, den Scheißkerl!«

Sie sah zur Tür hinüber, die sie rasch noch zugeschoben hatte, bevor sie und Lennie zum Bett hinübergegangen waren.

Lennie rollte sich herum und legte Mrs. Medina die Hand auf den Rücken. »Dein Mann?«

Mrs. Medina nickte.

»Soll ich verschwinden?«

»Nein.« Sie stand auf, um die Lampe beim Stuhl auszuschalten, und ihre Beine gaben beinahe nach, als stiege sie mit weichen Knien einen Hügel hinab.

»Hey«, sagte Lennie. »Komm wieder her.«

»Wir brauchen nicht beide Lampen.« Als sie zum Bett zurückkehrte, hatte Lennie sich aufgesetzt und lehnte am Kopfende.

Mrs. Medina setzte sich auf die Bettkante und rieb die Hände aneinander. »Meine Hände sind kalt«, sagte sie, obwohl es nicht stimmte.

»Gib sie mir.« Lennie nahm sie zwischen ihre Hände und rieb sie kräftig. Jetzt konnten sie beide Patricks Fernseher hören, der ziemlich laut gestellt war.

Schließlich legte sie sich wieder hin, und Lennie rückte näher und legte ihren Kopf mit einem Seufzen an Mrs. Medinas Brüste. Mrs. Medina schlang die Arme um sie, und lange Zeit verharrten sie so, während der Wecker auf dem Nachttisch leise tickte und das Haus ächzte und hin und wieder Geräusche von der Straße heraufdrangen. Schließlich war aus Patricks Zimmer nichts mehr zu vernehmen, und das Haus war still. Sie blickte auf Lennies Haupt hinunter und schmiegte dann ihre Wange daran.

Will sie die Nacht hier verbringen? dachte Mrs. Medina und blickte in die dunklen Ecken ihres Zimmers. *Was ist der nächste Schritt?*

Geraume Zeit später sagte Mrs. Medina an der Tür: »Soll ich dich anrufen?«, weil sie es sich nicht verkneifen konnte.

Lennie nickte. »Ruf mich an«, sagte sie. Sie sah verschlafen aus, wie sie da in ihrem langen Mantel in der Halle stand. Es war Viertel nach eins. Würde sie wiederkommen? Was musste geschehen, damit sie wiederkam?

»Es tut mir leid –« begann Mrs. Medina und stellte sich vor, dass Lennie körperlich frustriert war.

Lennie legte Mrs. Medina den Finger auf die Lippen und schüttelte den Kopf. »Das Taxi wird schon warten«, sagte sie.

Mrs. Medina begleitete sie zum Fahrstuhl und überlegte fieberhaft, was sie sagen konnte, etwas, das den Abend abrunden würde. »Es war wunderbar«, stieß sie hervor, als die Fahrstuhltür sich schloss.

Patricks Zimmer war dunkel. Sie überprüfte sein Atmen, wie bei einem Kind, und es war leicht und gleichmäßig. Mrs. Medina vermutete, dass er wach war, aber sie fühlte sich nicht in der Lage, jetzt mit ihm zu sprechen, und so vergewisserte sie sich, dass seine Klingel auf seinem Nachttisch war, und zog die Tür halb zu.

Sie sammelte die Gläser und den Teller in ihrem Zimmer ein – sie hatte Lennie gegen Mitternacht ein Schinkenbrot gemacht – und brachte die Küche in Ordnung. Beim Spülen glitten ihre Hände über das Geschirr, und sie beobachtete sie verträumt.

Sie schenkte sich einen kleinen Gin and Bitters ein und nahm ihn mit in ihr Zimmer, zog sich ihr Nachthemd an und legte sich in ihr zerwühltes Bett. Eine winzige Note von Lennies Duft haftete den Laken an, oder so fand sie zumindest, und sie kuschelte sich ein und schloss die Augen. Aber sie schlief nicht. Zumindest nicht gleich.

Kurz nach Tagesanbruch rührte sie sich, drehte sich um und wusste, dass Patrick da war und sie beobachtete. Sie hielt die Augen geschlossen und seufzte. Er trat nahe ans Bett, beugte sich vor und schnupperte an dem Glas. Schließlich wandte er sich um und ging. Sie hörte, wie er auf Strümpfen langsam den Korridor entlangtappte.

15

Mrs. Medina stand zu ihrer üblichen Zeit auf und duschte extra nicht vor dem Frühstück, um nicht von ihrer üblichen Routine abzuweichen. Sie holte tief Luft und trat entschlossen in die Küche. Patrick schenkte sich Kaffee ein.

»Guten Morgen«, sagte sie. Sie zog den Gürtel ihres Morgenmantels ein wenig enger.

»Regnet«, sagte er.

Es war ihr nicht aufgefallen. »Tut mir leid, dass ich dir erst gute Nacht gesagt habe, als du schon schliefst. Tief und fest sogar.«

»Muss verdammt spät geworden sein.«

»Ja, es war spät. Möchtest du Eier?«

Er schenkte ihr einen geduldigen Blick und setzte sich an den Küchentisch. Sie sprachen nicht weiter davon.

Die nächsten Tage verbrachte Mrs. Medina in einem Zustand fortwährender Erwartung, und jeder Bereich ihres Lebens war davon betroffen. Doch anfangs sprach sie nicht mit Patrick darüber, und seltsamerweise stellte er ihr auch keine Fragen. Sie verbrachten ihre Zeit miteinander und sprachen von gewöhnlichen Dingen, bewegten sich behutsam im Kreis. Und dieses behutsame Umkreisen war es, das sie schließlich so erschöpfte, dass sie eines Nachmittags sagte: »Ich denke, wir sollten miteinander reden.«

»O-oh«, erwiderte er. »Jetzt gibt's Ärger.«

Sie ging mit ihm den Korridor entlang zu seinem Zimmer, doch dann hielt sie inne und schlug vor: »Möchtest du ein bisschen am Fluss spazierengehen?«

»Ich bin heute sesshaft«, erwiderte er. »Kein Spaziergang.«

»Nun, dann komm mit in mein Zimmer. Leg dich auf die Chaiselongue.«

Er setzte den Weg zu seinem Zimmer fort. »Ich will das heilige Bettgemach nicht besudeln.«

»Na schön.« Sie folgte ihm und wartete, bis er sich in seinem Ruhesessel niedergelassen hatte. Wieder einmal ließ ihr Kopf sie im Stich, und sie wollte nichts lieber als fliehen.

»Ich nehme an, du weißt Bescheid.« Sie ging auf und ab. Sie brachte es nicht fertig, sich hinzusetzen.

»Ich bin nicht blind. Und ich bin nicht blöd, auch wenn mein Verstand sich langsam verabschiedet. Ich hab immer noch meine Ohren. Ich werde beiseite gedrängt. Ich sage mich von der Verbindung los.«

»Patrick.«

Er hatte die Finger ineinander verschlungen. Nun löste er sie und schüttelte die Hände aus. »Du hast dich in die Sex-Arena geworfen, schätze ich.«

»Nun, wenn du es so nennen willst.« Sie setzte sich. »Du hast mich ermutigt, es zu ... zu verfolgen ... diese –«

Er verzog sein Gesicht zu einer kleinen Grimasse. »Vielleicht hätte ich meine kleine Rede noch mal überdenken sollen.«

»Und ich möchte sie gern weiterhin sehen. Ich werde sie nicht mehr herbitten, wenn dir das unangenehm ist.«

»Das wäre jedem unangenehm. Aber der alte Mann hat in dieser Sache kein Mitspracherecht. Nur zu.«

»Patrick –«

»Was willst du, Merce? Meinen offiziellen Segen?«

»Ich glaube, ja.«

»Nun, den erteile ich dir nicht, solange ich nicht weiß, wie die Sache für mich ausgeht.«

»Akzeptiert.«

»Bist du fertig? Ich will mich hinlegen.«

»Ich liebe dich wirklich, Patrick.«

»Im Augenblick sprechen wir nicht von Liebe.« Er wandte sich ab und sah aus dem Fenster. »Ich schätze, es ist nicht mehr als fair«, sagte er dann. »Ich finde es schrecklich, aber es ist fair. Wenn ich bedenke, was ich dir in der Vergangenheit zugemutet habe.«

Sie sah zu, wie er mit diesem Gedanken rang und dann wieder die Finger lockerte, als sei er im Begriff, sein Cello zur Hand zu nehmen.

»Aber ich habe nie eine Affäre gehabt, wenn du zugegen warst! Darum geht's. Und verdammt – für einen Mann ist es nur natürlich, der Versuchung ab und zu nachzugeben. Frauen können sich besser beherrschen.« Er wusste, wie sie auf dieses Argument reagieren würde und beobachtete sie aus den Augenwinkeln.

Doch sie schwieg. Und wartete ab.

»Aber ich kann dich nicht daran hindern, oder?« Er zog sein Taschentuch hervor und schnaubte sich die Nase. »Du bist immer wie eine Dampfwalze weitergerollt, unergründlich wie eine Katze.«

»Ich bin mehr wie ein Oberleitungsbus durchs Leben gegangen, Patrick.« Sie stand unvermittelt auf und ging zu seinem Nachttisch hinüber. »Das Taschentuch hier ist blutig.« Sie wandte sich zu ihm um.

»Ich hab ein großes Vieh erledigt.«

»Im Ernst, was ist das?«

»Ich hab gestern abend auf dem Weg zum Klo nicht die Kurve

gekriegt und bin ins Bücherregel gestolpert. Hab mir die Rübe angedetscht.« Er wies auf eine kleine Schnittwunde an der Schläfe, die ihr entgangen war.

»Bist du gestürzt?«

»Ich hab eine Weile auf dem Boden gesessen. Um mir zu überlegen, was ich tun soll.«

»Warum hast du nicht geklingelt?«

»Das kleine Klingglöckchen war drüben auf dem Nachttisch am Bett! Ich häng's mir ja nicht um den Hals, wenn ich losgehe. Egal, wieso sollte ich dich von deinem Liebeslager herbeirufen?«

»Lennie ist nicht über Nacht geblieben, Patrick, das weißt du. Und ich werde ärgerlich, wenn du nicht klingelst, wenn du mich brauchst.«

»Dein Ärger fliegt an meiner Tür vorbei wie der Engel zu Pessach. Er interessiert mich nicht.«

»Na schön.« Sie ging zur Tür. »Ich werde mir überlegen, wie ich mit der Situation so umgehen kann, dass es für uns beide akzeptabel ist.«

»Das ist schon immer dein Problem gewesen.« Er hievte sich aus seinem Sessel hoch. »Du warst stets um den besten Kompromiss bemüht. Das funktioniert nicht immer, Merce. Einer muss den Kürzeren ziehen. Diesmal bin ich es. Also lass dich nicht beirren.«

»Ich wecke dich um vier«, sagte sie.

Und so wartete Mrs. Medina leicht melancholisch gestimmt auf Lennie und stellte sich Patrick mit dem kürzeren Strohhalm allein in seinem Zimmer vor. Sie wünschte, er hätte seine Lage nicht in genau diese Worte gefasst, aber sie konnte es nicht ändern. Lennie war da, wie ein tiefer See, und Mrs. Medina war hineingesprungen.

Dunkle Nächte. Frühherbstlicher Wind, der an den Fenstern saugte. Mrs. Medina lag auf dem Bett, Lennies Gesicht an ihrem Bauch, und Lennie strich mit der Wange über sie und ließ ihre Hände über Mrs. Medinas Rippen zu ihren Brüsten gleiten und wieder zurück.

Wie habe ich einen so großen Teil meines Lebens ohne das hier leben können? fragte Mrs. Medina sich. Lennie glitt mit dem Kopf ein bisschen tiefer, eine kleine, bewusste Geste, und Mrs. Medina verharrte reglos. »Ich möchte es«, sagte Lennie, und Mrs. Medina schloss die Augen. Sie hatte immer noch Angst, sich zu blamieren.

»Es tut mir leid«, sagte Mrs. Medina. »Ich weiß auch nicht warum.«

»Ist schon gut«, erwiderte Lennie, die Augen geschlossen. Lächelnd.

»Ich denke, es ist nur ...« Sie schüttelte den Kopf. »Ich will schon, das ist es nicht ...«

Lennie machte sich aufs Schönste lang. »Kann ich eine Weile schlafen?«

»Natürlich.« Sie dachte kurz an Patrick, wünschte ihm nichts Böses, wünschte ihn bloß über Nacht aus dem Haus, damit sie Lennies Körper in vollkommener Abgeschiedenheit erkunden konnte, mit aller Luft der Welt, um es hinauszuschreien.

Kurz vor Tagesanbruch erwachten sie (Mrs. Medina war schon seit einer halben Stunde wach und hatte Lennie beim Schlafen zugesehen), und Lennies Körper wandte sich ihr wieder zu.

»Ich muss nach Cambridge zurück«, sagte Lennie eine Weile später. »Die Züge fahren jetzt wieder.«

»Ich weiß. Ich weiß.«

Lennie zog sich an und ging, und Mrs. Medina barg ihr Gesicht in den duftenden Laken.

Es war sechs Uhr.

Dann klingelte Patrick seine Glocke, ein Ruf aus einer anderen Welt. Sie zog ihren Morgenrock über und ging zu ihm.

»Ich hab was klappen gehört«, sagte er blinzelnd und tastete auf dem Nachttisch nach seiner Brille.

»Ach, das war ich.« Sie reichte ihm seine Brille. *Ich hätte es sein können,* dachte sie. *Wahrscheinlich war ich es sogar. Ich habe die Tür hinter ihr geschlossen.* Doch sie beschäftigte sich damit, seine Vorhänge aufzuziehen und nahm sich dann Zeit, das Licht auf dem kleinen Ausschnitt des Flusses zu betrachten, den man von Patricks Nordwestfenster aus sehen konnte.

»Du hast gesagt, dass ich klingeln könnte, und das hab ich getan«, sagte er schließlich.

Mrs. Medina begann davon zu träumen, mit Lennie zusammenzuleben – sie beide gemeinsam an einem exotischen Ort. So tief ging ihre Betörung. Sie sehnte sich nach einem Ort, der sie überraschen würde: über einen Hügel kommen, und plötzlich tat sich das Meer unter ihr auf wie ein glitzernder Pool verschütteten Champagners; dunstverhangene Tagesanbrüche, zu denen fremdartige Vögel zwitscherten; riesige, weiche Betten mit Laken, die nach Lavendel dufteten; köstlicher, aromatischer Kaffee. Sie sah sie beide in Grand Hotels (die sie liebte) und in einsamen Berghütten (die Lennie vielleicht vorzog). Die Szenarien waren lang und ausgeklügelt. In Mrs. Medinas Phantasie tanzten sie in Nachtclubs, wo es keinen Unterschied machte, oder sie erwachten in einem luftigen Schlafzimmer in einer rotgedeckten spanischen Villa hoch oben über dem Meer. Es gab ausgedehnte Diners bei Kerzenlicht, und Mrs. Medina fütterte Lennie mit Palmenherzen von einer schlanken Silbergabel. Sie versetzte sie beide in den großen Kreis ihrer alten Freundinnen und Freunde, die wundervolle Geschichten erzählten, in denen Mrs. Medina die Zauberin war.

Stunden verstrichen.

Patrick schlich sich an ihre Tür, beobachtete sie stumm und verschwand.

»Kannst du nichts anderes mehr tun?« knurrte er beim Frühstück. »Sex ist Sex. Das muss ja nicht dein ganzes Leben in Beschlag nehmen.«

Sie kümmerte sich weiterhin um Patrick. Ihre Freundlichkeit ihm gegenüber wuchs ins Außerordentliche, aber sie wusste, dass er ihren Motiven inzwischen mit Misstrauen begegnete. Eines Nachmittags saß sie bei ihm auf der Bettkante, als er gerade von seinem Mittagsschlaf erwachte, und sagte zu ihrer eigenen Überraschung: »Ich bin so glücklich.« Sie legte ihm die Hand auf den Arm, und ihr Ring zog einen Faden in seiner Decke. Sie löste ihn behutsam. Patrick hatte ihr den schmalen goldenen Ring mit den fünf kleinen Diamanten einige Jahre vor ihrer Hochzeit geschenkt. Es war kein Ehering. Als sie heirateten, hatten sie keine Ringe getauscht.

Sie ergriff seine Hand mit beiden Händen. »Ich möchte nicht atmen, wenn sie nicht bei mir ist.«

»Ziemlich riskant«, knurrte er, ohne die Augen zu öffnen.

»Ja«, erwiderte sie. »Ja, sie bringt mich dazu, Risiken einzugehen.«

An den Tagen, an denen Nikki kam, um Patrick vorzulesen, war es immer leichter. Eines Dienstags kochte Mrs. Medina Tee, als Nikki in der Küche erschien. Ihre ungebärdige Haarmähne schien zu wuchern und jede Woche weitere Locken zu produzieren.

»Stimmt was nicht?« fragte Mrs. Medina.

»Er möchte einen Spaziergang machen.«

Mrs. Medina wandte sich zu ihr um. »Ach, tatsächlich?«

»Nur bis zum Fluss und zurück. Was halten Sie davon?« Sie sah Mrs. Medina an und strich sich mit den Händen über die

Hüften. Nikki war an diesem Tag ganz in Schwarz gekleidet – schwarze Strümpfe, kurzer schwarzer Rock, schwarzer Rollkragenpullover. »Ich denke, es kann ihm nicht schaden, mal rauszukommen. Ist ja ein schöner Tag heute.« Sie pirschte sich an den Keksteller. »Darf ich mir einen nehmen?«

»Natürlich. Greif zu.« Mrs. Medina ging zum Fenster hinüber und warf einen Blick auf das Thermometer. »Siebzehn Grad. Gut, warum nicht, wenn er das möchte.«

Sie steckten ihn in seinen Chesterfield-Mantel, und er war ganz quecksilbrig vor Aufregung. Er nahm seinen handgearbeiteten Spazierstock aus Esche, den sie ihm in Irland gekauft hatte. Aus dem Fenster in Patricks Zimmer verfolgte Mrs. Medina, wie die beiden langsam die Clarendon Street entlanggingen und schließlich verschwanden, dann richtete sie den Blick über den Fluss hinweg.

Ihr Glück war eine Mischung aus Sehnsucht, Dankbarkeit und eindrücklichen sexuellen Erinnerungen – ein berauschender Cocktail. Lennies Leib hatte sich ihrem eingeprägt, und sie spürte ihn, auch wenn sie nicht zusammen waren.

»Die Liebende und die Geliebte«, sagte sie. »Ich bin ein wandelndes Klischee.«

Mühelos glitt sie durch den Tag; die Mahlzeiten waren perfekt zubereitet, sie hatte stets die richtigen Worte parat. Selbst der kleine Läufer im Korridor, über den sie normalerweise mehrmals am Tag stolperte, kam ihr nicht in den Weg. Sie überlegte, dass wohl nie zuvor jemand eine solche Anhäufung kleiner Wunder erfahren hatte.

Sie erlaubte es sich nicht, darüber zu spekulieren, wann dieses Glück sein Ende finden, wann die erste Wolke auftauchen würde. Sie stellte sich sogar vor, dass sie diese Affäre auf ewig würde am Leben erhalten können, allein kraft ihres Willens.

Sie aß mit Lennie in einem italienischen Restaurant in der Hanover Street im Nordend zu Abend, nicht bei Mamma Maria's, Mrs. Medinas Lieblingslokal, das wegen einer Privatfeier nicht geöffnet war. Hier sah die Pasta verkocht aus. Aus der Küche kamen die gewalttätigen Geräusche eines Fleischklopfers.

»Warum so bedrückt?«

»Wer ist bedrückt? Ich bin müde. Ich denke an meinen Kurs morgen. Bei Guido's war heute so viel Trubel, dass ich keine Zeit hatte, auch nur eine meiner Ideen zu skizzieren.«

»Hast du je daran gedacht, bei Guido's aufzuhören?«

Lennie warf ihr einen schrägen Blick zu. »Und wovon lebe ich?«

»Nun ...«

»Ich muss mir über Geld Gedanken machen. Ich Arme.«

Mrs. Medina schwieg. Schließlich sagte sie: »Lennie ...«

»Nein. Aber danke.«

»Sieh mal, Geld ist etwas, über das ich verfüge. Keine endlosen Summen, aber ich könnte dich ein oder zwei Jahre unterstützen, du könntest offiziell studieren, einen Abschluss machen.«

»Ich will keinen Abschluss machen. Ich brauche keinen Abschluss. Warum müssen alle immer einen Abschluss haben? Ich will schließlich keinen Garten für das bescheuerte Weiße Haus anlegen.«

»Auf der Uni kannst du Kontakte knüpfen, falls du dich selbständig machen willst. Das wäre ein Grund.«

»Ich weiß nicht, ob ich mich selbständig machen will.« Sie rieb sich die Stirn.

»Was ist los?«

»In meinem Leben ist im Augenblick viel zuviel los. Ich kann mich nicht um alles kümmern.«

Mrs. Medinas Herz zog sich zusammen. »Ja, ja, du bist sehr beschäftigt.« Und bevor sie sich Einhalt gebieten konnte, fragte sie: »Fängst du an, dich mit mir – ich weiß nicht – zu langweilen? Mit uns?«

Lennie wandte ihr das Gesicht zu. »Nein. Warum?«

»Ich glaube, es ist schwer für dich, mit mir zusammenzusein. Ich bin ...« Sie hob hilflos die Hände. »Ich bin ein Neuling. Ich weiß nicht, wie die Dinge laufen, wie man das alles macht. Du weißt, was ich meine.« Sie trank einen Schluck Wein. »Ich bin nicht das Übliche für dich, stelle ich mir vor.«

Lennie lächelte. »Nein, das bist du nicht.«

Der Keller brachte ihr Essen und nahm sich dann ausgiebig Zeit, Parmesan auf ihre Pasta zu reiben, die Kerze erneut anzuzünden, Krümel vom Tisch in seine Hand zu fegen. Mrs. Medina saß mit den Händen im Schoß da. Dann griff sie zu ihrer Gabel.

Lennie begann zu essen. »Hast du immer gearbeitet?«

Mrs. Medina legte die Gabel hin und sah sie an. »Natürlich.«

Lennie lächelte leicht.

»Ich arbeite immer noch.«

»Ja, das weiß ich. Erzähl mir davon.«

»Ich unterrichte Italienisch an der Boston University – Italienische Literatur. Nicht soviel wie früher, wegen Patrick, aber in der Regel ein Seminar im Winter. Ich habe schon lange, bevor ich Patrick kennengelernt habe, Unterricht gegeben. Ich habe drei oder vier Jahre lang Italienern in Florenz Englisch beigebracht. Dann bin ich Patrick begegnet und habe es für eine Zeitlang aufgegeben.« Sie sah Lennies Händen zu, die das Hühnchen zerlegten. »Um mit ihm auf Reisen zu gehen.«

»Du hast also aufgehört? Nicht mehr gearbeitet?«

Mrs. Medina richtete sich auf. »Ganz so war es nicht«, erwiderte sie. » Muss ich mich etwa rechtfertigen?«

»Nein. Warum?«

»Ich habe diesen Kurs an der Boston University mehrere Jahre lang gegeben. Und ich habe einiges geschrieben. Ich habe die erste Fassung der Übersetzung eines wunderbaren Romans von Elio Vittorini fertig, ein italienischer Autor, der hierzulande kaum bekannt ist. Irgendwann werde ich mich wieder dransetzen. Irgendwann werde ich vermutlich wieder mehr unterrichten.« Mrs. Medina warf ihr einen langen Blick zu. »Behandele mich nicht, als gehörte ich zu den reichen Müßiggängern«, sagte sie dann.

Lennie streckte die Hand aus und strich ihr über die Wange. »Das tue ich nicht. Entschuldige. Ich bin heute einfach genervt, wegen allem möglichen. Zum einen bin ich genauso pleite, wie ich es mit Zwanzig war. Mir scheint, als hätte ich schon ewig gearbeitet, und es ändert sich doch nie was.«

Was ist mit mir? dachte Mrs. Medina. *Bin ich nicht doch was anderes?*

»Ich mache immer dasselbe, immer und immer wieder.«

»So kann es im Leben gehen, wenn man nicht aufpasst.«

»Ja.« Sie aß ihre Pasta auf und wischte den Teller mit einem Stück Brot aus. »Und plötzlich blickst du auf, und da ist die Tür ins Nichts.«

Mrs. Medina räusperte sich. »Möchtest du den Rest Wein?« fragte sie. Sie schenkte ihn Lennie ein und nahm sich selbst noch etwas Mineralwasser. Ihre Hand zitterte ein wenig, und sie fragte sich, welche Faszination ihr alternder Körper, ihr alternder Geist denn schon auf diese schöne junge Frau ausüben konnte, die andere Dinge im Kopf hatte. Den Rest ihres Lebens, zum Beispiel.

Der Hilfskellner erschien und räumte ihre Teller und Gläser auf sein Tablett. Nachdem er wieder verschwunden war, sagte Mrs. Medina: »Sei nicht so unglücklich über alles.« Und nachdem sie zu ihrem Entsetzen die altjüngferliche Tante in ihrer Stimme vernommen hatte, langte sie mit der Hand unter den Tisch und berührte Lennies Schenkel.

»Ich wette, du würdest mich gern mit nach Hause nehmen«, sagte Lennie und sah schließlich auf.

Mrs. Medina ertastete sich ihren Weg über das weite unbekannte Neuland. Niemand hatte das je in ihrem Leben zu ihr gesagt. Sie konnte ihre Hand nicht zurückziehen, und dennoch dachte sie: *Ich werde gleich damit aufhören. Die Leute hier werden sehen, wie sehr ich sie will.* Doch in diesem Augenblick sah sie unbeirrt nach vorn, und um diese kurzfristige Zukunft zu erreichen, musste sie nur ihre Hand von Lennies Schenkel nehmen und die Rechnung bezahlen.

An diesem Abend kam sie später nach Hause, als sie beabsichtigt hatte. Nikki hatte gesagt, dass sie nicht länger als bis halb elf bleiben könnte, und Lennie hatte darauf bestanden, dass sie zur Abwechslung zu ihr nach Nord-Cambridge fuhren, weil Kenny weg war. Sie war erst einmal zuvor bei Lennie zu Hause gewesen, als Lennie sich eines Abends nach der Arbeit bei Guido's hatte umziehen wollen. Kenny war dagewesen, glücklicherweise in ein lautstarkes Telefonat verwickelt, und sie waren eilig gekommen und wieder gegangen. In Wirklichkeit hatte Mrs. Medina vor der Wohnungstür gewartet und sie nur einen Spaltbreit offen gehalten; sie hatte nicht den Wunsch verspürt, Kenny auch nur kurz zu begegnen. Im Flur lag Kinderspielzeug herum, und der Geruch von Katzen hing in der Luft.

An diesem Abend jedoch waren sie mit Kennys Abwesenheit gesegnet. Lennies Zimmer war groß und luftig; auf dem Boden lag ein großer Futon, und auf dem Tisch und den Fensterbänken stand ein Regenbogen-Arrangement von Kerzen. Sie lagen auf dem Bett und hielten einander in den Armen, aber der erotische Impuls schien ihnen irgendwo auf dem Weg nach Cambridge abhanden gekommen zu sein, und Mrs. Medina war in Gedanken noch immer bei ihrem Gespräch im Restaurant, bei der »Tür ins Nichts«, die sich jetzt drohend auftat wie ein großes emotionales Loch in der Wand. Nach einer Weile setzten sie sich auf, lehnten sich mit dem Rücken an die Wand und tranken Tee. Mrs. Medina beobachtete, wie Lennies feste Brüste sich beim Atmen hoben, die Brustknospen aufgerichtet.

»Möchtest du rauchen?« Lennie wühlte in einer kleinen Blechdose, die am Bett stand, und holte einen Joint hervor. Mrs. Medina schüttelte den Kopf. Manchmal funktionierten die Dinge eben nicht. Dies war eine dieser Gelegenheiten, und sie wusste nicht, wie sie daran etwas ändern sollte.

Als sie heimkam, war es weit nach elf. Sie fand Patrick mit einem Viertelliter Milch in der Hand in der Küche. Er trug seine langen gestreiften Pyjamahosen und ein weißes T-Shirt.

»Wo ist der verdammte Stieltopf, Merce? Ich will heiße Milch trinken.«

»Lass mich das machen«, sagte sie und war glücklich, es für ihn tun zu können. »Tasse oder Schale?«

Sie saßen zusammen in seinem Zimmer, er auf der Bettkante, sie in seinem Fernsehsessel. Die Stadt draußen war still. Er schlürfte geräuschvoll seine Milch. »Du hast da einen kleinen Schuss reingetan, stimmt's? Whiskey und Zimt. Genau richtig.«

Sie seufzte und lehnte sich zurück. »Ist Nikki schon lange fort?«

»Ja«, sagte er. »Verdammt lange – zu lange. Ich hätte mich mit einem Stromschlag umbringen können, während du dich rumgetrieben hast.« Aber es schien ihn nicht wirklich zu bekümmern.

Nach einem Augenblick trank sie einen Schluck von ihrem Brandy und sagte: »Sind wir zwei alte Esel?«

Er schnaubte. »Was dich anbelangt, keine Ahnung, aber ich bin kein Esel.«

»Nein, ich glaube, das bist du nicht.«

»Gibt sie dir das Gefühl, ein Esel zu sein?«

»Ich fürchte, wir haben nicht viel gemeinsam.«

»Na und? Du willst sie ja nicht heiraten.«

»Nein.«

»Glaubst du, du kannst nicht mithalten?«

»Darum geht es nicht, Patrick. Aber ich komme mir vor wie

ein Teenager, und ich bin entsetzt bei dem Gedanken, mich so zu benehmen.«

»Ich persönlich mag Teenager ja«, sagte er nachdenklich.

Sie lächelte.

Einige Minuten später tauchte er wieder aus seinen Gedanken auf und sah sie mit besorgt gerunzelter Stirn an. Er beugte sich vor und stellte seine Tasse auf dem Boden ab. »Komm mal her«, sagte er, »und lass mich deine Hand halten.«

Sie setzte sich neben ihn und spürte, wie seine Hand, warm und trocken und überraschend fest, die ihre ergriff.

»Und nun?« fragte sie.

»Wir haben doch schon öfter Händchen gehalten«, erwiderte er. »Worüber machst du dir Sorgen, Merce? Bei diesem jungen Ding.«

»Ich habe Angst, dass es vergeht. Ich weiß nicht, was ich tun muss, damit es bleibt.«

Er schwieg eine Weile. Sein Atem rasselte ein wenig. »Hör auf, es in Zement gießen zu wollen«, sagte er schließlich. »Es wird vergehen, das ist der Lauf der Welt. Und wenn es Zeit ist, dann lass es los.«

»Ich könnte es nicht ertragen.«

»Was soll das heißen?«

»Du und ich sind geblieben«, sagte sie. »Es vergeht nicht immer.«

Sie spürte, dass er mit der Frage kämpfte, ob sie ihre Beziehung zu Lennie mit der ihren gleichsetzte. Sie wusste, dass ihn das verletzte. Sie drückte seine Hand. »Siehst du«, sagte sie.

»Du liebst sie?« fragte er. »Ich dachte, es wäre nur ein Abenteuer.«

»Ach, Gott, ich hab keine Ahnung, Patrick!«

Er kratzte sich das Kinn.

»Aber wo soll es hinführen? Ich bin eine alte Frau, die an Haken und Knöpfen herumfummelt.«

»Geh mit ihr ins Bett, wenn du willst«, sagte er unvermittelt. »Aber hör auf, dir selbst leid zu tun.« Er entzog ihr seine Hand. »Ich dachte, ich wäre die Liebe deines Lebens«, fügte er hinzu, beinahe pikiert.

Sie wandte sich ihm zu. »Natürlich bist du das. Das warst du immer.« Sie spürte, wie er zu frösteln begann. »Komm«, sagte sie. »Leg dich hin.«

»Ja – ja, das werde ich«, erwiderte er und hob seine knochigen Knie.

Sie half ihm ins Bett. Er lächelte sie mit seinen hellen blauen Augen an. »Schlaf eine Weile bei mir«, sagte er. »Halte mich, damit ich nicht davontreibe.«

Sie zog sich bis auf das Unterkleid aus, kletterte zu ihm ins Bett und schloss ihn in die Arme. Sein Kopf ruhte an ihrer Schulter, und er seufzte zufrieden. Sie lächelte über seinen Kopf hinweg. *Wie klein er geworden ist,* dachte sie. *Wie ein Spielzeug.*

»Bei Tagesanbruch kommen sie mich nicht holen«, sagte er nach einer Weile klar und deutlich. »Also hab keine Angst.«

»Ich habe keine Angst.«

»Eier«, sagte er dann. »Eier zum Frühstück.«

»Ja.«

»Frühstück mit dir. Wir werden zusammen frühstücken, und wir werden Eier haben.«

»Werden wir. Ganz bestimmt.«

Sie döste, und später stand sie leise auf und verließ ihn, wobei sie einen Moment innehielt, um seinem Atem zu lauschen, der in langsamen, blubbernden Zügen kam und ging. Sie sammelte ihre Kleider zusammen, ging hinüber ins Wohnzimmer und trat ans Fenster. Es war kein Licht zu sehen. Die Bäume, die die Straße säumten, hatten fast alle Blätter verloren, und die Äste wiegten sich in einer Brise, die sie nicht hören konnte. Ein Flugzeug stieg über der Stadt auf, westwärts gerichtet, seine Begrenzungsleuchten blinkten verschwommen. *Wo wollen sie alle hin?* dachte sie. *Nacht und Tag. Es hört nie auf.*

Als sie in ihr eigenes Bett stieg, klingelte das Telefon, und sie nahm rasch den Hörer auf und lauschte auf Patrick.

»Hi«, sagte Lennie. »Du klingst wach.«

»Ich bin wach. Wo bist du?«

»Ich bin hier. Ich bin zu Hause.« Lachen erklang im Hintergrund, und Musik setzte ein. »Kenny ist zurück.« Sie lachte ein wenig. »Ich fühle mich jetzt ein bisschen besser.«

»Ja, das höre ich.«

»Wo du schon wach bist – kann ich kommen?«

»Wie – jetzt?«

»Ich kann nicht schlafen. Abgesehen davon möchte ich es wiedergutmachen. Ich hab mich wie ein komplettes Arschloch verhalten.«

»Liebling, ich glaube nicht, dass das eine gute Idee ist. Es ist so spät und ...« Dann fragte sie sich: *Was hast du eigentlich Wichtiges vor? Lesen? Einen Knopf annähen?*

Sie hörte, wie Lennie stöhnte und sich räkelte und stellte sich ihren lang hingestreckten Körper vor, den Kopf zurückgeworfen, den köstlichen Geruch ihres Nackens. Sie rutschte an die Bettkante.

Am anderen Ende der Leitung herrschte Schweigen.

»Wie willst du herkommen?« fragte Mrs. Medina.

»Ich nehme Kennys Auto. Ich bin in zwanzig Minuten da. Sag dem Typ unten Bescheid, ja? Er hält mich für eine Gangsterin.« Es klickte in der Leitung.

Lennie war in weniger als zwanzig Minuten da. Sie roch nach Wein und Zigaretten. »Wahrscheinlich hältst du mich für verrückt«, sagte sie. Ihr Blick war unstet, strich durch die Luft.

»Nein ...«

Sie stand in Mrs. Medinas Zimmer, die Hände in die Hüften gestemmt. »Ich komme mir vor wie ein blödes Baby.«

»Ist schon gut.« Mrs. Medina schloss die Tür.

Lennie knöpfte sich rasch das Hemd auf, als wäre ihr warm. »So«, sagte sie. »Dann wollen wir mal sehen, was als nächstes passiert.« Sie zog Mrs. Medina zu sich herab und küsste sie und machte ihr eindeutig klar, was sie wollte.

Bis zum Frühstück war es eine Ewigkeit hin.

Natürlich kam das Frühstück irgendwann. Das erste Mal, dass Lennie geblieben war. Mrs. Medina stellte sie einander rasch vor, als wäre es nicht eine Situation von bedeutender Tragweite. Patrick war ein wenig verwirrt.

»Eier?« fragte er Mrs. Medina leicht irritiert.

»Nein, Müsli, Patrick. Für Eier ist nicht genug Zeit.«

Er blickte traurig auf seine Müslischüssel.

»Waren Sie gestern schon hier?«

»Sehr spät«, erwiderte sie. »Wie mögen Sie Ihre Eier?«

»Als Rührei. Wenn es Eier gibt.«

»Dafür ist Zeit genug«, sagte Lennie und stand auf. »Ich mache Ihnen Rührei.«

Patrick sah Mrs. Medina hilflos an.

»Nein«, sagte sie und folgte Lennie in die Küche. »Nein, Lennie, nicht. Er will, dass ich das mache. Ich mache das.«

»Warum hast du gesagt, es wäre nicht genug Zeit?«

»Ich dachte nicht, dass du solange bleiben würdest.« Sie schlug zwei Eier in eine kleine Glasschüssel. »Geh wieder rein und rede mit ihm. Ich möchte nicht, dass er allein ist.«

»Ziehen Sie hier ein?« fragte er Lennie im Wohnzimmer. Der Tag war bewölkt und monochrom; man konnte sich den kühlen, rauchigen Geruch des Herbstmorgens da draußen gut vorstellen.

»Ich wohne in Cambridge«, entgegnete Lennie. »In Nord-Cambridge, genauer gesagt, noch hinter dem Portland Square.«

»Meine Frau war eine echte Schönheit«, sagte Patrick.

»Das ist sie immer noch«, sagte Lennie. Sie lächelte. »Man sagt, Sie wären ein wirklich großartiger Cello-Spieler gewesen.«

»Das bin ich immer noch.«

»Werden Sie bei Gelegenheit etwas für mich spielen?«

Er sah sie an, als erinnere er sich plötzlich an die Natur ihrer Beziehung zu seiner Frau. Er hob den Zeigefinger. »Hören Sie. Echte Leidenschaft ist etwas Neues für sie. Wenn Sie ihr auch nur ein Haar krümmen, gibt's Ärger.«

»Warum sollte ich ihr weh tun?«

»Eines Tages«, sagte er, »erzähle ich Ihnen, was mein Opa bei der zweiten Schlacht von Manassas gemacht hat.«

»Gut.« Sie trommelte mit ihren langen Fingern auf den Tisch.

»Die Geschichte ist besser als jedes Cello.«

Aus der Küche war zu vernehmen, wie das Rührei aus der Pfanne auf einen Teller gegeben wurde. »Sie wird gleich hier sein«, sagte er und lächelte.

Als Mrs. Medina das Wohnzimmer betrat, begrüßten seine Augen sie mit der Glückseligkeit eines wesentlich jüngeren Mannes.

»So. Haben nun alle, was sie wollen?« fragte Mrs. Medina.

Lennie aß hastig ihr Müsli zu Ende und trank schnell einen Kaffee. »Ich muss jetzt los«, sagte sie und stand auf. Sie schüttelte Patrick die Hand. »War mir ein Vergnügen, mit Ihnen zu reden.«

»Wir haben nicht miteinander geredet«, entgegnete er. Dann hob er rasch die Hand an die Lippen. »Sie sind eine verdammte Unruhestifterin. Aber ich bin ein Gentleman.«

»Wann werde ich dich wiedersehen?« fragte Mrs. Medina an der Tür.

»Bald. Ruf mich an.« Lennie durchquerte das kleine marmorgeflieste Foyer, um den Fahrstuhl zu rufen. Der Klang ihrer Stiefel hallte von den Wänden wider.

Mrs. Medina folgte ihr, strich mit der Hand Lennies Rücken

hinunter und umfasste ihren Hintern. Für sie eine gewagte Geste. Sie betete, dass die Lowes von gegenüber bereits auf dem Weg zur Arbeit waren.

Es war absurd, aber sie vermisste Lennie jetzt schon.

Kurz bevor der Fahrstuhl sich öffnete, küsste Lennie sie zart auf die Lippen. »Er hatte dich zuerst«, sagte sie. »Aber ich habe dich jetzt.«

Sie spülte das Geschirr, während Patrick am Küchenradio herumfummelte. Seitdem er aufgehört hatte zu spielen, fiel es ihm manchmal schwer, Musik zu hören, Musik, zu der er eine Verbindung hatte, und manchmal saß er vor dem Radio und funkelte es an, allzeit bereit, den Sendersuchknopf heftig weiterzudrehen, wenn etwas kam, das ihn erboste. Das Dohnányi Klavierquintett C-Moll wurde angekündigt, und er stellte das Radio aus.

Sie drehte sich abrupt um. »Hör mal, ich mag das Stück«, sagte sie. »Können wir das bitte anlassen?«

»Das ist diese Gruppe aus Chicago. Sie haben noch nie was getaugt, und ihr Pianist ist 'ne Schwuchtel.«

»Verdammt noch mal!« Mrs. Medina trocknete sich die Hände und ging ins Wohnzimmer hinüber.

Er folgte ihr. »Ich sage nur die Wahrheit. Ich kenne sie alle von damals, als sie angefangen haben.«

»Du hast mich mit Roger Waye bekannt gemacht. Er ist keine Schwuchtel. Und benutze dieses Wort nicht!«

»Ich habe das Wort immer schon benutzt. Hab viele Schwuchteln im Leben kennengelernt. Und die meisten von ihnen gemocht. Woher willst du wissen, dass Roger keine Schwuchtel ist? Hast du ihn angemacht?«

»Das ist absurd, Patrick. Und was hat seine sexuelle Neigung damit zu tun, wie er spielt? Du hast mir oft erzählt, wie gut er ist.«

»Die Jungs sollten abtreten, bevor einer von ihnen mitten in einem *presto prestissimo* abnippelt.« Er wanderte im Wohnzimmer umher, nahm dieses und jenes in die Hand und legte es wieder zurück.

»Komm, Patrick«, sagte sie angespannt. »Hilf mir bei meinem Kreuzworträtsel.«

»Behandele mich nicht derart herablassend! Ich hab immer noch Kampfgeist. Sie mag eine Frühlingsfärse sein, aber ich hab immer noch genug Feuer in mir.«

»Ich werde nicht mit dir darüber streiten, ob Roger Waye schwul ist oder nicht.«

»Sie ist weg. Und du siehst aus wie eine trübe Kerze, die eben gelöscht wurde.« Er knallte ihr großes silbernes Zigarettenetui auf den Beistelltisch. »Deshalb bin ich sauer! Ich bin auch noch da!«

»Nein, wir streiten, weil es hier keine Musik mehr gibt. Und deshalb bin ich sauer.«

»Nun, das schmerzt mich auch«, sagte er. »Aber deswegen bin ich jetzt nicht sauer. Ich bin sauer, weil ich nicht genüge.«

Sie versuchte, sich an seine Stelle zu versetzen, alles, um diesen sinnlosen Streit zu beenden. Sie besaß nicht die Munition zum Kämpfen, weil er in der Tat nicht genügte. Nicht mehr.

»Ich will nicht, dass du als Kindermädchen hier bist«, sagte er. »Nikki kann das Kindermädchen sein. Dich will ich hierhaben, weil du hierhergehörst. Weil du hiersein willst.« Er hatte während ihres ganzen Disputs gestanden, und sie sah, dass er ein wenig schwankte.

Sie stand auf und ergriff seinen Arm. »Komm, Patrick. Dieser Morgen hat auf dem falschen Fuß angefangen. Und wenn du so energiegeladen bist, dann lass uns doch zu Legal hinübergehen und etwas zum Abendessen kaufen. Einen schönen Heilbutt, vielleicht.«

»Zum Abendessen? Und was ist mit jetzt?«

Er hatte vollkommen recht. Was war mit jetzt?

Sie ergriff seine Hände und sah ihm in die Augen. »Ich bin glücklich, wenn wir zusammen sind, du und ich. Und mit Lennie bin ich ebenfalls glücklich. Das sind zwei verschiedene Dinge.«

»Ist genügend von dir da, um dich aufzuteilen? Denk mal darüber nach.«

»Lass mich ein bisschen traurig sein, wenn sie fort ist, Patrick. Warum sich den Kopf darüber zerbrechen, was genügend ist?«

»Bevor du in den Sonnenuntergang entschwindest, denk lieber mal an deinen Lebensabend. Wer wird sich um dich kümmern? Wird sie das tun?«

»Du lenkst mich nicht ab, indem du deine Angriffsrichtung änderst und meinen Lebensabend ins Spiel bringst. Vermutlich werde ich mich um mich selbst kümmern. Und nun geh und hol deine Jacke.«

»Ich will keinen Heilbutt.«

»Nun, wir werden sehen, was es gibt.«

Er machte sich den Korridor hinunter auf den Weg, doch dann drehte er sich um und meinte: »Spiel Musik, wenn du willst. Ich wusste nicht, dass der Dohnányi dir gefällt. Im Grunde ein nettes kleines Stück. Wir haben es spaßeshalber mal gespielt, Santino und Barbara und ich, mit einer weiteren Geige und einer Bratsche. Aber es ist ein Quintett, wir haben es nie im Konzert gespielt.«

»Ja, ich weiß.«

»Aber verschon mich mit Schubert. Das tut weh. Und kein Ludwig von.«

16

Mrs. Medina und Lennie verließen Pignoli's gegen halb zwei. Sie blieben auf dem Gehweg stehen, und Mrs. Medina sah zur Arlington Street hinüber, als sei sie unschlüssig, was als nächstes geschehen würde. Was sie auch war.

»Vierundzwanzig fünfundneunzig für ein paar kleine Shrimps«, sagte Lennie. »Das ist absolut lächerlich.«

»Nun, ich hoffe, sie waren gut. Ich wollte dich gern in ein nettes Lokal ausführen.«

»Ja, sie waren gut«, erwiderte Lennie und warf ihren Zopf über die Schulter zurück. Es war einer dieser milden Novembertage, auf die man hereinfallen konnte. Die Luft war süß. Die Straßengeräusche hatten ihre kalte Schärfe verloren. Lennie trug ein weißes Seidenhemd unter einem schwarzen Blazer, der ihr ein bisschen zu groß war. Gleich darauf sagte sie: »Ich muss nicht zurück.«

»Nicht? Wie schön. Warum nicht?«

»Guido schuldet mir Überstundenausgleich. Wir haben heute keine großen Jobs.« Sie drehte sich um und zog Mrs. Medina mit sich. »Lass uns irgendwo hingehen.«

Der Verkehr schob sich an ihnen vorüber auf die St. James Avenue. »Irgendwohin? Schön, Nikki ist heute bei Patrick.«

»Okay, nicht zu dir. Bei mir ist heute auch zuviel Trubel. Also.«

»Warum hast du nicht eher was gesagt?«

»Zuviel Planung ruiniert alles.«

Mrs. Medina wusste, dass Lennie ohne weiteres zur Arbeit hätte zurückkehren und nichts sagen können. Oder so tun. Oder wirklich zurückgehen.

»Sieh mal.« Lennie zeigte auf die andere Straßenseite.

Dort erhob sich der mächtige Klotz des Park Plaza Hotels. Riesig. Anonym. Ein Granitmonolith, von Moskau hierher verpflanzt, hatte Mrs. Medina oft gedacht.

»Bist du je da dringewesen? Gefällt dir so was?« Lennie hielt Mrs. Medina am Arm gefasst.

»Du meinst, um ein Zimmer zu nehmen?«

»Klar.«

»Mitten am Nachmittag?« Für einen halben Tag, mitten am Nachmittag in ein Hotel einzuchecken war etwas, das sie noch nie getan hatte. Es weckte Assoziationen an trostlose, abblätternde Wände, fleckige Bettüberwürfe, rostige Wasserhähne. Richard Widmark oder Ida Lupino lauerten hinter der Tür.

»Warum nicht?«

»Lennie ...«

Lennie trat einen Schritt zurück und stemmte die Hände in die Hüften. »Komm«, sagte sie. Und dann trat sie näher und flüsterte Mrs. Medina ins Ohr: »Willst du flachgelegt werden oder nicht?«

»Wissen Sie, meine Wohnung wird gestrichen. Ich dachte, ich könnte den Geruch ertragen, aber anscheinend kann ich das nicht.« Mit errötetem Gesicht lächelte Mrs. Medina den Empfangschef an und legte einige Scheine auf den Tresen. »Das dürfte genügen, nicht wahr?«

»Sie haben also kein Gepäck.«

»Oh, nein. Ich schätze, dass der Geruch heute abend verflogen ist. Oder vielleicht auch nicht. Vielleicht muss ich hierbleiben. Wenn Sie mir einfach den Schlüssel geben, ich brauche keinen Hoteldiener.«

Der Blick des Empfangschefs wanderte zu Lennie hinüber, die bei einem kleinen eingetopften Bäumchen herumstand und zusah. »Wie Sie wünschen«, sagte er und ließ den Schlüssel in Mrs. Medinas ausgestreckte Hand fallen. »Zehnter Stock. Ich hoffe, Sie genießen den Nachmittag.«

»Mistkerl«, sagte Mrs. Medina im Fahrstuhl.

»Vergiss ihn«, meinte Lennie. Sie strich Mrs. Medina mit den Fingern über den Nacken.

Das Zimmer roch nach Krankenhaus, und es war zu warm. Aber die schwere geblümte Bettdecke war sauber und das Bad tadellos. Es war eines von zweihundert Zimmern, alle identisch, bewohnt von Menschen, die keine von ihnen beiden kannte.

Mrs. Medina trat ans Fenster und sah auf den Verkehr hinunter, der lautlos über den Park Square nach Westen strömte. All die Menschen, die sie erblickte, deren Welten sie selbst nicht einschlossen! Das Leben konnte eine Weile ohne sie weitergehen. Niemand wusste, dass sie hier war, niemand außer dem Empfangschef, und er hatte diese Art von Einquartierung zweifelsohne schon öfter erlebt. Und niemand würde hereinkommen, niemand nach ihr rufen. Niemanden scherte es. Wer auch immer sie war.

Als Lennie zu ihr trat und sie küsste, schmeckte sie den Knoblauch, den Wein von dem Shrimpsgericht für vierundzwanzig Dollar fünfundneunzig, das sie Lennie vor weniger als einer Stunde hatte verspeisen sehen. Sie nahm ein Ende von Mrs. Medinas Paisley-Schal in die Hand und zog langsam daran. »Lass uns duschen«, sagte sie.

Mrs. Medina kleidete sich langsam aus, faltete ihre Sachen ordentlich zusammen, Stück für Stück, und legte sie auf den brokatbezogenen Stuhl. Sie wünschte, sie hätte zumindest einen Morgenrock. Lennie war im Bad und hantierte am Wasserhahn herum. Mrs. Medina stand in ihrer Unterwäsche da, der Verzweiflung nahe, und schickte sich schon an, ihren Pullover wieder überzustreifen. Und begriff im selben Augenblick, dass dies nicht das eigentliche Problem war. »Mach dich nicht lächerlich«, sagte sie laut. »Du hast dir das seit Monaten gewünscht.« Sie zog ihre Unterwäsche aus und legte sie ordentlich oben auf den Haufen. Sie fragte sich, ob das zu matronenhaft aussah. »Zum Teufel damit«, sagte sie und setzte sich aufs Bett.

»Komm her!« rief Lennie aus der Dusche. Ihre Socken lagen auf dem Boden, ihre Kleider waren über einen Stuhl geworfen, und sie selbst stand bereits unter der Dusche. Mrs. Medina trat zögernd zu ihr. Lennie hatte das Wasser so heiß laufen lassen, dass das Badezimmer von Dampf erfüllt war. Mrs. Medina sah, wie ihr eigenes Fleisch rot und dunkel wurde und sich weich glättete. Lennie schlang von hinten die Arme um sie und saugte ihr zärtlich das Wasser vom Nacken, und das Wasser rauschte über sie mit der Gewalt eines Katarakts.

»Wir quellen auf«, sagte Mrs. Medina schwach, denn etwas anderes fiel ihr nicht ein.

Lennie lachte und drehte Mrs. Medina zu sich herum. In ihrem Haar, das sie kürzlich hatte schneiden lassen, glitzerten Wassertropfen. Jeder Teil ihres Körpers schien zu fließen. Mit langsamen Bewegungen seifte sie Mrs. Medina von Kopf bis Fuß ein, und hinterher spülte sie sie ab und rubbelte sie halbwegs trocken. Dann warf sie das Handtuch zu Boden.

»Bett«, sagte sie.

Wo immer Lennie sie anfangs auch berührte, es schien ihr kaum auszuhalten.

»Du musst wissen –« setzte sie an, doch dann verschlug es ihr den Atem.

Lennie beugte sich über sie. Ihr Körper, groß wie sie war, war kompakt und fest, und ihr goldener Kettenanhänger baumelte reizvoll zwischen ihren kleinen Brüsten. Sie schenkte Mrs. Medina einen langen, lächelnden Blick, und Mrs. Medina griff nach ihr und zog sie auf sich herunter. Die lange, feste Last von Lennies Körper machte sie einen Augenblick benommen, und sie wollte innehalten, weil sie glaubte, es nicht ertragen zu können. Diese heftige Anspannung. »Ich weiß, ich weiß«, sagte Lennie, ihre Lippen an Mrs. Medinas Hals. Und Mrs. Medina vertraute darauf, dass sie wusste. Denn es war keine Frage der Sanftheit; Mrs. Medina wollte keine Sanftheit mehr, sie wollte so berührt werden, dass sie wusste, sie war in ihrem Körper, wusste, was das hieß, und sie hoffte, dass Lennie das verstand. Das Laken unter ihr war sauber und wunderbar rauh. Als Lennie ihre Brüste berührte, ihren Bauch, das Ende ihres Rückgrats, Stellen ihres Körpers, denen sie so lange gleichgültig begegnet war, begannen sie sich zu öffnen, eine nach der anderen, sich zu lösen, zu offenbaren, alle Zurückhaltung aufgebend. Es war, als würde sie einer starken, heftigen Bewegung nachjagen, und doch wollte sie vollkommen still sein, und still zu sein war unmöglich. Aber Lennie war unfehlbar, sie folgte ihr, ließ sie nicht verlorengehen. Mrs. Medina dachte an Fliegen, an Aufsteigen, an ihren Atem, der laut und beharrlich war. Dann hörte sie auf zu denken. Und als Lennie sie an die Schwelle brachte, die zu erreichen sie nicht für möglich gehalten hatte, umklammerte sie sie mit den Schenkeln, und sie krallte sich so fest in ihr Haar, als wäre sie fünfunddreißig und das alles gewohnt, und sie flehte Lennie an, sie hinüberzubringen. Und das tat Lennie.

Später weinte Mrs. Medina ein wenig, besaß aber nicht die Kraft, sich übers Gesicht zu wischen, und so liefen ihr die Tränen über die Wangen, in die Ohren und nässten das Kissen. Lennie döste an ihrer Seite. »Danke, danke, dafür liebe ich dich«, flüsterte Mrs. Medina. Sie hörte die Dusche tropfen, wie eine widerhallende Erinnerung.

Sie wartete, bis Lennie erwachte, dann zog sie sie an sich und küsste sie sanft und dann heftiger. Schließlich lehnte Lennie sich zurück und lachte. »Wie – noch mal?« fragte sie.

»Ja. Ja.«

Anschließend dösten sie wieder.

Als Mrs. Medina erneut aufwachte, schmiegte Lennie sich eng an sie, die Lippen an ihrem Nacken. »Mmmhhh«, machte sie, und Mrs. Medina lächelte. Nach einer Weile fragte sie mit einem winzigen Anklang von Zaghaftigkeit: »Wann hast du gemerkt, dass du lesbisch bist? Oder sagt man homosexuell? Ich meine, gab es – Anzeichen, die es dir gesagt haben?«

»Ich wusste es einfach«, antwortete Lennie lächelnd und mit geschlossenen Augen. »Man weiß es einfach. Manche Menschen brauchen etwas länger, um es zu kapieren.«

»Ich schätze, manche Menschen kapieren es nie. Weißt du es – siehst du es anderen Menschen an?«

»Dir hab ich es angesehen.« Mrs. Medina wich überrascht zurück. »Bei dir war es einfach.«

»Fast sechs«, flüsterte Lennie ihr ins Ohr.

Mrs. Medina öffnete die Augen.

Lennie lächelte. »Fast sechs«, wiederholte sie.

»O Gott«, stöhnte Mrs. Medina. Sie reckte und räkelte sich, zerschlagen. »Wo ist das Telefon?«

Nikki war noch bei Patrick, und sie erklärte sich bereit, zu bleiben und ihm sein Abendessen zu machen. »Wo ist sie?« hörte sie ihn im Hintergrund rufen.

»Ich bin spätestens um acht da«, sagte sie. Sie ließ sich zurücksinken und beobachtete Lennie im Badezimmer, verfolgte die Wölbung ihres Körpers, als sie sich über das Waschbecken beugte.

»Haben wir Zeit genug für den Zimmerservice?« fragte Lennie über die Schulter.

Mrs. Medina war stolz auf das zerwühlte Bett, aber sie wollte nicht, dass jemand anders es sah. Sie ließen sich unten in einer der dämmerigen Bars zu einem Drink nieder, und Mrs. Medina trank einen ihrer seltenen Scotches, einen Chivas, der wie goldene Seide im Mund war, und Lennie bat den Pianisten, »Stairway to Heaven« zu spielen. Sie sah sehr zufrieden mit sich aus.

Sie standen auf dem Gehweg in der Abendkühle – die Stadt im Herbst, das fließende Lebenselixier der Autos, die strahlenden Lichteraugen.

»Aha«, sagte Lennie. »Du hast einen Knopf an deiner Bluse vergessen.«

»Kümmer dich nicht um meine Kleidung. Ich ziehe sie einfach aus.«

»Du wirst einer aufmerksamen Musterung unterzogen werden, wenn du heimkommst.«

»Mach dich nicht über mich lustig.«

»Lass mich doch. Gehst du zu Fuß?«

»Ich werde einfach schweben.«

»Ich werde dir nachblicken.«

»Rufst du mich an?«

»Klar.«

»Willst du immer noch zu diesem Film im Kunstmuseum gehen? Am Freitag?«

»Mal sehen, wie's Freitag aussieht.«

Mrs. Medina hätte am liebsten die Arme um Lennie geschlungen, um sie am Gehen zu hindern, als ob das, was zwischen ihnen geschehen war, mir ihr zusammen verschwinden würde. Ein kühler Wind fegte über den Park Square.

Lennie beugte sich zu ihr und küsste sie aufs Ohr. »Mach dir keine Sorgen«, sagte sie. »Wir werden es wiederholen.«

Patrick war nicht glücklich, und er hatte sein Abendbrot nicht gegessen. »Er hat auf Sie gewartet.« Nikki lächelte. »Ich bin weg. Bis nächste Woche.«

»Danke, dass du geblieben bist, Nikki.«

»Wo warst du?« fragte Patrick.

»Hast du seit sechs Uhr die ganze Zeit hier gesessen und mit dem Abendessen gewartet?« fragte sie und steckte ihm die Serviette in den Kragen. »Hier, Nikki hat dir Maccaroni mit Käsesauce gemacht.«

»Ich will das nicht. Setz dich. Was isst du?«

»Ich esse auch davon«, erwiderte sie, aber sie hatte keinen Appetit auf Essen.

Widerstrebend nahm er die Gabel zur Hand.

»Ich war mit Lennie zu einem späten Mittagessen verabredet, das wusstest du, und es – zog sich dahin.«

»Wird das jetzt immer so sein? Ist das auch Teil meiner neuen Lebensrealität?«

»Nein, natürlich nicht.« Als sie ihre Gabel zum Mund führte, begegnete sie Lennies mildem Duft auf ihren Fingerkuppen, und der Wind drückte heftig gegen die Fenster.

»Windig«, sagte sie mit trockener Kehle.

Er kaute nachdenklich. »Vielleicht sollte Nikki hier einziehen«, meinte er.

»Dazu besteht kein Grund.« Aber sie hatte darüber nachgedacht.

Als sie aufsah und ihn anblickte, waren seine Augen tränenerfüllt.

»Weißt du nicht, dass ich will, dass du glücklich bist?« sagte er.

»Natürlich weiß ich das.«

»Warum hat sie nicht gewartet, bis ich über 'n Jordan bin?«

Mrs. Medina lächelte. »Wir finden eine Lösung, Patrick.« Sie schenkte sich ein kleines Glas Wein ein.

»Zu wessen Nutzen?« fragte er und wandte den Kopf. »Ich will ja nicht selbstsüchtig sein, aber zu wessen Nutzen? Ich bin auf dem Weg hinaus, aber ich brauche ein wenig Unterstützung.«

Sie stand auf, ging um den Tisch herum und trat hinter ihn. Sie schlang die Arme um seinen Hals. »Ich werde dich nie verlassen«, sagte sie.

»Das ist nicht das Problem, verdammt noch mal. Ich weiß, dass du mich nie verlassen wirst!« Er lehnte den Kopf gegen ihren Arm und atmete einen Moment kurz und flach. »Ich wünschte, ich wollte dich nicht so viel um mich haben. Das raubt mir die Rüstung.«

Sie küsste ihn auf den Scheitel. »Wir spielen heute abend Gin Rummy, wie wär's?«

Er antwortete nicht. Einen Augenblick später meinte er: »Frieden! Frieden! Solltest du in deinem Alter nicht Frieden suchen?«

»Ich habe fast mein ganzes Leben lang Frieden gehabt, Patrick.«

Er nickte. »Und nun willst du einen kleinen Krieg.«

Sie half ihm hoch, und sie gingen Hand in Hand langsam in sein Zimmer hinüber. Der Wind nahm zu; er riss und rüttelte an den Fenstern. Sie hätte sich am liebsten ins Bett verkrochen und träumend dagelegen. Statt dessen spielten sie ein paar Runden Gin Rummy; dann legte er mit Bedacht eines der Brandenburgischen Konzerte auf, und sie saßen beide still da; sie hörte zu, er döste vor sich hin.

Ja, das ist Frieden, dachte sie, *und ich bin ihn nicht leid.*

Doch jetzt wusste sie auch um die grobe Textur des Komplizierten, das den Frieden verjagen konnte. Die grobe Textur des Ungewissen, des Möglichen. Und sie wusste, dass der Frieden sie dort niemals finden würde.

Aber vielleicht würde sie ihn auch nicht vermissen.

Als sie Patrick am nächsten Morgen weckte, war er verwirrt. Er wusste nicht genau, wo er war und wer sie war. Er nannte sie »Lily«, ein Name, den er nie zuvor erwähnt hatte, und bestand darauf, dass sie ihm die Füße massierte und ihm in die Schuhe half.

»Patrick, Patrick«, sagte Mrs. Medina.

»Beeil dich«, erwiderte er. »Ich habe dir nur eine Nacht versprochen.« Seine Augen waren auf das Fenster geheftet, oder auf etwas, das er dahinter erblickte. Dann sah sie, dass sein Pyjama feucht war. Sie half ihm auf die Füße, führte ihn ins Bad und zog ihn aus. »Du bist ja eine ganz schön heiße Nummer«, sagte er. »Du kriegst wohl nie genug, wie?«

»Ab in die Dusche«, sagte sie. Dann sank er ihr in die Arme und schien für einen Augenblick das Bewusstsein zu verlieren. Es gelang ihr, ihn auf den Rand der Badewanne zu setzen.

»Bring mich einfach zurück ins Bett«, murmelte er gereizt. »Meine Beine haben mich im Stich gelassen.«

Sie rief Harry Max an und hatte Glück – sie erwischte ihn zwischen zwei Patienten.

»Aha«, sagte er. »Ich schicke einen Krankenwagen.«

»Ich wünschte, du würdest vorbeikommen«, sagte sie, »um zu sehen, ob es wirklich unumgänglich ist. Er ist jetzt wach und bei klarem Verstand.«

»Was habe ich letzte Woche gesagt, Mercedes? Ich will, dass er ins Krankenhaus geht, und ich möchte einige Tests machen.«

»Er wird dem nicht zustimmen, Harry. Das weiß ich jetzt schon.«

»Nun, dann musst du eben zustimmen.« Und sie wusste, dass sie das musste. »Na schön«, sagte Harry seufzend. »In einer halben Stunde muss ich zum Brigham Hospital. Ich komme auf dem Weg vorbei.«

Als sie zu Patrick zurückkehrte, saß er aufrecht im Bett. »Hm, ich bin irgendwo gewesen«, sagte er, »aber wo zum Teufel war ich?«

Sie lachte. »Du warst bei Lily«, sagte sie.

»Lily? Lily Conover aus Little Compton?«

»Keine Ahnung.«

»Na, das ist doch nicht zu fassen! Die alte Lil. Ist gekommen, um mich zu holen, ja?«

»Diesmal hat sie dich nicht gekriegt. Harry Max kommt gleich vorbei. Ihm kannst du von Lily Conover erzählen.«

»Gibt keinen Grund für Harry zu kommen. Ich will meinen Kaffee. Und warum bin ich benackt?«

»Benackt ist kein Wort.«

»Ich bin splitternackt, wie Lil immer gesagt hat.«

Sie war verzweifelt darum bemüht, seine gute Laune zu befördern. »Ich bringe dir das Frühstück ans Bett. Was hättest du gern?«

»Eier. Eier und Toast und eine gegrillte Tomate.«

»Patrick, wir haben November. Du magst keine Tomaten, die später als Ende August auf den Markt kommen.«

»Stimmt. Sie schmecken wie rohe Kartoffeln, nicht? Na schön. Eier und Toast. Hier, fühl mein Herz. Schlägt froh und munter.«

Sie legte die Hand auf seine Brust und erschrak, denn was sie spürte, war das Flattern eines Vögelchens, das zu entkommen suchte.

»Nun, er weigert sich mit aller Macht, Mercedes«, sagte Harry später. »Hier zu Hause ist er glücklicher, also lass ihn bleiben. Es mag sich um kleine Anfälle handeln, aber ohne Tests kann ich nichts Definitives sagen. Er weist keine Lähmungserscheinungen auf. Im Moment ist er bei klarem Verstand. Ich habe Klartext mit ihm geredet, und er weiß Bescheid.«

»Vielleicht redest du mit mir auch Klartext.«

»Na schön. Er kann es noch eine Weile machen, er könnte aber auch heute nacht im Schlaf sterben. Sein Herz ist schwach, sein Körper erschöpft. Seine mentalen Funktionen sind beeinträchtigt. All das weiß er, es ist nichts Neues. Aber du kümmerst dich gut um ihn, und er besitzt einen eisernen Willen. Das steht auf der Plusseite.«

»Ja.«

Er reichte ihr ein Rezept. »Ich möchte, dass er ein neues Medikament ausprobiert. Könnte gegen die kleinen Anfälle helfen.« Er legte ihr den Arm um die Schultern. »Jetzt muss ich gehen.«

»Harry, du legst zu«, sagte sie. »Allmählich füllst du die schönen Anzüge aus, in denen du immer herumstolzierst.«

»Und dir geht es auch gut, Mercedes?«

»Ja, danke.«

Er schlüpfte in seinen Regenmantel. »Unterrichtest du diesen Herbst?«

»Nein, erst ab Ende Januar wieder.«

Er küsste sie auf die Wange. »Du kannst mich jederzeit anrufen. Die können mich anpiepsen.« Er zeigte ihr den Piepser an seinem Gürtel.

»Hör auf, mit meiner Frau rumzuschäkern, Harry!« rief Patrick aus seinem Zimmer. »Sonst komme ich raus und zieh dir mit meinem Louisville Slugger eins über!«

»Er hat wirklich einen«, sagte Mrs. Medina.

»Ich auch.« Er strich über seinen kleinen grauen Schnauzbart. »Irgendwo hinten im Schrank. Die alten Baseball-Schläger sind heutzutage ziemlich wertvoll, weißt du.«

17

Sie schaffte es schließlich, sich mit Valentina Bird zum Tee zu verabreden. Als Tina atemlos in der Tür stand, wurde Mrs. Medina klar, wie abgeschieden ihre liebesselige Welt geworden war. Sie betrachtete Tina als eine verblüffende Verbindung zu einer fernen Lebensweise, die ihr immer fremder wurde, und zugleich als Repräsentantin einer neuen finsteren Bedrohung, die sie durchaus zu verletzen vermochte. Doch es war schwer, sich beim Anblick ihrer alten Freundin nicht zu freuen, und sie umarmte sie energisch.

Tina hielt sie an beiden Schultern von sich und musterte sie kritisch. »Du bereitest mir viel Kummer«, sagte sie und schüttelte den Kopf. »Du bist stumm gewesen wie die Sphinx.«

»Ich hoffe, es hat dir nichts ausgemacht hierherzukommen, Tina. Ich möchte ein Auge auf Patrick haben.«

»Natürlich nicht. Wie geht es ihm?« fragte Tina und eilte zur Couch hinüber. »Stört es dich, wenn ich rauche? Gibt's hier irgendwo Sauerstoff? Na ja, ich versuche ohnehin aufzuhören.«

»Hör auf, hier rumzurennen und setz dich. Komm erst mal zur Ruhe.«

Tina stammte von Antigua und trug vorzugsweise Kleider aus roten und goldenen Stoffen, die ihren Körper in langen Falten umschmeichelten. Ihre Haut hatte die Farbe süßen dunklen Rums, und ihre Ohrringe waren gewöhnlich riesig und stets hinreißend. Sie sprach fließend sieben Sprachen und liebte es, die Geschichte des liberischen Stammesoberhauptes zu erzählen, der angeboten hatte, sie für fünf Ziegen zu kaufen, als sie nach der Graduate School dort gearbeitet hatte. Patrick bat sie bei jeder Begegnung, die Geschichte noch einmal zu erzählen.

»Wo hast du gesteckt?« fragte sie Mrs. Medina. »Du hattest versprochen, mich anzurufen. Hast du deinen Anrufbeantworter erschossen?«

»Ich habe ihn ausgestellt. Ich dachte, er würde Patrick stören.«

»Ja, mich stören die Dinger auch immer.« Sie schlug einen großen Terminplaner auf. »Aber wir haben November, Mercedes. Wir haben eine Zusage von dir für dein übliches Wintersemi-nar. Du hast von all diesen Frauen gesprochen – Ginzburg, Deledda, vielleicht Marta Morazzoni ...« Sie blickte auf ihre Liste. »Ich muss wissen, welche Texte du verwenden willst.«

»Ich habe darüber nachgedacht.« Sie setzte sich auf das andere Ende der Couch. »Aber ich werde meine Meinung vielleicht noch ändern.« Sie blickte Tina an und sah ihre wachsamen Augen. »Möchtest du eine Tasse Tee? Ich habe Wasser aufgesetzt.«

»Lass uns zuerst die beruflichen Dinge regeln.«

»Ich habe kein Interesse mehr an italienischen Autorinnen. Ich bin die ewigen Geschichten über Familien und Ehemänner leid. All die Opfer.«

Tina machte sich eine Notiz in ihrem Terminplaner. »Gut.«

»Ich möchte etwas Stimmungsvolles, Poetisches zum Thema machen, etwas Freudvolles.«

»Gegen Freudvolles ist nichts einzuwenden.« Tina schloss ihr Buch. »Hast du schon näher darüber nachgedacht, Mercedes?«

»Nun ... ja ...« Sie lehnte sich zurück. »Also ... nein ... eigentlich nicht. Ich weiß nur, was ich *nicht* will. Ich will nicht über Selbstaufopferung und Familiengeschichte sprechen.«

»Wer könnte dir das verdenken?« Tina legte den Kopf schief. In ihren Ohrringen fing sich das Licht, goldene Kreolen, an denen aufgefädelte bunte Glasperlen baumelten. »Poesie und Freude also. Wen hast du im Sinn? Schwer, einen Italiener zu finden, der nicht einen Schuss Schwermut in der Seele hat.«

»Ich werde Calvino machen«, sagte sie plötzlich, »eine ausführliche Analyse von *Die unsichtbaren Städte.«* Sie stellte sich vor, welch ein Vergnügen es wäre, jede Woche in dieses Werk einzutauchen. Es wäre, wie mit der Musik von Bellini zu leben.

Tina schürzte die Lippen und schlug ihren Terminplaner wieder auf. »Ich hätte gern, dass du ein Thema daraus entwickelst, Mercedes – und du solltest auf jeden Fall mehr als ein Werk behandeln. Nenn es magischer Realismus, die italienische Spielart. Wie auch immer. Fang vielleicht mit deinem Vittorini an, dem Realisten unter den Realisten, als Kontrastprogramm; anfangs ist er schwermütig, aber er wird heiterer.« Sie machte sich ein paar Notizen, dann schloss sie das Buch und legte es auf den Tisch. »Denk ein paar Tage darüber nach.«

»Gut. Gut, das mache ich.« Mrs. Medina schob die Zeitschriften auf dem Tisch penibel zusammen. Sie hatte das Gefühl, ihre italienischen Frauen im Stich gelassen zu haben, und empfand leichte Gewissensbisse.

Einen Augenblick saßen sie in angenehmem Schweigen da.

»Und?« sagte Tina dann. »Wie geht's mit deiner Arbeit voran? Nimmt die Übersetzung Gestalt an? Nächstes Semester habe ich einen Gastprofessor da. Er wird sie sich gern ansehen.«

»Ich hatte nicht viel Zeit, daran zu arbeiten, Tina. Ich dachte, es wäre so, aber Patrick ...« Sie legte die Hand an die Stirn.

»Was wirst du tun, wenn er dir nicht mehr als Entschuldigung dienen kann?« fragte Tina. Sie legte ihre Hand auf Mrs. Medinas. »Es tut mir leid, Mercedes. Ich mache mir Sorgen um dich.«

»Ich weiß«, erwiderte Mrs. Medina. »Lass mich eben den Tee aufgießen. Ich bin gleich wieder da.«

Als sie ins Wohnzimmer zurückkehrte, stand Tina am Fenster. »Die Bäume sind kahl«, bemerkte sie.

»Wie viele Studenten werden es sein, Tina?«

»Ach, eine kleine Gruppe, nicht mehr als fünfzehn.« Sie kehrte zur Couch zurück. »Ich hoffe, du überlegst es dir nicht anders, was das Seminar anbelangt. Sonst stecken wir nämlich in der Klemme.«

»Ich weiß.«

»Und es muss ganz einfach stattfinden.« Sie nahm sich ein Plätzchen, aß es aber nicht gleich. »Früher haben wir uns alle zwei Wochen zum Mittagessen getroffen, sogar als Patrick vor zwei Jahren fast an Lungenentzündung gestorben wäre. Was ist hier los? Bist du krank?«

»Nein, ganz im Gegenteil – ich bin sehr glücklich.«

»Wie bitte?«

»Ich bin glücklich. Es ist einfach so, dass in meinem Leben im Augenblick soviel passiert.«

»Patrick und –«

»Patrick und ... und ...«

»Mercedes, seit Wochen hat niemand von dir gehört. Seit über einem Monat.«

»Ich glaube, ich bin verliebt.« Plötzlich war sie in der Tat glücklich. Von Freude erfüllt. Von Liebe zu sprechen schaffte Klarheit, zum ersten Mal.

»Du lieber Himmel, ich hätte es mir denken können.« Tina lächelte. »Und es wurde auch Zeit, Madame. Aber du kommst dennoch nicht darum herum, den Kurs abzuhalten, nur falls dir dieser Gedanke in den Sinn gekommen sein sollte.«

»Das ist mir egal.«

»Und – magst du erzählen?«

Sie sah Tina zögernd an.

»Okay, erzähl, wenn du soweit bist.« Sie lachte und schüttelte den Kopf, dass das Gold hell aufblitzte. »Ich kenne dich.« Sie beugte sich vor und tätschelte Mrs. Medina das Knie. »Jetzt halte ich dir den Vortrag, den ich meinen Mädchen immer halte. Und ich meine es vollkommen ernst. Dies ist das Zeitalter der Plage, und deshalb musst du Verantwortung für dich übernehmen. Es ist mir egal, wie alt er ist oder wie alt du bist. Sex ist Sex. Macht ihr Safer Sex?«

»Was?«

»Kommen wir zur Sache. Du und ich treffen uns seit Jahren zu Tee und Gebäck, und wir sprechen über Bücher und Ehemänner und Orte und Politik, und du hast mir in sehr turbulenten Zeiten meines Lebens beigestanden. Ich hatte immer den Eindruck, dass du über fleischliche Gelüste nicht reden möchtest, und um ehrlich zu sein, hatte ich – bis auf die kleine Episode mit dem verrückten Joseph vor einigen Jahren – auch keinen Grund, das Thema anzuschneiden. Aber ich bezweifle, dass du dich unter diesem Aspekt in der wahren Welt auskennst, also muss ich dir als wahre Freundin mit meinem Rat zur Seite stehen.« Sie warf Mrs. Medina einen Blick zu. »Liebe Güte! Plötzlich schaue ich in das Gesicht meiner Tochter! Ich habe das Gefühl, dass du in ernsten Schwierigkeiten steckst. Was musst du wissen?«

»Ist das mein kleiner Vogel da draußen?« ließ sich Patricks Stimme krächzend vor Schlaftrunkenheit vernehmen.

»Wir reden später weiter«, sagte Mrs. Medina und stand auf. »Ja, Patrick, es ist Tina. Möchtest du Tee? Wir kommen zu dir.«

Tina ergriff ihr Handgelenk. »Du bist nicht etwa schwanger, oder? Ein außergewöhnlicher Fall von Pech? Ich hätte gedacht, dass du längst drüber hinaus bist, dir über diesen speziellen Umstand Sorgen machen zu müssen.«

Mrs. Medina lachte, doch es klang schrill. »Nein, darüber muss ich mir keine Sorgen machen.« Sie hatte gehofft, ihre Freude mit Tina teilen zu können, aber nun war sie unsicher. Safer Sex! Es war wirklich absurd. »Was hast du für mich zu unterschreiben? Und ich schätze, du gibst mir besser einen Terminplan.«

»Tina! Flieg auf der Stelle herbei! Ich muss dir was zeigen.«

»Was muss er mir zeigen?« fragte Tina.

»Ich habe keine Ahnung. Geh nur, ich hole den Tee. Und, Tina – Thanksgiving? Die Einladung steht noch. Bring mit, wen immer du willst.«

»Das lasse ich mir nicht entgehen. Gib mir Bescheid, was ich mitbringen soll.« Sie küsste Mrs. Medina auf die Wange. »Ich bin froh, dass du glücklich bist. Du bist zu jung, um dich für den Rest deines Lebens hier zu vergraben. Patrick würde das verstehen.«

»Oh, Patrick versteht das.«

»Nun, dann versuch nicht, dein Glücklichsein zu verbergen. Im Augenblick siehst du ein bisschen spitz aus. Schau glücklich drein, wenn du glücklich bist!« Sie wiegte sich in den Hüften. »Und ruf mich nächste Woche an, egal, was du sonst noch vorhast.« Dann stolzierte sie auf ihren zehn Zentimeter hohen Pumps in Patricks Zimmer hinüber.

Tja, vermutlich bin ich wirklich ein bisschen weltfremd, sagte Mrs. Medina sich. Sie stand am Fenster und blickte auf die Straße hinunter. Dort war die Welt. Vollkommen gewöhnliche Menschen gingen vorüber: ein Fernmeldetechniker, an dessen Gürtel schwere geheimnisvolle Gerätschaften hingen; eine große blonde Studentin mit einem roten Rucksack und stacheligen Haaren, die schwarze Motorradstiefel anhatte; zwei junge Männer, die Händchen hielten! Und sie, Mercedes Medina, war von dieser Welt so getrennt wie die Glasscheibe sie von der Luft da draußen trennte, die sie weder riechen noch auf ihrer Haut spüren konnte.

»Merce!« rief Patrick. »Wir wollen Tee trinken!«

In einem vollkommen gewöhnlichen Augenblick eines gewöhnlichen Tages – wenn sie Patricks Abendessen aus dem Ofen nahm oder die grünen Bohnen im Star Market begutachtete –, tauchte der lebhafte Anblick von Lennies Mund, der sich ihrem näherte, vor ihr auf, und dann hielt sie inne, verharrte reglos.

In der Nacht erwachte sie und lag still da und lauschte auf das Tröpfeln eines vorhergehenden leichten Regens. Sie streckte den Arm aus; sie wusste, dass sie allein war, aber sie wollte die Stelle ertasten, wo Lennie gewesen war, vielleicht noch hätte sein können. Sie überlegte, ob es an der Zeit war, eine Entscheidung zu treffen.

»Sei nicht so ernst«, sagte Lennie gern. Wenn es um Sex ging oder um die Zeit, die davonstürzte.

»Verlass mich nicht.« Das hatte Patrick nicht explizit gesagt, aber sie hatte ihm dennoch versprochen, das niemals zu tun.

Sie schüttelte sich, setzte sich auf und machte Licht.

Es war so ungewöhnlich still, dass sie jemanden auf der Straße vorübergehen hörte, pfeifend, sieben Stockwerke unter ihr. Sie liebte diese nächtliche Stunde. Sie machte das Licht wieder aus und ging zum Fenster hinüber.

Etiketten spielten keine Rolle. Wie sie sich bezeichnete. Das hatte sie hinter sich gelassen. Und es sollte keine Rolle spielen, ob nach Lennie jemand kommen oder ob Lennie noch lange Zeit für sie da sein würde. Sie würde sich dem Menschen hingeben müssen, nicht einer Vorstellung und allem, was damit zusammenhing. Bedingungslos.

Sie ging den Korridor hinunter zu Patricks Zimmer. Er schlief auf dem Rücken, mit offenem Mund; er atmete langsam, aber ohne Mühe. Sie beugte sich zu ihm herab und legte ihre Hand auf seine kühle Stirn.

»Es tut mir leid«, sagte sie. »Es tut mir leid. Es tut mir leid.«

Doch sie hatte ihm ein wundervolles Leben geschenkt. Sie hatten wunderbare Zeiten miteinander verlebt. Und sie würde ihn aus dem Leben hinausgeleiten.

Zurück in ihrem Zimmer nahm sie den Telefonhörer auf und wählte Lennies Nummer, ohne sich darum zu kümmern, wen sie weckte.

Kenny antwortete nach dem ersten Klingeln.

»Ist Lennie –« setzte sie an.

»Ey, ist aber auch Zeit, dass du anrufst. Sag Ray, sie ist auf dem Weg. Aber sie wartet an der anderen Stelle auf ihn. Hast du die Hausnummer?«

Mrs. Medina wusste nicht, was sie sagen sollte.

»Hast du sie?«

»Nein.«

»Eins-null-drei. Eins-null-drei Rutland, erster Stock. Aber sag Ray, er soll seinen Arsch in Bewegung setzen. Leute wie euch hab ich satt, und sie wird nicht warten.« Sie legten beide auf.

Am nächsten Abend kamen sie und Lennie gegen halb zehn aus dem Kino im ICA, dem Museum für zeitgenössische Kunst. Es war kalt geworden, und eine unwirtliche Feuchtigkeit lag in der Luft. Sie hatten *La Notte* gesehen.

»Worum ging es überhaupt?« fragte Lennie mit einem kleinen Schauder. »Das zog sich ja endlos. Zuviel Gerede. Zu viele Komplikationen.«

»Ach«, sagte Mrs. Medina, »so kompliziert ist es doch gar nicht.« Sie sagte es fast entschuldigend, denn es war einer ihrer Lieblingsfilme. »Zwei Menschen, die sich einst nahe waren, haben sich entfremdet. Das wird ihnen klar. Es ist eine Tragödie, aber die Tragödie besteht darin, dass es sie nicht kümmert. Niemanden kümmert es.«

»Diese ganzen Schwarzweißfilme sind mir sowieso immer zu ernst.«

»Ach, komm schon.« Mrs. Medina ergriff ihren Arm. »Komm mit mir in den Star Market. Ich muss ein paar Sachen einkaufen. Hast du Zeit?«

»Ja, ich denke schon.«

Mrs. Medina hatte sich darauf gefreut, mit Lennie gemächlich durch die Gänge zu bummeln, die Häuslichste aller Vergnügungen. Aber dann konnte Lennie sich nicht vom Hummerbecken losreißen, und Mrs. Medina besorgte rasch Eier, Käse und Toilettenpapier und eilte zur Kasse. Dann traten sie hinaus und gingen die Boylston Street entlang. Es war windig. Nach einigen Minuten ergriff Mrs. Medina das Wort. »Ich habe dich neulich Abend angerufen –«

»Ach, ja? Wann?«

»Mittwoch, glaube ich. Kenny war am Apparat.«

»Muss sehr spät gewesen sein. Er hat mir nichts davon gesagt.«

»Er hat gedacht, ich wäre jemand anders. Du warst unterwegs, hast etwas ausgeliefert, hat er gesagt.«

Lennie schwieg einen Augenblick. Dann sagte sie: »Er muss im Tran gewesen sein.«

Mrs. Medina blieb stehen. Sie standen an der Ecke, unter der hellen Markise des Lenox Hotels, und ein scharfer Wind wehte durch die Exeter Street vom Fluss herüber. »Ich weiß nicht«, sagte sie. »Was genau ist das, das du für ihn erledigst?«

»Am Mittwochabend bin ich erst spät heimgekommen. Ich war nicht mal zu Hause.«

»Ja, ich weiß.«

»Höre ich da einen verkappten Vorwurf?« sagte Lennie mit einem kleinen Lächeln.

»Nein. Kein Vorwurf.« Mrs. Medina überquerte die Boylston Street und ging rasch die Exeter Street hinunter auf die Lichter der Newbury Street zu.

»Was ist dann das Problem?« Lennie hielt mit ihr Schritt.

»Ich mache mir bloß manchmal Gedanken – über Kenny. Über dich und Kenny. Das ist alles. Ich frage mich – ach, ich weiß auch nicht.«

»Um Kenny brauchst du dir keine Sorgen zu machen. Das habe ich dir schon mal gesagt.«

»Das meine ich nicht. Egal, vergiss es.« Doch sie spürte eine gewisse Bitterkeit in sich aufsteigen, das Gefühl, dass Lennie ohne weiteres fortgehen könnte, ungeachtet dessen, was sie oder sonst jemand wollte. Sie konnte aus irgendeinem von hundert Gründen fortgehen, und Kenny war nur einer davon. Ihre Verletzlichkeit war offenkundig. Also ging sie einfach weiter, schweigend.

»Ich bin nicht blind, was seine Macken angeht«, sagte Lennie einige Augenblicke später. »Ich würde allein leben, wenn ich es mir leisten könnte.«

Sie kamen an die Ecke Newbury Street, und Lennie blieb stehen. Sie legte Mrs. Medina die Hände auf die Schultern und sagte: »Mrs. Untadelig.«

Mrs. Medina schüttelte sie verärgert ab und sah hinüber zu der Schlange, die sich vor Friday's gebildet hatte. Der schwere, übelkeiterregende Geruch von heißem Hamburger-Bratfett drang in Schwaden aus einem Abzug. Die Lichterketten in den Bäumen erinnerten sie daran, dass sie sich überlegen musste, was sie zu Thanksgiving auf den Tisch bringen wollte. Dieses Jahr vielleicht mal Ente? Nein, das wäre vermutlich zu schwer für Patrick.

»Okay«, sagte Lennie. »Ich gehe nach Hause.«

»Na, dann mal los.« Sie küsste Lennie leicht auf die Wange und gab ihr einen winzigen Schubs.

Lennie wandte sich um und überquerte die Straße. Ein Auto fuhr vorüber, mit pochendem Rap. Mrs. Medina sah zu, wie sie fortging. Der Wind zerrte an ihrem Mantel, und ihr schmerzten die Knochen. Sie umklammerte ihre kleine Tasche: Eier, Käse, Toilettenpapier, gewöhnliche Konsumgüter für ein gewöhnliches Leben. Sie stellte sich Lennie an ihrem Thanksgiving-Tisch vor, mit einem Mahl, das sie gern kochte, das Haus voller Blumen, Kerzenschein. Patrick nahm den Vogel mit einem Messer in Angriff, das so groß war wie das Konföderiertenschwert seines Großvaters. Sie wusste, dass diese Szene schon seit geraumer Zeit in ihrem Kopf gewesen war und gewartet hatte. Die späte Nachmittagssonne schien schräg ins Zimmer, die Stadt war still.

Sie warf den Arm hoch. »Warte!« rief sie in die Dunkelheit und hastete, den Autos ausweichend, über die Straße. »Warte!«

Sie hörte das Schubert-Trio, noch bevor sie den Schlüssel ins Schloss steckte. Lennie sah sie fragend an. »Nun, zumindest wecken wir ihn nicht«, sagte sie.

Er kam sogar aus seinem Zimmer herbeigetrottet, als sie die Tür hinter sich schlossen. Seine kleinen Haarbüschel standen ihm zu Kopf. Seine Augen strahlten. Er machte ihr angst.

»Merce, sie haben uns angefragt!« Lennie beachtete er überhaupt nicht.

»Patrick, ist dir nicht kalt?« Er trug sein ausgeblichenes Celtics-T-Shirt und viel zu große grünkarierte Boxer-Shorts.

»Santino hat angerufen. Sie wollen uns – sie wollen das Trio – sie haben das alte Trio Riviera für die Thanksgiving-Zusammenkunft in der Jordan Hall angefragt.«

»Was für eine Zusammenkunft?« Sie hatte den Mantel noch nicht ausgezogen, und Lennie stand hinter ihr, reglos wie eine Statue.

Der zweite Satz des Schubert-Trios erklang lieblich durch die Wohnung. »Das werden wir spielen«, sagte er. »Das Trio in B-Dur. Unser Markenzeichen. Santino ist einverstanden.«

Mrs. Medina begriff nun, dass er von der alljährlich stattfindenden Marathonperformance sprach, die das Konservatorium organisierte: Sie trommelten alle zusammen, die jemals in der Jordan Hall gesungen oder gespielt hatten. Sie war entsetzt. Sie musste sofort Santino anrufen.

»Ich schätze, du machst dir Sorgen, was den Zustand von Old Bess anbelangt.« Old Bess war sein Lieblingscello.

»Nein, um Bess mache ich mir keine Sorgen. Um dich mache ich mir Sorgen.«

»Um mich? Ich bin glücklich wie ein Bräutigam. Das erweckt mich wieder zum Leben.«

»Patrick, das Trio hat sich aufgelöst. Barbara hat schwere Arthrose, wie du weißt.«

»Und du glaubst, ich bin zu alt, um das noch zu bringen.«

»Das Schubert-Stück ist ziemlich lang. Ich werde mit Santino sprechen.«

»Ich kann meine eigenen Entscheidungen treffen, verdammt noch mal.« Er lugte um seine Frau herum und bemerkte nun Lennie. »Sie hat Sie also mit nach Hause geschleppt, ja?« sagte er, aber keineswegs unfreundlich. »Sie will mir in die Suppe spucken. Wie finden Sie das?«

Lennie lächelte.

»Also, ich trinke jetzt einen Schluck Black Jack. Leistet mir jemand Gesellschaft? Merce, hast du Eier mitgebracht? Ich werde ein großes Frühstück brauchen.« Er trottete in die Küche.

Mrs. Medina stellte ihre Einkäufe auf einen Stuhl. »Es wird ihn umbringen«, sagte sie.

»Ich finde, er sieht ziemlich glücklich aus«, meinte Lennie.

»Wo ist Bens Nummer, Merce?« rief Patrick aus der Küche. »Bess muss gestimmt werden.«

»Du musst ihn ja nicht gleich heute abend anrufen.«

Lennie ging ins Wohnzimmer und zupfte einige verblühte Anemonen aus einer Vase. Die restlichen arrangierte sie neu, und dann trat sie zurück, um sie zu betrachten.

»Bitte tu das nicht«, sagte Mrs. Medina.

Lennie wandte sich um. »Das ist wohl kein guter Abend, um hierzubleiben«, meinte sie.

Wie benommen umarmte Mrs. Medina sie kurz und öffnete dann die Tür. Sie war zornig, und obwohl Lennie nicht verantwortlich war für die unvermittelte Wendung der Dinge, war sie wütend auf sie. Es war nicht zu erklären. Eine halbe Stunde zuvor noch hatte sie sich gefragt, wann Lennie sie verlassen mochte. Jetzt stieß sie sie zum zweiten Mal an diesem Abend von sich, als wolle sie ihr zuvorkommen.

Sie wartete nicht mit Lennie am Fahrstuhl, und ohne ihren Mantel auszuziehen, ging sie in ihr Zimmer und schloss die Tür hinter sich. Doch der Schubert drang durch die Wände, Musik, die sie einst geliebt hatte, und schließlich setzte sie sich aufs Bett und starrte in die Dunkelheit. Patrick war wieder im Aufwind, und er würde sie mitnehmen, ob sie das nun wollte oder nicht.

18

»Santino, ich bin sehr wütend auf dich«, sagte sie am nächsten Morgen in aller Frühe am Telefon, während Patrick sich noch rasierte. »Ich kann mir nicht vorstellen, warum du beschlossen hast, ihn dermaßen zu schikanieren.«

»Schikanieren, Mercedes? Ich dachte, ich würde ihm etwas Gutes tun – die Menschen werden glücklich sein, ihn zu erleben. Vermutlich hat er es dir nicht erzählt – es kommen dermaßen viele Musiker, dass sie von uns nur das Allegro wollen, nur den ersten Satz, und den können wir in elf, zwölf Minuten spielen.«

»Sie haben ziemlich lange gewartet, bis sie dich angerufen haben, oder?«

»Nun ja, sie haben eine Weile gebraucht.«

Ihre Hand spielte mit der Telefonschnur. »Ich mache mir nicht nur Sorgen um die Aufführung, obwohl das riskant genug ist. Es geht um das, was vorher mit ihm passiert. Du weißt, wie er ist. Er ist die ganze Nacht herumgetigert – so aufgeregt ist er jetzt schon. Und dann dort vor Ort, hinter der Bühne, mit all den Leuten, die ihn kennen ... Wie können wir das unter Kontrolle halten?«

Santino schwieg.

»Santino, du weißt, er hat seine guten Tage und seine schlechten Tage, aber er kann jeden Moment sterben.«

»Er vermisst das Spielen.«

»Das weiß ich. Aber er ist auch sehr stolz. Willst du, dass er sich blamiert?«

»Das wird er nicht. Er kennt dieses Stück in- und auswendig – er spielt das im Schlaf.«

»Ich will nicht darauf herumreiten –«

»Was die Musik anbelangt, ist er bei vollkommen klarem Verstand.«

Sie seufzte.

»Mercedes, weißt du, wie glücklich ihn das machen wird?«

»Ja, natürlich weiß ich das. Aber ich bin nicht willens, sein Leben aufs Spiel zu setzen, um ihn glücklich zu machen.«

»Das ist eine merkwürdige Art, das zu betrachten.«

»Ich bin für ihn verantwortlich.«

»Das bin ich auch. Und Barbara ebenso.«

»Was ist mit Barbaras Händen?«

»Tun weh. Aber sie will spielen.«

»Dann sind meine Einwände wohl zwecklos.«

»Du kannst es natürlich verbieten. Ich werde deine Entscheidung auf jeden Fall akzeptieren.«

»Santino, du hast doch heute deine Solokarriere. Wir haben dich vor einigen Wochen in Pittsburgh den Berg spielen hören. Im Radio. Du warst großartig.«

»Danke.« Er schwieg kurz. »Mir würde es schwer zu schaffen machen, wenn mir jemals jemand sagen würde, ich könne nicht spielen. Selbst auf dem Totenbett.«

»Du bist jung. Patrick und Barbara – wie willst du die beiden mit durchziehen?«

»Ich werde sie nicht mit durchziehen müssen. Sobald wir angefangen haben, wird niemand etwas anderes als die Musik im Sinn haben.« Er lachte. »Es ist wie Sex, weißt du. Du denkst nicht – du machst einfach weiter, bis du fertig bist.«

Mrs. Medina errötete. Sie hörte, wie Patrick aus dem Bad kam, und sie wusste, dass sie besser schnell eine Entscheidung traf.

»Aber wir brauchen deine Hilfe, Mercedes. Patrick wird üben müssen, und das sollte er auch, aber du musst dabeisein und ihm zuhören und achtgeben, dass er nicht frustriert wird. Barbara und ich kommen zu euch, wenn es an der Zeit ist, zusammen zu üben.«

»Ich soll dafür sorgen, dass er sich nicht aufregt, Santino.«

»Du weißt am besten, wie du das anfängst.«

»Ich werde ein Gewehr nehmen und ihn erschießen müssen.«

Santino lachte. »Das wollte ich auch manchmal. Auf Tournee.«

»Du hast mich in eine üble Lage gebracht. Ich sage, er könnte sterben, wenn er mitmacht, und du sagst, er ist so gut wie tot, wenn er nicht mitmacht.«

»Nein. Ich sage nur, dass es ihn sehr glücklich machen würde.«

Sie hörte, wie Patrick in seinem Zimmer vor sich hin pfiff, vernahm das Klappern von Bügeln in seinem Kleiderschrank.

»Ich bin sehr skeptisch, was das Wort anbelangt, Santino. Man benutzt es als Vorwand für alles mögliche.«

»Vielleicht.«

»Was kann ich sagen? Sag ihnen: ja.«

»Danke, Mercedes. Ich rufe dich bald wieder an. Ich rufe dich morgen an.«

Sie saß still da, die Hand auf dem Hörer. Das war kein Job für Nikki. Es war unzweifelhaft ihr Job, und sie sollte sich um Patricks willen freuen. Aber sie dachte an Lennie. Sie hätte sie gern angerufen, doch was hätte sie sagen sollen? Wir sehen uns in zwei Wochen?

Meine beiden Kinder, dachte sie plötzlich.

»Eier!« rief Patrick und schritt den Korridor entlang.

Er saß am Frühstückstisch und wartete auf sie. Er roch gut nach Equipage und hielt Messer und Gabel aufrecht in den Fäusten. Er schenkte ihr ein munteres, durchtriebenes Lächeln.

»Gib hier nicht den Feldwebel«, sagte sie. Sie stellte den Teller vor ihn hin und setzte sich mit ihrer Tasse Tee zu ihm.

»Wo ist dein Frühstück?« fragte er. »Ich esse nicht gern allein.«

»Ich trinke Tee, und das muss genügen. Iss deine Eier, bevor sie kalt werden.«

»Wo bleibt mein Kaffee?«

Sie warf ihm einen erstaunten Blick zu. »Tja, du hast vergessen, ihn aufzusetzen. Ich bin es nicht gewohnt, den Frühstückskaffee zu machen. Dafür bist du zuständig. Du hast es mir oft genug verboten. Siehst du, und deshalb gibt es keinen Kaffee.«

Er nahm die Eier in Angriff. »Wenn schon.«

»Geschieht dir recht, wenn du die ganze Nacht herumturnst und singst. Und Figaro ist nicht gerade deine Rolle, mein lieber Patrick.«

Er legte die Gabel hin und sah sie scharf an. »Was ist dir denn heute morgen über die Leber gelaufen? Was ist mit deinem kleinen Häschen? Gestern abend davongehoppelt?«

»Ich habe sie weggeschickt. Ich konnte mich nicht um euch beide auf einmal kümmern.«

»Aha.« Er zog ein großes rotkariertes Taschentuch hervor und putzte sich geräuschvoll die Nase. »Ich wollte euch beiden einen Drink anbieten und euch dann ins Bett schicken.«

Sie betrachtete ihn einen Moment. Seine Augen waren klar, es gelang ihm zu essen, ohne viel von der Gabel fallen zu lassen, und er erinnerte sich sogar daran, dass Lennie am Abend zuvor dagewesen war. Er trug sein grün-schwarz kariertes Lieblingshemd und eine schwarze Krawatte, die gut dazu passte. Noch vor knapp einer Woche hatte sie ihn fast zur Dusche tragen müssen.

Sie stand auf und holte seine verschiedenen Pillenfläschchen von der Mahagoni-Anrichte hinter ihm.

»Die kriege ich ohne Kaffee nicht runter«, sagte er und zermalmte ein Stück Toastkruste.

»Das wird schon gehen. Saft trinkst du nicht, aber ich hole dir Wasser.«

Als sie zurückkehrte, meinte er: »Weißt du, es ist wunderbar, dass ich immer noch fast all meine Zähne habe. Daran musste ich gerade denken, als ich meinen Toast gegessen habe. Falsche Beißerchen ruinieren den Geschmacksinn, und man hört sie überall immer klicken. Charley Eagle war so einer. *Klick, klick, klick.* Hat mich verrückt gemacht. Perücken ebenso. Hat mich nie gestört, dass meine Haare futsch gingen. Frauen finden das sexy – Glatzköpfe. Was meinst du?«

»Bitte nimm deine Pillen.«

»Ich habe gute Gene, glaube ich. Meine Großväter waren beide potent wie Bullen und glatzköpfig wie Wassermelonen.«

Sie stand abwartend da.

»Lass sehen«, meinte er, »zwei rote und eine grüne zum Frühstück, richtig?«

»Zwei rote und eine gelbe.«

Er schluckte sie alle auf einmal.

»Danke«, sagte sie.

»Ich betrachte sie als meine Kraftpillen. Warum fastest du heute morgen?«

»Ich faste nicht. Ich habe bloß noch keinen Appetit.«

»Du solltest essen, wenn ich esse. Wir sollten zusammen essen.«

»Hör auf, Patrick!« Sie war selbst schockiert, als sie merkte, dass sie mit der Faust auf den Tisch gehauen hatte. Sie setzte sich und barg das Gesicht in den Händen.

Nach einer Weile sagte er: »Ich wusste, dass du Santino anrufen würdest, aber ich hatte gedacht, du würdest bis nach dem Frühstück warten. Er hat ein Kind, weißt du.«

»Tony ist fast zwanzig, Patrick.«

»Ach, tatsächlich? Was spielt er? Vermutlich nicht Geige wie sein alter Herr.«

»Ich habe Santino tatsächlich angerufen. Ich war wütend, es konnte nicht warten.«

»Susan Hayward hat diesen Satz einmal gesagt. Es war in diesem Film über das Animiermädchen –«

»Wirst du deine Entscheidung, bei diesem Thanksgiving-Konzert zu spielen, noch mal überdenken?«

»Warum sollte ich? Sie haben uns gefragt. Es ist eine Ehre. Barbara und Santino zählen auf mich. Und überhaupt, Santino hat bereits zugesagt.«

»Er könnte problemlos absagen. Es kommen genug andere Musiker«, meinte sie.

»Hast du ihn gebeten abzusagen?«

»Ja, das habe ich.«

»Was hat er gesagt?«

»Er hat gemeint, es wäre mein Job.«

»Dein Job? Das hat er zu dir gesagt? Er hat dir gesagt, du könntest *in meinem Namen* absagen?«

»Patrick, ich bin davon ausgegangen, dass wir diese Entscheidung gemeinsam treffen würden.«

Er stand auf, das erste Mal an diesem Tag ein wenig zittrig. »Noch bin ich nicht tot, auch wenn ich mit einem Bein im Grab stehe, Mercedes. Du lässt die Finger von meiner Musik. Wenn ich spielen will, dann spiele ich, und du wirst Santino nicht sagen, dass er absagen soll. In meiner ganzen Karriere habe ich nur zweimal ein Konzert abgesagt. Ich habe einen Ruf zu verlieren.«

Ihr Job begann. Sie musste ihn beruhigen, und zwar schnell.

»Wenn du Santino sagst, er soll absagen, dann werfe ich das komplette Minton-Porzellan deiner Mutter auf die Commonwealth Avenue«, sagte er mit bebender Stimme.

Sie musste lachen. »Setz dich, Patrick.« Sie stand auf, fasste ihn bei den Schultern und drückte ihn auf seinen Stuhl hinunter. Dann küsste sie die Haarbüschel auf seinem Schädel. »Niemand wird in deinem Namen absagen, und ich schon gar nicht. Aber ich mache mir große Sorgen. Das kann ich nicht leugnen. Wir müssen realistisch sein, was deine Gesundheit anbelangt.«

»Wir spielen doch nur den ersten Satz, Merce. Ich kenne das Stück so gut wie meinen Pimmel. Das spiele ich im Dunkeln.

Wir spielen das in zehn Minuten runter.«

»Zwölf Minuten, sagt Santino.«

»Ja, Santino zieht das gern in die Länge. Er schneidet gern auf. Aber er denkt auch daran, es Barbara leichter zu machen. Leichter für ihre Hände. Barbara ist nämlich diejenige, über die wir uns Sorgen machen sollten.«

»All diese Sorgen. Ist es das wert?«

Er warf ihr einen Blick zu, und sie schämte sich augenblicklich. Ihm war es das alles offensichtlich wert. Wenn es ihr das alles nicht wert war, dann aus Gründen, die mit ihm vermutlich wenig zu tun hatten. Konnte das sein? Machte sie sich Sorgen, dass dieses Konzert ihn umbringen würde? Oder hoffte sie, dass es sie beide befreien würde?

Er trank einen Schluck Wasser und tupfte sich mit dem Taschentuch die Stirn. »Ich muss üben, weißt du«, sagte er, ohne sie anzusehen.

»Ja.«

»Ich muss dich um deine Hilfe bitten, Mercedes. Ich möchte es nicht, aber ich muss.«

»Wir werden das gemeinsam schon schaffen, Patrick.«

»Es wird möglicherweise mit deinem anderen Leben kollidieren.«

»Mit meinem anderen Leben?«

»Deiner neuen Leidenschaft.«

»Oh, ja. Meiner neuen Leidenschaft.«

»Aber nach Thanksgiving ist wieder alles beim alten. In weniger als zwei Wochen.«

Sie nickte. Zwei Wochen. *Zwei Wochen.*

»Vielleicht kannst du es wie eine Geschäftsreise betrachten. Du weißt schon, du bist eine Weile nicht verfügbar, so was in der Art.«

»Ich habe deine Musik nie als eine Art Geschäftsreise betrachtet.«

»Lass sie im Hintergrund dabeisein, wenn du willst.«

»Nein, ich glaube, diese Sache geht nur dich und mich etwas an.« Er war so beschwingt, er hätte ihr alles versprochen. Das Leben kehrte in ihn zurück, und ihr Sinn für Anstand sagte ihr, dass sie ebenfalls glücklich sein sollte, glücklich um seinetwillen. Statt dessen traf sie die Aussicht der kommenden Wochen wie der Klang des Hammers bei einer Auktion. Und sie würde sich nicht gestatten, es als etwas anderes zu betrachten, als es war.

»Hör mal«, sagte Patrick und beugte sich zu ihr vor. »Wenn du mir hierbei hilfst, dann kannst du dein Mädchen haben – du kannst in den Sonnenuntergang davonreiten und bist mir nichts mehr schuldig. Nikki wird bis zum Schluss bei mir bleiben. Sie braucht das Geld. Ich will dieses Konzert, so wie du dein Mädchen willst. Ich verstehe das. Du warst immer für mich da, und ich bin ein selbstsüchtiger Hund. Aber wenn du mir jetzt hilfst, kannst du hinterher unser Geld nehmen, was immer du willst, und mit ihr abhauen. Ich werde dich nicht suchen lassen, und ich werde dir nicht die Bullen auf den Hals hetzen.«

Sie wollte lachen, aber sie wusste, dass sie dann seine Gefühle verletzt hätte, und so tätschelte sie ihm bloß kurz den Arm und stand auf. »Warum ruhst du dich nicht eine Weile aus?« meinte sie.

»Aber ich finde schon, dass Ben sich Bess sofort vornehmen sollte«, fuhr er zögernd fort.

»Ich kümmere mich darum, Patrick. Geh du nur. Ich kümmere mich um alles.«

19

Für das Festessen an Thanksgiving einigten sie sich schließlich auf Truthahn mit Kastanienfüllung, dazu Kartoffelpüree für Patrick, Kranbeeren- und Apfelrelish, grüne Bohnen mit Dill, Maisbrot, Avocadosalat und Maispudding. Tina würde Yams mitbringen und Santino seine speziellen Zwiebeln in Sahnesauce – Mrs. Medina mochte weder das eine noch das andere essen oder zubereiten. Es würde reichlich Champagner, Cider und Wein geben, und als Vorspeise würde sie einfach eine große Schüssel Garnelen hinstellen. Patrick würde sich damit abfinden müssen.

Sie hatte Patrick mehrmals von dem Menü erzählt, aber am Abend vor Thanksgiving kam er auf Socken in die Küche, wo sie Sellerie für die Truthahnfüllung hackte. Im Ofen schmurgelten die Kastanien vor sich hin.

Patrick warf einen Blick in den Ofen. »Was sind das für kleine Dinger?« fragte er.

»Kastanien. Für die Füllung.«

»Die sind für die Truthahnfüllung?«

»Ja. Du magst doch Kastanienfüllung.«

»Du hast heute abend viel zu tun, Merce.«

»Ich dachte, ich bereite schon mal die Füllung vor.«

»Im Wetterkanal haben sie gerade eine Warnung ausgegeben.« Er ging zum Kühlschrank hinüber und öffnete ihn. »Wenn du einen Truthahn zu früh stopfst, vermehren sich die Bakterien und bringen all deine Gäste um.«

»Das scheint mir aber eine merkwürdige Warnung vom Wetterkanal zu sein. Schließ die Tür, Patrick, wenn du nichts aus dem Kühlschrank willst.«

Er knallte die Tür zu. »Brauchen diese Dinger denn ewig?«

»Ich nehme sie gleich raus.«

»Und dann?«

»Dann muss ich sie schälen, nachdem sie ein bisschen abgekühlt sind.«

»Du wirst die ganze Nacht zu tun haben.«

»Du könntest mir helfen.« Sie holte die Kastanien aus dem Ofen und schüttelte sie sachte.

»Überleg dir, was du sagst, Merce. Ich darf mir nicht die Finger verbrennen!«

Sie wandte sich ihm zu. »Patrick, was ist los? Brauchst du irgendwas?«

»Zum Teufel mit Thanksgiving. Ich denke an Samstagabend.«

»Erst mal müssen wir morgen das Essen hinter uns bringen.« Sie wischte sich die Hände an der Schürze ab und setzte sich an den Küchentresen. »Der Samstag kommt noch früh genug.«

Er trat leise hinter sie und legte ihr die Hände auf die Schultern. Er trug seine alte braune Tweedjacke, die weit und bequem war.

Sie lächelte. »Du solltest nicht auf Socken herumlaufen«, sagte sie. »Es ist schon zu kalt dafür.«

»Es gibt da eine Stelle bei Schubert, die mir keine Ruhe lässt«, sagte er und trat neben sie. »Ich verstehe sie nicht. Dieses Stück ist ein Teil von mir, es ist wie mein eigen Blut. Aber dann komme ich zu diesen Takten und erinnere mich einfach nicht mehr. Mein Kopf ist leer wie der Blick einer Kuh.«

»Du hast es eine Weile nicht gespielt, Patrick.« Sie benutzte ein kleines scharfes Messer, um die noch dampfenden Kastanien zu schälen. »Vielleicht wäre es besser, nach Noten zu spielen.«

»Kommt nicht in Frage. Ich brauche keine Noten. Man würde mich auslachen und davonjagen.«

»Das bezweifele ich.« Sie steckte sich eine Kastanie in den Mund, und die Hitze stieg ihr angenehm zu Kopf.

»Seit wann bist du so ein gefühlloses Weib? Das ist ein ernstes Problem.«

»Hast du dir die Noten angesehen?«

»Ja, hab ich.«

»Und es hat nichts genützt?«

»Nach Noten kann jeder spielen, Merce.«

»Was erwartest du von mir?«

»Ich möchte, dass du mit diesem Geschnippel und Gerühre hier aufhörst und mit in mein Zimmer kommst und mir hilfst, herauszufinden, was los ist.« Er wanderte unablässig im Kreis herum.

»Also gut. Aber lass mich das hier eben noch zu Ende machen. Und den Truthahn fülle ich nicht heute abend – es wird also keine Bakterieninvasion geben.«

»Vielleicht sollten wir Thanksgiving absagen.«

»Patrick! Warum?«

»Weil ich am Samstagabend ein Konzert habe! Mein Problem muss gelöst werden.«

»Wir werden Thanksgiving nicht absagen.«

»Ein Feiertag für Vielfraße.«

Sie lachte.

»Los, erzähl's mir«, meinte er. »Wer kommt morgen abend, um sich an meinem Tisch die Wampe vollzuschlagen?«

»Tina kommt, und ihre Tochter Sandra. Du magst sie beide. Santino und Daria, und später auch Tony, er muss erst zu einem Football-Spiel. Und ...« Sie schwieg einen Moment. »Und vielleicht kommt auch Lennie vorbei.«

»Wer ist das?«

»Patrick, geh in dein Zimmer zurück. Ich bringe das hier zu Ende, und dann nehmen wir uns den problematischen Abschnitt vor.«

»Ich bleibe und sehe zu, wie du das hier zu Ende bringst.«

»Na schön. Aber wenn du nicht nett sein kannst, dann sei still.«

»Du sitzt auf dem hohen Ross.«

»Du benimmst dich wie eine Primadonna. Dein Problem wird sich vermutlich ganz von allein wieder geben. Ich habe dich jetzt fast zwei Wochen lang üben hören. Du bist mühelos durchgekommen.«

»Bis gestern. Und Männer können keine Primadonnen sein.«

»Schön, dann gib du nicht die Ausnahme, die die Regel bestätigt.«

»Ha!« Er stieß ein heiseres kleines Lachen aus. »Du klingst ganz wie in alten Tagen, Merce. Habe ich dieses Problem früher schon mal gehabt?«

»Vermutlich. Ich erinnere mich nicht.« Sie wandte sich wieder ihrem Sellerie und den Zwiebeln zu.

»Ja. In Brüssel vielleicht, der Haydn, 1971 ...«

Sie überlegte, ob es zu spät war, um Lennie anzurufen. Lennie hatte offen gelassen, ob sie zum Essen kommen würde, aber etwas in ihrer Stimme hatte Mrs. Medina Hoffnung gemacht. Und sie hatte Blumen geschickt, ein wunderschönes Bouquet aus roten und cremefarbenen Lilien, das sie, wie Mrs. Medina sich voller Freude vorstellte, persönlich zusammengestellt hatte. Aber es war schon eine Woche her, seit sie sich gesehen hatten, kurz nur, hier, während Patrick erbost in seinem Zimmer geprobt hatte. Sie hatten einander im Wohnzimmer in den Armen gehalten, während draußen die niedrigstehende Sonne gegen die Ziegelmauer auf der anderen Straßenseite geschienen hatte und sie flammendrot färbte. Sie hatte Lennie umarmt und über ihre Schulter gesehen und diese glühende Farbe erblickt.

Tja, dachte Mrs. Medina, *es ist fast schon Winter.*

Lennie hatte sich ihren Armen überlassen, und ihr Körper schmiegte sich an Mrs. Medina, aber irgendwie hatte sie an jenem Tag etwas Zurückhaltendes an sich gehabt, etwas Widerständiges, etwas Zerstreutes.

»Was ist los?« hatte Mrs. Medina gefragt und war ein wenig zurückgewichen.

Lennie schüttelte den Kopf. »Nichts. Müde, denke ich.« Sie blickte auf ihre Uhr.

Mrs. Medina spürte, wie ihr das Blut aus den Armen wich und sie eisig wurden. *Das war's,* sagte sie sich. Sie hatte nach einem Zeichen Ausschau gehalten, und hier war es. Es war herangekommen wie eine lange dunkle Limousine, die ihren unheilvollen Weg durch eine stille Straße auf ein erleuchtetes, ahnungsloses Haus zu nahm.

Nach einem kurzen Moment des Schocks hatte sie Lennie fest an sich gedrückt, ihr mit den Händen über den Rücken gerieben und ihre Hüften enger an sich gezogen. Vielleicht würde es dies also künftig nicht mehr geben. Gar nichts mehr, kein Wochenende auf dem Cape, kein Trip nach New York. Lennie hatte auf ihre Uhr geblickt und war mit dieser Geste verschwunden, und es gab nichts, was sie tun konnte. Oder viel zuviel, und sie überlegte verzweifelt, wo sie beginnen sollte. Sie beide hatten keine persönliche Sprache entwickelt, die hätte erklären können, was da passierte, und so hielt sie Lennie auf Armeslänge von sich und sah ihr in die Augen. Lennie lächelte.

»Glaubst du wirklich, dass ich allein für diese Situation verantwortlich bin?« hatte Mrs. Medina gefragt. »Warum lächelst du? Fahr lieber fort mit dem, was du tun willst.«

»Gut«, erwiderte Lennie. Sie legte sich den Schal um den Hals und zog ihn hin und her. »Ich bin einfach müde«, wiederholte sie. »Du solltest das nicht überbewerten.«

»Wenn irgendwas nicht stimmt, sollten wir darüber reden«, sagte Mrs. Medina. »Es klingt, als stimme etwas nicht.«

Lennie seufzte und blickte an die Decke.

»Ich möchte nicht, dass du so gehst.«

»So? Wie – so?«

Mrs. Medina trat einen Schritt zurück. »Na schön, wenn du irgendwohin musst, gut«, sagte sie. »Dann geh.«

»Du bist auch müde.«

»Da hast du recht. Das bin ich.«

Sie warteten, sahen einander an.

Dann klingelte es an der Tür. »Es klingelt!« rief Patrick aus seinem Zimmer.

Santino kam lächelnd herein, und es gab nichts mehr, das sie zu Lennie hätte sagen können. Sie musste sie einfach so gehen lassen.

»Thanksgiving«, sagte sie an der Tür zu ihr. Sie konnte es nicht lassen. Lennie knöpfte sich den Mantel zu. »Wir essen gegen halb vier. Du kannst natürlich früher kommen, wenn ...«

»Wenn ich es schaffe, komme ich, hab ich gesagt.«

»Bitte komm, Lennie. Es tut mir leid wegen heute.«

»Ich versuch's. Ich hab gesagt, ich versuch's.«

Jetzt weinte sie, aber das lag bestimmt an den Zwiebeln. *Was macht das für einen Unterschied?* dachte sie. Vielleicht hatte sie überreagiert.

»Ich hab's!« sagte Patrick plötzlich und schickte sich an, in sein Zimmer zu gehen. Er hatte ihre Tränen nicht gesehen; der Unterschied zwischen Zwiebeln und Kummer interessierte ihn nicht, und dafür war sie dankbar. »Ich habe einen Plan! Bring mir meinen Black Jack mit, wenn du kommst, ja, Merce?«

Das Thanksgiving-Essen ging glatt über die Bühne. Anschließend folgte Tina Mrs. Medina in die Küche, um ihr zu helfen, vor dem Nachtisch mehr oder weniger Ordnung zu schaffen. Mrs. Medina stand mit der Hand auf dem Kaffeekocher da, bis sie merkte, dass es heiß wurde. Sie warf einen Blick um die Ecke ins Esszimmer. Lennie und Patrick saßen allein am Tisch.

»Sie ist süß«, sagte Tina und schloss die Kühlschranktür. »Eine deiner Studentinnen? Eine einsame Seele, fern der Heimat?«

Mrs. Medina nahm den Maispudding aus der Mikrowelle.

»Du hast kaum was gegessen«, fuhr Tina unbefangen fort. »Neben dir sahen wir anderen aus wie Schweine am Trog. Wo sind deine Kaffeetassen?«

Wo sind meine Kaffeetassen? überlegte Mrs. Medina. *Wo sind meine Kaffeetassen?*

»Da sind sie ja, auf dem Tablett, direkt vor meinen Augen. Hey, die sind aber schön.« Tina hielt sie gegen das Licht. »Minton, stimmt's? Bei Porzellan irre ich mich nie.«

»Von meiner Mutter«, antwortete Mrs. Medina. »Ich möchte das Eis kurz in die Mikrowelle stellen. Was meinst du – fünf Minuten?«

»Fünf Minuten? Dann hast du Suppe.« Tina trat neben sie und legte Mrs. Medina den Arm um die Schultern. »Eis muss man nicht kochen, weißt du.« Sie hielt inne. »Hey!« Sie drehte Mrs. Medina zu sich um. »Hey, hallo. Du zitterst ja wie Espenlaub.«

Mrs. Medina schüttelte den Kopf. »Mir scheint kalt zu sein.« Sie wandte sich der dampfenden Schüssel Pudding zu. Plötzlich war sie überzeugt, dass Lennie ihn nicht mögen würde.

»Dir ist kalt? In dieser Küche? Ich dachte, deine Liebe würde dich wärmen. Ups! Wo ist Patrick? Ich glaube, ich brauche nicht noch mehr Wein, oder?«

»Ich glaube, ich muss ... ich glaube ...« setzte Mrs. Medina an.

Tina war sofort ernst.

»Ich muss ...«

»Dich übergeben?« Tina zog sie in Richtung Küchentür.

»Nein! Nein, ich muss mich nicht übergeben. Es ist nur ...«

»Das kommt aber plötzlich. Was fehlt dir? Hier, trink einen Schluck Wasser.« Mrs. Medina trank, während Tina sie aufmerksam musterte. Dann meinte Tina: »Lass mich die Lage peilen. Vielleicht können wir das Dessert ausfallen lassen.«

Aus dem Kaffeekocher drang nun Dampf, der allerdings merkwürdig unaromatisch war. Und hinter der Schüssel mit dem langsam abkühlenden Maispudding stand die Kaffeemühle, voll ungemahlener Bohnen.

»*Gottverdammt!*« sagte sie.

»Also«, meinte Tina, als sie durch die Schwingtür trat. »Sandra und Tony kommen sich rasant näher. Sie führen eine gewichtige philosophische Diskussion über die Evolution von Pearl Jam. Santino schläft. Daria scheint immer noch mit ihrer Mutter zu telefonieren. Tja ...«

»Patrick? Lennie?«

»Waren nirgends zu sehen.«

»Waren nirgends zu sehen.« Mrs. Medina nickte. »Ja«, sagte sie dann. »Natürlich.«

»Willst du dich ein bisschen ausruhen?«

»Nein. Tut mir leid, Tina, ich bin wohl ein bisschen desorganisiert. Sieh dir das an – ich hab vergessen, den Kaffee in die Maschine zu tun. Ich verliere langsam den Verstand. Ich muss den Kaffee neu aufsetzen.«

Tina schaltete den Kaffeekocher aus. »Nein, jetzt nicht.«

»Vermutlich sollte ich eine dieser neumodischen Kaffeemaschinen mit allem möglichen Schnickschnack benutzen, aber wir haben diesen Kaffeekocher schon so lange. Patrick kann neue Dinge nicht leiden.«

»Wer ist dieses junge Ding?« fragte Tina. »Kaum taucht sie auf, gerätst du völlig aus der Fassung. Sie ist keine vereinsamte Studentin. Was hast du mit ihr zu tun? Wo kommt sie her?«

»Aus heiterem Himmel«, antwortete Mrs. Medina und wandte sich ab.

Beide schwiegen einen Moment.

»Aha«, meinte Tina dann. »So ist das also.«

Tina griff nach ihrem Arm, aber Mrs. Medina wandte sich rasch ab und nahm die Kaffeemühle zur Hand.

»So«, sagte Mrs. Medina, als sie das Wohnzimmer betrat. »Der Kaffee kommt ein bisschen spät, ist aber in Arbeit.« Tina zwängte sich an ihr vorbei und hockte sich auf die Armlehne des Sofas.

»Ein wunderbares Essen, Mercedes«, sagte Santino. Er nickte ihr zu und lächelte schläfrig.

»Mum.« Sandra setzte sich auf dem Sofa auf und sah ihre Mutter an. »Tony möchte mit mir ins Kino gehen. Darf ich?« Sandra war eine etwas größere Ausgabe ihrer Mutter und besaß auch Tinas Stilgefühl. Sie hatte allerdings Zugeständnisse an ihr Alter gemacht und ihr Haar bis fast auf die Kopfhaut geschoren. An diesem Tag trug sie eine winzige runde Brille mit gelben Gläsern. Mrs. Medina betrachtete Tina, die wiederum Tony betrachtete (er war zwei Jahre älter als Sandra), der wiederum verträumt ihre Tochter betrachtete. Tina musterte ihn sorgfältig. Tony war ein dunkler Typ, attraktiv, kleiner als sein Vater, aber mit der gleichen hakenförmigen Florentiner Nase.

»In welches Kino?« fragte Tina. »Herr im Himmel, ich wünschte, ich hätte eine Zigarette.«

»Wenn du wieder anfängst, schuldest du mir fünfzig Dollar«, sagte Sandra.

Ich gebe ihnen noch fünf Minuten, dachte Mrs. Medina. *Dann gehe ich zu ihnen hinein.*

»Fünfzig? Nie im Leben hab ich fünfzig gesagt.«

»Um halb zehn ins Kendall«, sagte Sandra. »Komm schon, Mum, wir müssen uns beeilen, wenn wir das schaffen wollen.«

»Lass sie gehen, Tina«, sagte Santino. »Tony wird sie nach Hause bringen.«

»Nach Wellesley?« fragte Tina.

»Ich habe einen Jeep«, erwiderte Tony. »Kein Problem.«

Tina schwieg einen Moment, dann sagte sie: »Na schön, lassen wir sie gehen, Santino. Tony, ich möchte, dass Sandra spätestens um halb zwei zu Hause ist. Und ich werde noch auf sein, glaub mir.«

Tony stand auf und hob die Hand. »Versprochen.«

Die beiden verschwanden im Flur.

»So«, sagte Mrs. Medina. »Ich rieche Kaffee. Ich hole lieber mal Patrick und Lennie.«

Daria trat zu ihr. »Ich decke den Tisch«, erbot sie sich.

Mrs. Medina war auf halbem Weg den Korridor hinunter, als Patricks Tür plötzlich krachend aufflog und Lennie rückwärts über die Schwelle trat. Patrick folgte ihr, das Konföderiertenschwert seines Großvaters mit zitternden Händen erhoben. »Ich habe dich durchschaut – von Anfang an!« rief er. »Du hast dich wie die Natter Kleopatras an den Busen meiner Frau geschmiegt. Du hast mein Heim in ein liebeskrankes Tollhaus verwandelt!«

»Lieber Gott, beruhigen Sie sich!« sagte Lennie und warf vorsichtig einen Blick über die Schulter.

»Patrick!« rief Mrs. Medina.

»Bleib, wo du bist, Merce! Ich muss die Sache mit diesem Weib hier klären.«

Unterdessen hatten sich alle Anwesenden am Ende des Korridors versammelt.

»Also, womit haben wir es hier zu tun?« fuhr er fort. »Ist es Liebe, oder handelt es sich um ein reines Geplänkel?«

»Das reicht!« sagte Mrs. Medina und ging auf ihn zu.

»Erst, wenn ich mir Genugtuung verschafft habe«, erwiderte er.

Beim Klang von Mrs. Medinas Schritten wandte Lennie sich zu ihr um, und die Spitze des Schwertes senkte sich auf ihren Rücken. »Diese Frau muss antworten.«

Mrs. Medina zauderte. Sie wusste nicht, wer von den beiden in größerer Gefahr schwebte.

Doch dann trat Santino rasch um sie herum, nahm die Spitze des Schwertes zwischen die Finger und hob es vorsichtig von Lennies Rücken fort. »Komm, Kamerad«, sagte er, »die Schlacht ist vorbei.«

»Antworte!« schrie Patrick.

Santino nahm Patrick beim Arm und führte ihn in sein Zimmer zurück. Und dann nahm Mrs. Medina Lennie vor den Augen aller anderen in den Arm und hielt sie fest umschlungen. »Alles in Ordnung?« fragte sie.

»Alles in Ordnung«, antwortete Lennie. »Er hat bloß Quatsch gemacht.«

»Darum geht's nicht.«

»Ihr könnt beide eine Tasse Kaffee gebrauchen«, meinte Tina. »Kommt ins Wohnzimmer.«

»Was hat er zu dir gesagt?« fragte Mrs. Medina Lennie.

Lennie löste sich von ihr. »Nichts passiert.«

»Das war unverzeihlich«, sagte Mrs. Medina. »Er ist nicht gut beieinander, weißt du, wegen des Konzerts.«

»Ich sage doch, es ist nichts passiert.«

»Nun, dann ...«

»Ich glaube, ich muss ein paar Schritte laufen«, sagte Lennie. Sie reckte sich.

»Es gibt noch Dessert. Und Kaffee.«

»Luft schnappen.«

»Ich komme mit dir.«

»Nein.«

Mrs. Medina wich zurück. »Du meinst, du kommst nicht wieder.«

»Tja«, meinte Lennie. »Ich glaube, ich komme nicht wieder. Heute nicht mehr.« Sie zog ihren Mantel an und küsste Mrs. Medina flüchtig auf die Wange. »Sieh mal, es wird mir hier ein bisschen zu eng. Ich muss eine Weile hier raus. Außerdem habe ich Connie versprochen ...« Sie öffnete die Tür. »Es war ein prima Essen. Danke für die Einladung.«

»Aber du hast kaum einen Bissen gegessen.«

»Du kennst mich. Ich bin nie hungrig, wenn ich es sein sollte.«

Mrs. Medina folgte Lennie hinaus ins Foyer. Die Tür der Lowes war geschlossen, und dafür war sie dankbar. Sie warteten gemeinsam, während der Fahrstuhl ewig brauchte. Lennie tippte mit der Stiefelspitze auf den Boden.

»Kannst du mir nicht wenigstens erzählen, was in seinem Zimmer passiert ist? Hast du irgendwas zu ihm gesagt – egal was –, das ich wissen sollte?«

»Eigentlich nicht«, erwiderte Lennie.

»Aber wann? Wann werde ich dich wiedersehen?« Oh, wie sie ihre Verzweiflung verabscheute.

Lennie schenkte ihr ein Lächeln, das beinahe liebevoll war. In ihren Augen spiegelte sich müde Resignation. Sie erschien plötzlich älter.

»Das Konzert, am Samstag, möchtest du deine Karte jetzt haben oder –«

Lennie neigte den Kopf zur Seite, und ihr Blick glitt über Mrs. Medinas Gesicht. »Du bist wirklich schön, weißt du«, sagte sie.

Der Fahrstuhl kam, Lennie trat ein, und die Tür schloss sich. Als das Geräusch des entschwindenden Fahrstuhls verklang, vermeinte Mrs. Medina zu spüren, wie ihr Blut ihm nach unten folgte. Tiefer, immer tiefer, wie eine Wurzel, die festen Halt suchte. *Das sind nur die ersten sechzig Sekunden*, dachte sie. *Der Rest wird ewig währen.*

»Mercedes!« rief Daria aus der Wohnung hinter ihr. »Ich schenke schon mal den Kaffee ein. Du brauchst dich nicht darum zu kümmern. Löffel? Ah, hier, ich hab sie schon gefunden.«

Tina tauchte hinter ihr auf und legte ihr die Hände auf die Schultern.

»Tja«, sagte Mrs. Medina. »Lennie macht einen Spaziergang. Wir müssen ihr etwas von dem Maispudding aufheben.«

»Gut«, erwiderte Tina. »Das machen wir. Jetzt komm wieder rein, ja?«

Hatten die Lowes von gegenüber ihren Wortwechsel mit Lennie gehört? Sie stellte sich vor, wie sie mit dem Ohr an der Wohnungstür gelauscht hatten.

Sie legte die Hand an den Türrahmen, um sich zu stützen und rückte die kleine Fußmatte mit der Fußspitze gerade. »Der Marmorboden müsste gebohnert werden«, sagte sie. »Ich tue mein Bestes, aber die Lowes sind Schweine, das habe ich schon oft gedacht. Am Tag, wenn die Müllabfuhr kommt, stellen sie ihren Müll immer in den Flur, statt ihn zur Hintertreppe zu bringen. Der Hauswart sollte mit ihnen sprechen.«

»Mercedes –«, sagte Tina.

»Mercedes, ich glaube, die Kaffeesahne ist sauer«, meinte Daria, die plötzlich neben ihr aufgetaucht war.

»Wir kümmern uns gleich darum«, sagte Tina.

»Ich glaube, im Kühlschrank steht noch frische«, sagte Mrs. Medina unbestimmt. »Glaube ich jedenfalls. Ich glaube, sie steht hinter –«

Das Licht im Foyer schmerzte ihr in den Augen. Was für ein hässlicher Ort. Zu klein.

Die roten Marmorvenen, pulsierend.

»Nimm dich zusammen«, sagte Tina zu Mrs. Medina. »Komm wieder rein. Ich steh dir zur Seite.«

»Es ist noch Nachtisch da«, sagte Mrs. Medina später. »Und Kaffee auch.«

Santino räkelte sich. »Ich bin bettreif. Wir sollten bald –«

»Ja«, meinte Daria.

Alle lächelten.

»Ich sollte mal nach Patrick sehen«, sagte Mrs. Medina einen Moment später.

Santino sprang auf. »Ich mache das.«

»So ein nettes Mädchen, deine Freundin«, sagte Daria. »Schade, dass sie gehen musste. Bist du mit ihren Eltern befreundet?«

»Nun, das nicht gerade«, entgegnete Mrs. Medina hastig. »Sie ist Floristin. Sie arbeitet für Guido Pittino, in seinem Laden in Cambridge. Sie ist recht bewandert, wirklich, hat ein Händchen für Blumen. Sie hat das Gesteck auf dem Esstisch gemacht.« Ihre Kehle wurde trocken.

Daria warf einen Blick ins Esszimmer hinüber. »Ah, ja. Schön.«

»Begleiten Sie Santino oft auf seinen Tourneen?« fragte Tina.

»Manchmal. Im Grunde gefällt es mir nicht. Ist mir zu hektisch. Ich bin ganz froh, wenn ich zu Hause bin und die Zeit für mich habe, ehrlich gesagt. Ich habe gerade ein Porträt von Tatiana Popp im Boston Conservatory fertiggestellt. Sie geht in den Ruhestand.«

»Was Sie nicht sagen«, meinte Tina. »Sie malen also.«

»Das hält mich am Leben«, sagte Daria.

Wer hält mich jetzt am Leben? dachte Mrs. Medina.

Tina machte sich zum Aufbruch bereit. An der Tür sagte sie: »Ich möchte dich sehen, und zwar bald. Ich rufe dich morgen an.«

»Ist gut«, erwiderte Mrs. Medina.

Im Augenblick wollte sie nichts als allein sein.

Santino trat aus Patricks Zimmer und kam den Korridor entlang, den Mantel über dem Arm. »Er ruht sich aus«, sagte er.

»Ja, grob und unhöflich zu sein kann einen ganz schön erschöpfen.«

Santino schlüpfte in seinen Mantel. »Patrick ist das reinste Nervenbündel, denke ich. Vielleicht hat sie etwas gesagt, das ihn aufgebracht hat.«

»Nein, das würde sie nicht tun, Santino.«

»Tja, du kennst sie vermutlich am besten.«

»Was soll das heißen?« fragte sie scharf.

»Na ja ...« Er warf ihr einen raschen Blick zu. »Nichts. Es braucht nicht viel, um Patrick auf die Palme zu bringen.«

»Ich kenne sie in der Tat am besten«, sagte Mrs. Medina. Doch weiter wagte sie nicht zu gehen.

»Im Moment geht es in erster Linie um Patrick, oder? Er ist irgendwie kurzatmig, finde ich. Vielleicht siehst du besser mal nach ihm.«

Sie blickte den Korridor entlang, der Dunkelheit von Patricks Zimmer entgegen. Sie fragte sich, wie es Santino gelungen war, nach Patrick zu sehen, ohne seinen Zorn erneut zu entfachen.

»Ich glaube, er denkt, dass er eine weitere Schlacht geschlagen hat«, sagte Santino. »Oder so was in der Art.«

Sie nickte und rieb sich die Unterlippe.

»Vielleicht –«

»Morgen wird er sich nicht einmal mehr daran erinnern.«

»Ich mache mir Sorgen. Du musst ihn im Auge behalten.«

»Ich habe ihn ständig im Auge«, erwiderte sie. »Ich mache nichts anderes, als ihn im Auge zu behalten.«

»Wir müssen ihn am Leben halten, Mercedes.«

Sie wandte sich ihm zu. »Er hält sich selbst am Leben«, sagte sie. »Wenn er sich überhaupt daran erinnert, dass er jemanden mit diesem verdammten Schwert bedroht hat, wird ihn dieser Gedanke höchstens beleben, aber nicht umbringen.«

Santino blickte sie ernst an.

»Du hältst mich wohl für herzlos?« sagte sie. »Tja, vermutlich bin ich das.« Sie warf einen bitteren Blick in Richtung von Patricks Zimmer. »Er hat sein Leben gehabt«, meinte sie.

Daria erschien am Ende des Korridors. »Santo, bist du soweit? Lass Patrick in Frieden.«

An der Tür umarmte Mrs. Medina die beiden.

»Ruf mich an, Mercedes«, meinte Santino, »wenn irgendwas ist.«

»Was soll schon sein?« entgegnete sie. »Es gibt Truthahn-Sandwiches für alle, wenn ihr morgen kommt, um zu proben. Und jede Menge Maispudding.«

Sie stand an der Tür zu seinem Zimmer und hörte ihn in der Dunkelheit atmen. Der Geruch von gebratenem Truthahn hing schwer in der Luft.

»Du bist eine Spionin«, hörte sie ihn nach einem Moment sagen. »Tritt aus dem Schatten hervor.«

Sie ging zum Schreibtisch hinüber, um die Lampe anzumachen, und ihr Fuß stieß gegen das Schwert, das Santino an den Schreibtisch gelehnt hatte.

»Dieses Schwert!« sagte sie und kickte es unter lautem Geschepper in die Ecke.

»Wer da?« Patrick richtete sich auf und stützte sich auf die Ellenbogen.

Sie schaltete die Schreibtischlampe an und sah ihn an. »Du

warst heute kein liebenswürdiger Gastgeber«, sagte sie. »Und ich werde dieses Schwert irgendwo hinpacken, wo du nicht rankommst.«

Er ließ sich in sein Kissen zurücksinken. Santino hatte ihn, wie es schien, vollständig bekleidet ins Bett gesteckt. Seine rote Schleife lugte unter der Bettdecke hervor. »Ich nehme den Weg durch den Wald«, sagte er, »drehe die Runde, geräuschlos wie ein tapferer Irokese. Dann sage ich: ›Lieutenant, Sir, kein Grund, sich wegen Generalmajor Jackson zu sorgen. Er hat den Fluss überquert!‹«

»Lieber Gott«, sagte Mrs. Medina und ließ sich am Schreibtisch nieder. »Hilf mir, hilf mir.«

»Folge mir, folge mir«, murmelte Patrick. »Ich führe dich hinaus.«

»Ich werde dir nicht folgen«, sagte sie.

Plötzlich öffnete er die Augen und wandte ihr das Gesicht zu. »Undankbares Frauenzimmer«, sagte er. »Warum sitzt du da mit diesem Jeanne d'Arc-Blick? Was ist mit der Party?«

»Die Party hast du beendet, und zwar ziemlich erfolgreich.« *Sie wird anrufen,* dachte sie. *Vielleicht ruft sie an. Sie kann mich nicht wegen Patricks Torheit verlassen – das wäre idiotisch.*

»Hast du die Absicht, mir irgendwelche Vorhaltungen zu machen? Hab ich die Kranbeeren vom Tisch gefegt?«

»Du hast mir mein Leben genommen«, sagte Mrs. Medina und stand unvermittelt auf.

Patricks Augen weiteten sich, dann griff er nach seiner Brille, die Santino auf den Nachttisch gelegt hatte. Er musterte sie eine Minute lang.

»Du siehst lächerlich aus«, sagte sie und lachte ein wenig. »Wie du da im Bett liegst mit deiner Fliege.«

»Hat das hier irgendwas mit deinem kleinen Flittchen zu tun?«

»Patrick, du hast sie mit diesem idiotischen Schwert bedroht.«

»Mit dem Schwert meines Großpapas? Das war mit Santino – wir haben doch bloß rumgealbert.«

»Nein, das war mit Lennie.«

»Dann muss sie mich provoziert haben. Ich habe das Schwert nur drei Mal in meinem Leben ernsthaft erhoben.«

»Und du wirst kein weiteres Mal Gelegenheit dazu haben.«

»In meinem Haus kann ich tun und lassen, was ich will.« Er drehte sich auf den Rücken und blickte an die Decke. »Aber ich bin ein Gentleman. Wenn sie das nächste Mal erscheint, werde ich auf die Knie fallen und sie um Verzeihung bitten.«

»Sie wird nicht mehr erscheinen.« Dann fuhr sie fort: »Worüber habt ihr beide hier in deinem Zimmer gesprochen? Was hast du zu ihr gesagt?«

»Dies und das. Ich muss überlegen.« Er schwieg geraume Zeit, und Mrs. Medina dachte schon, er wäre wieder eingeschlafen. Doch dann sagte er: »Müsste ich mich bei dir entschuldigen? Dann wüsste ich es gern.«

Sie sah ihn verständnislos an. »Wofür?«

»Dafür, dass ich dir dein Leben genommen habe.«

»Nein. Nein, du hast mich darum gebeten, und ich habe es dir gegeben.«

»Ich bitte dennoch demütig um Verzeihung.«

Sie schwieg.

»Du meinst, ich habe sie vertrieben?«

»Ich glaube, sie wollte sowieso gehen. Du hast sie bloß noch aus der Tür geschoben.«

Er schwang die Beine über die Bettkante. »Komm, hilf mir in mein Schlafgewand. Das könnte dich aufmuntern.«

Sie half ihm, sich auszuziehen und in seinen grünen Pyjama zu schlüpfen. Als sie die Kordel um seine Taille zuschnürte, lehnte er sich in seiner Gebrechlichkeit an sie – gebrechlich war er, aber immer noch größer als sie. In diesem Augenblick hätte sie sich am liebsten bei ihm angelehnt; sie sehnte sich danach, seinen

Körper zu spüren, wie er zwanzig Jahre zuvor gewesen war, immer fest, immer stark; in seinen Armen hatte sich alle Verwirrung auflöst. Und dann legte er wundersamerweise die Arme um sie, wie er es damals getan hätte. »Ich bin ein gemeiner Kerl«, sagte er. »Geh ihr einfach nach.«

Sie schüttelte den Kopf.

»Wenn ich nicht mehr bin, wirst du lernen müssen, dir das, was du willst, zu nehmen. Du kannst nicht wie im Märchen einfach auf deinem Fliegenpilz sitzen und erwarten, dass dir alles in den Schoß fällt.«

»Du fängst an zu zittern. Schaffen wir dich ins Bett.« Sie zog ihm die Bettdecke bis ans Kinn hoch. »Santino und Barbara kommen morgen mittag. Wirst du spielen können?«

»Zum Teufel«, meinte er, »ich könnte jetzt schon spielen.«

Sie küsste ihn auf die Stirn und löschte die Schreibtischlampe. Sie dachte an Dinge, die ihr in den Schoß fielen.

Dann war Thanksgiving vorüber, und das Ende des Jahres schien vor der Tür zu stehen.

Draußen hatte der Himmel sich gelichtet, und ein leuchtender Vollmond erhellte ihr Zimmer mit dem kalten Schein eines Sternenfeuers. Sie saß auf der Bettkante und rieb sich die Augen, dann zog sie sich im Dunkeln aus. Sie wollte kein Licht machen, sie wollte sich nicht sehen, ihren Körper, ihre Augen. Die Nacht erstreckte sich vor ihr wie ein weites Schlachtfeld. Sie überließ sich dieser Wildnis.

Das Haus setzte sich, es ächzte und knarrte, und der Wind nahm in dem Maße zu, wie der Himmel aufklarte. Manchmal meinte sie ihn über Klaviersaiten streichen zu hören, in einem fernen Teil des Hauses, ein Geräusch, das sie stets zufrieden gestimmt hatte. Sie ballte die Fäuste und rollte sich zusammen.

Der Mond war so hell, dass sie die Zeiger ihrer Uhr erkennen konnte. Sie drehte sich auf den Rücken. Das Bettzeug war eisig, zu kalt, um sich einzukuscheln; im Mondlicht lag sie da wie eine Leiche, die Hände auf den Brüsten.

Lieber kleiner Mond, bleib bei mir, bis die Sonne aufgeht ...

Das alte Lied, das ihre Mutter ihr immer vorgesungen hatte, eine altbekannte Weise. Ihre Mutter würde ihr heutiges Leben nicht verstehen. Dennoch hätten sie miteinander reden können. Was hätte sie gesagt?

Behalt mich nah bei dir, unter dem nächtlichen Sternenzelt ...

Wie auch immer, sie hatte diese ganze Sache mit Lennie satt. Es würde eine Erleichterung sein, sich nicht mehr mit der Frage zu plagen, ob sie Lennie sehen würde, ob sie sie anrufen sollte, wo sie sein mochte, ob sie sicher aufgehoben war. Sicher aufgehoben! Sie lachte. Warum sollte jemand sicher aufgehoben sein wollen?

Benetze mein Kissen mit Mondenglanz ...

Ihre Mutter hatte ihr das Mondlied vor dem Einschlafen vorgesungen und anschließend immer gesagt: »Du wächst, genau wie der Mond. Bald wirst du groß sein, bald wirst du dein eigenes schönes Leben leben. Voller Sterne und Schiffe, und du wirst Tango tanzen.«

Schließlich zeigte die Uhr zwanzig vor drei. Sie stützte sich auf den Ellenbogen und trank ein bisschen Wasser. Der Mond war inzwischen nicht mehr so hell.

Man kommt durchs Leben, indem man es in Ordnung hält, nicht indem man sich verliebt. Aber Tina hatte gesagt, dass Lieben besser war als alles andere, selbst wenn man den falschen Menschen liebte. Genau das hatte Tina gesagt. Und auch den falschen Menschen zu lieben konnte wunderbar sein. Und Tina war eine erwachsene Frau mit einem wachen Versand. Aber sie war nicht wie Tina!

Was tue ich hier überhaupt? dachte sie. *Auf diesem fremden Planeten herumzuwandern.*

Vor ihr erstreckte sich der Rest ihres Lebens als weiter grauer Ozean. Ihres das einzige Schiff. Keine Sterne, kein Tango. Kein Mond.

20

Das Konzert des Trios am Samstagabend nach Thanksgiving war ein Triumph, doch Mrs. Medina saß im Halbdunkel auf ihrem Platz am Gang und rechnete jeden Augenblick damit, aufstehen und Patrick von der Bühne helfen zu müssen. Obwohl er sich vorbereitet hatte. Die Stunden waren, erfüllt von der Anspannung einer bevorstehenden Schlacht, auf diesen Abend zugeschritten. Er hatte weiterhin seine kleine morgendliche Gymnastikübung gemacht – zehnmal Zehen berühren und ein bisschen Armkreisen, das, wie er sagte, seine Schultern geschmeidiger machte – und seine »Faustübungen«, wie er sie nannte, die darin bestanden, eine starke Feder mit den Händen zusammenzudrücken. Am Tag nach Thanksgiving leitete er die Probe wie gewohnt, wies auf verzögerte Einsätze hin und hielt einen kleinen Vortrag über Dynamik. Nichts davon war nötig. Santino saß mit einem Lächeln im Gesicht da und ließ Patrick gewähren. Barbara war still, sie litt offenkundig Schmerzen, und einmal, als Mrs. Medina das Zimmer verließ, hatte sie die Augen der Pianistin gesehen, als Patrick gerade sagte: »Und noch eine Sache, die mich stört ...« Barbara tat das alles für Patrick, und nur für Patrick. Es würde zweifellos ihr letzter öffentlicher Auftritt sein. Mrs. Medina, die Proben kaum je unterbrach, setzte das silberne Tablett geräuschvoll ab und sagte an der Tür: »Ich glaube, es ist Zeit für eine Tasse Tee. Barbara, komm und hilf mir, ja?«

»Merce, verschwinde«, sagte Patrick.

Santino stand auf. »Nein, lasst uns eine Pause machen. Ich muss sowieso mal euer Örtchen benutzen.«

»Faules Pack«, knurrte Patrick. »Wart ihr schon immer.

Merce, ist es schon spät genug für einen kleinen Black Jack?«

In der Küche vermied sie, auf Barbaras knotige, knorrige Gelenke zu gucken, und fragte sie statt dessen nach ihren Enkelkindern, was den Schmerz in Barbaras Augen für einen Moment verschwinden ließ.

Ich bin eine gottverdammte Heilige, dachte Mrs. Medina.

Tina rief zweimal an, das Konservatorium rief zweimal an, und eine ehemalige Studentin rief an und lud sie auf einen Kaffee ein. Lennie ließ nichts von sich hören. Gegen fünf griff Mrs. Medina mit schweißfeuchter Hand nach dem Telefon und wählte Lennies Nummer. Sie betete, dass sich nicht Kenny melden würde. Kenny meldete sich nicht. Zumindest nicht persönlich. Seine Stimme verkündete mit einem leichten Kichern: »Dies ist der Anschluss von Lennie und Kenny. Wenn's was Geschäftliches ist, hinterlass deine Nummer, aber erzähl mir nicht, was du willst. Ich melde mich bei dir. Wenn's dringend ist, ruf mich auf dem Handy an. Diejenigen, die sie brauchen, haben meine Nummer. Wenn's was Persönliches ist, erzähl mir alles, sag mir, dass du mich liebst, dann komme ich zu dir, wo du auch bist. Warte auf den Piepton.«

»Dies ist eine Nachricht für Lennie«, sagte sie auf das Band und brachte die letzte Silbe ihres Namens kaum heraus, so trocken war ihre Kehle. »Deine Karte – wenn du sie haben willst – deine Karte für Patricks Konzert am Samstagabend wird – ich werde sie auf deinen Namen an der Kasse hinterlegen. Wenn du –«

»Merce!« Patrick steckte den Kopf zur Tür herein. »Ist mein Schwalbenschwanz aus der Reinigung zurück?«

»Würdest du mich bitte zurückrufen?« sagte sie noch schnell und legte auf.

»Wer war das?« fragte er.

»Dein Frack ist schon seit drei Tagen zurück. Er hängt im Flurschrank.«

»Kein Grund, so gereizt zu sein. Barbara muss gehen. Santino und ich werden uns noch einige ungeschliffene Stellen vornehmen.«

»Patrick, es gibt keine ungeschliffenen Stellen!« entgegnete sie. »Liebe Güte, lass sie beide nach Hause gehen.«

Er trat zu ihr und sah ihr in die Augen. »Hast du einen Kater?« fragte er sie ernsthaft.

An diesem Abend machte Patrick mit seinem Instrument in seinen Armen eine Reihe tiefer Atemübungen. Er sprach leise mit Bess, streichelte ihre Rundungen und überprüfte in einem fort ihre Stimmung. »Bereit?« hörte Mrs. Medina ihn sie fragen. »Noch einmal bereit?«

In der Nacht hörte Mrs. Medina ihn leise Bach spielen, und sie starrte in die Dunkelheit und verstand für einen Augenblick, warum ihr dies den Großteil ihres Lebens genügt hatte.

Am Samstagabend, als sich abzeichnete, dass Patrick das Trio zu einer großartigen Darbietung führen würde, dass er den Bogen aus der Tiefe seines musikalischen Könnens mit der Süße und Sicherheit eines Meisters auf dem Gipfel seiner Karriere führte, hätte sie erleichtert sein sollen. Vollkommen glücklich um seinetwillen.

Doch je meisterlicher er spielte, desto einsamer fühlte sie sich, bis die weite Halle wie ein trostloser Planet irgendwo im All war, auf dem ihr Körper keine Substanz hatte. Einige verwirrende Augenblicke lang hatte sie keine Ahnung, warum sie hier war, warum sie hier gebraucht wurde, wo sie doch an diesem kalten, windigen Abend eindeutig von Lennies Armen umschlungen in ihrem Bett hätte liegen sollen, in irgendeinem Bett. Der Platz neben ihr kündete mit stummer, entnervender Leere von Lennies Abwesenheit. Sie mochte nichts mehr von dem ermüdenden Schubert hören.

Doch da war ihr Mann, mitten im großen Finale seines musikalischen Lebens. Sie betrachtete ihn auf der Bühne; er war dem

Tod so nah, schien aber fast noch an Kraft und Substanz zu gewinnen. Und während sie ihn so ansah, erkannte sie vielleicht zum ersten Mal ihre eigene Kraft und Substanz in ihm und das leere, ausgedörrte Universum, das in ihr verblieben war. Diese Musik beispielsweise, erinnerte sie an eine Zeit in Venedig, zehn oder zwölf Jahre zuvor. Das Trio war zu einem Konzert dort und probte in der Kirche von Santo Stefano, spielte eben dieses Stück, und sie saß in einem Café gegenüber vom Hauptportal und wartete darauf, Patrick ins Gritti zurückzubringen, zu einem Bad und einem Drink und dem Abendessen. Warm und volltönend drang die Musik aus der Kirche in den frühen Abend. Es war Herbstanfang. Schließlich trank sie ihren Espresso aus und wanderte über den weiten Campo, auf dem Kinder und Hunde herumtollten und sich verschiedene Nachbarschaftsdramen abspielten, in Richtung Canale Grande. Als die Accademia Brücke ins Blickfeld kam, am kleineren Campo San Vidal, schaute sie zu den Fenstern einer Wohnung hinauf, die aufgestoßen wurden, und aus dem Inneren des Zimmers, das von einer gedämpften Lichtquelle erleuchtet war, trat eine Frau mit einem Buch in der Hand ans Fenster und sah hinaus, um die Stimmung der Stadt zu ergründen, das Voranschreiten des Abends.

Hier könnte ich leben, war Mrs. Medina plötzlich in den Sinn gekommen. *Ich könnte die Frau dort am Fenster sein, könnte hinausblicken, im Begriff, meinen Knoblauch zu schneiden, meine Tomaten, mein Abendessen zuzubreiten. Vielleicht würde ich mich fragen, ob ich eine Jacke überziehen und eine Weile hinausgehen sollte, zur Piazza San Marco, und unterwegs etwas trinken. Meine Bücher würden die Wände säumen, meine Aufzeichnungen lägen säuberlich gestapelt auf der breiten, mit Schnitzereien verzierten Mahagoni-Platte, die mir als Schreibtisch dient. Ich könnte abends lange arbeiten und würde morgens in mein weiches Bett geschmiegt erwachen, vollkommen zufrieden. Arbeit, Essen, Wein, Schlaf. Eine wunderschöne Stadt.*

Ich könnte hier leben. Ich könnte mit diesem monatelangen Reisen aufhören, dem Packen und Auspacken. Ich könnte mir eine Wohnung wie die da suchen, eine kleine komfortable Wohnung, es würde meine Wohnung sein, ich könnte hierbleiben und arbeiten, ich könnte endlich mein Buch voranbringen. In dem Augenblick war sie tatsächlich stehengeblieben. Neben dem Blumenstand, wo Patrick sich regelmäßig eine kleine Rose für sein Revers kaufte, trat sie beiseite und beobachtete die Frau in dem Fenster, das gemütliche Zimmer hinter ihr, und fühlte sich bereits, als gehöre sie selbst in diese Stadt.

Zurück im Hotel hatte all das ein schnelles Ende gefunden. Sie und Patrick hatten in der Bar auf der Terrasse gesessen, und auf dem breiten Kanal spielte sich der Sonnenuntergang mit seinem wechselvollen Licht ab und die abendliche Geschäftigkeit des Bootsverkehrs.

»Venedig liegt zentral«, hatte sie zu ihm gesagt. »In den Monaten, wenn du in Europa spielst, könnte ich hierbleiben und von Zeit zu Zeit dorthin kommen, wo du ...«

»Von Zeit zu Zeit«, sagte er.

»So oft du willst.«

»Du redest nicht davon, hier was zu *kaufen,* oder? Sei nicht verrückt.«

»Natürlich nicht«, sagte sie.

»Wie wär's mit einem weiteren Campari?«

»Ja, gut.«

Mit einer abrupten Armbewegung gab er dem Kellner ein Zeichen und stellte sofort Augenkontakt her, wie es ihm immer zu gelingen schien.

»Hast du die Probe heute gehört?«

»Das meiste. Ich saß in einem Café gegenüber.«

»Ich zähle auf deine Rückmeldung. Wie war es?«

»Genau so gut wie immer, Patrick.«

»Du meinst, wir haben ohne Überlegung gespielt, ja?«

»Nein, natürlich nicht. Ihr drei spielt nie ohne Überlegung.«

Er nickte. »Hast du heute abend Lust auf Tintenfisch?«

»Ich habe nie Lust auf Tintenfisch.«

»Du solltest ihn hier probieren. Sie kochen ihn in der eigenen Tinte, mit Knoblauch und Oliven.«

»Patrick, was hältst du von meiner Idee?«

»Sie gefällt mir nicht. Du würdest mir fehlen. Aber mach nur, was du willst. Geht es dir darum, mit dieser Übersetzungsgeschichte voranzukommen, oder ist ein italienischer Playboy in dein Leben getreten?«

»Der Vittorini. Ich habe jetzt ungefähr die Hälfte der Rohfassung, und nun ist harte, kontinuierliche Arbeit gefragt.«

»Natürlich, natürlich. Und das ist an meiner Seite nicht möglich?« Er ließ die Finger der linken Hand spielen. »Meine Finger sind heute einen Moment wie taub gewesen.«

»Ich würde gern eine Weile an ein und demselben Ort bleiben und es zu Ende bringen.«

»Und dann?« Er befasste sich weiter mit seinen Fingern.

»Du meinst, wenn ich fertig bin? Nun, der Verlag New Directions hat Interesse gezeigt. Damals.«

»Und wenn sie jetzt nicht mehr interessiert sind?«

»Es gibt noch andere.« Der Campari hinterließ einen bitteren Nachgeschmack.

»Merce, Merce«, sagte er und beugte sich über den Tisch, um ihr Gesicht zu berühren. »Ich möchte nicht, dass du bei mir bist, um dafür zu sorgen, dass ich meine Termine einhalte oder du mir das Essen aufs Zimmer bestellst oder dich um die Flugtickets kümmerst. Ich möchte, dass du bei mir bist, weil du Teil meiner Musik bist, Teil der Begabung, über die ich verfüge. Andere Gründe habe ich nicht. Ich möchte, dass du an meiner Seite bist.«

»Ich weiß, Patrick. Aber ich brauche das Gefühl, zumindest eine Zeitlang, dass mein Leben von innen her Form gewinnt, nicht von außen.«

»Das sind weibliche Hirngespinste. Wie kannst du von außen Form gewinnen? Bin ich außen?«

»So eng wir miteinander sind – manchmal bist du außen.«

»Du hast dich in eine dieser rabiaten Feministinnen verwandelt«, sagte er seufzend. »Was kommt als nächstes?«

Sie lachte.

»Also schön«, sagte er und trank den letzten Schluck Whiskey aus seinem Glas, »lass uns zumindest bis nach dem Konzert in Salzburg warten. Erik und Annemarie erwarten dich und mich. So, und wenn du heute abend nicht den Tintenfisch probierst, dann geb ich dir eins auf die Nase.«

Und in Salzburg war er das erste Mal zusammengebrochen. Eine Woche später waren sie zurück in New York gewesen. Alles, was sie von dem kurzen Ansturm auf die Barrikaden vorzuweisen hatte, war der wundersame kleine Beweis in Form des Whistlers, den sie in einer kleinen Galerie beim Teatro La Fenice gefunden hatte. Sie hatte sich davongestohlen und die Radierung zu einem haarsträubenden Preis erworben. Es war ein bezaubernder Blick auf den Hof eines anonymen venezianischen Palazzo, Stufen, die auf eine Loggia führten, ein Baum, der über eine hohe Mauer lugte, ein Stück eines Kanals hinter einem Tor. Sie sah darin stets ein Haus, in dem sie eines Tages leben würde.

Aber nun war sie frei, wenn sie Freiheit wollte. Das hatte Patrick ihr versprochen. Natürlich in dem Wissen, dass sie nicht gehen würde.

Das Trio vollendete den Allegro-Satz mit kraftvoller Brillanz, und gleich darauf brach vehementer Beifall los. Das Publikum stand auf und jubelte, und mit Santinos Hilfe stand Patrick ebenfalls auf und hob seinen Bogen hoch über den Kopf. Barbara erhob sich vom Flügel und verneigte sich, die Hände vor sich gefaltet. *Das ist echte Courage,* dachte Mrs. Medina und klatschte gemeinsam mit allen anderen. Als sie sich ihren Weg zurück den

Gang hinauf bahnte, elegant in schwarzer Seide – ein langes Kleid, dass ihr nach fünfzehn Jahren noch immer passte –, ergriffen mehrere Menschen ihre Hand und gratulierten ihr, als wäre sie Patrick. Als wäre sie Patrick!

In dem Gang, der hinter die Bühne führte, befanden sich zwei Münztelefone, beide außer Betrieb. Sie dachte kurz nach, dann legte sie sich ihren Mantel um die Schultern und lief auf die Huntington Avenue hinaus zu einem Telefon neben einem geschäftigen Pizza Hut. Kenny war am Apparat.

»Ah, was für eine Überraschung, Mrs. Mercedes. Ich wollte Sie auch anrufen.«

»Warum?«

»Tja, wir sind doch gute Freunde geworden bei unseren vielen, vielen Telefongesprächen, oder?«

»Wir haben noch nie miteinander telefoniert. Würden Sie Lennie bitte ans Telefon rufen, wenn sie da ist?«

»Das ist das Problem. Wie's aussieht, ist sie abgehauen. Ja, so sieht's aus.«

»Sie ist weg?«

»Erraten. Ist sie bei Ihnen? Ich habe Ihre Nachrichten übrigens alle aufgeschrieben.«

»Ich würde nicht anrufen, wenn sie bei mir wäre. Woher wissen Sie, dass sie weg ist?«

»Sagen wir, es sieht so aus, als hätte sie eigene geschäftliche Pläne. Sie hat einiges von meinem Zeug mitgenommen und auch Geld. Das ist die Scheiße. Eine miese kleine Diebin obendrein.«

»Das glaube ich nicht.«

»Ich schildere nur die Tatsachen.«

»Hat sie was zum Anziehen mitgenommen?«

Sie hörte förmlich, wie er die Achseln zuckte. »Keine Ahnung. Ich hab nie drauf geachtet, was sie anhat.«

»Und? Was werden Sie tun?«

»Ich tue *nada*. Was kann ich schon tun? Ich habe ein paar Anrufe gemacht. Was sonst? Sie wird irgendwann dieser Tage wieder auftauchen, und dann bereinigen wir das. Sagen Sie ihr das, wenn sie bei Ihnen vor der Tür steht.«

Ein Bus fuhr lärmend vorbei.

»Hey!« sagte er. »Hey!«

Sie legte auf und ging mit unsicheren Schritten die Gainsborough Street zurück, auf der ihr die letzten Konzertgäste entgegenströmten. Sie drängte sich zwischen ihnen hindurch in die Eingangshalle und weiter ins Auditorium. Auf gut Glück. Dort war niemand mehr, außer den Platzanweiserinnen, Studentinnen, die zurückgelassene Programme auflasen und sich lautstark über etwas namens Radiohead unterhielten.

Backstage herrschte das reine Chaos, und Patrick mittendrin. Santino schlängelte sich durch die Menge und umarmte sie.

»Mein Gott«, sagte sie, »sieh ihn dir an – hochrot im Gesicht. Wir müssen ihn hier rausschaffen. Trinkt er Champagner?«

»Ja, ein wenig. Die Leute reichen ihm ständig ein neues Glas.«

»Törichter alter Mann.«

»Lass ihm seinen Spaß. Manche dieser Leute hat er seit Jahren nicht gesehen.«

»Es ist kein Spaß, Santino.«

Er sah sie überrascht an. »Willst du nach Hause? Ich kann ihn doch nachher in ein Taxi setzen.«

»Ich weiß nicht, ob er bei dir allein so gut aufgehoben ist.«

Sie würde zu mir kommen, dachte Mrs. Medina. *Wenn sie in Schwierigkeiten steckte. Sie könnte sogar hierherkommen.* Sie reckte den Hals. All diese schnatternden Menschen, die den Blick versperrten. Eine bezaubernde blonde junge Frau erschien plötzlich an Santinos Seite, und Mrs. Medinas Herz machte einen Satz. Doch sie wollte nur ein Autogramm von Santino und präsentierte ihm ihr Décolleté über dem Programm, während er ihr den Gefallen erwies.

»Ich glaube, es wäre keine gute Idee, wenn er zu dem Empfang ginge«, meinte Santino, nachdem die Autogrammjägerin verschwunden war.

»Wo ist dieser Empfang?«

»Hier«, antwortete er. »In einem der größeren Räume.« Er blickte sie einen Moment an. »Möchtest du bleiben?«

»Nein, ich möchte nicht bleiben. Aber Patrick offensichtlich schon.«

»Wenn du ihn mir allein nicht anvertrauen magst ...«, meinte Santino.

»Na schön, ich hab's mir anders überlegt. Ich vertraue ihn dir an. Du hast ihn in diese Situation gebracht – sieh zu, dass er hier nicht stirbt, und ich kümmere mich um alles Weitere. Bring ihn mir lebend heim, und ich werde dir danken.«

Er nahm sie ein Stück beiseite, so dass sie an einer Wand neben einem langen aufgerollten Feuerwehrschlauch standen, abseits des dicksten Getümmels. »Alles in Ordnung mit dir?« fragte er sie.

»Ich bin müde«, erwiderte sie.

»Möchtest du –«

»Ich möchte weg. Vielleicht für eine Woche. Allein. Schaffst du das? Können du und Daria ihn für eine Woche zu euch nehmen?«

»Nach seinem letzten Besuch hat er geschworen, nie mehr zu uns zu kommen – erinnerst du dich? Er ist nicht gern von zu Hause fort. Davon abgesehen bin ich nächste Woche in St. Louis verpflichtet, und dann kommen auch schon die ersten Weihnachtskonzerte ...« Er schüttelte den Kopf.

»Dad.«

»Tony!« Santino küsste ihn. »Sag Mercedes guten Tag.« Tony grinste und küsste sie auf die Wange. Er roch nach Rauch, und seine Wangen waren kalt.

»Dad, da drüben warten ein paar Leute auf dich. Mom meint, du solltest lieber kommen.«

»Ja, bin gleich da.« Tony verschwand wieder in der Menge. »Hör mal, Mercedes, geh nach Hause. Ich sehe zu, dass er nicht länger als eine Viertelstunde auf dem Empfang bleibt, dann schicke ich ihn heim.«

»Schön«, sagte sie.

»Also abgemacht.« Er half ihr in den Mantel.

»Merce!« Patrick hatte sie entdeckt. »Wo hast du gesteckt? Komm! Komm her!« Die Blicke richteten sich auf sie.

»Mercedes Medina«, sagte jemand, der sich aus der Menge löste und zu ihr trat. Sie erkannte sein Gesicht – aus New York, London, sonstwo. »Wie hast du das bloß geschafft? Du hast dich kein bisschen verändert.«

Santino verschwand in der Menge.

Eine Stunde lang blieb sie mit Patrick auf dem Empfang, dann wollte er sich setzen, verfehlte den Stuhl und stürzte zu Boden. Sechs Leute eilten herbei, um ihm aufzuhelfen, und sie sagte: »Wir gehen. Ich hole deinen Mantel.«

»Bess ist eingeschlossen«, sagte Santino ihr ins Ohr. »Ich bringe sie morgen vorbei. Ruht euch aus.«

Im Taxi spürte sie, wie Patricks Kraft ihn verließ. »Ich hab's geschafft!« sagte er. »Gott verdammt. Ich hab's geschafft. Wir waren wunderbar. Sie haben uns als letzte spielen lassen. Die größte Ehre. Erica Wirth hätte alles darum gegeben, als letzte zu spielen.«

»Erica hat gut gespielt.«

»Erica ist eine Eintagsfliege.«

»Inzwischen wohl nicht mehr, Patrick.« Doch damit ließ sie es bewenden.

»Du hast nicht gesagt, wie gut wir waren.«

»Natürlich wart ihr gut. Du weißt es, wenn ihr gut seid. Du warst großartig. Ich habe dich diesen Satz nie derart gefühlvoll spielen hören.«

»Das ist eine einstudierte Bemerkung.«

Sie sah aus dem Fenster. Es hatte geregnet, und die Straße glänzte im Schein der Lichter. »Du warst gut. Du brauchst mich nicht, um das zu wissen. Das war nie anders.«

»Aber ich höre es dich gern sagen.«

Sie nahm seine Hand. »Ich weiß. Ich liebe das Stück, und du warst großartig.«

Damit war er zufrieden. Und es entsprach der Wahrheit.

Zu Hause half sie ihm, sich auszuziehen. Er schlief schon halb, war aber zugleich noch aufgedreht und bestand auf seinem Whiskey.

»Nicht nach all dem Champagner«, sagte sie.

»Du siehst wunderschön aus«, sagte er, »ganz in Schwarz, wie die Duchess of Frothingham, und ich will meinen Black Jack.«

»Leg dich hin, und ich hole ihn dir.«

Sie ließ sich Zeit, und als sie zurückkam, war er eingeschlafen. Sie deckte ihn sorgsam zu und machte die kleine Schreibtischlampe an, die er nachts manchmal brennen ließ. »Wenn du jetzt gehst, weiß ich nicht, wie ich es aufhalten kann«, sagte sie beinahe unhörbar, als sie sich herabbeugte, um ihn zu küssen. »Ich kann es im Augenblick einfach nicht aufhalten.«

Ohne einen Blick zurück ging sie rasch den Korridor entlang in ihr eigenes Zimmer. Sie rief unten an. Constantin und Al hatten ihre Schichten getauscht.

»Al«, sagte sie, »wenn meine große Freundin mit dem kleinen Zopf kommen sollte, dann lassen Sie sie bitte herein. Rufen Sie mich an. Egal, um welche Uhrzeit.«

Doch als sie auflegte, wusste sie, dass sie sich die Mühe hätte sparen können.

»Sie ist weg, du dummes Ding«, sagte sie laut.

21

Die Stadt wandte sich nun dem Winter zu, den Tagen wurden das Licht knapp, der Himmel war klar und eintönig und bleich über den aufstrebenden schwarzen Bäumen. Auf dem Fluss wurden die kleinen Segelschiffe beigeholt und an den Docks festgemacht, und die Rollerblader, die auf dem Platz vor der Hatch Shell herumwirbelten und Pirouetten drehten, mussten den Arbeitern ausweichen, die die Freilichtbühne winterfest machten. Mrs. Medina holte sich ab und an in der Newbury Street einen Cappuccino und nahm ihn mit über die Fußgängerbrücke an der Dartmouth Street, um sich an den Fluss zu setzen. Sie blickte nach Cambridge hinüber, zum Memorial Drive, zum Bootshaus des MIT, einem Teil von Cambridge, in dem Lennie sich, wie sie wusste, wohl kaum aufhalten würde. Dennoch atmeten sie vielleicht die gleiche Luft, die Tageszeit war dieselbe für sie beide, das Wetter.

Eines der College-Boote glitt vorüber, lautlos, ruhig. »Durchziehen!« rief der Steuermann. »Und – Ruder halt!« Hinter ihr rauschte der Verkehr auf dem Storrow Drive erbost nach Westen.

Es war mild für Anfang Dezember. Noch immer gab es eine unbestimmte Hoffnung.

Vor Lennie hatte sie Patrick seinen Whiskey immer gegen sechs eingeschenkt und mit der Zubereitung des Abendessens begonnen, während er die Nachrichten verfolgte. Sie selbst hatte einen Dubonnet oder einen kleinen Gin and Bitters getrunken. Jetzt fanden sie zu dieser Routine zurück, und Patrick warf ihr gelegentlich einen Seitenblick zu und versuchte, nicht allzu zufrieden auszusehen. Sein düsteres Gesicht konnte sie jedoch nicht täuschen. An den Tagen, an denen Nicki kam, kicherten sie zusammen in seinem Zimmer, und an manchen Abenden, wenn sie an ihrem Schreibtisch saß und sich Aufzeichnungen für ihren Kurs machte, hörte sie ihn mit unverhohlenem Vergnügen die Boston Celtics anfeuern. Doch warum sollte sie ihm das missgönnen? Er hatte es stets sehr gut verstanden, für sein Glück zu sorgen. Er war jetzt glücklich. Na und?

Sie bereitete Patricks Fisch oder seine kleine Portion Huhn zu, und gewöhnlich machte sie einen kleinen Salat dazu und Reis, von dem er sich, wenn es nach ihm gegangen wäre, ausschließlich ernährt hätte. Sie selbst aß in der Regel dasselbe wie er, auch wenn sie sich oft erst beim Servieren gewahr wurde, was sie da zubereitet hatte.

Gegen sieben aßen sie zu Abend, im Esszimmer mit Blick über die Dächer auf die rückwärtigen Fenster der Apartments in der Beacon Street. Um sieben war der schlimmste Teil des Abends vorüber, die toten Stunden zwischen vier und sieben, wenn der Tag vorbei war, der Abend jedoch noch nicht alt genug, um Aufregendes zu verheißen. *Aber stimmt das überhaupt?* fragte sie sich eines Abends und erinnerte sich an die Stunden um diese Uhrzeit im Park Plaza mit Lennie, an den köstlichen Abend nach ihrem Nachmittag im Bett. Sie hatten einander angekleidet, und die Luft war von sexueller Mattigkeit erfüllt gewesen. Und dann hatten sie den Fahrstuhl nach unten in die dunkle Bar genommen, wo jemand »Stairway to Heaven« auf dem Klavier gespielt hatte.

Jetzt redete Patrick. Aus irgendeinem Grund war sein Gedächtnis zu dieser Tageszeit besonders ergiebig, und er brachte die Mahlzeit oft damit zu, in lebhaften und detailreichen Erinnerungen an die verschiedenen Abenteuer in seinem Leben zu schwelgen. Sie hörte still zu und stellte nur gelegentlich eine Frage.

»Ich war bei Howard«, hieß es in einer Geschichte, »und wir hatten Danny Steel und seine Frau in Albany zurückgelassen und fuhren zu unserem Haus auf dem Land, in der Nähe von Lake Placid – am Cranberry Lake. Das Haus, das wir alle zusammen gekauft hatten, kurz bevor der Krieg ausbrach. Hast du das je gesehen?«

»Fotos davon. Das war vor meiner Zeit.«

»Wir hatten den Alk dabei. Dill Berman brachte die Mädchen mit.« Er kicherte, dann sah er rasch auf und machte ein unbeteiligtes Gesicht. Mit großer Konzentration widmete er sich seinem Schellfisch.

»Und dann fing es an zu regnen«, lieferte sie ihm das Stichwort.

»Wie die Sintflut.« Er zog eine Grimasse. »Und der einzige Weg zu unserem Haus führte übers Wasser. Halb über den See ...«

Sie ließ ihre Gedanken schweifen.

Nach dem Abendessen saßen sie dann bei laufendem Fernsehapparat eine Weile in seinem Zimmer; manchmal sahen sie fern, manchmal nicht. Er feuerte die Celtics an und träumte von den Frauen in den Werbespots und scherte sich nicht um den Ton. Sie konnte eine Weile lesen oder Briefe schreiben.

Eines Abends hatte sie sein Hühnchen zu lange gegart (er aß es dennoch, stumm, ungehalten) und wenig Interesse für die Geschichte gezeigt, die er von seiner einen persönlichen Begegnung mit Anne-Sophie Mutter erzählte, einer Geschichte, die sie schon oft gehört hatte. Als er sich räusperte, wusste sie, dass er sie auf Lennie ansprechen würde.

»Du solltest die Polizei anrufen«, sagte er.

»Wozu?«

»Um diese ... diese ...«

»Ich bin nicht sicher, ob sie überhaupt verschwunden ist.«

»Was tust du dann hier? Geh zu ihr. Du gibst mir das Gefühl, ich wäre Simon Legree.«

Er verglich sich mit dem Sklaventreiber aus *Onkel Toms Hütte.* Sie warf ihm einen Blick zu.

»Nun, dann gehe ich eben zu ihr, wenn du es nicht tust«, sagte er.

»Und dann?«

»Dann sage ich ihr, sie soll ihre Sachen packen, und bringe sie dir zurück.«

»So funktioniert das nicht, Patrick.«

Er rieb sich den Schädel. »Frauen sind geheimnisvolle Engel«, meinte er. »Ich verstehe nicht eine einzige von euch. Warum verkomplizierst du unser Leben?«

»Im Augenblick ist es eigentlich sehr unkompliziert. Für mich jedenfalls. Und es ist mein Leben.« Sie stand auf. »Ich möchte jetzt eine Weile arbeiten. Brauchst du irgendwas?«

Er umklammerte ihre Hand. »Du musst mir verzeihen, Merce. Was immer ich auch getan habe. Du bist wie ein Fels aus Granit. Dein Funke ist erloschen. Gib mir das gottverdammte Schwert, ich schlag mir den Kopf ab.«

»Du hast sie nicht vertrieben, Patrick.«

»Aber verzeihst du mir?«

»Natürlich. Schwamm drüber.«

Liebe Lennie (schrieb sie, denn sie musste sich mitteilen), *Darling Lennie, eines Tages werde ich mit Dir nach Rom fahren. Bitte lass mich davon träumen, auch wenn ich vermute, dass Rom nicht gerade die Stadt* Deiner *Träume ist. Du sehnst Dich immer nach einem Ort, an dem es heiß ist, mit Strand und Meer. Einem Ort, der Dich nicht mit seinem Alter überrascht oder Dich mit einer Dir unbekannten Sprache überfällt oder mit Kunst, die darauf besteht, gesehen zu werden. Na, egal. Wir müssen nichts und niemanden sehen, nur einander.*

Wir fahren im Herbst, überlegte sie. Die Tage werden staubig sein und die Stadt erschöpft von der Hitze des Sommers.

Ich werde Patricks alten Freund Renato fragen, ob wir die Wohnung haben können, die er sich hält, gleich beim Campo dei Fiori, Wiese der Blumen heißt das auf italienisch. Heute ist es eine Blumenwiese aus Marktschirmen in leuchtendem Rot und Gelb, und die Rufe der Wiesenvögel sind von zum Kauf auffordерndem Geträller ersetzt worden. Die blumige Sprache der Verkäufer, voller Saft, windet sich um die Dinge, die sie benennt, und dringt zum Kern der Bedeutung vor. Renatos Haus ist um die Ecke dieser Piazza, unter einem freskoverzierten Bogen hindurch; die Wohnung liegt über einer kleinen Bar, die sich den Eingang mit der Werkstatt eines Möbelrestaurators teilt, und deshalb ist die Luft stets von Kaffeeduft und Terpentingeruch erfüllt. Wenn ich die Augen schließe, spüre ich das Gebäude förmlich vor mir aufragen, die Rufe auf der Straße dringen an mein Ohr, das Bellen der Hunde, die herumschleichenden Straßenkatzen. Ich erinnere mich, wie sich der tellergroße Türknauf anfühlte, ich erinnere mich an den dumpfigen Geruch von Mörtel in dem hallenden Foyer, den trägen, rumpelnden kleinen Fahrstuhl. Ach, und das Glück, wenn wir hinauffuhren! Solch wunderbare Mahlzeiten erwarteten uns!

Renatos Räume sind ganz oben, fern vom Hauptlärm der Straße. Sein Eingangsflur ist mit rautenförmigen grünen und weißen Fliesen ausgelegt, und die Wände sind mit Spiegeln bedeckt. Vor dem Wohnzimmer erstreckt sich die lange Terrasse mit vielen Weinstöcken, in denen es von zwitschernden Vögeln, Spatzen, nur so wimmelt. Am Abend erglimmen die Lichter der Stadt wie eine Kohlenpfanne, und die Glocken von Sant'Andrea della Valle erklingen in regelmäßigen Abständen.

Wir werden uns anziehen und zum Essen hinunterfahren, und bei Da Pancrazio's an der Piazza Biscione sitzen wir drinnen, nicht bei den Touristen, nicht bei den Springbrunnen und Kindern und den Jungen mit den verschlagenen Augen, die abends herumlungern, und der Kellner bringt uns als erstes eine Flasche Brunello und öffnet sie schwungvoll. Die Tischwäsche wird makellos weiß sein, das Silber angenehm gewichtig in der Hand liegen. Der Wein hat die unvergleichliche Farbe von Rubinen und frisch erblühenden Prellungen.

Wir beginnen mit Brot, dem Leben. Dann Tagliatelle mit Steinpilzen und frischen Artischocken und Spargel. Würzigem Parmesan. Und danach ein gegrilltes Bistecca, blutig, oder ein gebratenes Hühnchen, dessen goldene, krustige Haut vor Fett trieft, und lange, dünne grüne Bohnen in Olivenöl. Schließlich noch ein Salat: Radiccio, Ruccola, Sellerie, marinierte Tomaten.

Und später werden wir durch die sich abkühlende Oktobernacht schlendern, durch die Straßen Roms, erfüllt vom Geruch der Abgase, eine alte Stadt am Ende eines weiteren Tages, und wir werden in eine kleine Bar gehen, um einen Kaffee zu trinken, eine Bar, die ich kenne, an einer ruhigen Ecke in der Nähe des Pantheons. Wenn wir miteinander sprechen, wirst Du den Kopf zu mir neigen, und ich werde Deinen Duft einfangen, und dann wird eine Faust mein alterndes Herz umschließen, und ich schlösse Dich am liebsten auf der Stelle in die Arme, doch das würde nicht genügen. Statt dessen lehne ich mich zurück und schaue in den schwarzen Himmel hinauf und spüre, wie der Kaffee mein Blut beschleunigt.

Zurück in der Wohnung, auf der Terrasse schwirren die Nachtvögel und Fledermäuse herum, und wir sitzen nebeneinander und trinken einen Montenegro und betrachten die Sterne, die wir dann und wann über der Dunstglocke ausmachen können. Dieser Dunst ist von goldenem Licht erfüllt, das von den Straßen reflektiert, die langsam in den Schlaf sinken. Und nachdem wir uns geliebt haben, halte ich Dich in den Armen, während die nächtliche Brise, aromatisiert mit einem Hauch antiker Statuen, die durchsichtigen Gardinen wehen lässt und den Schweiß auf unseren Leibern trocknet. Und schließlich schlafen auch wir, tief und fest, wie luftgeboren, und wenn ich in der Nacht erwache, muss ich nur Atem schöpfen, um zu wissen, dass Du bei mir bist, in die Laken an meiner Seite gekuschelt oder flach auf dem Rücken liegend, traumverloren, und ich muss mich nur ein wenig drehen, um Deine Taille zu umfangen und Dich an mich zu ziehen. Und obwohl Du es nie hören wirst, verspreche ich Dir, nie zuzulassen, dass Du Dich fürchtest oder an einen Ort vorwagst, an dem ich Dich nicht beschützen kann.

Mrs. Medina legte den Stift hin. Sie wusste, dass dieser Brief für sie selbst war, nicht für Lennie; es war ein Luxus, den sie sich erlaubt hatte. Sie hätte mit Lennie nach Rom fahren können, aber es war keine Zeit gewesen. Sie hätte vielleicht beide haben können, Lennie und Patrick, aber es war keine Zeit gewesen, herauszufinden, wie. Sie hätte mit der Frau in dem grauen Kostüm sprechen können, aber es war Zeit gewesen, nach Los Angeles aufzubrechen. Sie hätte Patrick irgendwann verlassen können – in New York, in London, in Zürich, in München, und nach Venedig zurückkehren, um ihr kleines Zuhause zu finden. Aber sie hatte gedacht, dafür würde immer noch Zeit sein; sie war jünger als er, es würde immer noch Zeit sein.

Sie nahm den Brief in die Hand. Die Ergüsse einer törichten Frau, die jetzt nichts mehr besaß als diese Tagträume, leere Flaschen im Müll, ein Stück Fisch und ein paar Kartoffeln zum Abendessen, die Nachrichten, das Wetter, muffig riechende Zimmer, frühes winterliches Zwielicht – Dinge zu erledigen, kleine Besorgungen zu machen – immer kürzere Listen. *Viel Zeit habe ich jetzt,* dachte sie. *Viel Zeit.*

Schließlich rief sie Guido an, weil sie keine Lust verspürte, je wieder mit Kenny zu sprechen. *Wenn sie da ist,* dachte sie, *dann sage ich einfach nur –*

Eine fremde Stimme war am Telefon. Ein junger Mann. »Wen wollen Sie sprechen? Oh, ja, die Frau, die hier gearbeitet hat. Keine Ahnung, wo die abgeblieben ist.«

»Könnten Sie bitte Guido fragen? Ich bin eine Freundin von ihr.«

Guido kam an den Apparat. »Madam, hallo. Sie ist weg. Es tut mir leid, Ihnen das zu sagen.«

»Aber wohin? Kommt sie zurück?«

»In der Schule gab es ein Problem. Ich weiß nicht, was. Sie war aufgeregt, und sie ist weg von mir.«

»Sie ist weg? Was soll das heißen?«

»Sie erklärt es nicht.«

»Wann war das?«

»Ich gebe ihr, was ich ihr schulde, und ein bisschen mehr. Sie geht weg. Es tut mir leid.«

»Sie wissen nicht, wo sie ist?«

»In diesem Augenblick ich weiß es wirklich nicht.« Er schwieg, schien jedoch fortfahren zu wollen.

»Gibt es noch weitere Probleme?«

»Ich hoffe nicht. Und nun ich muss gehen. Bitte verzeihen Sie mir.«

»Was denn nur?« fragte sie die tote Leitung.

Am nächsten Tag schickte er ihr Blumen. Blaue Lisianthus.

Das Telefon weckte sie, und blind griff sie danach, um sein Lärmen abzustellen. Doch selbst noch im Schlaf meinte sie bereits Lennies Stimme in ihrem Ohr zu vernehmen, die schließlich alles erklärte. Ihr Wecker zeigte fünf Uhr vierzig. Es war noch dunkel.

Erst dachte sie, die Stimme am Telefon habe nach Patrick gefragt. Deshalb sagte sie: »Nein, er schläft, und um diese Uhrzeit werde ich ihn nicht wecken. Wer spricht da?«

»Nein, mit Ihnen will ich sprechen, wenn Sie Mercedes Medina sind, Mrs. Patrick A. Ich bin Detective David Lopes, Cambridge Police, Drogenfahndung.«

Sie setzte sich sofort auf und streckte die Hand nach dem Licht aus. »Ich bin Mercedes Medina. Was ist passiert?«

»Gut. Gut.« Sie hörte ihn mit Papieren rascheln. »Ich muss mit Ihnen über Lennie Visitor, Rindge Avenue, North Cambridge, sprechen. Sie kennen sie, soweit ich weiß.«

»Ja. Ist was passiert?«

»Mrs. Medina, ich muss wissen, ob sie im Augenblick bei Ihnen ist.«

»Nein, das ist sie nicht.«

»Gut. Wann hatten sie das letzte Mal mit ihr zu tun?« fragte er.

»Zum letzten Mal mit ihr zu tun? Das war an Thanksgiving.«

»Seitdem haben Sie weder mit ihr gesprochen noch sie gesehen?«

»Richtig.«

Im Hintergrund erhob sich ein Tumult.

»Gut. Entschuldigen Sie«, fuhr er fort. »Wir haben hier Kenneth L. Barrett und Spiro Stratas in Gewahrsam. Beide sagen aus, dass Ms. Visitor möglicherweise gewisse Vorkommnisse erklären könne, die sich in ihrer Wohnung ereignet haben.«

Sie haben ihre Wohnung durchsucht, dachte Mrs. Medina. *Weshalb auch immer.*

»Wissen Sie irgend etwas darüber?« fragte er.

»Nein, nichts.«

»Gut. Wir würden gern mit Ms. Visitor sprechen, um die Aussagen zu bestätigen oder zu widerlegen, die die beiden Herren hier, wie Sie hören, lautstark vortragen.«

Im Hintergrund meinte sie Kenny schreien zu hören, aber sie konnte nicht verstehen, was er sagte.

»Es tut mir leid, Officer – Detective – ich kann Ihnen da nicht weiterhelfen. Ich habe sie, wie gesagt, seit Thanksgiving weder gesehen noch gesprochen.«

»Ja.« Sie hörte, wie er ein Streichholz anzündete. War er wirklich bei der Polizei? Woher sollte sie das wissen? »Ich würde gern vorbeikommen und mit Ihnen sprechen, nur kurz, wenn Sie nichts dagegen haben.«

»Wie – Sie meinen *jetzt?*«

»Nein, nein, später. So gegen zehn, wenn's recht ist. Wird nicht lange dauern.«

Sie rieb sich den Nacken. »Nun ja, ich denke, das geht.«

»Sie wohnen –«

»Ich wohne an der Ecke Commonwealth Avenue und Clarendon Street. Im Back Bay. Was genau wollen Sie von mir wissen? Ich habe sie, wie gesagt, nicht mehr gesehen.«

»Das besprechen wir besser von Angesicht zu Angesicht, meinen Sie nicht? Ich bin gegen zehn bei Ihnen.«

Sie legte langsam auf.

Na, wenn das nicht aufregend war. Ihr wurde klar, dass sie nicht wusste, ob das, was sie und Lennie im Bett gemacht hatten, vielleicht illegal war. Vermutlich schon. Wollte er sie danach fragen? Was hatte das mit Kennys Drogendeals zu tun? Wenn es sich um Drogendeals handelte. Sie trank einen Schluck Wasser. Das Fenster begann aufzuhellen.

Patrick durfte keinen Schrecken bekommen. Das war wichtig. Patrick durfte keinen Schrecken bekommen. *Ha, Patrick wird wahrscheinlich jede Sekunde genießen,* dachte sie. Aber Patrick würde nicht mit diesem – wie hieß er? Lopes? – zu tun haben. Sondern sie. Das war ihre Sache, und Patrick würde nicht dabei sein. Ja. Sie richtete sich energisch auf. Das war ihre Sache. Es hatte mit Lennie zu tun, und Patrick würde nicht dabei sein.

Beim Frühstück sagte Patrick: »Habe ich es klingeln hören? Ist heute nacht jemand gekommen?« Sie hob den Kopf von ihrem Kreuzworträtsel und sah ihn über den Rand ihrer Brille hinweg an. »Wenn ich es klingeln höre, dann möchte ich wissen, ob es sich um menschliche Kommunikation handelt oder ob irgendwelche Bakterien mein Trommelfell attackieren.«

»Nein, es war das Telefon«, erwiderte sie. »Tut mir leid, wenn es dich geweckt hat. Ups!« Er hatte mit dem Müsli-Löffel seinen Mund verfehlt, und sie langte rasch hinüber, um das Malheur fortzuwischen.

Er schob ihre Hand weg. »Du hast mir schon wieder diesen

winzigen Puppenlöffel für mein Müsli gegeben.«

Sie lächelte. »Entschuldige.«

Er kaute sorgsam, als wäre das Müsli ein Beefsteak. »Bald habe ich Geburtstag«, meinte er gedankenverloren.

»Ja, in ungefähr drei Wochen.«

»Und danach du?«

Sie nickte.

»Holst du mich inzwischen ein?«

»Wir werden beide älter, Patrick, im selben Tempo.« Sie sah auf die Uhr. Es war zwanzig nach neun.

Er schlug mit seiner zerbrechlichen kleinen Faust auf den Tisch. »Du musst verrückt gewesen sein, einen alten Trottel wie mich zu heiraten, Merce. Warum hast du das getan? Du warst immer jünger.« Er lehnte sich zurück und knallte mit dem Kopf gegen die Stuhllehne. Er war an diesem Tag weniger gedrückt, weniger auf der Hut. Vielleicht dachte er, der Anruf sei von Lennie gewesen, und fühlte sich entlastet.

»Ich habe dich geheiratet, weil du so phantasievoll um mich geworben hast. Wie hätte ich da nein sagen können?« Sie stand auf und stellte das Geschirr zusammen. »Hör mal, Patrick, ich muss mit dir über diesen Anruf sprechen. Um zehn bekommen wir Besuch von einem Polizeibeamten aus Cambridge.«

Seine Augen weiteten sich. »Von einem Bullen?«

»Ja. Es scheint, dass Lennies Mitbewohner Kenny in Schwierigkeiten geraten ist, und sie wollen mich deswegen sprechen.«

»Dich? Was hat das mit dir zu tun?«

»Ich weiß es nicht. Das werde ich wohl nachher herausfinden.«

»Ich dulde keinen Polypen in meinem Haus!«

»Er kommt, und er kommt, um mit mir zu sprechen. Punktum.«

»Hat dein Mädel was ausgefressen?« Sie sah, wie er im Geiste rasch die verschiedenen Möglichkeiten durchspielte, die ihn allesamt faszinierten.

Sie stellte das Geschirr mit Nachdruck ab. »Sprich nicht über sie, Patrick, sonst werde ich sehr, sehr wütend. Das ist meine Sache, und du wirst dich diesmal nicht einmischen. Ich werde mit ihm sprechen, und du wirst uns nicht stören.«

Er lehnte sich wieder zurück. »Tja«, sagte er. »Wie ich sehe, habe ich sämtliche Autorität in meinen eigenen vier Wänden eingebüßt. Wirst du ins Gefängnis kommen? Läuft es darauf hinaus? Du bist in den letzten Monaten kampflustig geworden, wie ich sehe. Das junge Ding hat dich auf den dunklen Pfad des Verbrechens geführt, und gleich kommen sie, um dich zu holen. Genau wie Susan Hayward in *Lasst mich leben!* Sie werden dich davonschleppen, sie werden dich in die Mangel nehmen – was soll ich nur tun?« Er bebte und war hochrot im Gesicht.

»Patrick, beruhige dich bitte, ja. Ich habe mir nichts zuschulden kommen lassen, das versichere ich dir. Sie werden mich nirgendwohin mitnehmen.«

»Du kannst auf mich zählen«, sagte er und stand unsicher auf. Er ging in die Küche und griff zum Telefon. »Sind Sie der Grieche?« hörte sie ihn den Portier fragen. »Na, wer zum Teufel dann? Wie heißen Sie?«

»Patrick –« Sie trat zu ihm.

»Al. Okay, Al. Hier spricht Patrick Medina, von oben. In Kürze wird ein Bulle kommen, der meine Frau sprechen will, und ich will, dass er gefilzt wird. Er wird eine Knarre bei sich haben, und ich will, dass Sie ihm die abnehmen. Ich dulde keine Waffen unter meinem Dach.«

»Patrick, bitte.« Sie versuchte ihm den Hörer zu entwinden.

»Das ist mir egal. Wenn er versucht, meine Frau mitzunehmen, dann müssen Sie ihn aufhalten. Ich zahle Ihnen hundert Dollar, wenn Sie ihn daran hindern, meine Frau in den Knast zu stecken.«

»Das reicht jetzt«, sagte sie und zwang ihn, ihr den Hörer zu überlassen. »Al, hier spricht Mercedes Medina. Ein gewisser

Detective Lopes wird in Kürze kommen. Bitte schicken Sie ihn hoch. Das ist in Ordnung. Dankeschön.«

Sie legte auf. »So.« Sie wandte sich zu ihm um. »Heute kommt Nikki, um dir vorzulesen. Du gehst besser duschen und ziehst dich an. Ich habe dir etwas zum Anziehen rausgelegt. Lass mich das mit dem Polizisten regeln, bitte, Patrick, ja?«

»Mach mit ihm, was du willst«, erwiderte er und wandte sich ab. »Ich habe dich gewarnt, was das Mädchen angeht. Wieso hat sie auch einen Männernamen?« Er ging in sein Zimmer.

David Lopes verspätete sich. Sie stand im Wohnzimmer und wusste nichts mit sich anzufangen. Ihr Herz pochte mühsam in ihrer Brust. Sie hörte, wie Patrick sich unbeholfen in seinem Zimmer zu schaffen machte, es für Nikki »saubermachte«. Dieser Routinevorgang bestand darin, mit einem Kleenex das Glas sämtlicher eingerahmter Bilder abzustauben, und normalerweise amüsierte sie sich darüber. Heute jedoch war sie wütend. Aus dem Fenster sah sie, wie sich zwei potentiell gefährliche Ereignisse abspielten: eine DC-10 mühte sich über dem Prudential Building, an Höhe zu gewinnen; zwei Motorräder wetteiferten miteinander und überfuhren eine rote Ampel in der Clarendon Street. Ihr schien, als gehörte nicht viel dazu, die Welt aus dem Gleichgewicht zu bringen. »Was?« rief Patrick aus seinem Zimmer. »War das die Klingel?«

»Noch nicht!« rief sie zurück, und ihr versagte die Stimme.

David Lopes erinnerte sie an ein bequemes Sofa. Er war groß, mit einem bescheidenen Bauch, bewegte sich aber in seinen Slippern mit einer gewissen Anmut, und sie sah, wie er rasch noch seine Krawatte zurechtrückte, als er ins Wohnzimmer trat. Sie wusste, dass er ein Raucher war, noch bevor sie es an seinen Kleidern roch; sie erkannte es daran, wie seine Hände herumfuhren, seine Brusttasche abklopften, sein Jackett abtasteten. Das ihm verbliebene Haar hing ihm in dunklen Halbmonden über die Ohren. Seine Augen waren müde; Mrs. Medina vermutete, dass er schon lange, bevor er sie angerufen hatte, auf den Beinen gewesen war. Aber müde oder nicht, sie sah, wie er sich einen Eindruck von ihrer Wohnung verschaffte. Er spazierte umher und tastete seine Taschen ab, bis sie ihn bat, Platz zu nehmen. Da schien er sich plötzlich zu erinnern, warum er gekommen war.

»Was hat Kenny Ihnen erzählt?« fragte sie ihn. »Ich meine, hat er eine Ahnung, wo Lennie steckt?«

»Moment, Moment«, sagte er und öffnete eine kleine, mit einem Reißverschluss versehene Mappe. Sie war alt, und der Reißverschluss hakte, und Mrs. Medina saß da und verschränkte die Finger, während er an dem Reißverschluss nestelte. Schließlich entnahm er der Mappe einige Papiere. »Kennen Sie sie gut?« fragte er, während er sie durchblätterte.

»Was ist los? Was ist los?« rief Patrick aus seinem Zimmer. »Wo ist Nikki? Ich komme raus!«

Sie stand auf und lächelte entschuldigend. »Mein Mann. Ich bin gleich zurück.«

Auf dem Weg zurück griff sie nach einem Pullover und streifte ihn über. Vielleicht würde ihr Zittern dann aufhören.

Er zog eine Halbbrille aus seiner Brusttasche. Über dem Nasensteg klebte ein kleiner Streifen Klebeband. »Am Telefon haben wir über Lennie Visitor gesprochen«, sagte er, nachdem sie sich wieder gesetzt hatte. »Sie sagten, Sie hätten sie nicht mehr gesehen.«

»Das stimmt. Seit Thanksgiving.«

»Seit zwei Wochen also.«

Sie nickte. »Ja. Fünfzehn Tage.«

»Irgendeine Ahnung, wo sie stecken könnte?«

»Nein. Um ehrlich zu sein, ich habe selbst schon versucht, das herauszufinden.« Sie spielte mit ihrem Ring. »Weiß ihr Mitbewohner es nicht?«

»Kenny? Angeblich nicht. Aber ich halte seine Angaben nicht unbedingt für das Evangelium, wenn Sie wissen, was ich meine. Er ist nicht gerade ein unbeschriebenes Blatt.«

»Und? Was legt er ihr zur Last?«

Er kratzte sich am Ohr. »Tja, wir haben ihre Wohnung durchsucht und eine nicht unbeträchtliche Menge verschiedener Drogen gefunden. Schwungvoller kleiner Handel, der dort im Gange war. Er sagt, es sei ihr Ding gewesen. Spielt die reine Unschuld. Es ist eine ziemlich unglaubwürdige Geschichte, aber das ganze Zeug war in ihrem Zimmer versteckt. Er sagt, sie wäre mit einem sogenannten Kunden verabredet gewesen, ein paar Tage nach Thanksgiving, und nicht zurückgekommen. Angeblich hat sie sich mit der ganzen Lieferung und einem Teil seines Geldes aus dem Staub gemacht. Das ist seine Version.« Er nahm seine Brille ab und sah Mrs. Medina an. »Überrascht Sie das?«

»Das klingt vollkommen absurd«, sagte Mrs. Medina.

»Tut es das? Sie würden ihr das also nicht zutrauen?«

»Nun –« Mrs. Medina fuhr sich mit der Hand an die Kehle. »Natürlich war ich nicht mit allen Aspekten ihres Lebens vertraut, aber –« *Ich muss loyal sein,* dachte sie. *Ich muss loyal sein.* – »aber sie war sehr glücklich mit ihrer Arbeit, glaube ich. Sie hat liebend gern mit Pflanzen und Blumen gearbeitet. Warum sollte sie ...« Sie strich mit den Handflächen über ihren Rock.

Er schürzte die Lippen und nickte. Er schien sich keine Notizen machen zu wollen, sondern studierte mit großer Aufmerksamkeit die Unterlagen, die er aus seiner Mappe genommen hatte. »Niemand ist immun gegen Drogen«, bemerkte er leise, fast wie für sich. »Also«, fuhr er dann fort und sah auf, »machen Sie sich Sorgen? Haben Sie versucht herauszufinden, wohin sie verschwunden ist? Kenny sagt, Sie hätten sie oft gesehen.«

»Oft – na ja, das nicht gerade. Nicht in letzter Zeit zumindest. Sie – nun ja, ich habe mich gefragt, wo sie steckt, aber wir haben uns nicht so oft gesehen. Ich habe Kenny sogar ein, zwei Mal angerufen. Er hat mir gesagt, dass sie nicht da wäre, aber ich dachte mir, wenn sie mich sehen will, wird sie sich schon melden. Sie hatte sehr viel zu tun. Tja, was hätte ich machen sollen? Vielleicht hätte ich die Polizei einschalten sollen, aber das schien ein bisschen albern. Ich habe sie nicht wirklich für vermisst gehalten. Es ist mir nie in den Sinn gekommen, dass ihr vielleicht was zugestoßen sein könnte. Halten Sie das für möglich?« Sie fuhr sich mit der Hand an die Schläfe. Ihre Stimme klang wie eine Nähmaschine, wie ein Cembalo, *ticketi-ticketi-tick.*

»Keine Ahnung«, meinte er. »Hat sie das schon mal gemacht?«

»Was?«

»Sich aus dem Staub gemacht.«

»Das kann ich beim besten Willen nicht sagen.«

Er wartete.

Sie rieb sich die Oberarme. »Menschen machen sich doch andauernd auf und davon, oder? Aus den unterschiedlichsten Gründen.«

»Das tun sie, ja.«

»Ich an Ihrer Stelle würde Kenny keinen Glauben schenken.« Da – sie hatte Position bezogen.

»Sie kennen ihn also.«

»Ich bin ihm nie begegnet. Wir haben kurz am Telefon miteinander gesprochen. Aber ich hatte den Eindruck, dass er ein ziemlich unangenehmer Zeitgenosse ist. Allein vom Reden.«

»Er ist kein besonders liebenswürdiger Mensch.«

»Und ich glaube nicht, dass Lennie Drogenhandel betrieben hat oder was auch immer. Das glaube ich einfach nicht. Möchten Sie eine Tasse Kaffee?« Sie erhob sich halb. »Er ist fertig.«

»Nein, danke. Ich würde gern fortfahren.« Er rieb sich den Nacken. Sie hatte keine andere Wahl, als sich wieder zu setzen. »Wie nahe standen Sie sich, Sie und diese junge Frau? Waren Sie Freundinnen? Oder was?«

Mrs. Medina spürte, wie sich ihre Eingeweide zusammenzogen. In ihren Ohren schien sie das Schlagen von Flügeln zu vernehmen, und sie spürte, wie Röte ihren Nacken hochstieg. Sie schüttelte den Kopf. »Freundinnen« würde er ihr nicht abnehmen.

»Einfach nur Freundinnen – würden Sie das sagen?«

»Wir waren Freundinnen, ja.«

»Okay.« Er sah wieder auf seine Papiere hinunter. Einen Moment später blickte er wieder auf und sagte: »Es fällt mir schwer, sie mir hier in dieser Wohnung vorzustellen, deshalb frage ich.« Er machte eine ausladende Geste. »Verstehen Sie, was ich meine?« Am Ärmel seines Jacketts baumelten ein paar lose Fäden.

»Sie war hier. Sie ist hier willkommen.«

»Na schön.«

»Was hat das mit Ihren Ermittlungen gegen Kenny Barrett zu tun?«

»Ich ermittle gegen Kenny Barrett, Spiro Stratas und Ihre Freundin Lennie. Gegen alle drei.«

»Nun, ich glaube, ich habe Ihnen alles gesagt, was ich weiß. Ich bin Kenny nie begegnet, ich habe noch nie etwas von Spiro Stratas gehört, und ich habe keine Ahnung, wo Lennie sich im Moment aufhält.«

»Hat sie vielleicht irgendeine Bemerkung gemacht, aus der Sie hätten schließen können, dass sie im Begriff war, sich abzusetzen?«

Ihr fiel ein, was Guido ihr am Telefon erzählt hatte. »Nein.« Sie rieb sich die Hände.

»Wissen Sie, ob sie Geldprobleme hatte? Hat sie Sie je um Geld gebeten?«

»Nie.«

Er wickelte einen Streifen Juicy Fruit aus und schob ihn sich in den Mund. Eine Weile kaute er schweigend. »Also, Mrs. Medina, ich möchte gern, dass Sie ein klein bisschen genauer werden. Es wäre hilfreich, wenn ich wüsste, welcher Art genau Ihre Beziehung zu Lennie Visitor war. Sie sind nicht verpflichtet zu antworten, aber sie steckt in Schwierigkeiten. Es könnte mir helfen herauszufinden, was sie vorhat, wissen Sie. Sie könnten ihr vielleicht helfen.«

»Ich wüsste nicht, wie.« Und das ging ihn nichts an. Sie merkte, dass sie sich vorgebeugt hatte, die Hände zu Fäusten geballt. Das Wohnzimmer schien von schmerzlicher, unnatürlicher Helligkeit überflutet zu werden.

»Sie wollen also bei ›Freundinnen‹ bleiben?«

»Nein.«

Er warf ihr einen müden Blick zu. »Mir ist das vollkommen egal, wissen Sie. Ich möchte nur zum Ende kommen.«

Sie hätte ihm gern geantwortet. Sie wollte ihm antworten. Aber jede Antwort, dachte sie, würde erläutert werden müssen. Sie war stolz gewesen, Lennies Geliebte zu sein. Doch sie fürchtete die Vermutungen, die man allein dieser Tatsache wegen über sie anstellen würde.

Sie richtete sich stolz auf. »Würdigen Sie mich nicht herab«, sagte sie. »Wir haben uns nicht in schmuddeligen Bars getroffen oder in irgendwelchen finsteren Ecken.«

Er kaute sein Kaugummi, und seine Kiefermuskeln, von winzigen Bartstoppeln gesprenkelt, spannten und entspannten sich im Wechsel.

»Es war nicht belanglos.«

»Die Liebe«, sagte er, »ist nie belanglos. Wieviel Zeit genau hat sie hier verbracht?«

»Wir haben uns vielleicht dreimal die Woche gesehen, höchstens.«

»Immer abends?«

»Nein, nicht immer. Warum?«

»Hat sie – die Nacht hier verbracht?« Er blickte nicht auf.

»Bis hierher und nicht weiter!« sagte Patrick dramatisch. Er trat ins Wohnzimmer und marschierte direkt auf David Lopes zu, der sich anschickte aufzustehen. »Mein Frau wird eine Anwältin hinzuziehen, bevor Sie sie weiter befragen. Merce, ruf Gertrude Springer an.«

»Patrick, dazu besteht keine Veranlassung. Bitte. Mr. Lopes – Detective Lopes, dies ist mein Mann, Patrick Medina.«

David Lopes war aufgestanden und streckte die Hand aus. »Angenehm«, meinte er.

Patrick ignorierte seine Hand. »Sie sprechen hier nicht mit einem Hinterwäldler, wissen Sie. Ich kenne unsere Rechte. In dieser Richtung werden Sie die Befragung nicht fortführen.«

»Und welche Richtung ist das?« fragte David Lopes.

»Patrick, bitte lass uns allein. Wir sind fast fertig.«

»Welche Richtung?« wiederholte der Detective.

Patrick funkelte ihn durch seine kleine Brille hindurch an und trat einige Schritte zurück. »Meine Frau hat nicht gegen das Gesetz verstoßen«, sagte er voller Überzeugung.

»Das behaupte ich auch gar nicht«, erwiderte David Lopes und legte den Kopf schräg.

»Ich kenne Typen wie Sie«, fuhr Patrick fort. »Sie wollen sämtliche lüsternen Details aus dem Sexleben anderer hören, weil Sie selbst keinen mehr hochkriegen. Daran ist aber meine Frau nicht schuld!« Er stolperte und griff haltsuchend nach der Armlehne der Couch.

»Patrick!« Mrs. Medina eilte zu ihm.

»Ich habe nicht versucht, Ihrer Frau irgendwas Lüsternes zu entlocken.«

»Entlocken! Das trifft's genau! Merce, lass meinen Arm los und ruf Gertrude an.«

»Nein. Nein, das werde ich nicht.« Sie wandte sich David Lopes zu. »Ja, sie hat die Nacht hier verbracht. Ja, wir hatten eine sexuelle Beziehung, auch wenn es Sie nichts angeht. Nein, ich weiß nicht, wo sie ist, aber ich wünschte, ich wüsste es!«

Schweigen.

»Du wirst den Rest deines Lebens hinter Gittern verbringen«, bemerkte Patrick schließlich. »Sag nicht, ich hätte dich nicht gewarnt.« Er drehte sich um und ging aufgebracht aus dem Zimmer.

David Lopes kehrte an seinen Platz zurück und begann seine Unterlagen zu ordnen. Einen Moment später wandte Mrs. Medina sich um und ging zum Fenster hinüber. »Sie hat drei oder vier Mal die Nacht hier verbracht«, sagte sie. »Insgesamt.«

»Gut. Hat sie hier jemals irgendwelche Anrufe bekommen? Ist sie jemals plötzlich aufgebrochen, mitten in der Nacht?«

»Nie.«

»Hatte sie einen Pager dabei? Ein Handy?«

»Nein.«

»Also, ich möchte Ihnen ja nicht zu nahe treten, Mrs. Medina, aber gab es in Ihrer Beziehung« – er suchte nach Worten – »gab es irgendwelche Probleme? Hat sie sich vielleicht noch mit jemand anders getroffen? Tut mir leid, das fragen zu müssen. Und Sie haben übrigens keine rechtlichen Probleme, falls Sie sich deswegen Sorgen machen.«

»Sie hat nie jemand anderen erwähnt.«

»Das musste sie ja auch nicht unbedingt.«

Mrs. Medina schloss die Augen. »Wir haben nie gestritten. Unsere Beziehung war gut.«

»Perfekt? Würden Sie so sagen?«

Sie sah ihn zornig an. Das Blut pochte ihr in den Schläfen. »Nein, perfekt würde ich nicht sagen. Perfekt wäre doch sehr langweilig.«

»Ich glaube, ich wäre mit perfekt zufrieden«, sagte er und rieb sich die Augen.

Sie betrachtete ihn nun mit größerem Interesse. Er hatte sie nicht verurteilt, und dafür war sie ihm dankbar. Sie legte die Hand an die Stirn. »Sie ist einfach wie vom Erdboden verschwunden.«

»Sie wird schon wieder auftauchen«, meinte er. Er packte seine Unterlagen ein. »Ich weiß, wo sie wohnt, wie es so schön heißt. Ich weiß, wo sie arbeitet – oder gearbeitet hat. Kenny hat Kaution gestellt, aber wir werden ihn im Auge behalten. Und ihre Freundinnen ausfindig machen. Wenn sie sich bei Ihnen meldet ...« Er stand auf und reichte ihr seine Karte.

Sie öffnete die Wohnungstür, und da stand Nikki, die Hand auf der Klingel. »Hallo!« Sie lächelte.

David Lopes trat einige Schritte zurück und hob die Hand, um sich glättend über die Haare zu streichen, die er nicht mehr hatte. *Ich werde sie einander nicht vorstellen,* dachte Mrs. Medina. »Hallo, Nikki!« sagte sie.

»Nikki!« Patrick kam den Korridor entlang. »Der verdammte Polyp ist immer noch hier, wie ich sehe«, murmelte er. »Beachte ihn nicht. Komm, Schätzchen.«

Nikki eilte ihm nach und ließ eine blumige Parfumwolke zurück.

»Ganz schön was los hier«, meinte der Detective.

Sie nickte.

Er trat vor die Tür. »Reine Neugier, Mrs. Medina«, sagte er dann, »aber wenn Sie einen Ort nennen sollten, an dem Ihre Freundin sich aufhalten könnte, egal wo auf der Welt, welcher Ort käme Ihnen dann in den Sinn?«

Und jetzt wurde ihr erstmals klar, dass Lennie tatsächlich in ernsten Schwierigkeiten stecken könnte. »Hawaii«, sagte sie und nannte damit den fernsten Ort, der ihr einfiel.

»Diese Garnelen schmecken, als wären sie hier vor Ort im Hafenschlamm zusammengekratzt worden«, meinte Patrick.

»Das ist das Jod. Es ist gut für dich.«

Er legte seine Gabel hin. »Das ist kein Jod. Das ist purer Dreck. Miese Garnelen.«

»Hier im Hafen fangen sie keine Garnelen.«

»Belehre mich nicht.«

»Dann iss den Reis und lass die Garnelen liegen«, sagte Mrs. Medina.

»Ich brauche aber irgendwelche Proteine, sonst sieche ich dahin. Oder legst du es womöglich darauf an?«

»Patrick, bitte mach es mir nicht so schwer. Es war ein ziemlich entnervender Tag. Mach ihn nicht noch schlimmer.«

»Ich habe den Bullen nicht reingebeten, oder? Die ganze Sache ruiniert mein Nervenkostüm, falls du das nicht gewusst hast. Was hast du aus unserem Leben gemacht? Warum kann ich nicht ein bisschen Frieden haben?«

Das Telefon klingelte.

»Genau das meine ich!« schrie Patrick und warf seine Serviette auf den Tisch.

Gewöhnlich ging Mrs. Medina während des Abendessens nicht ans Telefon, aber in diesen Tagen machte sie sich Hoffnung. Sie ging an den Apparat in der Küche.

»Frohe Weihnachten, Mrs. Mercedes«, sagte Kenny.

Sie drehte sich um und wandte der Tür zum Esszimmer den Rücken zu. »Was wollen Sie?« fragte sie. »Ich bin beim Abendessen.«

»Was haben Sie dem Bullen erzählt?«

»Die Frage ist doch wohl, was haben *Sie* ihm erzählt?«

»Sie meinen, dass Sie eine Scheißlesbe sind?«

»Wer ist das, Merce?« fragte Patrick aus dem Esszimmer. »Das Essen wird eiskalt!«

»Ich habe jetzt keine Zeit, mit Ihnen zu sprechen. Ich lege auf.«

»Wo ist unsere kleine Freundin? Ich stecke ganz schön tief in der Scheiße!«

»Ich habe keine Ahnung, wo sie ist, und Ihre Probleme sind nicht meine, also sehen Sie zu, wie Sie damit fertigwerden. Lassen Sie mich in Ruhe.«

»Merce!« Sie hörte, wie Patrick aufstand.

»Warum rufen Sie mich an?« fragte sie rasch. »Sie wollen sie finden, aber ich will das viel dringender als Sie.«

Plötzlich stand Patrick neben ihr und griff nach dem Hörer. Aber sie war zu stark für ihn. Sie wehrte seine Hand ab und legte auf.

Patrick stemmte die Hände in die Hüften und starrte sie an. »Du prostituierst dich«, sagte er. »Ich hätte nie gedacht, dass ich das erleben würde. Das organisierte Verbrechen hat in unserem Haus Fuß gefasst.« Er drehte sich um und ging ins Esszimmer zurück. »Wenn du das vorhattest, warum hast du dann nicht damit gewartet? Warum hast du nicht gewartet, bis ich nicht mehr so eine gottverdammte Last bin, bis ich vom Winde verweht bin? Du vertreibst mich von der Hacienda, genau wie Batista!« Sie hörte, wie er schwer auf seinem Stuhl landete. »Und mein Essen ist kalt!«

Das Licht der Lampe fiel auf ihren Schreibtisch, das vertraute Buch lag offen da, die Dunkelheit umfing sie still. Ihre Hand lag auf den Seiten ihrer Aufzeichnungen, die Haut bereits von der Spröde des Winters gezeichnet.

Io ero, quell'inverno, in preda ad astratti furori, schrieb Vittorini. »In jenem Winter wurde ich von abstrakten Furien verfolgt.« Mrs. Medina saß an ihrem Schreibtisch, in dem dunklen Zimmer, das Buch in einem Rund von Licht. »Ich wurde von abstrakten Furien geschüttelt, aber nicht bis ins Blut; ich war ruhig, ungerührt von Begierden. Ich war ruhig, als hätte ich nie einen Tag gelebt, noch wüsste ich, was es heißt, glücklich zu sein; als hätte ich in all den Jahren meines Lebens nie Brot gegessen, Wein getrunken oder Kaffee, nie mit einer Frau geschlafen; als hätte ich all diese Dinge nicht für möglich gehalten ...«

Vertrackte Grammatik, dachte sie und pochte sich mit dem Bleistift an die Wange. Vittorini war trügerisch schlicht. »... *e come se mai in tutti i miei anni avessi mangiato pane, mai stato a letto con una ragazza ...«*

Als hätte ich nie Brot gegessen, nie mit einer Frau geschlafen.

22

Am letzten Tag des Jahres saß Mrs. Medina in einem Coffeeshop in der South Street in einer Nische aus orangefarbenem Kunstleder und hielt sich an einer Tasse Red Rose Tee fest, der schnell kalt wurde. Sie hatte eine der Galerien besucht, um sich die Arbeiten eines ehemaligen Kollegen anzusehen, der seinen Dozentenjob einige Jahre zuvor unvermittelt an den Nagel gehängt hatte, um sich in einem ungeheizten Loft am Fort Point Channel seinen Lithographien zu widmen. Zu ihrer Verblüffung waren seine Arbeiten recht gut, und es überraschte sie deshalb, weil sie ihn stets für ein wenig langweilig gehalten hatte. Eine vor allem gefiel ihr: Hügel, ein Häuschen, ein Weinberg, die Reben zurückgeschnitten, der auf das Ende der kalten Jahreszeit wartete. Zarte Linienführung, die Zufriedenheit einfing.

»Ist das ein bestimmter Ort, Frank?« hatte sie gefragt und das Bild von nahem studiert. An diesem Tag war Frank in der Galerie anwesend.

Er trat an das Bild und rieb sich die Hände. Er trug eine alte Lederjacke und hatte die Schultern hochgezogen. Sie waren beide eingemummelt. In der Galerie war es eisig. »Kalifornien, glaube ich«, antwortete er. »Ja. Auf den Gütern von Sarahs Familie, in der Nähe von Mendocino.«

»Es gefällt mir«, sagte sie.

Er musterte sie und zog nervös an dem einen Ende seines ergrauenden Schnurrbarts. »Tatsächlich? Ich finde es ein wenig uninspiriert – ich habe es nie sonderlich gemocht. Es sollte sich jedoch verkaufen. Die Leute wollen Landschaften.«

Sie ging zu einer kleinen Kochplatte hinüber, auf der Gewürzter Apfelwein dampfte. »Wie geht's Sarah?« fragte sie und nahm sich einen Pappbecher.

»Sarah unterrichtet wieder an der Milton Academy. Und ist ganz begeistert.«

»Möchtest du auch von dem Apfelwein?«

»Nein, danke. Ich hatte schon genug.«

Sie wanderte erneut zwischen seinen Werken umher und wusste nicht, was sie noch sagen sollte. Die Galerie war jetzt leer. Es war kalt. Frank hatte getan, was er tun wollte. So einfach war das, und entweder die Leute kauften seine Arbeiten oder sie kauften sie nicht. Er arbeitete weiter, weil diese Arbeit sein Leben war.

»Tja, Frank«, sagte sie und zog den Handschuh aus, um sich von ihm zu verabschieden.

»Ich bin heute nicht so gesprächig«, meinte er. »Tut mir leid, Mercedes. Große Menschenansammlungen machen mich nervös, weißt du.« Er schenkte ihr ein schiefes Lächeln. Ein Künstler. Das war sein Leben – arbeiten, wenn niemand etwas kaufen wollte, arbeiten, weil er nicht aufhören konnte. Es war ein ehrliches Leben.

»Unterrichtest du noch?« fragte er sie.

»Mein üblicher Winterkurs rückt näher.« Sie straffte die Schultern.

»Warum hörst du nicht auf? Du brauchst das Geld nicht. Warum weitermachen? Du musst Besseres zu tun haben.«

»Ich hoffe, bis zum Frühjahr meine Vittorini-Übersetzung abgeschlossen zu haben.«

»Gut, gut.« Er zog eine zerdrückte Packung Marlboro-Zigaretten aus seiner Hemdtasche und nahm eine heraus. »Ich glaube, ich gehe eine Weile nach Florida«, meinte er. »Ich hab die Kälte jetzt schon satt. Oder vielleicht nach New Mexico.« Seine schmuddeligen Hände spielten mit der Zigarette.

Das Wetter war bitterkalt. Draußen hatte sich der trübe, unwirtliche Tag geneigt und war in früher Dunkelheit verschwunden. Die Fenster des Coffeeshops waren beschlagen, sie sah nur Schemen vorübergehen, vernahm nur das dumpfe Rollen des Verkehrs auf dem nassen Straßenpflaster.

Zu Hause, hoch über der Straße, war das Grün auf dem Kaminsims noch frisch, und die roten Kerzen, die vielen roten Kerzen rochen noch kräftig und waren erst halb heruntergebrannt. Der kleine Baum am Fenster glitzerte noch mit seinen funkelnden Lichtern, als wäre er schneebedeckt.

Patrick behauptete, all das zu verabscheuen, doch als sie vorgeschlagen hatte, die Wohnung nicht zu schmücken, die übliche kleine Runde von Freundinnen und Freunden zu Weihnachten nicht einzuladen, hatte er ein enttäuschtes Gesicht gemacht. Also hatte sie es durchgezogen. Sie selbst hätte auf die ganze Weihnachtszeit am liebsten verzichtet.

Bald musste sie sich ein Taxi suchen und zu ihm zurückkehren, zu den Lichtern, zu dem frischen Fichtenduft, den Lorbeerkerzen, der Riege von Grußkarten, die aufmerksamkeitheischend auf den Beistelltischen standen.

In zehn Tagen würde sie sechzig werden.

Eine eingerissene Ecke des Kunstleders kratzte an ihrem Arm. Sie hob die Hand, um zu zahlen.

Neben ihr lag das kleine Päckchen von Shreve's, in dem sich die Manschettenknöpfe zu Patricks Geburtstag befanden, flache silberne Dreiecke mit einer schmalen Einfassung aus gewundenem Gold. Sie würde sie ihm um Mitternacht überreichen, falls sie beide so lange wachblieben.

Sie lächelte; sie meinte die Aufmerksamkeit der Bedienung gewonnen zu haben.

Ein kleiner Mann mit gerunzelten Brauen und faltigen Augen trat ein und brachte einen feuchten Schwall von Abgasen mit sich. Trotz der Kälte stand seine Lederjacke offen, und der Kragen seines orange und braun gestreiften Hemdes war über seinen massigen Nacken hochgeschlagen. Er rieb sich vehement das Haar, aus dem Wassertropfen stoben wie Funken. Die Kellnerin, plötzlich ganz aufgeregt, eilte herbei, und die beiden begannen an der Kasse miteinander zu sprechen. Er griff nach einer Papierserviette und rieb an einem Ketchupfleck über ihrer rechten Brust.

»Miss«, sagte Mrs. Medina, lächelnd, liebenswürdig.

Die Kellnerin warf ihr einen Blick zu.

»Die Rechnung, bitte ...«

»Ja, gleich«, erwiderte die Kellnerin. Sie wandte ihre Aufmerksamkeit wieder dem Mann zu, der die Stirn runzelte und einen kurzen Blick über die Schulter warf.

Kein Melodram, dachte sie und stand auf. Sie zählte ab, was sie zahlen musste. Kein Trinkgeld. Sie wollte nicht einen Augenblick länger hier vergeuden. Jetzt hörte sie den eisigen Regen stärker gegen das Fenster trommeln. Irgendwas war nicht fair. Ja. Irgendwas war nicht fair.

Sie sammelte ihre Sachen zusammen, straffte die Schultern und ging entschlossen zur Tür.

»Guten Rutsch«, sagte die Kellnerin kichernd, als sie an ihr vorbeiging.

Draußen auf dem Gehweg lag ein gut gekleideter Mann mit dem Gesicht nach unten im Regen, offenbar bewusstlos. Seine sorgsam manikürten Hände schienen nach etwas zu greifen, schienen sich in den Beton krallen zu wollen. Einige Leute waren stehengeblieben; hier und da erschienen Gesichter in den erleuchteten Fenstern des nahegelegenen Bürogebäudes. Merkwürdig. Eine alte Frau hielt ihm einen schäbigen Regenschirm über den Kopf. Mrs. Medina gesellte sich zu den Umstehenden, deren Schirme fortwährend aneinanderstießen. Niemand sagte ein Wort. *Ich kann nichts für ihn tun,* dachte sie. *Jemand anders wird sich um ihn kümmern müssen.*

Eine Sirene kam näher. Der Regen prasselte nieder. Es war Silvester.

Gegen halb elf fragte Patrick sie schläfrig: »Zeit für die Märsche?«

Sie lächelte. Sie hatte gerade überlegt, ob sie noch die Energie besaß, die Küche in Ordnung zu bringen, bevor sie zu Bett ging. Sie zog ihren dicken geblümten Morgenrock fester um sich. »Zeit – ja.«

Er hatte einen alten Film mit Bette Davis laufen, und sie stellte den Ton leise. Sie holte die alte Sousa-Platte aus der abgegriffenen Hülle und legte sie auf. Er lächelte zufrieden, als der »Liberty Bell March« erklang und trank zittrig einen Schluck Whiskey. Für einen Mann, der sich rühmte, Zeit seines Lebens meist gegen den Strom geschwommen zu sein, besaß er eine erkleckliche Anzahl streng befolgter Gepflogenheiten.

Sie ging zum Fenster und sah zu den Apartments jenseits der Clarendon Street hinüber, wo mehrere muntere Partys im Gange waren. Der Himmel hatte sich geklärt, und sie konnte Sterne erkennen, und die Welt schien glücklich zu sein. Auf einem Balkon winkte jemand mit einer Wunderkerze.

»Komm her, Merce«, sagte er. Sie ging zu ihm und setzte sich auf sein Bett. Er hatte es sich in seinem Ruhesessel bequem gemacht und musterte sie. »Jahresend-Blues?« fragte er.

»Ich kann dich kaum hören, Patrick – die Musik ...«

»Na, dann stell das verdammte Ding leiser!« Er sah ihr zu. Sie stellte den Ton nur wenig leiser; er würde die Musik sonst nicht mehr gut hören. »Also«, sagte er, »bekomme ich bald mein Geschenk? Gib's mir lieber, bevor du einschläfst.«

»Wie war dein Nachmittag?«

»Das hast du mich beim Abendessen schon gefragt.«

»Das habe ich. Tut mir leid.«

»Konnte mich da nicht erinnern, kann mich jetzt nicht erinnern. Sie sind immer gleich.« Er sah sie einen Moment schweigend an.

Sie betete, dass er Lennie nicht erwähnen möge. Sie hoffte, dass er Lennie vergessen hatte. Doch dann sagte er: »Erinnerst du dich noch an den Ort, wo war das noch gleich, wo wir Silvester verbracht haben und sie das ganze Gelumpe aus dem Fenster warfen und ich dachte, es wäre ein Erdbeben? Wo war das?«

Er warf mehrere Erinnerungen durcheinander, aber das machte nichts. »Es waren Töpfe und Pfannen, die sie aus dem Fenster geworfen haben, Patrick. Wir waren in Neapel. Oder vielleicht war es Palermo. Das ist dort so Brauch, glaube ich. Sie werfen all ihre alten Töpfe und Pfannen aus dem Fenster und gehen mit neuen ins neue Jahr.«

»Eine große Verschwendung von Küchengerätschaften.«

Sie erinnerte sich in der Tat an jenen Abend, aber die deutlichste Erinnerung, die sie besaß, galt seinem festen Rücken unter dem Hemd, dort, wo ihre Hand gelegen hatte, als sie auf der frostigen Hotelterrasse standen. Die Töpfe und Pfannen waren scheppernd und krachend auf der Straße gelandet, und sie hatten dagestanden und gelauscht und erst gar nichts verstanden, und ihre Hand lag auf seinem Rücken. Er hatte gelacht und sich ihr zugewandt und gesagt: »Neues Jahr, neues Alter.« Denn es war sein Geburtstag gewesen. Der 1. Januar. Er war einundsechzig geworden, erinnerte sie sich, sie kurz darauf sechsunddreißig.

Sie wandte sich abrupt von ihm ab, schockiert über die Zeit, die vergangen war. Sie hatten soviel Spaß miteinander gehabt. Die Jahre waren erfüllt gewesen von Musik, seiner Musik, seinen Städten; sie hatten in Wien Walzer miteinander getanzt und während eines Blizzards in einem eisigen Motelzimmer irgendwo in Michigan Bohnen und Frankfurter Würstchen gegessen. Sie musste lächeln, als sie sich an diesen Abend erinnerte. Er war ein wunderbarer Partner gewesen. Sie war in guten Händen gewesen.

Aber was gehörte nun ihr und ihr allein? Was hatte sie an Herzensschätzen gesammelt, was war nun *ihres?* Was sie hatte und zwar sie allein, war eine getrocknete Gardenie, zwischen die

Seiten eines Sammelalbums gepresst, und eine frische neue Wunde, die nie zu heilen drohte, ihr zugefügt von einer Frau, die halb so alt war wie sie und die nun verschwunden war.

Mit Tränen in den Augen wandte sie sich ihm zu, mit Tränen, die sie verabscheute, und sie sah, dass er schlief, der Kopf zur Seite gesunken. Sie riss sich zusammen; sie wusste, dass sie ihm all das nicht verübelte, nicht das vergangene Jahr, nicht das, was hätte geschehen können, aber nicht geschehen war.

Die Schallplatte war mit Beginn der ersten Feuerwerke am Ende. Sie sah auf die Uhr. Zeit für den Sekt. Doch sie rührte sich nicht. Sie saß eine Weile da, bis der Lärm draußen fast verklungen war, dann stand sie auf und zog ihm die Decke bis über die Schultern.

»Neues Jahr, neues Alter«, sagte sie und küsste ihn auf die Stirn. Wenn sie ihm am nächsten Morgen erzählte, dass er Sekt getrunken hatte, würde er ihr glauben.

23

Mrs. Medina schloss die Tür hinter sich und verriegelte sie. Die Apfelsinen in ihrer Plastiktüte zogen schwer an ihrer Hand. Einen Moment stand sie da und beobachtete, wie die letzten Schneeflocken auf ihrem Mantel schmolzen, dann hob sie den Kopf. Die Stille war unvermittelt und intensiv, und die Umrisse der Möbel nahmen in der Dunkelheit des Wohnzimmers Gestalt an und brannten sich in ihre Haut ein. Sie sah den gedämpften Widerschein der Küchenlampe über der Spüle, wie eine Stimme, die brennend darauf wartet, etwas mitzuteilen.

Patricks Licht war das einzige andere.

Draußen fuhr der Wind in einer mächtigen Böe um die Ecke des Gebäudes.

Sie verspürte eine Woge des Grams, der Erlösung. In Gedanken verzeichnete sie das Datum: 3. Januar. Sie hoffte, dass er nicht gestürzt war und spürte gleichzeitig, dass es nicht so war. *Was ist das, das beständig unter allen Ereignissen unseres Lebens dahinfliegt, uns trägt, uns trägt? Manchmal spüren wir das Tempo, in dem wir unserer Bestimmung entgegengetragen werden!*

Sie stellte die Tüte ab und zog die Handschuhe aus. Einen Augenblick tat sich ein riesiger Abgrund vor ihr auf, und sie erzitterte vor Furcht. Diese Dunkelheit besaß keine Grenzen und barg den Schrecken des weiten, formlosen Raumes. Den Schrecken der Erlösung von der fleischlichen Gestalt. Von der Geburt bis zum Tod: ein Augenblick.

Er ist Teil der Luft, die ich jetzt atme, dachte sie und sog ihn ein. Und das beruhigte sie.

Der Geschmack in ihrem Mund erinnerte sie an den Schinken, den sie zum Abendessen gehabt hatten. Das Geschirr musste noch gespült werden, das durfte sie nicht vergessen.

Sie ging, noch immer im Mantel, entschlossen den Korridor hinunter zu seinem Zimmer. Der Fernseher lief stumm; die Celtics spielten. Er saß in seinem Ruhesessel, nach hinten gekippt, den Kopf zur Seite gesunken, den Mund leicht geöffnet. Kein Atem. Kein Leben. Seine Augen waren geschlossen. Seine braune Decke mit den winzigen Goldfäden war bis über die Brust hochgezogen, seine schönen langen Finger hielten sie mit einem Griff, der sich ein wenig gelöst hatte.

Sie kniete neben seinem Sessel nieder. Sie wünschte, sie wäre dagewesen, aber sie hatte immer das Gefühl gehabt, dass er dies allein tun wollte. Dies war ein unermesslich bedeutsamer Augenblick, und sie verlor sich darin, ein Staubkorn, klammerte sich an die Hand, die sie so oft mitgezogen hatte. In gewisser Weise wollte sie für den Rest ihres Lebens genau da bleiben, wo sie war, wenn sie nun schon nicht mit ihm gehen konnte. In diesem Augenblick, während sie neben ihm kniete, barg der Tod keinen Schrecken für sie, kein Geheimnis.

Sie drückte seine Hand. »Ach, Patrick«, sagte sie laut. »Wie ich dich vermissen werde. Mein Gefährte. Mein treuester Freund.«

Sie küsste seine Handfläche. »Danke. Danke.«

Was waren die letzten Worte gewesen, die sie gewechselt hatten?

»Ich gehe eben zu DeLuca's und hole uns ein paar Apfelsinen zum Frühstück«, hatte sie gerufen. »Bin gleich wieder da.«

Hatte er ihr geantwortet?

Als er nach dem Abendessen vom Tisch aufstand, hatte er gesagt: »In Rom regnet es. Ich habe den ganzen Nachmittag den Wetterkanal geguckt. Interessiert dich das Wetter, frag mich einfach – ich bin dein Mann.« War das das letzte gewesen, das er gesagt hatte? Nein. Er war zur Küche hinübergegangen und hatte gesagt: »Ich schätze, es gibt schlimmere Arten, den Rest seines Lebens zu verbringen.«

Sie hatte den längeren Weg vom Supermarkt nach Hause genommen; sie musste versuchen, dieser Entscheidung keine Bedeutung beizumessen – sie war unschuldig gewesen. Sie ging sehr gern durch den Schnee, deshalb war sie über die Fairfield Street zur Marlborough gewandert und dann langsam nach Osten. Im Licht der Straßenlaternen war der Schnee weich erschienen, und die gepflasterten Gehwege waren nur bestäubt. Die Luft war still, und einen Moment lang meinte sie Musik zu vernehmen, ein Klavier, aber als sie stehenblieb, war da nichts. Ein plötzlicher kleiner Windstoß fuhr um sie herum, als hätte sie jemand an der Schulter gestreift. Sie schrak auf und ging raschen Schrittes heimwärts.

Sie wusste, sobald sie sich rührte, würde es eine Menge zu tun geben. Also saß sie eine Weile da, hielt seine Hand und fasste keinen Gedanken. Auf dem Fernsehschirm bewegten sich die Celtics und die Knicks stumm über das Spielfeld, die Celtics in ihren weißen Heimspiel-Trikots.

Einmal meinte sie Patrick seufzen zu hören, als Antoine Walker einen Drei-Punkte-Wurf verschenkte.

Schließlich schmerzten ihre – noch sterblichen – Knie dermaßen, dass sie aufstehen musste, und dann ließ sie seine Hand los und griff zum Telefon. Nachdem sie mit Harry Max und dem Beerdigungsinstitut Waterman gesprochen hatte, holte sie ein kleines Handtuch aus dem Badezimmer, rollte es zusammen und schob es ihm unter das Kinn. Sie schloss sachte seinen Mund, wie es die Krankenschwestern bei ihrer Mutter gemacht hatten. Sie sah, dass er seinen sauberen blauen Pyjama trug, das würde also gehen. Seine schöne Elfenbeinhaarbürste, Teil eines Sets, das er in London gekauft hatte, lag auf seiner Kommode, und sie nahm sie und glättete seine spärlichen Haarbüschel, so gut es möglich war. Unter diesen Umständen, dachte sie, würde ihm ein bisschen Eau de Cologne gefallen, und so nahm sie seine Flasche Equipage, sein aktueller Lieblingsduft, und tupfte ihm ein wenig auf die Wangen. Dann tupfte sie sich selbst ein bisschen hinter die Ohren, um ihn nahe bei sich zu behalten. Sie sah sich um. Der Morgenrock würde vermutlich nicht nötig sein. Würden sie ihn in einem dieser grässlichen Gummisäcke fortschaffen?

»O Gott – Constantin«, sagte sie laut und griff wieder zum Telefon. Mit ruhiger Stimme sagte sie: »Constantin, hier spricht Mercedes Medina. Mr. Medina ist gestorben. In Kürze werden einige Leute von Waterman's kommen, und ich hoffe, Sie werden ihnen im Fahrstuhl behilflich sein, so gut Sie können.« Als Constantin laut zu klagen begann, wie es die Griechen häufig tun, hielt sie den Hörer ein Stück weg und sagte: »Bitte ... bitte ...« Dann legte sie auf.

Sie ging zum Schreibtisch hinüber und legte die Hand flach auf sein großes Adressbuch. Patrick hatte ihr vor nicht allzu langer Zeit erzählt, dass er die Namen rot markiert hatte, die sie sofort anrufen sollte, aber Santino würde der erste sein, und ihn rief sie um ihrer selbst willen an, denn sie brauchte seine Hilfe.

Sie wandte sich an Patrick. »Wo ist der Nachruf, den du vor ein paar Jahren für dich geschrieben hast? In dem du dich mit Helen Hayes vergleichst? Ich bin sicher, dass du ihn aufbewahrt hast.« Sie bemerkte, dass sie zitterte; sie wusste nicht, wann es angefangen hatte, und sie konnte es auch nicht unterdrücken. Sie hörte, wie seine Stimme sagte: »Trink einen Schluck von meinem Black Jack, Merce. Das wird dich beruhigen.« Sie sah ein Glas auf dem Tisch neben seinem Sessel – er hatte sich einen kleinen Drink eingeschenkt und nicht die Zeit gehabt, ihn auszutrinken. Und so setzte sie sich und kostete den Whiskey und beobachtete ihn neugierig, ob er ihr ein Zeichen gäbe. Allmählich kam eine Art Frieden über sie, aber sie wusste, dass er nur vorübergehend war, und sie akzeptierte das. Patrick gehörte ihr nun auf eine Weise wie nie zuvor; er war Teil von ihr, und dennoch hatte er sie wahrhaftig freigegeben.

Das Telefon klingelte. »Mrs. Medina«, sagte Constantin. »Sie sind auf dem Weg. Wenn sie mich brauchen, werden sie mich rufen. Und Ihr Freund, der Doktor, ist auch auf dem Weg nach oben.«

»Gut, gut«, sagte sie. »Sie sollen nur kommen.«

Sie küsste Patrick auf das Haupt. »Auf geht's, Patrick, mein Liebling. Ich wünschte, ich könnte mit dir kommen, aber diesen Weg musst du allein gehen. Ich bin sicher, sie werden behutsam sein.« Dann füllten sich ihre Augen mit Tränen; wenn jemand zu Hause starb, war dann nicht eine Autopsie erforderlich? Sie wusste es nicht. Und das wäre ganz und gar nicht behutsam.

Es klopfte kurz und heftig an die Tür.

Sie richtete sich auf. Sie legte Patrick die Hände auf die Schultern, wie um ihn zu beschützen. Es ging alles viel zu schnell, ihr fiel nichts mehr ein, das sie ihm sagen wollte. Sie drängten sie zur Eile. Bedrängten sie.

»Ich werde mich um Bess kümmern«, sagte sie. »Ich werde dafür sorgen, dass sie immer gewachst wird und alles, was sonst noch nötig ist. Ich werde Santino fragen. Sorge dich nicht.« Sie hielt inne. »Ich werde auch Nikki anrufen. Und ich werde ›Die Ermordung des Dan McGraw‹ bei deiner Beerdigung nicht vergessen. Ich werde es selbst lesen. Und ich werde nicht Schwarz tragen. Ich werde das mauvefarbene Kostüm tragen, das du so geliebt hast, mit dem Pfauenschal, den du mir in Salzburg gekauft hast. Der Schal ist allerdings ein bisschen extravagant, Patrick. Warum hast du ihn gekauft? Wir haben darüber gestritten, ob ich nach New York zurückfahre. Wir haben das nie zu Ende besprochen, nicht? Du hast nie erfahren, warum ich zurückfahren wollte. Ich war müde. Es war November. Mir war so kalt.« Sie stellte sich die Männer von Waterman's vor, wie sie in ihren schwarzen Anzügen mit der schwarzen Bahre im Flur standen, von einem Fuß auf den anderen traten und mit Harry Max Belanglosigkeiten austauschten. Der Pfauenschal war ein kleines Bestechungsgeschenk gewesen. »Aber ich werde ihn tragen«, sagte sie.

Wieder klopfte es an der Tür, und sie ging hin, ohne zurückzublicken.

24

Sie verstreute Patricks Asche vor der Küste von Duxbury Beach, wo sie Freunde mit einem Haus besaßen, das Patrick sehr gemocht hatte. Es war nicht leicht gewesen, für diesen Zweck im Januar ein Boot zu mieten, aber es gelang ihr. Einer der Fischer aus Plymouth nahm sie mit hinaus, und sie fuhr allein, obwohl Santino und Tina und sogar Nikki sich erboten hatten, sie zu begleiten. Das Boot stank nach Kabeljau und Schellfisch, und das Deck war glitschig von Fischabfällen und einer dünnen Eisschicht, aber im Steuerhaus des Kapitäns war es warm, und es gab jede Menge Kaffee. Als die Zeit gekommen war, Patrick zu verstreuen, unterbrach der Kapitän seinen Redefluss, und als sie von dem eisigen Deck zurückkehrte, meinte sie ihn etwas murmeln zu hören, vielleicht ein Gebet. Ein bisschen Asche war zurückgetragen worden und haftete auf ihrem Mantel; sie hatte es für Schneeflocken gehalten, aber es schmolz nicht. Der Kapitän nahm einen kleinen sauberen Lappen und wischte es ab. Als sie sich im Hafen voneinander verabschiedeten, schenkte er ihr ein kleines Paket Fisch – Kabeljau, oder was immer sie hier im Winter fingen.

Ihr war nichts eingefallen, das sie hätte sagen können, als sie das Kästchen mit der Plastiktüte öffnete, die das meiste dessen, was von Patrick geblieben war, enthielt. Sie starrte auf die Asche und die Knochenstückchen und erwartete Patricks Stimme zu hören, aber da war keine Stimme, und sie hatte nichts empfunden außer der bitteren Kälte. Der Wind war eisig, ein scharfer Nordostwind, und die See sprühte Gischt, die sofort auf dem Deck und an den Fenstern gefror. Ihr Kopf war so dumpf wie der bleierne Himmel, der noch mehr Schnee abzuladen drohte, und so nahm sie schließlich einfach eine Handvoll seiner Überreste und warf sie über das Wasser. Die Asche flog ihr gleich ins Gesicht zurück – Patrick, stur wie stets. Sie schlitterte zur Leeseite des Bootes hinüber und schaffte es, den Inhalt der Plastiktüte weitgehend auszustreuen, und die Asche hing einen Moment wie Schaum auf dem aufgewühlten Wasser, bis sie dann hinuntergezogen wurde. Sie faltete die Tüte ordentlich zusammen, legte sie in das Kästchen und ging zum Steuerhaus zurück.

Doch sie sollte etwas sagen!

Also wandte sie sich um, verzweifelt angesichts ihrer Unfähigkeit, in Verbindung mit ihm zu treten, und sagte: »Ich hoffe bloß, dass ich es richtig gemacht habe, Patrick.« Diese ungenügenden Worte verfolgten sie noch Wochen später.

Valentina Bird bestand darauf, dass Mrs. Medina weiterhin ihren Kurs in Italienischer Literatur gab. Es schien eine gute Idee zu sein. Doch sie vermutete, dass ihr mangelnder Enthusiasmus selbst den Unsensibelsten unter ihren Studentinnen und Studenten nicht entging.

»Es tut mir leid, dass ich meinen Kurs am Freitag versäumt habe«, sagte Mrs. Medina in der ersten Februarwoche zu Tina. »Ich bin einfach davon ausgegangen, dass der Unterricht wegen des Schnees ausfallen würde.«

»Mercedes, die Studentinnen und Studenten leben allesamt auf dem Campus. Sie gehen zu Fuß zum Unterricht«, sagte Tina. »Und es war kein schlimmer Sturm. Ich kann mich nicht erinnern, wann wir das letzte Mal wegen eines Sturms geschlossen hatten. Der Blizzard '78 vielleicht.« Sie legte Mrs. Medina den Arm um die Schultern. »Na, komm.«

Ihre Studentinnen und Studenten waren intelligent, eifrig, alles gut und schön, und sie sahen alle gleich aus. Sie hatte keinen Grund, sie nicht zu mögen, aber wenn sie an Vittorini dachte, an Calvino, an ihre Sprache, an die Freude, die sie gewöhnlich empfand, wenn sie deren Werke behandelte, dann war sie zornig auf diese Kinder, deren identische Augen sie anstarrten und die von ihr erwarteten, diese Werke mit *ihrem* Leben, *ihren* Erfahrungen zu verknüpfen.

»Hören Sie sich das an«, sagte sie eines Tages zu ihnen. »*Io ero, quell'inverno, in preda ad astratti furori ... la vita in me come un sordo sogno, e non speranza, quiete. Ero quieto, non avevo voglia di nulla. Pioveva, non dicevo una parola agli amici, e l'acqua mi entrava nelle scarpe.* Kann mir jemand etwas über die Gemütsverfassung dieses Mannes erzählen?«

Sie sahen sie voller Unbehagen an. Eine der Cleversten sagte: »Er ist depressiv.«

»Lassen Sie mich das übersetzen, um sicherzugehen, dass wir alle wissen, worüber wir reden. ›Diesen Winter wurde ich von abstrakten Furien gehetzt ... mein Leben war wie ein leerer Traum, eine stille Hoffnungslosigkeit ... Ich war still, nicht getrieben von Begehren ... und die ganze Zeit über regnete es, und ich wechselte kein Wort mit meinen Freunden, und der Regen drang durch meine Schuhe.‹«

Mrs. Medina blickte hoch.

»Er ist depressiv«, wiederholte die Clevere.

In dem Augenblick spürte Mrs. Medina das Brausen von Vittorinis abstrakten Furien, die Feuchtigkeit, die aus seinen Schuhen ihre Beine hinaufwanderte. »Das ist ein sehr kurzer Roman«, sagte sie. »Ihre Aufgabe war es, ihn komplett zu lesen. Ich möchte über Silvestros Gemütsverfassung sprechen. Wer von Ihnen kann etwas dazu sagen? Bitte.«

Die Clevere fuhr mit ihrer Analyse von Silvestros Depression fort, die sich zu einem Streitgespräch mehrerer Kursteilnehmerinnen über die Wirksamkeit verschiedener Antidepressiva zur Behandlung der Krankheit entwickelte und in die detaillierte Darstellung persönlicher Erfahrungen mit diesen Medikamenten mündete. Die Sache artete im Nu aus.

Mrs. Medina unterbrach sie schließlich. »Hören Sie mir mal zu«, sagte sie und hob die Hand. »Werden Sie erwachsen. Betrachten Sie Silvestros Leben und was er verloren hat, so wie Vittorini es beschrieben hat. Silvestros Leben, nicht Ihres. Sinnen Sie über den Unterschied zwischen Seelenqual und Depression nach – denken Sie nach. Vittorini wird keine Verbindung zu Ihrem Leben knüpfen. *Sie* müssen eine Verbindung zu *ihm* knüpfen.« Dann entließ sie den Kurs.

Tina sprach sie auf den Vorfall an.

An ihren freien Tagen stand sie am Fenster und beobachtete die Straße. Die vorüberfahrenden Autos, die Menschen, die die Mall entlanggingen, die Baptistenkirche schräg gegenüber auf der Ecke Clarendon Street mit ihren lächerlichen schneegekrönten Engeln, die von der Turmspitze erdwärts trompeteten. Patrick hatte sie immer »Unsere Liebe Frau von den Blasrohren« genannt.

Sie hielt nach Schnee Ausschau. Ab vier Uhr etwa zeichnete sich allmählich ihr Spiegelbild im Fenster ab, schimmernd, durchscheinend.

Sie suchte nach einem Grund, sich eine Tasse Tee zu kochen, fand aber keinen. Sie stellte das Telefon ab. Die Tür zu Patricks Zimmer war geschlossen.

Es schneite und hörte auf zu schneien und begann wieder, und wenn sie hungrig war, ging sie zur Women's Industrial Union auf der Boylston Street, wo sie ein Muffin essen und sich ein, zwei Stunden lang an einer Tasse Tee festhalten konnte. Unten im Zwischengeschoss schnatterten alberne Gänse über Nähen und Sticken.

Eines Tages dann nahm sie einen Umweg nach Hause und kam an der Bar im Ritz vorbei.

Die Stunden zwischen vier und sieben, ein Winternachmittag. Jetzt schienen all ihre Tage in diesen grauen, quälenden Stunden zu verharren. Von der Straße aus sah das Ritz warm und einladend aus, und sie verspürte plötzlich das Bedürfnis nach einem Martini. »Ich möchte nicht am Fenster sitzen«, sagte sie zum Oberkellner.

Der harsche, trockene Geschmack von Gin. Das Kristallschälchen mit gemischten Nüssen. Die gedämpften Lichter, die dunklen Plüschsessel. Hotelbars hatte sie immer schon geliebt. Sie waren angenehm anonym, und man konnte jedermann sein. Man musste sich nicht immer in Gesellschaft anderer befinden.

In der Ferne vernahm sie das klare *Ping!* eines Fahrstuhls und das Klacken von Frauenabsätzen auf dem Marmorboden, das gedämpfte Murmeln von Stimmen, ein helles Lachen. Hinter ihr ging jemand vorüber, strich sogar an ihrem Stuhl vorbei; ein zarter Parfumduft wehte hinterher. Mrs. Medina sah angestrengt geradeaus, starrte die geschmackvoll gestrichene Wand ihr gegenüber an, den Druck, der einen alten Schoner im Hafen von Boston zeigte. Sie wandte nicht den Kopf.

Sie bestellte sich einen weiteren Drink. Nach dem dritten sagte sie sich: *Der trostlose Tag lauert draußen vor den Fenstern wie ein schmollender, ungebetener Gast.* Sie holte ihr Notizbuch hervor und schrieb den Satz nieder. Vielleicht sollte sie das an Taylor Bond schicken. Vielleicht konnte er das deuten. Was war das für eine Party, zu der der schmollende Gast nicht eingeladen war? War sie der schmollende Gast? Sie betrachtete, was sie niedergeschrieben hatte, wie sie den Satz konstruiert hatte. Sie fand ihn ausgewogen, syntaktisch richtig, der korrekte Gebrauch von *wie;* die Crux lag im Pathos. Er war nicht objektiv. Das war es.

Der Kellner erschien an ihrer Seite. Sie erhaschte seinen Frack im Augenwinkel und hielt ihn für einen Hai.

»Darf ich Ihnen noch etwas bringen?« fragte er.

»Nein«, antwortete sie und wühlte in ihrer Handtasche. Plötzlich kam ihr in den Sinn, dass sie nicht genug Geld dabeihaben könnte. Und dann bemerkte sie, dass ihr das Haar wild vom Kopf abstand und ihre Strickjacke falsch zugeknöpft war. Ihre billige, kastanienbraune Strickjacke, eine Farbe, die sie verabscheute. Und jetzt war sie vermutlich betrunken. Vielleicht dachte *er,* sie hätte nicht genug Geld. Aber das hatte sie.

Es begann leicht zu schneien, als sie sich dem Apartmentgebäude näherte. Manchmal stellte sie sich vor, dass Lennie aus der Dunkelheit an der Eingangstür träte oder in der Nähe des Fahrstuhls säße und mit Constantin redete, so wie Mrs. Medina sie einmal vorgefunden hatte. Sie stellte sich vor, wie das sein würde, und war erpicht darauf, diesen Augenblick hinter sich zu haben, diesen Augenblick, in dem sie erkannte, dass die Dunkelheit nur die verschneiten Fichten verbarg und Constantin über seinen *Herald* gebeugt dasaß, wie immer, dass alles war wie immer.

»Lieber betrunken als nüchtern – hierfür«, sagte sie und öffnete die Tür zu Patricks Zimmer. Die Luft war abgestanden, seit Wochen unbewegt. Ohne Licht zu machen, konnte sie das Glitzern der Goldfäden in seiner Decke erkennen, die zusammengefaltet in seinem Sessel lag. Sein Adressbuch lag noch immer aufgeschlagen auf dem Schreibtisch, von wo aus sie am Tag nach seinem Tod die letzten Anrufe getätigt hatte. Sein Bett war noch immer aufgedeckt. Das Cello in seinem Kasten lehnte in einem großen Schatten an der fernen Wand, wo Santino es Monate zuvor abgestellt hatte. Das war alles, was sie in der Dunkelheit ausmachen konnte. Der Wasserhahn in Patricks Bad tropfte.

Sie war es müde, allein zu sein. Und es fing gerade erst an. Patricks Anwesenheit war nirgendwo zu spüren, genau wie sie befürchtet hatte.

»Also doch lieber nüchtern als betrunken, denke ich«, sagte sie und schloss die Tür.

Später saß sie am Telefon in ihrem Zimmer und überlegte, wen sie anrufen könnte. Während sie einen Namen nach dem anderen verwarf, schaltete sie den Wetterkanal ein, wie Patrick es um diese Uhrzeit immer gemacht hatte. Im Mittleren Westen tobte ein größerer Sturm, der sich rasch nach Osten bewegte. Sie drückte die Stumm-Taste. Vielleicht würde ihr Donnerstagskurs ausfallen. Worüber wollte sie am Donnerstag sprechen? Welche Aufgabe hatte sie gestellt? Sie sah zu ihrer Aktentasche hinüber, die an ihrem Schreibtischstuhl lehnte. Auf dem Bildschirm verweilten harmlose Wirbel in Weiß über Chicago, und in Seattle fiel ein stummer Vorhang von leuchtend grünem Regen. Auf der Karte der Westküste stand eine strahlende Sonne über Los Angeles, und am nächsten Tag würden dort einundzwanzig Grad herrschen. Blitzende rote Gewitter zuckten die Florida Keys entlang.

Der Gin hatte ihr Kopfschmerzen verursacht. Sie schlurfte in die Küche, wo das in der Spüle gestapelte Frühstücksgeschirr umgekippt war, und schaute in den Kühlschrank. Zwei schrumpelige Apfelsinen starrten sie an wie die Brüste einer Mumie, eine Packung graues Hackfleisch, eine halbe Zwiebel, die anfing zu riechen. Sie hatte Glück, dass nichts zum Kochen da war, denn sie hatte nicht die Energie dazu. Sie begnügte sich mit einem

Schälchen Müsli und ein wenig Milch, das gleiche, was sie zwölf Stunden zuvor gegessen hatte, und sie aß es stehend an der Spüle. Als sie fertig war, bemerkte sie, dass sie immer noch die alte kastanienbraune Strickjacke trug. *Ich hätte sie schon vor Jahren wegwerfen sollen,* dachte sie. *Wer hat die Farbe Kastanienbraun erfunden?*

Doch es war zu kalt in der Wohnung, um sie auszuziehen.

Sie stellte das Schälchen in die Spüle zu dem übrigen Geschirr und ließ Wasser darüber laufen.

Der Anrufbeantworter blinkte, aber sie ignorierte es.

Sie wusste, dass irgend etwas an diesen Abenden sie schließlich umbringen würde.

Lennie hatte ihr einmal eine Nachricht geschickt. Eine Postkarte, die ein einsames schwarzes Kätzchen zeigte, das verloren aus einem Fenster schaute. Der Text lautete: »Du fehlst mir«. Lennie hatte auf der Rückseite unterschrieben. Das war die Art Karte, die zu erhalten Mrs. Medina normalerweise peinlich gewesen wäre und die sie selbst nie geschickt hätte, doch weil sie von Lennie war, hatte sie sie seltsam rührend gefunden. Und seltsam aufregend – eine solch kindische Karte von einer Frau zu bekommen, mit der sie so intim gewesen war.

In ihrem Zimmer nahm sie die Karte aus einer Mappe mit Briefen und Zeitungsausschnitten, die sie in ihrem Schreibtisch verwahrte. Und da, unter der Mappe, befand sich eine kleine glänzende Schachtel, aus der ein Stück lavendelfarbenes Seidenpapier hervorlugte. Das goldene Armband, das sie in sehr viel glücklicheren Zeiten für Lennie gekauft hatte. Der Anblick dieses Geschenks, das sie nie gemacht hatte, erzeugte ein jähes schmerzhaftes Ziehen in ihrer Brust, und es überraschte sie derart, dass sie, ohne nachzudenken, die Karte an ihr Herz presste, wie um den Schmerz damit zu lindern. Dieser Schmerz war wie Angst. Es war der Schmerz von Gin und schwarzen bitteren

Nächten und einer tiefen sexuellen Verlassenheit, die nicht speziell Lennie galt oder Patrick, sondern dem, was sie beide ihr, unabhängig voneinander, geschenkt hatten: die Freude des menschlichen Geistes, das Entzücken des menschlichen Leibes. Wie es jetzt schien, war sie nicht in der Lage, diese Gefühle allein zu nähren, nichts funktionierte allein. Sie war schutzlos, geschwächt.

»Patrick«, sagte sie laut.

Sie ging zur Tür seines Zimmers und blieb auf der Schwelle stehen; sie trat nicht ein, sondern sagte zornig: »Wo zum Teufel steckst du?«

Kurz darauf verspürte sie eine Wärme in dem Zimmer, die sie zuvor nicht wahrgenommen hatte. Dann begriff sie, dass sie Patricks Heizungsthermostat nicht heruntergestellt hatte, und er hatte es immer sehr hoch stehen gehabt. Mit dieser Begründung trat sie schließlich ein und ging direkt zu seinem Stuhl. Sie vergaß das Thermostat; die Hitze war tröstlich und beruhigend. Behutsam ließ sie sich in seinem Ruhesessel nieder und kippte ihn nach hinten. Ihre Beine hoben sich automatisch an, ihr Körper sank dankbar in die Konturen, die Patrick über viele Jahre hinweg geprägt hatte.

Noch immer hielt sie Lennies Karte an die Brust gedrückt. Sie griff nach unten und zog Patricks braune Decke über sich. Sein vertrauter Geruch hing in dem Gewebe, und sie zögerte, aber dann schien es ihr vollkommen richtig, in diesem Sessel zu liegen, mit seiner Decke, eine Karte in den Händen, über die sie beide an einem Punkt ihres gemeinsamen Lebens gelacht hätten. Noch durfte sie sich keine konkreten Erinnerungen an ihn erlauben, und von den konkreten Erinnerungen an Lennie war sie erschöpft; ihre Erinnerung an Patrick war ohnehin umfassend und bedurfte nicht der Marksteine von Zeit und Ort. Hier war ihr das erste Mal seit Wochen warm.

Und so schlief sie ein.

Am siebzehnten Februar brach ein Blizzard aus dem Nordosten über sie herein, und es schneite einundzwanzig Stunden lang ohne Unterbrechung. Diesmal rief Tina an, um ihr zu sagen, dass der Unterricht ausfiel, und Mrs. Medina verbrachte den Großteil des Tages mit einer Kanne Tee am Fenster und beobachtete, wie die breite Straße unter dem wütenden Ansturm von Schnee und Wind verschwand. Gegen halb vier wurde der Nachmittag düster, und ihr fiel nichts anderes mehr ein, als ins Bett zu gehen.

Während der Sturm an ihren Fenstern rüttelte, rollte sie sich unter den Decken zusammen und spürte, wie das Bewusstsein allmählich schwand, und sie betete darum, nicht zu träumen. Doch der Traum kam. Aus einem wild wuchernden Unterholz tauchte Patrick auf; er sah aus wie damals, als sie ihm zum ersten Mal begegnet war, strahlend und geschmeidig. Er trug seinen Frack mit einem roten Kummerbund. Sie ging auf ihn zu. »Warte«, sagte Patrick und hob die Hand. Und hinter ihm, anmutig unter einem niedrigen Ast hervortretend, erschien eine große, attraktive Frau, das kurze graue Haar aus dem Gesicht gestrichen, in einem opalgrün schimmernden sarongartigen Kleidungsstück, das die klassischen weißen Schultern einer Venus von Botticelli freigab. Erschrocken erkannte sie ihr eigenes Gesicht.

»Patrick«, sagte sie.

»Das ist die Lady mit Namen Lou«, sagte Patrick. »Sie wird bei mir bleiben. Ich bin gekommen, um dir das zu sagen.«

»Patrick, das bin ich!« sagte Mrs. Medina. »Sieh sie dir doch an, das bin ich!«

»Ich bin allein gestorben«, sagte er. »Und du hast mich gehen lassen.«

»Das ist nicht wahr«, sagte sie. »Du warst nicht allein.«

»Du wirst mich nie wiedersehen«, sagte er und richtete seine Fliege. »Komm, Schätzchen. Zeit, ein neues Leben anzufangen.« Die beiden Mrs. Medina beäugten einander über das Dschungelgrün hinweg.

Sie öffnete die Augen und sah in die Dunkelheit. Der Wind hatte nachgelassen, aber es schneite noch immer, und sie weinte, als ob Patrick tatsächlich am Leben wäre und sie wegen dieser Phantomausgabe ihrer selbst verlassen hätte. Bei diesem Gedanken krallte sich ihr etwas in den Magen, und sie warf die Decken zurück, rannte ins Bad und übergab sich – eine braune Flüssigkeit rann in die Toilette.

Hinterher fühlte sie sich, als hätte sie eine tückische Reise vollendet und sei an einem Strand angespült worden. Sie verspürte keinerlei Hunger, keinerlei Durst; sie war einfach erschöpft und ruhebedürftig. Sie stellte sich vor, wie ihr Körper an Konturen verlöre, wenn sie lange genug am Strand läge, und sie einfach verschwinden würde, wie ein Bild auf einer Filmleinwand. Sie sehnte diesen Augenblick herbei.

Am nächsten Morgen rief sie Taylor Bond an. Am Nachmittag nahm sie ein Taxi, das zwischen vier Fuß hohen Schneeverwehungen über die Beacon Street dahinkroch.

»Ich bin froh, dass Sie angerufen haben, Mercedes«, sagte Bond. »Ich hätte Ihnen noch eine Woche gegeben.« Er ließ die Jalousie hinter seinem Schreibtisch herunter und machte die Lampe an.

»Was meinen Sie damit?« Sie wollte nicht auf der Couch sitzen, deshalb ging sie zu dem mächtigen nietenbesetzten Ledersessel am Schreibtisch hinüber.

Bond setzte sich. »Ich habe Ihnen bei Patricks Gedenkfeier gesagt, dass ich Sie sehen möchte. Ich habe auf Ihren Anruf gewartet.«

»Tut mir leid. Es war so viel los zu der Zeit.«

»Ja, ich weiß. Wie geht es Ihnen?«

»Ich sehe zu, dass ich mich beschäftige. Mein Kurs fordert meine Aufmerksamkeit.«

»Gut. Gut.« Er rieb sich die Hände. »Zu kalt hier für Sie?

Meine Heizung funktioniert heute nicht richtig.«

»Mir ist warm genug.«

»Schlimmer Sturm.«

»Ja.«

Er nahm einen langen roten Bleistift zur Hand und spielte damit herum.

Sie lächelte. »Was ich möchte, Bond ... Ich glaube, ich hätte gern etwas, das mir hilft zu schlafen. Ich meine, nachts. Wenn Sie mir irgendwas verschreiben könnten ... egal was.«

»Schlafprobleme?«

»Traumprobleme.«

»Aha.«

»Und nein, ich möchte nicht über meine Träume sprechen.«

Er lächelte. »Klar kann ich Ihnen ein Schlafmittel verschreiben. Hilft aber vielleicht nicht gegen Ihre Träume.« Er sah sie an. »Das hätten wir am Telefon klären können.«

Sie blies in ihre Hände. »Es ist kalt hier.«

»Tut mir leid. Sie arbeiten dran.«

»Wenn ich Probleme habe, dann sind das genau die, die nach dem Tod eines – nahestehenden Menschen zu erwarten sind. Eines Ehegatten. Ich habe über diese Probleme gelesen. Ich habe nicht erwartet, glücklich zu sein.«

»Nein.«

Sie begriff, dass sie für ihr Schlafmittel ein bisschen mehr aufbieten musste. »Ich bin noch nicht in der Lage gewesen, Patricks Nachlass zu ordnen«, sagte sie. »Ich denke, irgendwann wird das gehen.«

»Riesenaufgabe.«

Sie nickte. Sie sahen sich an. »Ich möchte nachts bloß tief und fest schlafen«, sagte sie. »Damit ich mich tagsüber konzentrieren kann.«

»Vollkommen verständlich.« Er schloss seine Schreibtischschublade auf und holte einen Rezeptblock hervor. »Essen geht?«

»O ja, ich esse.«

»Und Ihre Gesundheit – allgemein. Alles in Ordnung?«

»Ja. Alles in Ordnung.« Sie verlagerte ihr Gewicht auf eine Seite. »Dieser Sessel ist für einen Vier-Zentner-Mann gedacht, Bond.«

»Er ist nicht allzu bequem. Wollen Sie zur Couch hinüberwechseln?«

»Nein.« Sie sah auf die Uhr.

Er senkte den Kopf, stellte ein Rezept aus und riss es vom Block. »Also, ich habe Ihnen Ativan-Tabletten verschrieben, nur ein paar, aber unter einer Bedingung. Ich möchte, dass Sie wiederkommen und mit mir reden.«

»Warum?«

»Weil ich es für eine gute Idee halte. Nur ein paar Mal.«

»Ich habe nicht das Bedürfnis zu reden. Nur zu schlafen.«

Er musterte sie mit dem Rezept in der Hand.

Sie stand auf und griff nach dem Rezept. »Es ist nicht Ihre Art, Bedingungen zu stellen, Bond.«

»Gewöhnlich nicht.«

»Ich bin nicht selbstmordgefährdet.«

»Das habe ich auch nicht gesagt.«

»Also gut, dann muss ich wohl wiederkommen.«

Die Tabletten halfen ein bisschen, aber dennoch driftete sie nachts nur für zwei, drei Stunden in den Schlaf. Gewöhnlich wachte sie gegen halb drei auf, durchwachte die Stunden der trostlosen Winternacht und schlief im Morgengrauen schließlich wieder ein. Eines Morgens war sie dermaßen erschöpft, dass sie zum Telefon griff und ihren Kurs an diesem Tag absagte. Am späten Nachmittag rief Valentina Bird an.

»Das ist nicht gut«, sagte sie. »Das ist das dritte Mal, dass du den Kurs hast ausfallen lassen.«

»Ja, ich weiß. Es tut mir leid, Tina. Ich glaube, ich kriege eine Grippe.«

»Ich komme zu dir«, erwiderte sie. »Und ich bringe dir Abendessen mit. Magst du chinesisch?«

»Ich wünschte, das würdest du nicht tun. Bei mir herrscht das reinste Chaos.«

»Das ist mir vollkommen egal.«

Eine Stunde später kam Tina hereingestürmt, beladen mit würzigem Tofu, einem undefinierbaren Hühnergericht und Reis. Sie stellte die Schachteln auf dem Küchentresen ab und öffnete den Kühlschrank. »Was hast du gegessen?« fragte sie und wandte sich zu Mrs. Medina um. »Da ist ja nichts drin außer einer geöffneten Dose Thunfisch und ein paar Eiern.«

»Ich hab dir doch gesagt, dass ich die Grippe kriege. Ich habe Brot und Müsli im Schrank.«

»Setz dich. Ich koche uns einen Tee.«

Mrs. Medina sah zu, wie Tina sich am Herd zu schaffen machte. Ihr Haar lugte über einem gold-grün gestreiften Seidenband hervor. Sie schüttelte ihre großen perlenverzierten Ohrringe und schlug die Klappe der Mikrowelle zu. Mrs. Medina dachte, *ich sollte das tun,* und schämte sich. Aus reiner Höflichkeit aß sie ein wenig Reis und Huhn und ein bisschen Tofu. Nach dem Essen saßen sie mit ihrem Tee da, und Tina sah sie aufmerksam an.

Schließlich hob Mrs. Medina die Hand und sagte: »Ich bin schrecklich müde, Tina.«

»Hör mir mal zu, Mercedes.« Tina langte über den Tisch und ergriff ihre Hand. »Du hast zwölf eifrige Studentinnen und Studenten, die dich zweimal in der Woche zur verabredeten Zeit erwarten. Mehr noch – *ich* erwarte deine anmutige Erscheinung in jenem Unterrichtsraum zu sehen, wenn sie dort sein sollte. Wenn du ein Problem hast, dann lass uns darüber sprechen.«

Mrs. Medina wusste nicht, was sie sagen sollte. Die Küche schien von einem harten, weißen Licht erfüllt zu sein, das ihr in den Augen schmerzte.

Tina hielt noch immer ihre Hand. »Das ist eine schwere Zeit für dich, ich weiß. Aber ich will dich nicht freistellen, weil ich glaube, dass es besser ist, wenn du weitermachst. Doch wenn das nicht geht, dann lassen wir uns etwas einfallen.«

»Ich kann weitermachen«, sagte Mrs. Medina und entzog Tina ihre Hand.

»Das frage ich mich gerade«, sagte Tina. Sie betrachtete Mrs. Medina einen Moment lang. »Mercedes, du bist eine meiner besten Freundinnen«, sagte sie schließlich.

Jetzt musste sie die Augen bedecken – der grelle Schein des Küchenlichts war zu schmerzvoll.

»Was ist mit deiner Blumenfreundin passiert, die Thanksgiving hier war?« fuhr Tina fort. »Hast du von ihr gehört?«

Mrs. Medina nahm die Hand von den Augen und warf Tina einen solch qualvollen Blick zu, dass Tina sofort aufstand und zu ihr hinüberging. »Komm«, sagte sie. »Machen wir es uns ein wenig bequemer.«

Mit einigen Kissen im Rücken saß Mrs. Medina auf ihrem ungemachten Bett, und Tina ließ sich auf der Chaiselongue nieder. Ihren Tee hatten sie mitgenommen. Tina trug einen langen schwarzen Rock und einen grünen, goldgesprenkelten Pullover mit V-Ausschnitt. Sie zog ihre Beine unter sich. »Wie lange ist sie nun schon fort?«

»Seit Thanksgiving. An Thanksgiving habe ich sie das letzte Mal gesehen und gesprochen.«

Tina trank von ihrem Tee. »Weißt du, wohin sie verschwunden ist?«

Mrs. Medina schüttelte den Kopf.

»Oder warum? Habt ihr euch gestritten?«

»Nein, ein Streit war es nicht.«

»Patrick und das Schwert? Das könnte es gewesen sein.«

»Ich bin nicht sicher, was sich in seinem Zimmer abgespielt hat.«

Tina reckte sich und stellte ihre Teetasse auf den Tisch. Sie sah Mrs. Medina an und legte den Kopf schief. »Du sprichst nicht gern über sie, wie?«

Mrs. Medina hob die Augenbrauen. »Ich weiß nicht. Ich habe mit Patrick gesprochen.«

»Weißt du, Mercedes, ich habe überhaupt kein Problem damit. Ich selbst war nie in eine Frau verliebt, aber ich kann gut verstehen, warum es anderen passiert. Ich finde das vollkommen natürlich. Hinreißende Wesen, einige von uns. Du bist nicht die einzige Lesbe, der ich im Leben begegnet bin.«

»Das also bin ich, Tina?« Sie zog sich die Strickjacke enger um die Schultern.

»Das ist eine komplizierte Frage. Brauchst du ein Wort dafür?«

»Im Moment möchte ich gar nicht benannt werden. Nicht einmal mit meinem eigenen Namen.«

»Keine Schubladen.«

»Genau.« Sie stellte ihre Teetasse ebenfalls auf den Tisch und schloss die Augen.

Tina hob die Hand, um ihr Stirnband zurechtzurücken, und ihre Armbänder klimperten. Der Wind blies hart aus Nordwesten und rüttelte an den Fenstern. »Kann ich die Heizung höher stellen?« fragte Tina. »Ich bin ein Inselmädchen, und es ist ein wenig kalt hier heute abend.«

»Das Thermostat ist im Flur.«

Als Tina zurückkam, brachte sie eine Flasche und zwei eisgefüllte Gläser mit. »Zufällig hatte ich das hier in meiner Tasche«, meinte sie. »Stell dir vor. Barceló Gran Anejo, dunkler, dunkler Rum aus Santo Domingo. Trinkt sich gut an einem kalten Abend. Ist billiger, als die Heizung zu befeuern.«

»Der ist ganz schön stark«, sagte Mrs. Medina. Sie schüttelte den Kopf, als die süßen Dämpfe aufstiegen, ihr in der Nase brannten, und Röte ihre Wangen hinaufkroch.

»Ich möchte nicht weinen«, sagte Mrs. Medina eine halbe Stunde später. Sie hatte ihre Strickjacke von sich geworfen und ging im Zimmer auf und ab. »Ich bin es leid zu weinen, und ich bin es leid zu reden.«

»Beides hast du heute abend nicht gerade ausgiebig getan«, meinte Tina lachend. »Warum versuchst du es nicht einfach mal?«

Mrs. Medina kam um die Chaiselongue herum und setzte sich neben Tinas Füße. Sie ließ das Eis in ihrem Glas kreisen. »Ich bin gestrandet«, sagte sie. »Aber ich fühle mich wie in einer Senkgrube.«

»Keine einfache Situation, sicher«, sagte Tina. Sie schenkte Mrs. Medina noch ein wenig Rum ein und sich selbst ebenfalls.

Mrs. Medina trank einen kleinen Schluck. »Irgendwas verfolgt mich«, sagte sie. »Deswegen kann ich nicht schlafen. Ich höre es im Schlaf, und ich höre es im Schnee.«

»Was tut es, Mercedes?«

»Es wartet einfach nur.« Sie schüttelte den Kopf. »Es wartet darauf, dass meine Wachsamkeit nachlässt. Ich schlafe jetzt mit Patricks Schwert unter meinem Bett.« Sie wies mit der Hand darauf.

»Ich kenne eine weise Alte aus Port-au-Prince, die dich von diesem bösen Geist befreien kann«, meinte Tina. »Ehrlich. Sie lebt jetzt draußen in Malden.«

Mrs. Medina lächelte sie an. Dann stand sie auf und ging zu ihrem Lesesessel hinüber, dem Sessel, in dem Lennie gesessen und ihre Stiefel ausgezogen hatte. Monate war das jetzt her. »Als Lennie das erste Mal hier war«, sagte sie, »trug sie rote Socken.«

»Heiß«, sagte Tina. Sie gähnte hinter vorgehaltener Faust.

Mrs. Medina setzte sich wieder. »Geh nach Hause, wenn du gehen musst«, sagte sie. »Ich komme schon klar.«

Tina machte es sich erst recht auf ihrem Lager bequem. »Du hast sie also geliebt?«

»Ich weiß nicht. Ja. Natürlich habe ich sie geliebt. Ich liebe sie immer noch, glaube ich.«

»Dann solltest du dich glücklich schätzen.«

»Das tue ich aber nicht. Sie hat zugelassen, dass ich mich in sie verliebe, und dann ist sie einfach auf und davon gegangen. Patrick war dem Tod nahe, und sie hat mich einfach verlassen.«

»Vielleicht war sie durcheinander. Du und Patrick, ihr beide hattet seinen Tod fest im Auge, das haben wir alle mitbekommen. Vielleicht hat sie sich aus dem Staub gemacht, weil sie nicht damit umgehen konnte.«

Der Rum hatte sie kurz gewärmt, aber nun spürte Mrs. Medina, wie sie zitterte. »Nein.« Sie ging zum Fußende ihres Bettes und griff nach der abscheulichen kastanienbraunen Strickjacke. »Das ist eine scheußliche Farbe, nicht, Tina? Kastanienbraun?«

»Meiner Ansicht nach verkörpert kastanienbraun die Abwesenheit von Leben«, erwiderte Tina und schenkte sich noch einen Schluck Rum ein.

»Es war nur ein Abenteuer. Wie dumm von mir, das nicht begriffen zu haben.«

»Du bist nicht die erste, der es so geht«, antwortete Tina. »Sie war ein süßes Ding. Vielleicht kommt sie ja zurück.«

»Sie steckt in Schwierigkeiten. Ich glaube nicht, dass sie zurückkommen wird.«

»Sie stecken alle in Schwierigkeiten, Schätzchen. Erinnerst du dich an den Abend, als ich zum Jackson Square musste, um den Wachleuten zu helfen, Joseph von dem Zaun an den U-Bahngleisen loszukriegen? Irgendein Idiot hatte ihn dort mit Handschellen angeschlossen.«

»Und das hat dir nichts ausgemacht?«

»Ich war verrückt nach dem Kerl. Ich vermisse ihn immer noch. Schwierigkeiten gehören dazu.«

Einen Augenblick lang bemühte sich Mrs. Medina zu begreifen, inwiefern Tinas Affäre mit Joseph und ihre mit Lennie zu vergleichen waren. Zwei Menschen. Schwierigkeiten. Weiter kam sie nicht. Aber Tina schien nichts zu bereuen.

»Alles ist jetzt grau«, sagte sie. »Der Himmel senkt sich jeden Tag ein Stück weiter herab. Ich lege mich hin, und die Worte fliegen an mir vorüber wie Sternschnuppen. Manchmal habe ich das Gefühl, mein Verstand zerplatzt in tausend Stücke.«

»Kein Wunder, dass du nicht schlafen kannst.« Tina brachte die Flasche herüber. »Weißt du, was ich tun werde? Ich mache dich jetzt bettfertig, und dann lasse ich mich auf der bequemen Chaiselongue dort drüben nieder und langweile dich zu Tode, bis du wegdämmerst.«

»Nein, Tina.«

»Und wenn du ein Nachthemd für mich findest und ein paar Decken, dann werde ich diese Nacht über dich wachen.«

Mrs. Medina schüttelte den Kopf.

Aber Tina ließ nicht locker. Sie kümmerte sich um Mrs. Medina, als wäre sie ein Kind, sie sorgte dafür, dass sie sich wusch und ihr Flanellnachthemd anzog, sie schüttelte ihr Bett auf und steckte sie hinein. »Ist doch nicht schlecht, oder?« meinte sie und hockte sich auf die Bettkante. »Umsorgt zu werden?«

Mrs. Medina ließ sich zurücksinken und schloss die Augen.

»So«, sagte Tina. »Ich habe diese Pillen jüngeren Datums hier gesehen. Bist du bei dem Seelenklempner mit den sagenhaften Augen gewesen?«

»Ja.«

»Gehst du weiterhin zu ihm? Demnächst wieder?«

Mrs. Medina nickte. »Nächste Woche.«

»Gut. Ich glaube, es wäre an der Zeit, dass du dein Herz ausschüttest.«

»Ich will doch nur einen Ausweg finden, Tina.« Sie öffnete die Augen. »Ach, guck nicht so besorgt. *Daran* denke ich nicht.«

»Du und ich werden noch mal über deinen Unterricht sprechen. Aber im Augenblick sollst du dich einfach nur entspannen. Denk nicht an den Schlaf, sei einfach still, und ich erzähle dir die Geschichte, wie meine Mutter meinen bösen Bruder und mich einmal zum Karneval nach St. John's mitgenommen hat.«

»Patrick hat mich einmal mitten in der Nacht gebeten, ihn festzuhalten, damit er nicht davonflöge. Vor langer Zeit war das.«

»Ich bin ein ziemlich gewichtiger Anker. Du wirst nicht davonfliegen.«

Seit Tagen war es Mrs. Medina vorgekommen, als stecke sie in einem Fahrstuhl, der langsam, aber unweigerlich abwärts fuhr, an dunklen Fluren vorbei in einen Abgrund, den sie nicht ausmachen konnte. Für diese eine Nacht jedoch hielt dieser Fahrstuhl an, das Summen der Kabel verklang, und jetzt vernahm sie nur noch Tinas leise Stimme, die von der Hitze der Inseln erzählte. »Meine Mutter hat eine wunderschöne farbenprächtige Blume gepflückt und sie mir ins Haar geflochten«, sagte sie. »So begann der Tag, gleich nach Sonnenaufgang.«

25

Am Ende erzählte Mrs. Medina Bond von Lennie, weil sie zu erschöpft war, um dem Thema länger auszuweichen.

»Sie war eine Obsession, eine Schwäche. Ich schäme mich dessen.

Und ich möchte nicht über sie als Person sprechen. Sie sollen nur wissen, dass es diese Sache gegeben hat.«

»Ich weiß nicht, wie ich eine Lesbe sein kann – ich habe keine anderen Erfahrungen mit Frauen gemacht. Ich glaube nicht, dass ich andere Frauen auch nur angesehen habe, bevor ich mich mit Lennie eingelassen habe. Aber natürlich habe ich das getan! Ich habe bloß nicht begriffen, was dahinter steckt. Da war diese Frau in San Francisco, während meiner Hochzeitsreise. Ich habe sie angesehen. Ich habe sie tatsächlich angesehen, und ich habe an sie gedacht, wie sie wohl wäre, so ganz allgemein. Ich habe sie nie vergessen – das ist vermutlich von Bedeutung. Aber ich denke dabei nicht an meine Zukunft, ich denke nicht an jemand Neues.

Das mit Lennie hätte nie funktioniert, nicht auf die Dauer jedenfalls. Wie denn auch? Welten lagen zwischen uns. Ein ganzes Leben. Haben Sie lesbische Patientinnen? In meinem Alter?«

»Betrachten Sie mich jetzt als Untersuchungsgegenstand?«

»Menschen können einfach aus einem Leben verschwinden. Ich glaube, Lennie war schon fort, bevor sie dann verschwunden ist. Ich glaube, ich habe sie immer durchschaut. Ich dachte, Patrick wäre noch da, aber er ist ebenfalls ganz und gar fort. Er ist mir im Traum erschienen, um es mir zu sagen.«

»Ja, ich habe sie geliebt. Aber ich hatte in gewissem Sinne mein eigenes Leben, bevor sie aufgetaucht ist. Glaube ich jedenfalls. Doch lassen Sie uns jetzt nicht von der Liebe sprechen. Sie ist im Grunde nicht weiter von Bedeutung.«

»Sie war leidenschaftlich, aber gleichgültig. Das ist mir jetzt klar.«

»Ich weiß nicht, was aus meiner Arbeit wird. Ich weiß nicht, ob ich zurückkehren kann. Inzwischen wundere ich mich über mein Leben und meine Arbeit – beides scheint nichts miteinander zu tun zu haben. Im Gegensatz zu Patricks Musik, die untrennbar mit seinem Leben verknüpft war.

Darum habe ich ihn beneidet.

Die Welt ist an mir vorübergezogen wie eine Panzerkolonne, und ich stand hinter der Gardine, mit dem Rücken zum Fenster, und habe das Spektakel nicht einmal verfolgt. Patrick hat sich zumindest immer für das Spektakel interessiert.«

»Und ich trinke zuviel.«

Als sie nach Hause kam, unterhielt sich Tina unten in der Lobby mit Al, der mit einem Plastikeimer voller Streusalz dastand. Al war groß und behäbig und herzlich, im Gegensatz zu Constantin, der klein und nervös und leicht erregbar war.

»Bring deine Sachen hoch«, sagte Tina. »Ich lade dich zu Bob the Chef's ein. Ich rieche Rippchen vor sich hin brutzeln an diesem kalten, kalten Abend.«

»Ich bin nicht hungrig, Tina, wirklich. Ich dachte, ich mache mir bloß eine Suppe.«

»Dann lass uns eben Suppe essen gehen. Wohin du willst.«

»Wird heute abend wieder schneien, Mrs. Medina«, sagte Al. »Constantins Mutter ist gestürzt und hat sich die Hüfte gebrochen.«

»Das tut mir leid«, sagte Mrs. Medina.

»Gehen wir«, sagte Tina.

Sie schafften es bis zum Copley Place, wo die bittere Kälte sie ins Legal Sea Foods trieb. Mrs. Medina bestellte sich eine Portion Fisch vom Tagesfang und einen doppelten Martini.

Tina neigte den Kopf zur Seite. »Auf Gin und Fisch bin ich noch nie gekommen«, meinte sie. »Gute Kombination?«

»Probier's aus.«

Tina bestellte Zackenbarsch und einen Cäsarsalat. »Bist du noch mal bei diesem Seelenklempner gewesen?« fragte sie, als das Essen aufgetragen war.

Mrs. Medina nickte.

»Was hat er gesagt?«

»Er hat gesagt: ›Bis nächsten Donnerstag.‹«

»Hast du ihm von Lennie erzählt?«

»Mehr oder weniger.«

»Fühlst du dich besser?«

Mrs. Medina legte ihre Gabel hin. »Nein. Und ich weiß deine Besorgnis zu schätzen, aber ich habe gerade eine Stunde lang vor mich hin geplappert und ich würde gern eine Weile still sein.«

»Gut.« Tina aß einen Bissen Fisch. »Dann rede ich, wenn's recht ist, und ich hoffe, du hältst es für gute Neuigkeiten. Bill Polito ist einverstanden, deinen Kurs für den Rest des Semesters zu übernehmen.«

Mrs. Medina lehnte sich zurück. »Bill Polito? Er ist neu, nicht wahr? Ein richtiger Jungspund.«

»Noch sehr grün hinter den Ohren. Aber Feuer und Flamme. Er schätzt dich sehr. Er ist bereit, es bei diesem Kurs zu belassen. Der Job gehört dir, solange ich Dekanin des Fachbereichs bin. Aber im Moment gönnen wir dir eine kleine Pause, Madame. Lass dir Zeit, bring dein Leben wieder in Ordnung. Oder besser noch: Lass alles zum Teufel gehen und schlag einen neuen Weg ein.«

»Du feuerst mich«, sagte Mrs. Medina.

»Nein. Ich gewähre dir eine Auszeit.«

»Was soll ich tun?«

Tina lehnte sich zurück und musterte sie einen Moment feierlich. »Das ist genau das, worauf du gewartet hast, wenn du bloß mal die Augen öffnen würdest.«

»Worauf ich gewartet habe? Tina, ich muss arbeiten. Lass mich nicht darum betteln.«

»Arbeit ist nicht das, was du im Augenblick brauchst. Es ist das letzte, was du brauchst.«

Die Kellnerin räumte munter ihre Teller ab. »Kaffee? Dessert?«

»Nein«, sagte Mrs. Medina.

»Ja, bitte«, sagte Tina. »Kaffee für mich. Schwarz.«

»Ich kann es einfach nicht mehr ertragen, in der Wohnung zu sein«, sagte Mrs. Medina. »Der Schnee, die Dunkelheit ...«

»Der Schnee ist draußen, Mercedes.«

»Nein. Nein, ist er nicht.«

»Du hast Geld. Geh eine Weile fort. Verschwinde. Lass Boston, lass Patrick, lass das Blumenmädchen hinter dir. Für eine Weile. Bleib weg, bis der Frühling hier wieder eingezogen ist.«

»Wo sollte ich schon hingehen?« meinte sie.

Die Kellnerin erschien mit dem Kaffee. »Sonst noch etwas?« fragte sie.

»Nein. Danke.« Tina wandte den Blick nicht von Mrs. Medina.

»Wie wär's mit der Dessertkarte?« fragte die Kellnerin. »Mit einem Stück Limonenkuchen?«

Tina blickte auf und sagte: »Nein. Danke. Schön.« Die Kellnerin verschwand im Nu.

»Ich habe zu viele Dinge zu regeln, Tina. Ich kann jetzt nicht fort.«

»Du kaufst dir ein Ticket und packst. Das sind Dinge, die du regeln kannst.«

Mrs. Medina erhaschte eine Bewegung in den Augenwinkeln und sah, wie ein Ellenbogen ein Glas Wasser auf dem Nebentisch streifte, sah, wie das Glas sich neigte, wankte und sich langsam in die Luft hob, während das Gespräch, das ihr um die Ohren schwirrte, das Klappern von Tellern, plötzlich verstummte. Das Glas beschrieb einen anmutigen Bogen, zog einen Schleier Wasser hinter sich her und fiel lautlos dem entgegen, was mit Sicherheit das gewaltsame Ende seiner Existenz sein würde. Der schwarzweiß gekachelte Fußboden wartete unheilverkündend. Mrs. Medina sah fasziniert zu, in einem ausgedehnten Augenblick vollkommener Stille.

Und in der nächsten Sekunde waren ihre Beine nassgespritzt, und sie spürte spitze Glassplitter an ihren Knöcheln. Menschen riefen durcheinander, und Tina wischte sich eifrig über die Ärmel ihres Blazers und lachte mit der Frau am Nebentisch. Alle schienen tatsächlich zu lachen. Mrs. Medina saß still da. Sie dachte an die dunkle Wohnung, die da wartete, an den unaufhörlichen schmutzigen Schnee, die unerbittliche Kälte. Der Frühling würde nichts ändern; es würde Sonnenaufgänge, Sonnenuntergänge geben, es wäre egal, zu welcher Tageszeit sie aß oder ein Glas Gin trank. Sonnenaufgang, Sonnenuntergang, Frühling, Sommer, das alles würde nie wieder irgend etwas bedeuten.

Sie sah zu, wie Tina lachte.

»Mercedes, alles in Ordnung?« fragte Tina. »Ich hab gerade ein Bad genommen!«

»Ja.« Mrs. Medina sah zum Fenster hinaus. »Es schneit wieder.«

»Ich bestelle die Rechnung«, sagte Tina.

Das war für mehrere Tage ihre letzte Mahlzeit. Sie ersetzte das Essen durch Gin. Wenn sie Hunger verspürte, aß sie trockenes Müsli aus der Packung, und einmal machte sie sich einen Teller Hühnerbrühe heiß. Sie verbrachte die Zeit in Patricks Sessel, blickte zum Fenster hinaus und beobachtete, wie es zu schneien aufhörte und wieder begann. Sie schlief dort, manchmal am Tage, manchmal in der Nacht. Abends versuchte sie ein, zwei Mal ein Spiel der Celtics zu finden; sie hoffte, dass Patrick vielleicht zurückkommen würde, wenn sie den Celtics zuguckte, aber sie fand sie nicht. Also guckte sie sich alte Filme an, sie sah Wiederholungen von *The Beverly Hillbillies* und die *Andy Griffith Show* und *Golden Girls*. Von manchen Shows hatte sie noch nie zuvor gehört. Sie sah Talkshows und die Nachrichten und den Wetterkanal. Ihre Augen schmerzten, und sie zitterte unaufhörlich. Doch wenn sie den Ton ausstellte, schien das Zimmer sie anzuschreien.

Schließlich wurde sie es müde zu entscheiden, was sie anziehen sollte, also behielt sie ihre Jeans an und die verhasste kastanienbraune Strickjacke und zog ihren schweren geblümten Morgenrock darüber.

In der zweiten Nacht hörte sie Hunde im Badezimmer bellen – bellen und schnappen. Sie fand, das könne nur der Anrufbeantworter sein. Als sie aufstand, um zur Toilette zu gehen, gaben ihre Knie nach, und sie musste sich auf den Fußboden setzen, und während sie da saß, stellte sie sich vor, wie ein großer Vogel herbeigeflogen kam, um sie zu holen, und sie musste zählen, um ihn in Schach zu halten. Sie hockte auf dem Boden und zählte, bis es hell wurde im Zimmer, und dann kroch sie auf Händen und Knien ins Badezimmer.

Das kann nicht ewig so weitergehen, dachte sie an einem Punkt. Doch sie wusste, das konnte es doch.

Am vierten Tag gingen ihr Essen und Gin aus. Um halb elf Uhr morgens saß sie am Küchentisch und überlegte, was sie tun sollte. Das Problem, Essen herbeizuschaffen und Gin, schien unüberwindlich. Wenn sie das Haus verließ, was sollte sie tragen? Waren die Straßen vereist, würde sie es bis DeLuca's schaffen? Sollte sie Al schicken? Hatte sie Geld im Haus?

Sie stützte den Kopf in die Hände.

Wohin sie auch blickte, sah sie Dreck, Staub überall, Ruß auf den Fensterbänken, benutzte Gläser auf sämtlichen Tischen. Nach einer Weile hob sie den Kopf, als hätte sie eine Stimme vernommen. »Patrick?« rief sie aus.

Als es an der Tür klingelte, dachte sie, sie hätte Al geschickt, um Lebensmittel einzukaufen, und er brächte sie ihr hinauf.

»Stellen Sie die Sachen einfach hin, Al«, flüsterte sie durch die geschlossene Tür. »Lassen Sie sie auf der Matte stehen.«

»Mercedes, mach die Tür auf!« Es war Tina. Mrs. Medina schloss die Augen. Brachte Tina die Lebensmittel? »Mach auf, Schätzchen, oder ich breche die Tür auf.«

Tina war da, im Gang, und direkt hinter ihr stand Taylor Bond. Direkt hinter Bond stand Al mit seinen Schlüsseln. Keiner von ihnen hatte Lebensmittel. Mrs. Medina starrte sie an und zog ihren Morgenrock enger um sich.

»Mercedes«, sagte Tina. Dann wandte sie sich um und sagte zu Al: »Danke, wir kommen jetzt zurecht. Sie können gehen.«

»Ich würde euch ja hereinbitten«, sagte Mrs. Medina und straffte die Schultern, »aber hier drinnen herrscht das reinste Chaos. Vielleicht ein andermal.«

»Was können wir für Sie tun?« fragte Bond und trat vor. »Ich glaube, wir kommen doch herein. Brauchen Sie irgendwas?«

»Ja«, sagte Mrs. Medina. Plötzlich wusste sie, was sie brauchte. »Ich hätte gern, dass jemand ein paar Tage lang für mich kocht, wenn Sie das arrangieren könnten. Irgend jemand, den ich nicht kenne. Irgend jemand, der nicht mit mir reden will.«

»Ja«, sagte Bond mit einem Lächeln. »Das können wir arrangieren.«

Dritter Teil

Übergang

1

Als es hell zu werden begann, ließ Mrs. Medina jede Hoffnung auf Schlaf fahren. Sie drehte sich um und nahm den unvertrauten Geruch der Bettwäsche wahr; die Luft war warm, und zum ersten Mal seit Monaten brauchte sie keine Zudecke. Vom Pier draußen vor ihrem Fenster erklangen die Stimmen zweier Männer, die geduldig debattierten, dann das tiefe Grummeln eines anspringenden Innenbordmotors. Aus einem Radio brach Musik los. Das Licht hinter den schrägen Lamellen der Fensterläden war rosa. Und in diesem zunehmenden Licht fiel Regen.

Sie öffnete die obere Hälfte der quergeteilten Tür, kochte sich einen Kaffee und nahm ihn mit nach draußen auf die Veranda. Sie konnte fast direkt aus der Tür ihrer kleinen Ferienwohnung ans Wasser gehen. Der Regen hatte aufgehört, und die Sonne lag heiß auf ihrem Gesicht. Der Kaffee schmeckte bitter.

Mitten auf dem kleinen Pier goss ein pummeliger schwarzer Junge in blauen Shorts den Rest seiner Traubenlimonade in ein hüpfendes Schlauchboot. Er blickte zu ihr hinauf und lächelte. Sie setzte ihre hochgeschobene Sonnenbrille auf und ging mit ihrer Kaffeetasse an ihm vorbei zum Ende des Piers. Die große grüne Fähre mit dem Schild PETER ISLAND traf gerade ein; unvermittelt drosselte sie ihre starken Maschinen und glitt auf ihrer eigenen mächtigen Heckwelle vorwärts, bevor sie Kurs auf den Yachthafen auf der anderen Seite des Hafenbeckens nahm. Ihre Passagiere winkten bereits eifrig. Warum mussten die Menschen bloß immerzu winken? Wie der kleine Junge auf dem Flughafen in St. Thomas am Tag zuvor, der im Kreis um seine Mutter gelaufen war und gesungen hatte: »Wir sind hier, Mami! Wir sind hier, Mami! Wir sind hier! Wir sind hier!«

Viel interessanter war jetzt das kleine hölzerne Motorboot,

das in dem kurzen, unregelmäßigen Wellenschlag am nächsten Dock dümpelte. Vorn auf dem Boot stand ein kleiner weißer Terrier, vorgebeugt wie ein lächelnder Bugspriet. Hund und Bootseigner hatten bei Recardos Paradies-Bar festgemacht, wo am Abend zuvor eine Band gespielt und sie mit der endlosen Wiederholung eines Liedes, das sie nicht kannte, aber nie vergessen würde, in den Schlaf gelullt hatte. Sie hatte Trommeln vernommen und eine Bassgitarre und ein Schlagzeug, und alle ein, zwei Minuten hatte ein Chor gesungen: »Baby, komm in meine Arme heut nacht ...«, das waren die einzigen Worte gewesen, die sie verstanden hatte. Sie pochten an ihre Schläfen wie eine Migräne, und wie bei einer Migräne hatte das Spannungsgefühl sie in den Schlaf geschickt.

Sie goss ihren bitteren Kaffee schwungvoll ins Wasser. Tina hatte ihr versichert, dass Tortola der perfekte Ort sei. Doch sie war nicht sicher, ob »perfekt« das war, was sie wollte.

Als Tina sie zehn Tage zuvor aus der Klinik abgeholt hatte, sprach sie das Thema nicht gleich an. Sie hatte gewartet, bis sie in Mrs. Medinas Wohnung angelangt waren und Mrs. Medina ihre Freude über die Blumen und die saubere Küche und das Essen im Kühlschrank geäußert hatte.

»Bleib ruhig«, hatte Tina gesagt. »Die Fleißigen Lieschen haben ein wenig geholfen.«

»Die Auslagen erstatte ich dir natürlich«, sagte Mrs. Medina und ging in ihrem Schlafzimmer umher, als sei sie ein Leben lang fortgewesen. »Es war die reinste Lotterwirtschaft, Tina. Ich bin dir so dankbar.«

»Vergiss es«, meinte Tina und hob abwehrend die Hände. »Lass uns einen Tee trinken.«

Mrs. Medina wusste nicht, was sie mit all den leeren Zimmern anfangen sollte. Sie legte die Hand an das Fenster in ihrem Schlafzimmer. Es fühlte sich noch immer nach Februar an.

»Ah, guck mal«, sagte Tina aus der Küche. »Schokoladenkuchen.«

Sie saßen im Wohnzimmer und gingen so förmlich miteinander um, wie schon lange nicht mehr. Mrs. Medina erinnerte sich allmählich mit unerfreulicher Klarheit, in welchem Zustand sie gewesen war, als Tina und Bond sie gefunden hatten. Den Abwasch mehrerer Tage in der Spüle, ihr ungemachtes Bett, der Abfall, der sich angesammelt hatte. Sie schluckte und begutachtete ihre Fingernägel.

»Also, was meinst du«, sagte Tina, »ist mein Hinterteil zu groß für diese Hose? Meine Tochter findet das jedenfalls.«

»Ich finde, du hast eine wundervolle Figur ...«, antwortete Mrs. Medina, doch dann hielt sie verlegen inne, denn sie fürchtete, missverstanden zu werden. Sie musste daran denken, dass Tina jetzt alles wusste. Mrs. Medina stellte ihre Teetasse ab.

»Zum Unterricht trage ich sie natürlich nicht«, fuhr Tina fort, ohne etwas zu bemerken.

Mrs. Medina nahm den kleinen Perlmuttbilderrahmen zur Hand, der eine alte Aufnahme von Patrick auf einem Segelboot enthielt. Lake Constance, Sommer 1975. Sein Mund war offen, er sang. »Vesti la giubba«, erinnerte sie sich. Sie konnte seine Stimme beinahe hören.

Tina schob den letzten Bissen Kuchen auf ihrem Teller herum. »Ach, zum Teufel«, meinte sie. »Hör mal, was ich dir vorzuschlagen habe.«

Ihr Vorschlag war folgender: Ein oder zwei Mitglieder von Tinas weitläufiger Familie hatten ihren Weg von Antigua aus die karibische Inselkette entlang genommen und sich auf Tortola niedergelassen. Ihr Cousin zweiten Grades, Cyril Recardo, besaß ein Restaurant in Road Town, und seine Frau Marianne arbeitete als Krankenschwester im Hospital.

»Cyril hatte schon immer einen Hang zum Unternehmertum«,

sagte Tina. »Er und ein paar andere Ortsansässige haben ein paar Häuser gekauft und in Ferienwohnungen umgewandelt. Er hat ein paar direkt am Hafen von Road Town. Ich kann nichts darüber sagen, ich hab sie nie gesehen, aber sie sind frisch renoviert und frei, denn die Saison da unten geht dem Ende zu. Also hat er gemeint, ich könnte dich hinschicken. Freundin der Familie. Bleib einen Monat oder so da, und sie werden dich beschäftigt halten oder aber in Ruhe lassen, ganz wie du willst.«

»Ich bin noch nie da unten gewesen«, sagte Mrs. Medina.

»Ein guter Grund hinzufahren.«

»Tina, du hast so viel für mich getan«, sagte Mrs. Medina. »Das ist mir ein bisschen unangenehm.« Sie ging zum Fenster hinüber. Die Dämmerung war die Straße entlanggekrochen, und die Lichter des Feierabendverkehrs strömten westwärts durch den unwirtlichen Märzabend.

»Schätzchen, du bist ein harter Brocken. Um Geld geht es hier nicht.« Sie trank ihren Tee aus. »Aber ich bin erschöpft von all den Debatten mit dir in den letzten Monaten. Ich möchte, dass du darüber nachdenkst und eine Entscheidung triffst. Es ist ein Geschenk, das man dir anbietet. Cyril hat ein, zwei Wohnungen leerstehen und würde sich freuen, wenn du kommst. Hör auf, immer daran zu denken, es allen zurückzuzahlen. Tu es oder lass es, und ich gehe jetzt heim.«

Mrs. Medina begleitete sie zur Tür und dachte an Wärme, an wiederkehrendes Sonnenlicht.

Am Vortag hatten sie durch einen Sturm den Landeanflug auf St. Thomas begonnen, mitten durch eine sonnendurchleuchtete Sintflut, die stakkatoartig auf die Flügel des Flugzeugs trommelte und sie dann aus den Wolken in eine jähe Nebelwand über dem Meer katapultierte, halb Luft, halb Wasser, jedoch klar genug für Mrs. Medina, um hindurchzusehen, als wäre es ein transparentes Stück Himmel, bis zur Erde, bis zu den Dünen, die sich hundert Fuß unterhalb der Oberfläche dahinwanden. Als sie aus dem Flugzeug trat, schmiegte sich die Hitze um sie, eindringlich, beharrlich. Wie das Kind: *Ich bin hier!* In Boston waren es bei Tagesanbruch minus sechs Grad gewesen, und frischer Schnee hatte den zaghaft aufkeimenden Frühling in seine Schranken verwiesen.

Sie ging zum Schalter von Air Tortola hinüber und erkundigte sich nach dem Flug um Viertel nach eins nach Tortola.

»Er wird in Kürze starten«, sagte die junge Frau hinter dem Tresen und trank von ihrer Orangenlimonade. Sie trug eine kurzärmelige hellblaue Bluse mit zwei metallenen Schwingen auf der rechten Brust.

»In Kürze – was heißt das?« fragte Mrs. Medina. »Ich möchte den Flug nicht verpassen.«

»Warten Sie dort drüben bei Rita's. Sie werden ihn nicht verpassen.«

Mrs. Medina durchquerte das höhlenartige, luftige Terminal und betrat Rita's Rum Bar. Auf der anderen Seite der scheppernden Aluminiumwand des Terminals schoss ein großer Flieger mit ohrenbetäubendem Lärm die Startbahn entlang und nahm den Hügel am östlichen Ende ins Visier wie ein gigantischer toll gewordener Pelikan. Das Flugzeug hinterließ einen intensiven Gestank nach Kerosin. Er mischte sich im Terminal mit dem Geruch von warmem Desinfektionsmittel, der sie an die Klinik erinnerte.

»Eines Tages wird einer an diesem Hügel zerschellen«, sagte ein Mann auf einem Barhocker neben ihr. Er trug Shorts in fluoreszierendem Orange und ein T-Shirt mit der Aufschrift »Ich bin der Skipper«. Seine kräftigen Waden waren knorrig wie Baumwurzeln und umschlangen den Barhocker. Seine Sonnenbrille war hoch über die Stirn in das spärliche blonde Haar geschoben. Er hatte ein Carib Bier vor sich.

»Sei bloß still, Mann«, sagte der Rasta-Barkeeper mit einem netten Lächeln. »Wir haben hier einen Fluggast.«

Ihr Glas war klebrig und nicht allzu sauber, aber der Rumpunsch war lecker und schmeckte tatsächlich nach Rum.

Um Viertel nach eins kehrte sie zum Flugschalter zurück. Jetzt saß ein junger Mann hinter dem Tresen, dünn wie ein Bleistift. Er trank eine Cola. Er trug ein kurzärmeliges weißes Hemd mit schwarzen Schulterklappen und hatte sich eine kleine Vier in seinen extrem kurzgeschorenen Schädel rasieren lassen. Mrs. Medina fragte ihn, ob er der Pilot sei.

»Nein, Ma'am«, antwortete er. »Der Pilot hat noch in der Stadt zu tun.«

»Hm, ich werde auf Tortola erwartet«, sagte Mrs. Medina und schob sich ihre Umhängetasche höher auf die Schulter. »Wann wird er zurücksein?«

»Unser nächster Flug nach Tortola geht um –« er konsultierte eine gewaltige Armbanduhr mit vielen kleinen Zifferblättern – »halb sechs. Ich stelle Ihnen einen Gutschein für Rita's aus. Jede Wette, ihr Rumpunsch wird Sie glücklich und zufrieden machen.« Er lächelte hoffnungsfroh.

»Ich habe schon einen Rumpunsch bei Rita's getrunken«, erwiderte Mrs. Medina. »Und er war in der Tat sehr gut. Aber ich möchte nicht noch einen. Ich muss nach Tortola. Jemand holt mich am Flughafen ab, und ich möchte nicht, dass er warten muss.«

Der junge Mann strich sich über den spärlichen dunklen Flaum auf der Oberlippe.

»Und ich bin müde«, sagte Mrs. Medina mit einem kleinen Lächeln. Sie wollte schließlich nicht unhöflich sein.

»Und in Ihren Wintersachen ist Ihnen vermutlich zu warm.« Der Mann in den orangefarbenen Leucht-Shorts stand plötzlich neben ihr. »Aus dem Flug um halb sechs wird wahrscheinlich auch nichts. Es ist derselbe Pilot. Unser Freund Abercrombie. Der noch in der Stadt ist. Und dort bestimmt jede Menge Ärger hat. Darauf würde ich wetten.«

Das Jüngelchen hinter dem Tresen rückte seine Schulterklappen zurecht und schob ein paar Papiere hin und her.

»Ich fliege Sie rüber«, sagte der Mann.

»Wer sind Sie?« fragte Mrs. Medina.

»Bobby Curtis. Ich habe meine kleine Cessna hier. Sie ist ziemlich voll, aber ich denke, Sie kann ich noch unterbringen. Wieviel Gepäck haben Sie?«

»Ich erwarte Abercrombie bald zurück, Bobby«, sagte der junge Mann.

»Damit würde ich nicht rechnen, Kleiner. Kommen Sie«, sagte er über die Schulter zu Mrs. Medina. »Dauert nur eine halbe Stunde.«

Glücklicherweise machte das Flugzeug so viel Lärm, dass es nicht möglich war, ein Gespräch zu führen. Sie flogen nach Osten, die Sonne im Rücken, und die bewaldeten grünen Hügel von St. John glitten langsam unter ihnen hinweg. Die Luft wurde kühler, und die Farben des Himmels wechselten dramatisch von rot über orange zu lavendel, als sie auf einen blassen Viertelmond zuflogen, der über dem dunkler werdenden Meer aufgetaucht war. Mrs. Medinas großer Koffer drückte sie im Nacken, ihre Umhängetasche fand gerade eben auf ihrem Schoß Platz. Der Rest des Flugzeugs wurde von Kanistern mit Maschinenöl, zwei Außenbordmotoren, einem Propeller, mehreren Kisten mit Ersatzteilen und einem – wie es schien – kleinen weißen Sarg eingenommen.

»Und runter geht's«, rief Bobby plötzlich und drosselte die Motoren.

Unvermittelt herrschte Ruhe im Cockpit. Sie glitten durch die Stille auf die Hügel zu, die vor ihnen lagen und im abendlichen Zwielicht zu blinken begannen. Ein, zwei Minuten später ließ Bobby die Motoren wieder einsetzen und warf Mrs. Medina aus den Augenwinkeln einen hinterlistigen Blick zu. Vor ihnen tauchten die Landefeuer auf.

Cyril Recardo stand mit einigen anderen Männern auf der Rollbahn und unterhielt sich angeregt, während Bobbys Flugzeug zu dem kleinen Terminal hinübertuckerte. Mrs. Medina kletterte aus dem Cockpit, mit steifen Beinen, das Dröhnen der Motoren noch in den Ohren, und Cyril erblickte sie auf Anhieb. Er kam rasch herbei und duckte sich unter den Flügel.

»Ich bin Cyril«, sagte er und streckte seine große braune Hand aus. Er maß über einsachtzig und trug einen hellen Panamahut, den er lässig aus der Stirn zurückgeschoben hatte, was ihn noch größer erscheinen ließ. Sein rotes Hemd hing über einem satten Bauch, und eine kleine Brille balancierte auf seiner Nasenspitze.

»Die Verspätung tut mir sehr leid«, begann Mrs. Medina.

Er lüpfte seinen Hut und wischte sich mit einem weißen Taschentuch über den ratzekahlen Schädel. »Wir erwarten Abercrombie immer erst, wenn wir ihn kommen sehen.« Er sah über die Schulter zurück. »Aber Sie scheinen ja einen anderen Piloten gefunden zu haben. Hi, Bobby.«

»Hallo, Cyro. Ich hab dir Kundschaft mitgebracht.«

»Keine Kundschaft, Bobby. Ein willkommener Gast, eine Freundin meiner Cousine Tina, oben im Norden. Valentina, meine ich, die Professorin.«

»Vielen Dank, dass Sie mich mitgenommen haben.« Mrs. Medina öffnete ihre Tasche und griff nach ihrem Portemonnaie. »Bitte lassen Sie mich dafür bezahlen.«

»Vergessen Sie's.« Er winkte ab. »Ich bin doch sowieso hierhergeflogen.«

Ein anderes Flugzeug brachte seine Motoren auf Touren und ließ die Palmen an der Terminaltür in seinem heißen Dieselwind rauschen. Mrs. Medina sah über die Start- und Landebahn und erblickte Wasser, rote Leuchtfeuer und eine Insel, die im Hintergrund funkelte. Der Mond war jetzt klar zu erkennen, karamellfarben lag er auf seinem tropischen Rücken. Sie bildete sich ein, dass es sich abgekühlt hatte.

»Kommen Sie«, sagte Cyril und nahm sie beim Ellenbogen. »Wir müssen zum Zoll.« Mit der anderen Hand ergriff er Mrs. Medinas Koffer.

An einem wackeligen Tisch gleich hinter der Tür spielten zwei Zollbeamte Karten, trugen dabei allerdings ihre Dienstmützen mit den schwarzweiß karierten Hutbändern.

»Wer gewinnt, Malcolm?« rief Cyril.

»Ach, darauf kommt's nicht an, Cyril. Wie geht's?«

»Gut, gut. Die Dame hier ist eine Freundin, ist mit Bobby Curtis von St. Thomas rübergekommen. Sie hat nichts zu verzollen.«

»In Ordnung, Cyril. Ich muss mir aber ihren Pass ansehen.«

Cyril brachte ihm das Dokument, und Malcolm stempelte es schwungvoll, bevor er sich wieder seinen Karten zuwandte. »So, wir sehen uns später, ja?«

»Gute Band heute abend, Mann. Verpass sie nicht.«

Cyrils großer Buick stand unter einer kleinen Gruppe von Palmen gegenüber vom Terminal. Mrs. Medina roch den frischen Wind, der vom Wasser herüberkam, und hörte die Fallen einiger Segelboote, die in der Abenddämmerung müßig an die Masten schlugen. Sie holte tief Luft. Plötzlich war sie vollkommen erschöpft.

Sie rumpelten über die schmale Brücke, die die Flughafeninsel mit der Hauptinsel von Tortola verband.

»Sie müssen mir von Tina erzählen«, sagte Cyril. »Wie geht's ihr? Und ihrer Tochter? Ist sie schon groß? Mögen die beiden den Schnee?«

Mrs. Medina besann sich auf die vielen Orte auf der Welt, wo sie schon gewesen war, und dachte verärgert: *Warum hat Tina mich ausgerechnet hierher geschickt? Nichts ist richtig organisiert. Die Flugzeuge fliegen nicht. Die Sonne ist zu heiß. In meiner Dusche krabbeln große Käfer. Es gibt keine Museen, keine Oper. Ich gehöre nicht hierher, ich habe immer nur zu Patrick gehört. Ich vermisse ihn, und er ist überall um mich herum, und deshalb wird es nicht besser werden.*

Auf den Straßen hier herrschte Farbe. Die Menschen lebten in Farbe. Sie hatte so lange in Grau- und Brauntönen gelebt, dass ihr die Farben anfangs schreiend erschienen, die Farben redeten einfach zu viel. Sie waren eine Verlängerung des Wassers: blau, grün; eine Verlängerung der Sonne: orange, gelb, grelle Schattierungen von Pink. Sie waren nicht dezent. Sie gingen ihr nicht aus den Augen.

2

Zum Mittagessen ging Mrs. Medina in Cyril Recardos Paradies-Bar und Restaurant und bestellte zum dritten Mal hintereinander frittierte Schneckenmuscheln, die mit einem scharfen Krautsalat serviert wurden. Die Schnecken waren süßlich, ein wenig zäh, und der Backteig pfefferscharf. Drei Tage hintereinander hatte sie sich auf die Vorhersagbarkeit dieses Geschmacks verlassen. Dazu bestellte sie sich ein Heineken. Auf der breiten hölzernen Terrasse von Cyrils Restaurant konnte sie ihr Bier trinken und den Bootsverkehr beobachten. Von ihrer kleinen Ferienwohnung war es nur ein kurzer Weg hierher. Das Mittagessen war der eine Höhepunkt ihres Tages, der andere folgte, wenn die Sonne hinter dem Mount Sage versunken war und sie erwägen konnte, sich einen Drink zu machen und zu beobachten, wie die Lichter rings um den Hafen angingen.

Die Mittagsgäste waren verschwunden, und Mrs. Medina saß mit ihrem warmen Bier da und überlegte, ob sie heimgehen und einen Mittagsschlaf machen sollte. Sie sollte versuchen, irgendwas zu unternehmen. Eine Brise kam über dem Wasser auf und roch nach Salz und Hitze, brachte aber dennoch ein wenig Kühlung mit sich.

»Noch ein Bier?« fragte die Bedienung sie. Sie steckte sich den

Bleistift hinters Ohr und nahm Mrs. Medinas Teller fort.

»Nein, danke. Ich gehe, wenn Sie wollen.«

»Aber nein. Ich dachte nur, Sie hätten vielleicht gern noch eins.« Sie stand am Tisch und blickte über den Hafen. »Da ist Sidney. Ich vermute, eines von den Schiffen der Prinzessin ist draußen im Channel.«

Mrs. Medina lächelte.

Die Frau sah zu ihr hinunter. »Sidney ist der Hafenlotse. Er bringt die großen Schiffe rein.«

Mrs. Medina trank den letzten Schluck aus ihrem Glas.

Die Frau stellte den Teller wieder hin und holte eine Packung Camel aus ihrer Brusttasche. »Möchten Sie eine?«

»Nein, danke.«

Einen Augenblick später sagte die Frau: »Ich bin Dori Kite. Ursprünglich aus Los Angeles.«

»Mercedes Medina.«

»Sind Sie eine Freundin von Cyril?«

»Ich bin eine Freundin von einer seiner Cousinen. In Boston.«

»Ja, er hat eine Menge Cousinen.« Sie zog an ihrer Zigarette. »Ich habe keine Familie. Ich bin das, was man eine Aussteigerin nennt. Machen Sie Urlaub hier?«

»Eine Zeitlang, ja.«

»So bin ich auch hier gelandet – um Urlaub zu machen. Bin dann hiergeblieben, hab einen von der Insel geheiratet. Hat nicht gehalten. Schwarz und weiß, wissen Sie, das haben wir einfach nicht hingekriegt. Zwei völlig verschiedene Mentalitäten, wissen Sie? Zwei Schienen, die in dieselbe Richtung verlaufen und nie zusammentreffen. Jetzt bin ich einundfünfzig. Wenn ich Pech hab, sterbe ich einsam und allein in meinem Bett.« Sie schnippte ihre Zigarette über das gedrechselte Holzgeländer ins Wasser.

»Einundfünfzig ist noch nicht so alt«, sagte Mrs. Medina höflich.

Eine leise Melodie erklang, und Dori zog ein Handy aus einem

Etui an ihrer Hüfte. »Sechs Kisten, und schaff sie vor fünf her«, sagte sie ins Telefon und schritt zwischen den Tischen auf und ab, die Faust an die Stirn gelegt. Ihr Gesicht war hager und von Falten gezeichnet und dunkel von der Inselsonne; ihr Haar, das früher blond gewesen war, war im Nacken zusammengefasst und oben auf ihrem Kopf festgesteckt.

Mrs. Medina griff nach ihrer Geldbörse.

Dori beendete ihr Gespräch und klappte das Handy zu. »Ich brauche Urlaub von dieser Insel«, sagte sie. »Ach, es war schön, mit jemandem aus der alten Heimat zu reden. Sie sollten mal abends herkommen. Manchmal kommen die Jungs von den Kreuzfahrtschiffen hierher. Wir machen uns eine schöne Zeit.«

Cyril Recardos Ferienhäuser lagen direkt an der Hauptstraße, die zum westlichen Ende der Insel führte, kurz vor der Kurve, nach der die Autos beschleunigten, die aus Road Town kamen. Ein schmiedeeisernes Tor führte direkt in einen kleinen rotgepflasterten Hof, der von einem großen Holzzaun umgeben war, an dem Cyril Prunkwinden hochranken ließ. Eidechsen verharrten eine Weile in der Sonne, trunken vor Hitze, und Mrs. Medina saß im Korbsessel unter der Bougainvillea, trank Tee und versuchte *Das Ende einer Affäre* zu lesen, das sie sich aus der muffig riechenden Sammlung Taschenbücher im Haus herausgesucht hatte. Drei Stufen hinauf befand sich der Eingang zu dem kleineren ihrer beiden Zimmer mit seinen Lamellen-Fensterläden, noch mehr roten Fliesen, einem Telefon, einem kleinen Fernseher, einer Couch mit einem bunten Baumwollüberwurf. An der Wand hing das Bild einer spärlich bekleideten jungen Frau, die durch ein Korallenriff schwamm, begleitet von zahlreichen leuchtendbunten Fischen.

Von diesem Zimmer aus führten drei weitere Stufen zu einem größeren Wohnbereich, frisch renoviert und geräumig, mit einer Couch und mehreren Stühlen, die mit buntgeblümtem Chintz bezogen waren, einem Glastisch zum Essen und, hinter einem Paravent, einem Doppelbett mit grüngestreiftem Bettüberwurf. Küche und Bad schlossen sich daran an. Die quergeteilte Tür führte auf die Terrasse.

Es war ein Ort, an dem man nicht verlorengehen konnte.

Eines Abends, als sie Geschirr spülte, kam Cyril vorbei. Er war in Begleitung eines Freundes.

»Das ist Sam Brathwaite«, stellte er ihn vor. »Der hiesige Taxifahrer.« Sie beide grinsten. »Nebenbei arbeitet er auch ein bisschen für mich.« Sam Brathwaites Hand war knorrig und trocken, als hätte er mit Terpentin gearbeitet. Sein meergrünes Hemd war mit farbenprächtigen Fliegenden Fischen bedruckt. Sein Kraushaar war schneeweiß.

Mrs. Medina bat die beiden, auf ihrer Terrasse Platz zu nehmen. Das angebotene Bier lehnten sie ab. Cyril kam unverzüglich zur Sache.

»Wir machen uns Sorgen um Sie«, sagte er. »Ich und Marianne.«

Mrs. Medina lächelte. »Wieso das?«

»Sie scheinen vor Kummer zu vergehen«, antwortete er und hob hilflos die großen Hände. »Und ich habe meiner Cousine Valentina versprochen, Sie aufzuheitern.«

»Tja«, sagte sie, »es besteht keine Veranlassung, mich aufzuheitern. Ich bin krank gewesen, wissen Sie. Ich gehe ja vor die Tür, ich gehe täglich spazieren, aber ich bin eben erst wieder auf die Beine gekommen.«

»Immer diese Müdigkeit«, meinte Sam. »Ich weiß nur zu gut, wie das ist.«

Sie nickte. »Ja, so ist es.«

»Marianne sagt, wir laden Sie morgen abend zum Essen ein. Nicht zu uns ins Restaurant, das wäre ja nichts Besonderes. Wir fahren zu Mrs. Bobb, oben auf dem Berg.«

»Ich werd’s nie müde, drüben auf der anderen Seite vom Wasser die hübschen Lichter auf der Straße den Hügel rauf zu sehen«, sagte Sam. »Zu beobachten, wie die Autos regelmäßig rauf und runter fahren, zick – zack.«

»Ja«, sagte Mrs. Medina.

»Gutes Inselessen. Es schmeckt Ihnen bestimmt, und wir werden uns ein bisschen amüsieren«, fuhr Cyril fort.

»Weißt du, ich hätte die Frau fast geheiratet, Cyril«, sagte Sam.

»Wen, Mann?«

»Coral Bobb. Wir waren jahrelang verlobt.«

Cyril lächelte Mrs. Medina an. »Und Sam hier, der alte Schwerenöter, wird Sie begleiten.«

»Wenn Sie mich nicht für einen zu alten Knacker halten«, sagte Sam voller Ernst. »Und meine Zeit mit Coral Bobb ist vorbei, machen Sie sich da keine Sorgen.«

»Und noch etwas«, sagte Cyril und wischte sich mit dem Taschentuch über die Glatze. »Es ist schwer, die Insel kennenzulernen, ohne die Stadt zu verlassen. Deshalb wird Sam seine schönste Taxitour mit Ihnen machen, zwei, drei Stunden lang, mit einem Drink drüben in Apple Bay bei Bomba’s Surfside. Was sagen Sie dazu?«

Mrs. Medina sank das Herz. Sie dachte an die Konversation, die ihr bevorstehen würde, und ihr tat jetzt schon der Kopf weh. Doch blieb ihr nichts anderes übrig, als gute Miene zu machen. »Ich würde mich sehr freuen«, sagte sie.

Cyril stand auf und zog seine Hosen über den Bauch. »Schön. Schön. Also abgemacht.« Er zuckte mit den Schultern, um sein Jackett zurechtzurücken. »So«, meinte er dann und rieb sich die Hände. »Ich hab ein Restaurant, um das ich mich kümmern muss. Große Gesellschaft von einem der Schiffe der Prinzessin heute abend.«

Sam sprang auf und ergriff Mrs. Medinas Hand. »Madame«, sagte er und verneigte sich leicht. »Es ist mir eine Ehre, eine so feine Dame wie Sie zu begleiten. Ich hole Sie morgen um zwei Uhr ab.«

»Bis dann«, sagte Mrs. Medina.

Sie tat ihr Bestes, an nichts von alldem zu denken, was im vergangenen halben Jahr geschehen war. Und es gelang ihr, mehr oder weniger, obschon sie nicht besonders stolz auf ihren Erfolg war. Was sie nicht von sich fernhalten konnte, war der Schmerz in ihrer Brust, der sie unvermittelt überfiel, wenn sie nicht damit rechnete, der sie überraschte, der nichts mit Patrick oder Lennie zu tun hatte, sondern – und das war die einzige Beschreibung, die ihr einfiel – mit der »Tür ins Nichts«, die sie magisch anzog.

Als sie nach dem Mittagessen in ihrem Korbsessel im Hof vor sich hin döste, die Hitze still und dicht, mit weichen Zähnen, die müßig auf dem Verstand herumkauten wie eine Katze, die sich Zeit ließ mit der toten Maus, stellte sie sich vor, wie Lennie durch das schmiedeeiserne Tor eintrat. Sie schlief nicht, und dennoch vernahm sie Lennies Schritte, hörte, wie sie über den Hof herbeikam und am Sessel innehielt, spürte ihre Lippen auf ihrem Mund. Sie ließ ihre Hand über Lennies Hüfte gleiten, hinten an ihrem Schenkel hinunter. *Welch eine Erleichterung, ihren Körper wieder zu spüren.* Mrs. Medinas Schultern sanken gegen die Rückenlehne des Sessels, und sie stieß einen tiefen Atemzug aus, den sie viele Wochen lang zurückgehalten hatte. Sie legte ihre Hände um Lennies Taille, sie zog sie zu sich herab, so dass sie das ganze Gewicht ihres Körpers spürte, und Lennies Kopf sank gegen ihre Schulter, ihr Mund an Mrs. Medinas Hals.

Dann wurde es still, die Insekten hielten inne, der Verkehr draußen vor ihrem Tor ließ einen Moment nach, die Eidechsen verharrten in der Sonne, gleich neben der Prunkwinde. Dann schob sich der Augenblick wieder in den Nachmittag zurück, und als sie sich bückte, um ihr Buch aufzuheben, das ihr vom Schoß geglitten war, spürte sie, wie ihr Herz plötzlich in einen Abgrund stürzte und im Schlagen innehielt. »Die Nerven«, hatte der Arzt ihr gesagt, als dies das erste Mal passiert war. Sie verharrte ganz still und versuchte, eine Weile langsam zu atmen, und um ihren Geist beschäftigt zu halten, konzentrierte sie sich auf die Anweisungen für den Fall eines Hurrikans, die sie an diesem Morgen im Telefonbuch gelesen hatte. Regel Nummer eins: Ruhig bleiben!

Mrs. Medina hatte ihren Tag in Abschnitte unterteilt. Gewöhnlich erwachte sie früh, weil Sidney, der Hafenlotse und zugleich ihr Nachbar, seinen Pflichten nachging, die ihn kurz nach Sonnenaufgang hinausriefen, und sein Boot gehörte nicht zu der leisen Sorte. Gegen neun war sie mit dem Frühstück fertig, hatte geduscht, ihr Tor verschlossen und sich die halbe Meile die Straße entlang nach Road Town auf den Weg gemacht. Hinter dem Yacht-Club begann eine Art Gehweg; dort konnte sie den sandigen Straßenrand verlassen und kam leichter voran. Nachdem sie das Krankenhaus hinter sich gelassen hatte, das ein Stück zurückgesetzt am Fuße des Berges lag, verbreiterte sich die Straße zu einer doppelspurigen Schnellstraße, und wenn es ihr Waschtag war, überquerte Mrs. Medina die Straße zu Key-Linda's Launderette, wo sie ihre Sachen in die Maschine steckte und sich dann auf die Terrasse des Yachthafens am Village Cay begab, um eine Tasse Kaffee zu trinken. Wenn es ihr Posttag war oder ihr Banktag, überquerte sie die Schnellstraße und schlug einen der kleinen grasbewachsenen Wege ein, die zur Haupteinkaufsstraße von Road Town führten. Wenn es ihr Einkaufstag war, ging sie am Waschsalon vorbei und an den Geschäften an der Village Cay Marina und weiter an der Tankstelle bis zum hinteren Eingang des All-Rite Einkaufszentrums, oben beim Kreisverkehr. Sie brauchte nie viel: Mineralwasser, H-Milch, Müsli, Bananen, Kaffee. Manchmal Brot. Tonic. Limonen. Ihren Gin konnte sie dort auch kaufen. Für den Rückweg zu ihrer Ferienwohnung nahm sie sich ein Taxi. Gewöhnlich war sie mittags wieder zu Hause.

Gegen zwei Uhr ging sie zum Lunch in Cyrils Restaurant und ließ sich Zeit (denn Zeit hatte sie). Ein Schläfchen nach dem Mittagessen vertrieb ihr einen Teil des Nachmittags. Wenn die Sonne unterging, trank sie auf der Terrasse einen Gin, und anschließend ging sie zum Abendessen wieder nach Road Town, gewöhnlich ins Village Cay oder ins Carib Gardens, wo man von der Straße aus eine wacklige Stiege erklomm und in einen kunterbunt angelegten Terrassengarten mit einem Goldfischteich und mehreren rauschenden Bächlein gelangte. Die Palmen waren mit bunten Lichterketten geschmückt, die bizarre Rot- und Grüntöne auf das Linsencurry oder den Safranreis oder die kalte Erdnußsuppe warfen. Eines Abends saß sie an ihrem Metalltisch und wartete auf die Rechnung und hatte die Wahl, sich entweder den Hals zu verrenken, um durch die Lichter in den Nachthimmel hinaufzuschauen oder direkt in die Küche zu gucken, wo ihre Kellnerin und deren Freundin lachend mit einem jungen Mann mit einer Rasta-Mütze zusammenstanden, der eben von der Straße aus die Stufen hochgekommen war. Er hatte die Arme um die beiden Frauen gelegt, und an diesem Abend hatte Mrs. Medina sich von allem ausgeschlossen gefühlt. Sie war in ihre Ferienwohnung zurückgekehrt, hatte sich einen Gin eingeschenkt und sich damit auf ihre Terrasse gesetzt, wo sie den Käfern zusah, die unter dem Pier hervorkrabbelten. Sie hatte beschlossen, am nächsten Morgen in aller Frühe nach Boston zurückzukehren.

Doch das war der Abend vor ihrer Verabredung mit Sam gewesen, und deshalb konnte sie natürlich unmöglich nach Boston zurückkehren.

Mrs. Medina zog ihr leichtes grün-weiß geblümtes Sommerkleid an und streckte sich auf dem Bett aus. An der Decke bewegte das Wasser das Licht. Die Luft war noch immer von Hitze erfüllt. Das Schwappen des Wassers gegen das Pfahlwerk. Sie versuchte ans Lächeln zu denken.

Um Punkt zwei Uhr klopfte Sam Brathwaite dreimal an das schmiedeeiserne Tor.

Sam steuerte seinen alten, aber sauberen Rover, an dessen Rückspiegel ein Lufterfrischer in Form einer Vanilleschote hing, voller Umsicht. »Tut mir leid, keine kühle Luft in dieser alten Kiste«, sagte er. »Aber wenn wir den Berg rauffahren, spüren wir den Passatwind, und dann wird's etwas kühler.«

Er fuhr langsam durch das Stadtzentrum. »Eben kommen wir am Gericht vorbei«, erklärte er. »Und das da ist das Gefängnis. Reicht für sechsunddreißig Leute und den Galgen.«

Mrs. Medina wunderte sich, das Gefängnis gezeigt zu bekommen und betrachtete das schlichte weiße Gebäude, das keine Fenster besaß. »Warum streicht man es nicht blau?« fragte sie. »Oder gelb? Wie alles andere?«

»Ist nicht wie alles andere«, entgegnete er und fuhr eine weite Rechtskurve. »Es ist ein ernstzunehmender Ort. Menschen werden dort gehängt. Es gibt allerdings eine rote Tür«, fügte er hinzu.

Sie machte sich Gedanken über die Verbrechen. Einen Mord konnte sie sich auf dieser Insel nicht vorstellen; dieser Ort schien ihr nicht vielschichtig genug dafür.

In steilen Serpentinen fuhren sie nun den Berg hinauf; der Rover ächzte im zweiten Gang, vorbei an ärmlichen Hütten, die ungeschützt der Hitze ausgesetzt waren, mit staubigen Höfen, in denen hier und da ein Schwein oder eine Ziege im Schatten vor sich hin döste. Am Straßenrand war der Asphalt oft abgebröckelt, die Brocken verteilten sich auf den Hängen in einem Gewirr von Ranken und Gräsern. Mrs. Medina nahm ihren Strohhut ab und fächelte sich Luft zu. Über ihnen blickten korallenrote und cremefarbene Stuckvillen mit Arkadenloggias friedlich über das Wasser.

»1834 war die Sklaverei auf Tortola vorbei«, sagte Sam und blickte auf.

Die Luft wurde kühler. Sie kamen an Kindern vorbei, die Bücher über den Rücken geschlungen hatten und an der Straße herumalberten, und an mehreren Männern, die bergab unterwegs waren und kleine traurige Esel hinter sich her zogen. Viele trugen Macheten bei sich, die sie in grimmigem Gruß hoben. Nach einiger Zeit kamen sie an eine Kreuzung, die als Ridge Road ausgewiesen war, und Sam bog nach rechts ab, nach Osten. Sie waren jetzt schon ziemlich hoch und konnten zu ihrer Rechten den Sir Francis Drake Channel sehen, lang und dunkel, und Peter und Cooper Island, und weiter draußen, durch den Dunst, die Rundungen von Virgin Gorda. Unter sich zu ihrer Linken vernahm sie die brausende Brandung des Atlantiks, auch wenn er im Augenblick außer Sicht war. Sam setzte den Weg fort und schien sich an ihrem Schweigen nicht zu stören.

»Ich war schon überall«, bemerkte er irgendwann. »Ich war in Russland, und ich war in Australien. In Russland haben sie mein Radio konfisziert.«

Und dann war plötzlich der weite Atlantik unter ihnen, rollte in großen Wellen von Norden heran.

»Das unter uns ist Josiah's Bay. Tückisches Gewässer«, meinte Sam lächelnd. Er bog von der Straße ab und steuerte auf einige Bänke zu, die strategisch günstig aufgestellt waren. Sie stiegen aus und gingen zum Rand der Klippe; dann nahmen sie in stillem Einvernehmen Platz. »Diese Bänke stehen hier, damit jedermann innehalten und gucken kann, wann immer er will.«

»Das ist ein wunderschöner Strand dort unten«, sagte Mrs. Medina. »Ich frage mich, warum er so verlassen ist.« Die Brandung krachte in die aufragenden Felsen, die die Bucht bewachten, und stieß ungeheure, zwanzig Fuß hohe Gischtkaskaden in die Luft. Doch der Strand selbst war tief und weiß und still. Das Meer erstreckte sich in drei verschiedenen Schattierungen von

Blau nach Nordosten: aquamarinblau in Küstennähe, dann ein Blau, das der Himmel hätte sein können, und schließlich, in der Ferne, das tiefe Tintenblau, das Bodenlosigkeit verhieß.

Sam runzelte die Stirn und spähte hinunter. »Heftige Brandung heute. Das ist die sogenannte Norddünung. Große Wellen, die von einem Sturm im nördlichen Atlantik erzeugt werden und sich ungehindert fortsetzen, bis sie sich an diesen Inseln hier brechen.«

Ein Stück vom Wasser entfernt befand sich eine kleine Ansammlung von Palmen, und Mrs. Medina entdeckte nun, dass der Strand nicht menschenleer war. Da unten war jemand; jemand war von einer Strandliege aufgestanden und ging auf die Felsen zu.

»Da unten ist jemand, wie's aussieht«, sagte sie und beschattete ihre Augen. »Er schickt sich an, die Felsen zu erklimmen.«

»Das ist kein Er. Ich kann Ihnen ohne hinzugucken sagen, dass das Mrs. Vitti-Fraser ist«, erwiderte Sam. »Wusste nicht, dass sie zurück ist. Das macht sie gern, auf den Felsen stehen und das Wasser auf sich runterprasseln lassen wie in der Dusche. Einmal hat 'ne große Welle sie mit fortgerissen. Hat sie aber nicht abhalten können.«

Eine ferne Gestalt in Gelb erschien auf der am weitesten vorgelagerten Felsformation und verschwand in den Gischtkaskaden.

»Wird das gutgehen?« fragte Mrs. Medina.

»Klar. Sie kennt den Strand.« Er stand auf. »Wir machen uns besser wieder auf den Weg. Ich muss Ihnen noch Long Look zeigen, wo die Quäker angelandet sind, und dann die ganze Nordküste – da sind die Straßen auch wesentlich besser als hier.«

»Ich sage Ihnen was, Sam«, meinte Mrs. Medina und machte sich auf den Weg zum Auto. »Warum teilen wir diese Tour nicht in zwei Hälften und machen die Nordküste ein andermal? Lassen Sie uns heute einfach nur noch zu Bomba's Surfside fahren und dort etwas trinken. Was meinen Sie?«

»Mir soll's recht sein, wenn Ihnen das lieber ist.« Er ließ den Motor an. »Hoffentlich nicht, weil ich ein miserabler Inselführer bin.«

»Bestimmt nicht.«

Er machte eine Kehrtwendung und fuhr die Ridge Road zurück nach Westen, doch einige Minuten später konnte er der Versuchung, noch einmal den Fremdenführer zu spielen, nicht widerstehen.

»Der größte Marlin, der in diesen Gewässern je gefangen wurde – das war drüben bei Anegada.« Er wies über die Schulter zurück. »Eintausendeinhundertfünfundvierzig Pfund. Zehn Fuß lang.«

Coral Bobbs Restaurant lag auf einem Felsplateau des Mount Bellevue in vierhundert Metern Höhe, mit Blick nach Südwesten über Road Harbour und den Sir Francis Drake Channel. Eine Sturmböe war vorübergefegt, als sie Bomba's Surfside verlassen hatten, und etwa zehn Minuten lang prasselte heftiger Regen nieder. Dann war das Licht wieder durchgekommen wie sich ausstreckende Arme, und über ihnen erschien die lachsfarbene Palette des Sonnenuntergangs.

»Das ist die reinste Holperstraße hier«, sagte Sam. »Sie ist so steil, dass man keine Gerätschaften raufkriegt, um sie auszubessern. Gut festhalten!«

Mrs. Medina wurde auf dem Vordersitz hin und her geworfen und ließ schließlich ihr Fenster herunter, um sich am Dach festzuhalten.

»O Mann«, sagte Sam. »Da kommt ein mächtiger Riss in der Straße.« Als er abbremste, hörte Mrs. Medina die tropfende Welt um sich herum, die den Geruch von Erde verbreitete und vom tiefen Grün der Pflanzen, und durch das Gewirr von Bäumen und Ranken sah sie die Stadt unter sich auftauchen.

Sam machte fast eine Kehrtwende und folgte dann einer weniger löchrigen, nahezu ebenen Schotterstraße, die in einen kleinen Hof mündete.

»Wir sind vor Marianne und Cyril da«, sagte er mit einiger Befriedigung. »Wenn Sie wollen ... Sie haben noch Zeit, sich die Nase zu pudern, bevor's losgeht.«

Sie gingen um das Haus herum und betraten den Speiseraum, und obwohl Geklapper aus der Küche zu vernehmen war, ließ sich niemand blicken. Der rotgekachelte Raum enthielt etwa fünfzehn Tische, die allesamt mit strahlend weißen Spitzenplatzdeckchen auf leinenen Tischtüchern in einem bezaubernden Karmesinrot eingedeckt waren. Sie trat auf die Terrasse hinaus, die sich über die gesamte Länge des Gebäudes erstreckte, und blickte auf die Stadt zu ihren Füßen und das dunkler werdende Wasser und die Lichter, die nach und nach angingen.

»Mein Rumpunsch ist besser als der bei Bomba's«, sagte Sam und reichte ihr ein Glas. »Sehen Sie die blitzenden Lichter da hinten in der Ferne? Das ist St. Croix, fünfunddreißig Meilen Luftlinie.«

Mrs. Medina kostete ihren Drink. Er war in der Tat viel besser als der Rumpunsch bei Bomba's Surfside.

»Jetzt wissen Sie, warum ich Coral Bobb fast geheiratet hätte«, sagte Sam. »Nämlich wegen der Aussicht.«

Mrs. Medina lachte.

»Na bitte, hab ich Sie zum Lachen gebracht.«

»Eine schöne Aussicht ist ein hinreichender Heiratsgrund«, erwiderte sie. »Vielleicht ebenso gut wie Liebe.«

»Kommt drauf an«, entgegnete er. »Die Liebe ist schon in Ordnung, bringt aber so ihre Probleme mit sich. Ich für meinen Teil bin froh, jetzt auf der Weide zu sein, statt auf der Suche nach Abenteuern.«

Die Brise strich sanft über ihre Gesichter.

»Bestimmt lieben Sie diese Insel sehr«, sagte sie zu ihm.

»Tja, Sie haben die schlechten Seiten noch nicht gesehen.«

»Mir würden allein schon die Lichter am Abend genügen.«

»Ich wollte als Kellner in London arbeiten. Mein Bruder hat dort ein Restaurant, in Ladbroke Grove. Kennen Sie die Ecke?«

Sie überlegte, welche Orte in London sie kannte. »Nein«, antwortete sie dann. »Die Ecke kenne ich nicht. Warum haben Sie es nicht gemacht?«

Er setzte seinen Drink auf dem Geländer ab. »Ich war schon zu alt, als ich auf die Idee kam. Gibt einen Punkt im Leben, wo Veränderungen nicht mehr willkommen sind. Man wacht am liebsten morgens auf und weiß, was einen erwartet.«

»Da haben Sie wohl recht.«

»Und das ist ein wirklich trauriger Augenblick. Weil das Leben sehr eintönig ist, wenn einen nicht ab und an etwas Unvorhergesehenes trifft. Fügt die Farbe hinzu, die Würze, wenn man von einem Tag zum nächsten geht.« Er seufzte. »Heute kommt es mir oft so vor, als guckte ich von weitem zu, wissen Sie, so wie Sie jetzt auf die Lichter da unten im Hafen gucken, ohne zu wissen, was bei Wesley Potter zu Hause, halb den Berg runter, los ist – steht er gerade wieder kurz davor, sein Plumpsklo in die Luft zu jagen? Da oben, da kommt Abercrombie, der Flug um Viertel nach sechs von St. Thomas, und hat er vom Gras genascht? Wird er den Vogel auf die Landebahn setzen oder ins Gestrüpp? Da drüben, die Villa, wo gerade das Licht anging – dort lebt Mr. Jack Hitchcock, der seit zwei Jahren Raffi liebt, einen jungen Mann von Dominica, der unten bei der Hafenmeisterei arbeitet. Dieser Junge ist die Liebe seines Lebens.«

Mrs. Medina horchte auf.

»Und so schaue ich jetzt also zu«, schloss Sam. »Und ich denke, so ist es am besten. Aber es ist schwer, den Mut nicht sinken zu lassen.«

»Wenn –« setzte Mrs. Medina an.

Von unterhalb der Terrasse erklang ein lautes Röhren und ein wildes Aufspritzen von Kies.

»O Mann«, sagte Sam. »Das ist Cyril in seinem Riesenschiff, der versucht, in die Auffahrt einzubiegen. Ich gehe mal besser hin und weise ihn ein.«

Das Abendessen war ausgezeichnet gewesen. Mrs. Medina hatte »nicht gefährdeten« Delphin in Sauce créole gegessen und ein bisschen gewürzten Reis, und sie alle hatten zuviel Rum getrunken, außer Marianne, die am nächsten Morgen um sieben ihren Dienst im Krankenhaus antreten musste. Jetzt war es fast zehn, und die letzten verbliebenen Gäste tranken ihren Kaffee aus. Der Linienbus zurück nach Road Town war gerade fortgefahren. Coral Bobb kam aus der Küche und gesellte sich zu ihnen.

»Seid ihr alle noch nicht müde?« fragte sie. Sie war eine kleine, rundliche Frau Mitte Sechzig und besaß kräftige Oberarme. Sie trug Schuhe mit Plateausohlen, und ihr Haar war zu einem festen kleinen Knoten geschlungen. »Zeit für mein Spezialdessert«, sagte sie.

»O Coral«, rief Marianne, »ich kriege keinen Bissen mehr runter!« Sie saß da, die Hand auf Cyrils Rücken.

Cyril hatte das Kinn in die Hand gestützt und rauchte ein Zigarillo. »Ich frage mich, ob das Rindfleisch geliefert wurde«, sagte er. »Vielleicht sollte ich lieber anrufen.«

»Kannst jetzt auch nichts mehr ausrichten, Cyril«, meinte Sam.

»Er macht sich gern Sorgen«, sagte Marianne. »Lass ihn einfach.« Sie bewegte ihren Kopf auf eine Weise, die Mrs. Medina an Tina erinnerte, mit einem kleinen Lächeln, als hätte ihr jemand soeben ein Kompliment gemacht. Marianne war eine stille Frau, ernst, fast düster. Sie hatte ihr Haar mit einem grünen Seidenschal hochgebunden, dessen Enden ihr über den Rücken flossen.

Mrs. Medina schloss die Augen. Vermutlich war sie betrunken, aber sicher war sie sich nicht. Was sollte sie tun? Wenn Patrick hier wäre, würde er eine weitere Runde Drinks bestellen und dann eine seiner langen »Geschichten von unterwegs«, wie er sie nannte, erzählen. Jetzt hatte sie das Gefühl, es sei an ihr, etwas zu unternehmen. Sie musste Patrick vertreten. Diese Menschen waren sehr freundlich zu ihr gewesen, aber sie glaubte nicht, noch einmal lachen zu können; sie hatte es zu sehr versucht, und das Gesicht tat ihr weh. Also musste sie etwas anderes tun. Würde so in Zukunft ihr Leben aussehen? Würde sie immer überlegen, was sie sagen könnte, antworten müssen und zuhören und die richtigen Dinge sagen und niemanden vor den Kopf stoßen? Niemanden vor den Kopf stoßen. Wenn Patrick hier wäre, würde er seine Geschichten erzählen und sich die Geschichten der anderen anhören und die Fragen stellen, mit denen er die anderen für sich einnahm, und nicht vor dem Morgengrauen heimgehen.

»Hier ist mein Glanzstück«, sagte Coral, die mit einem Tablett zurückkehrte. »Flambierte Bananen.«

Sam richtete sich auf und küsste sich die Fingerspitzen. »Himmlisch!« sagte er.

Coral teilte die Teller aus; auf jedem lag eine der Länge nach aufgeschnittene Banane in dunkler Rumsauce.

»Meine Spezialsauce«, meinte Carol. »Sie muss noch angezündet werden. Und dann kommen die Nüsse obendrauf.«

»Streichhölzer, Coral ... Vergessen?« fragte Sam.

Aus ihrer Schürzentasche holte Coral eine große Schachtel Küchenstreichhölzer hervor. »Wer ist so gut ...?«

Mrs. Medina, die bis dahin immer alles Flambierte schon in Flammen stehend an den Tisch gebracht bekommen hatte, sagte: »Ich.« Sie nahm eines der langen Streichhölzer heraus.

»Aber Vorsicht«, sagte Marianne. »Coral ist berühmt für ihre hochkarätige Rumsauce.«

»Ja«, sagte Mrs. Medina und führte das Streichholz an Mariannes Teller, »man darf die Flamme eben nur kurz heranbringen, so –«

Und mit diesen Worten entzündete sich Mariannes Teller mit einer Stichflamme, die mit einem lauten *Wusch!* meterhoch schoss. Einen Augenblick später war sie wieder verloschen, aber Mrs. Medina und Marianne waren unter heftigem Stuhlgepolter zu Boden gestürzt, und es roch eindeutig nach verbranntem Haar. Als Mrs. Medina nach oben spähte, brannte die Banane munter vor sich hin, und sie und Marianne begannen zu lachen.

Von der Tür her sagte jemand: »Wie ich sehe, komme ich gerade recht.«

»Diana!« rief Cyril und schob seinen Stuhl zurück.

Mrs. Medina wollte aufstehen, konnte aber ihre Beine und Knie nicht auf Anhieb koordinieren, und die Frau in der Tür warf ihr über die brennende Banane hinweg einen amüsierten Blick zu, als ob sie beide eine Verabredung gehabt hätten und eine von ihnen sie nicht eingehalten hätte. Doch dann lächelte sie und setzte ihre kleine runde Brille ab, deren Gläser violett gefärbt schienen. »Sieht so aus, als hätte Coral wieder mit ihrer Rumsauce experimentiert.«

»Kleine Fehlberechnung«, murmelte Coral. Sie ging um den Tisch herum und entzündete die übrigen Bananen, die allesamt so Feuer fingen, wie sie sollten. Mrs. Medina und Marianne strichen ihre Kleider glatt und nahmen wieder Platz.

»Coral«, sagte Diana, »ich habe Jeremy gerade in den Flieger nach Antigua gesetzt und brauche einen anständigen Drink. Ich möchte aber keine brennende Banane – vielen Dank. Oder bin ich zu spät dran?«

»Red keinen Unsinn, Weib«, antwortete Coral und wedelte das letzte Streichholz aus. »Komm her und setz dich.«

Cyril schickte sich an, die Vorstellung zu übernehmen, aber die Frau ging schon zu Mrs. Medina hinüber und schüttelte ihr die Hand. »Ich bin Diana Vitti-Fraser«, sagte sie. »Sie stammen von unter dem Tisch und sind die einzige, die ich nicht kenne.«

»Oh, ja«, sagte Mrs. Medina und strich sich einige Flocken Asche vom Arm. »Wir haben Sie heute auf den Felsen gesehen.«

»Ach, ja?« Sie lächelte. »Wer ist wir?«

»Sie hat sich Sorgen um Sie gemacht«, sagte Sam. »Ich hab ihr gesagt, Sie wissen schon, was Sie tun.«

»Wie wär's mit einem Mount Gay?« fragte Coral von der Tür zur Bar aus.

»Prima!« antwortete Diana. Sie setzte sich neben Marianne, die sich zur ihr hinüberbeugte und sie auf die Wange küsste. »Sie haben sich Sorgen um mich auf den Felsen gemacht? Wie schmeichelhaft. Heutzutage macht sich niemand mehr Sorgen um mich auf den Felsen. Ah, danke, Coral, du bist ein Schatz.« Sie trank einen Schluck Rum. »Also, verrät mir jemand den Namen dieser reizenden Dame, die so um meine Sicherheit besorgt war?«

Mrs. Medina errötete. »Oh, Entschuldigung«, sagte sie. »Ich bin Mercedes Medina. Ich glaube, ich habe versucht, den Tisch in Flammen zu setzen.«

»Freut mich, in diese aufregende Gesellschaft geraten zu sein«, erwiderte Diana zufrieden.

Diana war zweifellos britischer Herkunft mit ihrem dunkelblonden Haar, das lässig hinter die Ohren gestrichen war, aber eine Tendenz zeigte, ihr über die Wangenknochen zu fallen. Ihr Kinn lief schmal zu und zeugte von Entschlossenheit, darüber kam ein breiter Mund, dessen einer Winkel sich beim Lächeln ein wenig mehr hob als der andere, wodurch es schien, als ob sie sich insgeheim amüsierte. Sie trug einen langen geblümten Rock und eine tiefausgeschnittene weiße Bluse, die trotz ihrer Schlichtheit stilvoll wirkte. Mrs. Medina stellte verwundert fest, dass Ohrringe aus Muscheln und Korallen an ihren Ohren baumelten, verwundert, weil sie diese Kombination zum ersten Mal passend fand. Dianas Alter war schwer zu schätzen, denn ihr Körper war »üppig und gesund«, wie Patrick gesagt hätte, und die einzigen Falten, die Mrs. Medina entdeckte, waren einige kleine Linien zu beiden Seiten ihres Mundes. Anfang Fünfzig, vielleicht.

Sie ist zu fröhlich, dachte Mrs. Medina. *Ich ertrag's nicht. Und ich kann heute abend nicht zu noch jemandem nett sein.* Plötzlich vermisste sie Patrick schmerzlich.

»Entschuldigen Sie mich«, sagte sie und ging auf die Terrasse hinaus.

Draußen war es kühl. Eine Brise strich vom Sir Francis Drake Channel herüber. Der Hafen von Road Town lag in einem stillen Hufeisen von Licht da, und sie sah die sich bewegenden Lichter einiger Boote, die dort vorbeifuhren, wo sie ihre kleine Ferienwohnung vermutete. Dort war auch ihr Bett. Sie wünschte, sie läge darin. Sie wünschte, sie läge mit Patrick darin, ohne zu reden, könnte einfach seinem Atem lauschen und ihm von Zeit zu Zeit über den Rücken streichen.

»Hab ich was Falsches gesagt?« Diana gesellte sich zu ihr. »Entschuldigung, das ist ziemlich abgedroschen.«

Mrs. Medina trocknete sich mit dem Taschentuch die Augen. »War einfach ein langer Tag. Ich dachte, ein bisschen frische Luft würde mir guttun.«

»In der Tat. Der Tag war viel zu lang.« Diana trank einen Schluck Rum, und im Dunkeln vernahm Mrs. Medina das gesellige Klirren von Eis gegen das Glas. »Ich bedaure nicht gerade, dass mein fast erwachsener Sohn mir nicht mehr am Rockzipfel hängt. Ich denke, dass ich heute nacht prima schlafen werde, danke der Nachfrage.«

»Wie alt ist er?« fragte Mrs. Medina höflich.

»Jeremy? Oh, siebzehn oder so«, antwortete Diana. »Ich kann mich nie genau erinnern.« Sie lachte. »Er war heute bei mir, unten am Josiah's Beach. Draußen im Wasser.«

»Sie meinen schwimmen? Ich habe ihn nicht gesehen. Es war eine ziemliche Brandung.«

»Er hatte sein Surfboard dabei. Er ist ziemlich gut. Ehrlich gesagt, mache ich mir inzwischen fast keine Sorgen mehr um ihn.« Sie strich sich das Haar aus der Stirn. »Machen Sie sich immer noch Sorgen um Ihre Kinder? Oder haben Sie es aufgegeben?«

»Ich habe keine Kinder.« Sie wollte fortfahren, aber dann dachte sie: *Verdammt, ich muss überhaupt nichts erklären.*

»Kluger Schachzug«, meinte Diana. Ihre Stimme war tief und angenehm geschmeidig.

»Ich –« setzte Mrs. Medina an.

»Sie –« sagte Diana gleichzeitig.

Sie lachten.

»Sie zuerst«, sagte Mrs. Medina.

Diana wandte ihr das Gesicht zu. »Ich habe über Ihren Namen nachgedacht«, sagte sie. »Er kommt mir irgendwie bekannt vor. Vor einigen Jahren – vor zehn Jahren oder so, habe ich einen wunderbaren Cellisten namens Medina spielen hören. Sein Vorname fällt mir partout nicht ein. Es war in London, aber nicht in der Albert Hall. Es muss in dem scheußlichen Barbican Center gewesen sein, mit den Londoner Symphonikern, glaube ich. Ein älterer Mann, absolut großartig.«

»Patrick Medina.«

»Ja! Genau. Sagen Sie nicht – er ist Ihr Vater.«

»Nein. Mein Mann.«

Diana stellte ihr Glas auf einen der Tische. »Nein, wirklich!« sagte sie. »Ach, wie wunderbar. Ist er bei Ihnen?«

»Nein, er ist im Januar gestorben. Doch ich bin sicher, es hätte ihm hier sehr gefallen.«

»Ach«, meinte Diana. »Das tut mir leid.« Sie legte beide Hände auf die Terrassenbrüstung und drückte die Arme durch. »Das war ein wirklich denkwürdiger Abend. Dvořák, war es, glaube ich. Waren Sie auch dort?«

»Ja, vermutlich schon.« Sie lachte. »Dvořák mochte er nicht so gern.«

»Das hat man nicht gemerkt. Es war ein sehr bewegendes Konzert.«

»Das ist sehr freundlich von Ihnen. Er ist nicht oft als Solist aufgetreten. Er hat es immer vorgezogen, mit seinem Trio zu spielen.«

»Dann schätze ich mich glücklich, ihn gehört zu haben.«

Zu ihrer eigenen Überraschung brach Mrs. Medina in Tränen aus. Und plötzlich traten Cyril und Marianne und Sam auf die Terrasse hinaus, um sich zu verabschieden. Mrs. Medina wandte sich ab.

Diana ergriff hastig das Wort. »Seid ihr Nachtschwärmer endlich bereit zu gehen?«

»Auf die Füße hab ich ihn gekriegt«, sagte Marianne, den Arm um Cyrils Taille geschlungen. »Nun muss ich ihn noch den Berg hinunterschaffen.«

»Noch einen letzten Drink?« fragte Sam munter. Coral Bobb trat zu ihm und nahm ihm die Rumflasche aus der Hand.

»Sam, ich muss um sieben in der Früh arbeiten«, sagte Marianne. »Und unser Gast wird erschöpft sein, wenn du ihr den lieben langen Nachmittag Vorträge gehalten hast.«

»Sie hat jedes einzelne Wort genossen«, entgegnete Sam.

Mrs. Medina putzte sich die Nase und drehte sich um. »Ja, das stimmt«, bestätigte sie. »Es war eine großartige Tour.«

»Die beste«, sagte Sam. Damit sank er auf eines der niedrigen Sofas und legte die Arme auf die Rücklehne. »Und nun – gute Nacht.«

Cyril trat rasch ein paar Schritte vor. »Nichts da, Samuel!« sagte er. »Du musst deine Lady heimfahren.«

»Er ist hinüber«, sagte Coral Boob. »Ich kenne ihn, der ist vollkommen hinüber.« Sie ging zu ihm und fächelte ihm mit einer großen roten Serviette Luft zu.

Einen Augenblick lang sagte niemand etwas.

»Ich kann Sie heimfahren, Mercedes«, sagte Diana. »Wo wohnen Sie?«

»Ich werde den Kerl wecken«, sagte Cyril.

»Nein«, wandte Coral ein. »Das wird dir nicht gelingen. Der

Alkohol hat ihn umgehauen.« Sie schüttelte traurig den Kopf. »Er steckt einfach nicht mehr soviel weg.«

»Mir macht es nichts aus, sie heimzufahren«, sagte Diana. »Cyril, mach nicht solchen Wirbel darum. Lass Sam hier seinen Rausch ausschlafen.« Sie warf sich ihren Pullover über die Schultern.

»Ich wohne in einer von Cyrils Ferienwohnungen am Hafen«, sagte Mrs. Medina.

»Prima«, erwiderte Diana. »Liegt genau auf meinem Weg.«

»Cyril, hilf mir eben noch, seine Füße hochzulegen«, bat Coral. »So ist's gut. Ich ziehe ihm die Schuhe aus, und dann kann er die Nacht hier verbringen. Wäre ja nicht das erste Mal.«

Auf dem Schotterparkplatz war die Luft vom süßen Duft der Frangipanis durchdrungen. Diana stieg in ihren Aston Martin und warf ihre Segeltuchtasche auf den Rücksitz. »Rein mit Ihnen«, sagte sie. »Werfen Sie Ihren Hut hinten rein. Zum Glück ist das Surfbrett schon zu Hause.«

Sie rollten und rumpelten schweigend bergab, bis der Zustand der Straße derart gemeingefährlich wurde, dass er Beschwichtigung erforderte.

»Tut mir leid«, sagte Diana. »Fahre ich zu schnell? Die Straße ist der reinste Achsenkiller.«

Mrs. Medina schüttelte den Kopf. »Wenn Sie langsamer fahren, kommen wir nie unten an. Die Luft ist auf jeden Fall gut.«

Einige wildwuchernde Ranken schlugen durch das Fenster und erwischten Mrs. Medina im Gesicht.

Diana schaltete in einer der Serpentinen herunter, und ihre linke Hand strich in der Dunkelheit an Mrs. Medinas Schenkel entlang. »Ich sollte üben, mit dem Steuer auf der rechten Seite zu fahren«, sagte Mrs. Medina rasch. »So wie Sie.«

»Sie sind hier also noch nicht gefahren?«

»Nein. Aber ich dachte, ich könnte vielleicht mal zu dem Strand fahren, wo Sie heute waren. Ich hab mir überlegt, mir einen Leihwagen zu nehmen.«

»Ja, ein wunderbarer Strand. Tolle Brandung.« Sie scherte aus, um einem Schwein auszuweichen, das geschäftig am Straßenrand entlangtrottete. Kurz darauf wurde die Straße weniger holprig und das Gefälle weniger halsbrecherisch.

»So«, meinte Diana und warf ihr einen Seitenblick zu. »Bleiben Sie länger hier?«

»Ich bin schon seit fast zwei Wochen hier. Und bleibe wahrscheinlich noch mal zwei Wochen.«

»Sind Sie allein hier? Oder bin ich zu neugierig?«

»Ganz allein. Und ganz glücklich damit. Cyril und Marianne betrachten das als Zeichen für eine unheilbare Persönlichkeitsstörung.«

Diana warf den Kopf in den Nacken und lachte. Mrs. Medina sah sie an. *Patrick würde sie gefallen,* dachte sie.

Schließlich kamen sie am Fuß des Berges gleich neben den Gasometern an und wandten sich in Richtung Road Town.

»Leben Sie ständig hier?« fragte Mrs. Medina.

»Mehr oder weniger. Ein paar Monate hier, ein paar Monate woanders. Ich besitze einige Schmuckläden – Bijouterien sagt man wohl. Einheimische Kunst, solche Sachen. Einen hier, einen auf St. Martin, einen weiteren auf Antigua. Ich muss dort von Zeit zu Zeit nach dem Rechten sehen, und dann fahre ich auch immer mal für längere Zeit nach London. Meine Londoner Zweigstelle – so groß wie eine Butterbrotdose – steht kurz vor der Eröffnung.«

»Klingt geschäftig.«

»Mir gefällt's.« Sie fuhr jetzt schneller, und sie rauschten an der Rollschuh-Arena vorbei, einem großen, abgeschirmten Gelände, in dem eine Reihe von Güterzügen zu Reggae Beat die Gleise zu wechseln schien. Ein silberner Ball rotierte langsam über allem und erleuchtete einen Augenblick die Gestalt eines großen Mannes mit einem weißen Lockenschopf, der draußen zwischen einigen Palmen hervortrat. Er überquerte die Straße hinter ihnen, und Diana drückte kurz auf die Hupe und hob den Arm.

»Jack Hitchcock«, sagte sie und blickte flüchtig in den Rückspiegel. »Holt Raphael ab.«

Mrs. Medina blickte ihm nach. *Er ist der mit dem Jungen,* erinnerte sie sich.

»Kennen Sie ihn?« fragte Diana.

»Nein, nein«, antwortete Mrs. Medina rasch.

»Sah so aus«, meinte Diana lächelnd. »Netter Bursche.«

Diana bog schwungvoll auf den kleinen Schotterparkplatz vor Mrs. Medinas schmiedeeisernem Tor ein.

»Ich danke Ihnen vielmals«, sagte Mrs. Medina und öffnete die Tür. »Ich bin sicher, Cyril und Marianne waren froh, sich die Fahrt den Berg hinunter sparen zu können.«

»War mir ein Vergnügen.« Sie ließ den Motor aufheulen und sah Mrs. Medina mit einem eigenartigen Lächeln an. »Schön, jemand Neues zum Reden zu haben.«

Mrs. Medina kletterte aus dem kleinen Wagen und richtete sich auf. »Ja. Also dann – gute Nacht.«

»Hören Sie«, Diana beugte sich vor und sprach zum Fenster hinaus, »wenn ich wieder mal nach Joshua's Beach hinüberfahre, rufe ich Sie an. Vielleicht haben Sie ja Lust mitzukommen.«

»Das wäre schön.« Damit würde sie sich später befassen. Diana war verdammt noch mal zu nett.

Diana setzte schottersprühend auf die Straße zurück und raste in westlicher Richtung davon. Eines ihrer Rücklichter brannte nicht.

Mrs. Medina zog sich aus, ohne Licht zu machen. Sie öffnete beide Fenster, die auf die Terrasse hinausgingen, und fiel ins Bett, ohne sich die Mühe zu machen, ihr Nachthemd zu suchen.

3

Irgendwann in der Nacht regnete es. Mrs. Medina wurde halb wach und hörte es schütten – es war, als hätte jemand die großen Ventile eines gigantischen Tanks geöffnet und dann wieder abrupt geschlossen. Die am Pier vertäuten Boote wiegten sich leise in dem darauffolgenden Tröpfeln, und eine leichte Brise drang durch die Lamellen der Fensterläden, strich ihr über die Wangen und brachte den feuchten Geruch des Kreosots, mit dem die Pfähle imprägniert waren, und den zunehmend vertrauten Geruch von Treibstoff mit sich. Sie war überrascht, dass sie noch immer hier war, in diesem verwirrenden Land aus Farbe und Wasser, in dem das Verstreichen der Tage allein von der Sonne angezeigt wurde. Sie wusste nicht einmal mehr, welcher Wochentag war.

Seltsam, dass Diana bei dem Konzert in London gewesen war.

Patrick, Patrick, dachte sie, *der Dvořák wird uns auf ewig verfolgen.*

In einem Gefühl seltsamer Entspannung rollte sie sich um ihr Kissen zusammen, als wäre jemand hinter ihr und hielte sie.

Liebe Tina, begann sie und ließ den Stift sinken. Auf ihrer Terrasse war der Morgen bereits heiß, und sie ging hinein, um sich ihren Strohhut zu holen. Als sie vor ihrem Bett stand, fiel ihr ein, dass er hinten in Dianas Wagen lag.

Tja, dumm. Also kein Hut. Sie nahm die alte blau-grüne Baseballmütze, die sie in der Küche hatte hängen sehen, und setzte sie auf. Sie schien einigermaßen sauber zu sein.

Cyril und Marianne sind außerordentlich aufmerksam, und ich fühle mich sehr gut aufgehoben. Ich werde allmählich süchtig nach den frittierten Schneckenmuscheln in Cyrils Restaurant, das nur wenige Schritte die Straße hinauf liegt.

Sie blickte auf. »Ich könnte genausogut schreiben: ›Amüsiere mich prächtig. Ach, wärst Du doch hier!‹«, sagte sie laut.

Gereizt fegte sie den Briefbogen beiseite. Nebenan, auf den Stufen, die zum Wasser hinunterführten, nahm ein älterer schwarzer Mann ohne Hemd mit einem großen Messer Fische aus und klopfte in regelmäßigem Rhythmus auf den Zementboden. Die Köpfe und die Innereien warf er ins Wasser. Zwischen seinen Lippen hing eine feuchte, nicht angezündete Zigarette.

»Ach, komm schon, Mary«, begann er plötzlich zu singen. »Komm, nimm mich mit zu dir.«

»Halt die Klappe, Camden!« erklang die Stimme einer Frau aus der Wohnung oberhalb der Stufen. Doch sie klang freundlich. Dann: »Camden? Willst du ein Glas Sprudel?«

»Zeit, in die Stadt zu gehen«, murmelte Mrs. Medina vor sich hin.

Sie saß an ihrem üblichen Tisch auf der Terrasse der Village Cay Marina und versuchte noch einmal, Tina zu schreiben. Diesmal hatte sie eine Postkarte mit einem Foto von Cyrils Restaurant ausgesucht. Sie hatte sich einen Orangensaft bestellt, denn für Kaffee war es wirklich zu heiß. Am anderen Ende des Hafens spie ein Beiboot von einem der großen Kreuzfahrtschiffe ein Grüppchen pastellfarben gekleideter Touristinnen und Touristen aus.

Einige Tische weiter saß der Mann, den sie nun als Jack Hitchcock kannte. Trotz der Hitze trug er ein hellblaues Seersucker-Jackett und ein weißes Hemd mit offenem Kragen, und er schien sich keineswegs unbehaglich zu fühlen. Sein eindrucksvoller weißer Lockenschopf begann zwei, drei Zentimeter oberhalb seiner Ohren und endete in einer windzerzausten Mähne. Mit einem Füllhalter trug er sorgfältig Buchstaben in ein Kreuzworträtsel ein.

Eine der ziemlich großen Kellnerinnen schlenderte mit einer Portion Spiegeleier mit Speck und einer Schale Melonenscheiben zu ihm hinüber. Sie ging einmal um seinen Tisch herum, als wolle sie seine Aufmerksamkeit gewinnen, und von hinten unter dem Vordach, an der Bar, hörte sie die anderen Kellnerinnen kichern.

»Hier ist Ihr Frühstück, Mr. Jack«, sagte die Kellnerin und bot ihr üppiges Décolleté dar.

»Dankeschön, Naneen«, sagte er und blickte auf.

Mrs. Medina hatte nicht damit gerechnet, dass er so rasch den Kopf heben würde, aber er tat es, und so erwischte er sie, wie sie ihn beobachtete. Sie war froh, dass sie ihre Sonnenbrille trug und trank rasch einen Schluck von ihrem Saft; dann beugte sie sich über ihre Karte an Tina.

Liebe Tina, das hier ist Cyrils Restaurant. Ich esse dort jeden Tag zu Mittag – die frittierten Schneckenmuscheln sind sehr gut. Sie versuchte, Erinnerungen aufzurufen, irgendeinen Punkt, an dem sie anknüpfen und so spontan zu Tina sprechen konnte, wie es ihrer tiefen Freundschaft entsprach. *Alle hier fragen nach Dir und Sandra. Wetter ist ausgezeichnet. Alles Liebe, M.* Sie holte eine Briefmarke aus ihrem Portemonnaie und legte ein paar Münzen auf den Tisch. Sie verspürte unvermittelt die seltsame Neigung, mit Jack Hitchcock zu reden, wusste aber nicht, wie sie ihn hätte ansprechen können. Zu ihrer Überraschung blickte er auf, als sie sich erhob, um zu gehen, und schenkte ihr ein schiefes kleines Lächeln. Sie lächelte zurück.

»Dieser Weg ist nicht halb so halsbrecherisch wie die Straße bergab von Coral Bobb«, sagte Diana, »aber andererseits sitzen wir auch nicht in einem gottverdammten Jag, also halten Sie sich gut fest.« Sie lenkte den Austin auf einen steil abwärtsführenden Grasweg, und Mrs. Medina vernahm das Rauschen der Brandung. »Ach, ja, Ihr Hut liegt da hinten. Hab ich auch eben erst gemerkt.«

Unten angekommen, an Josiah's Pond vorbei, erstreckte sich Josiah's Bay in einem weiten Bogen vor ihnen, zu beiden Seiten von mächtigen Felsformationen eingerahmt. Die Brandung rollte laut herein, die Gischt schlug hoch gegen die Felsen, aber auf dem innenliegenden Strand rollte das Wasser gemächlich schäumend heran und zog sich sanft zurück.

Diana parkte unter einigen Palmen. Zwei Fahrräder lehnten an den Bäumen, aber es schien niemand in der Nähe zu sein. Sie trat um einige kleine Kakteen herum und ging durch das Gestrüpp hindurch zum Strand.

Mrs. Medina aß ein Stück von der Apfelsine, die sie geschält hatte. Sie war blutrot. »Es sieht aus, als könnte man ziemlich weit im Wasser hinausgehen, bevor die Brandung einen erwischt.« Sie spuckte einen Kern in die Hand und warf ihn fort.

Diana nickte. »Ja.« Sie lehnte sich in ihrem Sonnenstuhl zurück. »Aber es ist tückisch.« Sie trug blaue Shorts, und ihre vollen Brüste schmiegten sich in ein enganliegendes geripptes weißes Top. Mrs. Medina musterte sie verstohlen. *Vielleicht ist sie doch noch nicht über Fünfzig,* dachte sie. *Vielleicht ist sie erst Mitte Vierzig.* Sie wischte sich die Hände an dem feucht durchtränkten Handtuch ab, das Diana ihr über den Strohhut gelegt hatte.

»Mir scheint, Sie sind nicht der Typ, der am Strand herumliegt«, sagte Diana und wandte den Kopf, um sie anzusehen. »Haben Sie Ihren Badeanzug mitgebracht?«

»Nein, im Moment genügen mir meine Shorts.«

Diana lehnte sich zurück und schloss die Augen. Nach einer Weile meinte sie: »Es ist so schön friedlich hier mit Ihnen. Gott sei Dank wollen Sie nicht reden. Jeremy hat mich wahnsinnig gemacht.« Sie saß da, das eine Bein ausgestreckt, das andere angewinkelt. Mrs. Medina, ganz verträumt in der Hitze, erlaubte ihren Augen, auf Dianas Schenkel zu verharren, dort, wo der Aufschlag ihrer Shorts endete und das nackte Fleisch zeigte, und die anmutige Linie zu verfolgen, die ihre Beinmuskeln beschrieben, und die Kontur ihrer Wade bis zur Fessel. Alles auf einen

Blick, sozusagen. Neben ihrem Knie war ein kleiner blauer Fleck zu sehen.

Mrs. Medina schaute und erinnerte sich an Lennies Beine. Sie holte tief Luft. In ihr regte sich etwas.

Diana setzte sich auf und rieb sich mit Sonnencreme ein. Zwar saßen sie mehr oder weniger unter Palmen, doch die Sonne erlaubte kein Entrinnen – der Wind schien das gleißende Licht herbeizuwehen. Dianas Haut hatte die Farbe von erröteten Aprikosen, und ihr Décolleté wies attraktive Sommersprossen unter der Bräune auf. Mrs. Medina betrachtete ihr eigenes weißes Fleisch voller Abscheu. Sie ließ sich auf ihr Handtuch zurücksinken und schloss die Augen.

Sie gingen an den Ausläufern der Brandung entlang, und das kühle hereinströmende Wasser glitschte unter ihren nackten Füßen. Der Sand war weiß, die Sonne war weiß. Der Wind schlug ihnen hart ins Gesicht. Mrs. Medina blieb stehen und hob einen kleinen pinkfarbenen Stein auf.

»Ich nenne das die weiße Stunde«, sagte Diana. »Zwischen eins und drei. Die völlige Abwesenheit von Farbe. Vom Meer abgesehen.«

Als sie wieder unter ihren Palmen saßen, schraubte Diana eine Thermosflasche mit Rumpunsch auf. »Der wird Sie vermutlich umhauen«, meinte sie lachend.

»Dankeschön. Ich habe nicht daran gedacht, etwas mitzubringen.«

»Und kaltes Hühnchen mit Gurken auf Weißbrot. Nicht aufregend, aber Sie sollten lieber etwas essen, wenn Sie Rum trinken wollen«, sagte Diana. »Hier. Chips sind in der Tüte dort.«

»Ist es schon Zeit zum Mittagessen?«

»Spielt das eine Rolle?«

Der Punsch war eiskalt, und Mrs. Medina leerte schnell den halben Becher.

»Gefällt Ihnen mein Nasenfahrrad?« fragte Diana. Sie hielt die Brille hoch. »Lila Gläser. Sie gehört Jeremy. Er hat sie im Auto vergessen.«

»Sie ist mir neulich abends schon aufgefallen. Nützt sie was gegen die Sonne?«

»Nicht viel. Ich glaube, er versucht sich damit ein gewisses Image zu geben.« Sie setzte sich die Brille wieder auf die Nase. »Wie schmeckt der Punsch?«

»Ich bin ihn warm gewöhnt. Aber so ist er viel erfrischender.«

»Gut.«

Sie ließen sich wieder in die Hitze zurücksinken, die der stete Seewind nicht vertreiben konnte. Eine Biene flog dicht über Mrs. Medinas Gesicht hinweg, und sie setzte sich auf und schlug danach. Sie war ein wenig durcheinander; der Rum hatte sie zunächst belebt, aber jetzt dachte sie an ihr kühles Bett jenseits der Terrasse, an ihre nachmittägliche Routine, von der sie abgewichen war.

»Kommt hier jemals jemand anders her?« fragte sie.

Diana richtete sich ebenfalls auf. »Suchen Sie Unterhaltung?« fragte sie mit einem Lächeln. Dann schirmte sie die Augen mit der Hand ab und sah den Strand hinunter. »Sieh an. Da kommen Jack und Raphael. Gerade rechtzeitig.«

Jack Hitchcock hatte seine Hosen bis über die Knöchel hochgerollt und trug sein Seersucker-Jackett über dem Arm. Er spähte mit zusammengekniffenen Augen zu ihnen hinüber.

»Kommt her!« rief Diana ihnen zu. »Wir haben noch Rumpunsch übrig.«

Jack kam auf sie zu, während Raphael hinter ihm her zockelte. Diana übernahm die Vorstellung.

»Ich habe Sie beim Frühstück gesehen«, sagte Jack und beugte sich herab, um Mrs. Medina die Hand zu schütteln.

»Setzt euch.« Diana wies auf das riesige Strandtuch, auf dem schon Mrs. Medina hockte.

»Geht leider nicht. Raffi muss wieder an die Arbeit«, erwiderte Jack. »Und wir sind mit dem Fahrrad da.«

»Hey, Jack, ich könnte einen Schluck gebrauchen. Der Rückweg ist lang, Mann.« Raphael hockte sich hin, und Diana reichte ihm die Thermosflasche. Jack blieb stehen. Er lehnte sich gegen einen Baum. Er besaß ein angenehmes gegerbtes Gesicht mit einer komischen Nase, die aussah, als sei die Spitze zusammengekniffen worden.

Raphael Dicken war groß und schlank, mit einer festen, flachen Brust, die seine Rippen erkennen ließ. Doch seine Schultern waren breit, und seine Haut besaß die berauschende Farbe von dunklem poliertem Mahagoni. Mrs. Medina schätzte ihn auf ungefähr fünfundzwanzig. Seine vollen Lippen öffneten sich zu einem jungenhaften Lächeln, als er den Punsch in dem Becher betrachtete. »Das kommt gut«, meinte er.

Jack hatte sich einen trockenen Grashalm gepflückt und saugte daran. »Sie wohnen in einem von Cyrils Ferienhäusern, nicht wahr?« fragte er Mrs. Medina.

»Ja, noch zwei Wochen.«

»Jack, mein Freund, du hast ein Buch von mir, das ich ziemlich dringend brauche«, sagte Diana.

»Oh, ja, das Hazan-Kochbuch. Da gibt's noch ein kleines Gericht, das ich ausprobieren möchte.«

»Hast du das Vitello Tonnato schon getestet?«

»Ja, hab ich. Raffi fand es phantastisch.«

Raffi lächelte Mrs. Medina an. »Leckere Sache«, meinte er. »Kaltes Kalbfleisch mit Thunfischsoße.«

»Das kenne ich«, sagte Mrs. Medina. »Ich finde das auch köstlich.«

»Was ich nicht verstehe, Raffi«, sagte Diana, »wie kannst du essen, was Jack kocht, und so verdammt dünn dabei bleiben?«

Raffi hob das Kinn und lächelte überlegen. Im selben Moment krachte es plötzlich im Gebüsch hinter ihnen, und ein Hagel von

Steinen flog an Raffis Kopf vorbei. Einer traf ihn an der Wange.

»Hey!« rief Jack und stieß sich vom Baum ab. Diana sprang auf die Füße.

Hinter ihnen standen drei halbwüchsige Jungen am Ende des Gestrüpps, die Hände voller Steine. Sie fingen alle drei gleichzeitig an loszuschreien, erst auf Englisch, dann, als sie immer wütender wurden, in Patois, der einheimischen Kreolsprache. Wieder erfolgte ein Steinhagel durch die Palmwedel hindurch.

Raffi stand jetzt auf, und auch Mrs. Medina rappelte sich hoch. Raffi hielt sich die Hand an die Wange.

Jack wandte sich durch das Gestrüpp hindurch an die Jungen. »Verpisst euch, ihr Arschlöcher!« schrie er. Das brachte sie nur noch mehr in Wut, aber dann trat Diana neben Jack und rief: »Othman Potter, ich kenne deine Mutter gut. Du solltest dich schämen! Jetzt nimm deine Freunde und geh! Lasst uns in Ruhe!«

Die Jungen sahen Othman Potter an, der Diana einen finsteren Blick zuwarf. Dann hob Jack ein großes Stück Treibholz auf und ging auf sie zu. Sie wandten sich um und rannten den Hang hinauf in Richtung Josiah's Pond. »Schwuchtel!« rief der letzte noch über die Schulter zurück.

»Raffi«, sagte Diana und wandte sich ihm zu. »Alles in Ordnung?«

Er hob die Hand. »Nichts passiert.« Jack trat neben ihn und sah sich die Wange aus der Nähe an. »Nichts passiert, Mann«, wiederholte Raffi. Er stützte sich auf Jacks Schulter, und Mrs. Medina sah, wie sein Arm zitterte.

»Nichts passiert – von wegen!« sagte Jack. »Dumme Rotzbengel.«

»Kennst du diese hübschen Früchtchen, Raffi?« fragte Diana ihn. »Hier, trink den Rest Rumpunsch.«

»Das sind nur dumme Jungs«, erwiderte er. »Aus Cripple's Rest.« Aber er ließ sich auf das Handtuch sinken.

Mrs. Medina war zutiefst erschüttert. Nie zuvor im Leben war sie derart attackiert worden. Und dabei war ja nicht einmal sie die Zielscheibe des Angriffs gewesen. Sie war einfach dagewesen, in der Schusslinie. Jack kümmerte sich immer noch um Raffi, und als er sich schließlich umwandte, meinte er: »Es wird nur einen blauen Fleck geben, glaube ich.«

»Ich werde ein Wörtchen mit Othmanns Mutter reden«, sagte Diana.

»Nein! Nein, tu das nicht, Diana!« sagte Raffi. »Das macht alles nur schlimmer.«

»Es ist schon schlimm«, wandte Diana ein.

Jack stand auf. »Er hat natürlich recht.«

»Kann ich irgendwas tun?« fragte Mrs. Medina hilflos.

»Ja«, antwortete Diana. »Helfen Sie mir, unsere Sachen zusammenzupacken. Wir werden versuchen, uns alle in den Mini zu quetschen.«

»Die Fahrräder«, sagte Raffi. »Meins ist ganz neu.«

»Ich hole meinen Wagen und lade die Räder ein«, sagte Jack. »Komm jetzt. Diana hat recht.«

»Pass auf, Jack«, sagte Diana und legte das Handtuch zusammen. »Sie waren auch hinter dir her, das weißt du.«

Der Mini quälte sich den grasbewachsenen Weg hinauf. Von den Jungen war nichts zu sehen. Mrs. Medina hatte sich auf den Rücksitz gequetscht, Schenkel an Schenkel mit Raffi, und sein Körper erbebte hin und wieder, als sei ihm kalt. Jack warf ihm dann und wann einen Blick zu, wie um sich zu vergewissern, dass es Raffi gutging.

Diana tätschelte das Armaturenbrett. »Wenn meine Mini-Karre es den Hügel hinauf schafft, dann werde ich sie nie wieder schlechtmachen, das schwöre ich.« Sie hatte sich ein leichtes Baumwollhemd übergestreift und die Ärmel bis zu den Ellenbogen hochgekrempelt.

Schließlich erreichten sie die Ridge Road, und Diana wandte

sich nach Westen, der untergehenden Sonne entgegen.

»Fahr nicht durch Cripple's Rest«, sagte Jack. »Nimm die Abkürzung beim Anglerladen.«

»Okay.«

Raffi strich sich über den Kopf und barg dann das Gesicht in den Händen.

Nach einer Weile sagte Jack: »Was hörst du von Lily, Diana?«

»Nicht ein Wort. Bis auf eine kleine Karte, um mich wissen zu lassen, dass sie wohlbehalten wieder in Paris angekommen ist.«

Jack legte den Arm auf die Lehne von Dianas Sitz und klopfte ihr auf die Schulter. »Wie nett von ihr.«

»Fand ich auch.« Diana bog am Anglerladen ab, und bald darauf ging es in einem schrägen Winkel wieder hügelabwärts, an den nördlichen Ausläufern von Road Town vorbei.

»Du vereinsamst doch in dem Haus, jetzt wo sie weg ist«, fuhr Jack fort. »Du solltest es aufgeben und in die Stadt ziehen.«

»Ich liebe das Haus. Außerdem gehört es zur Hälfte Nigel.«

»Dann komm wenigstens mal abends zum Essen.«

Diana hob das Kinn und warf den Kopf zurück, wie um eine verirrte Haarsträhne aus dem Gesicht zu verbannen. »Das klingt besser.«

»Wann fährst du wieder nach London?«

»Ich weiß es noch nicht. Hier im West End Laden herrscht Chaos in der Buchführung. Ich versuche das in Ordnung zu bringen. Hilarene lebt in einer Traumwelt. Sie ist in einen der Kerle verschossen, die auf der St. John-Fähre arbeiten, und hat nichts anderes mehr im Sinn. Letzte Woche hat sie hundertvierzig Dollar in die Kasse getippt, aber nichts verkauft. Hat mich eine Weile gekostet, bis ich das nachvollzogen hatte.«

Jack lachte.

»So, da sind wir, gesund und wohlbehalten.« Sie bog in die kurze geteerte Auffahrt, die zu Jacks Bungalow führte – das im Schatten liegende korallenrote Haus, das Mrs. Medina und Sam von Mrs. Bobbs Restaurant aus auf der anderen Seite des Hafens gesehen hatten. Die Sonne stand jetzt kurz hinter der Bergkuppe in ihrem Rücken und warf lange, friedliche Schatten durch den kleinen Hain von Avocadobäumen hinter Jacks Haus, in denen einige Sperlinge ihre Vorbereitungen für die Nacht trafen.

»Also«, sagte Jack und schüttelte Mrs. Medina die Hand, »unsere nächste Begegnung wird hoffentlich erfreulicher ausfallen.«

Mrs. Medina fühlte sich noch immer wie losgelöst von Zeit und Raum. Niemand hatte ihr den Vorfall am Strand näher erläutert, und so wusste sie nicht, ob sie ihrer Bestürzung Ausdruck verleihen sollte, ob sie sich Raffi gegenüber besorgt zeigen oder überhaupt auch nur auf den Zwischenfall zu sprechen kommen sollte. Doch sie fühlte sich seltsam verbündet mit Jack und wollte ihn das wissen lassen. Sie suchte vergeblich nach passenden Worten, und so beugte sie sich schließlich einfach vor, schüttelte ihm die Hand und pflichtete ihm bei, dass die nächste Begegnung besser werden würde.

»Die Hortensie macht sich jetzt recht gut«, meinte Diana und sah sich die blassblauen Blüten neben der Auffahrt genauer an.

»Ja. Carleton Smith ist vorbeigekommen und hat einige der Zweige der alten Tamarinde da drüben zurückgeschnitten. Sie hat zuviel Schatten geworfen.«

Raffi war ins Haus gegangen und kam nun mit einer kleinen Segeltuchtasche die Treppe heruntergerannt. »Lady Di, darf ich Sie bitten, mich unten im Hafen abzusetzen? Ich muss um fünf bei der Arbeit sein.«

»Erweise den Toten gefälligst Respekt, Raffi. Natürlich mache ich das.«

Jack küsste ihn auf die Wange. »Kopf hoch«, meinte er. »Bis später.«

Mrs. Medina hatte den Blick diskret abgewendet, aber sie war sicher, dass es Jack egal war, ob sie es sah oder nicht.

»Meine Wohnung ist recht schlicht«, sagte Mrs. Medina später. »Und ich habe auch nur Gin. Aber wenn Sie mögen, können Sie gern auf ein Glas hereinkommen.«

Diana stellte den Motor aus. »Das wäre prima. Der Mini kann eine kleine Pause gebrauchen. Und ich müsste mal aufs Klo.«

Auf der Terrasse teilten sie sich den Rattanhocker, um die Füße hochzulegen, und saßen mit ihren Drinks da und sahen zu, wie im Hafen nach und nach die Lichter angingen. Dann driftete vom tiefen Ende des Hafens, wo ein großes Kreuzfahrtschiff in voller Festbeleuchtung erstrahlte, die Musik einer Band herüber – ausgerechnet mit »Easy to Love«.

»Haben Sie je zu Lester Lanin getanzt?«

»Oft. Und Sie? Ich wusste gar nicht, dass seine Band außerhalb der Vereinigten Staaten gespielt hat.«

»Ich glaube, er hatte mehrere Bands, die er in der Weltgeschichte herumgeschickt hat. Wundervolle Musik. Mein alter Vater hat mich am Abend, bevor ich zum Studium fortging, zum Tanzen bei Lester Lanin ausgeführt.«

Mrs. Medina erinnerte sich an einen regnerischen Abend im Rainbow Room in New York, als Manhattan zu ihren Füßen erstrahlt war wie eine Unterwasserstadt. Sie hatten zu einem Cole-Porter-Song nach dem anderen getanzt, und unter ihren Fingern waren die Haare in Patricks Nacken weich wie Eiderdaunen gewesen.

»Sie wundern sich vermutlich wegen des kleinen Zwischenfalls am Strand«, meinte Diana dann.

Mrs. Medina richtete sich auf. »Ja, ein wenig. Ich habe nicht verstanden, was das sollte – es schien ihnen völlig egal zu sein, wen sie da mit Steinen bewarfen.«

»Keineswegs. Tut mir leid, dass Sie das miterlebt haben. Sie haben es auf Jack und Raffi abgesehen, betrachten aber alle, die mit ihnen zusammen sind, als Freiwild.«

Mrs. Medina trank einen Schluck Gin.

»Mittlerweile akzeptieren die meisten Leute in der Stadt Jacks Beziehung zu Raffi mehr oder weniger«, fuhr Diana fort, »auch wenn sie es nicht verstehen. Nach dem Motto: Leben und leben lassen. Doch sie werden nie, *niemals* vom Gouverneur zum Essen eingeladen – kleiner Scherz, aber Jack lud man früher sehr wohl ein. Doch es kümmert ihn nicht.« Sie schwieg einen Moment. »Die Menschen hier lieben Jack. Er kam vor zwanzig Jahren nach Tortola, um zehn Monate lang an der Schule zu unterrichten, und er ist nie zurückgegangen. Er war ein wunderbarer Lehrer, und die Kinder haben ihn geliebt. Er hat dem einen oder anderen Schlaukopf geholfen, einen Studienplatz zu bekommen. Die älteren Menschen hier erinnern sich daran.«

»Wer sind dann die Jungs mit den Steinen?« fragte Mrs. Medina.

»Die Jungs mit den Steinen kommen aus Cripple's Rest – die meisten von ihnen jedenfalls. Das ist eine der ärmeren Siedlungen am nördlichen Stadtrand. Die, die wir heute gesehen haben, sind nicht das eigentliche Problem. Sie werden von den älteren Jungen dazu angestiftet – von denen, die die Insel verlassen und nach Miami oder San Juan gehen wollen, um reich zu werden. Aber weg können sie nicht, weil sie nicht das Geld dazu haben, also bleiben sie hier und lassen ihren Frust an allen anderen aus. Sie machen jede Menge Ärger. Sie sind keine große Gruppe, nur ein paar Bengel, die nichts zu tun haben und sich von dem Blödsinn, der aus den USA herüberschwappt – Entschuldigung – beeinflussen lassen. Und in der Schule sind nicht mehr viele übrig, die sich an Jack erinnern. Ich bin sicher, dass Othman Potter keine Ahnung hat, dass Jack seiner Schwester Key-Linda mit seinem Geld geholfen hat, ihren Waschsalon am Village Cay zu eröffnen.«

»Werden Sie mit seiner Mutter sprechen?«

Diana fuhr sich mit den Fingern durchs Haar. »Ich weiß nicht.

Sie würde Othman das Fell gerben, und der Ärger würde noch größer werden, fürchte ich.«

»Möchten Sie noch einen Drink?«

Diana trank ihr Glas aus. »Einen noch. Dann muss ich los.«

»Was also wird geschehen?« fragte Mrs. Medina, als sie zurückkehrte. Jetzt war es nahezu dunkel, obwohl der Himmel hoch oben über den Hügeln noch ein verwaschenes Blau und Korallenrot aufwies, gestreift mit langen Ausläufern schwarzer Wolken.

»Ich weiß es nicht. Wenn wir Glück haben, legt es sich einfach.«

Mrs. Medina drehte sich um und beobachtete, wie weiter oben die Lichter von Cyrils Restaurant angingen.

»Stört es Sie?« fragte Diana.

»Das ist jedenfalls eine sehr unangenehme Situation.«

»Nein, ich meine die Beziehung zwischen Jack und Raffi. Stören Sie sich an solchen Sachen?«

»Nein«, antwortete Mrs. Medina rasch. »Das ist allein deren Angelegenheit.«

»Ein löblicher liberaler Standpunkt«, erwiderte Diana lächelnd.

Mrs. Medina stand auf. »So«, sagte sie, »es war ein langer Tag.«

»Ja, richtig«, meinte Diana und trank aus. »Ich habe Ihre Gastfreundschaft schon viel zu lange in Anspruch genommen. Verzeihen Sie.«

»Aber nein, keineswegs«, widersprach Mrs. Medina. »So habe ich das nicht gemeint.«

Am Tor wandte Diana sich um und sagte: »Oder möchten Sie mir beim Abendessen Gesellschaft leisten? Draußen in meiner sogenannten Villa, wo ich angeblich vereinsame. Auch ohne mein Hazan-Kochbuch kriege ich noch eine ordentliche Pasta hin.«

»Heute nicht, danke«, antwortete Mrs. Medina.

»Wie wär's mit morgen?«

Sie standen nah beieinander am Eingang, und Mrs. Medina

wurde sich unvermittelt der Duftnoten bewusst, die Dianas Körper in der Hitze verströmte, eine Mischung aus frischem Shampoo und süßem Schweiß. Zu ihrer eigenen Überraschung verspürte sie eine leichte Erregung, und ihr fiel plötzlich ein, dass es der 18. April war, Lennies Geburtstag.

Sie schüttelte den Kopf, wie um diesen Gedanken zu vertreiben. »Morgen, sagen Sie?«

»Oder wann immer Sie wollen.« Diana hatte sich nicht von der Stelle gerührt.

»Morgen könnte gut passen, das könnte ...«

»Gut«, sagte Diana. »Ich hole Sie gegen sechs ab. Sie können mit meinem Wagen fahren und üben.«

Mrs. Medina schloss das Tor hinter sich und sperrte ab. Die Spannung wich aus ihren Schultern. Als sie die Terrasse überquerte, hörte sie das Telefon klingeln.

Wenn ich noch fünf Minuten länger mit Diana da gestanden hätte, dachte sie, *dann müsste ich mich damit nicht befassen.*

Doch es war Tina, und Mrs. Medina war froh, ihre Stimme zu hören.

»Kümmert Cousin Cyril sich ordentlich um dich?« fragte Tina.

»Ja, absolut.« Mrs. Medina schob die Tür mit dem Fuß zu. Mitten auf dem Fußboden hockte ein großer Käfer und starrte zu ihr hinauf. »Lieb von dir, Tina, dass du anrufst und dich nach mir erkundigst.«

»Das ist nicht der einzige Grund, warum ich dich anrufe.«

»Meine Vertretung kommt mit dem Kurs nicht klar – ist es das?«

»Nein. Deine junge Freundin hat mich angerufen.«

Mrs. Medina senkte den Kopf und zog eine Grimasse, als hätte ein plötzlicher Schmerz sie durchzuckt.

»Mercedes? Bist du noch da?«

»Ja.« Sie legte die Hand auf den Tisch, um sich zu stützen.

»Sie hat mich angerufen und wollte wissen, wo du bist.«

Mrs. Medina sah zu, wie der Käfer in aller Ruhe zur Couch hinüberkrabbelte und darunter verschwand. Sie nahm plötzlich den Geruch von feuchtem Segeltuch und von Limonen an ihren Händen wahr. Draußen auf der Straße beschleunigte ein Motorrad. Sie setzte sich auf den Hocker neben dem Telefontischchen. »Was hast du ihr gesagt?«

»Nichts. Ich hab ihr erzählt, dass du nicht unterrichtest, damit sie nicht vor dem Seminarraum auf dich wartet. Das hatte sie nämlich vor. Ich weiß nicht, ob sie mir geglaubt hat oder nicht.«

Mrs. Medina rieb sich mit Daumen und Zeigefinger die Schläfen. »Hat sie gesagt, was sie will?«

»Nein, aber ich bin sicher, dass ich wieder von ihr hören werde. Soll ich ihr diese Nummer geben?«

Mrs. Medina war ein wenig übel. Der Gin, vermutlich, die emotionalen Turbulenzen dieses Tages.

»Ja oder nein, Mercedes. Auf die Entfernung kann ich deine Gedanken nicht lesen.«

»Nein, im Moment nicht, Tina. Sag ihr doch einfach, dass ich eine Weile fort bin. Sie soll dir ihre Telefonnummer oder Adresse geben.«

»Gut.«

»Macht es dir etwas aus?«

»Überhaupt nicht. Ich muss aber warten, bis sie sich bei mir meldet, weißt du.«

»Ja.«

»Hast du schon nette Leute kennengelernt, Mercedes?«

»Ein paar. Ich passe eigentlich nicht hierher, aber es stört mich nicht weiter.«

»Du bist wegen der Ruhe und der Sonne dort, meine Liebe. Es ist kein gesellschaftliches Ereignis.«

»Ich vermisse dich, Tina. Dich würde ich gern sehen.«

»Keine Chance. Der April geht dem Ende zu. Seminararbeiten, Prüfungen. Panische Zeiten für uns hier.«

Mrs. Medina lächelte. »Danke, dass du mich angerufen hast.«

»Hier ist es immer noch arschkalt, Mercedes. Das sollte dich aufmuntern.«

Später, als sie den Schlaf herbeisehnte, bemerkte Mrs. Medina, dass sie sich an die schmerzliche Leere von Lennies Abwesenheit gewöhnt hatte, und sogar an die noch dringlicheren körperlichen Bedürfnisse, die sie von Zeit zu Zeit überfielen. Zu wissen, dass Lennie versucht hatte, Kontakt zu ihr aufzunehmen, befreite sie in gewisser Weise, befand sie; es war eine intime Geste, und zwar eine Geste, die es ihr seltsamerweise ermöglichte, unbefangener mit ihren eigenen Gefühlen umzugehen.

Sie überlegte, was Jack und Raffi gerade taten, ob sie noch einmal den Berg hinauffuhren, ob sie sich liebten. Von draußen war ein nahezu stummes Vibrieren zu vernehmen, als das Kreuzfahrtschiff rückwärts aus dem Hafen glitt und die nächtliche Überfahrt nach St. Martin antrat.

Und wer, fragte sie sich, *ist Lily?*

Gegen halb drei fiel der Vollmond auf ihr Kopfkissen und weckte sie. Sie hatte von Patrick geträumt, einen Traum, den sie nicht erinnerte, und eine Weile lag sie da und dachte an ihn. Sie überlegte, was sie beide im April im Jahr zuvor gemacht hatten – nicht viel, wenn ihre Erinnerung sie nicht trog. *Das war vor Lennie gewesen,* dachte sie. *Lange davor.*

Sie drehte sich auf den Bauch und legte den Kopf im Mondenschein auf die verschränkten Arme. Vermutlich sollte sie sich Gedanken um ihre baldige Abreise machen. Sie konnte nicht ewig hierbleiben. In Boston würde sie eine Art emotionaler Wüste erwarten, aber ihr Möglichkeitssinn – wenn er überhaupt je existiert hatte – ließ sie erkennen, dass diese Durststrecke überwindbar war. Sie brauchte nur noch einen Weg zu finden, das zu bewerkstelligen.

Doch in der Zwischenzeit musste sie sich dem Abendessen mit Diana widmen. Sie drehte sich auf den Rücken. Was sollte sie anziehen?

4

»Möchten Sie jetzt mal fahren?« fragte Diana am nächsten Abend. Mrs. Medina schloss ihr Tor ab. Unter dem Arm trug sie eine Flasche französischen Merlot, die in einer Papiertüte steckte.

»Nein, ich gucke lieber aus dem Fenster. Ich kenne diese Straße noch nicht weiter als bis zu der Kurve da hinten.«

»Na, dann los.« Der Austin fügte sich knatternd in die Reihe der Wagen ein, die nach Westen fuhren. Große heiße Wolken sammelten sich über ihnen, die fortwährend die Form wechselten.

»Sturm im Anzug«, sagte Diana.

Sie brausten am Prospect Road Resort vorbei und wandten sich dann scharf landeinwärts, wobei sie die Sea Cow Bay umgingen, wo sich die Episkopalkirche St. Paul mit ihrem leuchtend roten Dach neben dem überwucherten Friedhof erhob wie ein Sinnbild der Ecclesia Militans. Dahinter schmiegten sich verfallende Hütten an den Straßenrand, und wild wucherndes Gestrüpp zog sich den Hügel hinauf. Gleich hinter einer kaputten Holztür bereitete ein alter Mann sein Abendessen zu – er briet sich etwas auf einem Gaskocher. Sie wandten sich wieder dem Wasser zu und fuhren weiter nach Westen, an dem verfallenen Restaurant Starving Man vorbei, den dunkler werdenden Sir Francis Drake Channel zu ihrer Linken. Eine prächtige Ketsch mit hellblauen Segeln hielt auf den Yachthafen von Nanny Cay zu. Jetzt verlief die Straße so nah am Wasser, dass Mrs. Medina direkt in die Plicht der Yacht blicken konnte, wo gerade Drinks serviert wurden. Die Menschen an Bord interessierten sich jedoch mehr für die großen roten und orangefarbenen Wirbel im schlierigen Himmel.

Gleich hinter der Abzweigung zum nördlichen Ende der Insel bog Diana durch ein niedriges Steintor links ab, fuhr in einer Staubwolke einen von Hibiskus und rosafarbener Kreppmyrthe gesäumten Weg entlang und kam kurz darauf hinter der Kuppe einer kleinen Anhöhe unvermittelt zum Stehen. Sie lehnte sich zurück und lächelte. »Ich hätte doch Sie fahren lassen sollen. Ich hab's immer so verflixt eilig, hierher zurückzukommen. Willkommen in Lone Palm. Die einsame Palme ist da drüben – unten am Strand.«

Mrs. Medina stieg aus, und ein frischer Wind kam vom Kanal herüber und peitschte ihren Rock. Jenseits des Wassers tauchten die Lichter einer Ferienanlage in der Dämmerung auf, aber sie wirkten keineswegs aufdringlich. Mrs. Medina verliebte sich in den Ort, kaum dass sie einen Fuß auf den sandigen Boden gesetzt hatte.

Dianas Zuhause war ein niedriges zweigeschossiges Holzhaus mit Blick auf den Sir Francis Drake Channel. Wohl proportioniert, gepflegt, ohne Schnickschnack. Ein nahezu flaches Dach. Die Treppe zum oberen Stockwerk führte an der weinbedeckten östlichen Außenwand hinauf, und die lange erhöhte Veranda unter dem tiefgezogenen hölzernen Überdach ging auf das Wasser hinaus. Das Haus besaß hohe bogenförmige Fenster, wie sie auf der Insel üblich waren. Das umgebende Land war von einer niedrigen Steinmauer eingefasst, die sich zum Wasser hin sanft neigte und schließlich außer Sichtweite verschwand. Das Gelände war offenkundig mit Bedacht und lässiger botanischer Großzügigkeit kultiviert worden. Mrs. Medina entdeckte Frangipani und Flammenbäume, und auf halbem Weg zum Wasser stand in prachtvoller Einsamkeit ein riesiger voll erblühter Tulpenbaum. In der Nähe des Hauses ergoss sich ein Wasserfall von Gelb, den Mrs. Medina für Indischen Goldregen hielt.

»Dieser ganze botanische Auftrieb hier geht auf Nigels Konto«, sagte Diana von der Veranda aus. »Mein Ex. Mein künftiger Ex. Mein Daumen ist nämlich so schwarz wie die Lunge eines Bergarbeiters. Kommen Sie auf die Veranda hinauf. Abends um diese Zeit ist es wundervoll.«

Diana zog einige der seitlich angebrachten Markisen hoch. »Mal sehen, ob der Wind zu stürmisch ist.«

»Ich finde nicht«, sagte Mrs. Medina. »Lassen Sie sie ruhig oben. Es ist himmlisch.«

Die Veranda war wie eine Erweiterung des Wohnzimmers, ausgestattet mit robusten gepolsterten Korbmöbeln, die aus drei großen Türen herausragten, und allem Anschein nach verbrachte Diana einen Großteil ihrer Zeit hier draußen. Auf einem Glastisch lag ein Exemplar von *Der englische Patient*, mit einer Feder als Lesezeichen, und es gab etliche Buch- und Zeitschriftenstapel. Am fernen Ende der Veranda schwang eine gewebte Hängematte träge im Wind.

»Also, was möchten Sie trinken?« fragte Diana von der kleinen Bar an der hinteren Wand aus. »Gin, richtig? Mit einem Spritzer Tonic?«

»Gern.« Mrs. Medina setzte sich auf eines der Korbsofas.

»So«, sagte Diana, als sie ihre Drinks auf dem Glastischchen abstellte und mit einer raschen Kopfbewegung das Haar aus dem Gesicht zurückwarf. »Was machen Sie –«

Wie auf ein Stichwort erhob sich vom Kanal her ein hohes Jaulen aus westlicher Richtung, das schnell näher kam und schmerzlich laut wurde.

»Was zum Teufel ...?« sagte Diana. Sie ging zum Ende der Veranda. Mrs. Medina folgte ihr. Genau in der Mitte des Sir Francis Drake Channel, gut dreißig Meter über dem Wasser, tauchte die Abendmaschine aus St. Thomas auf. Die beiden Propeller kreischten. Die über dem Rumpf angesetzten Tragflächen schienen in die Vertikale zu wollen, doch das kleine Flugzeug verfolgte weiter seinen horizontalen Weg und schoss an ihnen vorüber.

»Was hat dieser Idiot Abercrombie jetzt schon wieder vor?« sagte Diana. Sie stiegen die Veranda hinunter und gingen zum Wasser. »Ich warte auf die Explosion. Er wird am Mount Bellevue zerschellen, wenn er so weitermacht und nicht direkt nach Virgin Gorda weiterfliegt.«

Im Osten erschienen die ersten Sterne. Der Sturm, den Diana vorhergesagt hatte, hatte sich irgendwohin verzogen. Von jenseits des Wasser erklang eine Steel Band. Sie warteten auf die Katastrophe und beobachteten die Sterne, und der Wind, der sich abgeschwächt hatte, strich sanft über ihre Wangen.

Dann sahen sie, weit die Küste hinunter, wie das Flugzeug in einem unglaublich steilen Winkel aufstieg, und als es hoch genug war, hielt es die Höhe, beschrieb einen anmutigen Bogen und verschwand dann in langsamem Sinkflug in Richtung Beef Island Flughafen.

Sie standen schweigend im Dunkeln. Bis Diana sagte: »Ich weiß nicht, warum sie diesen Blödmann nicht feuern. Er ist eine Gefahr. Vom Alkohol hält er sich zwar demonstrativ fern, aber er liebt sein Marihuana, und das macht ihn glücklich – sehr, sehr glücklich.«

Sie kehrten zum Haus zurück.

»Beschwert sich niemand über ihn?«

»Niemand, der zählt«, erwiderte Diana. »Meine Freundin Lily war im Begriff, sich zu beschweren, aber dann hat Abercrombie ihr einen Preisnachlass auf sein Spezialkraut, wie er es nennt, gewährt, und so hat sie praktischerweise das Interesse an seinen übrigen Sperenzchen verloren. Irgendwann war ich sogar mal versucht, selbst meine Dienste anzubieten. Ich bin früher ziemlich viel geflogen. Nigel und ich hatten eine kleine Piper, damit ich bequem zu meinen verschiedenen Inselläden gelangen konnte. Aber dann habe ich meine Lizenz nicht erneuert. Zu teuer. Kommen Sie mit in die Küche, während ich den Salat anrichte.«

Durch eine Reihe von breiten, bogenförmigen Durchbrüchen ging ein Raum in Dianas Haus elegant in den anderen über. Im Schein mehrerer Kerzen beendeten sie ihr Abendessen an dem ovalen Mahagonitisch. Blassgelbe Wände erhoben sich in die Dunkelheit. Ein Deckenventilator drehte sich gemächlich über ihren Köpfen.

»Köstliche Pasta«, sagte Mrs. Medina. »Wo haben Sie all diese vielen Pilzsorten her?«

»Freilandhaltung«, antwortete Diana und lachte lauthals. »Entschuldigung, ein Scherz zwischen mir und meiner Freundin, die nicht mehr hier ist.« Sie strich sich das Haar aus dem Gesicht und rieb sich die Augen, als wolle sie die Müdigkeit aus ihnen vertreiben. »Einige davon wachsen auf der Insel«, erklärte sie dann. »Andere habe ich mir aus der Küche meiner Komplizin Remy Tour geborgt, die das französische Restaurant draußen an der östlichen Küstenstraße betreibt.« Sie aß eine letzte Gabel voll Tagliatelle. »Ihr Merlot passt sehr gut dazu. Dankeschön.«

»Wichtig ist«, sagte Diana, »so viele Fenster wie möglich zu haben und ebenso viele Möglichkeiten, sie während der heißesten Zeit des Tages vor der Sonne zu schützen. Natürlich kann das bei einem Hurrikan zum Problem werden.« Sie standen in ihrem Schlafzimmer, in dem große Flügeltüren auf einen kleinen Balkon führten. Zarte Vorhänge bauschten sich in der Brise, die sich wieder über dem Kanal erhoben hatte. Diana schaltete die kleine Nachttischlampe an.

»Hier schläft man bestimmt gut«, sagte Mrs. Medina.

»O ja«, bestätigte Diana.

Das Bett war breit, mit weißen Laken und einem cremefarbenen Leinenüberwurf. Das hauchdünne Moskitonetz, das von einem großen Haken an der Decke herabhing, verlieh dem Zimmer eine traumartige Atmosphäre, die von einer beachtlichen Menge Spiegel und den gedimmten Nachttischlampen gefördert wurde. Auf dem einen Nachttisch stand ein Foto in einem ziselierten Silberrahmen. Mrs. Medina trat unauffällig einen Schritt näher. Die Frau auf dem Foto war Ende Dreißig, mit kurzen dunklen Locken. Sie lehnte lässig an einem der großen Bäume im Garten, hielt ein Becherglas in der Hand, in dem Weißwein sein mochte, und hatte das eine Bein durchgestreckt, das andere angewinkelt. Ihre Sonnenbrille saß tief auf der Nase. Sie war barfuß und ganz in Weiß gekleidet, weiße Segeltuchhosen und ein dünnes weißes Top, das ihren Bauch frei ließ und locker genug saß, um die kleine Wölbung einer Brust zu enthüllen. Sie blickte ernst in die Kamera.

»Das ist Lily«, sagte Diana.

»Entschuldigung«, sagte Mrs. Medina. Dann, aus dem Gefühl heraus, noch etwas sagen zu müssen, fügte sie hinzu: »Sie ist bezaubernd.«

»Ja, nicht wahr.« Diana nahm das Bild und betrachtete das Foto eingehend. Mit dem Zipfel ihrer Bluse wischte sie einen Fleck vom Glas. »Ihr Aussehen kann ich nicht für mich verbuchen, aber ich bin verantwortlich für die kaum bezwungene Ungeduld, die sich in ihrem Gesicht zeigt.«

»Verstehe«, sagte Mrs. Medina. »Nun ... vielleicht können wir zum Kaffee übergehen, wenn es welchen gibt?«

»Aber sicher.« Diana stellte das Foto zurück. »Und ein Glas Montenegro, wenn Ihnen das etwas sagt.«

»Montenegro«, sagte Mrs. Medina. »Den habe ich nicht mehr getrunken, seit Patrick und ich das letzte Mal in Italien waren.«

»So haben wir beide unsere Erinnerungen«, meinte Diana. »Kommen Sie. Über die Außentreppe.«

Sie saßen im Dunkeln auf der Veranda und hatten zwei Moskitospiralen angezündet, deren Rauch langsam aufstieg. Die Musik, die nun über das Wasser herüberklang, hatte zu Latinorhythmen mit gelegentlichen schrillen Trompeteneinsätzen gewechselt, und sie kam in Schüben mit dem Wind. Es war angenehm, wenn der Wind wehte; wenn er sich legte, war die Luft warm und drückend. Die Sterne funkelten hell und waren großzügig über das ganze Firmament verstreut.

»Sterne muss man nüchtern betrachten«, sagte Mrs. Medina.

»Ja. So gesehen sind sie echt lästig.«

»Macht es Ihnen etwas aus, hier draußen ganz allein zu leben?«

»Überhaupt nicht. Na ja, bis vor sechs Wochen war ich nicht allein. Es macht mir nichts aus. Ich liebe dieses Haus. Wir haben es seit fast zwanzig Jahren, und es hat Hurrikane und die Attacken verschiedenster Käfer und Würmer und heranwachsender Kinder überlebt, und es gibt mir Trost. Es ist ein altes Plantagenhaus, aber Gott allein weiß, was es hier zu suchen hat, denn hier hat es niemals eine Plantage welcher Art auch immer gegeben. Irgend jemandem muss dieser Stil gefallen haben, denke ich. Bevor wir es gekauft haben, hat es jahrelang leergestanden. Vollkommen verrottet. Nigel hat sich in das Land verliebt, und ich habe mich in das Haus verliebt. Wir haben es auf der Stelle gekauft. Irgendwann haben er und ich uns entliebt, aber dieses Haus bewahrt uns davor, unsere Verbindung endgültig abreißen zu lassen.«

Mrs. Medina trank einen kleinen Schluck von ihrem Grappa und ließ die bittere Süße einen Moment auf ihrer Zunge verweilen. Sie erinnerte sich an die Zeiten, als sie mit Patrick Montenegro getrunken hatte, an den verschiedensten Orten. Es war ihr persönlicher Schlummertrunk gewesen, ein Zeichen, dass der Abend sich friedlich dem Ende neigte, dass sie bald in ihrem Zimmer sein würden – irgendwo –, in stillem Miteinander, vollkommen allein. Sie konnte sogar spüren, wie sie unter die kalte Decke glitt und darauf wartete, dass Patrick aus der Dusche kam, dass die Matratze leicht einsank, als er neben ihr ins Bett kletterte.

»Sie sind so still«, sagte Diana.

»Dieser Grappa erinnert mich an Patrick.«

»Das muss ein großartiges Leben gewesen sein – an seiner Seite.«

»Ja. Wir hatten eine gute Zeit miteinander.«

»All diese Musik. Sie konnten mitten in der Nacht aufwachen und sagen: ›Spiel ein bisschen Bach für mich!‹ Und schon erklang er.«

Mrs. Medina lachte. »Na ja, ganz so einfach war es nicht immer.«

»Ist er plötzlich gestorben?«

»Nein. Das heißt, am Ende ja. Aber bis dahin hat er schrittweise abgebaut.«

»Tut mir leid, wenn ich an eine Wunde gerührt habe.«

»Haben Sie nicht. Es macht mir nichts aus, über ihn zu sprechen. Ich begegne andauernd Menschen, die ihn gekannt haben, die über ihn sprechen wollen. Ich vermisse ihn sehr, das kann ich nicht leugnen, aber das Leben geht weiter.« Sie verabscheute diese Floskel, wusste jedoch nicht, wie sie es sonst hätte ausdrücken sollen.

»Ja. Man macht weiter.« Sie nahm die Flasche zur Hand. »Darf ich nachschenken?«

»Gern.«

Der Wind wehte jetzt mehr oder weniger beständig. Er trug das Gelächter von einer kleinen Segelyacht zu ihnen herüber, die an der Küste ostwärts glitt. Sie saßen einige Augenblicke schweigend da.

»Was glauben Sie, werden Sie wieder heiraten?« fragte Diana sie schließlich.

»Nein«, antwortete Mrs. Medina. *Das ist mir nun aber zu persönlich,* dachte sie, und fügte hinzu: »Und Sie?«

Diana lachte. Als ihr Lachen verklungen war, antwortete sie. »Zum Teufel, ich weiß nicht, warum ich lache. Es wäre viel einfacher, wenn ich wieder heiraten würde.« Sie tastete auf dem Tisch herum. »Ich glaube, ich rauche eine Zigarette. Sie auch?«

»Ja, warum nicht.«

»Gut.«

Wieder saßen sie geselligem Schweigen da, und der Rauch ihrer Zigaretten vermischte sich in der Dunkelheit.

»Nein«, sagte Diana dann, »es ist sehr unwahrscheinlich, dass ich wieder heiraten werde. Wissen Sie, Lily, die charmante Frau auf dem Foto oben – sie und ich waren ein Liebespaar. Und vor ihr war ich mit mehreren anderen Frauen zusammen. Es ist also ziemlich unwahrscheinlich.«

Ihre Worte bestätigten etwas, das Mrs. Medina in einem Winkel ihres Herzens bereits gewusst hatte. Dennoch fuhr ihr ein Schreck durch die Glieder. Sie erbebte unwillkürlich. Sie beugte sich vor und stellte ihr Glas auf dem Tisch ab.

»Habe ich Sie erschreckt? Wollen Sie auf der Stelle in die Stadt zurück?« fragte Diana.

»Nein.« Sie rieb sich mit den Fingerspitzen die Stirn und merkte, dass sie feucht von kaltem Schweiß war. »Nein.«

Im Haus schlug eine Uhr elf.

»Lily ist auf einem großen französischen Schoner nach Road Town gekommen – sie war auf Martinique und hat den Captain becirct, sie mitzunehmen. Sie ist Botanikerin und hat über die Gärten von Kaiserin Josephine geforscht, all die verdammten Blumen, die sie sich nach Malmaison hat schicken lassen. Lily ist halb Französin, halb Holländerin und hat mehr oder weniger das beste von beiden. Ich bin ihr bei einem Fest hier im Yachtclub begegnet und hab mich Hals über Kopf in sie verliebt, kaum dass sie den Fuß durch die Tür gesetzt hatte. Ist mir nie zuvor passiert.« Sie lächelte im Dunkeln. »Ich habe sie den haarigen Klauen des französischen *Capitaine* entrissen, und *voilà.*«

Mrs. Medina nahm einen letzten Zug von ihrer Zigarette und drückte sie aus. Es war ein komisches Gefühl, wieder zu rauchen, keineswegs unangenehm. Sie überlegte, ob sie es riskieren sollte, Diana von den Öfen im Kellergeschoss von Malmaison zu erzählen.

»Aber die Liebe nahm ihren Lauf«, fuhr Diana fort. »Lily schenkte mir zwölf wundervolle Monate, dann ging sie nach Paris zurück, um ihr Buch zu vollenden.«

»Haben Sie sie geliebt?« fragte Mrs. Medina.

»Ob ich sie geliebt habe?« wiederholte Diana. »Ich war verrückt nach ihr. Sie ist jetzt sechs Wochen fort, und ich bin immer noch ein bisschen wehmütig. Lily – gepriesen sei sie – hat mich auch dazu bewogen, Nigel endlich um die Scheidung zu bitten. Er lebt schon seit drei Jahren auf Antigua, aber es schien uns nie die Mühe wert, die nötigen juristischen Schritte einzuleiten. Jetzt habe ich es doch getan. Ich weiß nicht, warum. Mir war klar, dass ich für Lily nur eine Zwischenstation war – lieber Himmel, sie ist neununddreißig, und ich bin fünfzig.«

»Na ja«, Mrs. Medina räusperte sich, »das ist aber wohl kaum ein Altersunterschied, der ins Gewicht fällt, oder?«

»Oh, das Alter spielt immer eine Rolle«, erwiderte Diana. »Auf die Dauer jedenfalls.« Sie hielt kurz inne. »Zwischen Ihnen und Ihrem Mann lagen auch einige Jahre – wollten Sie das sagen?«

»Fünfundzwanzig.«

»Dann verstehen Sie ja, was ich meine.«

»Der Altersunterschied zwischen mir und Patrick war nie ein Problem.«

»Dann haben Sie großes Glück gehabt.«

»Das habe ich wirklich.« Sie beugte sich auf dem Sofa vor. »Bereuen Sie es?«

»Das mit Lily? Nicht eine Sekunde. Sie hat mir das Herz gebrochen, aber das wird uns auch auf ewig verbinden. Sie weiß, dass sie mir das Herz gebrochen hat.«

»Das klingt aber wirklich sehr romantisch.«

»Sagen Sie nicht, Sie haben etwas gegen Romantik.«

Mrs. Medina hob die Arme und reckte sich. »Vielleicht sollte ich allmählich nach Road Town zurückkehren.«

»Wie wär's mit einem kleinen Spaziergang am Wasser, bevor

Sie aufbrechen? Es gibt einen kleinen Bootsanleger. Abends ist der Blick wundervoll, und ich glaube, der Mond wird jeden Moment über dem Meer aufgehen.«

Sie spazierten durch den Garten in Richtung Meer, wanderten durch Schwaden schwerer Düfte, und zu ihren Füßen huschten die Bewohner der Nacht umher. Als sie am Bootsanleger ankamen, war der Mond bereits aufgegangen.

»Bald ist Vollmond«, sagte Diana und lehnte sich auf das Geländer.

»In diesem Teil der Welt sieht der Mond anders aus«, meinte Mrs. Medina. »Er liegt auf dem Rücken.«

»Ja. Also, wo ist der Orion? Ah, da oben, über unseren Köpfen. Meine ständige himmlische Begleitung.«

Sie blickten eine Weile auf das Meer hinaus, auf die fernen Lichter der Ferienanlage, die sich bewegenden Lichter der Schiffe auf dem dunklen Sir Francis Drake Channel. Mrs. Medina versuchte, nicht an Dianas beiläufige Enthüllung zu denken, doch vergeblich. Plötzlich fror sie, und ihre Jacke war oben auf der Veranda. Sie umfasste ihre Oberarme. Sie dachte an ihre Zeit mit Lennie, fand aber doch keinen gemeinsamen Nenner mit Diana und Lily oder Jack und Raffi oder sonst jemandem. Vielleicht war Lennie trotz allem ein Irrtum gewesen, vielleicht sollte sie nicht damit rechnen, dass ihr künftiges Geschick mit Frauen verknüpft war. *Eine Zukunft mit Frauen.* Höchst unwahrscheinlich. Sie wischte sich die Augenwinkel. Dann legte sie den Kopf in den Nacken, damit ihr nicht so weh ums Herz war.

»Noch eine Zigarette?« fragte Diana nah bei ihr.

Mrs. Medina senkte den Kopf. »Ich frage mich, ob es möglich ist, ohne die Aussicht auf Liebe durchs Leben zu gehen«, sagte sie.

Diana wandte dem Meer den Rücken zu, um sich eine Zigarette anzuzünden, und warf das Streichholz fort. Einen Moment später sagte sie: »Liebe können Sie immer finden, wenn es das ist, was Sie wollen.«

»Liebe meine ich dann vermutlich nicht«, entgegnete Mrs. Medina.

Diana zog an ihrer Zigarette. »Sind Sie auf der Suche nach Liebe?«

»Nein. Wie kann man nach Liebe suchen?«

»Ja, wie?«

Mrs. Medina starrte auf das Meer hinaus.

»Tja«, meinte Diana, »wenn nicht die Aussicht auf Liebe, was dann? Die Aussicht auf was?«

Mrs. Medina ließ den Kopf hängen. »Sind Sie glücklich?«

»Ah, eine komplizierte Frage.«

»Ich meine es ganz unkompliziert. Sie sind unabhängig, Sie kommen und gehen, wie Sie wollen, Sie leben hier froh und zufrieden allein, Sie ... nehmen am Leben Anteil. Sie scheinen nach vorn zu blicken.«

»Nun ja.« Diana schnippte ein bisschen Asche von ihrer Bluse. Nach einer Weile sagte sie: »Ich bin nicht sicher, worauf genau Ihre Frage abzielt. Ich bin immer ein bisschen skeptisch, wenn die Leute über Glück reden. Glück ist zu etwas wie einer dieser scheußlichen amerikanischen Shopping Malls verkommen. Wir sagen Ihnen, was Sie brauchen – Sie kommen einfach und lassen Ihr Geld da. Alles wird gut. Schließlich weiß niemand mehr, was er oder sie wirklich will.«

»Sie scheinen es zu wissen.«

Diana wandte sich ihr zu. »Fehlanzeige, meine Liebe.«

»Ich bin sechzig Jahre alt«, sagte Mrs. Medina. »Ich bin mir nicht im klaren darüber, was ich will – ja, nicht einmal darüber, was ich wollen könnte.«

Diana drehte sich um und warf die Zigarette ins Wasser.

»Und erzählen Sie mir nicht, dass ich um Patrick trauere«, fuhr Mrs. Medina fort. »Das stimmt natürlich. Aber das ist nicht die

Antwort auf alles.« Mitten in ihrer Niedergeschlagenheit merkte sie, dass sie mit Diana sprach wie mit einer alten Freundin, der sie ihre Gereiztheit zeigen durfte, ohne dass es eine Rolle spielte. Sie war kurz geneigt, sich zu entschuldigen, ließ es dann jedoch sein.

»Ich habe keine Antworten für Sie, Mercedes«, sagte Diana einen Moment später. »Aber nehmen Sie sich mein Leben nicht zum Vorbild. Erst letzte Woche noch habe ich überlegt, das Scheidungsverfahren einstellen zu lassen, um Nigel dazu zu bewegen, wieder hier einzuziehen. Nur damit jemand da ist. Aber letztlich werde ich irgendwann doch immer rastlos und muss irgendwo hinfliegen, und was für ein häusliches Arrangement wäre das dann schon? Selbst als Lily hier war, konnte ich nicht lange an einem Ort sein.«

»Aber macht das Herumreisen Sie denn nicht glücklich? Verzeihen Sie, dass ich das Wort benutzt habe.«

Diana rieb sich den Nacken. »Ich reise sehr gern von hier nach da. Ich schätze das Unterwegssein. Wenn ich verliebt bin, finde ich die Jagd am besten. Ich lese für mein Leben gern Fahrpläne. In London plane ich manchmal komplizierte Routen mit der U-Bahn, bloß weil mir die Fahrt Vergnügen bereitet. Von Heathrow zu einem winzigen Hotel auf Mykonos zu reisen ist für mich ein großartiges Abenteuer. Die Flughäfen, die Busse, die Schiffe. Das ist wunderbar. Und zwei Tage später überlege ich, wo ich als nächstes hinfahren könnte.« Sie schwieg einen Augenblick. »Wenn ich in einer Stadt bin, bekomme ich manchmal eine Panikattacke. Dann verlasse ich das Hotel und verbringe die Nacht am Bahnhof. Oder am Flughafen. Das Kommen und Gehen beruhigt mich.« Sie wandte dem Meer den Rücken zu. »Ich bin also nicht die perfekt angepasste Frau.«

»Ich bin nicht daran interessiert, mich perfekt anzupassen«, entgegnete Mrs. Medina.

»Letzten Endes würde ich gern irgendwo Frieden finden«,

sagte Diana. »Aber der Wunsch ist wohl zu schlicht, um in Erfüllung zu gehen.«

»Werden Sie immer mit Frauen zusammensein?« fragte Mrs. Medina rasch, ohne darüber nachzudenken.

»Sie meinen als Geliebte?« fragte Diana nach. »Ja, wenn ich Glück habe.«

»Also, was ich eigentlich meine«, sagte Mrs. Medina, »ist, bezeichnen Sie sich selbst als lesbisch?«

Diana lachte, und in der Dunkelheit sah Mrs. Medina die helle Silhouette ihrer Hand, die sich hob, um das Haar aus dem Gesicht zu streichen. »Selten. Ich bezeichne mich als gar nichts außer als weiblich und britisch, und das muss ich, um dem zu entsprechen, was in meinem Pass steht. Aber gewöhnlich gilt meine Neigung den Frauen, wenn es das ist, was Sie wissen wollen.«

Mrs. Medina ließ die Schultern kreisen und spürte, wie sich eine sanfte Müdigkeit in ihr ausbreitete.

»Aber ich kenne mehrere Männer hier in der Stadt, denen es ein Vergnügen wäre, Sie auszuführen, wenn Sie daran interessiert sind«, meinte Diana dann. »Sie sind eine sehr attraktive Frau. Sehr stilvoll. Im Augenblick ein bisschen niedergeschlagen, deshalb könnte es Ihnen guttun auszugehen.«

»Nein«, sagte Mrs. Medina entschlossen. »Danke.«

Diana sah Mrs. Medina in der Dunkelheit an. »Ich weiß, dass Sie Patrick vermissen«, meinte sie. »Aber mit der Zeit wird es leichter.«

»Darum geht es nicht.« Sie wandte sich ab. »Darum geht es nicht.«

Diana holte tief Luft. »Kehren wir zum Haus zurück.«

Als die Uhr halb drei schlug, hörte Mrs. Medina auf zu reden; sie merkte, dass sie nichts mehr zu sagen hatte und nahm schließlich auch die Nocturnes von Chopin wahr, die Diana eine halbe Stunde zuvor in den CD-Player geschoben haben musste. Sie saßen wieder auf der Veranda. Der Wind hatte sich vollkommen gelegt; die Luft war warm und still. Die Lampen aus dem Wohnzimmer hinter ihnen warfen tiefe Schatten auf den gekachelten Boden.

Diana änderte die Lage ihrer Beine auf dem Hocker. »Und du hast keine Ahnung, warum sie abgehauen ist?«

»Natürlich habe ich mir Gedanken gemacht. Keiner davon sehr schmeichelhaft. Sie war flatterhaft – ich war eine verzweifelte alte Frau – sie war gelangweilt. Was sonst?«

»Und jetzt sucht sie dich. Das ist doch was. Und mit sechzig bist du im übrigen keine alte Frau.«

»Ja, sie sucht mich.« Sie schüttelte den Kopf. »Ich habe keine Ahnung, warum ich dich mit dieser idiotischen Geschichte gequält habe.«

»Ich bitte dich«, entgegnete Diana. »Gequält?«

Mrs. Medina wandte den Kopf und verfolgte die Bewegung einer kleinen Motte.

»Sie können uns ganz schön zusetzen, nicht wahr?« sagte Diana. »Diese wundervollen Frauen ...«

Mrs. Medina hörte das »uns« und merkte, dass sie in eine Kategorie einbezogen wurde, die ihr immer noch Unbehagen bereitete. Dennoch fand sie Dianas Bemerkung seltsam tröstlich.

»Was für eine Erfahrung du gemacht hast«, fuhr Diana fort. »Liebe und Tod, sozusagen. Entschuldige, ich konnte nicht widerstehen. Patrick muss ein außergewöhnlicher Mensch gewesen sein. Ich wünschte, ich hätte ihn gekannt.«

»Sagen wir mal, er hat alles noch komplizierter gemacht. Zumindest in diesem Fall.«

»Komplizierter, aber auch unterhaltsamer, wie es klingt.« Diana griff nach ihrer letzten Zigarette und zerknüllte die Packung. »Was wirst du wegen Lennie unternehmen? Sie wissen lassen, wo du bist? Sie hierherholen? Klingt, als tätest du das gern.«

»Ich weiß nicht, was sie will – warum sie versucht, mich zu finden.«

»Aber das ist wohl kaum der Punkt, oder? Willst du sie sehen oder nicht?«

Mrs. Medina hätte nie gedacht, dass sie über diese Frage zweimal würde nachdenken müssen. »Es könnte eine reine Laune von ihr sein ... Ich weiß nicht.«

Diana stieß einen Mundvoll Rauch aus. »Launen sind Geschenke der Götter«, meinte sie. »Greif zu, wenn sie vorüberfliegen.«

Mrs. Medina seufzte. Sie lehnte sich in die Sofakissen zurück. Ihr Augen brannten vor Schlafmangel, und sie bemerkte, wie ihr Verstand vor Erschöpfung an Trennschärfe verlor und von einem Gedanken zum nächsten driftete. »Es ist spät«, sagte sie.

»Hast du Lust zu schwimmen?« fragte Diana.

»Schwimmen?«

»Gleich neben dem Anleger unten ist ein kleiner Strand. Überwiegend steinig, aber ich gebe dir ein paar Gummischuhe. Ich kenne das Wasser dort genau – um diese Zeit herrscht keine Gefahr.«

»Was für eine Gefahr?« Mrs. Medina lachte.

Diana stand auf. »Komm«, sagte sie. »Ich hole Handtücher.«

»Ich habe keinen Badeanzug.«

»Ich ziehe auch keinen an. Zünde die Laterne an, die da drüben auf dem Tisch steht, ja? Gibt zwar nur ein schwaches Licht, zieht dafür aber auch die Mücken nicht an.«

Mrs. Medina lag im lauwarmen Wasser auf dem Rücken und beobachtete die Sterne, den dichtbesiedelten Himmel, der sich über ihr erstreckte. Darunter befand sich ein winziges Flugzeug, das seinen Weg durch die Nacht nahm. Ihre Brüste wogten sanft auf der Wasseroberfläche auf und ab wie geisterbleiche Zwillingskuppeln, und wenn ihre Beine von Zeit zu Zeit tiefer sanken, spürte sie die kältere Strömung, die beharrlich versuchte, sie ostwärts zu tragen.

Sie hatten sich am Strand in nahezu völliger Finsternis ausgezogen. Die kleine Gaslaterne stand ein Stück entfernt am Ende des Anlegers. Mrs. Medina hatte einen verstohlenen Blick zu Diana hinübergeworfen und sich sofort wie ein Schulmädchen gefühlt, das in der Umkleide durch gesenkte Lider blinzelte, um zu sehen, wessen Brüste sich schon entwickelten. Dieser rasche Blick im Mondlicht zeigte ihr einen kurvenreichen Körper, der jedoch nicht dick war, und hängende Brüste, die ihre Festigkeit gleichwohl nicht eingebüßt hatten. Diana warf ihre Kleider nachlässig auf einen Haufen und lief rasch ins Wasser. Mrs. Medina folgte ihr und stakste mit langen Beinen in die sanfte Dünung.

Der Strand war die ersten sechs, sieben Meter sehr flach, fiel dann allerdings jäh ab. »Vorsicht«, sagte Diana, die plötzlich an ihrer Seite aufgetaucht war. »Die Strömung wird ohne Vorwarnung sehr stark. Du bist ziemlich weit draußen. Komm mit mir zurück.«

Mrs. Medina merkte erschrocken, dass sie beinahe eingeschlafen wäre. Und es war ihr perfekt erschienen – einfach einzuschlafen, in ihrer Wachsamkeit nachzulassen, die Nacht schlafend zu verbringen, getragen von den Strömungen, durch einen Meeresarm nach dem anderen, über Wasser gehalten vom Salz ihres Körpers und dem Salz des Meeres – dem großen lebendigen Organismus, der sie trug. Der Zufall würde sie an irgendeine Küste tragen, und wo mochte das sein?

Wen würde sie dort finden?

Sie und Diana schwammen gemächlich zum Strand zurück.

»Ich habe dir Nigels Bademantel mitgebracht«, sagte Diana, als sie sich abtrockneten. »Ich hoffe, das stört dich nicht?«

»Warum sollte mich das stören? Aber vermutlich sollte ich mich lieber gleich wieder anziehen, Diana. Es muss kurz vor Morgengrauen sein.« Dennoch warf sie sich den Bademantel über, denn sie wollte nicht nackt dastehen. Er passte ihr ziemlich gut.

Sie schlugen den Weg zum Haus hinauf ein. »Ich habe eine Idee«, sagte Diana. »Schlaf einfach hier. Ich werde eines der Betten fertigmachen, und du schläfst in zehn Minuten, statt in einer Stunde. Wie wäre das?«

Mrs. Medina fuhr sich mit den Fingern durch das Haar, das schnell trocknete.

»Komm schon«, fuhr Diana fort. »Ich gebe dir ein T-Shirt, in dem du schlafen kannst, oder sogar ein seidenes Nachthemd, wenn dich das eher überzeugt.«

Sie stiegen die Treppe zur Veranda hinauf.

»Oh, sieh mal«, sagte Mrs. Medina.

Am Rande des östlichen Horizonts hatte sich ein Streifen in kräftigem Korallenrot gebildet. Es schien, als befände er sich am Rand der Welt, über einem mächtigen Wasserfall, der sich aus dem Meer heraus in die Dunkelheit ergoss.

»Nigel war ganz versessen darauf, den Sonnenaufgang hier von der Veranda aus zu beobachten«, sagte Diana.

»Das verstehe ich.« Doch während sie den Himmel im Osten beobachtete, fielen ihr die Augen zu, und sie wäre fast im Stehen eingeschlafen.

Diana löschte alle Lampen, und in der frischen Morgenluft stiegen sie die Außentreppe hinauf in den oberen Stock.

»Es ist nur ein Bad in Betrieb«, sagte sie. »Setz dich einfach auf mein Bett, und ich bringe dir ein paar Handtücher, bevor ich dir dein Zimmer herrichte.«

Mrs. Medina brach nach und nach zusammen, wie eine Puppe, deren Drähte sachte vom Puppenspieler gelockert wurden. Sie blieb noch einen Augenblick stehen, dann sank sie auf die Bettkante, um sich kurz darauf an das Kopfteil anzulehnen und schließlich zur Seite zu kippen und in Schlaf zu sinken.

Mrs. Medina erwachte atemlos in der zunehmenden Hitze und vernahm das fast geräuschlose Sirren des Deckenventilators über sich. Das hauchdünne Moskitonetz strich über ihren Arm, und als sie sich ein wenig regte, spürte sie, wie Diana hinter ihr sich mit einem kleinen Seufzer anschmiegte. Mrs. Medina schlug rasch die Augen auf. Sie lag mehr oder weniger auf der Seite, den Kopf auf Dianas Arm, gleich unterhalb ihres Nackens. Sie lagen nicht ganz in Löffelchenposition, sondern ein wenig verdreht, so dass Dianas Brüste sich bequem an Mrs. Medinas Schultern schmiegten; ihr linker Arm war über Mrs. Medinas Taille geschlungen. Draußen, hinter den Fensterläden mit den schrägstehenden Lamellen, herrschte strahlender Sonnenschein, und in der Ferne war die Brandung zu vernehmen. Zu ihrer großen Erleichterung stellte sie fest, dass sie eine Art langes Schlafshirt trug. Nigels Bademantel hing über der Rückenlehne eines Stuhles, und ihre eigenen Kleider lagen ordentlich gefaltet auf dem Sitz.

Sie hielt den Atem an und versuchte zu erspüren, ob Diana wach war. Diana war ihr so nah, dass Mrs. Medina nicht hätte sagen können, wo ihr Körper endete und Dianas begann, und deshalb regte sie sich ein wenig, fand sich Diana aber noch näher. Ihr Herzschlag beschleunigte sich.

»Ich muss meinen Arm wegnehmen«, sagte Dianas schläfrige Stimme nah an ihrem Ohr. »Tut mir leid.«

Mrs. Medina drehte sich träge zur Seite, als schliefe sie noch, und rückte an den Rand des Bettes. In ihrem Mund schmeckte es säuerlich-bitter. Morgengeschmack im Mund, zuviel getrunken, verquollene Augen. Dunkle Ringe. Ab einem gewissen Alter wachte man besser allein auf.

Diana räkelte sich genüsslich. »Ah, gesegneter Schlaf. Dem Himmel sei Dank«, meinte sie. »Hast du genug? Du bist mir gestern abend eingeschlafen. Ich musste dich hier ins Bett bringen.« Mrs. Medina antwortete nicht gleich. »Tut mir leid«, sagte Diana nun mit leiser Stimme. »Ich dachte, du wärst wach.«

»Tut mir leid, dass ich Umstände gemacht habe«, sagte Mrs. Medina. »Ich glaube, ich war einfach erschöpft.«

»Kein Grund, sich zu entschuldigen. Dreh dich um, ich verstehe dich kaum.«

»Wie spät ist es?« fragte Mrs. Medina und drehte sich auf den Rücken. »Ich muss los.«

Diana stützte sich auf den Ellenbogen. »Red keinen Unsinn: Ich mache dir Frühstück. Es ist fast elf.«

»Ich weiß nicht.« Sie lag still und langgestreckt da. Diana trug ein gelbes T-Shirt mit der Aufschrift *Sail Week Antigua 1994,* und Mrs. Medina sah, wie sich ihre Brustknospen gegen Bug und Heck eines blauen Dreimasters drückten.

»Hör mal, Mercedes. Sieh mich an. Wir hatten einen wunderschönen Abend, haben prima zusammen in meinem Bett geschlafen, und ich habe nicht vor, einen Annäherungsversuch zu machen. Ich habe dir gestern deine Sachen ausgezogen, mir aber alle Mühe gegeben, meine Augen abzuwenden.«

»Du lieber Himmel«, sagte Mrs. Medina.

Diana ließ sich in die Kissen zurücksinken. »Du bist ein komischer Vogel. Entschuldige bitte, falls ich dich in Verlegenheit gebracht habe. Aber aus rein egoistischen Motiven fand ich es himmlisch, mal wieder jemanden neben mir im Bett zu haben. Du bist eine absolut ruhige Schläferin.«

»Ich bin es nicht gewohnt, mit jemand anderem zu schlafen. Ich meine – im selben Bett zu schlafen.«

»Ist doch nichts dabei. Kann man sich dran gewöhnen. Sieh mal, das Muster, das die Sonne an die Decke wirft, durch die Schlitze. Wie Wasser, wie Sonnenlicht in einem kühlen Teich. Sieh, wie es sich bewegt.«

Mrs. Medina hatte es schon bemerkt. Durch das Moskitonetz schien das Zimmer ohne Ecken und Kanten, weichgezeichnet. Sie lagen da in dem wogenden Licht und waren still. Mrs. Medina spürte die Hitze, die Dianas Körper ausstrahlte, und ihr Duft war warm und moschusartig vom Schlaf. Der Wind rüttelte an den Fensterläden. Der Morgen verweilte.

»Der Tag ruft«, meinte Diana dann. »Ich springe unter die Dusche, während du dich noch mal umdrehen kannst. Nach dem Frühstück begleitest du mich zu meinem Laden in Soper's Hole, wo ich mal kurz vorbeischauen muss, um sicherzustellen, dass Hilarene nicht mit diesem Fährschiffer herumplänkelt. Dann tanke ich und fahr dich heim. Wie klingt das?« Sie warf das Laken zurück, tauchte unter dem Moskitonetz weg und ging in Richtung Badezimmer, wobei sie sich das T-Shirt über den Kopf zog. Mrs. Medina beobachtete sie aus den Augenwinkeln. *Ich habe bei dieser Frau geschlafen,* dachte sie. Dann lächelte sie. Sie war nicht unzufrieden mit sich.

5

Später am Tag verlor sich die Sonne, und der Wind wurde launisch und ungemütlich; um halb vier schien es überhaupt keine Luft mehr zu geben. Mrs. Medina erhob sich von ihrem Bett, wo sie vergeblich versucht hatte, ein Nickerchen zu machen, und goss sich ein Glas Eistee ein. Sie nahm es mit auf die Terrasse und wanderte weiter bis ans Ende des Piers. Am Himmel hingen tiefe Wolken, und eine Reihe segelloser Segelyachten passierten Revue und steuerten mit Motorkraft den Hafen an. Sie spürte ein paar Regentropfen auf ihrer Wange. Vermutlich war sie immer noch leicht verkatert.

Als sie und Diana an dem schicken blau und grün gestrichenen Laden im Yachthafen von Soper's Hole angekommen waren, hing ein Schild an der Tür – *Bin in 10 Minuten zurück* – und von Hilarene keine Spur. Die Tür war unverschlossen. Diana stürmte zum Fähranleger und kehrte mit der jungen Verkäuferin im Schlepptau zurück. Hilarene schenkte Mrs. Medina ein strahlendes Lächeln, als sie an ihr vorüberging, und wedelte mit ihren roten Fingernägeln. Die beiden verschwanden im Hinterzimmer, und während Mrs. Medina darauf wartete, dass ihr lautloser

Streit zu einem wie auch immer gearteten Ende führte, betrat eine Kundin den Laden und erkundigte sich nach den Ohrringen aus Korallen und Muscheln.

»Sie sind sehr gefragt«, erklärte Mrs. Medina. »Sie passen zu eigentlich allem wunderbar.«

»Diese Göre«, sagte Diana später, als sie wieder im Mini saßen. »Ich traue mich nicht, sie zu feuern. Ihre Großmutter würde mir den Kopf abreißen. Sie hat sich früher um Jeremy gekümmert, als er noch klein war.« Sie steuerte die einsame Zapfsäule in der Nähe der Docks an und tankte ihren Wagen auf.

»Wenn ich dich zu Hause abgesetzt habe, werde ich den Nachmittag hier verbringen«, sagte Diana, als sie wieder ins Auto kletterte. »Wir werden eine Lösung finden müssen.« Sie notierte sich einige Zahlen in einem kleinen Notizbuch und warf es zurück auf das Armaturenbrett. »Ich rechne das später mit Corwin ab. Jetzt fahren wir dich zu deinem Domizil zurück.«

»Es ist nicht nötig, dass du mich den ganzen Weg in die Stadt zurückfährst«, sagte Mrs. Medina. »Lass mich ein Taxi nehmen.«

»Kommt nicht in Frage. Ich leiste dir so lange wie möglich Gesellschaft.«

Mrs. Medina betrachtete Dianas Hände auf dem Lenkrad, als sie beschleunigte und auf die Küstenstraße einbog. Sie waren schlank und gebräunt, mit kurzen, gleichmäßigen Fingernägeln.

»Du hättest beinahe ein Paar Ohrringe verkauft, nicht?« sagte Diana und lächelte sie an.

Mrs. Medina lachte. »Ja. Solche wie die, die du neulich abends bei Mrs. Bobb's getragen hast.«

»Gefallen sie dir?«

»Ich freunde mich mehr und mehr mit ihnen an.«

»Ich rufe dich später an«, sagte Diana an Mrs. Medinas Tür.

»Warum?« Die Frage war ausgesprochen, bevor Mrs. Medina groß überlegt hatte.

Diana lachte. »Na schön, vielleicht rufe ich dich also nicht an.« Sie schürzte die Lippen. »Es ist eine echte Freude, dich hierzuhaben, Mercedes. Ich habe mich nach einer Frau gesehnt, die genug Hirn im Kopf hat, um mit ihr reden zu können. Dich schickt der Himmel. Lenkst mich von dem Mädel ab, das mir den Laufpass gegeben hat.«

»Entschuldige«, sagte Mrs. Medina und trat vom Auto zurück, um Diana besser sehen zu können. »Das klang ein wenig seltsam. Natürlich, ruf mich an, wenn du magst.« Sie blickte Diana an. Sie war gerührt von ihrer Freimütigkeit, ihrer Unbefangenheit, ihrer unschuldigen Freundschaftsbekundung. »Bitte ruf mich an«, fügte sie hinzu.

»Außerdem mache ich mir Sorgen um dich«, sagte Diana und ließ den Motor aufheulen, was eine bescheidene Fehlzündung zur Folge hatte. »Du bist eine Siegerin, aber du hast das Rennen aufgegeben. Überleg dir, ob du das Herzchen herkommen lässt. Vielleicht würde es dir guttun, ein bisschen Zeit mit ihr zu verbringen. Woanders als zu Hause.«

Mrs. Medina wandte den Kopf ab. »Wir werden sehen«, sagte sie.

»Wie auch immer – *tu* etwas. Das verlange ich von dir.« Sie setzte rückwärts auf die Straße zurück und fuhr mit großem Gewinke davon.

Mrs. Medina wuselte in ihrer kleinen Ferienwohnung herum, gab den Orchideen – hell lavendelfarben und weiß – frisches Wasser in ihre Schale, schüttelte die Kissen auf der Couch auf. Sie stand am Fenster und beobachtete, wie die Peter-Island-Fähre hereinkam und Sidney in sein Lotsenboot stieg und auf den Kanal hinausfuhr. Sie holte frische Wäsche und bezog das Bett neu und trug die Schmutzwäsche zusammen, um am nächsten Morgen zu waschen. Und dann war es schon lange nach der Zeit, zu der sie gewöhnlich in Cyrils Restaurant ging, aber sie fühlte sich immer noch angenehm satt von dem Frühstück, das Diana zubereitet hatte. Diana hatte ihr selbstgebackene Scones mit Marmelade und frischer Butter serviert und Orangensaft von der Farbe eines feurigen Sonnenuntergangs.

Sie überlegte, was passieren würde, wenn sie Lennie bäte, auf die Insel zu kommen. Sie konnte es sich kaum vorstellen. Sie legte sich aufs Bett. Ein Nickerchen vielleicht, um ihre Ruhelosigkeit zu besänftigen.

Sie versuchte es mit Bildern. Sie und Lennie im Park Plaza, an dem Nachmittag, der mit dem Mittagessen bei Pignoli's begonnen und mit »Stairway to Heaven« in der Bar geendet hatte. Und alles, was in der Zwischenzeit geschehen war. Mrs. Medina betrachtete die Reihe Dreikantbalken an der Decke und wartete auf die Welle der Erregung. Draußen erklang eine Stimme: »Calvin! Komm und hol diesen verflixten Zackenbarsch!«, und ein Flugzeug brummte langsam vorbei, und in seinem Gefolge ertönte Klaviermusik, jemand bei Cyril im Haus klimperte müßig eine Nachmittagsmelodie. Dann war es still. Sie rief sich in Erinnerung, wie sie Diana von dem Tag im Hotel erzählt und dabei ihr Gesicht beobachtet hatte. Am vergangenen Abend hatte sie in allen Einzelheiten von Lennie erzählt, die sexuellen Details aber ausgelassen. Vielleicht war das ein Fehler gewesen.

Sie erinnerte sich, wie Dianas Körper sich in dem gedämpften Morgenlicht an sie geschmiegt hatte, das Gefühl von Dianas Brüsten an ihren Schultern. Jetzt kam die Erregung.

Mit einem Stöhnen stand sie auf, goss sich einen Tee ein und ging auf die Terrasse hinaus. Es war Viertel vor vier. Sie fragte sich, wann Diana anrufen würde.

Aber sie wollte Diana doch eigentlich gar nicht, oder? Mit ihr zu schlafen war friedvoll gewesen und – im nachhinein betrachtet – ein Abenteuer. Aber auch lächerlich – für eine Frau in ihrem Alter. Würde es wieder geschehen? *Tu etwas,* hatte Diana gesagt. Tu etwas, *tu etwas*. Es ging nicht länger darum, Entscheidungen für Patrick zu treffen. Oder Lennie gefällig zu sein. Sie musste aus dieser kindischen Welt der Hoffnung heraustreten, in der sie immer nur hoffte – auf Weihnachten, auf Veränderung, auf das Verstreichen der Zeit –, weil sie es nicht für möglich hielt, die Hand auszustrecken und die Ereignisse selbst ins Rollen zu bringen.

Und doch war sie verwirrt. Sie schritt auf der Terrasse auf und ab und versuchte die Frage zu formulieren, die ungedacht in der Luft hing. Sie sehnte sich danach, diese Frage zu fassen zu bekommen, wie auch immer sie lauten mochte, denn inzwischen hatte sie das Gefühl, dass sich eine Antwort abzeichnete. Doch man musste ihr die Frage stellen. Sie schritt auf und ab und kam sich fast so vor, als schlüge sie mit den Flügeln.

Auf der anderen Straßenseite nahm Calvin Zackenbarsche auf der Ziegelmauer aus. »Tach«, sagte er und hob die Hand.

»Guten Tag«, antwortete Mrs. Medina.

»Kriegen vielleicht Sturm«, meinte Calvin.

»Ja, ich habe gesehen, wie all die Schiffe hereinkamen. Meinen Sie, es wird ein Hurrikan?«

Er lachte. »Nee, bisschen früh im Jahr für 'nen Hurrikan. Bloß 'n Sturm, mehr nicht. Könnte 'ne wilde Nacht geben, aber dann ist's vorbei.«

Mrs. Medina nickte.

»Wie wär's mit einem dieser prächtigen Zackenbarsche?« fragte er und hielt einen am Schwanz hoch. »Eben gefangen. Geputzt und ausgenommen. Ich hab gesehen, wie Sie rumrennen und dachte, vielleicht wissen Sie nicht, was Sie heute abend kochen sollen.«

»Ach, dankeschön.« Sein Angebot überraschte sie, zumal er hinzufügte: »Ist ein Geschenk. Wir haben heute 'nen guten Fang gemacht.« Er legte den Fisch auf ein Stück Zeitungspapier und kam herüber, um ihn ihr zu überreichen. »Großer Bursche«, meinte er. *Sogar groß genug für zwei,* dachte Mrs. Medina.

Ein leises Donnergrollen erklang. »Oh-oh«, sagte Calvin, »da ist er.«

Mrs. Medina lächelte ihn an und dankte ihm noch einmal. Dann kehrte sie in ihre Ferienwohnung zurück und ging schnurstracks zum Telefon.

»Was für eine schöne Überraschung«, sagte Diana. »Ich sortiere Kassenbelege. Eine Arbeit für Doofe. Stimmt was nicht?«

»Man hat mir gerade einen ziemlich großen Zackenbarsch geschenkt, und ich habe nicht die leiseste Ahnung, wie man den zubereitet. Wenn du kommst und es mir zeigst, lade ich dich zum Essen ein.«

»Wird gemacht. Ups, jetzt fängt's an zu regnen. Ich bringe das hier noch zu Ende, fahre rasch nach Hause, ziehe mich um, schnappe mir meinen Regenmantel und bin gegen halb acht bei dir.«

»Eigentlich ist es ganz gemütlich hier«, meinte Diana. Sie saßen drinnen an dem kleinen Esstisch und beobachteten, wie der Sturm sich über dem Hafen verausgabte.

»Wie gefällt dir der blumengemusterte Chintz?« fragte Mrs. Medina.

Sie wechselten einen Blick.

»Umwerfend«, antwortete Diana.

»Ich glaube, ich mache die Tür zur Veranda ein bisschen weiter auf«, sagte Mrs. Medina. »Es ist stickig hier – die Hitze aus der Küche ...« Da sie schon einmal aufgestanden war, trug sie auch gleich die Teller zur Spüle. »Möchtest du Kaffee? Tee?«

»Im Moment noch nicht. Ich habe noch Wein. Wunderschöne Orchideen hast du da in der Schale.«

»Ja, nicht wahr? Sam Brathwaite hat sie mir gebracht.«

»Sam ist super.«

Mrs. Medina gesellte sich wieder zu Diana an den Tisch und

suchte nach einer Möglichkeit, eine bestimmte Art von Gespräch zu beginnen, das an einen Punkt gelangen würde, der ihr selbst noch nicht ganz klar war. Doch Diana sagte: »Denkst du darüber nach, bald wieder nach Boston zurückzukehren? Können wir dich verlocken, noch eine Weile hierzubleiben?«

»Cyril lässt mich hier wohnen, ohne Geld dafür zu nehmen«, sagte Mrs. Medina mit einem kleinen Lächeln. »Das kann so nicht weitergehen.«

Diana sah sie forschend an. »Was genau erwartet dich zu Hause?«

»Eine Menge«, antwortete Mrs. Medina. »Zu viel. Ich sollte vermutlich einen Sommerkurs geben, um auszubügeln, dass ich meine Freundin Tina in die akademische Klemme gebracht habe. Ich muss anfangen, Patricks Papiere durchzusehen, und sein früherer Manager behauptet, er habe bereits Anfragen wegen eines Buches bekommen. Über Patrick!« Sie lachte. »Über das Trio, genauer gesagt. Patrick hatte das Buch selbst schreiben wollen.«

»Das hätte er wirklich tun sollen«, meinte Diana. »Warum hast du ihn nicht dazu gedrängt? Als er noch am Leben war?«

Mrs. Medina dachte darüber nach. »Wir haben darüber gesprochen«, erwiderte sie.

»Warum schreibst du es nicht? Du weißt mehr als jeder andere über die Gruppe. Und über Patrick sowieso.«

»Daran habe ich noch nie gedacht. Die Musik ist schließlich nicht mein ureigenes Gebiet.«

»Irgendeine Ausrede, um etwas nicht zu tun, lässt sich immer finden«, entgegnete Diana. Mrs. Medina sah sie an. »Das war nicht böse gemeint«, sagte Diana. Sie trank ihren Wein aus.

Mrs. Medina stand auf und schenkte sich ein weiteres Glas Chardonnay ein und füllte auch Dianas Glas noch einmal.

»Können wir zur Couch hinüberwechseln?« fragte Diana. »Mein Hintern ist diese harten Stühle leid. Ich weiß genau, wo Cyril die gekauft hat.«

»Natürlich.«

Diana trug eine weiße Baumwollhose und eine korallenrote Seidenbluse mit einem kreisförmigen Muster, das man allerdings erst bei näherem Hinsehen entdeckte. Auf dem Weg zur Couch kickte sie ihre Espadrilles fort, und als sie sich gesetzt hatte, zog sie die Füße unter sich. Mrs. Medina zögerte einen Moment, bevor sie sich dann neben ihr niederließ.

Sie tranken gleichzeitig einen Schluck Wein.

Mrs. Medina räusperte sich und schickte sich an, wieder aufzustehen.

»Ich glaube, ich muss –«

»Ach, bleib doch sitzen«, fiel Diana ihr lachend ins Wort. »Die Luft ist gut hier drinnen.« Sie ergriff Mrs. Medinas Hand und zog sie einfach auf die Couch zurück, und dann behielt sie die Hand in ihrer, ganz locker, wie man es tut, wenn man etwas Bedeutsames sagen will. »Was liegt in deiner Zukunft?« fragte sie.

»Welcher Zukunft?« fragte Mrs. Medina begriffsstutzig. Ihr Herzschlag beschleunigte sich.

»Du hast doch vor, eine Zukunft zu haben? Das hoffe ich zumindest.«

»Ich kehre zurück nach –«

»Das meine ich nicht. Was wirst du tun? Nachdem du der Alma Mater deine Schulden zurückgezahlt hast, nachdem du Patricks Papiere durchgesehen hast, was wirst du dann an den langen Abenden machen?«

Mrs. Medina entzog Diana ihre Hand und fuhr sich damit durchs Haar. Sie stellte fest, dass sie zum Friseur musste. Wo sollte sie in dieser Stadt zum Friseur gehen? »Tja«, sagte sie und machte eine flüchtige Geste. »Vermutlich werde ich ein bisschen reisen.«

Diana nickte. »Gute Idee.«

»Ehrlich gesagt habe ich noch nicht darüber nachgedacht.« Und sie spürte, wie die alte Finsternis zurückkehrte; sie lauerte draußen in dem feuchten Abend, sie war auf einem der Kreuzfahrtschiffe voller Rentnerinnen und Rentner hereingekommen, auf der dunklen Gezeitenströmung, und auf den Schlieren des Regens über den Hafen geglitten und stand im Begriff, über die obere Hälfte der zweigeteilten Tür hereinzulugen. »Ich möchte nicht unterrichten«, sagte sie plötzlich.

»Na, dann hat sich das ja erledigt«, sagte Diana.

»Heute ist Donnerstag, oder? Ich sollte vermutlich gleich Anfang nächster Woche nach Boston zurückkehren.«

»Das höre ich ungern«, entgegnete Diana. »Weil ich ernsthaft versuche, dich dazu zu bewegen, noch eine Weile zu bleiben – nur für den Fall, dass du mich nicht richtig verstanden haben solltest.«

Mrs. Medina stand auf und trat ans Fenster. Die Lichter, die sich um die Benzintanks auf der anderen Seite des Hafens rankten, zitterten in der dunstigen Brise. Sie hatte das seltsame Gefühl, von der Leine gelassen worden zu sein. Es gab Entscheidungen zu treffen, aber sie betrafen allein sie – nicht Patrick, nicht Lennie und auch nicht Tina, zumindest nicht unmittelbar. Sie fühlte sich ein wenig benommen. »Wann fährst du nach London?«

»Ich weiß es noch nicht«, antwortete Diana. »Ich kann jederzeit fahren. Innerhalb der nächsten vier Wochen vermutlich.«

»London habe ich immer geliebt.«

»Dann komm doch mit mir.«

Mrs. Medina wandte sich zu ihr um. Diana lächelte – dieses schiefe Lächeln, bei dem sich ein Mundwinkel höher zog als der andere. Mrs. Medina hob hilflos die Hände und holte tief Luft. »Woher weiß ich –« begann sie.

Und dann klingelte das Telefon.

Beide fuhren zusammen. Einen Augenblick sahen sie einander in stummem Schreck an, als hätte man sie in einer heiklen Situation überrascht. Dann lachte Diana. »Geh ran«, meinte sie. »Könnte dein Herzchen sein.«

Und sie war es in der Tat.

Als Mrs. Medina zehn Minuten später ins Wohnzimmer zurückkehrte, hörte sie Diana in der Küche das Geschirr spülen. Sie erhob keine Einwände. Sie setzte sich in den Korbstuhl, trank ihren Wein aus und wartete.

»So«, sagte Diana, »die Kombüse ist picobello. Was ist los mit dir? Du sitzt da wie eine versteinerte Löwin.«

»Das«, erwiderte Mrs. Medina, »war Lennie.«

Diana wich zurück. »Ach, dann hatte ich also recht.«

»Könntest du bitte den Brandy holen? Unter der Spüle.«

»Ungewöhnlicher Ort für einen guten Brandy.«

»Es ist kein guter Brandy.«

Diana kehrte mit der Flasche zurück. »Du hast recht. Fusel. Wo hast du den her?«

»Der war hier.«

»Wo ist sie?«

»Auf St. Thomas.«

»Besser gesagt: Was will sie?« Sie reichte Mrs. Medina ein großes Wasserglas mit einem guten Schuss Brandy. »Fremde Küche. Hab leider kein anderes Glas gefunden.«

»Sie möchte mich sehen.«

»Wer möchte das nicht? Dann sag ihr doch, sie soll kommen.«

»Sie kann nicht. Sie hat keinen Pass, und sie scheint die Kreditkarte von jemand anderem benutzt zu haben, um herzukommen. Sie ist vermutlich pleite. Verdammte Tina. Sie hat versprochen, ihr nicht zu sagen, wo ich bin.«

»Betrachte es mal so«, sagte Diana. »Es ist doch klar, dass du sie sehen willst. Mir auf jeden Fall. Ich kenne die Symptome. Also fahr zu ihr und entwirre die Lage. Oder verstrick dich noch mehr. Raff dich jedenfalls auf und tu etwas. Lass nicht zu, dass sie wieder in der Versenkung verschwindet. Nimm du die Sache in die Hand.«

Mrs. Medina sah sie an.

»An diesem Punkt stehst du. Verschaff dir Klarheit.«

»Wie spät ist es?«

»Fast Mitternacht. Abercrombie fliegt um Viertel nach acht.«

Mrs. Medina lachte. »Ich soll zu ihm ins Flugzeug steigen?«

»Morgens ist es sicherer als abends. Wie bist du mit ihr verblieben?«

»Ich habe ihr gesagt, sie soll am Flughafen warten. Ich würde kommen oder auch nicht, und wenn nicht, würde ich ihr Geld schicken. Mit einem Boten. Vielleicht könnte ich Bobby Curtis bitten, es ihr zu bringen.«

»Bring es ihr selbst.«

»Wie wäre es denn, wenn –«

»Nein, ich bestimmt nicht«, fiel Diana ihr ins Wort. »Besten Dank.«

»Ich wollte sagen, wie wäre es denn, wenn du mitkommst?«

»Ich glaube nicht, dass ich diese Frau kennenlernen möchte.«

»Müsstest du ja gar nicht.«

»Okay«, sagte Diana. »Dann gehe ich also einkaufen, während du über den weiteren Verlauf deines Lebens entscheidest.«

6

Lennie saß in Rita's Rum Bar. Sie trug verwaschene blaue Shorts und hatte ihre langen Beine um den Barhocker geschlungen. Staubige schwarze Clogs, ein gewebtes buntes Bändchen um den rechten Knöchel. Sie trank ein Carib-Bier aus einer klaren Glasflasche und unterhielt sich mit dem Barkeeper. Mrs. Medina stand in ihren Khaki-Shorts mit der scharfen Bügelfalte und ihrer neuen blauen Bluse mit den bunten Muscheln in der Tür und wünschte, sie hätte sich bloß ein T-Shirt übergezogen. Sie hatte sich auf dieses bedeutsame Ereignis, an dessen Eintreffen sie nicht geglaubt hatte, vorbereitet. Als sie Lennie ansah, war ihr beinahe, als betrachte sie ein Artefakt aus ihrer fernen Vergangenheit. Sie war dünner. Ihr Zopf war noch da, allerdings kürzer, und ihr Haar war lockiger, als hätte sie es eine Weile nicht schneiden lassen.

Sie hatte Diana mit Abercrombie auf dem Rollfeld zurückgelassen, nachdem sie ihm klargemacht hatte, dass der Rückflug nach Tortola um ein Uhr fünfzehn an diesem Tag würde stattfinden müssen. Abercrombie war ein cleverer kleiner Inder von ungefähr dreißig Jahren, mit einem bleistiftdünnen Schnauzbart, der darauf bestand zu salutieren, wann immer Diana etwas sagte; eine eindrucksvolle britische Ehrenbezeigung, bei der die Handfläche nach oben wies. Auf dem Hinflug hatte er laut und ununterbrochen über das nasale Jaulen der Motoren hinweg geredet und die ganze Zeit auf seine Messgeräte geklopft und die Treibstoffzufuhr reguliert.

Mrs. Medina wartete und beobachtete Lennie in der Hoffnung, dass irgendeine Erinnerung sie in Bewegung setzen würde, doch gleichzeitig wollte sie diese Erinnerung nicht zerstört wissen, so kostbar war sie ihr geworden. Lennie war immer noch im Gespräch mit dem Barkeeper, der schließlich erst ihr zunickte und dann Mrs. Medina. Nachdem sie nun entdeckt worden war, ging Mrs. Medina flotten Schrittes zur Bar, so flott, wie ihre zittrigen Beine sie eben trugen. Der Zementboden war wie Gummi unter ihren Füßen.

»Hallo«, sagte sie mit einem kleinen Lächeln. Dann, fast als fiele es ihr nachträglich ein, küsste sie Lennie auf die Wange.

Lennie legte Mrs. Medina die Hand auf den Arm, knapp oberhalb ihres Ellenbogens. »Braun und blendend siehst du aus«, sagte sie. Ihre Augen strahlten – zu sehr.

Sie sahen einander an.

»Setzen wir uns an einen Tisch«, sagte Mrs. Medina.

»Darf ich Ihnen etwas bringen, Madam?« fragte der Barkeeper. Derselbe Rasta-Barmann wie bei ihrer Ankunft, mit dem Lächeln in den feuchten braunen Augen. »Ein Bier? Einen Rum?«

»Nur einen Eistee, bitte.«

»Sie sind versorgt, junge Frau?« fragte er Lennie.

»Im Moment ja«, antwortete sie.

Sie setzten sich an einen der runden Bistrotische. Es war noch zu früh für die Passagiere aus New York und Boston und Miami, und so hatten sie die Bar für sich allein. Über ihnen drehte sich der Deckenventilator gemächlich mit einem kleinen *Tick, Tick, Tick*. Der nackte Zementboden war noch feucht vom Wischen.

»Bleiben wir hier?« fragte Lennie. Sie stützte das Kinn in die Hand. Sie sah aus, als hätte sie nicht viel Schlaf gehabt. Mrs. Medina auch nicht. Plötzlich hätte sie am liebsten über den Tisch gegriffen und sich Lennie geschnappt, um sie wütend zu schütteln – oder zu umarmen; sie brauchte heftigen körperlichen Kontakt mit Lennie, deren Körper mit all seinen Kurven und Formen ihr schnell wieder vertraut vorkam.

»Für den Anfang auf jeden Fall«, erwiderte Mrs. Medina. »Wie hast du mich gefunden? Hast du Tina Bird angerufen?«

»Dein Portier.«

»Constantin?«

Lennie kratzte sich am Ohr. »Ja, ich hab ihm erzählt, es ginge um Leben und Tod. So bin ich an deine Telefonnummer gekommen.«

Mrs. Medina lachte ein wenig. »Ja, für solche Geschichten ist er empfänglich.«

»War es dir nicht recht? Freust du dich, mich zu sehen?«

»Ich bin überrascht, dich zu sehen.«

»Ich hab gelesen, dass Patrick gestorben ist. Das tut mir leid.«

»Patrick ist im Januar gestorben.«

»Ich wollte dir schreiben, aber ich dachte, das hätte vielleicht Verwirrung gestiftet.«

»Möglich. Ich weiß nicht.«

Sie sahen einander an, aber Lennie hatte Schwierigkeiten, ihren Blick zu fokussieren. »Entschuldige«, sagte sie. »Ich habe lange nicht geschlafen.«

»Wo hast du die Nacht verbracht?«

Sie beugte sich vor und legte die Stirn in die Hand. »Ich habe in einem Unterstand am Strand campiert.«

»Letzte Nacht war Sturm.«

»Ja.«

»Wo ist dein Gepäck?«

Sie wies auf die Bar. »Mein Rucksack ist hinter der Theke.«

Mrs. Medina trank in kleinen Schlucken ihren Tee, der schon gesüßt serviert worden war und einen angenehm würzigen Duft verströmte.

»Können wir irgendwo hingehen?« fragte Lennie.

»Wir können dir ein Zimmer suchen, wenn du willst.«

»Wo ist dein Gepäck?«

»Auf Tortola.«

»Aber ich brauche einen gültigen Pass, um nach Tortola zu kommen. Und den habe ich nicht.«

Mrs. Medina langte über den Tisch und ergriff Lennies Hände. »Warum erzählst du mir nicht, was du hier tust.« Sie sah Lennie ins Gesicht und erinnerte sich in rascher Folge daran, wie sie es gekannt hatte – angespannt vor Leidenschaft, entrückt im Schlaf, großspurig, frotzelnd. Sie trug ein grünes T-Shirt mit der Aufschrift SAN FRANCISCO in verblassten blauen Buchstaben quer über die Brust. Es sah aus, als habe sie darin geschlafen.

»Steckst du in Schwierigkeiten?« fragte Mrs. Medina.

»Nicht mehr. Guido hat das geregelt.«

»Die Polizei war bei mir. In Boston.«

Lennie zog ihre Hände zurück. »Das hab ich befürchtet«, sagte sie. »Es war mir unangenehm, aber ich konnte es nicht verhindern.«

»Du hättest mich anrufen und mir einiges erklären können.«

Der Terminal heizte sich auf. Einer der großen Flüge war gelandet, und draußen an den Gates stieg der Geräuschpegel rapide an. Zwei junge Männer kamen in die Bar marschiert und zogen sich Daunenwesten und Pullover aus. »Bier!« sagte der eine zum Barkeeper. »Bier, Bier, Bier!«

Lennie warf ihr einen Blick zu, der besagte: *Ich bin mit allem einverstanden, was immer du von mir auch verlangst.* Lammfromm. Dieser Blick ließ Mrs. Medina lächeln. »Was ist?« fragte Lennie, ohne zu lächeln.

»Was treibt dein Freund Kenny dieser Tage?«

Lennie senkte den Blick. »Kenny«, erwiderte sie. »Sie haben ihn eingesperrt, aber dann wieder rausgelassen.«

»Dich auch?«

»Warum sollten sie mich einsperren?«

Mrs. Medina neigte den Kopf und öffnete die Hände, wie um zu sagen: *»Erzähl du's mir.«*

Der Barkeeper stellte den Deckenventilator eine Stufe höher.

Lennie seufzte. »Lieber Gott, müssen wir darüber reden? Ich finde das furchtbar.«

»Nein, müssen wir nicht. Aber es wäre hilfreich für mich.«

»Hat Guido dir nicht erzählt, dass sie mich aus dem Kurs geworfen haben?«

»Doch, das hat er. Und er hat mir erzählt, dass du deinen Job gekündigt hast.«

»Das stimmt.« Sie sah sich um. »Ich hab keinen Sinn mehr darin gesehen. Ich hab bloß Blumen zusammengestellt. Das hat mich nicht weitergebracht.«

»Aber deinen Lebensunterhalt gesichert.«

»Nicht ganz.« Sie griff nach unten und zog ihr Fußbändchen zurecht. »Okay, ich bin kein Engel gewesen, und ich habe nicht mit dir darüber gesprochen, weil ich wusste, du würdest deswegen Theater machen. Das wollte ich mir ersparen. Ja, Kenny und ich waren Geschäftspartner, wenn du so willst – so war's nun mal. Ich hab genug Geld gemacht, um davon zu leben. Das sollte bloß vorübergehend sein.«

»Aber du hast gern mit Blumen gearbeitet.«

»Das macht doch keinen Unterschied, oder?« Sie schüttelte den Kopf. »Oder? Sieh mal, es war keine große Sache, als sie mich aus dem Kurs geworfen haben. Es war eine Art Zeichen, weißt du, dass ich aufhören sollte, nach Höherem zu streben. Das war das Zeichen. Also hab ich es gelassen.«

Mrs. Medina hielt den Blick auf Lennies Gesicht geheftet.

»Ich hab keine harten Drogen vertickt, falls dich das beruhigt. Das hat Kenny gemacht. Einige Leute hat er mit gestrecktem Crystal Meth fast umgebracht, und das hat die Bullen auf den Plan gerufen.« Sie schwenkte ihre leere Bierflasche. »Ich glaube, ich hätte gern noch ein Bier.« Der Barkeeper fing ihren Blick auf und brachte ein weiteres Carib. »Diese Flaschen gefallen mir«, sagte Lennie, als er wieder fort war. »Mit den beiden Flamingos neben der Palme.« Sie hielt die Flasche ins Licht.

Mrs. Medina faltete die Hände und stützte ihr Kinn auf. »Hast du dich mit Kennys Geld davongemacht?«

»Es war nicht seins. Es war mein Stoff und mein Geld. Ich hatte so eine Ahnung, dass wir Besuch von der Drogenfahndung bekommen würden, also bin ich abgehauen. Deswegen war er sauer.«

»Wo warst du denn die ganze Zeit?«

»Ich war bei den Zen-Leuten. Den ganzen Winter über. Ich bin nie nach Cambridge zurückgekehrt, in meine Wohnung, ich hab nie meine Sachen geholt, ich bin nie wieder bei Guido gewesen.«

Das Zen-Zentrum war der einzige Ort, der Mrs. Medina nicht in den Sinn gekommen war, und doch war es logischerweise die erste Adresse, an die sie sich hätte wenden sollen.

»Und? Bist du dann von dort aus deinen Geschäften nachgegangen?« fragte sie.

»Ich habe dort nur gelebt und in ihrem Garten gearbeitet.«

»Ich wünschte, du hättest mit mir darüber gesprochen. Ich wusste nicht, wo du abgeblieben warst.«

»Ich dachte, du würdest vielleicht nach mir suchen.«

»Das habe ich. Auf jede mir mögliche Weise. Du hast mich einfach sitzenlassen.«

»Na ja, sitzenlassen ... ich weiß nicht. Trifft es das?«

»Lennie, wir hatten eine Liebesaffäre. Ich dachte, darüber wären wir uns einig gewesen. Zumindest darüber.«

Lennie rieb sich mit den Fingerspitzen die Stirn. »Ich hätte dich von Anfang an in Ruhe lassen sollen«, sagte sie.

»Ich bin froh, dass du das nicht getan hast«, entgegnete Mrs. Medina und meinte es auch so. »Du warst das Wunderbarste, was mir je begegnet ist.«

»Klar, dachte ich mir.«

»Dachtest du dir? Und wie war das für dich? Ich denke, das ist der Dreh- und Angelpunkt.«

Lennie seufzte und lehnte sich zurück. »Du hast mir ein bisschen angst gemacht. Nach einer Weile. Ich hatte das Gefühl, für dich verantwortlich zu sein – als wolltest du, dass ich dein Leben für dich auf die Reihe kriege.«

Mrs. Medina nickte. Ja, das stimmte vermutlich.

»Sieh mal, du hättest nicht gewollt, dass ich bleibe. Ich hätte überhaupt nicht in dein Leben gepasst.«

»Hast du mich geliebt?« fragte Mrs. Medina.

Lennie wandte den Kopf ab.

»Ich habe dich nämlich geliebt.«

Lennie wickelte sich mit einer vertrauten Bewegung ihren Zopf um den Finger, und Mrs. Medina sah, dass ihr Gesicht wirklich abgezehrt war. Sie hatte Schmutz unter den Fingernägeln und einen schmierigen Fleck auf dem Arm. Mrs. Medina dachte flüchtig daran, sie irgendwo unter die Dusche zu stecken, sie abzuseifen, sie zu Bett zu bringen. Noch immer dachte sie an solche Dinge. Sie rutschte ein wenig auf ihrem Stuhl herum. »Ich liebe dich immer noch«, sagte sie.

Eine Welle von Neuankömmlingen schwappte schnatternd wie eine glückliche Gänseschar in die Bar. Ihre Gesichter wiesen

Spuren des blassen Frühlings im Norden auf, des eisigen Regens, die Farbe noch nicht erwacht. Sie überlegte, was Diana gerade tun mochte, ob sie einkaufte oder in einer Bar ähnlich wie dieser saß.

»Er hat meinen Garten zerstört«, sagte Lennie mit finsterem Gesicht.

»Kenny?«

»Ja, er hat alles rausgerissen und darüber hinaus noch ein paar Dinge getan, auf die ich gar nicht näher eingehen will. Ein echtes Arschloch.«

»Dieser wundervolle Garten«, sagte Mrs. Medina. »Wie schrecklich, so etwas zu zerstören.«

Lennie drehte den Kopf und betrachtete die anderen Gäste in der Bar.

»Hast du den Garten für die Zen-Leute fertigbekommen?«

Ihr Gesicht hellte sich ein wenig auf. »Ja, das habe ich. Nicht so spektakulär, wie ich gewollt hatte – ihnen ging das Geld aus. Aber eigentlich wollten sie ja auch gar nichts Spektakuläres, also war das okay. Er sieht toll aus, viel Freiraum, viele Kieswege, und Guido hat mir extra eine neue Lavendelsorte aus England besorgt.«

»Gut, dass du ihn vollendet hast.«

Sie schwiegen einen Moment.

»Wohnst du in einer dieser vornehmen Ferienanlagen?« fragte Lennie dann. »Ist jemand bei dir?«

»Ich wohne in einer Ferienwohnung, die einem Cousin von Tina gehört.«

»Ist es einigermaßen ruhig und abgelegen? Oder gehört sie zu einer großen Anlage?«

»Ich würde sagen, mehr oder weniger abgelegen.«

»Ich brauche einen Ort, wo ich mich ausruhen und eine Weile erholen kann. Um mich wieder zu fangen. Um über ein paar Dinge nachzudenken.«

Mrs. Medina überlegte einen Moment. »Und du möchtest, dass ich dir das ermögliche?«

Lennie sah sie rasch an und wandte dann den Blick ab. »Sieh mal, man kann nicht alles erklären«, sagte sie. »Ich wünschte, du würdest nicht länger darauf herumreiten.«

Die kürzlich angekommenen Passagiere hatten ihre Drinks heruntergestürzt und verschwanden, um ihr Gepäck abzuholen oder Anschlussflüge zu kriegen. Mrs. Medina fragte sich, wo Abercrombie in diesem Augenblick sein mochte. Mit der Speisekarte fächelte sie sich Luft zu. »Bist du hungrig?« fragte sie unvermittelt.

»Ich hätte nichts gegen einen Hamburger, wenn wir hierbleiben.«

Mrs. Medina schlug die Speisekarte auf. »Hamburger, Cheeseburger, indische Roti.«

»Was ist das?«

»Kleine frittierte Teigtaschen mit verschiedenen Füllungen, meistens Fleisch.«

Lennies Blick verschwamm vor Müdigkeit. »Ich weiß nicht, was ich will.«

Mrs. Medina ging zur Bar hinüber und bestellte einen Hamburger und einige Roti und für sich selbst noch einen Eistee. Als sie zu ihrem Tisch zurückkehrte, lag Lennies Kopf auf ihren Armen, und sie schien zu schlafen. Doch als sie hörte, wie Mrs. Medina sich setzte, richtete sie sich wieder auf. »Du schickst mich nicht in die Wüste, oder?« sagte sie.

»Willst du Geld? Das kann ich dir geben.« *Ich sollte nichts mehr sagen,* dachte sie. *Es bricht mir das Herz, sie so ... so verletzlich zu sehen.* Sie spürte, wie die Nächte voller Angst, voller Verlangen verblassten.

Lennie sah sie an und klopfte sich mit der Faust ans Kinn.

»Was ist mit Connie?« fragte Mrs. Medina. »Kannst du nicht eine Weile bei ihr bleiben?«

Lennie schüttelte den Kopf. »Ich brauche dich. Deshalb bin ich hergekommen. Ich will niemand anders.«

Mrs. Medina betrachtete sie und begriff, dass sie Lennie wirklich und wahrhaftig liebte, so wie man die wenigen Menschen nun einmal liebt, die dem eigenen Leben eine neue Perspektive gegeben haben, und kleine stechende Tränen erschienen in ihren Augenwinkeln. Sie hatte erwartet, dass die Begegnung mit Lennie ihr zeigte, was sie tun sollte, dass sie ihr etwas Dramatisches böte, ein Zeichen, einen Ruck, der sie zum Handeln brächte, ihr den Weg wies. Doch das würde nicht geschehen, wie sie nun erkannte. Was geschehen würde, war mehr wie ein langsames Auflösen des Gewebes, aus dem ihr Leben war, Faden für Faden, um anschließend vollkommen neu verwoben zu werden. Es würde ein langsamer, schwieriger Prozess werden, *so ähnlich wie Dianas Reise nach Mykonos*, dachte sie: *ein Taxi nach Heathrow, ein Flugzeug nach Athen, ein Boot über das blaue Wasser zur Insel, ein Bus zu einem kleinen Hotel, eine Nacht in geruhsamem Schlaf bis zum nächsten Sonnenaufgang.*

»Mein Leben ändert sich, Lennie«, sagte Mrs. Medina. »Ich werde in zwei, drei Wochen nach London fahren, denke ich.«

Lennie kämpfte darum, nicht einzuschlafen. »Ich brauche bloß einen sicheren Ort«, sagte sie. »Es muss nicht für immer sein.«

Der Barkeeper brachte ihr Essen und ließ sie dann wieder allein.

Lennie hing über ihrem Teller und verschlang den Hamburger und die Roti. Mrs. Medina sah ihr zu und trank ihren Eistee.

»Diese Dinger sind gut«, sagte sie und wischte sich den Mund ab. »Danke.«

»Ich habe keine Ahnung, wie man das Problem mit dem Pass lösen kann«, sagte Mrs. Medina. »Aber ich bin mit einer Frau gekommen, die das vermutlich weiß.« Sie stand auf. »Hol deinen Rucksack und lass uns zu ihr gehen.«

Doch draußen im Terminal wuselten zu viele Menschen herum, und Diana war nicht am Air-Tortola-Schalter, wo sie sich verabredet hatten. Es war allerdings auch erst Viertel nach zwölf. Im Terminal war es stickendheiß, und Lennie sagte schließlich: »Ich kriege hier drinnen keine Luft mehr.«

Draußen schien die sengende Sonne, aber es wehte ein Lüftchen, und unter einem großen Schlangenbaum mit orangeroten Blüten in der Nähe des Haupteingangs war es ein wenig kühler. Mrs. Medina setzte sich auf eine der langen Bänke am Weg und klopfte auf den freien Platz neben sich. »Leg dich hin und schlaf eine halbe Stunde«, sagte sie. »Im Moment können wir nichts tun.«

Lennie rückte ihren unförmigen Rucksack auf dem anderen Ende der Bank zurecht und schickte sich an, sich auszustrecken.

»Leg deinen Kopf in meinen Schoß«, sagte Mrs. Medina. »Ist bequemer.« Lennie sah sie überrascht an. »Ist schon gut. Ist ja nicht für immer, du weißt doch.«

Lennie legte ihren Kopf zurecht, und Mrs. Medina spürte, wie Lennies Körper schwerer wurde, als sie seufzte und sofort in Schlaf fiel. Sie streichelte Lennies Kopf und schaute zum Himmel hinauf. »Hab keine Angst«, sagte sie. »Du wirst auf deinen Füßen landen.« Sie strich Lennies Haar im Nacken glatt. Der Duft der Blüten senkte sich herab.

Die Menschen strömten vorüber, in aufwirbelndem Staub, unter Rufen, mit Gepäck, voller Aufregung darüber, zu verreisen oder heimzukehren. Sie saß mit dem Arm über Lennies Schultern da und sah ihr zu, wie sie schlief, und wartete geduldig auf Dianas Rückkehr.

Danksagung

Mein Dank gilt der MacDowell Colony, wo ich die ersten Teile dieses Romans entwickelt habe; der Familie Oliver für ihr großzügiges Wellspring Stipendium, das mir erlaubt hat, dieses Werk zu vollenden; meinen Kolleginnen und Kollegen von der Bibliothek Boston Athenæum für ihre Ermutigung und Unterstützung in den Zeiten, in denen ich mit meinen Gedanken – und manchmal auch leibhaftig –, abwesend war; Jane Barnes, Linda Bass und Suzanne Downs von der Fayerweather Street Schreibgruppe für viele Abende in guter Verbundenheit und für ihre scharfsinnige Kritik; meiner Agentin Malaga Baldi, die sehr engagiert das richtige Zuhause für mein Buch gesucht hat; und Angela Brown bei Alyson Publications, deren aufmerksames Lektorat meinen Text bedeutend verbessert hat. Mein tiefster Dank gilt den Mitgliedern meiner Familie, deren individuelle wie kollektive Unterstützung mir über Durststrecken hinweghalf, und einer bemerkenswerten Gruppe guter Freundinnen – Carla Burton, Smokey Eule, Bertha Harris, Pam Hoyle und Lynda Leahy –, deren Glaube an meine Arbeit mich über viele Jahre getragen hat und die mich energisch wieder in den Ring zurückschickten, wenn ich drauf und dran war, das Handtuch zu werfen.

Meine Liebe und mein Dank gilt Dori Hale, die schließlich kam und alles auf Anhieb verstand.

Für die Informationen über die Tarantulawespe, die ich dem Buch *Beyond the Quantum: God, Reality, Consciousness in the New Scientific Revolution* (Macmillan 1986) entnommen habe, bin ich dem Verfasser Michael Talbot zu Dank verpflichtet.

Die amerikanische Originalausgabe erschien unter dem Titel
Light, Coming Back bei Alyson Publications,
245 W. 17th Street, Suite 1200, New York, N.Y. 10011

Die Übersetzung der Auszüge der Ballade »Die Ermordung des Dan McGrew« von Robert Service erfolgte in Anlehnung an die deutsche Fassung von Martina Tichy, die erstmals in Robert Kroetschs Buch *Klondike* (Schneekluth-Verlag, 1999) erschien. Wir danken der Übersetzerin für ihre Kooperation.

Wadsworth, Ann: *Mrs. Medina* / Roman
Aus dem amerikanischen Englisch von Andrea Krug
ISBN-13: 978-3-930041-55-8 | ISBN-10: 3-930041-55-3

1. Auflage 2006
Lektorat: Andrea C. Busch, Groß-Zimmern
Gestaltung und Satz: Grafikbüro Schadenberg, Berlin
Umschlagfoto: Philip Pirolo. Der Rechteinhaber hierfür konnte trotz intensiver Nachforschungen leider nicht ermittelt werden. Der Verlag ist bereit, rechtmäßige Ansprüche nach verlagsüblichen Richtlinien abzugelten.
Druck: Clausen & Bosse, Leck

... *zum Weiterlesen:*

Bei einer Theateraufführung begegnet Nina Althaus, 38jährige West-Berlinerin, unverhofft der mondänen Maria Conti wieder – einer langjährigen Vertrauten aus ihren Kindertagen. Maria ist in Begleitung ihrer Nichte, der erfolgreichen Ost-Berliner Schauspielerin Michelle Odebrecht. Nina und Michelle kommen sich näher. Doch der Weg zueinander erfordert die Aussöhnung mit der Vergangenheit, die von persönlichen Enttäuschungen und politischen Umbrüchen geprägt ist ...

Claudia Breitsprecher
Vor dem Morgen liegt die Nacht
300 Seiten, gebunden
ISBN 3 - 930041 - 50 - 2

Luce steht vor ihrem künstlerischen Durchbruch als Malerin, doch ihr beruflicher Erfolg wird vom Verlust ihrer Lebensgefährtin überschattet. Ihre Schwester Mead, eine renommierte Ärztin, geht zu Forschungszwecken nach Afrika und begegnet dort einer alten Liebe wieder. Elizabeth, die Mutter der beiden, sitzt die meiste Zeit allein zu Hause vor ihrem Computer und hat sich ihren Lebensabend anders vorgestellt. Eines Tages nimmt das Leben der drei Frauen eine entscheidende Wende ...

Cynthia Kear
In deinen Armen tanzt mein Herz
360 Seiten, gebunden
ISBN 3 - 930041 - 43 - X

www.krugschadenberg.de

... und Weiterlesen:

Flannery Jansen betritt eine neue Welt. Sie ist Erstsemesterin an einer Universität an der Ostküste. In einem Diner beim Campus entdeckt sie eines Morgens eine faszinierende Frau, die in ein Buch vertieft ist: Anne Arden, Dozentin im Fachbereich Literaturwissenschaft – selbstbewusst, weltgewandt, lebenserfahren. Und für Flannery die schönste Frau der Welt ...

Ein Roman über die erste große Liebe – eine Geschichte von sinnlichem Zauber.

Sylvia Brownrigg
Geschrieben für Dich
288 Seiten, gebunden
ISBN 3 - 930041 - 45 - 6

Berlin, Herbst 2004. Ariane geht es gut. Beruflich ist sie erfolgreich. Privat genießt sie ihr Glück mit Paula. Alles könnte immer so weitergehen, findet Ariane. Doch dann nimmt ihr Leben eine entscheidende Wende: Nach einem Unfall beginnt eine junge Frau ihr nachzustellen. Ariane fühlt sich zunehmend in die Enge getrieben und weiß sich kaum zu wehren. Während Paula sich wachsende Sorgen um ihre Geliebte macht, spitzt sich Arianes Bedrängnis dramatisch zu ...

Manuela Kuck
Ariane
288 Seiten, gebunden
ISBN 3 - 930041 - 53 - 7

www.krugschadenberg.de

... und Weiterlesen:

Rett Jamison, gefeierte Jazzsängerin, wird von Cinny Keilor, ihrer einstigen großen Liebe, nach zwanzig Jahren zur Klassenfeier eingeladen. Erinnerungen an leidenschaftliche Stunden werden wach …
Zu dieser Feier erscheint auch Angelica Martinelli, die schon zu High-School-Zeiten in Rett verliebt war, doch damals hatte Rett nur Cinny im Sinn …

»Romantisch, sexy, unterhaltsam und humorvoll.«
WEIBERDIWAN

Karin Kallmaker
Unvergessen
280 Seiten, gebunden
ISBN 3 - 930041 - 38 - 3

Als Holly Markham sich mit einer gemobbten Kollegin solidarisch erklärt, wird sie gefeuert. Clay, ihr Lebensgefährte, findet ihr Verhalten unklug. Holly fällt aus allen Wolken. Und gerät ins Nachdenken. Ihren Job war sie ohnehin leid. Und Clay im Grunde auch. Holly beschließt, ihren Master in Mathematik zu machen und ihrem erwachenden Interesse an Frauen nachzugehen. Und begegnet der verführerischen Reyna ...

Karin Kallmaker
Ins Licht der Liebe
336 Seiten, gebunden
ISBN 3 - 930041 - 51 - 0

www.krugschadenberg.de